达庐文谭
——唐金海教授论文集

复旦大学中文系教授荣休纪念文丛

唐金海 卷

唐金海 著

复旦大学出版社

作者简介

唐金海（号达庐逸士），男，汉族，祖籍江苏泰州。1940年10月生于上海。1965年毕业于复旦大学中国语言文学系五年制本科，留校从教五十余年，为复旦大学中文系教授，中国现当代文学史专业博士生导师，指导硕士生、博士生和博士后三十余人。2006年10月退休后，担任复旦大学中国文人及石鼓文书法研究中心主任。2018年9月，病逝于上海。

从教期间重点专攻中国现当代文学史和文学史观研究，重视对中国现当代文学与中外文化源流关系和中国现当代作家论的研究，涉猎范围比较广泛，如中国现当代文学批评史以及文字史、书画史。20世纪70年代末开始，历时八年，负责并参加一百余部《中国当代文学研究资料丛书》和三卷本《中国当代文学史》的编撰写作，这是第一次对中国现当代文学作全方位的、基础性的梳理和研究；此外，对文学大师的评价标准的理论、对文学史观的研究、对"性灵"说的探讨，以及对钱锺书小说的研究、对柯灵散文的评价和关于"年谱"编撰体例的创新、石鼓文集句书法的创新等，都产生过一定的影响。

先后获复旦大学优秀教师二等奖、复旦大学"微阁中国语言学科奖教金"二等奖、"微阁中国语言学科奖教金"著作奖一等奖、上海市精品课程奖，一百多万字的专著《巴金的一个世纪》获中国新文学学会著作一等奖。生平简历为国内外十余部辞书收录。

摄于复旦大学校门前

摄于兰亭

摄于美国斯坦福大学校园

摄于日本神户外国语大学

唐金海夫妇与巴金先生

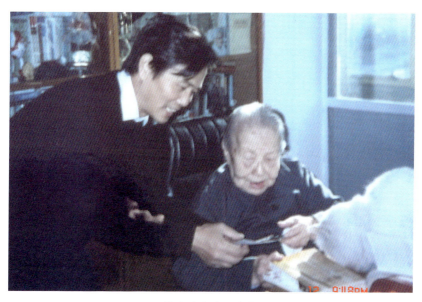

唐金海与冰心先生

唐金海与柯灵先生

唐金海与艾青先生

唐金海与王元化先生

携诸多研究生访问钱谷融先生

唐金海与蒋孔阳先生

唐金海夫妇与章培恒先生

唐金海与陈汉忠摄于香港书法展

摄于上海政协展厅,展出了自创诗联书法作品

与部分研究生摄于复旦大学大草坪

撰写、主编的部分学术专著及书法作品

序　言[①]

朱　刚

2018年5月9日上午7时31分，唐金海教授因病情恶化，匆匆离开了我们，离开了他所热爱的这个世界。今天我们怀着从震悼之中尚未平复的心情，来跟他的遗体道别。我们印象中的唐老师总是面带笑容、神采奕奕，总是乐于工作，而且善解人意，他的离世让我们顿时感觉身边少了一份温暖。

唐金海教授，祖籍江苏泰州，1941年出生于上海，1960年考入复旦大学中文系五年制本科，师从朱东润先生等名家治学。1965年毕业，留校任教，直至2006年退休。在持续四十余年的教学生涯中，先后讲授过中国当代文学史、中国现代文学史、中国现当代文学史通论、中国现当代文学作品经典导读、巴金研究、作家学、中国现当代文学与西方文化、中国现当代文学与传统文化、中国现当代文学批评通论、文学史哲学、中国书法和书法美学研究专题、中国现当代作家美学观等将近二十门课程。培养了数代复旦学子，他们中的许多人已经成为国内文学研究的杰出学者。

唐老师治学严谨，专攻中国现当代文学史，尤其重视在中外文化传统的源流之中考察中国现当代文学与作家的美学观念。

[①] 本文原为复旦大学中文系主任朱刚教授撰写的"致唐金海老师悼词"。

从20世纪70年代末开始，还是青年教师的唐老师就负责并参与了《中国当代文学研究资料丛书》和三卷本《中国当代文学史》的编撰写作，前者历时八年，结集一百余部，是国内第一次对中国现当代文学全方位、基础性的梳理和研究；2003年，唐老师基于对中国文学史"长河意识"与"博物馆意识"的独创性理解，主编并撰写了《二十世纪中国文学通史》，以其独特的体例和史观卓然于文学史界树立一家之说。

唐老师继承了复旦大学编纂大家年谱的学术传统，独立或与人合纂了中国现代文学史上两位最有分量的作家巴金与茅盾的年谱，在没有计算机、大数据的时代，两卷本《巴金年谱》、两卷本《茅盾年谱》和《巴金的一个世纪》，确证着唐老师治学的艰苦踏实。这些文学史料的整理和编纂泽被同行学界，其贯通古今、比较中外的意识和一系列独创之见，也对新文学教学的开拓作出了贡献。因其深厚的学养，他曾被推选为中国新文学学会副会长、中国茅盾研究会常务理事。

唐老师幼承家训、性喜书画，更得朱东润先生指点，研习各家书迹，尤其痴迷周秦石鼓，在从事文学研究教学之余，勤于书法创作，陆续出版有《石鼓文书法之春》《唐金海自创诗联书法集》等大型书法画册，在中国、日本、韩国、美国等地举办多次个人书展，并主持成立了复旦大学文人书法暨石鼓文研究中心，出任中日石鼓文书法艺术研究会会长等职，不仅接续文人书法传统，自创自书诗文，同时在书法史研究中提出了"入他神、入我神"等深造心得，奠定了他在当代文人书法界的地位。

唐老师为人谦和，待人热情，既严于教学，又委婉可亲。

退休之后，十余年来依然乐于组织与教育和书法艺术相关的国内、国际文化交流活动，许多年轻的师生在这些场合继续得到他的关怀和教诲。他对生活的积极心态感人至深，留下的精神遗产也是非常丰富的。我们在这里与之道别的，是一位优秀的学者，一位具有创造性的书法家，一位认真负责的教师，一位重情有爱的长者。我们的心情非常悲痛，难以平复。但我们也了解，他直至临终，还有继续工作的心愿。所以作为亲人、作为同事、作为学生，我们更重要的事情，是继承他的精神，完成他的未竟之业。

敬爱的唐老师，我们送您远去，不会忘记您。请您安心。

目 录

·辑一 文学史观研究·

文学史观:"长河意识"和"博物馆意识" …………… 3
一种尝试,一脉江流
　　——《新文学里程碑》总序 …………… 20
"20世纪中国分体文学史研究丛书"总序 …………… 24
精神价值:文学大师论要 …………… 31
里程碑:中国文艺复兴火炬的点燃
　　——文学史视野下的20世纪80年代初中期文学
　　考察 …………… 42
深刻性:广度和力度的聚焦点
　　——中长篇小说笔谈 …………… 47
《中国当代文学研究资料丛书》前言 …………… 51
20世纪中国文学批评的文化渊源 …………… 55
蔡元培文学批评的向度与张力
　　——以《新文学大系·总序》为中心 …………… 67

·辑二 巴金研究·

论巴金的文学"青春"和"文脉" …………………… 89

巴金笔名考 …………………………………………… 98

巴金访问荟萃（1979—1987）………………………… 111

近百年文学大师论
　　——兼论巴金在中国现当代文学上的原创性和
　　杰出贡献 …………………………………………… 134

论作家思想的复杂性和深刻性
　　——以巴金爱国主义思想为中心 ………………… 145

巴金：世纪的良心"永远燃烧"
　　——关于《家》……………………………………… 168

"挖掘人物内心"的现实主义佳作
　　——论巴金的《寒夜》……………………………… 194

真挚灼热　畅达自然
　　——论巴金前期散文的思想艺术特色 …………… 209

精神与人格的燃烧
　　——论巴金散文《龙》……………………………… 224

汇百川成江河
　　——论巴金与外国文学 …………………………… 229

论中国古代诗文对巴金散文的影响 ………………… 241

论巴金与屠格涅夫 …………………………………… 255

论巴金与冰心 ………………………………………… 266

巴金的"忧"与"痛" …………………………………… 279

《巴金年谱》后记 ……………………………………… 285

巴金的"笑声"和"眼泪"
　　——《〈巴金的一个世纪〉代后记》 …………… 290
首届巴金国际学术讨论会综述 ……………………… 295
"历史"和"当下" …………………………………… 308

·辑三　20世纪中国文学研究·

论茅盾文学批评的特征 ……………………………… 313
"性灵"：真人和美文
　　——兼谈鲁迅和梁实秋 …………………………… 328
论曹禺的戏剧道路 …………………………………… 336
老舍戏剧观初探 ……………………………………… 354
论钱锺书小说对新文学的杰出贡献 ………………… 369
现代讽刺力作
　　——钱锺书《灵感》论 …………………………… 382
"观潮者"：深层心态的艺术开掘
　　——论钱锺书的《猫》 …………………………… 388
论柯灵的散文 ………………………………………… 394
真为骨，美为神
　　——序柯灵《天意怜幽草》 ……………………… 410
浸透诗人真情的心灵之歌
　　——艾青的成名作《大堰河——我的保姆》论析
　　　…………………………………………………… 415
论长篇小说的审美个性
　　——以《许茂和他的女儿们》及《芙蓉镇》为
　　　中心 ……………………………………………… 424

命运、性格、灵魂的交响乐
　　——论叶辛几部长篇小说中青年形象的塑造 …… 435
"浪子的悲歌回到老家来唱了"
　　——评聂华玲的几部小说 …………………… 451
生命体验：诗史和诗格
　　——试论20世纪华文小诗 ……………………… 466

·辑四　书法艺术论及其他·

从"磨豆浆""拉皮筋"到"多岐为贵" ……………… 485
石鼓文概说 ………………………………………… 497
作者自述《石鼓文书法之春——唐金海创集石鼓文
　书法荟萃》 ……………………………………… 503
作者再述《石鼓文书法之春——唐金海创集石鼓
　文书法荟萃》 …………………………………… 505
"何石鼓而长存生辉"
　　——《石鼓文书艺苑》碑廊前言 ……………… 509
《〈儒道佛经典哲言国际书法交流展〉荟萃》前言 …… 511
《〈儒道佛经典哲言国际书法交流展〉荟萃》编后 …… 513
《独立寒秋——艺术大师沈耀初评传》引言 ………… 515
《独立寒秋——艺术大师沈耀初评传》后记 ………… 518
"技""艺""达乎道"
　　——加拿大陈汉忠先生书法集《翰墨传真》序
　　……………………………………………………… 520
"我手写我心"
　　——部分诗歌、楹联创作荟萃 ………………… 524

巴金的手温 ･･････････････････････････････････ 560
"腰板挺""坐得住"
　　——朱东润先生治学精神印象 ････････････ 563
秋水文章　松柏人格
　　——王瑶先生十周年小祭 ････････････････ 572
人去美长在
　　——悼念著名美学家蒋孔阳先生 ････････････ 577
"江入大荒流"
　　——悼念章培恒先生远行 ････････････････ 581
"余霞散绮，向烟波路"
　　——送柯灵先生远行 ････････････････････ 587
心中的雕像 ････････････････････････････････ 591
无声的第一课
　　——《石缝草论稿》后记 ･･････････････････ 604

·附录·

追思唐金海先生 ････････････････････････････ 609
推荐一部旧版现当代文学史
　　——兼怀唐金海先生 ････････････････････ 613
人生交结在始终
　　——悼念唐金海老师 ････････････････････ 617

后记 ･･･････････････････････････････････････ 625

辑一
文学史观研究

文学史观：“长河意识”和“博物馆意识”

自 20 世纪之初国人窦警凡的《历朝文学史》、林传甲的《中国文学史》和黄人的《中国文学史》先后出版①，开创了撰写文学史教材或著作的先河之后，文学史及文学史论的研究就越来越引起学术界的关注和重视；同时，在此前后萌发并渐次蔚为壮观的新文化运动，又从根本上孕育并开启了中国文学创作和批评的新纪元：创新的文学观念、创新的文学作品和创新的文学批评逐渐成为人们思考和研究的中心。因此 20 世纪二三十年代，先后又有不少中国文学史问世，也出现了一些涉及或撰述五四新文学及其思潮的史著，较有影响的有胡适的《五十年来中国之文学》②、

---

① 参阅查考苏永延及吴瀛文等索检之史料，国人撰写并出版的第一部中国文学史著作，是其时在东林书院任教的窦上镛（1844—1909，号警凡，无锡人）。该书 1906 年（清光绪三十二年）出版，线装本，一册五章，名《历朝文学史》：第一章《志文字原始第一》、第二章《叙经》、第三章《叙史》、第四章《叙子》、第五章《叙集》。黄人（其时在东吴大学任教）的《中国文学史》，国学扶轮社 1907 年出版，长达 29 册；林传甲（其时在东京大学堂任教）的《中国文学史》，先是由广东育群书局于 1904 年出版了五六万字的简本，又于 1910 年在广益从报连载，增写充实后，于同年 6 月由武林谋新室出版。

② 该文实际上是一篇长篇史论，从 1872 年《申报》问世起写到 1922 年《学衡》创刊。大量篇幅叙述前三四十年的"白话"小说，仅以很少篇幅略叙 1917 年后的"文学革命运动"，"白话文学的成绩，因为时间过近"未予述及。

钱基博的《现代中国文学史》①、王哲甫《中国新文学运动史》②、吴文祺的《新文学概要》③、陈子展的《最近三十年中国文学史》④和李何林的《近二十年中国文艺思潮论》⑤等。这些涉及新文学史的史著内容不同，面貌各异，所持的文学史观念也大相径庭。而在这些史著问世后的很长一段时期，文学界和教育界没有出现过深入的、大规模的关于"新文学史"（或"现代文学史"）及其史观的讨论。直至八九十年代和 21 世纪初，随着"新时期"文学的进一步繁荣、社会转型期思潮纷涌更替、文学观念的巨变，各种文学史著作的大量出版，文学史才受到越来越多的批评家和文学史家的关注。80 年代中期，陈平原、钱理群等"二十世纪文学史"概念的响亮提出，陈思和、王晓明主持的"重写文学史"专栏，黄修已对中国新文学编纂史的研究，以及近年另有"个体性"和"原创性"文学史观念的鲜明主张，直至章培恒等展开"中国文学古今演变"和"中国文学史分期问题"的讨论和董乃斌、陈伯海等主编的三卷本《中国文学史学史》的出版——可以预料，由此文学史的诸问题的研究将会得到深化。

　　20 世纪中国文学史是承续漫长的中国古代文学，又具有相对独立性的一门学科。由于百年文学"史"纵向上的时间长度，

---

① 1932 年无锡国学专门学校"集资以铅字排印贰百部"，其时书名为《现代中国文学史长编》。1933 年 9 月上海书局正式出版，改书名为《现代中国文学史》，1934 年、1935 年再版；1936 年由岳麓书社出增订版。该书以文言叙写，上至晚清，下至 20 世纪 30 年代初。全书溯原论变，功力深厚，但仅以极少篇幅论及 20 世纪一二十年的新文学，语多精深和讥诮。
② 北平杰成书局 1933 年版。
③ 中国文化服务社 1936 年版。
④ 上海太平洋书店 1937 年版。
⑤ 生活印刷所 1939 年版。

横向上的宽广度，更兼时代的更迭和发展，"史"的资料的极大丰富、极为驳杂，以及治"史"者观点、学养、方法，甚至潜在意识等的变化，"史"著也就必然多种多样。有各种各样的20世纪中国文学史（或中国现、当代文学史）教材和专著——主要研究作家及其作品的文学史，主要研究文论家及其著作的批评史，着重研究文艺思潮的思潮史，着重研究文学流派的流派史，有以时代（或朝代）更替时段的文学为研究对象的断代史，也有沟通中外文学的文学交流史，还有文体文学史、接受文学史、插图本文学史，史传式文学史……如此等等，各成一格，风貌别具。上述各种类型的文学史，以及进而文学史的分期、构成、体例和评价等诸问题深入研究的核心，是文学史观的问题。有什么样的文学史观，就有什么样的文学史教材和著作。迄今为止已出版的近三百多部①各种类型的中国现代和当代文学史教材和著作，凡是较为学术界认同、较受学生欢迎的，无不主要是文学史著述中，贯注了撰写者新的、科学的文学史观念的结果。

然而，遗憾的是，大部分文学史著作要么体例雷同、史料雷同、分期雷同、褒贬也雷同，甚至连叙述语言也相似。要么作者似有文学史观的新意，却与实际的文学史规律相去甚远，用一种时髦的、西方的文学史观念模式去僵硬地框套文学史现象。更有甚者，以"创新"为名，轻薄为文，哗众取宠，杜撰一些牵强、生硬、晦涩的术语去肢解文学史。究其故，或者主要是众多作者的文学史观相同、相近，或分期、体例、褒贬等，遵从政治视角，定社会学批评于一尊，或抱着制作新闻效应、急于功名利禄

---

① 参阅吉平平、黄晓静编著《中国文学史著版本概览》（辽宁大学出版社1992年版）、黄修己著《中国新文学史编撰史》（北京大学出版社1995年5月版）、许怀中著《中国现代文学史研究史论》（厦门大学出版社1997年10月版）。

的心态去"研究"学术问题,或者是生搬硬套西方早已过时和出现不久的各种文学批评观念和方法。如此本本沿袭,部部套用,生动、丰富、复杂的文学现象就被"酱"在实用主义和拿来主义等的模式之中。

我们呼吁科学的文学史观。

科学的文学史观是文学史教材和著作的灵魂,它有质的规定性,又有多维度的灵活性。它的质主要体现在历史性和主体性两个相互联系、又相互独立的、辩证的规定性上,即文学史既有原创的历史属性,又有作者个体的主体属性。它的多维度主要体现在"通""精""美""新""超""稳"等诸多灵活性方面,即"通史"观、"精品"(或经典)观、"美文"观、"创新"观、"超时空"观和"稳定"观等。

这是一个有待继续深入研究的课题,以往学者研究文学史教材和专著的分歧,也多半集中在上述几方面,或与此有关。比如又是历史性,又是主体性,如何避免"二元"论?要不要以一方为主导?应以何者为主?如何处理好两者的关系?又怎样理解"通史"和"分期"的关系?既"通"还要不要"分"?如"分"又怎样"通"?又如何处理文学史择"经"(或"精")选"美"和文学史全貌的关系?作为大学教材的文学史,它的构成应主要包括哪些东西?为什么当下必须在教学中将以往割裂的中国现代文学和中国当代文学"打通"起来讲授等。本文仅拟从两个方面切入,再适当涉及其他,力图对科学的文学史观作一简要的解说。

第一是"长河意识"。

文学史是一条流动的长河,它原本有源有流,古今一体贯通。

科学的文学史观主张的"长河意识",主要体现在以下三个方面:

一是整体观。无论是文学史教学还是研究,均应将以往分开讲授的中国现代文学和中国当代文学看作是一个整体。把它们割裂开来,虽然与1949年至20世纪70年代文学还不足以成段有关,但主要的原因还是1949年中国政治、社会和制度的大变化。虽然政治、社会和制度的大变化也必然带来文化的大变化,但其时文学自身的发展并没有构成足以分期的内容。所以,这种以1949年为中国现当代文学的分水岭的文学史观,是政治决定论。如前所述,这在50年代至80年代初中期,大学中文系分现代文学部分和当代文学部分授课,那时有一定的合理性,但在90年代至今,仍以1949年为界,将20世纪中国文学分2—3个学期授课,就有忽视文学自身发展规律的弊端了。因为近二十年的文学,在"五四"文学革命开创的坚实基础上,在新的巨变的历史土壤中,在激浊扬清的新的时代精神感召下,八九十年代的文学取得了举世瞩目的成就,已形成了20世纪首尾遥相辉映的壮丽景观。

那么,为什么必须将原先分开的中国现代文学和中国当代文学作为一个整体来进行教学和研究呢?这问题并不难回答。其一是,相当一部分20世纪二三十年代的作家、评论家,在1949年后仍然有新作问世,五六十年代依然是文艺界的主体;甚至到八九十年代,他们明显或潜在的影响依然贯穿文坛;此外他们个人命运有了很大变化,文艺思想和文学创作也发生了很大变化。不将他们作整体观照,就不能中肯地、准确地、深刻地对他们进行全面的分析和评价。比如郭沫若、茅盾、巴金、老舍、朱光潜、夏衍、曹禺、梁实秋、艾青、胡风、刘白羽、臧克家、张爱玲、赵树理、姚雪垠、柳青、杨朔等,他们1949年后创作的数量和质量也很可观，并都发生了或大或小的变化，而且他们中的绝大多数人已经作古，怎么能将他们"拦腰"一分为二地分两三个学期来授课呢？我们理应将他们作为一个整体来讲授，才能恰如其分地评价他们在文学史上应有的独特的地位。即使是1949年后写作较少的作家，如周作人、沈从文、田汉、张恨水等，他们后半生的命运已发生巨大变化，而他们的影响依然存在，其中有的影响还相当巨大。他们的艺术创造和他们的生命都已划了句号。20世纪中国文学史理应将他们的一生"通"起来进行研究和教学。其二是，20世纪初叶前后，直至30和40年代的文艺思潮、社团、流派和作品，如"左"翼文艺思潮、现代主义文学思潮"为人生"的文学思潮以及京派、新月派、新感觉派等，对五六十年代，尤其是对八九十年代的文坛和青年产生了直接的影响，并与20世纪后半期文坛的兴衰有着内在的、巨大的关系。将20世纪文学作为一个整体来进行教学是顺理成章的，能加深对文学史上诸多思潮、流派来龙去脉的了解，更好地把握当下的创作态势。其三是，鲁迅思想、人格、生活和创作道路，还有文学作品，在鲁迅逝世后，由于时间间隔不长，"鲁迅精神"和"鲁迅文学"巨大的存在，与几代作家和批评家，甚至几代知识分子的精神、人格和艺术，形成了不可分割的整体。如鲁迅的精神和人格，几十年后在胡风、巴金人生道路、写作道路上的投影，鲁迅的文学思想和鲁迅的杂文，与80年代和90年代的小说、随笔和文学评论的繁荣和走向，也都可看作既有差别又是一脉相承的整体。

二是源流观。文学史观的"长河意识"启示我们，文学史也有源有流。以往出版的近三百部中国现代和当代文学史教材大部分主要叙写"是这样"：五四新文学史发生、发展、变化的事实和过程,文学社团、思潮、流派形成和结束的情况,作家的创作道路、作品的思想艺术特色,文学论争的始末等。这自然是必要的,是文学史理应扼要记载的。但多年的文学史教学和研究启示我们,文学史还必须回答:"为什么会这样?"为什么会出现这种思潮、这种流派?这种思潮和流派的文化渊源是什么?某某作家的思想、人格和艺术方法,以及他文学思想形成和变化的文化渊源是什么?以往文学史要么不回答,要么以时代、政治的变化来解释一切。这种千篇一律的解释已成为大多数文学史的通病。政治和时代的变化当然是一种缘由,但以此笼统地涵盖一切,就显得简单、肤浅和片面。还有一种回答也很普遍。从20世纪二三十年代一些新文学运动的先驱和文学理论家,直至八九十年代,一些中青年评论家,都发出相近的声音:

> 中国的新文学思想……一方面受了世界各国近二三百年文艺思潮的影响,一方面因为国内外的政治经济社会文化的变迁,使中国的文艺思想,或多或少的反映了欧洲各国从十八世纪以来,所有的各文艺思想流派的内容,即浪漫主义、自由主义、写实主义、颓废派、唯美派、象征派、表现派……以及新写实主义(亦称社会主义的现实主义,动的现实主义,或新现实主义)。[①]
>
> 中国诗人与自己的古典传统断裂,目不转睛地盯着西方浪漫派和现代派。[②]

[①] 李何林:《近二十年中国文艺思潮论》,南开大学出版社2016年版,序言第1页。
[②] 任洪渊:《当代诗潮:对西方现代主义与东方古典诗学的双重超越》,《文学评论》1988年第5期。

但是，关于新文学的发生、发展和变化的文化渊源，也有一种完全相反的见解：

> 作者以客观科学的研究雄辩地说明了中国新文学之根源，主要是深植于中国文学传统的沃土之中，而非主要继承西方洋帮的炫目衣钵。①

五四新文学史的事实说明，鲁迅等前辈作家和学者都在他们生活的时代强调了真理的一个方面，不同程度地忽视或轻视了真理的另一方面。

总体上，五四新文学确是首先在外国文学、文化潮流的冲击下萌生的，但也与中国传统文学、文化长期内部矛盾运动有关，在中外文学、文化相互碰撞和双向互动的作用下，五四新文学才得以迅速地发生、发展和变化。当然对具体作家、作品、思潮、社团等来说，就必然呈现出纷纭复杂的状况。朱自清、叶圣陶以至张爱玲、汪曾祺、高晓声、白先勇、陈忠实、贾平凹等的文学观念和文学创作，虽然也不可避免地受到西方思潮的影响，但更多地还应从中国传统文化和民间民俗文化中探溯其渊源。而巴金、李金发、施蛰存直至於梨华、马原、残雪等的文学观念和文学创作，也受到中国传统文化的影响，但更多地还应从外国民粹派思想、象征主义、新感觉派、先锋派和现代派的文学和文化中溯源探渊。

从"双向互动"的角度，具体考察20世纪中国文学的发展、

---

① 罗惠缙：《新文学研究的独特拓进——评刘中顼的〈古今诗歌传承溯探〉和〈古今小说传承溯探〉》，《中国人民大学复印报刊资料·文艺理论》2001年第12期。

变化及其文化渊源，将有助于突破先前将中国现、当代文学分界进行研究的框架和偏颇，从而将教学和研究引向深层。

三是分期观。文学史观的"长河意识"还启示我们，长河有上游、中游和下游之别，那是地理学家等考察研究的需要；文学史的分期、分段，也是研究者和学习者的需要（有时也许是政治统治者，将文学视为"载道"之工具时的特殊需要）。这是其一。但正如长河也会改变流向那样，文学史发展过程中有时也会碰到激变和突变，也会有新的分期、分段，但构成文学本身的多种基本质素依然会"渗入""汇入"或"融入"新的文学史阶段。——这是其二。

文学史的分期，无论是古代、近代和20世纪中国文学史，以往的文学史教学，绝大部分都是以政治制度的更替、政治运动的变化为主要依据。政治的大变化必然会对文学产生影响，但文学也必有自身变化的内部规律。忽视文学本身内部规律的文学分期，首先是背弃了文学本体，科学的文学史观拒绝完全以政治运动的分期来代替文学的分期。

章培恒先生近年对此提出了精要的见解："必须以文学本身的情况为依据，而不是以某一阶段文学所由产生时期的政治、经济等情况为依据"；"必须以体现文学自身特征的各种表现为依据"；"必须考察其与本国前一时期的文学之间是否确已产生了足以构成两个历史时期的差别，同时还应考察这种差别是反映了历史的前进抑或倒退，是不可逆转的抑或转瞬即逝"；"必须考察其与世界其他国家或地区的属于同一历史时期的文学是否大致相应"[①]。

[①] 章培恒：《关于中国现代文学的开端——兼及近代文学问题》，《复旦大学学报》2001年第2期，第3—4页。

文学史观的"长河意识"还启示我们,文学史的分期不是分家。为了更精确、更科学的研究,文学史的分期是必要的。但是,研究者的胸中仍应有"长河意识",即通史意识。"分期"不是分割、不是游离,更不是断裂,只是在文学长河中的"分期",我们仍应以文学史的"长河意识"来研究分期的那一段。明乎此,我们对20世纪中国文学的教学和研究,就不会拘囿于百年文学的史实和框架,而能以"上挂下联"和"承上启下"的思路去讲授。

第二是"博物馆意识"。

文学史又是一座历史博物馆。

博物馆陈列的都是历史上的文物或文献,都应是原物和真迹——而且其主体部分应是珍贵的、价值很高的原物和真迹,是在自然界和人类社会形成和发展变化中具有里程碑意义的、具有原创性、具有特殊审美价值和历史认识价值的经典。如果弄虚作假无原物,如果随意搜罗,样样都要,博物馆就变成了废品收购站。当然,优秀的博物馆里也应陈列少量虽不具备上述里程碑意义、审美价值等,却也在历史上存在过,能反映人类和自然历史上衰落、腐朽、倒退、消亡等现象的典型物件,它们也具有不可替代的历史的认识价值,它们与历史上具有里程碑意义、审美价值等历史现象互相关联和碰撞,构成了历史的复杂性、多面性和丰富性。文学史研究也有与此相应之处。以上述博物馆意识为据,文学史家才有可能准确和深刻地揭示文学繁荣和衰退、某种文体的新生和消亡、新旧文学思潮的消长、纷纭文学现象的更替等内在变化的规律和缘由。正如著名学者王瑶先生所论:"即使是衰退的,也自有它所以如此的时代和社会的原因,而阐发这些史实的关联,却正是一个研究文学史的人底最重要的职责。"① 科学的文化史观是优秀博物馆的灵魂,同样,科学的文学史观也是优秀文学史教材和著作的灵魂。扼要地说,以"博物馆意识"来构建文学史,其重要质素,就是文学史教材和著作的历史的属性和主体属性。

一是历史属性。正如"文学是什么""美学是什么"至今仍争论不休一样,"文学史是什么"也同样意见纷纭。这正反映了诸多学者在文学史观念上的差别。

文学史研究的对象应是文学,有文艺学属性,这应无异议。但文学史又应有历史的属性,它研究的又是文学发生、发展变化的过程和规律,是已成为过去的、已成为历史的文学现象,任何权势霸语,任何轻狂断语都不能永远涂抹、改变、增删或取消史实,因而文学史又是一门具有历史属性的科学。王瑶先生在一次中国现代文学研究年会中对此作了深刻的论述:"作为历史科学的文学史,就要讲文学的历史发展过程,讲主要文学现象的上下左右的联系,讲文学发展的规律性。"② 仅就被某些文学史研究者忽视的文学史的构成来说,文学史应是作家作品、文学现象、思潮、社团、流派、批评等为主要构成内容,因为这是文学史的史实,是文学发展变化的综合的历史存在,而现今出版的一些文学史教材,就有意无意地阉割了这种客观存在,或取消了文学思潮、文学运动,或不顾及文学批评和理论,或孤立地论述文学史中诸多原本互相关联的文学现象和作家作品等。如此这般的文学史,较好的也许是文学理论思潮研究,也许如作家作品评论,但很难称得上是一部优秀的文学史基础课教材。因为作为一门独立

---

① 王瑶:《中古文学史论·初版自序》,《中古文学史论》,北京大学出版社1986年版,第4页。
② 王瑶:《中国现代文学史论集》,北京大学出版社1998年版,第276页。

的文学史基础课，它有自身应承载的内容——这种内容不仅仅是课程的规定，而更重要的是文学史史实的既定的内容，理应让学生在这一基础课中精要地学习到所应学习的内容。虽然文学史与文学理论、文学评论研究的对象同是文学，但三者毕竟各有其质的规定性。历史属性恰恰正是文学史的一个关键的质的规定性。自然，对文学史诸多构成因素作个别的研究，或进一步对它们分别作"史"的研究，即以"历史的眼光"研究"文学思潮史""文学批评史"等，也同样是分量很重的研究。但这也应是文学史学科母题中的一个部分、一个子题，它同样应具备历史属性，同样应尊重已成为历史的思潮史、批评史与作家作品、文学运动、流派等互相关联、互相影响的客观存在的历史事实，同样应将它们联系起来考察。任何孤立的、随意的研究，都是对历史的人为的分割。而文学史的研究需要的首先是对文学历史的尊重和敬畏。

二是主体属性。历史的文物和文献总是浩如烟海、缤纷杂陈的，由于年代久远等故也常会扑朔迷离、本末混淆、真假难辨等迹象。在博物馆中陈列什么？必须认真鉴别和严加选择。陈列时，如何排列，突出什么等，都由作为陈列文物主体的馆长和专家来布置。由万千观众来检验——如果缺少鉴别的慧眼，信口定性，轻狂菲薄，或随便弃置、胡乱排列，则博物馆就成了堆放"杂物"的仓库。

科学的文学史观的主体性，即文学史家的主观能动性，主要体现在"选择的眼力"和"揭示的眼力"上。

20世纪中国文学史上的现象是众多而纷杂的。它不仅有政治、经济、战争和御用文人等外在力量的严重干扰，还有文学本身错综复杂的内容和形式内在因素的纠缠，也有对蒙尘历史或社会剧变后文学史料的剔误钩沉等，这就需要文学史家必须具有"选择的眼力"。选择就是考据、取舍、鉴别和评价，选择的过程就是文学史家在爬罗史实的基础上去伪存真、弃粗取精的过程，是文学史家以自己多年文化积累，以及又因经历、性格、人格等因素自然而然形成的个人的"眼力"——而不是任何时髦的、世故的、权势的、名人的等外在的"眼力"来"选择"：写什么，不写什么，哪里"浓墨重彩"，哪里"轻描淡写"等，并以此来构建文学史框架，这也是一部文学史轻重深浅，甚至是非正误的关键之一。文学史"选择"的全面和偏颇，"选择"的精到和谬误，就是文学史家文学史观主体性的折射。五六十年代出版的相当一部分中国现当代文学史在"选择"时，排斥胡适、胡风、梁实秋、张爱玲等的偏颇和谬误自不用说，即使是八九十年代，甚至近几年出版的关于中国现当代文学史，在"选择"的"眼力"上，虽然不乏胆识皆备，精深独到之作，但也曾一度"打倒"之风盛行，于是红极近半个世纪的郭沫若和茅盾，就遭到灭顶之灾，甚至连鲁迅也遭贬损。从文学史观和思维方式来说，八九十年代"打倒""郭、茅"等，与五六十年代"打倒""胡、周"同出一辙，属同一个症结，都是不顾文学史铁的事实，是随风潮和功利而变的恶习。科学的文学史观主张从史实出发，运用"选择"的眼光，将五六十年代一直受到批判或除名，其实都各自卓有贡献的周作人、朱光潜、沈从文、胡风、张爱玲、张恨水，以及八九十年代严遭贬损和冷落的郭沫若、茅盾、田汉等列为专节。

　　如果说"选择的眼力"主要体现了文学史家对丰富复杂的文学现象鉴订考讦、褒贬取舍的主体胆识，那么"揭示的眼力"则体现文学史家对文学史诸多因素、来龙去脉、相互关联及其语言韵味、形象内涵、人格境界、哲理意蕴等深邃的、综合的剖析功力。这种"揭示"主要体现在几个方面:"揭示关联""揭示内蕴""揭示规律""揭示缘由"和"揭示渊源"。"揭示"的正确和讹误、深刻和肤浅,以及题旨的远和近、艺术的精和粗等,都决定于文学史家的主体性。

毋庸赘述,决定文学史质量高低的重要质素之一,就是文学史观的历史属性和主体属性,这也是科学的文学史观的生命和灵魂。然则又是历史属性,又是主体属性,两者有无轩轾之分?主次之分?这方面的分歧和争论从20世纪二三十年代一直延续到现在。有学者认为:

> 夫史以传信,所贵于史者,贵能为忠实之客观的记载,而非贵其有丰厚之主观的情绪也,夫然后不偏不党而能持以中正。推而论之,文学史非文学。何也?盖文学者,文学也。文学史者,科学也。①

钱基博是深受学术界尊崇的学者。但他关于文学史"忠实之客观的记载"是不能兑现的。因为文学历史总是纷纭错综,千头万绪,任何史书都不能"客观的记载";而且也没有全部"记载"的必要。浅薄平庸、猥琐恶俗、千篇一律、枯涩无味……的"文学"作品等,弃之如敝屣,怎可入史详析?即使文学史中有少许要涉及,也仅是将它们作为阐述复杂文学现象和剖析特定时期文坛悲哀的史料处理而已。

科学的文学史观也反对涂改、隐瞒、歪曲、编造和粉饰

---

① 钱基博:《现代中国文学史》,刘梦溪主编:《中国现代学术经典·钱基博卷》,河北教育出版社1996年版,第9—10页。

历史。

郭沫若改动他早年诗作《匪徒颂》,从而表示自己"早就是马克思主义者"的行为,文学史家理应在史书上还其历史的原貌。又如20世纪八九十年代出现的大量作家写的"回忆录",为研究者提供了不少史料。但由于时间过长,也由于写"回忆录"的动机有别,有不少"回忆"离历史上发生时的"原意"距离较远,甚至相反。持有科学的文学史观的文学史教材,也必须对此加以鉴别。

三是稳定性的属性。

博物馆陈列的文物和文献,能一年半载就大更换、大变样吗?能一周半月将陈列物展出的主次位置随便改动吗?回答自然是否定的。因为陈列于博物馆的文物和文献,已经过历年反复筛选和精心鉴别。既是历史文物和文献,就必然是以往历史和特定时代、时段具有代表性、经典性的物件。历史发展了,虽时有新发现、新更换,但一般来说,毕竟是少量的。因此,博物馆陈列的基本物件,必然具有稳定性。科学的文学史观与此也有某些相似。被写入文学史教材的作家和作品,思潮和流派等,也应具有稳定性这一基本特性。这首先是大学教学对象和教学性质的需要。传授给学生的知识、方法、理论等,均应有稳定性,这是不言而喻的。当然,不同的文学史教材因文学史观的差异,会有不同的选择和评价。但经过时间大浪淘沙的无情过滤,经过众多读者和研究者眼光多次的筛选,经过中外文学史、文艺理论多次的鉴别和审视⋯⋯凡进入文学史的作家、评论家、思潮、流派等,均应是经得起检验的。文学史教材在撰写体例和撰写角度上也会有差异,但大凡时间距离越长,而且鉴别的标准越严格的那些部分,——可以是文学史上的精品,也可以是在文学史上有某种代表意义的,也可以是在文学史上曾经发生过很大影响的——不同的文学史教材,一般都会将他们(它们)予以保留,作为教材的最重要的基础内容传授给学生。鉴于此,即使是优秀的文学史教材也要吸收前人的有效的研究成果,也应吸收同时代人最新的、学术界大体认可的研究成果。优秀的文学史教材也应有撰写者的个人观点和个人发现,——但这样的"个人性"也应在学术界大体认同时才可入史——因为这是一门基础课,接受对象是青年学生,要求教材的主要观点必须是具有稳定性。上述这些基本内容就构建了文学史稳定性的主要框架。对这些基本内容后人也可以重新审视、重新定位,但学习者和研究者对此应有更多的尊重。因为这些部分多半是一个时代、一个民族,乃至世界上人类文化和精神的结晶。这就是文学史教材的稳定性。文学史教材理应有这样的高境界和高品位。这自然需要一代又一代的学人付出毕生的智慧。

科学的文学史观要求既尊重和敬畏历史,又注重史家治史的主体性。一部优秀的文学史著作,一定是历史性和主体性两者相得益彰的智慧之果。文学史家的主体性主要表现在:在尊重历史原貌的基础上,对构成文学史的诸多元素:思潮、运动、社团、流派、文学批评、作家作品及其关联等,严格"选择"和深刻"揭示"。

是否可以这样说,科学的文学史观的主体性,是决定一部文学史有无创新、有无价值或价值高低的关键。文学史著述理应以科学的文学史观,对丰富辉煌、纷纭驳杂的20世纪中国文学,从宏观和微观、纵向和横向、现象和渊源、思想和文体、思潮和流派等诸多方面作扼要的梳理、鉴别、分析、定位和评价,力求在接受者进入文学史的阅读状态时,有知识之得、有审美之悦、有人性之悟、有时代之感、有规律之明、有思考之乐。

2002年8月初稿于浦东"阳光苑"

2003年6月定稿于"文化佳园""达庐"

原载《中山大学学报·社会科学版》2005年第3期

一种尝试，一脉江流
——《新文学里程碑》总序

我们从事新文学的教学和研究多年，遍览了多种文学史著作。正如有各种各样的文艺理论史、美学史以及哲学史等专著一样，也有多种多样的文学史著作。有专注于作家作品论的，有专注于文论家及其作品论的，有专注于文艺思潮史论的，有既有文艺批评、论争、思潮，又有作家作品论的，有以一段时期的文学为研究对象的断代史，也有论述行文时上通下达、上挂下联的文学通史，有插图本文学史，也有以一种文体（即文学样式）发展为研究对象的文体文学史，如此等等，文学史研究也百家争鸣、丰富多彩。从各种形式和内容本身来说，它们虽也有轻重之分，深浅之别，但就反映文学史的不同侧面和读者对象来说，也许就很难一概笼统地以优劣、高下论之了。

在多年教学实践研究和思考的基础上，1995年秋月，一次与文坛友人啜茗于浦江之畔。其时天朗气清，惠风和畅，谈兴正浓时，两位友人以他们长期从事报业的敏锐、机警和多年的丰富学力，立刻抓住我们话题中关于文学的有新意的主要内容，反复商讨，又几经充实，最后以《新文学里程碑》定名，拟定编著一套丛书。当艰难的编著工作紧张进行之初，一位胆识兼备、学力厚实又熟谙读者的出版社友人，欣然首肯，并力荐出版这套四卷六册、具有一定新文学史价值、兼有可读性和审美吸引力、有

250万字之多的《新文学里程碑》。

这既像又不像一套新文学作品选集,因它有二三十万字的编著者的评论;这既像又不像一套新文学作品的审美鉴赏集,因为它选入了作家、文论家较为稚嫩、粗疏的处女作;这既像又不像新文学史,因为它选入了大量的作品,缺少新文学发展变化内在规律的系统分析和完整的理性的深入探讨。但这是一套有一定创新意识、有自己独特个性的编著,是一套具有某种新文学史价值的编著,是一套具有特殊性的新文学编著。

这种特殊性,我们力求以三方面来体现。一是大写意式的史的意识。我们的总体构思,以文体为"长河",按作家、文论家生平先后排列,尤其注重以他们的处女作、成名作和代表作发表时间为顺序,勾绘出他们(她们)创作道路上的重要标志和轨迹,同时力求对构成文学史主要内容的众多作家和文论家依稀勾勒出纵向发展的整体流向;此外,在写评介时,也力求将各位作家、文论家及其作品置于新文学整体发展长河中进行考察,评点他们(她们)在文体发展史上的贡献、地位和风格。二是抉剔误钩沉的史料意识。通常意义上的文学史著作,重在对作家、文论家和诸多文学现象、思潮及其相互关系、内在规律的揭示和评论上,这无疑是权衡文学史分量的重要标准。但我们见到的不少新文学史著作,在任何一部文学史著作都不应忽视的第一手史料的发掘、辨析和运用上,除王瑶先生《中国新文学史稿》等少数几部外,有不少似有史料本本承袭之陋习,至于第一手史料,如文学史著作理应写清楚的关于作家、文论家的成名作发表的期刊和简评,较少提及,尤其是标志作家、文论家文艺思想和艺术创作起点的处女作的内容和发表的时间、报刊,就更是罕见了。这固然与文学史作者的功力和用力深浅不无关系,主要的原因恐怕还是文坛对众多作家、文论家研究得不够充分。真正的、高水平的文学史著作,即使有很高功力的作者,都是要将自己的编写建筑在前人和同时代人文学、文化研究的基础之上的,研究视野的扩大和加深,都是要受到已有研究成果的种种启悟和限制的。我们现今查阅了大量报、刊和书籍,而后选入的作家、文论家的处女作,也多半得力于多年来文坛整体研究水平的提高。处女作的发现和重新发表,不仅增强了本套丛书的可读性,而且能使读者、研究者看到作家、文论家思想和艺术的真实起点和最初"亮相"的原貌,再联系以后发表的成名作和代表作,就能更清晰、更准确地论析他们的创作道路的里程和思想发展变化的轨迹。因距今时间较长、时代又多变幻,新文学初期一些地方报、刊大都湮没等故,我们只是初步比较系统、比较全面地作了整理、钩沉和辨析,希望对志于深入研究文学史的专家们,能有所助益。三是可读意识和审美意识。我们希望能通过成名作、主要是代表作来体现。严格意义上的文学史著作,一般都不可能选入作品,只是分析时略加摘引或夹叙夹议而已。本套丛书查阅了数十种报、刊和数百部书籍(专论、年谱、传记、文学史、日记、书信集、辞典、选集、文集、全集和"文学大系"等)。即今选入的成名作,一般都有依据。选入的代表作,一般都为世所公认之作。其中有部分作品,系据我们的观点来确定的,系我们拿出眼光来,分析、比较之后排定的,——既有首次的新发掘,也有与以往成见相悖处。不论如何变化,入选的成名作和代表作,希望在可读性和审美性上能得到更多的认同。既为成名作,总有"成名"的种种因素,有些大作家早就成名了,但某种文体作品的成名也还有待于这种文体作品本身的质量,也还有悖于某种成名的机遇。代表作,顾名思义,主要是指能代表某一作家或文论家少至一二十年，多至几十年的思想、艺术水平的；既然入选的作家、文论家已经过比较认真的选择，已考虑到文学史全貌的基本构成，我们入选的代表作自然也希望能反映各种风格流派和千姿百态的创作个性。唯其如此，丛书的可读性和审美性就不言而喻了。

纵观文坛，任何认真的汇编、编著、专著都应有些新意、有些特殊性。我们这套丛书也是一种新的尝试，是策划和主编多次商讨的结果。限于学力和眼光，本编著中的某些新意和某种特殊性，还有待于修正、充实和完善，我们尤其要倾听专家、学者的指教，以及广大读者的批评。本来，我们编著这套丛书还有一个重要目的，希望有助于大学的中国新文学作品选读和新文学史的教学的研究。我们企盼这种新的尝试能渐次成为一脉江流，多方吸收，不断涌流，蔚为一种新的景观。

1997年于春寒夜半

原载《新文学里程碑》，文汇出版社1997年版

"20世纪中国分体文学史研究丛书"总序

刚刚过去的20世纪，是中国社会大变革、大动荡、大发展的历史时期，处于这一历史时期的中国文学，在承续中国古代文学传统和接受域外文学影响的基础上，顺应着时代潮流和社会变革，也有了明显的革新与发展。作为中国文学历史长河中的一个不平常的、重要的发展阶段，20世纪文学是丰富多彩而又独具特色的。它不仅通过各种文学样式从多角度、多侧面反映了一个世纪来中国各族人民的生活状况和理想追求，表现了他们的情感变化和精神风貌，而且在文学形式和艺术技巧上也有了显著拓展；它不仅为中国文学宝库增添了一些可以辉耀史册的经典杰作和较多精品佳作，留下了丰富的文化遗产，而且为21世纪中国文学的健康发展奠定了坚实的基础。因此，全面反思和总结20世纪中国文学创作和理论批评的历史贡献、基本特色和经验教训，深入探讨其发展规律，无论是对于进一步弘扬中国文学的优良传统，还是对于推动21世纪中国文学的持续发展，都是十分必要和非常重要的。

过去，我们在教学和科研中常常习惯于把20世纪中国文学划分为近代文学、现代文学和当代文学三个阶段，实行分段教学和研究。这种做法自有其历史原因与合理之处。但是，随着时间的推移，其缺陷也越来越明显。因为三个阶段的分期依据，主要是政治运动的开展和社会制度的变革给文学带来的变化，而很少顾及文学自身发展规律的演变和文学思潮流派及作家创作的延续性。例如,就拿作家创作来说,不少作家的创作跨越了近代和现代,而更多作家的创作则跨越了现代和当代,因此,对他们的研究和评价,就不能受文学分期的局限予以人为的割裂,而应该在20世纪中国文学发展变迁的总体框架和历史背景中进行全面考察,这样所得出的结论才较为客观准确,更符合实际状况,也更具有科学性。又如,不少文学思潮流派的形成和所产生的影响也是跨越时代的,如果局限于已有的分期,也不可能对其进行全面的把握和准确的评价。因此,如何打破原有的思维模式和教学、研究之格局,以更好地适应时代和学科发展之需要,已成为新时期以来中国现当代文学学科建设所面临的一个重要问题。

20世纪80年代前后,在逐渐活跃的思想、理论界的大氛围中,现当代文学的学术研讨会频繁召开,学术交流促进和加深了对教学如何更适应新时期需要的思考;而在多年的教学实践中,也有一些学者具体地感到了将现代文学与当代文学完全割裂所带来的弊端,如影响较大的、跨越现当代的作家,有郭沫若、茅盾、老舍、冰心、巴金、夏衍、曹禺、艾青、田汉、丁玲、张爱玲、孙犁等,他们在现代和当代都有重要作品问世,思想和创作风格都有明显变化,将他们分在两个学期讲授,一是必然重复,二是对他们在文学史上作总体评价的困惑,三是探讨他们中的大作家、大批评家的文学创作观、批评观、风格个性形成、变化的文化渊源的断裂感等。缘此种种,我们也与一些高校的教师一样,已开始在现当代文学史的教学中,作了部分的沟通和调整。正是在学术界、教育界具有一定普遍性和共识性的基础上,1985年,学术重镇北京大学的黄子平、陈平原、钱理群三位学者,又以他们多年的积学、慎思和睿智,在《文学评论》第5期上发表了《论"20世纪中国文学"》的论文,首次敏锐、明确、集中地提出了"20 世纪中国文学"的概念,主张"要把 20 世纪中国文学作为一个不可分割的有机整体来把握"①,并对此作了详尽阐述,具体表达了他们胆识兼备、颇具新意的见解,从而在学术界引起了很大反响。此后,打通近代文学、现代文学和当代文学的界线,把 20 世纪中国文学作为一个整体来进行教学和研究,逐步成为许多学者的共识,在这方面也相继出现了不少有一定影响的学术成果,进一步推动研究向纵深发展。

  显然,倡导 20 世纪中国文学,就意味着打破各种政治因素给文学史分期带来的束缚,要充分尊重文学自身发展演变的阶段完整性,这样既有利于确立通史意识和整体观念,也有利于更全面深入地把握文学发展演变的基本规律。更何况 20 世纪中国文学乃是中国文学历史长河中的一个阶段,其发展一方面承续了中国古代文学的传统,另一方面则不断受到域外各种文艺思潮和作家作品的影响。为此,强调"打通",也意味着要进一步加强中国文学古今演变的研究,疏通文学长河之河道,并加强对各种外来影响的研究,以深入探索文学发展的内在因素和规律性。同时,强调"打通",也有利于凸显更具经典性的作家作品。因为有些在近代文学史、现代文学史或当代文学史上有一定影响的作家作品,倘若把其放在一个世纪文学发展的过程中来看的话,就显得不那么突出或不那么重要了;而只有那些真正经得起时间筛选和检验,具有长久美学生命力的作家作品,才堪称经典,才能在文学史上占有一席之地。无疑,这种通史意识和整体观念也应该体现在教学过程中,以防止分段教学所出现的割裂与重复现象,从而使学生对 20 世纪中国文学发展的概貌和经典的作家作

---

  ① 黄平、陈平厚、钱理群:《论"二十世纪中国文学"》,《文学评论》1985 年第 5 期。

品有较全面、系统的认识和把握。

正是基于这样的原因,我们主编了《20世纪中国文学通史》,注重打通近代文学、现代文学和当代文学三个阶段,用全面、发展和变化的观点看待20世纪中国文学发展的历史,一方面清晰地勾勒其演变发展的轨迹,探讨和总结其基本规律;另一方面则注重评析一些重要的文学社团、文艺运动、思潮流派及作家作品,并具体探寻其中外文化渊源。全书既凸显了"长河意识"和"博物馆意识",也显示了编撰者的主体意识和个性化写作。所谓"长河意识",即把中国文学的发展视为一条流动的历史长河,"它原本有源有流,古今一体贯通"[①]。为此就应确立整体观、源流观和分期观。所谓"博物馆意识",即"文学史又是一座博物馆。博物馆陈列的都是历史上的文物或文献,都应是原物和真迹。——而且其主体部分应是珍贵的、价值很高的原物和真迹,是在自然界和人类社会形成和发展变化中具有里程碑意义的、具有特殊审美价值和历史认识价值的经典"[②]。也就是强调要尊重和敬畏历史事实,要具有独特的"选择的眼力",在文学史中进行真材实料、原汁原味的"真"的展览。可以说,这样的文学史观具体体现在《20世纪中国文学通史》的编撰之中,显示出别具一格的特色。

《20世纪中国文学通史》于2003年出版以后,颇受欢迎和好评。《文汇报》《复旦大学学报》《文学报》《中华读书周报》《文汇读书周报》《文学评论》《当代作家评论》《海南师范大学学报》《河北师范大学学报》等一些报刊先后刊载了评介文章,对该书予以充分肯定。同时,《文学评论》编辑部和复旦大学中

---

① 唐金海、周斌主编:《20世纪中国文学通史》,东方出版中心2003年版,第2页。

② 同上书,第5页。

文系、安徽师范大学文学院还于 2004 年 10 月 24 日至 26 日联合召开了"文学史理论创新与建构暨《20 世纪中国文学通史》学术研讨会",与会专家一致肯定了《20 世纪中国文学通史》所体现的科学的文学史观和颇具创新的体例结构,赞扬"《通史》是一部恢宏、大气而又丰厚的文学史",在文学史编撰上取得了突破性的成绩。例如,苏州大学范伯群教授认为:"《通史》以 20 世纪中国文学为主要内容,将中外古今打通,不少分析很中肯,也很到位,是一部有创新价值的文学史著作。"山东大学牛运清教授认为:"《通史》的整体构架、体例比较科学、合理;注重写'流变',写动感的文学史;展示了文学现代性与传媒现代性的互动态势,历史观点与美学观点相结合,在文学史写作中具有里程碑意义。"安徽大学王宗法教授认为:"新时期将文学史分为现代和当代,后来学术界试图打通现代和当代,但从来就没有真正'通'过。所以《通史》是突破性的,在众多的现当代文学史著作中,该书的成就是具有标志性的。"① 另外,该书还先后被全国二十多所高校中文系选为教材,在教学过程中也受到各校师生的欢迎和好评。专家学者们和各校师生的充分肯定与热情鼓励,既使我们倍感亲切,也使我们倍受鼓舞,并激励我们进一步拓展和深化对 20 世纪中国文学的持续研究。

由于《20 世纪中国文学通史》是作为大学中文系本科生的教材编撰的,故涉及的内容较多,并重在文学史观念、体例和评价的创新,以及文学创作、批评、思潮、流派的中外文化渊源的探讨。但因篇幅有限,故具体到每一种文学样式的创作状况和发展演变过程,乃至一些有影响、有代表性的重要作家作品,都无

---

① 均见《文学评论》2005 年第 2 期。

法详尽论述，只能简要勾勒，突出重点，因此也难免会有遗珠之憾。同时，因为每个编撰者要按照全书的体例和大纲所规定的基本要求去撰写，这样也难免会使一些个性化的书写因服从总体需要而磨去了棱角，在一定程度上削弱了其独具特色的创新观点。当然，作为大学文学史教材的编撰，学术界、教育界多年来也一直在思考，衡量一部教材的质量，尽管有多个要求，但有一个基本点应达成共识，即在教材中，如何处理好择要吸收前人和同时代人具有共识性、普遍认同性的研究成果，与独抒己见的个性化和与独立提出的、尚未被学术界认同或尚待时日验证的新锐（新潮）成果之间的复杂关系。——这依然是当下和尔后的学术界必然会深入研究的。我们对此仅作了些初步的探讨。

有鉴于此，为了更全面、系统地描述一个世纪来各种文学创作样式和文学批评的创作情况和发展历程，更好地反思和总结20世纪中国分体文学创作和文学批评的主要成就、贡献和问题，深入探讨其基本规律，我们决定再主编一套"20世纪中国分体文学史研究丛书"，其中包括《20世纪中国诗歌史》《20世纪中国散文史》《20世纪中国小说史》《20世纪中国话剧文学史》《20世纪中国电影文学史》和《20世纪中国文学批评史》等。需要略加说明的是，我们之所以将《20世纪中国文学批评史》列入其中，除了吸收接受美学的观点，将文学创作和文学批评视作自成体系又应融为一体这一基点之外，还力求在本册中在注重20世纪中国文学批评史研究的同时，还注重文学批评的文体学研究——文学鉴赏、评论和学术论文，不也应是诸多文学样式中的一种文体吗？古今中外文学长河中，不就是有那么多创新、深刻、精湛的美文——文学鉴赏、评论和论文吗？——遗憾的是，这是被以往的诸多现当代文学史教材所忽视的，但这一文学批评的文体，却又是实实在在不可或缺的。

上述分体文学史的作者都是对该文学创作和批评样式的发展演变历史十分熟悉且有深入研究的学者,已有多年的学术积累和不少前期成果,是这方面的专家。而分体文学史作为学术著作,也更需要体现作者自己的看法。因此,在统一目标的前提下,作为主编,我们并不强求一律,而是充分尊重作者的学术个性,鼓励大家积极创新,切实能各抒己见,百家争鸣,从而为20世纪中国文学的研究增添新的、有分量的学术成果。故而,每本书的体例并不完全一致,基本观点也都是作者个人的见解,更多地体现出主体意识和个性化写作特点。

在21世纪初来回顾总结20世纪中国文学,其有利之处在于:我们对刚刚过去的历史还有较深刻的印象,那些鲜活的感性认识还留存在记忆之中;特别是20世纪80年代以来文学的发展变化,我们既有切身的体验和感受,也有持续不断的关注和研究;所以,做这样一项回顾总结工作并不觉得很陌生,许多观点的形成不仅来自理论分析,也来自实际观察和体验。

但是,对历史的总结是需要经过沉淀的,也许,有一定的距离才能看得更清楚,其分析判断也可能会更加客观准确。然而,一代人有一代人的责任,我们所做的研究和由此形成的学术成果,既体现了我们这一代学者应尽的责任,也表达了我们的观点和看法。至于是否符合客观实际,是否确有道理,将留待众人评说,也欢迎专家学者和读者诸君不吝指教。

该研究丛书的出版得到了复旦大学出版社社长贺圣遂先生的大力支持,在此也表示衷心感谢。

2008年2—3月于复旦园

本文署名为周斌、唐金海原载《燕赵学术》2008年秋之卷:书评与书序

精神价值：文学大师论要

一般说，每个人的一生都是一部历史——对大多数人来说，基本上是个人的物质生活史，当然，他们也有轻重各异的精神创造，却更具有物质性——主要指他们自身的生活和物质创造——必须指出，这种创造是人类社会赖以生存、进化和发展，以及意识形态劳动者从事精神创造的坚实基础，其中有的也是物质世界的辉煌创造者。这是构成人类社会群体的庞大母体。人类世界的另一些创造者，即真正大师级的意识形态和精神领域的耕耘者，如其中一些杰出的哲学家、经济学家、文学家、科学家等，他们个人的生活史，往往蕴含着、折射着、缩影着时代、历史、人生以至大自然发展运动轨迹的某些侧面。当然，他们也有轻重各异的物质性的创造，但他们的创造却更具有、更注重精神性，或纯粹是精神性创造。他们的终生事业主要就是在精神领域里游弋、开掘和探索，他们在关心、投入和研究物质世界的同时，创造的成果更具有超越时间和空间的精神价值。他们构成了人类社会群体的精神脊梁。然而，全部问题的关键是，上述两大类群体的结合、矛盾和转化，才是构成人类社会变化和发展的基本动力。

在有文字记载的几千年人类历史中，就文学、哲学和艺术领域而言，我们可以开出一长串光辉的大师级姓名：孔子、庄子、亚里士多德、达·芬奇、李白、杜甫、黑格尔、莎士比亚、曹雪芹、毕加索、八大山人（朱耷）、巴尔扎克、托尔斯泰、陀思妥耶夫斯基、贝多芬、萨特、弗洛伊德、鲁迅等。从某种意义上来说，他们的历史，就是人类特定时代和一定文化领域的思想史、精神史、科学史、智慧史的缩影。

何谓精神领域的大师级人物？广义来说，与通常人们常说的文坛巨人、巨匠、巨擘或泰斗、高峰等这类对人物作历史地位评价的用语大体相当。它们的词义虽有轻重之别，其外延有大小之差，其色彩有浓淡之分，但它们的基本内涵却是相似。自然，不必也不能精细地为特定精神领域杰出的耕耘者编排座次，不必也不能精确地为他们丈量高低——这首先是由丰富复杂的精神创造的科学范畴和规律决定的。但历史和实践昭示人们，大体的、基本的评价标准还是可以和应该探讨的。统而观之，那些评价标准的特点是模糊中清晰，清晰中模糊。对此，历代学人，各抒己见，众说纷纭，但有一点已为千百年的历史证实：文学大师、巨人、泰斗等历史地位的评价，虽然一时代当权者的指派或否认，权威的评定和批判，赶时髦、赶浪潮者的吹捧或贬抑，偏狭、宿怨者的诬陷和攻击，宣传媒介的烘炒或冷落，会对人物历史地位的评价产生很大的影响，甚至产生轰动效应或冰冻效应，——但这里主要的、长久的、最终的决定因素，永远是人物自身（作品和著作、思想和人格）——是否经得起历史江河的长期淘洗，经得起时间熔炉的无情冶炼，经得起生活铁砧的反复锻打，经得起学术和艺术时空的严格检验。

仅就文学领域而言，世所公认的文学大师，中外文学史对他们都有精辟的论析。毋庸争议，文学史并不是文学大师史，上了文学史的作家、理论家不一定都是文学大师。有各种各样的文学史，断代的、跨代的、民族的、世界的、各别的、综合的等。一般说，文学史是一门独立的科学，它研究的是经过文学史家选择过的、众多的（不是包罗万象的大杂烩）作家、评论家及其作品，与文艺思潮和社团流派等的内在联系、它们相互影响和发展变化的规律，以及它们受到一定的政治、经济、科学、哲学等的或隐或显、或直或曲、或浓或淡、或远或近等的制约和促进的关系。其中对作家、批评家和文艺思潮作宏观和微观的研究——历史地位的评价、发展规律及其原委的探讨等组成了文学史的基本构架。毫无疑问，由于时代、社会的发展、历史的发展，因政治、经济或哲学观因素的干扰，文学史家审美眼光的差异，一些史家的种种偏见，以及理论修养的高低，资料掌握的多寡，小圈子、小宗派的干扰，研究对象的丰富、博大和庞杂，历来文学史著述总有良莠之别、深浅之分和雷同之误，总是差强人意。但即使如此，迄今为止，未上各类现当代文学史的文学大师（巨人、泰斗等）几乎没有。即令文学大师钱锺书及其《围城》，不仅长期受到文学史家的冷落，而且迭遭曲解和攻讦。到 20 世纪 80 年代，钱锺书及其小说才在中国现代文学史上获得了应有的历史地位。相对历史长河来说，冷落和曲解总是短暂的，真金不会因为长埋地下而变成泥沙，钱锺书就是钱锺书，关键还是作家自身。相反，那些一度被热炒得焦烫、红得发紫的人物，最终也将返回自身。毕竟文学家的历史地位归根到底还是由自己的作品、著作和思想、人格，辅之以历年读者的接受和评论家的研究而决定的。纵观中外文坛，某个时代，某个领域的文学大师，总是极少数。如果我们对那些已载入史册并且举世公认的文学大师再进行深入的研究、总结和概括，就不难从中发现一些评论文学大师的基本的、主要的理论依据。——尽管在对千姿百态的作家、文艺理论家、文学思潮进行具体评价时，肯定会因人而异、因时代而异、因各种各样因素而千变万化，但那些人物自身的巨著、思想和人格，以及文学史、出版史等告诉我们，在以下几点上似应达成共识。

他们（文学大师、巨人、巨匠、巨擘、泰斗、高峰等）的作品和著作是不是展示（揭示）了人性的深沉和心理的底蕴，以及它们的真实性、丰富性、复杂性、多变性？他们的作品和著作是不是某个历史阶段时代精神、时代画卷等（或某些重要侧面）形象的缩影？这种精神的、画卷式的缩影是不是不仅对同时代人产生过巨大影响，而且对后代人，甚至在世界范围内，也具有很大的影响？他们开掘、探索和创造的精神和艺术成果，对他们前人来说，有没有闪光的新的发现和开拓？在人类精神史、思想史、文艺史的发展长河中，是不是具有独特的、哲学层面的普遍价值？文学理论家有没有具有深刻性和创造性的专著、有无自己的理论体系（含自己一贯的、基本的理论观、自己的思维方式、批评方式、写作方式、话语方式）？作家是不是创作了在"真、善、美"完整意义上的、具有独特的艺术构成、又具有诗史性和深刻性的杰作？在文化审美性的意义上，是不是能给予不同地域、不同民族、不同时代的读者以美的熏陶、美的启悟和审美时再创造的空间？他们是否在同一范畴的不同领域或品类上，甚至在不同的范畴，都有成就和建树？

毋庸赘言，以上仅是我们简要和初步的概括。它们是评价文学大师这一统一体的诸多侧面，如仅从单一方面去肯定和否定研究对象，都是不科学的。它们从中外大量作家、理论家的史实中抽象出来，我们再以此进入具体分析和评价时，由于研究对象和研究者的千差万别，以及其他复杂的外在因素，分歧和争议是难免的。这正是精神领域中学术研究、理论探讨的巨大魅力。精神财富创造者的文学大师们的丰富性、深邃性和复杂性，决定了精神财富探求者们长时期、多方位、多层次研究的必然性和创造性。

在几千年中国文学史上，20世纪中国现、当代文学的诞生和发展，具有划时代意义，并已取得了举世公认的巨大成就，文学家及其作品灿若群星，但基本上有定评的文学大师却寥寥无几——并不是除鲁迅之外就没有了。主要是因为各种因素的干扰和研究得不充分。近一个世纪来，广义的中国现当代文学批评和研究，几乎与中国现当代文学创作的发生和发展是同步的。近百年中，尽管前者对后者有多次粗暴的扼杀和误导，在总体走向上，两者还是互有促进、互有启悟——尤其是20世纪二三十年代和八九十年代。当20世纪暮鼓快要敲响的时候，中国现当代文学（创作和研究）却又敲响了承上启下、震惊中外的晨钟。创作的丰收自不待说，仅就中国现、当代文学批评和研究来看，思想解放，视野开阔，文思活跃，品种繁多，新人辈出，杰作如珠；填补空白、富有创见、博大精深的论著，工程浩大的巨著、巨译、巨编也间或问世。虽然出版艰难，浅薄、雷同、错讹之著也泥沙俱下，里程碑式的史作、史论还罕见，总体上的事实是，八九十年代的中国现当代文学创作和研究，已呈现出空前的五彩缤纷的辉煌景观。

其中有宏观的、综合性的、兼及中外的对思潮、流派、社团、文体等的研究，也有宏观和微观结合的、深入的、兼及中外的对作家、批评家的研究。后者如鲁迅研究、胡适研究、周作人研究、冰心研究、郭沫若研究、夏衍研究、茅盾研究、郁达夫研究、巴金研究、老舍研究、沈从文研究、胡风研究、曹禺研究、钱锺书研究、张爱玲研究等，就是20世纪八九十年代文学领域一部分取得开拓性研究成果的文坛实绩。

任何个人的学术研究总要受到同时代的整体学术研究水平、倾向的制约和影响。20世纪八九十年代包括文学研究在内的对东西方文化研究整体水平的提高,使文学研究置身于文化研究的宏观视野中,文坛很多现象,包括对文学大师的评价,人们就可以看得更为准确和清晰。上述提到的作家和理论家,除鲁迅等少数几位世所公认的文学大师之外,大部分尚无共识。有一些还有待更深入、更全面的研究,才可望面目清晰,如冰心、梁实秋、林语堂、徐志摩、艾青、张爱玲、金庸等;有一些研究,如对茅盾、郭沫若、胡适、巴金、老舍、钱锺书、朱光潜等,少数研究者或因理论偏见,或因趋时媚俗,或因浅薄浮躁,对茅盾等尚持有异议,但是,视胡适、茅盾、巴金、老舍、沈从文、钱锺书等为中国现当代文学大师,中外文坛基本上已有公论。

如前所述,文学大师及其著作,构成了奔流不息的江河,组成了矿藏丰富的山脉,只有长时期、多方位、多层次地观察和挖掘,才能渐趋底蕴。我们编著的《茅盾年谱》,1985年前后正式开笔。在重读了茅盾一千余万字著译的基础上,又查阅了茅盾同时代人的有关著述,如多种年谱、传记,还有社团、思潮史料,以及近百种大小报刊,编著过程中又研读了五六十年前茅盾研究中具有奠基性、开拓性、创见性、基础性的论文、论著和汇编。论文如贺玉波的《茅盾创作的考察》、钱杏邨的《茅盾与现实》、朱佩弦的《子夜》、王瑶的《茅盾对中国现代文学的历史贡献》、戈宝权的《茅盾对世界文学所作的贡献》、叶子铭的《茅盾研究的历史和现状》和《茅盾六十余年文学活动的基本特点》、孙中田的《茅盾早期文艺思想胪谈》、邵伯周的《茅盾与中外文化系统》、乐黛云的《茅盾早期思想研究》、李岫的《茅盾——中国比较文学的开拓者》、唐金海的《论茅盾的文学批评》、王中忱的《论茅盾现实主义文学观的基本特征》、陈锐锋的《新文学文艺批评的开拓者》、田本相的《试论茅盾对现代话剧发展之贡献》等。论著、编著和汇编如《茅盾论》（黄人影编）、《论茅盾的生活与创作》（孙中田著）、《论茅盾四十年的文学道路》（叶子铭著）、《茅盾的创作历程》（庄钟庆著）、《茅盾研究资料》（孙中田、查国华编）、《茅盾评传》（邵伯周著）、《茅盾年谱》（万树玉编著）、《茅盾研究在国外》（李岫编）、《黎明的文学——中国现实主义作家茅盾》（日本松井博光著）等。

由于茅盾及其著述自身的博大精深，以及中外众多研究者精辟的见解和深入的开掘，茅盾作为文学大师的形象已相当清晰。从纵横双向考察，茅盾在中国现当代文学史、报刊史、翻译史、社团史、文化史、思想史、革命史上的建树是相当突出的。他是中国现代大作家中最早参加中国共产党建党活动和革命斗争的作家，他与郑振铎等发起成立了中国新文学史上影响深远的第一个大社团文学研究会，他接手主编并全面革新的《小说月报》对新文学运动起了巨大的推动作用，他继鲁迅之后翻译了二三十个国家和民族的五六十位作家的戏剧和小说，他是中外神话研究领域的拓荒者之一，他的巨著《子夜》是新文学史上长篇小说创作中屈指可数的奠基性的杰作之一，他从法、英文学中引进、并与巴金等首创了中国长篇小说"三部曲"的构架，他是新文学批评史上操作社会学批评方法最系统、最老到的文学批评家，他开创了"作家论"和综合性的"评述"的评论文体，他同时涉足文学的译介、创作、评论、编辑四大领域，纵横驰骋，融会贯通，其译介之早和广，创作之多和博，评论之精和新，编辑之胆和识，在中国现当代文学史上也是少数名列前茅者之一。如此等等，以上大多具有奠基性、拓荒性、创造性、独特性，已具蔚然一代文学大师之风貌。另有任多种刊物的主编、培养新秀、授课讲演、社会活动及作品、文艺思想、人格和清隽内蕴的书法艺术，对同代和后代的影响等，也已为世所瞩目。上述扼要概括，如无偏执的政治宗教、无狭邪的小集团私利，而是主要从探求学术真理的立场、以文学史和文化史视野来参照和考察，视茅盾为文学大师庶不为过。茅盾的诸多文学和文化业绩已存留史册——包括他的文学创作和文学理论方面的重要贡献及若干缺陷和消极影响。年谱的第一要义，年谱的最大的学术价值就是求真求实，及其在真实基础上求准求深，从而经得起时间的检验。本谱力求取精用宏、主次分明，以谱主大量的文学业绩和文学活动为中心轴，贯穿辐射全貌。

年谱属人物传记，但又不同于传记文学。后者在某些无关宏旨的细节上、人物内心活动上、语言对话上等，在尊重传主的总体性格、总体思想倾向等的前提下，允许作者作适当的、合情合理的加工，而年谱却必须完全按谱主的生活轨迹如实地记载，谱主的一言一行、一举一动都查有出处，作者只可据实取舍，绝对不可加工和想象。作者功力学养的厚和薄、文风的严谨和虚浮、胆识的独特和媚俗，是年谱优劣和成败的关键。本谱以茅盾史实为第一依据，走访谱主生前亲友，大量参阅公开出版发行的书、报、刊，同时反复分析、比较后再加取舍。如茅盾与郭沫若等创造社成员的争论、自云未署名于鲁迅祝贺红军长征胜利电报的史实，以及1949年后在多次政治运动、文艺运动中一些推波助澜的发言、演讲，对胡风等上纲上线的批判，对"大跃进"文学的鼓吹，对刘绍棠的批判等，凡史有记载的茅盾著述和言行，我们均详略不等录原文予以记述，这样不仅无损于茅盾，而且我们从茅盾写文章的角度、重心和用语、篇幅、语气及发表的时间等，又可以揣摩到谱主当时的复杂、微妙的多种心理活动，我们更可以见到一个活活生生的茅盾，立体的茅盾，时代的茅盾，文学大师的茅盾。"不虚美，不溢恶"，不为贤者讳，不因美文讳，不作媚俗语，不随权势转，尊重史实，深入研究，坚持己见，言必有据——这是编著年谱必备的文品和人品。所幸已有学术先贤胡适、李叔同、许寿裳、姜亮夫、李何林，以及章培恒师长等为楷模，我辈当仰首以观，谨遵前教。

本谱与唐金海和张晓云主编的《巴金年谱》一样，将对茅盾的访问记、对茅盾思想和作品进行评论研究的论文、编著、论著、文学史等，按写作、发表、出版的时间顺序列入，并选择在茅盾研究史上有重要价值的论文、论著予以摘介和略加评述。我们查阅了1989年《巴金年谱》出版前大量的近、现代年谱编著，没有发现一部将对谱主评论作为一条线完整列入的年谱。我们的想法是，文学作品是一个多层面的、开放式的语言图式结构，作家的创造性劳动是构成它的基础，同时它的固有价值的体现和完成，还有赖于读者的共同创造，所以，从某种意义上说，读者（包括鉴赏家、批评家、文学史家）也是作家；又由于每个时代读者的千差万别，千变万化，它们对作品的接受、创造也会有差别和变化。如果作品本文是母体，则读者的再创造或应是隶属于这一母体的子体性的创造，或应是发掘本文新意的对母体本身的再创造。那种脱离文本固有内容和形式的牵强附会、随意发挥，纯属臆想，非严肃的批评家所为。——史实证明，只有优秀的作品，才能经受得起历代和众多读者的接受和创造，而经受不起读者的接受和创造的,就逐渐被淘汰,经受得起不同时代、不同地域、不同读者淘洗、筛选、检验、再创造的作品,才具有超时空的审美价值,才能进入人类最高的、传世的审美境界。因此,文学大师的桂冠,及其部分作品的传世价值,理应是作家和读者共同创造的。文学大师的年谱,谱主为主线,同时也就理应将对文学大师作品的鉴赏、改编、批评和研究等,作为与谱主及其作品相辅相成的整体相应列入。

茅盾的生活轨迹已成为历史,——他确乎已离我们而去,但他仿佛依然活着,——作品和人格确乎活着。消解和淡化这种"距离"的魅力,也许来自"一种不可解释的、非常的、连科学也难以明辨的精神现象"①。——其实那是茅盾的全部作品、全人格、全思想长期镕铸凝结而成的,是一代代读者筛选、开掘、锻造而成的。有"法国社会历史""书记"之美誉的文学大师巴尔扎克曾说过,"许多杰出人物都有天赋的敏锐观察才能,却不善于用生动的形式体现自己的思想;另一些作家词句优美,却缺乏洞察力和孜孜好求的精神,以便发现和记住一切",并进而认为"兼有这两种力量"的人才能"成为天才"②。从文学角度说,茅盾确乎是"兼有两种力量"的"天才"。——我们编著完《茅盾年谱》,深感茅盾和其他中外文学大师相似,他近百年的生活经历和千余万字的文学作品,已烙印于大时代,已汇流入人类历史,已凝聚成一种精神,已载入史册。后来者可以超越他,却永不能无视和绕过他,因为在世界、特别是在中国现当代文学、文化不断铺展延伸的精神道路上,茅盾已留下了坚厚的精神基

---

① 巴尔扎克:《〈驴皮记〉初版序言》,《欧美古典作家论现实主义和浪漫主义》(二),中国社会科学出版社1981年版,第106—107页。

② 同上。

石。——茅盾是超越时空的精神存在。

1995 年 6 月 24 日于复旦园

原载《文学报》1996 年 8 月（第 868 期），后经改动，收入《石缝草论稿》，吉林文史出版社 2004 年版

里程碑：中国文艺复兴火炬的点燃
——文学史视野下的 20 世纪 80 年代初中期文学考察

对新时期初近十年文学的价值判断，尽管有一种批判为"方向性""路线性"错误的声音，但毕竟基本肯定和赞扬者为大多数，但其声音也不同，有说"超过了20世纪二三十年代"，有说"可与五四革命文学比肩"，有说"泥沙俱下"，有说"新人辈出，没有大师"等，虽然近十年文学的新景观还将继续发展，当仅关照已经展现于世人面前的丰富的新气象，从文学史视野的角度考察，应该如何来评价近十年文学？论者认为，近十年文学，是20世纪下半叶中国的文艺复兴新点燃的火炬，是中国新文学发展史上新的里程碑。

众所周知史称肇始于意大利的文艺复兴，于14—16世纪在欧洲思想文化界掀起了摧枯拉朽的大潮，其放射的思想能量和精神指归，波及整个世界的很多领域，其中尤以对文学的撼动和更新最为生动和普遍。这种撼动和更新深广度主要体现在三方面：以人性反对神权、以个性反对禁欲主义、以理性反对蒙昧主义。正是主要在这三方面，循着中国现当代文学发展的历史来考察，近十年文学的本体和它蕴含的思想能量、精神指归和艺术气象，以及已经发生和将会继续发生的思想、精神影响，与四五百年前意大利的文艺复兴，在思想、精神和艺术上是相通的。

对近十年文学的价值判断持有相似观点的研究者，在进一步具体分析时，在新的里程碑这一概念上，研究者都为自己的研究对象涂上了许多绚丽的、金色的光彩。研究近十年话剧的认为话剧是当今世界上最繁荣、最丰富、最受欢迎的作品，研究诗歌、散文、小说，甚至电影的，多半持有与上述类似的观点。研究"里程碑"的问题自然可从文体学的角度观照，但还必须有该文体发展史的思维，再集中总观近十年的文体创作。循着这样的宏观思路，在"文革十年"结束后，文学日益勃兴、日趋丰富、日臻繁荣的近十年中，各种文体都取得了举世瞩目的成就，都有了程度不同的、具有文学史意义的突破。

文学史方法的研究，就是以史实为根本，将不同历史时期的文学作为一条长河似的整体，将研究的"点"作为长河"线"中的流动的"点"的考察，就是将研究对象作为动态结构，不仅注意从横向的、同时代的文学各种文体的宏观观照，更注意研究对象与不同历史时期同类文体前后纵向发展变化的对比，从而揭示其有无新的原创点。

"文革"后近十年的文学，从文学史方位进行评价，各种文体的成果是明显的。我们先横向来看。徐迟的《哥德巴赫猜想》先声夺人，以对知识分子坚韧不拔的科学探索精神的激情赞颂，在报告文学史上作出了重大开创，尔后名家名作如雨后春笋，刘宾雁的暴露的力度和锋芒，理由的个性描写的鲜明和感人，黄宗英的命运叙事的细腻和深情等，不久又在数年内形成高潮的长篇报告文学，如贾鲁生的《丐帮漂流记》、钱钢的《唐山大地震》、胡平和张胜友的《世界大串联》等，一时蔚为壮观。相对20世纪三四十和五六十年代的报告文学来说，80年代初中期的报告文学，总体水平有了较大的提高。如果说在新时期以前，三四十和五六十年代的报告文学，即使有了夏衍的《包身工》这样的杰作,有了依恃政治激情产生很大影响的穆青的《县委书记的好榜样——焦裕禄》、西虹的《大庆"王铁人"》等,报告文学依然还没有取得和小说、诗歌、戏剧一样的独立地位,还只能附属于散文这种样式当中,新时期量多质优的——思想的力度和艺术的创新——的报告文学,标志着报告文学已进到了该崭新的阶段,也标志着报告文学已取得了独立的文体学意义——但即便如此,与其他文体比较而言,报告文学的创新还不是最杰出的,还不能将它作为中国文艺复兴的里程碑。

再如诗歌。新时期初近十年的诗歌,的确取得了很大成就。从明星和史学的视野看,20世纪20年代前后的诗主要有白话新诗史的开拓性意义,30年代前后出现了徐志摩、艾青、穆旦几位天才诗人,40年代以战火诗和民歌体诗引人关注,五六十年代诗歌的基调虽不乏激情和高昂的精神力量,但主要还是配合宣传和斗争的工具诗。新时期近十年的诗,主要在三方面获得了史学和美学方面的意义。一是与二三十年代的诗的精神力量、个性表现承继、沟通并有了新的发展;二是"朦胧诗"(或曰新潮诗)的大量问世,使诗回归自身,诗的意象经营等表现手法趋向丰富;三是在历次政治斗争中遭受不白之冤、历经磨难的"归来"诗人群的"人格"诗的涌现,以新的思想、新的表现手法、新的内涵,超越了以往的政治抒情诗。郭小川、贺敬之、李瑛等是60年代前后政治抒情诗的代表诗人,虽时有激情与诗意较融合的诗作,总体上依然是直白、单一、高亢而少意象、应景而少诗意之作,更缺少对人性的歌唱、缺少对生活矛盾的深度揭示、缺少诗美的精心探索。而新时期近十年"归来"诗人的"人格"诗,如艾青、牛汉、白桦、冀汸、木斧等的诗,将他们长达一二十年屡遭生活磨难和精神、人格、屈辱的感受和思考融入诗作,人格和诗格浑然一体,已迥异于他们前期以及很多诗人以泛泛颂扬为主调的抒情诗。在中国新诗发展史上,"朦胧诗"和"人格诗",对诗史既有传承,又有更突出、更鲜明的创新。——诗坛在新时期的近十年取得的成就也是举世公认的,但是总体上,它还是不能作为新时期文艺复兴的里程碑。

在各种文体中,散文能不能作为新时期文艺复兴的里程碑?就总体而言,近十年的散文创作还没有报告文学影响那么大,当然,从文学史视野来考察,近十年的散文成就也是相当可观的,而且还有强劲的发展势头。悼念性散文、回忆反思性随笔,以及"银发散文家"群体的形成,在这三个方面,散文创作也取得了突破性的、开拓性的成就,形成了散文创作若干新的特色。历次政治运动造成的冤假错案,无休止的、不少是人为制造的阶级斗争、路线斗争造成的几十年的思想混乱和理论危机,是上述散文领域三个特点形成的"土壤"。悼念性散文以对被迫害者触目惊心的悲惨命运的描写和不同个性的深沉揭示震动了文坛,回忆反思随笔则以"温故"而思考历史、思考自身,从而从历史深处揭示种种社会悲剧的根源和昭示人文精神的向度,使文坛警醒,两者的艺术新质均不像以往那种热烈而浮泛、数量众多而形式单一等的散文随笔,而是转向深情而内蕴、沉重而犀利,别开一种审美风貌。"银发散文家"群体是这一时期文坛的新景观,他们劫后余生,又都是老作家、老教授、老编辑、老记者等,突出的有萧乾、季羡林、张中行、杨绛、金克木、孙犁、韦君宜等。他们的散文语多苍凉而哲思,多沧桑感和忧患感,加之老到率性的文笔,构成了散文史上独步古今的一群。近十年散文已取得的成绩和潜在的发展态势,在整个文坛上是举足轻重的,但相比较而言,也不能构成文艺复兴的里程碑。关于这一时期的话剧创作、电影文学创作，的确也大有起色，话剧尖锐地触及时弊、对现代舞台艺术的新探索等，电影文学都历史场景的再现、开始注意人性化的表现、现代电影艺术手段的引进等，尤其是话剧和电影文学对以往占领舞台和银幕的"三突出"描写，已渐趋消失。如此等等，也说明了新时期近十年话剧和电影文学的长足变化，——自然，也不能构成文艺复兴的里程碑。

深刻性：广度和力度的聚焦点
——中长篇小说笔谈

现实情景和古今中外文学史记载着一个事实：很少有作家不力求将作品写得深刻些，也几乎没有一个评论家、文学史家和出版家不将深刻性作为评价作品优劣的重要尺度。至于广大读者，他们中的大多数，对那些内容深刻的作品，总是表现出异乎寻常的持久的热情和兴趣。

以此观照近二三年的当代文坛，不能不令人慨叹和遗憾，内容深刻或比较深刻的作品太少，而平庸、老套、赶时髦的作品却为数较多。虽然，后一类作品也有它们产生、存在和适应时代潮流的价值和需要，但它们中的那些品位粗俗的作品，毕竟只能一度招摇于闹市书摊、路角书亭和"硬座车厢"。

我认为，深刻性，是文艺作品的灵魂和生命，也是衡量一个时代文学创作和文学评论达到何种高度的重要标志。

何谓文学作品的深刻性？它主要体现在哪些方面？应该怎样来分析和鉴别作品深刻与否？这是个较为复杂的问题，创作界、理论界也历来有分歧。这篇短文难以详析，只能从审美评价的角度，联系文学史和近几年的创作实际一抒管窥之见。

文学作品的深刻性，惯常指的是某篇（部）作品通过艺术形象、故事情节和尽可能完美的艺术形式，揭示、显现的题旨，对社会、历史、人生、艺术和自然界等是否有创新的见解、深邃的内涵和启人思索、耐人久悟的意蕴。大凡优秀的传世之作，莫不如此。

联系近几年的文坛，值得我们进一步讨论的是如下两点。首先，这种题旨应该是通过内容和形式尽可能完美的统一来揭示和显现，还是只要看作品描写的是叱咤风云的历史人物，或叙述的是现实、历史中的重大事件或几段富有哲理的情节、议论来判断作品就是深刻的呢？后者显然不科学。因为文学作品是一个整体，深刻性是蕴含在整体之中，并只能从整体形象中流露出来的。因此作品的深刻性不单单是由人物、题材、故事内容、几句哲理语言决定的，它还取决于作品是否有与内容相适应的、与内容尽可能和谐的艺术形式、艺术手法。如果一部文艺作品的内容和形式比较统一，即使描写的是普通人物、日常生活事件，通篇没有一句闪光的哲理语言，也可能使作品具有深刻性。谌容的长篇小说《人到老年》（载《收获》1991年第4期；上海文艺出版社1991年出版），叙述的是三位20世纪50年代毕业的女大学生到80年代退休后，在试办咨询公司以及个人感情遭遇、家庭日常生活中的辛酸苦辣的故事。人物、事件都很普通，也没有故作深奥的对白，但作家跨越时代的巧妙的结构，简洁、生动、传神的语言，鲜明生动的人物形象和娴熟、得体的艺术技巧等，把对两个时代不同价值观的爱憎感情含而微露地表达出来，揭示了整整一代人的人生苍凉意蕴，同时作品也辐射出时代的变迁和一代人价值观撞击的哲理火花。应该说，在广度和力度的聚焦点上，《人到老年》的题旨是比较深刻的。

其次，评价作品的深刻性，还应该以"史"的眼光来剖析它是否从整体形象中揭示或显现了在它之前的同类作品所没有揭示和显现（或虽有揭示、显现却相当肤浅）的新的题旨（或者是达到了新的高度)？中西的现实主义、浪漫主义文学大师固不用说，即使近几十年西方的现代派作家，或近几年中国的"新潮"作家，无论他们怎样标新立异，千变万化，也无论他们怎样宣称自己创作只是"玩玩""侃侃"，他们的作品总是反映或透露了作家和作品关于社会、历史、人生、自然等的美和丑、善和恶的某种倾向、观点，或某种情感和情绪——或显或隐，或直或曲，或露或藏，或淡或浓，或简单或复杂。这种作品的倾向、观点、情感或情绪等的综合，大体上就是作品的题旨。优秀的传世之作，几乎都有新的题旨、内涵，或有新的高度。《红楼梦》《阿Q正传》《家》《围城》，以及《神曲》《高老头》《父与子》《老人与海》《百年孤独》等中外不朽名著，都各自在它们描写的范畴内大大丰富了人类思想的宝库，促进了人类精神繁衍向成熟的高级阶段演进，它们的巨大深远影响甚至已穿越历史的隧道和地域高山的屏障，哺育了一代又一代人，从而推动了历史的发展。纵观近几年的文坛，虽然发现的佳作也颇为可观，但达到如此深刻性的作品实属凤毛麟角。有的作家擅长编写曲折动人的故事，但缺乏与之相应的开掘功力；有的作家善于摄取社会历史的重大事件和重大冲突，但缺乏深入的独创性的观照；有的作家偏重于新潮形式和手法的追求，往往忽略了作品内涵的哲理思考；而有的作家不乏创作深刻性作品的生活积累、思想高度、功力、禀赋和才气，但也许还缺乏直面社会、历史、人生的胆识……

丹纳曾说过："文学价值的等级每一级都相当于精神生活的等级。……文学作品的力量与寿命就是精神地层的力量与寿命。"[①] 文学作品的深刻性是作品广度和力度的聚焦点，它与作

---

① 丹纳：《艺术哲学》，人民文学出版社1963年版，第358页。

家的诸种因素,比如生活阅历、知识积累、性格、情感、气质,以及创作功力、技巧等有关,主要的还是取决于作家的精神力量,因此它实际上是作家的一种"精神现象","这是一种透视力,它帮助他们在任何可能出现的情况中测知真相;或者说得更确切点,是一种难以明言的、将他们送到他们应去或想去的地方的力量"①(巴尔扎克《〈驴皮记〉初版序言》)。

原载《上海文化》1992年3月、《中国当代文学研究》1992年7月

---

① 巴尔扎克:《〈驴皮记〉初版序言》,《欧美古典作家论现实主义和浪漫主义》(二)中国社会科学出版社1981年版,第106—107页。

《中国当代文学研究资料丛书》前言

《中国当代文学研究资料》是一套丛书。它是由全国二十多个单位协作编辑的,包括在中国当代文学史上有一定地位、在国内外有一定影响的一百多位作家的研究专集和合集,主要为从事当代文学、现代文学、文艺理论、文学写作的教学和研究的同志,提供较完整、系统的研究资料,对其他文学爱好者的文艺创作和研究,也有一定的参考价值。

1978年5月,由杭州大学和江苏师范学院发起并串联兄弟院校协作编辑这套丛书。此后,分别由江苏师范学院、复旦大学、四川大学、扬州师范学院、山东大学、安徽师范大学、武汉师范学院主持,召开了几次会议,推选了主持丛书常务工作的编委成员,讨论了编辑内容、体例、分工及出版等问题,集体审阅了初稿。在这期间,又由复旦大学主持,多次在上海召开了常务编委会议,讨论并研究了丛书编辑过程中的有关问题。

这套丛书的编辑工作,是在各协作单位党组织和行政领导的支持、关怀下进行的。

关于这套丛书的编辑原则、范围、体例、内容以及顾问和编委成员,作如下说明:

(一)编入这套丛书的专集或合集分三类:(1)建国以后出现的、在当代文学史上有较大影响的、有鲜明特点和风格的作家研究专集;(2)"五四"以后出现的、在当代文学史上仍有较大贡献的跨时代的作家研究专集；（3）按文体编辑的作品研究合集。

（二）这套丛书先编作家作品研究专集和合集。作家研究专集的编辑体例包括四部分：（1）作家的生平和创作；（2）评论文章选辑；（3）作家作品系年目录；（4）评论文章目录索引。按文体编辑的作品研究合集的体例包括四大部分：（1）综合评论文章选辑；（2）重要作品评论，其中又包括：① 作家简介；② 作家谈创作；③ 评论文章选辑；④ 评论文章目录索引；（3）建国后某种文体作品的系年目录；（4）综合评论文章目录索引。

（三）本丛书选辑的评论文章和作家谈生活、创作的文章，为尊重历史事实，一律以最初发表的印文为准，如选文有改动，则另行注明；对跨时代作家的作品系年和评论文章目录索引，建国前部分也力求收全。

（四）本丛书系研究性资料，兼收不同观点的评论文章；林彪、"四人帮"横行时期出现的诬蔑和攻击作家、作品的文章，适当选用一些有代表性的作为附录；其余部分力求收全存目。

（五）这套丛书编辑的作家研究专集或合集有（以姓氏笔画为序）：丁玲、马烽、巴金、王汶石、王愿坚、叶圣陶、艾青、艾芜、田汉、田间、老舍、冰心、刘白羽、孙犁、何其芳、沙汀、李季、李准、吴强、杜鹏程、玛拉沁夫、张天翼、茅盾、周立波、周而复、杨沫、杨朔、陈白尘、陈登科、陈残云、欧阳山、洪深、柳青、贺敬之、草明、徐迟、闻捷、赵树理、姚雪垠、茹志鹃、夏衍、秦牧、峻青、梁斌、浩然、郭小川、郭沫若、曹禺、臧克家、魏巍等等。

另有多卷本《中国当代作家作品总目索引》和《中国当代作家作品评论总目索引》专集。

（六）这套丛书编辑过程中，得到了很多作家、文艺评论家、专家、教授的指导、关怀与支持。

茅盾为本丛书封面题字并作序。

茅盾、周扬、巴金翻阅了内部铅印成册的若干资料初稿；茅盾、巴金、叶圣陶、冰心、曹禺、夏衍、丁玲、艾青、张天翼、刘白羽、艾芜、沙汀、臧克家、杜鹏程、徐迟、姚雪垠、陈白尘、吴强、峻青、秦牧、李准、茹志鹃、杨沫、王愿坚等作家及其亲友，提供了大量第一手资料，许多作家审阅了有关资料的初稿，给编辑者以热情的鼓励和支持。

（七）本丛书顾问和编委：

顾问：

茅盾、周扬、巴金、陈荒煤、冯牧。

特约编委：

许觉民、贾植芳、杨云、章品镇、刘耀林、魏绍昌、姚北桦。

常务编委：

卜仲康、唐金海、何寅泰、陆文壁、朱明雄、肖斌如、管权、丁芒、刘耀林、秦川。

编委：（以姓氏笔画为序）

卜仲康、丁芒、牛运清、王凤伯、王忠舜、王训昭、王兴平、王宗法、王新民、孔海珠、刘耀林、刘金镛、刘普林、刘云涛、朱家信、肖斌如、苏森、张永健、巫岭芬、何寅泰、李泱、陈公正、陈乃祥、陈纾、陈公仲、卓钟霖、季成家、金永汉、周作秋、赵家风、柏彬、秦川、唐金海、曹永慈、萧岚、熊德彪。

（八）潘旭澜、叶子铭、路士清、张炯、蒋守谦、马良春、徐酒祥、余仁凯、张有煌、汤逸中、褚钰泉、朱兵等支持和协助丛书的编辑、出版和宣传工作；福建人民出版社、江苏人民出版社、浙江人民出版社、四川人民出版社、山东人民出版社、湖北人民出版社等单位文艺编辑室的同志，为这套丛书的编辑出版花费很多精力；上海图书馆的全体同志，为协助查阅大量的资料付出了辛勤的劳动；《人民日报》、《光明日报》、《文汇报》、《解放日报》、《文艺报》、上海文艺出版社文艺理论编辑室也给予这套资料以热情的支持；全国很多省市及一些高等院校图书馆、资料室，为查核资料提供了方便。对于为这套丛书作过贡献和给予支持的所有单位和同志，我们一并致以衷心的感谢！

由于水平所限，时间仓促，错误缺点在所难免，恳请批评指正。

《中国当代文学研究资料》丛书编委会
1980年6月15日初稿
1981年4月7日改定

本文由唐金海执笔并改定，自1980年6月起，载该丛书各专集中

20世纪中国文学批评的文化渊源

从某种意义上说，20世纪中国文学批评可以看成从传统向现代转化的过渡形态，是中国文学、中国文化、中国人文科学获取现代性的过程。这个过程交汇着传统与西方两种文化要素，在平衡与失衡的交错中显现出自身独特的品格。

对20世纪中国文学批评渊源的考察，存在两种视角：一种是把它靠成一个多元共生的集合体，不同时期不同批评流派各有自己的文化渊源；另一种是把它看成一个有机统一的整体，对其文化渊源进行整体性考察。本文将采取第二种整体考察法。需要特别指出的是，我们的研究对象"20世纪中国文学批评"其共同的"过渡形态"恰恰使其在内在逻辑性上具备了整体关照的合理性和可行性。

20世纪中国文学批评包含了三个层面的规定：其一是基本的文学观与文学批评观，其二是思维方法，其三是话语方式。我们将进一步探讨这一批评范式在历时性上与中国传统文化的关系。

一、20世纪中国文学理论与文学批评基本观念的传统渊源

首先，论析功利主义的文学观与传统文化的渊源。

20世纪中国文学批评一直纠缠着文学功利性和文学自律性的对立和斗争，但这场斗争是不平衡的，无论从时间还是影响

力上来说，功利主义文学观——同时也是批评观，都占据了20世纪中国文学界的主流。"新民""启蒙""救亡""为政治""二为"这些耳熟能详的词汇贯穿20世纪始终，延续着共同的功利主义主题。

早在1902年，梁启超在《新小说》第一号上的《论小说与群治之关系》中写道：

> 欲新一国之民，不可不先新一国之小说。故欲新道德，必新小说；欲新宗教，必新小说；欲新政治，必新小说；欲新风俗，必新小说；欲新学艺，必新小说；乃至欲新人心，欲新人格，必新小说。何以故？小说有不可思议之力支配人道故。①

梁启超的文学观可以用"新民"二字概括，它为"五四"新文学家直接继承，只是"五四"时代更名为"启蒙"。在《呐喊·自序》中，鲁迅以一个寓言一般的"看客"故事揭示了国民的蒙昧状态，认为："我们的第一要著，是在改变他们的精神，而善于改变精神的是，我那时以为当然要推文艺，于是想提倡文艺运动了。"② 十年以后，鲁迅用更明确的话概括道："说到'为什么'做小说罢，我仍抱着十多年前的'启蒙主义'，以为必须是'为人生'，而且要改良这人生。"③ 或许我们可以在"五四"启

---

① 梁启超：《论小说与群治之关系》，《梁启超文选》（下），中国广播电视出版社1992年版，第3页。
② 鲁迅：《呐喊·自序》，《鲁迅全集》第1卷，人民文学出版社1982年版，第417页。
③ 鲁迅：《我怎么做起小说来》，《鲁迅全集》第4卷，人民文学出版社1982年版，第512页。

蒙的大军中进一步分析出不同的向度,例如"文学研究会"侧重揭示社会问题,"创造社"初期专注张扬个体自我,然而他们共同的目标都是要唤醒"新启蒙者",让他们成为有现代思想、现代感受,能以现代眼光发现现代问题的"现代人"。值得注意的是鲁迅在同一篇文章里还说道:"我并没有要将小说抬进'文苑'里的意思,不过想利用他的力量,来改良社会。"① 在启蒙主义者眼里,改良人生和改良社会是密不可分的。因此一旦社会条件成熟,一再声称"批评时政非其旨也"的《新青年》诸君子,思想无论是"左"还是"右",都不约而同地投身于政治漩涡,鲁迅也顺理成章地向"左"转,而"启蒙"也就轻易地滑入了"救亡"的大潮。"启蒙"与"救亡"的联结点是"革命",正如1928年"革命文学"提倡者所自觉到的,"革命"是阶级的启蒙,同时"革命"又是阶级的救亡。如果说在阶级论支配下的"左"翼人士喊出"一切的文学,都是宣传。普遍地,而且不可逃避地是宣传;有时无意识地,然而时常故意地是宣传"② 还成就了普遍的共识。于是"文章下乡,文章入伍",文学就义无反顾地走上了适应其时国情的、具有浓厚功利主义色彩的"救亡"之路。

救亡运动是一场政治运动,文学参与救亡其实就是为政治服务,但把这一事实以明确的语言揭示出来的是毛泽东:"在现在世界上文化或文学艺术都是属于一定的阶级、属于一定的政治路线的。为艺术的艺术,超阶级的艺术,和政治并行或相互独立的

---

① 鲁迅:《我怎么做起小说来》,《鲁迅全集》第4卷,第511页。
② 李初梨:《怎样地建设革命文学》,《"革命文学"论争资料选编》,人民文学出版社1981年版,第156页。

艺术，实际上是不存在的。"① 毛泽东的"文艺从属于政治"，中华人民共和国成立后被确定为"文艺为政治服务"，一直作为共和国基本的文艺政策、文艺批评至高无上的标准，直到1980年7月26日《人民日报》发表社论《文艺为人民服务，为社会主义服务》才为"二为"方针所代替。但"二为"方针仍然是"服务型"的文学观，还是属于功利主义范畴。

毫无疑问，贯穿20世纪始终的功利主义文学观源于中国悠久的文化传统。可以说，现代以前中国不存在纯文学概念，不仅文学隶应属于"文以载道"的大板块，诗文应"合为时"而作，而且诗人、文学家往往也与政治家、官员统于一身。早在两千多年前，孔子就提出了"《诗》，可以兴，可以观，可以群，可以怨，迩之事父，远之事君；多识于鸟兽草木之名"的"兴观群怨"说，《毛诗序》则进一步提出"经夫妇，成孝敬，厚人伦，美教化，移风俗"的教化论，三国时候曹丕把文章抬到了"经国之大业，不朽之盛事"的高度，唐代大诗人白居易则以"文章合为时而著，歌诗合为事而作"，表达了诗人主动的功利追求。从创作主体的角度说是"诗言志"，从功利论上说是"文以载道""教化人伦"，功利主义文学观始终占据着中国文化传统无可替代的主流位置，并通过漫长历史的语言积淀，最终成为现代人的潜意识，从而制约和规定着现代文学批评的基本品格。

其次，我们再论析"知人论世"的批评观与传统文化的渊源。

---

① 毛泽东：《在延安文艺座谈会上的讲话》，《毛泽东选集》第三卷，人民出版社1991年版，第866页。

美国文艺理论家艾布拉姆斯在《镜与灯》中指出:一切符合情理的文艺理论都会考虑到作品、宇宙、艺术家、观赏者四个要素,但是"几乎所有的理论都明显地偏重于某一个要素,也就是说,批评家倾向于在这四个要素中的某一个要素里提取他们的解释,区分和分析艺术作品的主要范畴,以及鉴定作品价值的标准"①。20世纪中国文学批评流派众多,批评家各有风格,他们的批评方法和标准也争奇斗艳,各不相同。但是在最基本的层面上,不同批评家却表现出一个共同的取向,即对作家人与文、人品与文品的高度重视。

文艺批评中对作家的重视,突出表现在"作家论"批评文体的出现和长盛不衰。"作家论"批评文体的创立者是现代著名文学家和批评家茅盾、胡风等。在茅盾的作家论中贯穿着这样一种认识,即"作为观念形态的文学作品,本质上必然反映作家特定的阶级意识与情感,因此评判作品的价值不能就作品论作品,而必须充分考虑到作家的阶级出身、社会阅历及政治态度"②。茅盾的这一认识不仅成为后来"作家论"写作的基本规范,而且是20世纪中国文学批评的普遍共识。从一定意义上说,20世纪中国文学批评的绝大部分都可以称得上是"泛作家论"。

"泛作家论"批评模式的出现固然与马克思主义意识形态重视阶级分析有关,但同时它也是对中国传统的"知人论世""诗品与人品统一"批评观的继承。《孟子·万章下》谈到优秀人物追论古人,欲与古人为友时云:"颂其诗,读其书,不知其人,

---

① M. H. 艾布拉姆斯:《镜与灯——浪漫主义理论批评传统》,袁洪军、操鸣译,中国社会科学出版社1991年版,第10页。
② 温儒敏:《中国现代文学批评史》,北京大学出版社1993年版,第114页。

可乎？是以论其势也。"①孟子的这段话并非专谈文艺，但却提出了文艺研究的一个基本规范，即研究一个人的作品，不能脱离作者生活的时代、作者的生平和思想。只有了解了一个人的"为人"，即一个人的生活经历、性格禀赋——"知人"；同时了解一个人生活的时代背景、政治大事和风俗细节——"论世"，才能真正理解他的作品。"知人论世说"强调对艺术中的审美意识作社会学的考察，被论者视为儒家美学的一个优长，并为后世所继承。与《孟子》差不多同时的另一个源头《易传》提出的"修辞立其诚"思想，则被普遍认为开启了中国美学的"诗品与人品统一观"。这句出于《易传·文言》的命题认为，文辞必然表现作者的思想感情和道德品质，写出好文辞须有好的思想感情和道德品质。上述思想绵延千年，到了古典美学的终结阶段清代有了更明确的表达，例如叶燮曾说："余历观古今数千百年所传之诗与文，与其人未有不同出于一者，得其一，即可知其二矣。"②另一位清代文论家刘熙载更直接地说，"诗品出于人品"，又说，"书，如也。如其学，如其才，如其志，总之曰如其人而已"③。

我们不能否认西方文化、西方文学批评也对20世纪中国文学批评中"泛作家论"批评模式的出现与盛行产生过重要的影响，这些影响既来自前面我们提到的马克思主义唯物反映论，也来自丹纳强调"种族、环境、时代"三要素的社会学批评观，还来自勃兰兑斯《19世纪文学主流》的写作范式和19世纪俄罗斯文学批评的范式，但是，毫无疑问，一个批评家对上述观念最

---

① 杨伯峻：《孟子译注》，中华书局1960年版，第251页。
② 转引自叶朗：《中国美学史大纲》，上海人民出版社1985年版，第83页。
③ 同上。

初的接受和最深厚的积累，只能来自诸如"文如其人""知人论世"等由母语培植和积淀起来的"集体无意识"。

二、20世纪中国文学理论与文学批评思维方式上的西方烙印

自19世纪中叶，中国被迫向现代社会转型后，"睁了眼看"的中国人先后经历了器物层面和制度层面的心理溃败，至20世纪初放弃了最后一个堡垒——"精神道德文化"层面的自信，由晚清一代主张"中体西用"，转而承认"事事不如人"，主张通过伦理道德、精神文化层面"最后的觉悟"，达至"全盘西化"，这就是"五四"新文化运动的基本思路。如果说"五四"新文化运动规定了20世纪中国文化总方向，那么陈独秀发表在《新青年》最初几期上的《敬告青年》《东西民族根本思想之差异》《吾人最后之觉悟》等文章，则又规定了"五四"新文化运动的总纲，而《青年杂志》第一号的开篇文字《敬告青年》则可以看作总纲的总纲。文章对青年提出了"自主的而非奴隶的""进步的而非保守的"等六点要求，其中第六点为"科学的而非想象的"：

> 科学者何？吾人对于事物之概念，综合客观之现象，诉之主观之理性而不矛盾之谓也。想象者何？既超脱客观之现象，复抛弃主观之理性，凭空构造，有假定而无实证，不可以人间已有之智灵，明其理由，道其法则者也。在昔蒙昧之世，当今浅化之民，有想象而无科学。宗教美文，皆想象时代产物。

陈独秀的这段话涉及的其实是中西思维方式上的差异。有论

者指出，中西思维方式的差异，关键是对"语言"的态度。西方人视语言为思维的工具，认为非借助语言不可以把握真理，因此他们信任语言，甚至崇拜语言，形成了德里达说的"逻各斯—语言中心主义"。这一根本特征直接导致了西方人精神生活的告解（即忏悔）传统，社会、制度方面的法律传统以及知识艺术领域的辩证传统。西方人认为通过语言的忏悔可以赎罪，手放在《圣经》上发誓能产生强大的震慑；西方人迷恋成文法，对犯罪的裁定总是依据现有条文并绝对尊重法庭上的语言辩论；西方人在知识领域强调通过"辩证"来对知识进行证实或证伪。而所谓"辩证"，即从词到词或从词到物的演绎和推论，在亚里士多德那里被总结为"形式逻辑"，而形式逻辑被公认为一切科学思维和学术思维必须遵循的基本规范。因此，西方人在思维方式上就强调逻辑的严密性、理论的体系化，从而由"语言崇拜"自然地走向了"理论崇拜"。

与西方人相反，中国古代对语言的复杂和含混保持了高度的警惕，并不认为语言能穷尽宇宙万物，并不认为语言能穷尽人的所思、所感和所悟，因此某种程度上对语言表现出轻视和不信任。老子认为"道可道，非常道；名可名，非常名""无名，天地之始""同从而异名""圣人处无为之事，行不言之教""知者不言，言者不知""大音希声""大辩如讷"；孔子所谓"予欲无言""敏于事慎于言""讷于言敏于行""巧言乱德"；庄子所谓"天地有大美而不言，四时有明法而不议，万物有成理而不说"。这些中国思想的原点都表现出对语言的不信任。既然不信任语言这个中介，中国人的思维就强调"主体与客体""人与物"的直接面对面和直接交汇，这就是"直觉"式思维，而佛教禅宗的"顿悟"修行进一步强化了这一思维方式。

陈独秀在思维方式上对"科学"的追求和对"想象"的拒斥,就是要"新青年"们在思维方式上向西方学习,要求人们运用"理性"对概念、现象等"明其理由,道其法则"。这样,"五四"新文化运动的"科学""理性"诉求,通过对20世纪中国人思维方式的改造,影响到20世纪中国文学批评,就带来了如下根本特征:

其一,理论先导和理论指导的批评模式。成体系的理论是西方文化的产物,在中国文化里是缺少的。1920年,胡适就曾指出:"古时的书籍,没有一部书是'著'的。中国的书籍虽多,但有系统的著作,竟找不到十部",因此胡适提出要对"国故"进行系统的整理,"我们研究无论什么书籍,都宜要寻出它的脉络,研究它的系统"①。由于新文化运动的倡导者明确追求"理论的体系化",而作为20世纪主流意识形态的马克思主义也十分强调"科学理论"对实践的指导作用,因此可以说,在20世纪中国科学界、文学批评界形成了一种类似西方的"理论崇拜"。这种理论崇拜表现在文学批评中,最显著的是新时期以后,伴随西方文论的再次引入,批评文章大都属于"理论先导性写作",即先介绍阐释某种理论,然后再套用这种理论分析作品;而即便前推几十年,在西方新理论大量涌入以前,事实上我们的文学批评也并非无所依傍,诸如"按照某某原理""依照某某理论"的话也比比皆是,只是那时的指导理论局限于"辩证唯物主义与历史唯物主义""马克思主义阶级论""社会学原理"等有限的几种,而且由于特定时代的思潮和统治的意识形态长时间被普遍应用,以至不为论者和读者所觉察

---

① 胡适:《研究国故的方法》,《疑古与开新——胡适文选》,上海远东出版社1995年版,第60页。

它们的某些弊端罢了。

其二，强调理性思辨的批评取向。我们上文中指出，西方思维重视逻辑思辨，东方思维比较强调直觉顿悟，而20世纪中国文化和中国文学批评的总方向是自觉地拒斥传统、取向西方的，这样其思维方式上必然强调逻辑思辨。由于我们在20世纪中国文学批评中随处可见三段论的论证模式，一二三四甲乙丙丁的新八股文风，追求所谓深度甚至"上纲上线"的阐释冲动，这些无疑都与中国传统文论的点到为止、意在言外的批评风格大相径庭。

20世纪中国文学批评对理论和逻辑的崇拜，固然说理更充分、更严密，也更具深度，但当批评者一味依托既成理论对作品进行演绎阐释时，一方面它导致了批评主体的缺位，"我"的最初感受被遮蔽了；另一方面它也导致了批评中的"削足适履"现象，批评客体同样被遮蔽了。而这两点其实都通向一个共同的弊端，即批评的错位。

其三，文学批评话语的西方化。语言是思维的工具，中国人在思维方式上的上述"西方化倾向"或说"现代转变"，必然反映在语言层面，使20世纪中国文学批评话语具备了如下特征：

一是批评术语的全面转换。中国传统文论使用的术语有："诗言志""缘情""载道""赋比兴""情/理""神似/形似""诗品/人品""虚实""气韵""风骨""格调""性灵""意象""意境""境界"等。而在20世纪中国文学批评中，常用的批评术语变化为："主体/客体""话语/文本""能指/所指""思想内涵/艺术特色""典型/类型""个性/共性""人性/阶级性""语境/社会""情结/隐喻""结构/解构""现实主义/浪漫主义/现代主义"等,而这些术语无疑都来自西方文化系统。

作为思维的工具,语言的边界就是思维的边界,20世纪中国文学批评话语系统的全面转换,既是批评范式转换的结果又是其表现。当然传统文论术语在20世纪中国文学批评中或许仍可看到,大多都是枝节性的点缀,很少作为支撑性的概念出现。最明显的例子就是"文以载道"概念,传统文学批评中,所谓的"道"特指儒家经典所规定的"伦理规范",而现在则泛化成了统治阶级的思想或主流意识形态。

二是表达方式上日益加重的学术化倾向。正如上文指出的,西方文化对语言的崇拜,形成了其思维方式上的逻辑思辨传统,在文学批评中,则表现为对逻辑性、严密性、体系化的追求。而中国哲学中"语录体",文本和文学批评中"印象点评"著作的大量涌现,以及"顿悟""意会"等带有神秘色彩的批评范式,加之古代哲学和文学批评中又形成了"寓言"传统,这就导致了中国传统文学批评的"文学化"特点。

20世纪中国文学理论与文学批评由于把西方的思维方式和话语方式作为自己的规范,必然会以体系化的逻辑思辨为追求目标,从而形成了"学术化"的批评路向。这一路向在新时期以后,伴随批评界对学术规范的吁求和与国际接轨的强烈愿望,体现得尤为明显,文学批评越来越"学术论文"化,越来越机械、八股、千文一面。文学批评的"学术化"走向正遭到越来越多批评家的质疑,而需要指出的是,在20世纪中国文学批评史上,同时存在着另一种路向,即把文学批评本身也视为文学创作的批评要求和批评实践,因此20世纪中国文学批评的话语方式,基本呈现为一种不平衡的二元对抗局面,一方是文学批评的"学术化",一方是文学批评的"文学化"。其中前者更多地代表了西方文化传统，后者则更明显地与中国传统文化密切相关。

原载《20 世纪中国文学通史》，东方出版中心 2003 年版

蔡元培文学批评的向度与张力
——以《新文学大系·总序》为中心

文化大家蔡元培在中国现代化进程中的巨大作用,特别是他对教育界、伦理界、美学界的不朽贡献和高尚的人格,已被世人所公认,他因之被誉为"学界泰斗,人世楷模""现代周公""当代孔子"①。他的教育理念、美学观念、政治思想也同样被视为瑰宝,受到学者们的青睐:只要打开近几年有关的杂志,你就会发现,这方面的文章比比皆是。然而在这为数众多的文章中,没有一篇是论述他的文学批评思想的,甚至也没有一篇谈到他对现代文学发展的贡献,这确实令人惊讶,也不能不说是文学理论界和中国现代文学研究界的一个疏忽。虽然蔡元培专门探讨文学问题、进行文学批评的文章为数不多,但作为《新文学大系》这样一套享誉中外的经典丛书总序的作者,作为一个春风化雨似地影响现代文学的巨人,将他置于中国现代文学历史之外,是不应该的。更重要的是蔡元培的文学思想、批评观念是他世界观、政治观、教育观的一个有机组织部分,通过它我们可以更全面地认识蔡元培,认识他在中国现代化进程中的重要作用。

---

① 蔡元培:《文明的呼唤——蔡元培文选·前言》,百花文艺出版社2002年版。

一、向度:"树立新时代的精神"

蔡元培的文学批评思想是他整个世界观、人生观的一个重要组成部分,也就是说他的文学批评是他人生观、世界观、政治观的具体体现,是他人生观、世界观、政治观走向实践领域的一个重要环节,因此蔡元培特别重视文学参与国家、民族的进步进程和对社会人生的干预,特别重视作品反映社会的广度、深度。他认为"诗人者,乃盱衡外界,旁薄万汇,诸物结晶之体,社会聚散之点,精审而约取之,而出之以微言"①,也就是要求作家洞察社会、广泛地反映社会生活。在《何为文化》一文中他写道:"随着时代的变化,时有适应的剧本,来表现一时代的感想。又发表文学家特别的思想,来改良社会,是最重要的一种社会教育机关。"② 在这里,他不但认为文学应该反映时代,改良社会,还直言不讳地把剧院称为"社会教育机关",可见,在他眼中,文学对社会进步有着重要的作用。在给《国民杂志》的序里写道:"近来我国杂志,往往一部分为痛哭流涕长太息之治安策,而一部分则杂以侧艳之诗文、恋爱之小说,是一方面增进国民之人格,而一方面则转以陷溺也。愿《国民杂志》慎勿以无聊之词章充篇幅。"③ 从这段文字里,我们至少可以发现两点信息:一是蔡元培对民初时期小说的评价:批判民初小说滥情,甚至沉溺于变态的情感,不能正确、理性地反映社会,从而达到改良社会的目的;二是蔡元培对新文学的希望,他希望《国民杂志》,也

---

① 高平叔:《蔡元培年谱长编》第一卷,人民教育出版社1999年版,第203页。
② 蔡元培:《文明的呼唤——蔡元培文选》,第135页。
③ 同上书,第96页。

是希望文学应像范仲淹一样,要有"先天下之忧而忧,后天下之乐而乐"的责任心、使命感,把握时代潮流,引领时代前进。在《在北京通俗教育研究会演说词》中,他的这一意思表达得更为清楚:"顾西国之所谓自然派之小说,笔底虽写黑暗之状,而目光常注光明之点。我国之作者则不然,如近时之所传之《官场现形记》等书,其描写黑暗情形,可谓淋漓尽致。然不能觅得其趋向光明之径线,则几何不牵帅读者而使其溺于黑暗社会耶!"①在《中国新文学大系·总序》中,尽管作者并没有直接表明他对上述批评向度的青睐,但从他对中西文学的评述中,我们不难发现他的批评尺度。"新文学的成就,当然不敢自诩为成熟。其影响于科学精神、民治思想及表现个性的艺术,均在进行中。"从中我们可以看到,他正是根据文学对社会的影响与贡献的批评向度高度评价五四新文学,即它在宣传、贯彻时代精神方面(即科学与民主)功绩卓著。在《〈文变〉序》一文中,作者一开头就重申了"道"对"文"的重要作用,当然他所说的道与儒家的道有很大的差别,他的"道"是自近代以来的启蒙思想——也就是他说的"新思想""新义","读者寻其义而知世界风云之所趋,玩其文而知有曲折如意应变之效应"②,同样反映了蔡元培要求文学作品要反映时代精神、对读者认识时代和社会有一定的作用的批评标准。蔡元培的这一批评向度,不仅体现在他的文学批评中,也体现在他自己的文学创作中。他写的唯一的一篇小说《新年梦》,就是典型的政治小说,该小说借人物"中国一民"的口,道出了自己的政治主张:民主民治、普及教育、发展实业、恢复东三省、消灭各国势力范围、撤去租界等,表现了作者

---

① 蔡元培:《文明的呼唤——蔡元培文选》,第66页。
② 同上书,第7页。

对国家和民众强烈的使命感和时代感。

蔡元培受康德哲学思想的影响,把世界分为现象世界和实体世界,并认为"现象世界……以造成现世幸福为皓的;实体世界……以摆脱现世幸福为作用"①,前者主要谋求个体(包括个人、单个地区、国家、民族)的利益和幸福,后者主要是超越个体的利益和幸福,谋求整体的利益和幸福。如果只注重现象世界,世界不免陷入利益纷争的流血与混乱之中,最终使人类同时也使个体得不到真正的幸福。解决这一问题的方法就是把眼光放远一点:关注实体世界,而其具体手段便是教育。正如他在《对于新教育之意见》一文中所写:"而教育者,则立于现象世界,而有事于实体世界者也。"② 这里所说的教育,主要指美育和世界观的教育,因为在他列举的五类教育中,军国民教育、实利主义教育、德育教育,都致力于现象世界,而美育教育又是实现世界观教育的重要手段,"虽然,世界观教育,非可以旦旦而聒之也。且其与现象世界之关系,又非可以枯槁单简之言说袭而取之也。然则何道之由?曰美感之教育"③。蔡元培认为美育的作用,主要在于陶冶人的情操、提升人的思想境界,使人不至于陷入物欲的泥潭不能自拔而忘记人的本质所在。文学作为艺术(蔡元培称之为美术)的一部分,美育自然也成为蔡元培文学批评的重要尺度。在谈到戏剧时,他写道:"而附丽于崇宏之悲剧,附丽于都丽之滑稽,皆足以破人我之见,去利害得失之计较,则其所以陶冶性灵,使之日进于高尚者,固已足矣。"④ 这里体现的正是

---

① 蔡元培:《文明的呼唤——蔡元培文选》,第 30 页。
② 同上书,第 31 页。
③ 同上书,第 32 页。
④ 同上书,第 228 页。

要求文学发挥对读者的陶冶、提升作用的美育功能。强调文学的美育功能，这对20世纪初的中国，有着深刻的实践意义。众所周知，20世纪初的中国一方面是清朝统治瓦解，有利于现代民族国家的形成；另一方面是以现代民族国家意识组织起来的新的国家机器还未形成，而各派军阀却利用武力割据一方，古老中国面临着分裂的危险。蔡元培强调文学的美育功能，强调美的普遍性，希望用美陶冶人的性灵，因而"破人我之见""去利害得失"之心，这对现代民族国家的形成，促进中国的现代化进程，都有着十分重要的意义。

与要求文学发挥对读者的陶冶、提升作用相联系，蔡元培特别重视作家自身的思想境界、情操修养，因为只有作者本身有高尚的思想和情操，才能去影响作者。蔡元培对鲁迅文学成就的推崇众所皆知，也正是他把鲁迅称之为新文学的开山人。在论述鲁迅的创作时，他首先谈到的也是作者的思想境界："先生阅世既深，又有种种不忍见不忍闻的事实，而自己又有一种理想的世界，蕴积已久，非一吐不快。"① 正是这种对理想的执着追求，对黑暗不屈的斗争，成就了鲁迅，成就了鲁迅的文学。他在《陈浮生诗歌集》中写道："精悍而朴挚，向所以评君之为人也。今于君之诗，亦无以易之。"② 在点评《茶花女遗事》时，他说："深入无浅语，幽矫刻挚，中国小说家，惟《红楼梦》有此境耳。"③ 这些都可看出蔡元培强调人、文统一的批评向度。

蔡元培文学思想和文学批评向度，也许在当下文坛上一些打着"先锋""新锐""前卫"旗号的批评家看起来似乎有些平常，

---

① 蔡元培：《文明的呼唤——蔡元培文选》，118页。
② 高平叔：《蔡元培年谱长编》第一卷，第482页。
③ 同上。

没有那种石破天惊、语惊四座的轰动效应，然而他那看似平常的批评中却一语中的、力透纸背，很好地解决了传统与现代的冲突，"树立了时代的精神"。

二、张力："振发启衰"

蔡元培的文学批评的张力首先体现在其批评既具灵活性和深刻性，又具包容性和开放性，既张扬了传统精髓，又抓住了时代精神，可谓是"振发启衰"①。《新文学大系·总序》集中体现了他的这种批评张力。文章一开头，他就写道："五四运动的新文学运动，就是复兴的开始。"这一论断可谓是高屋建瓴、深思远虑的一锤定音之论，其在质的把握的准确性、深刻性，同时又具有极大的包容度上，胜过当时任何一种针对新文学运动的史学评价。

当然对中国现代历史和现代文学有所了解的人，也许会知道，蔡元培并不是第一个将"五四"运动当作中国的文艺复兴的开始的人。梁启超在20世纪之初，在他的《中国学术思想变迁之大势》中曾提出："此二百余年间总可命为中国之'文艺复兴时代'"，第一次提出了中国的文艺复兴的口号，但他把清代当作中国文艺复兴的开始。1933年，胡适在美国的一次演讲中，再一次提出了"中国的文艺复兴"的口号，并认为"五四"运动才是"中国的文艺复兴"的开始。不过胡适没有准确把握这次复兴运动的"启衰"的根本内核，也没有充分展开对这次复兴运动意义的阐释，他将其和唐代古文运动等量齐观，显然低估了五四新文化运动的意义。蔡元培在1935年为《中国新文学大

---

① 蔡元培：《中国新文学大系·总序》第一卷，上海文艺出版社2003年版。

系》作总序，序中开宗明义，鲜明地提出"五四运动的新文学运动，就是复兴的开始"，并认为只有把它和周季的思想运动相提并论，才能真正充分、深刻地认识新文化运动的价值，——因而此论具有非同一般的深远意义。

众所周知，胡适以进化论为武器，向旧文学发起猛烈的进攻，并将持续了两千余年的中国古典文学称之为"死的文学"，宣布其死刑，而将白话文学当作中国文学的正宗。胡适是振臂高呼未来的新文化先驱者之一。钱锺书曾一度讥讽之为"仿佛野孩子认父母，暴发户造家谱，或封建皇朝的大官僚诰赠三代祖宗"①，——此论也许不无过分之处，然而，胡适其时，为了为白话文学正位，确立白话文学在现代中国文学的主流地位，而后进一步开展思想革命，达到强国富民的目的，确有牵强附会的地方，特别是为了使他文学的进化观念具有说服力，他不惜将复杂的文学现象及其复杂的发展简单化。尽管胡适在为新文学正名，在阐述文学的发展变化时，持一种线性的历史观，有简化历史进程之嫌，但这不是胡适个人的过失，在整个新文化阵线中，这种思维定式具有一定的普遍性，即使新文化运动的主将鲁迅也不能免俗，如胡适的《五十年来中国之文学》甫一发表，他即以"譬辟之至，大快人心"赞之②。

正是因为如此，新文化运动也遭到强烈的反对，至于那些抱残守缺的复古分子和维护既得利益者自不必说，他们的论点也不屑一辩。然而那些并非一定来自旧文化阵营的声音我们却不能充

---

① 钱锺书：《中国诗与中国画》，《七缀集》，生活·读书·新知三联书店2002年版，第3页。
② 鲁迅：1922年8月21日致胡适信，《鲁迅全集》第11卷，人民文学出版社1981年版。

耳不闻,因为他们也摸到了大象的另一只脚。一直被当作"新文化运动的敌人"的吴宓便直言不讳地指出:"故今有不赞成该运动之主张者,其人非必反对新学也,非必不欢迎欧美之文化也。若以反对该运动之所主张者,而即斥为顽固守旧,此实率尔不察之谈。"① 并以牛黄治病为例,对新文化运动的倡导者过分强调唯此一家历史的必然性而忽视殊途同归的历史概然性进行了批评。同样在《论新文化运动》中他还指出:"故后来者不必居上,晚出者不必胜前。"② 很显然,这是针对胡适的线性进化论的观点。即使在白话文运动已取得绝对胜利、新文化运动已历十年之后,对新文化运动的批评仍不绝于耳,是其中的代表。梁实秋在1927年发表了著名的《现代中国文学之浪漫趋势》,文中他写道:"浪漫主义者的步骤,第一个是打倒中国固有的标准;第二步是建设新标准,并且即此标准亦不曾建设,浪漫主义者的唯一的标准,即是'无标准',新文学运动,就全部看,是浪漫的混乱,混乱状态亦时势之所不能免,但究非常态则可断言。至于谁能把一个常态的标准从混乱中清理出来,我不知道,不过我知道他一定不是一个浪漫主义者。"③ 在此,梁实秋不但因新文学运动不符合他千古不变的古典理性的标准而大笔一挥,将其全部勾销,还将新文学运动的未来也锁在黑暗的角落。梁实秋所批评的主要是新文学运动的激进立场,而他自己的基本立足点,则是美国新人文主义者白璧德的中庸理论。

除此之外,后起的无产阶级革命理论家,也开始挖掘五四新

---

① 唐金海等主编:《新文学的里程碑·评论卷》,文汇出版社1997年版,第73页。
② 吴宓:《论新文化运动》,《学衡》1922年第4期。
③ 唐金海等主编:《新文学的里程碑·评论卷》,第264页。

文学运动的意义，试图把它整合到自己的历史必然性中去。在这方面，瞿秋白该是富有代表性的一个，他则认为五四新文化运动"完全是资产阶级知识分子的运动"，是"一种新式的欧化的'文艺上的贵族主义'"①。显然瞿秋白为了说明无产阶级革命文学的合法性，将五四新文化运动做了有利于自己的解释。

　　本文之所以不厌其烦地陈述20世纪二三十年代，思想界、文化界对五四运动的理解、评价，是从中我们可以看出蔡元培对五四新文学、新文化运动评价显示出他批评的鲜明性、深刻性、灵活性和开放性。作为新文化运动的一名参与者，作为一个思想者，蔡元培深谙二三十年代思想界、文化界对五四运动的理解、评价的分歧，而他众望所归地为新文学第一个十年的文学创作和理论等十集作总序，也是基于他对五四新文学运动的总体把握。不过他没有走胡适的路，也没有走吴宓、梁实秋的路，自然他更不会走瞿秋白的路，他所走的仍是他这一生坚持走的路：心有向度，兼容并包。他在《序》中写道："自新文学运动以来不过十五年，新文学的成绩，当然不敢自诩为成熟，其影响于科学精神民治思想及表现个性的艺术，均在进行中。但是吾国历史、现代环境，不得不有奔轶绝尘的猛进。"② 从中我们不难看出正是基于新文学尚未成熟，一切发展尚在进行中，蔡元培意识到过早地用一家之说来盖棺定论——并可能直接影响到它的发展时，负面影响在所难免。在他看来，既然一切均在进行中，既然谁也不是先知，我们就不能假定那一种预言为必然，而让它们都有表现的机会，让他们在碰撞、交流、斗争中取长补短、日趋完善。显

---

①　温儒敏：《"五四"接受史和"五四"》，《中国现代文学研究丛刊》1993年第4期，第123页。
②　蔡元培：《中国新文学大系·总序》第一卷。

然，这要比自以为真理在握，将别人都一棍子打死要明智得多，也正是因为这样，他的总序既具有批评向度的鲜明性、深刻性，又具有一般论者所没有的开放性、包容性。当然兼容并包不是无原则的和稀泥，在上述的文字中我们看到，蔡元培将五四精神概括为"科学精神民治思想及表现个性"，将"五四运动的新文学运动"灵活而深刻地定位为"就是复兴的开始"，是准确地把握了新文化运动的本质的。对于这本质要求，他认为是必须坚持的，不可动摇的。

蔡元培批评的这种包容性和开放性也体现在《〈鲁迅全集〉序》中，该文认为：为旧文学殿军的，有李越缦先生；为新文学开山的，有周豫才先生，值得注意的不仅是他把鲁迅称为现代文学的开山祖师，还有他将新旧文学并列的做法，显然他不像胡适等许多新文学的倡导者那样，采用非此即彼的二元对立思维模式，将旧文学成就一笔勾销。他的《洪水与猛兽》也同样体现了这种包容性，蔡元培并不完全赞同一些五四新文化运动和新文学运动的激进主义者的主张，但他也没有像吴宓、梁实秋那样否定新文学，而主张"让他自由发展"①，在发展中修正，在修正中成熟。

对现实的高度敏感，对复杂现象高超的理论把握能力，是体现蔡元培文学批评张力的另一方面，《中国新文学大系·总序》同样是这方面的典范之作。该作对中国的文艺复兴传统的本质和起点的确定上，突出体现了他对现实的高度敏感及其对复杂现象高超的理论把握能力。欧洲的文艺复兴的内在精神是什么？堪与古希腊罗马媲美的五四新文学运动内在传统是什么？它与欧洲的

---

① 蔡元培：《文明的呼唤——蔡元培文选》，第159页。

文艺复兴的相同在何处？不少文学批评家对此的阐述或笼统空泛，或语义模糊，而蔡元培对此的论述是精确的。对于欧洲的文艺复兴的内在精神，他说："欧洲复兴时期以人文主义为标榜，由神的世界而渡到人的世界。"对于五四新文学的实质，他定位为"科学精神民治思想及表现个性"，此论似乎与欧洲的文艺复兴有一定的距离。事实也确实如此，实际上，蔡元培不是简单地把欧洲的文艺复兴照搬过来，而是根据中国的现实要求，把文艺复兴的延伸运动——启蒙运动——也包括其中。我们知道欧洲启蒙运动的核心就是理性、自由、平等、博爱。在这点上，李长之称五四新文学运动是启蒙运动是对的，但是他因此而贬低它的意义则是值得商榷的。他只看到五四新文学运动横向吸收、启蒙的一面，而蔡元培则还看到纵向继承、复兴的一面。因为蔡先生并不认为科学、民主只是西方的传统，它同样是中国的传统，五四新文学复兴的也是这个传统（此论不仅在当时是极为深刻的，历经历史的检验，即今仍可悟到这一观点的精警和深刻）。他在文中写道："东周季世，孔子的知行并重，循循善诱，正如苏格拉底；孟子的道性善，陈王道，正如柏拉图……此外周髀的数学，素问灵枢的医学，考工的工学，墨子的物理学，尔雅的生物学，亦已树立科学的基础。"① 这就将中西并列，把科学的传统追溯到了中国的周代，同样作者认为周代是中国自由民主的传统的源头。蔡元培将五四新文学所复兴的传统与周代的科学、民主精神的传承关系打通，这不仅在当时新文学运动的先驱们割裂甚至否定传统文化的时代潮流中独发绝响，即今还有着深刻的现实意义和警醒作用。一方面，他觉察到了20世纪30年代中国的思想界

---

① 蔡元培：《中国新文学大系·总序》第一卷。

出现了某种复兴的迹象。在哲学领域,以熊十力、冯友兰的新儒家学说最具代表性,两人在 30 年代分别发表了他们的重要著作:熊十力的《新唯识论》,冯友兰的《新理学》,前者的主要思想被后人概括为新唯识论,后者则被概括为新理学,尽管他们的思想不尽相同,但在恢复儒家传统的影响和在儒家思想的旗帜下,进行传统文化的现代化改革则是一样的。在文学艺术领域,梁宗岱以象征主义突入中国古典文学经典中追寻中国精神。正如有论者指出的那样:"梁宗岱以一种高度现代性的创造方法,吸纳法国象征主义诗学观念,并将之与中国传统观念相连接,立足于现实的中国现代汉语诗歌发展及中国文化建设语境,促进了法国象征主义诗歌的本土化,同时又在象征主义的诗学框架中促进了中国传统诗歌的现代化。"① 除此之外,刘海粟的国画,吸收了西方绘画的精髓;梁思成对中国古典建筑的研究,也用真正的现代建筑学知识,发现了真正的中国传统精神,这都表明中国的文艺复兴的存在,也体现了蔡元培对现实敏锐的感受能力。另一方面,蔡元培比他们站得更高,看得更远。他作为一个从儒家时代走过来的知识分子,自然知道儒家传统在中国文化传统中的重要性,但他并没有像新儒家一样把中国的文艺复兴的地基全架在儒家上,而把中国的文艺复兴的起点定在周季,突出肯定了思想言论自由、科学精神的重要性,这样既对五四传统作了准确概括与强调,也反映了 20 世纪 30 年代思想较为活跃的实际情况,同时也是以一种独特的方式,对现实发展趋势的警醒。我们知道,尽管 30 年代是一个思想较为活跃的时代,但扼杀这种思想自由的主流意识也在逐渐形成。对这一点,蔡元培不会不知道,他之所

---

① 陈太胜:《文艺报》2005 年 8 月 13 日。

以把中国的文艺复兴的起点和周季,和思想最为活跃的战国时代打通,其对现实的指涉不言而喻,这也表现了他对现实的敏感性和独立不倚的理论洞察力。

蔡元培文学批评的张力也体现在其深远的影响上,这种深远的影响首先体现在他在文学批评中坚持五四精神和文艺复兴的根本向度对后进的影响上。20世纪四五十年代,中国的社会现实发生了重大变化,由于国家、民族面临生死存亡的考验和国家走什么样的道路的问题,要求每一个中国人服从这样一个大的任务,加之不同执政党意识形态的影响、逼压,在意识领域,甚至在许多知识分子心中,"五四"的自由传统都渐渐地淡忘了,救亡和所谓"勘内",被主流意识悄悄地偷换为唯一任务。正是鉴于此情况,朱光潜、梁实秋、沈从文等一些自由知识分子与激进的"左翼"作家,才在香港等地区掀起一场"文学自由""文学与政治"的争论。胡风才一而再,再而三地强调"主观战斗精神"和"人格力量";在关于民族文艺形式的大论战中坚守五四传统是民族形式的核心。胡风、朱光潜、梁实秋、沈从文所做的这些所有努力,目的其实都是一个:把淹没在主流意识形态中日渐消亡的"五四"自由传统恢复过来,很显然这与蔡元培在20世纪30年代强调五四精神的用心和思路完全一致,其中不难看到蔡元培的影子。

在20世纪40年代,还有一个人,以另一种形式、另一种声音,从另一个侧面反衬了蔡元培关于"五四"文艺复兴的生命力,他就是李长之。李长之在1946年出版了一本《迎中国的文艺复兴的书》,在该书中,一方面,以极高的热情呼吁中国的文艺复兴到来,召唤民族精神和民族自信的回归。他以为中国的文艺复兴应像欧洲的文艺复兴一样,是"一个古代文化的再生,尤其是古代思想方式、人生方式、艺术方式的再生"①。另一方面,与蔡元培不同的是:他和 30 年代的新儒家类似,也把中国古代文化的大楼建在儒家的地盘上,而且他比新儒家走得更远,以为"在中国今日思想上绝对的自由,不惟不可能,也不应当,因为在未取得民族的自由以前,究竟有什么个人思想自由配讲呢"②,尽管李长之民族热情令人佩服,而他因这热情的鼓舞而将个体的自由权利完全出让(何况这出让的自由面临着以民族为借口,建筑专制的堡垒的危险)的做法,就与蔡元培的理性与深刻难以相比了。在 20 世纪八九十年代,"五四"自由、民主传统再次进入知识分子的焦点;中国文艺复兴的号角再次响彻中国,蔡元培对中国的文艺复兴及其复兴内容之论断的前瞻性和深刻意义就显露无遗了。

蔡元培文学批评的另一影响在于他和其他批评家一道,促成了中国近代启蒙文学思想的形成。在论述中国近代启蒙文学思想时,人们首先想到就是梁启超和王国维,想到《论小说与群治的关系》和《〈红楼梦〉评论》,文学史界和批评界也无人注意蔡元培在这方面的先见之明。实际上,我们在谈到近代启蒙文学思想时,就不能不谈蔡元培,他的《〈文变〉序》虽短短数百字,但由于他特殊的社会地位、广博的学识和文章本身的力度,因而具有同样的开时代风气的划时代的意义。《〈文变〉序》的重要意义在于它以选本的批评方式,肯定了近代启蒙大家梁启超、严复、黄宗羲历史地位,指明了新文学(他说的"文"应指宽泛意义上的文学)的发展方向:无论是"道"本身还是载道之言、

---

① 转引自张蕴艳:《李长之学术——心路历程》,北京大学出版社 2006 年版,第 126 页。
② 转引自张蕴艳:《李长之学术——心路历程》,第 134 页。

载道之法都应该随时代而变化。他的这种新文学载道观实际上是近代功利主义文学启蒙思想的理论基石，而且与梁启超相比，他更清楚地阐明传统与新潮的承变关系，因而意义更为深远。梁启超、蔡元培等掀起的近代启蒙文学思潮，对中国现代的现实主义文学思潮、对许许多多的现代作家产生了深远的影响。郭沫若以为："影响鲁迅生活颇深的人，推数蔡元培先生。"① 这种影响，也包括文学方面。鲁迅在《我怎样做起小说来》中谈到自己的创作意图时说："我仍抱着十多年前的'启蒙主义'，以为必须是'为人生'，而且要改良这人生。"② 他的启蒙主义实际上就是近代启蒙文学思想。我们知道蔡元培是被鲁迅称为先生的两人中的一位，而蔡元培是资产阶级革命和"五四"文学革命的先锋人物、风云人物，鲁迅是蔡元培发起、并为领导人的光复会的成员，前者的文学思想受后者的影响就不言而喻的了。

三、渊源："鉴既往而策将来"

蔡元培文学批评观的渊源驳杂而深厚，他作为清代进士、翰林院庶吉士，深受中国传统文化的浸润，有着深厚的传统文化底蕴；他作为一个游历法、德的现代人文学者，广泛涉猎了西方政治学、心理学、哲学、美学等方面大家的著作，又有着深厚的西方人文科学的渊源，这使他的文学批评视野开阔，眼光独到，真正做到了"鉴既往而策将来"③。

蔡元培文学批评思想最直接、最显性的来源是以梁启超为代

---

① 高平叔：《蔡元培年谱长编》第四卷，人民教育出版社1999年版，第345页。
② 鲁迅：《我怎样做起小说来》，《鲁迅全集》第4卷，人民文学出版社1982年版，第511页。
③ 蔡元培：《中国新文学大系·总序》第一卷。

表的近代启蒙文学观念。作为与梁启超同时代的知识分子,蔡元培虽没有成为像梁启超那样振臂一挥、群雄响应的启蒙运动的扛大旗者,但由于他在社会政治活动中的地位,在文学、美学方面的真知灼见,尤其是在教育领域划时代的思想,在19世纪和20世纪初依然卓冠群英。而他思想的文化渊源是中外兼备的,本文着重论述的是他的文学批评观。蔡元培的文学思想,首先受到梁启超近代启蒙思想的影响。梁启超并不是一个虔诚的缪斯信徒,他热衷于文学也不是出于对文学的爱好,而是出于他变革社会的政治目的。在《小说与群治之关系》一文开头,他就开门见山地写道:"欲新一国之民,不可不先新一国之小说。"在文末,他再一次大声呼吁:"改良群治,必自小说界革命始!欲新民,必自新小说始!"蔡元培也是这一思想的支持者,他的小说《新年梦》便是近代文学启蒙思想的产物。他本人在谈到该小说的创作的时候,就直言不讳地说:"是时社会主义国家废财产、废婚姻之说已流入中国,子民亦深信之,曾于《警钟》中揭《新年梦》小说以见意。"① 他以小说来表现自己的思想信仰、以求达到"新民""新国"的目的。另外他在论述戏剧的创作、评价晚清小说、将《红楼梦》阐释为反清的政治小说,都体现出他以文学为器用达到宣传政治主张、变革社会的启蒙文学思想。不过我们还要注意一点,我们虽然说蔡元培的文学启蒙观念受梁启超影响,但这种影响是双向的,如蔡元培的《〈文变〉》序比《小说与群治之关系》的发表还要早几个月,可见蔡元培文学批评观的渊源,涉及中外古今,博杂而深远。

如果说蔡元培的近代文学启蒙观念是露出水面的冰山一角,

---

① 蔡元培:《文明的呼唤——蔡元培文选》,第27页。

那么中国传统的儒家文学观则是隐藏在水下巨大的冰山。蔡元培在1907年出国留学之前,中国古典文学理论,特别是儒家的文学理论是他主要的思想武库。儒家的文学观特别重视文学的社会功利作用和对个人性情的陶冶作用,孔子说:"兴于诗,立于礼,成于乐。"谈的是文学的陶冶作用。他还说:"诗可以兴,可以观,可以群,可以怨。迩之事父,远之事君。"① "诵《诗》三百,授之以政,不达;使于四方,不能专对,虽多,亦奚以为?"② 这里强调的是文学的社会作用。后来者提倡风骨、比兴,其意也在此。自韩愈提出文以载道,后之学者更是有过之无不及。周敦颐以为"不知务道德而第以文辞为能者,艺焉而已",程颐则以为"作文害道",这显然把文学的社会功利作用推向了极端。总的来说,儒家重视文学的功利作用,要求文学反映社会人生,改良人生,陶冶国民人格和情操,确为至理之论,也符合文学发展的历史实践。蔡元培作为近现代承上启下的知识分子,作为一个心忧天下、胸有抱负、有求作为的知识分子,继承儒家以天下为己任、以文学为器用的思想是很自然的。《〈文变〉序》最集中体现了蔡元培对中国传统儒家"文""道"关系文学观念的继承,当然,蔡元培笔下的"道"的内容已与传统文化有天壤之别了。中国传统的"道"的观念是个极为驳杂,甚至含混错乱的概念,在不同学派笔下的意义有时自相矛盾。但几千年的文化传承对"道"的解释,大体有共识,即"道"可理解为、引申为各种思想、道德、信仰、理想、精神等。蔡元培熟读经史典籍,又先后赴法、德求学和考察,博览各家学说,故蔡元培对

---

① 郭绍虞主编:《中国历代文论选》第一册,上海古籍出版社1988年版,第16页。
② 同上。

"道"的理解能融会中西，贯通古今，自存主见，从而运用到他的文学批评之中。蔡元培承袭中国传统文学观念的另一地方是强调为人与为文之间的关系。例如他之所以较高地评价陈浮生的诗、蒋君扬的画，就是因为前者文和人一样"精悍朴挚"①，后者"其胸襟志节高人一等"，从中我们不难看到"有德者必有言"和"古之君子，德足以求其志，必出于高明纯一之地，其于诗固不学而能之"②的影子，两者强调的都是艺术家自身的思想境界对艺术创作成就有重要的影响。

1907年，蔡元培赴德国莱比锡大学研究哲学、美学、心理学、文学等，后又因不满袁世凯擅权再度赴德留学。此间，他对康德的美学产生了浓厚的兴趣。谈到留学德国的生活时，他说："于环境上，又受音乐、美术的熏习，不知不觉的渐集中心力于美学方面……就康德原书，详细研究，益见美学关系的重要性。"③后来他还亲自撰写《康德美学述》，这都表明他对康德美学的倾心，康德的美学观念自然成为他文学思想的第三个来源。康德对美的认识或者说他对美的本质规定主要有四个方面：一是审美无利害；二是无概念的普遍性；三是无目的的合目的性；四是无概念的必然性。蔡元培基本接受了这些本质规定，例如他在《以美育代宗教说》的演讲中说道："美以普遍性之故，不复有人我的关系，遂亦不能有利害关系。"④完全与康德话语相通。不过，他并非食洋不化，实际上，他把康德的美学思想和中国传统的文学思想结合，形成了他独特的功能观。孔子曰："立于礼，

---

① 高平叔：《蔡元培年谱长编》第一卷，第365页。
② 郭绍虞主编：《中国历代文论选》第二册，第406页。
③ 高平叔：《蔡元培年谱长编》第一卷，第528页。
④ 蔡元培：《文明的呼唤——蔡元培文选》，第77页。

成于乐"，所谓"兴于诗"，就是"言修身必先学诗"，反过来，也就是说通过学诗，可以达到修身的目的。蔡元培以为："纯粹之美育，所以陶养吾人之感情，使有高尚纯洁之习惯，而使人我之见、利己损人之思念，以渐消沮者也。"① 美育之所以有这样陶冶性情的作用，正是因为它的普遍性，而其方式则是无目的的合目的性。很显然，蔡元培用康德的美学原理来阐释学诗修身的原因。例如他认为《红楼梦》"之所以动人者，正以宝、黛之结果一死一亡，与吾人之所谓幸福全然相反"，而"达到吾人贪恋幸福之思想"，最终达到消除"利害得丧"，美化人的心灵。②

蔡元培受康德美学思想影响的另一体现是他主张不拘俗套、独抒胸臆的文学批评观。康德美学重视想象力的作用，以为审美活动是"想象力与知性的自由游戏，它对外在对象的选择就明显倾向活泼自由，厌烦僵硬呆板之物"③，蔡元培从这种思想出发，也十分推崇文学创作的个性与独创性。例如在《〈愧庐诗文抄〉序》中他写到"夫人苟中无所蓄，则虽上规管、墨，下仿韩、苏，多为无病而呻之文，与制举艺何异"④，又对胡钟生的诗文能"触事而发，因人而施""写至性，发精理"给予了高度评价；在谈到宋诗的押韵时，他特别批评了其"只知用事押韵之为诗，而不知咏物之为工，言志之为本也"⑤，从中我们不难看出蔡元培受康德美学影响而倡导一种自由、鲜活、"诗中有人"的文风。

---

① 蔡元培：《文明的呼唤——蔡元培文选》，第78页。
② 同上。
③ 蒋孔阳等主编：《西方美学通史》第四卷，上海文艺出版社1999年版，第115页。
④ 高平叔：《蔡元培年谱长编》第一卷，第374页。
⑤ 张戒：《岁寒堂诗话》。

蔡元培的文学批评将以其开阔的视野，开放的眼光，深邃的智慧，吸纳西方现代文明的精粹，使之与中国的时代潮流，中国的社会实践有机结合，从而"树立时代精神"——自由、民主精神；同时，他不忘传统，在深刻理解传统的基础上，吸取传统合理性因素，使之与现代对接，真正起到"振发启衰"的作用。另外蔡元培的文学批评始终坚持他"学术自由，兼容并包"的原则，为中国现代批评树立了良好的典范，对中国现代文学批评产生了深远的影响，对当今的文学批评也有十分重要的指导意义。

本文与博士后邓全明合撰，原载《高等学校文科学术文稿》2008年第1期

辑二
巴金研究

论巴金的文学"青春"和"文脉"

集激烈、忧郁、热情、分裂、深沉、真挚和痛苦于一身的巴金,终于艰难地走过了百年历程,并还将"走"下去,但他已不能说、不能动,不能握笔,却能听、能看,有思维。纵观百年,巴金是幸运而又不幸的,在"五四"时代他的前辈和同辈作家中,他创作的"工龄"最长,经历的时代风雨最多、最复杂,身受的"光环"也最耀眼,而遭遇的贬抑、误解、争议和被利用的时间也是相当长的。百年人生和文学生涯,构成了巴金的独特性。众多研究者对此已作了长时间的多方面的探讨,本文拟就一个新视点略抒己见。

大凡有一定成就的作家,都有创作青春期,或称创作勃发期、爆发期,多半在作家的青年时代,——这固然与作家的年龄和精力有关,也与作家的心理、个性、社会历史观及其生活的大环境有关。考之20世纪中国文学史,大多数作家——或因社会环境逼迫,或因创作热情和才情日衰,或因兴趣转移,或因天不假年等——只有一个或两个创作青春期:其时不仅作品数量多,艺术形式和艺术表现的探索也大胆而丰富,而且直面现实的勇气和挥洒内心世界的才情已臻最佳状态,对社会和人性的冲击也较有力度和深度,——作家一生的代表作往往产生于这一时期。如郭沫若、茅盾、周作人、叶圣陶、冰心、闻一多、夏衍、徐志摩、张恨水、曹禺、艾青、张爱玲等。

巴金却别具特性,他有三个创作青春期。

迄今发现的巴金最早公开发表的随笔式短论题为《怎样建设自由平等的社会》(1921年),最早公开发表的散文题为《可爱的人》(1922年),最早发表的小说题为《灭亡》。如果算到最近由巴金女儿李小林女士提供的散文未完稿《怀念振铎》(1989年春开笔,1999年1月修改续写),巴金的文学生涯长达七十余年("文革"十年被迫停止创作),著译多达一千余万言。其时间跨度之长,写作道路之曲折,取得的成绩之大,在20世纪中国文学史上是为数不多的几位作家之一。

巴金的第一个文学"青春期"是1930年前后。虽然20世纪20年代和30年代初,青少年时期的巴金还热衷于安那其主义的社会活动,还大量编写社会革命方面的政论和杂感,译写俄国、日本、意大利、法国、西班牙等安那其主义者的传记和著作,并于1930年7月还出版了他一生唯一的一本阐释安那其主义理论的著作《从资本主义到安那其主义》,但文学创作活动依然存在,已有短篇小说《房东太太》等,中篇小说《灭亡》《死去的太阳》,以及一些诗、散文问世,虽时断时续,却日渐频繁。直至1930年7月某夜,青年巴金对自己创作的几个中、短篇小说很不满意,想就此永远搁笔,睡梦中忽然想起法国穷音乐师洛伯尔对一位姑娘悲凉的爱情故事,惊醒后,于黑暗中仿佛又看见了一些悲惨的景象,又听见了人世间一片哭声,于是扭开电灯,在寂静的深夜,一口气写完新作《洛伯尔先生》。这一则在巴金创作生涯中起过独特作用的、颇有些传奇色彩的插曲,其实是发端于巴金思想深处和内心情感的,自有其必然性。其时青年巴金"信奉了爱人类爱世界的理想","以人类的悲哀为自己的悲哀"。创作了这个短篇后,巴金自述"每夜每夜我的心痛着","为了人类的受苦而哭","心里燃烧着永远不能熄灭的热情",于是"眼泪""变成新的小说"。这是巴金第一个创作青春期思想和感情的动因。这之后至 30 年代初,巴金相继创作了二三十个短篇和三部中篇,而这一时期的代表作《家》,也于 1931 年至 1932 年创作完成,并在《时报》上连载(题为《激流》)。年仅二十七八岁,初露才华的巴金其时就被独具慧眼的媒体冠以"文坛巨子"的美誉。

巴金的第二个创作青春期是 1945 年前后。这一时期,不仅作品数量很多,而且各种文体均有佳作问世,作家的思想感情也有了新的发展,作品风格与第一创作青春期有了若干明显的变化。20 世纪 30 年代中后期至 40 年代初中期,巴金的安那其主义热情渐趋减弱,对安那其主义理论和传记的译写,较第一个创作青春期明显减少,而文学创作的热情渐趋高涨,小说和散文创作的数量大大超过安那其主义者的社会革命理论、传记和回忆录的译介。虽然 40 年代末巴金还写过一篇俄国安那其主义者巴枯宁的传记(1949 年)和译过几篇妃格念尔的回忆录(1948 年),但据初步考察,自《家》发表后的十余年间,巴金的文学创作热情已达到了高潮:短篇小说近 60 篇,中篇小说 10 部(包括毁于战火后又重写的《新生》)左右,长篇小说约 4 部,还有大量的散文等。而且,小说的创作风格趋向写实,越来越内敛、精细和圆熟。《寒夜》(1946 年)就是巴金文学创作第二个青春期的代表作。

前后两个文学创作青春期的变化是明显的。促使这种变化的动因是什么?简要地说,可归结为四点。一是安那其主义中一部分反对一切国家形式和专政等的理论,它自身的空想性和矛盾性,以至于脱离历史和实际生活的苍白性。青少年时代的巴金曾受到安那其主义理论中激烈的反对一切专制、独裁、压迫等理论的激发和煽动,步入中壮年,随着人生经历和见闻日渐丰富,巴金悟到了当年"举手向天",愿为之"献身"的"信仰"以及信奉的安那其主义理论之脱离国情,又看到了原先的小群体"同志"产生了更大的分化,甚至有些"同志"竟然加入制造黑暗、压迫和分裂的当权者的行列。巴金于是日益警觉。二是20世纪三四十年代灾难深重的中国,几乎遍地响起了枪炮声,侵略者的铁蹄、炮火和毒气,将原本痛苦不堪的中国百姓更残酷地推向死亡的边缘,与之相应,中国亿万民众反抗的烈火也燃遍了大江南北,多半作家和青年知识分子也加入了抗战的洪流。巴金几乎是全身心地投入,侵略者的罪行和民众的苦难激发起巴金空前的爱国热情和创作热情,《旅途通讯》《旅途杂记》等一本本散文集,真实地记叙了侵略者的暴行和作者的反抗怒火,再加之《火》三部曲等作品,它们虽然艺术上粗疏,却也能形象地显示巴金对青少年时代执着的思想和信仰开始了动摇。真实而严峻的现实生活,是促使巴金文学创作青春期开始发生质的变化的又一动因。19世纪权威理论家曾将几位俄国和西欧作家因敢于直面现实而最终改变了创作思想的现象称作"现实主义的伟大胜利",巴金在第二个文学青春期的创作思想的大变化,也可作如是观。其三是鲁迅等"老师"和友人的影响。巴金行文多次提到过他一生中有好几位"老师",也十分珍重友情。无可否认,巴金青少年时代安那其主义的"信仰",与一些激进的社团组织(如"均社")、激进的刊物(如《民钟》《平等》)和有激进思想的"老师"及友人通信、交往,以及阅读和译写安那其主义者的著作和传记等有关,同样无可否认,巴金20世纪40年代对安那其"信仰"开始发生质的变化,也与巴金和鲁迅、叶圣陶、冰心、茅盾、郑振铎、老舍、靳以、沈从文、曹禺、李健吾、冯雪峰、萧乾、何其芳等或相识，或共事，或阅读他们的作品有关，甚至与曾严厉批评过他的朱光潜、胡风，曾与之发生措辞激烈争议的郭沫若等均有关。自然，其中潜移默化地撼动巴金早期"信仰"的最见成效的力量，还是鲁迅的言行和著译，特别是1934年8月（或说1933年4月），在《文学》主编郑振铎主持的为该月刊社举行的宴会上首次结识鲁迅之后，巴金立即撰文称更"贴近地挨到"鲁迅"这位'有笔如刀'的大作家""那颗善良的心了"，此后巴金多次向鲁迅约稿、赠作品，联名发表《文艺界同人为团结御侮与言论自由宣言》等，鲁迅和茅盾又将巴金的小说《将军》收入向美国和海外推荐中国作家的小说集《草鞋脚》中，鲁迅又在送巴金赴日的宴席上介绍日本风土人情，鼓励巴金多写作品，尤其是当"左"翼营垒中的极"左"作家徐懋庸等，以"信仰"为政治罪名，耸人听闻地责备巴金时，重病中的鲁迅在一篇文章中亲笔对巴金增添了掷地有声的评语：巴金"是一个有热情的有进步思想的作家，在屈指可数的好作家之列的作家。他固然有'安那其主义者'之称，但他没有反对我们的运动，还曾列名于文艺工作者联合的战斗宣言"。巴金对鲁迅如此的"知人知心"和"知行知文"深为折服、深为感激，这可从鲁迅病逝后巴金的言行中看出。巴金一连四天守灵，在鲁迅出殡和下葬时抬灵柩，以及竭尽全力出版《鲁迅先生纪念集》等，特别是此后巴金写鲁迅的专文多达近十篇，篇篇发自肺腑，篇篇源于真情，数十年如一日，而且历久弥坚。巴金说："几十年中间用自己燃烧的心给我照亮道路的还是鲁迅先生。"表示"没有他的《呐喊》和《彷徨》我也许不会写小说"，又真诚地袒露心声：对鲁迅的情况"了解越多我对先生的敬爱越深。我的思想，我的态度也正在逐渐变化，我感觉到所谓潜移默化的力量了"，"我没有走上邪路，正是靠了以鲁迅先生的《狂人日记》为首的新文学作品的教育"。巴金的百年人生及思路"文脉"的发展，巴金在第二个文学青春期对原有的"安那其主义"信仰开始发生质的变化的重要动因，由以上简述，即可见其端倪。

巴金的第三个文学青春期不是20世纪五六十年代。虽然五六十年代巴金创作热情一度也较高涨，作品数量也不少，如他曾与"保卫和平的人们"在一起，"生活在英雄们的中间"，在"大欢乐的日子"里，他写"赞歌"，歌颂"创造奇迹的时代"，歌颂中日、中波、中越、中苏"友谊"，他的确有"倾吐不尽的感情"，但正如任何一个大作家都不能不受到他生活的时代精神、时代氛围、时代思潮等的影响一样，巴金自然不能例外。上述作品除感情浮泛、思想浅显外，与巴金一生总的基本的创作思想、风格、文脉、倾向等不协调。连巴金本人在90年代也对上海一位写他传记的老作家表示："我在十七年（即1949年至1966年）中没写出一篇使自己满意的作品。"虽然这十七年中巴金因写《法斯特的悲剧》受到批判，于50年代后期被拔过"白旗"，也因在作协一次谈作家的勇气和责任心的讲话受到责难，但更多的还是卷入了十七年中主流社会发动的历次文化的、政治的表态和批判运动的潮流，同时多次应命赴朝，经受战火的洗礼，后又身心疲劳地、风光荣耀地受命频繁出入于国内外各种重要会议。——即使如此繁忙，巴金还是坚持创作了百万字左右的散文和小说。自然，在这样的大背景下，身处这样潮流裹挟，在心理矛盾和人格分裂中的巴金的作品，必然留下了那一"大背景"和"矛盾""分裂"时的深深的烙印,其质量已如前述,因而构不成独立而完整的文学青春期。

如果仅仅从文学道路的发展来说,原本巴金也许会继续着20世纪五六十年代的文脉和文路走下去,因而也断不会有他的第三个文学青春期。也许真有"天赐良机"之缘,不妨借用唐代诗圣杜甫的一句诗"文章憎命达,魑魅喜人过"来说,给国家和人民带来深重灾难的十年"文革",也给巴金的身心和亲人烙下了钻心的伤痕:爱妻因受迫害而不幸病故,红卫兵几番突袭"抄家",一些藏书遭劫并被查封,他自己已不允许创作,只能写所谓的检查,又被押到所谓的"五七干校"抬猪草、喂猪食、扫猪圈,还被当时的造反派组织押送到作协、几所高校和工厂,甚至全市电视批斗会现场,"接受人民审判",批斗会上,他几次昂起头,又几番被"红卫兵""造反派"强摁下去,渐次巴金从"奴在身"向"奴在心"变化,屈辱在心,心在流血,……切肤伤痛使巴金个人体验加深了,而巴金之所以成为今日的巴金更在于他思考最多的、忧忿最多的,还是全民族的苦难和伤痛,是20世纪中后期神州大地上所发生的十年"文革",何以会发生?何以会令全国几亿人屈服"一次讲话""一条语录""一个手势"的"一言堂"?何以会令几千年传统文化、五四新文化运动中思想精英们呼唤的人的个性解放民主自由精神濒临崩溃?十年"文革"的历史教训是什么?如何才能使"文革"灾难不再重演?等等,巴金如此"随想""再思"的一个闪光点,是从"反省自己""解剖自己""深挖自己"为核心,由己及人、由人及历史、现实和未来,年过古稀、已届耄耋之年,并"伤痕"累累的巴金,奇迹般地又爆发出创作的青春,思路文脉又一次奇迹般地纵横驰骋,终以八年甚至更长时间,以患有帕金森氏症的颤抖的手，甚至重病之身，写下了一百五十篇"随想录"，后又断断续续写了若干篇"再思录"。这一部五六十万字的巨著，倾注了巴金晚年的多半心血，汇集和熔铸了巴金近百年的精神追求、人格力量和艺术功力。——这一百五六十篇"随想"构成了巴金文学创作的第三个"青春期"。

在简论了巴金第三个文学青春期的动因和基本内容后，理应追问并回答的问题是，巴金在耄耋之年创作的百余篇"随想录"中表现的精神、人格和功力，与他第一个文学青春期和第二个文学青春期主要作品中表现的精神、人格和功力，是断裂的还是贯通的？如果是"断裂"，是何种性质的"断裂"？如果是"贯通"，是何种性质的"贯通"？主要表现在哪些方面？抑或是有"断裂"，也有"贯通"，那么有哪些是"断裂"？又有哪些是"贯通"？比如《随想录》这本"大书"中的精神、人格和功力与巴金早年写的短论和小说《灭亡》，甚至《家》等作品中的安那其主义思想，是"断裂"的还是"贯通"的？这种"断裂"或"贯通"，或有"断裂"也有"贯通"的精神、人格和功力与巴金文学创作的第三个青春期有何关系？这自然并非短时期或数篇文章所能详尽的，因为巴金的精神、人格等具有独特性、复杂性、分裂性和丰富性，——这正是一些中外大作家所常有的基本特征，也是能长久吸引一代又一代研究者作深入探讨的魅力所在。显然，论述巴金的三个文学"青春期"，并不表示巴金比只有一个文学"青春"期或有两个文学"青春"期的作家更出色——文学创作的成就主要不在于作家有几个文学"青春"期——但却突出地表示了巴金即使已到生命的暮年，依然有顽强的"倾吐感情"的生命活力，依然能"高举丹柯的心"，能为"万人的自由就是我的自由"的理想，"奉献"出自己毕生对光明和真理的思考、探索和追求,从而"找寻一条救人、救世也救自己的道路"。

2003年9月于文化佳园"达庐",时朝霞映窗。

原载《上海社会科学报》2003年11月

巴金笔名考

巴金原名李尧棠，字芾甘。"巴金"是作家用得最多，也最有影响力的笔名。据初步查考，巴金笔名之多，远远超过了迄今为止国内外已出版的各类辞书和巴金研究专著、资料中收录的数目。连同巴金这一笔名在内，到目前为止，作家一共用过三十七个笔名："芾甘""佩竿""极乐""李芾甘""非子""甘""芾""黑浪""赤波""壬平""甘宁""亦鸣""Li Fei-Kan""李冷""鸣希""Ba Kin""马拉""春风""B·B""P·K""一切""李一切""金""余一""比金""王文慧""同人""马琴""欧阳镜蓉""竟容""余三""余五""余七""黄树慧""德瑞""尧棠""李尧棠"等。

"芾甘"，是巴金发表第一篇文章首次启用的笔名。在1921年4月1日成都出版的刊物《半月》17号上，作家以芾甘的笔名发表了题为《怎样建设真正自由平等的社会》的文章。此后，"芾甘"成为作家早期文学活动中常用的笔名。在1921年到1929年之间，巴金主要在民钟社（1922—1927年）出版的刊物《民钟》、美国旧金山平等出版部（1927—1929年）出版的《平等》月刊，和1929年1月30日创刊的《自由月刊》（按：系巴金主编的半文艺半广告的刊物）上撰写和翻译了为数不少的政论文，如《爱国主义和中国人民幸福的路》《无政府主义的实际问题》（与吴克刚、卫惠林合著），同时也翻译介绍外国作家及外国作品，如《断头台上》《面包略取》《一个卖鱼者的生涯》等，均署名"芾甘"。此外，他还以"芾甘"笔名，于 1930 年 7 月出版了他唯一的一本政治思想理论专著《从资本主义到安那其主义》。这类作品是研究巴金早期著译活动及其思想发展的重要资料。自此以后，巴金除在私人通信外，相当长时期不再公开用芾甘这一笔名了。直到 1937 年福州自由书店增定出版《自由血》（五一殉道者 50 周年）一书（该书系巴金 1925 年 9 月在《民钟》第 1 卷第 13 期上署名芾甘发表的《支加哥惨剧》一文的增定本）时，才又继续公开沿用芾甘这一笔名。中华人民共和国成立前，公开署名芾甘发表的最后一篇作品，是散文《纪念一个失去的友人》，发表在 1943 年 5 月出版的刊物《宇宙风》（纪念林憾庐先生特辑之一）第 13 期上。同一期刊物上还登载了巴金的未婚妻萧珊（陈蕴珍）写的诗作《挽歌——愿在天之灵安宁》。

"佩竿"，主要是巴金早期发表诗歌、散文和译作时用的笔名。

用"佩竿"笔名发表的第一首诗是《被虐者的哭声》，全诗共十二节，发表在 1922 年 7 月 21 日出版的《文学旬刊》第 44 期上。同年仍用"佩竿"的笔名又陆续发表了《路上所见》《梦》《疯人》《惭愧》《丧家的小孩》等诗作。1923 年在成都《草堂》上发表《诗一首》《诗四首》以及在《妇女杂志》上发表《一生》《寂寞》《黑夜行舟》等诗时，均署名"佩竿"。另外，巴金第一篇叙事散文《可爱的人》在《时事新报》副刊《文学旬刊》第 54 期发表时，也署名"佩竿"。第一篇译作《旗号》[（俄国）迦尔询作]在成都《草堂》第 2 期发表时，也署名"佩竿"。

巴金也用"佩竿"笔名撰写政论文，但数量极少。目前发现的有 1927 年 8 月《平等》第 2 期上发表的《无政府主义党并不同情于国民党的护党运动》，1927年10月《平等》第4期上发表的《死者与生者》等。

"极乐"，是巴金在1925年和1927年用过的笔名。1925年2月18日起，在《国风日报》副刊《学汇》上连载的《柏克曼传记》，署名"极乐"；作家以"极乐"笔名发表的文章共有三篇，另外两篇是：1925年3月29日在《国风日报》副刊《学汇》上发表的《日本劳动运动社同志的来信》和1927年8月1日出版的《平等》第2期上刊登的《理想是杀得死的吗?》。

"李芾甘"，是巴金的笔名，但在一些作家传记或辞书中，在"巴金"这一条目内，往往把"李芾甘"作为巴金的原名。1922年9月11日出版的上海《时事新报》副刊《文学旬刊》（《文学研究会》的机关刊物）上，作家以"李芾甘"为笔名，发表了《致〈文学旬刊〉编者信》（按：此标题系笔者所拟）一文。除在私人通信中，巴金在中华人民共和国成立前最后一次公开使用这个笔名，是在1931年1月出版的《时代前》杂志上发表的题为《蒲鲁东与〈何谓财产〉》一文。

"非子"，曾是巴金与好友卫惠林合用过的笔名，1926年1月在《民钟》第1卷第14期上发表译作《狱中绝笔》[（日本）古田大次郎著]时即署"非子"（按：笔者访问巴金先生，证实了还有不少署名"非子"的文章，系卫惠林著译。而此篇确系两人合用"非子"这一笔名。另在《东京的殉道者》一文中，巴金在附记中曾指出："古田大次郎的《狱中绝笔》是我和惠林同译的"）。

"甘""芾"，是巴金另外两个笔名。署名甘的第一篇译作《无政府主义社会学的基础》，载1926年6月《民钟》第1卷第15期上；署名"芾"的第一篇文章《〈无政府主义与工团主义〉附识》，发表在1926年10月1日出版的《民众》第14、15期合刊上。以后，在1929年3月25日出版的《自由月刊》第1卷第2期和同年4月25日出版的《自由月刊》第1卷第4期上发表的四篇文章，署名也是"芾"，均出自巴金的手笔。

"黑浪"，这一笔名在已出版的作家小传和一些辞书中有关"巴金"的条目内，均未收录。巴金用黑浪笔名发表的作品大部分是政论文，几乎都在美国旧金山平等出版部出版的《平等》杂志上发表。作家用这一笔名的时间集中在1927年、1928年、1929年之间。20世纪30年代初又用过二三次，系1933年上海新民书店出版的"插图本克鲁泡特金全集第2卷"《自传》前部首卷的《全集总序》和《第一卷序》，文末均署"1933年5月黑浪"。据查考，二十余年后（即1949年），作家在福建泉州自由社出版的《自由丛刊》第7期上，还以"黑浪"为笔名，发表过《巴枯宁二三事——巴枯宁的第一个片段》。

1927年8月，在《平等》第2期上发表了一组短论，反对国内由毕修勺主编的《革命周报》的主要观点。因为作者"记起吕千（笔者按：即张履谦）他们曾责备我不应该用一个名字在民钟上发表许多文章，所以这些短评的署名是不同的"（《答诬我者书》）。这一组文章共九篇，除署"极乐""黑浪""佩竿""芾甘"外，还有下列新笔名：

"壬平"（《中国无政府主义与组织问题》）；

"亦鸣"（《迷信军阀的中国"共产党"》）；

"甘宁"（《谁前进，谁后退？》）；

"赤波"（《国家主义者在捧蒋介石》）。

1928年巴金曾用"Li Fei-Kan"的笔名在《自由之路》第4卷第6期上用英文发表了《一个中国同志的来信》；同年3月用"李冷"的笔名在《平等》第9期上发表《法律——〈穷人的话〉

二〉；同年6月用"鸣希"的笔名在《平等》第11期上发表了《工人的实力》。

以上查考到的十四个笔名，基本上是巴金早期文学创作、翻译、撰写政论文时使用的。"巴金"这一笔名的出现，标志着作家文学生涯的新起点。

"巴金"这一笔名何时和何故启用？国内外一直对此众说纷纭。笔者初步查证，用巴金笔名发表的第一部中篇小说《灭亡》，是在1929年《小说月报》第20卷第1期上开始连载。人们在谈到"巴金"这一笔名的由来时，也往往和《灭亡》联系在一起。然而翻开1928年10月出版的《东方杂志》第25卷第19号，却发现了署名"巴金"的《脱落斯基的托尔斯太论》一文。那么，到底巴金这一笔名最早是在什么时候、什么文章、什么刊物上首次启用呢？笔者带着疑问走访了巴金先生，终于解开了这一疑团，巴金说：

> 一九二八年八月《灭亡》写成后，并没有想到拿它发表，只是想自费印刷几百本送给大哥。后来有个朋友（笔者按：指当时在上海开明书店工作的索非）愿意帮我发表。我不愿意用自己的名字，就用了"巴金"这个名字。当时用"巴金"也不是有意取的笔名，因为在那时，我还没有想到要把自己的一生和文学联系在一起。《灭亡》寄出后，当时我在法国的朋友、曾主编《东方杂志》的胡愈之先生找我翻译脱落斯基论托尔斯泰的文章，所以我就翻译了《脱落斯基的托尔斯太论》一文，也署名巴金。这篇文章比《灭亡》先发表。实际上还是《灭亡》最早用"巴金"这个笔名。

"巴金"这一笔名出现以后,作家在发表政论文或者其他译作时,还另外用过很多笔名。现大体上按这些笔名出现的时间顺序,摘其要者略加考析。

"马拉",是巴金在1929年主编《自由月刊》时用的笔名。在1929年1月30日出版的《自由月刊》第1卷第1期上,第一次用"马拉"的笔名翻译发表了左拉的小说《她》。

"春风",是作家给《革命周报》写的一封读者来信时用的笔名。见1929年1月20日出版的《革命周报》第79和80期合刊。

"P·K",原是巴金的外文译名Ba Kin的缩写。作家在1929年2月15日出版的《自由月刊》第1卷第2期上,发表译作《母亲之死——回忆两则》〔(俄国)赫尔岑著〕时,用过这一笔名。

"B·B",这是1929年9月10日出版的《开明》第2卷第3号上撰写的《两个质问》《读者的交通》时用的笔名。当时索非主编《开明》,经常用"A·A"的笔名作补白。有材料说,当时巴金在开明书店担任过一段时期的外文校对职务,因此,巴金有时用"B·B"的笔名在《开明》上作过补白。

"一切",是巴金在1929年、1930年期间从事外国文学翻译和撰写外国文学家专论时用的笔名。如《骷髅的跳舞》〔独幕剧三出,(日本)秋田雨雀著,开明书店1930年初版〕、《赫尔岑论》(原载巴金用李一切笔名与卫仁山合办的《时代前》第1卷第3号,1931年3月20日出版)。

"金",这个笔名是1931年1月《时代前》杂志第1卷第1号上发表《虚无主义论》时第一次公开启用的。另外,在交往的信件中曾多次署此名。

"余一",这个笔名第一次启用是在1934年1月1日出版的

《文学季刊》第 1 卷第 1 期上发表小说《将军》时用的。这个笔名一直用到 1935 年，相隔二十余年后，即 1956 年 7 月 24 日《人民日报》上又再次出现了"余一"的笔名，文章题为《"鸣"起来吧》。在同年直至 1957 年 10 月前的《文艺月报》《解放日报》《文汇报》《新闻日报》上也分别出现过署名余一的几篇杂文，均出自巴金的手笔。

"比金"，是 20 世纪 30 年代白色恐怖笼罩文坛时友人黄源代取的。首次在《新年试笔》中启用。其时国民党书报检查严酷，署名巴金的作品遭到检察机关的留难。1933 年年底，巴金应《文学》杂志邀请，写了《新年试笔》，《文学》主编傅东华和友人黄源即为之代署"比金"笔名，该文才得问世。但当时《中学生》上有六篇署名"比金"发表的关于科技方面的文章，经考析和向巴金先生请教，始知这六篇文章不是巴金所作。

"王文慧"，是 1934 年 4 月在《文学》第 2 卷第 4 号上，作家发表历史小说《罗伯斯庇尔的秘密》时首次启用的笔名。以后在《文学》第 3 卷第 1 号上又发表的《一个人的死》（后改题为《马拉的死》），在《文学》第 3 卷第 2 号上发表《丹东》（后改题为《丹东的悲哀》），均署名"王文慧"。作家称这三篇小说为山岳党三大领袖的故事。此外，又以"王文慧"为名写过《我是个外行人》《鲁特米娜》（妃格念尔自传的一章）等。

"马琴"，是作家在 1934 年 3 月出版的《中学生》第 43 号上发表散文《广州》一文时用的笔名。

"余三""余五""余七"都是 1934 年巴金在《文学季刊》上写杂文和补白时常用的笔名。但中华人民共和国成立后，笔者又在 1958 年的《解放日报》上发现了几篇署名余三的文章，如

《复旦大学中文系在跃进》《清除古典文学研究中的毒素》等。巴金怎么会写这方面的文章呢？经查考，证实这些文章不是巴金所作（笔者按：经多次查考辨析，中华人民共和国成立前后，这种类似用"比金""余三"之同名而非巴金所作的文章还有多篇）。

"黄树辉"，是巴金在1934年7月《文学》一周年纪念特辑上发表散文《我的中年的悲哀》时首次启用的笔名，并以此笔名在1934年7月《文学》第3卷第1号上发表过小说《电话》（后改题为《知识阶级》，收入1934年10月巴金在上海生活书店出版的短篇小说集《沉默》中）。

"同人"，是巴金在1937年10月17日《烽火》第七期发表《纪念鲁迅先生》一文时启用的笔名。

"德瑞""尧棠""李尧棠"等名字出现在与友人的通信中；但这些书信现在部分已公开出版，而且其中一部分书信类似随笔和杂感，因此笔者认为，这些署名也应列入巴金笔名之林。

在撰写《巴金年谱》的过程中，笔者尚从一些巴金参加编辑的杂志上发现一些署"编者"或无署名的文章。经持文向巴金先生请教，已得到确认。如《萨珂与凡宰特致全体同志信》《请大家熟读这封信》《西班牙的黎明》等画册中的题画诗以及《自由月刊》等刊物上的书评广告等。

综上所述，巴金笔名之多，在中国现代作家中虽次于鲁迅、郭沫若。茅盾，亦属颇为罕见。单从笔名本身来看，似乎也无特殊的含义。像"甘""Li Fei-Kan""亦鸣""李冷""Ba Kin""比金""余三""余五""同人"等笔名仅用过一次，显然作家在选用这些笔名时也是比较随便的，即使"黑浪"这个笔名，据巴金先生回忆，当时也无特殊的含义，只是在《平等》刊物上用过一段时间。就拿"巴金"这一笔名来说吧,中外研究巴金的学者都对其来历作了种种的猜测和解释。而在"四人帮"横行时期,一伙人望文生义,咬定"巴金"两字是代表巴枯宁和克鲁泡特金。其实巴金早在1958年《文艺月报》4月号上发表的《谈〈灭亡〉》一文中,已把"巴金"笔名的由来讲清楚了。巴金说,1927年1月15日,他离开上海到法国去不久,"我因为身体不好,听从医生的劝告,又得到一位学哲学的安徽朋友的介绍,到玛伦河畔的小城沙多-吉里去休养,顺便到沙城中学念法文。在这个地方我认识了几个中国朋友。有一个姓巴的北方同学(巴恩波)跟我相处不到一个月,就到巴黎去了。第二年听说他在项热投水自杀。我和他不熟,但是他自杀的消息使我痛苦。我的笔名中的'巴'字就是因为他而联想起来的。从他那里我才知道'百家姓'中有一个'巴'字。'金'字是学哲学的安徽朋友替我起的,那时候我译完克鲁泡特金的《伦理学》前半部不久,这本书的英译本还放在我的书桌上,他听见我说要找个容易记住的字,便半开玩笑地说出了'金'字"。

巴金为什么会用这么多的笔名呢?巴金先生曾谦虚地说过,"想起来就用,用过了也就忘记了"。实际上,巴金笔名多的原因,是和他旺盛的创作热情和高超地驾驭各种文体的写作技能分不开的。翻开20世纪20年代巴金发表作品的有关刊物,往往在同一期上就刊登了他的好几篇文章,作家只好署上了几个不同的笔名了:

1926年10月1日出版的《民众》第14、15期合刊上同时发表了作家两篇文章,分别署名为"壬平"、"黑浪"(按:署名黑浪的有两篇)、"佩竿"、"亦鸣"、"极乐"、"甘宁"、"莳甘"、"赤波"。

1927年10月出版的《平等》第4期上，同时刊登了作家六篇文章，分别署"芾甘""佩竿"和"黑浪"三个笔名，另有三篇未署名；

1929年1月出版的《自由月刊》第1卷第1期上，发表了作家三篇译作，分别署"马拉""巴金""芾甘"三个笔名；

1929年2月25日出版的《自由月刊》第1卷第2期上，发表了作家五篇文章，分别署"巴金""马拉""芾甘""P·K"四个笔名。

在查考和研究巴金笔名时，笔者发现，巴金之所以用很多笔名，还表现了作家对旧社会、旧势力不屈的反抗和斗争精神。从1930年起，"巴金"这一笔名在文坛上的地位随着他的《灭亡》《激流》《雾》《雨》《新生》等中长篇名著的相继问世而声名大震，"巴金"成了作家经常使用的笔名了。但翻阅1934年巴金的作品，却又出现了令人费解的现象，笔名陡增，一年中先后启用了新的笔名竟有十个之多，有"比金""余一""余七""竟容""欧阳镜蓉""王文慧""马琴""余五""余三""黄树辉"等。为什么会有这个变化？要弄清历史现象的端倪，必须从产生这些现象的历史中去寻找原因。

从1933年6月起，巴金处境更其艰难，发表作品的阻力很大。当时他写了一篇《关于生物自然发生之发明》的文章，替达尔文辩护，由于被认为"文笔太锐，致讥刺似不免稍甚，恐易引起误会"，而不准刊登。后来经巴金的努力，该文在1933年7月出版的《中学生》第37号上发表了，但"又被《东方杂志》的编辑托人要求把'文笔太锐'的地方删去了一两处"(《〈爱情的三部曲〉》总序，《巴金文集》第3卷，人民文学出版社1958年版)。这是巴金的作品第一次受到的"凌迟之刑"，巴金在作品中倾诉了自己的感情，表现了作家对旧社会、旧制度的控诉和对光明的向往，"然而别人却在那里面嗅出了别的气味"（余七《自白之一》，载 1934 年 1 月 1 日《文学季刊》第 1 卷第 1 期），于是，"留难"接踵而至。巴金不得不巧妙地、频繁地用更换笔名等方式进行周旋。

1933 年 5 月，巴金写完了小说《萌芽》，载《大中国周报》第 1 卷第 1 期到第 2 卷第 10 期上陆续发表。"1933 年 8 月在上海现代书局出版，收在施蛰存主编的《现代创作丛刊》内，初版两千册，未售尽，即被禁止发行。"（《〈雪〉序》的注释，见《巴金文集》第 2 卷，人民文学出版社 1959 年版）后来，巴金替小说中人物改名换姓，并重写了结尾，还把书名由《萌芽》改为《煤》，交给上海开明书店出版。但因《煤》仍署名巴金，当时的图书杂志审查委员会看到小说的校样后，马上通知开明书店停印这部书。此时，国民党当局对巴金的"留难"已公开化了。巴金不服，把作品改名为《雪》，自筹资金，假托美国旧金山平社出版部出版，实际上是委托上海生活书店秘密发售（按：巴金认为这是《雪》的初版本）；事后又将未卖完的部分《雪》收回，删去封面及版权页，改为精装本发售（按：巴金认为这是《雪》的第二版）。千方百计，把作品送到读者手中，以示抗争。一直到 1936 年 11 月，《雪》才在上海公开出版，所谓"初版"，其实已是第三版了。从《雪》的出版过程，不难看出 1934 年前巴金处境之艰难了。巴金愤激之余，也曾想暂时放下自己的笔，但面对黑暗的现实，巴金决定"要继续写下去"。仅 1934 年，巴金就接连采用了十个新的笔名，发表了许多作品，"在剪刀和朱笔所允许的范围内，把他们所憎恨的阴影画出来了"（《〈沉落集〉序》，商务印书馆 1936 年初版）。

"欧阳镜蓉"这一笔名就是被旧社会的黑暗势力"逼"出来的。巴金的《电》写成后寄到《文学》编辑部,国民党图书杂志审查委员会审查第一批清样后,强令禁止发表。巴金就把作品名字由《电》改为《龙眼花开的时候——一九二五年南国的春天》;写作时间和地点也由一九三四年初于北平,改为一九三二年五月于九龙;作品中原有的人物的姓名也相应作了改动;更重要的是将署名改为"欧阳镜蓉"。巴金的这一苦心安排,特别是欧阳镜蓉这一文坛上非常陌生的笔名,终于使《爱情三部曲》之三的《电》在1934年4月1日出版的《文学季刊》第1卷第2、第3期上顺利发表了。为了迷惑检察官,巴金还在同一期的《文学季刊》上施放了一枚"烟雾弹",即用"竟容"的笔名写了《倘使龙眼花开再开时》,文中故意告诉读者欧阳镜蓉是闽粤一带的人。

同年,为了避免国民党当局的"留难",巴金又用王文慧的笔名写了关于法国大革命的历史小说;和章靳以在一起用了余三、余五、余七的笔名《文学季刊》作补白。在这样处境艰难的情况下,巴金在1934年11月不得不化名黎德瑞前往日本。1935年8月从日本回国后,就和吴朗西、伍禅等办起了文化生活出版社。有了自己的出版阵地,作家就继续坚持用"巴金"笔名进行创作。自此以后,巴金就很少启用新的笔名了。一直到1956年,才在《解放日报》等报刊上用旧笔名"余一"发表了几篇杂文。

另外,据说另有"巴比"也是巴金的笔名。但署名"巴比"的文章,笔者尚未查到,不敢贸然收录。(《巴金年谱》责任编辑龚明德按:署名"巴比"的文章见成都《笔阵》1940年4月新1卷第1期刊《新音乐教育的理论与实施》和同年8月新1卷第 5 期刊《论金钱板的编词问题》。)

1987 年秋三稿于
复旦一舍"松竹斋"

本文系笔者删改、增补与张晓云合写的旧作《巴金笔名考析》（载 1981 年《新文学史料》第 1 期）而成，《巴金笔名考析》发表后，曾得到国内外巴金研究者十余封大札，褒赞之余，也提出一些补正意见；笔者又继续爬罗史料数年，同时再次请教巴金先生，遂又有若干新发现。此文已收入唐金海、张晓云主编的《巴金年谱》。

巴金访问荟萃（1979—1987）

一头的银丝白发，满面慈祥的笑容，眼镜松松地架在鼻梁上，两眼闪着智慧和坚定的光——这就是巴金。他是名人，却丝毫没有一般名人的架子；他也有一些不小的头衔，却丝毫没有一般官人的旧习；他分明是长者和前辈，却又仿佛是你的朋友和亲人。这是我们多次访问巴金后留下的印象。

我们在撰写《巴金年谱》过程中，为了使书稿的内容更准确、更丰富，真实而全面地叙述巴金漫长的人生道路、创作历程和思想发展的脉络，矫正自己以及其他一些研究者在史料上的某些失误，更准确地把握和透视老作家丰富的内心世界和他对历史、现实的新的见解，自1979年至1987年，我们多次地拜访了巴金。不论是在客厅和草坪，还是在他生病住院的病房，也不论是在盛夏还是寒冬，他都是那样的和蔼可亲、真诚坦荡。他的亲切接见和谈话，给我们以温暖、启迪和力量。现将我们多次访问的记录、录音和他在我们信上的批语及给我们的信，略加整理归类，选择部分内容，以问答形式，如实记录下来，以图有助于巴金研究的深入。

一、关于巴金的小名、学名、号、"巴金"笔名的由来及其他笔名

问：请谈谈您的本名。

答：我的学名叫李尧棠，号芾甘。那时一般不叫学名。我还有小名，叫升麐，大哥的小名叫果麐，三哥的小名叫安麐，有一个兄弟的小名叫开麐。

问："鸣希""甘宁""赤波""壬平"是不是您的笔名？

答："鸣希"不是我的笔名；"甘宁"可能是；"赤波"记不清楚了，要看文章才知道。"壬平""极乐""佩竿""黑浪"都是我的笔名。当时美国旧金山有位华侨，办了刊物《平等》，我供稿子，文章写多了，用一个名字不大好，就时常换名字，随时想起随时用，没有考虑什么用意。时间太久了，有些事一时记不起，看到文章就能回忆起来了。

问："非子"是您的笔名吗？

答："非子"是我一个朋友卫惠林的笔名。

问：关于"巴金"笔名的由来，至于国内外研究者还有一些不同的说法，请予澄清，以免以讹传讹。

答：我在法国的沙多-吉里写完小说《灭亡》，并没有想到拿它发表，只想自费印刷几百册送给大哥和一些熟人。我找个朋友（按：即当时在上海开明书店工作的索非）帮忙。我不愿用自己的真名，想到一个在法国的留学生，即不久前在昂热自杀的巴恩波，就采用了一个"巴"字，以示纪念；"金"是一个学哲学的朋友建议采用的。"巴金"不是我有意取的笔名，那时候我并没有想到要把自己的一生和文学联系在一起。《灭亡》寄走后，我去巴黎，胡愈之找我为《东方杂志》翻译托洛茨基纪念托尔斯泰的文章，我在译稿（按：即《托尔斯太论》）上署名"巴金"。这篇后署"巴金"的论文却先发表了（按：该文载1928年10月《东方杂志》第20卷第19号），最先署"巴金"的小说《灭亡》是1929年才开始在《小说月报》上连载的（按：载

《小说月报》第20卷第1期）。实际上还是《灭亡》最早用"巴金"这个笔名。

二、关于巴金编的几本画册

问：您编的画册鲜为研究者提及，请先介绍一下画册《过去》的情况。

答：这是我1931年编的一本图册，自费印刷的，一共印了五十本，大部分送给朋友，自己只留了一本，"文化大革命"中烧毁了。这本图册是我几年中收集的俄、法、意、日等国家的一些革命者的图片，如克鲁泡特金、妃格念尔、苏菲娅、马拉、丹东、凡宰特、大杉荣等。

问：有没有文字介绍？

答：有。我在图片旁边写有说明，介绍这些革命家的事迹，都很简短。

问：画册《西班牙的血》《西班牙的黎明》《西班牙的苦难》中，每幅画的配诗，写得贴切、有力，也富有诗意。是不是您写的？

答：都是我写的，不过写得并不怎么好。当时着手编选画册，就很激动，就想到写几句配上去，来表现西班牙人民反抗侵略者的英雄主义精神和揭露法西斯的罪行。都是随编随写的。

三、关于巴金解放前上海住所的变迁

问：您1923年春到上海后，虽然辗转住过好几个省市，但六十多年中您主要住在上海。上海应是您的第二故乡了，在上海的好几处住所您先后创作了《家》《春》《秋》及《利娜》《春天里的秋天》等小说和散文。请谈谈解放前您在上海住所变迁的具体情况。

答：我 1923 年春天和三哥刚到上海，在十六铺下的船，坐的是马车。马车伕在路上犯了规章，被罚了款。我们暂时住在四马路（按：即今福州路）上的一家小旅馆。后来经在报社工作的亲戚介绍，住进申江旅馆。不久搬到武昌路上学生居住的宿舍。以后我们到南洋中学读书。到南京东南大学附中读补习班是四川学生江疑九介绍的。江疑九是我在成都时的一位朋友，他在重庆办过杂志。我 1925 年因患肺病，没有念大学，在上海养病，先住在法租界贝勒路天祥里（按：现为黄陂南路 149 弄，门牌号数记不清了），与卫惠林，大概还有毛一波住二楼，卢剑波和夫人邓天矞住底楼。后又迁至康悌路康益里（按：现为建国东路 39 弄）四号亭子间。曾译克鲁泡特金的《面包略取》等，又与友人卫惠林等发起创办《民众》等刊物。

1926 年又搬到马浪路（按：现马当路）住，住址记不清楚了。我 1927 年 1 月去法国留学。

1928 年 12 月初，从法国回来。抵沪后，住上海鸿兴路鸿兴坊七十五号（按：原来世界语学会会址）；1929 年 1 月迁往宝山路宝光里十四号，与索非夫妇同住。在此期间曾创作《家》《雾》《新生》等作品，翻译了克鲁泡特金的《自传》等。

1932 年 2 月，我从南京回上海后，知道鸿兴坊和宝光里两处均毁于 1932 年 1 月 28 日日军炮火中，遂与索非等从废墟中抢救出若干书、物，发现书稿《新生》等也与印刷所一起被炸毁。后来迁居步高里五十二号（按：现建国西路陕西南路口），与友人黄子方等一起居住。曾创作《海底梦》等。

1932 年 3、4 月间，由步高里迁入环龙路（按：现为南昌路）志丰里十一号（按：当时系白俄开设的一家公寓）舅父家暂住。一周后赴泉州访友。自泉州返沪后，就住在刚迁居环龙路花园别墅（按：现为南昌路 136 弄）一号舅父家中。曾创作《春天里的秋天》《砂丁》等作品。

1935 年 8 月，由日本回国后住狄思威路麦加里（按：现为溧阳路 965 弄）二十一号，仍与友人索非一家同住。曾创作《春》等作品，又与靳以一起创办《文季月刊》，与吴朗西等创办上海文化生活出版社，兼任总编辑等职。

1936 年，因友人马宗融、罗淑夫妇赴广西任教，遂迁入马家，即拉都路敦和里（按：现襄阳南路 306 弄）二十一号（按：现改为 22 号），曾创作《长生塔》等作品，并结识了陈蕴珍（萧珊）。

因马氏夫妇返沪，于 1937 年 7 月迁往霞飞路（按：现淮海中路霞飞坊）五十九号，仍与索非一家同住，曾作完《春》《秋》等作品。1939 年秋，三哥尧林抵沪后，同住此处。1945 年底，由重庆返沪后，与病中的三哥又同住此处。1946 年，萧珊偕长女小林返沪后，遂在此处安家。解放后迁入武康路一一三号，一直至今。

四、关于巴金赴法留学的目的及其他

问：您赴法前的学习和思想，研究者还有些不同的看法，请谈谈这方面的情况。

答：我和三哥在东南大学附中高中毕业后就分手了。我到北京报考北京大学，因发现肺病考不成，只好到上海休养，找一位同乡医生治病。翻译克鲁泡特金的《面包略取》；经朋友秦抱朴介绍与少年时代十分敬佩的美国社会活动家爱玛·高德曼通信；

与朋友卫惠林等一起办刊物（按：即《民众》）；在《时事新报》《民钟》等报刊上发表文章；在南京上学的时候，还参加了学生集体声援上海"五卅"惨案的活动；家里也来信要我继承家业、光宗耀祖。这时，我听到和看到的，都是饥饿和疾病，战争和死亡。我很痛苦，找不到出路。心里不得安宁，写文章也没有用。这时吴克刚等几个朋友从法国来信，还有一些从法国回来的朋友，都谈起当时法国的情况。我就打算去了。

问：去的目的是什么？现在有几种说法：系统地研究无政府主义、进一步学习和研究经济学、深入研究法国资产阶级革命历史等。请谈谈您当时的想法。

答：当时还年轻，主要是想去学法文，多读点书，把思想搞清楚一点。法国当时思想界很活跃，是很多外国知识青年感到新奇和十分向往的地方。另外，法国当时生活程度不高，经济上还负担得起。

五、关于巴金几篇作品的辨正、作品中人物的代名和创作背景等

问：1933年在《给E·G》中云："违背了当初的约言，我不曾做过一件当初应允你们的事情……"E·G是爱玛·高德曼吗？"约言"和"应允的事情"指什么？

答：是高德曼。我青年时代读过她的一些文章，很感动。我一直没有见到过她。"约言"等时间太久了，记不大清楚了。反正是当时我觉得写文章作用不大，不能拯救受难的人民，不能消灭黑暗，想干点更实际的事，做些于国家民族有切实利益的事。我一直为这个事矛盾、痛苦。但我除了写写文章外，别的又不会做，也无事可做。我一直处在这个矛盾的漩涡中。年轻时凭了一

股热情说了那样的话。

问：您读了高德曼两本自传后，决定到地中海的巴塞罗那去，为什么？

答：当时西班牙革命形势很好，年轻人的革命热情高涨。想到西班牙去观察，也可能参加一些实际工作。后来没有去成。巴塞罗那又是西班牙的一个美丽的城市。

问：《请大家熟读这一封信》（按：载于 1929 年 3 月 16 日《平等》第 2 卷第 3 期，无署名）系凡宰特致但丁的信，是您译的吗？

答：是我翻译的。

问：《克鲁泡特金略传》，初收 1928 年 2 月自由丛书社初版《克鲁泡特金学说概要》，署佚名。是您写的吗？

答：不是我写的。

问：您在给朋友钟时的信中提到的《工人的血染红维也纳》，载何时何刊？

答：是我写的，载 1927 年 9 月《平等》月刊第 1 卷第 3 期。署名黑浪。

问：《烽火》第七号卷头语《纪念鲁迅先生》，署名同人。是您写的吗？

答：是我写的。

问：您到日本横滨是 1934 年 11 月 24 日，而您的小说《神》的写作时间也署 11 月 24 日在日本横滨，这是怎么回事？

答：当时小说下面没有署写于横滨。写的是别的地方，怕房东看见，他不知道我是作家。他出去时，我在书房里写，不给他看见。那个时间和地点，是小说主人公"我"写给朋友信的时间和地点，不是我的写作时间和地点。

问：《丹东之死》是 1930 年 7 月出版的，序是 1931 年才写的，为什么？

答：这是我后来补写的短序。本来是个长序，后改成了法国革命的故事。我写的东西常改来改去。

问：我们从您文章中获悉，您解放后有一个中篇小说没有发表。能不能谈一下它的情况？

答：有这回事。题目叫《三同志》，是个废品。我一直修改，还是不满意。那是我 1961 年在黄山时写完的，写的是志愿军英雄故事。如果改好了，将来全集里会收进去的。

问：请谈谈短篇小说《房东太太》的创作情况。

答：这篇小说是我根据一位姓朱的朋友写的初稿改写的。他叫朱乐夫，比我早到法国，在那里勤工俭学。

问：《龙·虎·狗》译行本中的一篇《死去》，没有收入《巴金文集》，为什么？

答：当时有些人在桂林报纸上批判我。我很生气，就写了一篇《死去》。事后觉得，纠缠在这些事情上不值得，再说，我的器量也太小了。

六、关于巴金青年时代的几位朋友及其他

问：请介绍一下索非、剑波、吴克刚、卫惠林、中天、太乙、震天、耶稣等人的过去和现在的情况。

答：索非是开明书店的编辑。我在法国时他在上海。我把《灭亡》寄给他，请他帮忙印出来。那时可以自费印小说。我到法国前看到一个朋友的兄弟自费印了他自己的小说《洄浪》。我写完《灭亡》时。就想到也自费印一些，很便宜，几十元或百把元就可以了。但是，后来朋友索非把《灭亡》交给了当时在

《小说月报》主持工作的叶圣陶。叶圣陶给我发表了。以后我回到上海,常和索非住在一起。我的大部分作品都是由他送出去发表的。我不喜欢活动,只写文章。他的原名我记不清了。曾用"AA"的笔名编过《开明》,从前出版过《狱中记》和《战时救护》等书。1945年到台湾去了。好久没和他通消息了。听说他现在还在。

剑波,原名叫卢剑波。现是四川大学历史系教授,主要研究希腊罗马。

吴克刚,现在台湾。我赴法时,他已在法国,常来往。他也是我作品中提到的波兰流亡革命者亚丽安娜的朋友。1927年很多人被法国政府驱逐,他也是其中的一个。后来缓期,于同年七八月间回国。20世纪30年代曾做泉州黎明高中的校长。后来到台湾。我1937年6月到台湾,就住在他家里。

卫惠林,1927年1月曾和我同船赴法留学,也常为《平等》撰稿,还翻译了一些书。回国以后还是写文章译书,曾在南京中央研究院工作,后来到美国去了。前几年回国在复旦大学等处讲学两三个月,到广州时中风,又回到美国休养。听说现在不能讲话了。他主要研究民俗学。

中天,可能原名叫沈仲九。是吴克刚的老师。他早先研究哲学,后来做官了。他到过福建,到过台湾。"文革"期间患癌症死在上海。

太乙,姓李,这人比我年长,我不认识。他20世纪二三十年代也常写文章。

震天,就是毕修勺。现在上海。

耶稣,就是叶非英。我在解放前出的一本散文集《点滴》中。第一次戏称怀有大的志愿和信仰而又一味苦行的叶非英为

"耶稣"。他曾是泉州黎明高中的数学教员,后又主持泉州平明中学的工作,自己身体很差,还是拼命工作。解放后,加入了民盟,仍教数学,生活仍崇尚节俭。后来被打成"右派",在服劳役中死去。他一辈子没有家,没有孩子。

七、关于巴金对小说《灭亡》《家》《寒夜》以及《随想录》的看法

问:写《灭亡》的时候,您的信仰是什么?对《灭亡》的创作有什么影响?

答:写《灭亡》的时候我没有想到今后会走作家的路,我是在寂寞和苦闷中写给我的哥哥看的。那时,我信仰无政府主义,也读各种各样的书,受到各种思想和主义的影响。但我爱国的心一直很强烈,从年轻时一直到现在。我写作不是为了宣传,不是为了什么主义写作,那时只是为了发泄自己的感情,申诉自己的爱和恨。我在沙多—吉里,一边流着泪一边写这书。对书中的杜大心,一直有不同意见。我不是杜大心,我不赞成他的道路,但我不能阻止他走自己的路,按照他的性格,最后他只能毁灭。我为他的死而哭。至于写李静淑。我是为纪念我自己死去的一位姐姐,前年,还有朋友要把小说改成电影,作品一发表就是社会的,就由不得作家了,还是让读者去研究吧。

问:《家》出版五十几年了,仅国内就再版了几十次,为什么您在1977年8月9日写的作品再版《后记》中说"我的作品已经完成了它们的历史任务",而不久又坚决否定了这种说法?这与《家》的主题有什么关系?

答:"四人帮"被粉碎了,我心里又充满了希望和光明。有个青年写信来说,如《家》再版,是过时了。我自己也有这个

看法，因为《家》写的是几十年前一个封建大家庭的历史。后来我又听到朋友说去年（按：即1979年）重映影片《家》，观众反应很强烈，我自己也看了；再看社会，就有了新的想法。"高老太爷"还有，还在活动，有各种各样的"高老太爷"，都生在封建主义这条根上。我们要实现四个现代化，非反封建不可。《家》的内容就是反封建。我是"五四"时代的作家，"五四"就是反帝反封建。我们今天还是要有"五四"精神。

问：创作《寒夜》时有没有明确的为政治服务的目的？您认为《家》和《寒夜》哪一部写得更好些？

答：《寒夜》写的事就发生在我的身边。那时候，我看到很多这样的家庭，很多汪文宣、曾树生和汪母，我只是和书中人物一起生活，一起哭笑。我不能归罪他们，责任在社会。我同情他们，却不能改变他们的命运，社会是个巨大的网，他们只能在无休止的争吵中消耗生命，直到这样的家庭毁灭。当时，虽然说抗战快胜利了，我还是看不到这样的家庭有什么希望，我感到汪文宣生活在那样的环境中一定没有出路，一定要改变那样的环境。日本一个学者说这是本充满希望的书。这个看法是很有眼力的。《家》和《寒夜》内容不同，但都写家庭，写青年人的命运，都有我自己的感情，自己的血泪，我都喜欢。

问：有人说五本《随想录》是"忏悔"的书、"揭露"的书、"说真话"的书等。请谈谈您的看法。

答：我说过，这是说真话的书，也是表现我的爱和憎的书，有"忏悔"，有"揭露"，也有"希望"，它们是我一生思想的总结。我写第一本和以后的几本，思想有时也不同，也有变化，它们是个整体，相互联系，有分有合。应该把每一篇连在一起来看。我快走到生命的尽头了，我要燃烧自己，把自己的热情都贡献出来；另外，也附带为评论家和后代提供一份真实的资料。

八、关于巴金的思想及其发展变化

问：近几年，报刊杂志上发表了很多篇研究您思想和信仰的有分量的文章，也出版了一些有分量的研究专著，他们看法不一。请问从总体来看，您思想的核心是什么？

答：就一点，是反封建。年轻时是这样，我写的那些小说主要就是反封建。我现在仍然是这样。也有搞不清楚的时候，那是1957年前后，相信了别人的每一句话，还有"文革"开始的时候，有段时期，又是抄家，又是批判，真以为自己的作品一无可取，那都是因为迷信的结果。

问：您最初接触无政府主义时是怎么想的？怎么看今天的一些研究者对您受到的无政府主义影响的分析？

答：一位研究者表示要避开我的无政府主义，顾虑今天谈多了会在读者中产生消极影响。我说不要避开。现在有些文章和关于我的资料书已经写到了，只要是我写的，现在都可以拿来做分析的材料，回避并不好，历史上的事，瞒不住，瞒了这一代，瞒不了下一代。瞒就是说假话，那是对历史、对自己，对下一代不负责。如果有误传的，材料不准确的，也应允许我说话。

无政府主义是什么，首先要搞清楚。这是个复杂的问题，历史上的和现在说的无政府主义内容上有些不同，不下功夫很难搞清楚。我年轻时一直没有真正搞清楚。今天我精神不好，这个问题很难说清楚。我当时是追求真理。"五四"时，大家追求新思潮，当时各种思想进来，无政府主义也是个思潮。我先碰到它，读了《告少年》等小册子，它那反抗旧社会、创造新社会的热情鼓动了我。我还年轻，书也看得少，刚一接触心就热起来了。

我要是当时不相信无政府主义，也许不会写小说。后来书看多了，人事也看得多，也想得多了，对它就发生变化了。我慢慢发现无政府主义不能解决矛盾，不能解决我的问题，我不满足了，感到那是一条不切实际的路，但一时又找不到新的路。但是，我创作时，首先是有感情要倾吐，生活培育了我的爱和憎。我写人物，写性格，我不是为了宣传无政府主义才去写作的，不是的。现在看过的谈这一问题的文章，我总觉得没有讲清楚，有些文章不符合我的思想实际，距离比较大。他们要么回避，一笔带过，要么就一把抓住那个无政府主义，不分时间，不分具体场合。用它来套我的作品和我的思想，结果套又套不住。我曾一再说，我是个爱国主义者。从前是这样，现在还是这样。其实说起来也简单，我从前为什么边写作边感到痛苦？因为我爱国，反封建，要改造社会。但对无政府主义又了解不全面，它不能解答我时时碰到的实际问题，所以，我才有很多矛盾，才有苦闷，才有新的追求。从前，无政府主义的影响是有的，现在还有，比如它没有严密的组织，自由散漫，今天我还是喜欢自由自在。

问：有的文章认为，您受到俄国民粹派恐怖主义的影响很深，也影响到早期作品中的人物，您对此怎么看？

答：我的《答太乙书》讲的就是无政府主义和恐怖主义。我从前是信仰无政府主义，但我还受到其他各种思想的影响，我年轻时头脑里有好几个"主义"，我也有我自己的"主义"，就是反封建主义。我的作品自然受到这些"主义"的影响。但是，过去有许多人讲恐怖主义是无政府主义，我就不赞成，我赞成一点，就是受了压迫，就要反抗；恐怖主义讲暗杀，这不是办法，也不是目的。我写《灭亡》时刚读完妃格念尔的书，作品受些影响。

问:有人称《灭亡》等作品中的一些人物就是恐怖主义的人物形象,您怎么看?

答:那不一定。搞恐怖主义是俄罗斯的民粹派,我的作品中的人物受到的影响,主要是那种为了革命牺牲自己的献身精神。我去法国之前,写过《俄国革命党人的故事》《法国无政府主义者的故事》,就是这一类的故事。

问:有人认为,您的政治观是爱国主义。人生观是人道主义。这样理解是否可以?

答:我思想中爱国主义、无政府主义、人道主义都有。文学作品不是宣传品,是作者用自己的感情打动人,我主观想这样。我年轻时本来不主张爱国主义、人道主义的,那时想,爱谁的"国家"呢?人道主义也不能解决问题。后来,我在国内、国外都不断地受到刺激,对自己的刺激,对朋友和对人民的刺激,我看到和听到的,还是富的富,穷的穷,少数人享福多数人受苦,无数年轻的生命在封建的包围中死去。我早年接受最多的是无政府主义,后来就主张无政府主义。无政府主义反对专制,主张斗争,也自由散漫。它讲反抗黑暗,但是怎样才能达到目标,各种主义不同。我后来也发现,无政府主义是空的,怎样推翻人吃人的社会,怎样实现人民的理想,它也没有办法。

问:克鲁泡特金对您有哪些影响?

答:从前,尤其是年轻时喜欢读克鲁泡特金的书,也受到影响,他愿意为人类牺牲的精神,还有他冷静的、科学的对世界分析的头脑,他的热情、流畅的文笔等,影响了我。但我是受各种思想影响,"五四"前后的各种思潮对我几乎都有影响,我是"五四"时期的人嘛。

问:听说您从前见到毛泽东时,曾谈到无政府主义。当时情况如何？

答："文革"中我在复旦大学挨造反派批斗时讲过这事。那是20世纪40年代在重庆时。他见了面对我说："奇怪，别人说你是个无政府主义者。"我说："是呵，听说你从前也是。"后来话题就扯开了。

问：以往的评论家习惯用的评语是某某作家是"共产主义者""社会主义者"或"爱国主义者""人道主义者"，或"无政府主义者"，或"革命战士""思想先驱"等。如果有人这样评论您，您有什么想法？

答：这是评论家自己的事，他们有他们的标准和方法。说到我自己，还是看后代人对我的评价吧。我自己缺点很多。我自己思想很复杂，怎么评定，不是哪一个人口说算数的。我写了一辈子，有那么多作品在，写的、说的和做的，都清清楚楚在。现在的评论家或某个人或我自己说我自己是个什么主义者，不一定就是个什么主义者。别人有别人的写作自由。我看，还是由后代人盖棺论定吧。

九、关于巴金与外国文学和中国文学

问：近几年评论家开始研究您和外国文学的关系，那些观点是不是符合您的创作实际？

答：我看得不多，年纪大了，看过也忘了。我的印象是，他们写得认真，读了不少书，思考了不少问题。有些我当时写作时自己也没有想到。不过，我是中国人，读了大量的外国书，又在中国生活，我写的又是中国社会。单靠外国人的影响是不行的。自然，我和"五四"一些作家一样，思想和写作受到外国影响比较大。

问：您非常喜欢的外国作家有哪些？

答：俄国的列夫·托尔斯泰、陀思妥耶夫斯基、屠格涅夫、高尔基、亚·赫尔岑、克鲁泡特金、契诃夫、爱罗先珂，法国的卢梭、罗曼·罗兰、左拉，英国的狄更斯，德国的斯托姆，还有日本、意大利、西班牙的一些作家，他们的作品我读了一些。

问：研究您和中国传统文化关系的论文很少。您的创作有没有受到中国文学的影响？

答：我儿童时代从母亲那里背诵了《白香词谱》，青年时代读过《水浒》《红楼梦》《西游记》等古典小说，还背诵《古文观止》里的散文，还看过不少《说岳》《说唐》《施公案》等通俗小说。但我年轻时思想偏激，总觉得这些内容跟自己的感情离得很远。其实，我后来写作时，还是受到一些影响的。

问：您喜欢哪些中国现代作家？

答：鲁迅的作品我喜欢读，小说杂文都喜欢，还有茅盾的、叶圣陶的、老舍的、曹禺的、沙汀的，另外，李劼人的作品我也喜欢。

问：您喜欢哪些中国当代作家？

答：《红岩》《红旗谱》《青春之歌》等我都喜欢，王蒙、张贤亮、陆文夫等人的小说写得好，还有张洁、谌容等一批女作家，小说也写得好；这几年又出现了很多青年作家，很有才气。他们有责任心，有事业心，又有生活，思想又解放，读的书也多，写出了新的水平。中青年作家是中国文学的希望。

十、关于巴金"文革"中的若干史史实

问：请谈谈"文革"中您被迫"考试"的情况。

答：1968年忽然给所谓"牛鬼蛇神"和"反动权威""考试"，考的内容有：默写毛主席诗词，默写三大纪律八项注意，

还有主席的语录等。我在卷子上有的题目下写"记不起"几个字。分数不知道。总之。我考得不好。

问：美国一位研究者说您"文革"中曾被迫跪在碎玻璃上挨批斗，这事属实吗？

答：没有这回事。我说过，"文革"中没有受到什么大的体罚。

问：请谈谈"文革"中翻译家汝龙和戏剧家李健吾给你赠款的事。

答：有这回事。哪一年记不清了，好好想想就能想起来。第一次是汝龙赠我的，是托李健吾的女儿带钱来的；第二次是李健吾赠我的，也是他女儿带来的。"文革"时，我的存款被冻结了，每月生活费很少，还有人生病。我一直是靠友情生活的。

十一、其　　他

问：1935年，您受哪位朋友的委托，把手枪、子弹、文件存放到罗世弥家？

答：我那时和索非一家住在日租界，听说外面风声很紧，索非想起一位朋友寄存的箱子，怕出事，他当我面打开箱子，才发现里面装着枪和子弹。还有东北义勇军的证件，商量结果，就由我坐人力车，把箱子带到马宗融和罗世弥家。他们住在法租界，没有危险。

问：您去找过刘师复的墓吗？

答：刘师复的墓在杭州烟霞洞附近。20世纪30年代我到杭州去过几次，也到烟霞洞去。刘师复的墓碑上写的是世界语。解放后，我也常到杭州去，因为朋友方令孺（按：中国现代女作家）在那里，我顺便去看看她。后来我也去烟霞洞，就找不到刘师复的墓了。

问：您说自己一直在矛盾和痛苦中写作，想搁笔又不能。那么，您又是怎么理解文学的作用的呢？

答：有人把文学的作用，一会儿说得很高，好像能治百病；一会儿又不重视，随时可以把一些作家、作品打下去。其实，文学的作用主要是长期水滴石穿，潜移默化。我文章中反复讲，说空话没有用，还是做点实际事情好；我写了几百万字，很难看出有什么实际作用。我想做些实际工作，可是又不会做。我就有了矛盾，有了痛苦。我只能写写文章，努力写真话，结果还是好像讲了空话。

问：抗战时，您从广州逃出来，东西是寄存在萧乾那儿吗？

答：行李是放在香港萧乾那里的，因为当时广州遭敌机轰炸。喔，对了，先是存放在萨空了处，萨空了离开香港后，就交给萧乾了。我同萧乾很熟，是1933年在北平第一次认识他的，他那时在燕京大学读书。1939年我又到香港去拿行李，萧珊到昆明念书。

问：卫惠林女儿卫缙云回国时看过您吗？

答：她从美国来上海时，我不在，出国去了。后来她在国内跑了很多地方，又到上海来看我。她很疲劳，又很高兴。随便谈谈国内外的情况，她表示要回祖国干一番事业。她回美国后，给我写信，得了癌症，住院治疗，情况如何还没有最后确定。她对祖国的爱、对事业的爱非常深，在病中还想多做点事。我为她写了一篇文章（按：即《答卫XX》），收在《随想录》里。

问：您第一次认识日本作家井上靖是哪一年？

答：我说是1961年我在东京时第一次到他家里拜访，他说是1957年第一次会见。是不是可能他记错了？但是，我也没有把握,所以不坚持。这以后,我们就常见面了,在上海或在东京。

问:《短简》中,《给一个孩子》和《答一个"陌生的孩子"》,哪一篇是您给萧珊的信?

答:到底是哪一篇?我自己也搞不清楚了,说真话,我没有把握。时间长了,年纪又大了,有些事记不准确。你们考证下来是哪一篇?是《给一个孩子》。我可以再看看原文,再查查,编全集时,有时间再仔细考虑考虑。

问:您20世纪50年代任《文艺月报》主编时,该刊上的"社论"或"编者的话"是您写的吗?

答:在《文艺月报》是唐弢、魏金枝管事,我不管事,稿也不看,只挂名。《收获》也是靳以管事,我一般不看稿,所以,除了解放前我编过《自由月刊》,以及和茅盾编过《呐喊》《烽火》等文学杂志外,解放后,实际上我没有具体编过文学刊物。三四十年代,我在文化生活出版社时编辑出版了很多丛书。

问:您提出建立"文革"博物馆后,社会反响如何?

答:我写文章主张建立"文革博物馆",收到很多不认识的人来信,都赞成这个意见。我的一些朋友也都赞成。只要经过"文化大革命"的,没有人会不赞成。"文革"已过去十年,"文革"造成的精神和物质的灾难,永远留在历史上,这是付出巨大代价换来的历史教训。我写了几篇文章专门谈这件事。

问:请谈谈您腿摔伤后还到鲁迅故乡去的情况。

答:1983年10月,我从杭州坐汽车去的,车上带了轮椅,下汽车后就坐轮椅去参观、瞻仰。当时陪我去的有黄源和黄裳,还有小林和鸿生。在鲁迅先生的三味书屋、百草园等处都拍了照,还在纪念馆的留言簿上写了心里话:"鲁迅先生永远是我的老师。"我年纪大了,常常想到鲁迅先生。这次总算了却了一桩心事。

问:您创作前有没有写作提纲?

答:我写小说,大体上想好了,就动笔。我不喜欢写写作提纲,那样不习惯,受束缚。实际上,写作时常常变化。变得有时连自己也不能预料,但写起来非常顺利。写作不是事先定死的,写作是活的,随时变化的。平时一点一滴积累起来,平时想多了,对自己的人物熟悉了,写起来就快。

问:叶圣陶先生的日记发表了,您的日记准备发表吗?

答:我没有多少日记,只有"文革"前二三年的日记。解放前我写过日记,常常是写了又丢了,因为我到处跑,书信没法留。那次从广州逃出来时,全丢了。在桂林逃难时,日记也丢过一次。"文革"初期,连我保存了几十年的大哥的信,也不得不偷偷地烧掉。那时候,谁都可以随便来训话、抄家。

问:您解放前拍的照片,除了已选用在《巴金文集》等书中的之外,身边还有没有用过的吗?

答:我年轻时不大照相,现在照片很多。我从前很少照,因为东奔西走不安定,留下的很少了,差不多全用在十四卷文集中了。说实话,我和萧珊结婚时也没照相。现在人民文学出版社要出我的全集,问我要解放前的照片,也没办法。

问:《随想录》五卷写完了,您以后有什么写作计划?您计划中的长篇进展如何?

答:身体不好,大概不能写什么了。我1979年写了一些,后来搁下了。书名叫《一双美丽的眼睛》,写"文革"中知识分子的命运。这部小说我说了不能算,写完才能算。很想把它写完,就是身体不好，有帕金森症，一写字手就抖。现在为人民文学出版社出全集做点事。

十二、关于《巴金年谱》

问：我们准备编写《巴金年谱》，巴老能不能借给我们一些在上海图书馆和复旦大学等高校图书馆很难借到的书和资料。

答：可以。我这里有不少外文资料，平时我也没时间看，你们拿去翻翻，也许有些用。有些东西"文革"中烧掉了，大哥给我的信也烧掉了。经过"文革"，作家的资料很难收全，所以我建议成立中国现代文学馆，作家把自己的手稿、初版本等存在那里，集中保管。中国现代文学很丰富，当代文学也三十几年了，现代人不搜集、整理，不要弄到后来中国作家的资料要到外国去找。日本等国家都有很好的文学资料馆，藏书多，查起来很方便。你们写书，也可以到现代文学资料馆去找。

问：（在简略介绍《巴金年谱》的体例和撰写原则之后）巴金先生，您看这样可以吗？

答：这是你们写的书，你们的作品，你们自己决定就可以了。我看这样写也可以。其实，你们觉得怎样写好就怎样写，不一定要征求我同意。有时倒可以听听出版社的意见。

问：您20世纪二三十年代写的一些杂感、短论和散文，有些一般较难找到，有些文章的内容和今天的时代有些不协调，为真实反映您的创作和思想历程，我们作了一些介绍，不知这样行不行？

答：我说过了，这是你们的著作，你们想怎么写就怎么写。只要是我写的，我都承认，我觉得不对的，我也可以答复。年轻时写的或译的文章和书,这几年研究我的文章里已提到一些了,那是由别人负责。你们怎么写,别人怎么研究我,评价我,都可以,那是评论家自己的事。

问:现代作家中,《鲁迅年谱》是两册或四册,《郭沫若年谱》是两册。您的创作时间长,创作数量多,在国内外也有很大影响,年谱大概要出两本,有八十几万字(按:定稿后约一百十万字)……

答:喔,八十几万字,你们怎么写了那么多内容?你们做了大量工作,花了不少功夫。

问:原来是六七十万字,写到1982年,后来写到1986年,又加上了评论一条线。您看这样行吗?

答:鲁迅伟大,我不能和他比。你们还是根据内容决定吧。我好像没有那么多东西值得写。你们还是和出版社商量一下,听听他们的意见。

问:出版社的王火、杨字心、杨莆和责任编辑龚明德等商量过了,他们认为这是本有价值的书。写您的年谱,我们感到力不从心。书写好后,巴金先生如果身体允许的话,能不能百忙中审阅一下?

答:龚明德是不是在研究《家》的版本?给我写过信。那次来要看我,正好我身体不好不能见。下次再来谈谈吧。你们写的书有出版社总编和责任编辑看可以了。要我看一下也可以,不过我只看事实部分,事实部分我可以补充、改正。只要是我的事,我写的文章,都可以写进去。我年纪大了,恐怕不久于人世了,我也想知道一些事,有些事连我自己也忘了。总结一下自己的一生也很好。不过,现在身体不好,常常忘记,有时把别人的书稿放在一边,好长时间找不到,就误事了。所以能不看就不看了。

你们自己写吧,怎样写都可以。

1987 年 10 月于复旦园

本文经巴金先生 1987 年 11 月于病中两次增删、审定,收入《巴金年谱》附录二,四川文艺出版社 1989 年版

近百年文学大师论
——兼论巴金在中国现当代文学上的原创性和杰出贡献

这几年,在世纪之末和世纪之初,人们回顾和总结近百年文学时,文学大师成了引人注目、思考和争议的重要话题。何谓文学大师?近百年文学长河中有没有文学大师?或哪几位大体上已被公认为是文学大师?

这是一个诱人的话题,也是一个能进一步激活文学理论家、文学史家和作家智慧的话题。毋庸置疑,在一个相对完整的世纪已然结束,新世纪已然展开之际,人们有理由回眸既往,对文学领域作总体性审视,从而遴选出足以体现这个时代和领域一流的文学思想和艺术水平的代表性人物,——通常人们所说的文学大师(泰斗、巨擘、巨匠等)。历史和时代造就了这些人物,而这些人物也从各自不同的侧面透视出、体现出历史和时代一流的文学智慧,并进而通过这些人物将一定时代一流的文学智慧载入人类辉煌长存的文学史册。

中外文学史证明,不是所有的时代都能产生文学大师的,没有或不能产生文学大师的时代,正如没有或不能产生哲学大师、史学大师、书画大师、音乐大师等的时代一样,是没有精神火花的平庸的时代,是精神萎靡的、在生活和艺术领域黯然无光、无色、无声和无趣的可悲的时代,人类的精神和物质的文明进程都将滞后或陷入泥淖。

因而近百年有无文学大师,以及文学大师智慧的高度和深度,就成了衡量这一时代文学甚至文化精神高低、优劣和深浅的关键。

我们所说的文学大师,通常指在文学创作和研究领域,分别在特定的时代对文学长河作出过具有原创性的、经典性的和杰出贡献的作家、理论家(在同一大范畴的单个领域或兼及几个领域卓有成就者)。近几年,有研究者(包括一些作家自身)已用各种方式、从多种侧面表达了自己对近百年文学大师的见解——或是否入选一套大师文集,或是否获得中外官方或民间某些重要的文学团体评审的大奖,或在文学史中予以定位,或直接写论文和专著给予评价,也有相当自信或自我感觉太好的作家作自我评价,或常与世界公认的大作家比附高低长短……

从上述文坛纷繁的现象看,这种评定虽有一定程度的共识,但分歧还是明显的,有时候甚至完全对立:有的遴选出来的"文学大师"充其量只是二三流的作家,而有的卓有贡献的作家又被打入另册。分歧的原因虽有种种,有一点却是关键:即何谓文学大师?评价文学大师的基本标准是什么?

对此,似乎中外文学史上还没有一位经典作家或权威学者在理论上令人信服地、严谨而完整地论述过。——这固然使后人缺少了某些参照和启示,倒也使这一论题更具有诱惑力和挑战性,使后来者具有了更自由、更广阔的探索的空间。

对中国现当代文学大师这一论题深入的研究,需要文学界,甚至文化界,包括文学的接受对象——几代读者——的集体智慧;同时,也可以有不同的方法、不同的视角和切入点,或作宏观和微观的探讨,或进行理论和具体的分析,或与西方大作家进行比较,或作历史和现实的双重考察……

由众多具体的、个别作家的研究，科学地上升到抽象的、普遍性的理论，再以这种抽象的和普遍性的理论来观照、解析、评价万千具体和个别的作家——如果不是教条式的一概而论，如果不掺杂非文学的种种因素（政治斗争派别、文学小圈子利益等），又如果充分考虑到众多作家和作品、评论家和著作的丰富、复杂、鲜活的个性，那么这种由众多具体到抽象，再从抽象反观万千具体的研究方法，可以使我们在评价文学大师基本标准的探索道路上，逐渐接近和把握真理。由此纵观近百年中国现当代文学史，20世纪80年代以前，还很少以"文学大师"为题来评价作家的历史地位的。就总体而论，并综合以往和当前学术界众多研究者相近于"文学大师"的观点，研究者们对以下作家和文学评论家都曾程度不同的论述和触及过，他们是：梁启超、王国维、鲁迅、周作人、胡适、郭沫若、茅盾、郁达夫、林语堂、夏衍、田汉、徐志摩、朱自清、闻一多、沈从文、老舍、巴金、冰心、钱锺书、胡风、曹禺、梁实秋、张爱玲、艾青、金庸等。

很显然，面对这一长串名单，争论是必然的。在笔者看来，虽然上述作家和评论家对近百年文学都作出过自己独特的贡献，都在当时或当下产生过很大或一定的影响，有的也可在文学的单个领域评为大师，如散文大师朱自清、武侠小说大师金庸、诗歌大师艾青等，但文学的单个领域的大师更应指某种文体创作的大师，与涵盖文学多个领域、作品中较为丰富的思想和艺术含量的经典性，以及作家的人格力量等近于兼备的文学大师的评价还是不同的。

以上列出的在近百年文学长河上星光灿烂的名单中，绝大多数作家已经作古——其中有的堪称文学大师，基本上已有共识，如鲁迅、胡适、沈从文等，有的尚待更充分、更深入的研究，如周作人、郁达夫等。

我们一定已注意到，上列名单中，尚健在人世的，只剩下巴金和金庸了。如前所述，如将金庸定位为武侠小说大师，是比较符合实际的，庶几无太大异议。那么，巴金呢？在近百年中国现当代文学史上，能否将巴金以文学大师的桂冠来定位呢？——在这里，任何偏见、浮躁、激烈、迎合都是非科学的，我们仍然应对巴金作深入的、具体的学理性研究，通过评析巴金的全部作品、漫长的创作道路、创作思想，并将老作家置于中国近百年文学史和文化史大背景上去考察，——着重考察和评析巴金在近一个世纪的文学活动中，对中国现当代文学有哪些原创性的经典性的杰出贡献，——才可望接近真理，具有说服力。而以文学大师为论题，通过对在近百年文学长河中具有一定典型意义的巴金的研究，也可以丰富和加深我们对文学大师理论的探讨，也有助于我们对近百年文学长河中文学大师的深入考察。

说巴金在近百年中国文学史上有一定的典型意义，是基于如下一些事实：巴金是中国划时代的"五四"文化运动的产儿，他的创作活动从他发表第一篇文章的1921年算起，有七十余年的漫长历程，创作和译作一千万字左右，涉及的文学样式有诗、散文、中短篇小说和长篇小说；他早年热衷于多种激进的青年活动，留法回国后的一段较长时期内，译介和编写旨在宣传自己信仰的"安那其"思想的书籍，并以空前的激情创作了大量的文学作品，创办文化生活出版社，关注和投入革命的学生运动和全民的抗日救亡运动。1949年以后，在热情讴歌新的社会生活的同时，也自觉不自觉地卷入了当时主流体制发动的几次政治运动；在"文革"之后，又曾焕发了创作的青春，因而在20世纪八九十年代，先后获得了法、意、美、日等国家或文化学术团体授予的荣誉称号。然而,在巴金漫长的一生中,又先后遭到极"左"思潮的冲击,以及国家体制多次严酷的批判和批斗,夫人萧珊惨遭迫害,因病致死,家人受难,他本人身心亦遭伤害。纵观巴金的一生及其创作,毁和誉、荣与辱、褒和贬贯串了老作家的一生。但巴金终以他几部里程碑式的文学作品,以及"讲真话"的人格、"永远燃烧的心"的矢志精神而受世人敬仰。——凡熟悉中国近百年历史和文学史者都应知道,以上对巴金简要的概述,在中国现当代文学长河中,是具有一定的典型性的。

以丰富、复杂、闪光的中国现当代文学史为参照,巴金的原创性和突出贡献主要表现在哪些方面?

20世纪二三十年代,茅盾、叶圣陶、冰心、郁达夫、沈从文、蒋光慈、丁玲等作家,都写过一些青年或青年知识者的形象,而巴金在多部中、长篇小说中描绘的一长串系列青年形象,如杜大心、张为群、李静淑、李冷、吴仁民、李佩珠、陈真、高志元、方亚丹、周如水、敏、惠、德等,是迥异于上述作家的,是巴金的独创。巴金笔下的杜大心、李佩珠等青年,他们几乎都是那个时代一群特殊的年轻"革命者":热情、执着、无畏、正义,而又偏激、忧郁、狂热、神经质,却几乎都有一颗为信仰而献身的火热的心。在遇到革命和恋爱的冲突时,他们又几乎都是服从"第一需要"的"革命";"革命"的方式是集会、散发传单、争论、演讲和暗杀等,他们的命运归宿多半是为了信仰而牺牲生活的幸福和爱情,并在恐怖活动中"壮烈殉道"——他们几乎都带有虚无的"安那其主义"思想的色彩和性格基调。在20世纪初叶,这种"色彩"和"基调",与其时狂飙突进的时代,与"五四"前后一些青年知识分子的苦闷和追求相合拍,所以,巴金的中篇小说处女作《灭亡》(1928年8月写成,1929年连载于《小说月报》1—4 期，1929 年 10 月开明书店出版）一经问世，很快引起文坛瞩目。叶圣陶称其为一部"蕴蓄着伟大精神的少年的活动与灭亡"的书①；刚果伦同时也指出了《灭亡》迥异于别的作家和作品的"特色"："这是虚无主义的个人主义者的创作。"② 在以后陆续出版的小说《死去的太阳》《新生》《雾》《雨》《电》，甚至 30 年代初出版的长篇小说《家》等，其中的不少青年知识者的形象虽然与《灭亡》中的杜大心有别，但人物的思想渊源和性格基调都与《灭亡》有着或显或隐的牵连。作者曾多次说过，他是"流了眼泪来写"这些青年的，他"喜欢"他们（她们），因为"《爱情的三部曲》里面活动的人物全是我的朋友"。巴金根据自己青少年时代沉浸的生活，以及一群热血青少年朋友激进的活动和性格塑造的人物形象，丰富了二三十年代文学人物画廊——为同时代的别个作家未曾创造和难以创造的独特的一群；而巴金笔下的这些系列形象，不仅折射出中国特定时代社会生活的若干真实面貌，而且历史已证明，那些含有虚无思想的青少年系列形象的人性描写——精神、感情、性格、心理等，在人类历史以及中国的社会生活中具有一定的普遍性——虽然年轻巴金当时的艺术笔力似嫌不足，但那些系列群像依然获得了持久的认识价值和生命力。

巴金对中国现当代文学原创性和突出贡献还表现在，巴金的整个文学道路，就是长时期的坚持控诉和反抗封建专制、封建礼教的道路，而且具有相当的深刻性。这在新文学作家中也是很少见的。自然，反封建专制、封建礼教、封建传统和宗法制，鲁迅达到了中国现当代文学史上无以媲美的旷代罕见的尖锐性和深刻

---

① 载《小说月报》1928 年第二十卷"内容预告"。
② 刚果伦：《一九二九年中国文坛的回顾》，《现代小说》第 3 卷第 3 期。

性，但鲁迅不幸在 20 世纪 30 年代中期（1936 年）病逝。其他如茅盾、冰心、老舍、郁达夫、田汉、曹禺、沈从文、冯文炳、庐隐、张天翼、赵树理等都写过多寡不一、深浅有别的反封建的小说，但他们创作的主要成就不在此，如冰心以爱的哲学统摄一生，郁达夫以自传体的私小说张扬个性，叶圣陶则以描写"灰色卑琐人生"见长，沈从文却是以展示湘西人情风俗驰誉，张天翼擅长对卑琐灵魂的讽刺，赵树理的反封建又仅止于对封建婚姻的故事叙述。……而巴金的反封建不仅时间长，内容丰富，而且激烈，具有深度。尤其是从长篇《家》《春》《秋》到 80 年代中后期的随笔封笔之作《随想录》，间隔半个世纪左右，横跨两个截然不同的时代，面对时间的流逝，年龄的增长，社会的瞬息多变，万千世相，以及个人及家庭的风雨坎坷、悲欢离合，巴金反封建专制、反封建礼教的"燃烧的心"始终如一，斗志弥坚。30 年代，他对封建专制的罪恶多次发出"我控诉"的呼号，80 年代坚持说反封建的杰作"《家》没有过时"。一些有影响的巴金研究者，曾一再论析巴金思想感情的热烈、真诚等，却往往回避论述他的思想已达到的深度，甚至说"巴金的时代已经过去了"，——如果是指巴金作品的畅销、巴金的社会热点"过去了"，也许不无道理；但如果指巴金作品已经过时、巴金的反封建思想已经过时，这显然是一种浅见。一个很普通而又令人深思的问题是：为什么巴金文学创作七十余年，没有停止过对封建专制、封建礼教、封建秩序、封建的宗法体制的揭露、控诉和批判呢？这个问题其实不难回答：对几千年中国历史本质的把握、对几千年中国思想史的感悟、对自己生活的时代国情、民情以及现存秩序的耳闻目睹，这正是巴金一辈子坚持反封建专制的根本原因，也正是巴金反封建专制的思想具有深刻性的根本原因。在这里，要列举中国历史和现实中的种种封建现象，来论证巴金反封建思想的合理性和深刻性，完全是多余的。尽管随着社会的发展变化，中国的封建主义的种种内容和形式也已随之发生了复杂的变化，但封建因素还长期存在，特殊时期和特殊场合还相当猖獗，这也是不争的事实。仅此一端，即可见巴金的作品没有过时，仍有生命力。巴金文学作品思想上的深刻性还表现在，老作家多方位、多角度、层层剖析地反封建专制。毋需列举巴金散文及短篇小说中的很多文字和细节，仅以经典之作《家》来看，巴金通过书中众多的人物如高老太爷和觉新等，形象地解剖了封建制度的专制性，解剖了封建制度精神支柱的麻醉性，解剖了封建制度的残酷性、腐朽性和虚伪性，解剖了封建制度的顽固性等。对于巴金反封建思想的持久性和深刻性，似乎也是为一些巴金研究者所疏忽的，然而，这些，正是巴金对中国现当代文学以至世界文学的又一个突出的贡献。

在整个中国文学发展史上，20世纪初叶产生了划时代的"五四"新文学。所谓"划时代"——不是割断历史，而是指具有承上启下的里程碑的意义，——主要指文学具有新的思想意识、新的生活内容、新的人物形象、新的语言载体、新的表现形式以及新的具有经典性意义的多部文学作品和多位文学大师等。巴金对具有划时代意义的新文学的突出贡献是多方面的。除以上论述之外，另有贯穿《激流三部曲》全书的唯一形象高觉新，这是一个在思想和艺术上具有很高典型性的人物形象：他自己明明身受封建礼教的压迫和伤害，又以封建礼教去麻醉和伤害比他更年轻的一代；他一方面不满封建礼教和封建规范，一方面又执行和维护这种礼教和规范；他对封建礼教的最高主宰百依百顺，奉行"作揖主义"，又暗中同情和支持叛逆者去寻找"新的光明""新的路"。作家是以他熟悉的大哥为模特儿来塑造高觉新的,因而在觉新形象上倾注了很多心血和感情,艺术笔力饱满而从容,深情而自然。这一人物的艺术价值已超越了文学作品艺术形象的范畴,获得了思想层面和哲学层面上的超时空意义。那些为某种违背历史和时代趋势、违背人民大众利益和违背人性、正义、公道的"权威""霸权",以及专制体制形形色色的代表人物而一边"作揖"、一边传达、执行"圣旨"的言行,那些身受其害却又身获其利,因而压制、劝导或蒙骗别人就范的言行……这是一种具有普遍性的复杂而深层的人性描写。虽然在巴金全部作品中,具有类似觉新这样的历史感、哲学感和艺术上的立体感的形象仅此一个,但"这一个"在最完美的意义上,恰恰是黑格尔老人在理论上阐发的"这一个"的形象体现。——高觉新,这是中外文学史上堪与高老头、安娜·卡列尼娜、于连、浮士德、布鲁姆、冉·阿让、贾宝玉、阿Q等媲美的、不朽的艺术典型。自然,要把握觉新这样的形象,仅从文本意义上去判断,是难悟深髓的。这与真正深入把握和评论高老头、安娜·卡列尼娜、布鲁姆、浮士德、贾宝玉等丰富深邃的思想艺术内涵一样,还必须了解和熟悉作品及其形象产生的历史背景、文化思潮、民族特色、作者生活时代的人文环境,以及作者自身的思想演变等。巴金对高觉新形象的创造,是老作家对中国现当代文学的又一突出贡献。

虽然巴金不厌其烦地一再声称自己"不是文学家",认为"写作的最高境界是无技巧",是"写作同生活的一致",但巴金依然在长期的创作实践中,在文体创造、叙事方式和语言风格上,形成了自己的特点。不过,巴金的上述几方面,在中国现当代文学史上并没有产生过很大的影响,唯有关于中长篇小说"三部曲"的形式,是巴金引进西方小说"三部曲"而运用于自己写作实践中的一种"创造"。据作家有意和无意为之及研究者的归纳,巴金计有《灭亡三部曲》《爱情的三部曲》《激流三部曲》《火三部曲》《人生三部曲》。20世纪三四十年代较多的运用"三部曲"形式创作的还有茅盾。他们的这一实践,对20世纪中后期中国文坛上长篇小说三部曲的涌现,起到了积极的推动作用。

就以上简约概括,不难看出巴金七十余年文学道路上的基本实绩。其中具有激烈的"安那其"色彩的青少年革命知识者的系列群像,作者对他们的人性描写,具有超越时空的普遍性的意义,——虽然,多半人物描写的艺术功力不足,但这些群象属巴金的首创,在文学史上就具有原创性,为文学史提供了崭新的人物形象。此外,巴金关于反封建制度的激烈、持久和深度,关于觉新艺术典型的塑造等,也是对中国现当代文学史的突出贡献。——巴金文学作品中的这些内容,在文学史上都具有一种经典性。如果再从另一侧面继续考察,巴金对乡土和人民的深厚挚爱、宣泄情感的叙事笔调、对青年男女悲剧命运的描绘、一些短篇小说和散文创作的精美,以及随想录中直面现实、直抒真情的随笔的力度和老到的文笔,……这一些在文学史上虽不属原创,但仍然体现了巴金文学创作的追求、才能和特色。

通过对巴金"这一个"文学写作的原创性、经典性和杰出贡献的概括的分析,是否有助于我们理解中国现当代文学史上关于文学大师的评价标准呢?能否使我们对文学大师理论的探讨丰富些、加深些?

巴金已以自己千万言的著、译,七十余年的社会活动,以及百余年的命运、人格和理想追求,为自己树起了一座丰碑。正如

20世纪50年代初一位法国学者所说："巴金的作品，是中国文艺复兴和社会革命的动人的传述，它好像我们古代的陶醉人的歌曲，永远要留在我们人间！它是我们新中国的读物，等到这个时代过去后，虽然那时或者也许有比他更大的思想家和文学家出现，可是他的作品如同珍贵的文献一样，永远要被后人保存着。"①

半个多世纪过去了，此言仍铮铮作金石声。信哉，斯言。

2004年9月改稿于旦复旦草堂

原载《复旦学报·社会科学版》2005年第5期

---

① 明兴礼：《巴金的生活和创作》，王继文译，上海文风出版社1950年版，第178页。

论作家思想的复杂性和深刻性
——以巴金爱国主义思想为中心

古今中外文学史证明,缺乏闪光的、深刻思想的作家很难说是大作家。凡经得起历史检验的大作家必然是思想家,而且往往是具有丰富、复杂、深刻思想的思想家。如但丁、托尔斯泰、歌德、巴尔扎克、雨果、莎士比亚、海明威、福克纳、乔伊斯、马尔克斯、卡夫卡以及屈原、杜甫、曹雪芹、鲁迅、老舍等。他们有的在文学创作之余也写了一些理论文章或杂感、随笔、序言式的评论来直接抒发自己的思想,绝大部分都是有意无意地将自己对历史、现实、社会、自然、人生、艺术等的思考、情感融化在文学作品中,在人物形象、故事情节、篇章结构、语言手法以及情绪氛围、声景道具等的艺术组合中,无不蕴含着丰富、复杂的思想内容。

巴金就是中国新文学史上具有丰富、复杂、深刻思想的大作家。他自己也多次说过类似的话:"我自己思想很复杂","在五四运动后我开始接受新思想的时候,面对着一个崭新的世界,我有点张皇失措,但我也敞开胸膛尽量吸收,只要是伸手抓得到的东西,我都一下子吞进肚里"[①]。迄今为止,中外的数百篇论文和二十余部论著在评论巴金的思想时,虽有不少分歧,但有一点

---

① 唐金海、张晓云主编:《巴金年谱》,四川文艺出版社1989年版,第41页。

却是共识：多种思想、有些甚至是相互排斥的思想共存于巴金前期、后期及其作品中，如虚无主义、英雄主义、革命民粹主义、无政府主义、民主主义、人道主义、爱国主义等。

很显然，在论述了巴金与无政府主义、民主主义、人道主义等之后，理应进一步论述巴金的爱国主义思想。巴金在多种场合，曾多次申述："我是受各种思想影响，五四前后的各种思潮对我几乎都有影响"，"但即使在当时，对我影响更大的还是爱国主义"①。又说："我曾一再说，我是个爱国主义者，从前是这样，现在还是这样。"② 长期以来，在一些评论者为巴金是不是无政府主义者而进行肯定或否定的争议的前后，巴金虽然从不否认自己的无政府主义的信仰和影响，但为什么总是反复阐述自己的爱国主义思想呢？某些评论者是否理应认真听听老作家这种一而再、再而三发自肺腑的声音呢？因此，论述巴金的爱国主义及其他几种主要思想的关系、它本身的特点及其在作品中的表观，将会使巴金与中西文化关系的研究更为全面和深入。

一

首先，我们来简要地分析巴金的爱国主义与人道主义的关系。

如同历史上一些大作家一样，最能激发巴金创作激情的是专制、压迫、黑暗、邪恶、欺诈等对人类良知、青春、美丽、善良、爱心等的摧残、破坏和杀戮，对专制、邪恶的憎恨和对青春、美善的挚爱，这正是巴金人道主义思想的鲜明体现。从本质意义上说，文学作品是感情的艺术，而爱和憎的感情恰恰是一些

---

① 高行健：《巴金在巴黎》，《当代》1979 年第 2 期。
② 唐金海、张晓云主编：《巴金年谱》，第 1447 页。

大作家，也是巴金人道主义思想最基本、最核心的内容，其他一些思想都是与此密切关联，都是由此生发的。

巴金深厚、执着的人道主义思想正是巴金深厚、执着的爱国主义思想的基础和源泉。巴金的人道主义，主要体现在爱人，同情被剥削、被压迫、被奴役的广大下层人民，并一直以他们之苦为己之苦，以他们之悲为己之悲；以他们之愤怒为己之愤怒，反对损害别人，反对摧残人性，"希望每个家庭都有住房，每个口都有面包，每个心都受教育，每个智慧都得到光明"①。大家都和睦地相处，互助地生活，直至为大多数人的利益而自我牺牲。巴金的这种人道主义的意识，最早萌生于他童年和少年的家庭生活环境，尤其是他母亲言行的启蒙，以及封建大家庭中固有的上人和下人之分，人压迫人、人剥削人的事实和专制、礼教对青春和善良女性的迫害。童年时代是人的一生中最单一、最纯洁的时代，因而童年时代受到的潜移默化的熏陶和影响，往往会影响人的一生。巴金孩童时代逐渐形成和萌芽的纯朴的人道意识，也成了巴金20世纪20年代前后，直至30年代之后爱国主义思想曲折变化、形成发展和渐趋强烈、深沉的基础和源泉。当然，其间无政府主义思想的干扰，巴金早年曾对某些人的所谓爱国主义观点有过驳难，随着生活和知识丰富及现实社会的活生生的教育，巴金的爱国主义思想越发成熟、坚定而深厚。显然，巴金是先有人道意识，而后有爱国意识的。随着他人道主义意识的发展，巴金的爱国主义意识也大为增强，并且互有影响。从某种意义上来说，童年巴金生活的家庭环境，也是当时中国社会的一个方面的缩影，尔后巴金与成都外语专科学校的同学、与激进的青年学生

---

① 巴金：《革命的先驱：一个无产阶级的生涯底故事》，上海自由书店，1928年版，第140页。

组织均社的联系，直到十九岁出川之后，在上海、南京、北京及赴法留学，回国后的见闻，特别是三四十年代亲身经历、耳闻目睹了侵略战争和内战的灾难，以及六七十年代"文革"十年的浩劫，巴金的人道主义思想已根深蒂固。随着巴金人道主义的发展脉络——由朦胧的感情意识到坚定的思想信念——他的爱国主义也经历了大体相似的发展历程。抗战的八年，是巴金人道主义最为坚定、深厚、激烈的年代，耳闻目睹的是铁蹄蹂躏，生灵涂炭，狂轰滥炸，民不聊生；而"文革"的十年，巴金所见所闻又是横扫一切，百姓遭殃，专制迫害，万马齐喑。这两个阶段是巴金人道主义最为坚定、深厚、高扬的时期。虽然前后两个阶段和内容的表现形态不同，但人民受苦、民族受难、国家遭殃的实质则是相似的。巴金就是从深广的人道主义中培养爱国的激情并坚定爱国的信念。

他的爱国主义有如葱茏蓊郁的高山，是由深广的人道主义的地心孕育、喷吐而成的。巴金在战火纷飞的20世纪三四十年代散文和小说的高产，以及"文革"后的古稀之年还带病写成四十余万字鲜明、深刻的《随想录》，就是巴金忧国忧民、爱国爱民的心火炽烈燃烧的产物。这些饱含着人道主义感情、闪烁着爱国主义思想的动人篇章，就足以说明巴金人道主义和爱国主义互为因果的紧密关系。

巴金人道主义和爱国主义的关系还表现在没有将爱国主义抽象化、概念化、神圣化，而是始终将人道主义作为爱国主义的核心和辨别判断国家机器的最高标准。国家，是个复杂的、变化着的、有着丰富的地理、历史和深厚文化内涵的概念。不同的历史阶段代表不同阶级、阶层、集团利益的不同的人（或派别），以军队、警察、监狱等为工具组成国家机器。他们几乎都打着"爱护民众""为民众谋福利"等形形色色的旗号,而其实质,却有千差万别、千变万化。历史告诉我们,衡量国家先进和落后,伟大和渺小,美好和丑恶及革命和反动的最根本的标志,就是国家机器的意志和行为在精神文化、经济物质等方面是否对大多数民众乃至全人类有利、有益,是否推动历史车轮前进。巴金爱国主义最可贵之处恰恰在于,他始终以民为本,以千万年来民众生于斯、长于斯的土地及其悠远流长的文化为根。这种爱国主义就极为深厚坚定了,同时也极大限度地避免了"朕即国家"的专制顽固的罪恶观念,以及将帝王、总统、主席个人与国家等同的谬论,也极大限度地避免了另一种误区——反对一切国家形式。巴金深爱的不是任何统治集团的国家,而是祖祖辈辈生老病死于此的人民的国家;顺应民心的统治者,他热情拥护;强奸民意的统治者,他敢于揭露。因此,他对国家的热爱和憎恨,其基本内容还是以人道主义为基础的、民为本的思想。巴金年轻时,一度笼统地反对过国家观念,那时他认为:"所谓爱国主义就是杀害……最亲爱的父亲兄弟姐妹的武器","是人类进化障碍"[①]。而其出发点和思想基础依然是人道主义。当然,由于知识、理论和阅历的限制,他还没有能真正洞察"民为国之本"的民本思想的科学内涵,同时也是受了某些无政府主义者的理论的"蛊惑";由于巴金人道主义情感的深厚,以及现实的不断刺激,巴金自20世纪30年代前后就牢固地建立了科学的民为本的思想,因而此后他的爱国主义思想也就更加清醒、深广、科学和炽热了。他激烈反对军阀混战、控诉日本军国主义在华的罪行、揭露长期内战和阴谋,直至80年代总结"文革"十年的血的教训,

---

① 巴金:《爱国主义与中国人到幸福的路》,《警群》1921年9月第1期。

都是他爱国主义的表现,而其思想的核心就是民为本的人道主义。

二

如果说,巴金的爱国主义思想,同时受到中外两方面的人道主义思潮的影响,那么,巴金的爱国主义思想与民主主义的关系,则主要是从西欧,尤其是法国的启蒙运动和法国资产阶级大革命中去探讨。由于中国长期是以小农经济为基础的农业国,以"皇权、族权、父权、夫权"的封建专制统治为根本特征,因此,长期以来民主主义思想在中国几千年的封建文化中,相当无力,相当软弱,历代先驱的民主主义意识也总是掺杂着封建等级、贵贱的因素。从整体倾向看,中国思想界和文化界的先知们民主主义意识的高扬,是在震惊中外的"五四"运动前后。自称"五四运动产儿"的巴金,就是在中国民主主义觉醒的思想大潮中受到刺激和启迪,大量阅读《新青年》《每周评论》等传播民主主义等各种西方思潮的刊物。而对巴金最终形成民主主义思想起决定性影响的,还是他到法国去之后,他如饥似渴地大量阅读了法国著名的民主主义者伏尔泰、卢梭等的著作,翻译了拉马丁、米席勒、布诺斯、路易·布朗等有关叙述法国大革命的故事和研究专著。当然,几乎同时引起巴金注意和吸收的还有无政府主义、俄国民粹主义等内容。那么,巴金在"五四"运动之后初步萌芽的民主主义意识和在法国逐渐丰富并最终奠定作为他一生重要思想基础的民主主义与巴金的爱国主义有什么关系呢?

简要说来,这种关系主要表现在两个方面。

被巴金称为"近代思想之父"的卢梭的《社会契约论》,对欧洲和世界一切国家争取民族独立、反封建专制的革命斗争直接影响了几乎一个多世纪，在20世纪初的中国土地上也不啻是一阵阵轰鸣的春雷。在封建专制的家庭中成长，怀抱救国救民愿望的巴金，早就对卢梭的"天赋人权"思想，对卢梭大声疾呼的"自由、平等"的民主主义呼声，产生了强烈的共鸣。巴金在法国及此以后对卢梭的"天赋人权"思想的深入探讨，从感情到理性上，都加深了对被封建礼教扼杀和摧残的、毫无人权的年轻男女的同情，加深了对等级森严、礼教森严的封建家庭和社会的憎恨，从而一生不懈地对封建专制制度，对封建宗法制度和维系它们的精神支柱封建礼教发出震烁古今的"我控诉"的呼声。因此卢梭、伏尔泰"天赋人权"，"自由、平等、博爱"的民主主义思想，是巴金数十年如一日坚持反封建、坚持爱国主义的原动力和理论依据。

巴金对卢梭等的民主主义思想也不是全盘接受的，他前期的爱国主义内容，有些是与民主主义相抵触的。如前所述，青、少年时代的巴金，同时受到多种思想的影响。比如无政府主义反对任何专政和私有财产的主张，也并存于涉世未深的青年巴金的思想中。从本质上看，"五四"时期的作家中，巴金更倾向于感情型，20世纪一二十年代，他更是一位内心感情非常单纯、激烈、炽热的青少年。他当时将社会的一切不平等、无自由、下人的受苦受难，以及青春、美丽、善良青年的被迫害，都看成是一切专政和私有财产的罪恶。因此，他反对卢梭等民主主义关于主张建立专政、保留私有财产的主张，在巴金爱国主义的"理想国"里，有"互助—博爱—平等—自由底世界"①，没有"专政和私有财产"。在这方面，巴金前期的爱国主义更具有"社会大同"

---

① 巴金:《"适社"的意趣和大纲》，《半月》1921年2月第14期。

"天下为公"的空幻的、美丽的理想性质。

三

巴金的爱国主义与无政府主义的关系也相当密切和复杂。首先，巴金对爱国主义的理解有个过程。他青少年时期曾非常坚决、非常剧烈地反对过爱国主义。1921年少年巴金写了他一生中唯一的一篇专门谈"爱国主义"的短文，《爱国主义与中国人到幸福的路》，其中有些直接反对"爱国主义"的观点——如："我承认'爱国主义'是人类进化障碍"等——显然与无政府主义反对一切权威、废除形形色色政府的思想有关，与当时一些激进的青少年发表的诸如《"适社"的意趣和大纲》《均社宣言》等思想有关，甚至连有些语句都相似，其主要原因在于少年巴金读过不少这样的文章，也读过一些高德曼、克鲁泡特金等无政府主义者的文章，也结交了诸如吴先忧、陈小我、袁诗尧等有激进思想、也受无政府主义影响的青少年朋友。20世纪初，正值军阀混战、国难深重之际，巴金还是位热血少年，血气方刚，更兼涉世太少，而其时又是各种思潮大汹涌、大奔突的时代。真理和谬误一时难辨，还有待实践和检验；加之有些文章的内容使巴金产生了共鸣，其文体语句对巴金来说又极具热情，更具煽动性，少年巴金因思想信仰上迷误，或在关于爱国主义的观点上有些偏激，是完全可以理解的。必须指出的是，有些论者将巴金少年时代写的这篇谈爱国主义短文时的思想观点，派定为巴金一生对爱国主义总的基本观点，显然是不符合实际的。我们怎么能将一个作家在十七岁时说的话、作的文，在几十年之后，当成是评断这个作家一生的立论的依据呢？我们只能将它作为分析这个作家少年时代思想的依据，作为他数十年思想发展变化中的一个环节、一个过程来看。就在这篇短文中，巴金还论述了他当时反对爱国主义的具体观点。他认为历史上的统治者、侵略者总是用"爱国主义""作伪"，欺骗、煽动平民"侵略别国"，"扩充他的土地"，剥削"平民的脂膏"，因而平民们"就要推倒""私产、政府和宗教等"。这与卢梭反对"文明"实质上是反对资产阶级的大工业给人民带来更沉重的负担，给人和人的关系带来更多的自私性和兽性相似；与托尔斯泰反对"爱国主义"实质上是反对最高统治者和侵略者借此为旗号，以"合理合法"屠戮、剥削本国和别国人民相似。即使是少年时代，巴金的"爱国主义"思想尽管受到无政府主义的若干影响，仍与无政府主义的国家观念不同。这在巴金尔后几十年的思想、人生历程中，更明显地体现出来。到1930年前后，随着无政府主义运动、组织在中国的分崩离析，尤其是巴金本人思想的渐趋成熟，直至日本帝国主义大肆侵犯我山河，蹂躏我百姓，全民抗战的熊熊烈火燃起之时，巴金的爱国主义感情就更为深厚强烈，爱国主义观念就非常清晰明确了。

无政府主义有种种派别，但在反对任何专政、任何专制、任何权威方面，有着惊人的一致性和彻底性。巴金爱国主义中对几千年封建专制政权、封建礼教纲常、封建宗法制度的反抗性达到异乎寻常的激烈、持久、彻底的程度，与他青少年时代接受的无政府主义近似疯狂地反对一切专制权威的思想有紧密的关系。"我还要提说一个更重要的东西，那就是信念。……它使我更有勇气来宣告一个不合理的制度底死刑，来向一个垂死的制度叫出我底 I'accuse（我控诉）。"① 其中的"信念"，涵盖了巴金的多种

---

① 巴金:《关于〈家〉——十版改定本代序》。

思想，最突出的就是"反专制、反强权、反等级、反私有制……"青少年巴金生活的时代，正是由于封建制度、封建礼教长期统治，使国家沦入半殖民地、半封建社会，国民沦入灾难深渊的时代；到了中年和晚年，虽然在国家统一、社会进步、人民温饱等方面有了较大的变化，但封建主义作为一种统治中国几千年的意识形态，不可能随着旧的统治集团的灭亡而消失，加上封建的小农经济，封建的人与人的关系等等不仅是旧的封建意识的堡垒，还是孽生新的封建意识的土壤，因此即使到了20世纪中后期，封建专制、封建礼教仍时时像幽灵一样在国中游荡，尤其是"文革"发生的前因后果，说明封建专制、封建礼教仍是国家前进、人民进步的大敌。但多年来理论界和文艺界对此总是避而不谈，偶有涉及，也畏惧深入。其实无论是回溯历史还是正视现实，在中国现当代文坛上，巴金不愧为紧随鲁迅之后大反封建的最杰出的战士之一，而像巴金这样，七十余年如一日，在全部创作生涯中，那样激烈、持久、全面、集中、彻底反封建的作家，鲁迅之后似无第二人——虽然，在特定的历史瞬间巴金也曾一度迷误或妥协过，但观其一生及其全部作品，巴金不愧为鲁迅逝世之后中国文坛一面反封建专制、礼教的旗帜。直至1978年，巴金还明确指出："在我们的社会里封建流毒还很深、很广，家长作风还占优势"，"明明到处都有高老太爷的鬼魂出现"，因此"要实现'四个现代化'必须大反封建"①。"高老太爷"已成了中国当代社会和文坛上封建专制和礼教的代名词。这种清醒的对封建专制、封建礼教的反抗精神，自然是巴金爱国主义中最深刻、最具光辉的思想，在中国特定的历史时期，从某种意义上

---

① 巴金：《爝火集·序》。

说，巴金爱国主义的深度和强度，是与他青少年时代对无政府主义中"不承认任何权威""废除一切政府和私有制""取消一切专制"等"信仰"的深度和强度成正比的。其根本原因在于，作为一种思想体系，无政府主义（包括无政府共产主义等）、民主主义、社会主义、人道主义、爱国主义等是泾渭分明的，而作为一种人类共同智慧和长期实践创造的以上各种"主义"的分支和具体主张，则有一些是相互交织、相互沟通、相互渗透的。如前所述，巴金的人道主义是他其他的"主义"和"信仰"的思想核心，而青少年时代的巴金，无政府主义信仰强烈，认为政府是人民苦难的根源，而凡政府又都是专制的，因而反对一切政府及专制。随着巴金对无政府主义逐渐清醒的认识，对"政府"和"专制"以及它们相互的关系有了科学的辨识，巴金的爱国主义思想也更为科学和彻底。就整体而论，巴金依然坚持"一切专制、私有制"等都是"殃民"的，"殃民"的必然"祸国"，"祸国"的也必然"殃民"，自然要坚决反对"一切专制、私有制"。综前所述，不难得出结论，在爱国主义和无政府主义的关系上，巴金"复杂、丰富、深刻"的思想，仍然渊源到"民为本"的核心上。

四

当我们全面考察巴金的思想信仰时，并不难发现巴金是在"五四"前后中西文化交汇中逐渐形成自己的思想体系的。一个值得深入探讨的问题是，影响巴金的无政府主义、民主主义、民粹主义主要来自欧、日，他的人道观念总体上又和中国传统的"亲亲、尊尊、长长、男女之有别，人道之大者也"的"社会规范"相悖，他自小侧重于从感情上接受的仅是中国民间朴素的

"爱人"的思想，从理论上来说，巴金的人道观念主要渊源还是西方的民主主义和人道主义。而他爱国主义思想的萌芽、变化、形成和发展，虽然也明显受到西方一些思潮的影响，其主要渊源却与中国传统文化中的爱国观念、情感和中国的历史、现实更为密切相关。巴金的爱国主义因而就形成了自身的若干特征——除上文所论述的有关内容外，我们还应从以下三个方面再作进一步的论证。

巴金的爱国主义与中国传统文化有着血肉相连的联系，既吸收了传统文化中积极的、有生命力的一面，如"天下兴亡，匹夫有责""以身殉国""上下求索"等，又摒弃了传统文化中消极的、愚昧的一面，如"忠君"，"致君尧舜上"，为帝王"鞠躬尽瘁"等。从一定意义上说，巴金的一生是他爱国主义伟大完成的一生，决定这种"伟大完成"的主要因素是他的感情，是巴金对中国古代、近代历史人物"以天下为己任""为国捐躯"的壮举和"敢为天下先"的人格的纯真、热烈的崇敬之情，是对全民抗敌"保家卫国"的群体高昂反抗精神的赞美之情。

从本质意义上说，爱国主义更属于情感范畴。它最初萌发于个体对群体的依恋和归属，由氏族、家庭进而家族，直到社会和国家，是个体与群体感情的长期积淀和扭结。这种感情的要素更多地表现为乡土感情、血缘感情、亲朋感情、民族感情、名胜古迹的感情等。巴金的爱国主义正是如此众多文化因素的结晶，尤其集中地表现在乡土、山河、民族情以及对古代仁人志士的崇敬之情和执着的"上下求索"的情感上。

饱饮家乡乳汁十几年的青年巴金出川到沪后，于1927年1月，坐船赴法。离乡去国，是什么使其时的巴金"眼里装满了眼泪"？是千百种感情涌上心头："这里有美丽的山水，肥沃的田畴"和"伟大的历史"，有"亲人""朋友"和孩提时代"种种的幸福""痛苦"，以及"亲人……被旧礼教扼杀了""人们在吃他的同类的人"等。于是，青年巴金从心底呼喊道："我不幸的乡土哟！我恨你，我又不得不爱你。"这种包容多种情感的呼声响彻了巴金漫长的一生。这种凝聚了深厚的爱和恨的爱国情感，在中青年的郭沫若更多地在著文、行动两方面表现为对国共两党政治斗争的关注投入，以及火山爆发般的热情；在中青年的郁达夫更多地表现为弱国子民的悲愤和忧郁；在中青年的沈从文则衍化为浓郁的湘西情结；在中青年的老舍则浓缩在对市井的风物人情和市民社会的描绘上。而中青年的巴金则更多地表现为对封建专制、礼教的控诉和对激进的青年知识分子命运的关注。虽然他们笔端表现形态各异，但都源发于自己祖祖辈辈长期生长于斯、万千仁人志士愿为之献身的乡土、山河及民众之情上。因此，当侵略铁蹄践踏大好山河，杀戮家乡父老，欲毁我宗庙社稷之际，他们都能异地同起、异口同声地口诛笔伐。全民抗战的八年，巴金"把个人的情感溶化在为着民族解放斗争的战斗者的情感里"。他辗转颠沛于黔、粤、川、滇、桂、香港和上海等省市，轰炸不绝于耳，焦土味充斥市镇，城乡家园大片成了废墟，山河破碎，人民罹难，惨遭杀戮，巴金的爱国主义感情升华到最高度，燃烧到最强点。他愤怒斥责为侵华行径辩护的日本友人和知名学者，他参加抗日的集会，出版抗日的书刊，表现抗日的宣言，大量创作散文、杂文、小说，记叙和控诉侵略者的罪行，鼓舞人民斗志。他说："在我的眼前，沸腾着一片火海，……这一个民族的理想正受着熬煎。"但"我们的文化是任何暴力所不能摧毁的，我们有广大的肥沃的土地。到处都埋着种子。我们的文化与我们的土地和人民永远存在"。

五

由乡土、山河和民族的情结凝聚而成的爱国主义,类似一种原始生态的文化母体,在不同的作家那里可以生发出各自的子系。巴金进而由此衍化的是上一种坚持不懈的"求索"精神——一种忧国忧民、救国救民,探索真理和光明的文化精神。

巴金的一生,是寻找光明、探索真理的一生。这种寻找、探求的巨大热情、力量源泉和不折不挠的精神,都九九归原于他的人道主义和爱国主义。青少年时参加激进的学生团体"均社"、编刊物、写文章、写信给陈独秀希望他"指出一条献身的路"、与无政府主义者高德曼通信,直至出川赴法,大量阅读法国大革命史的书籍和卢梭、伏尔泰等的著作,本质上,青少年巴金走的是一条曲折的探索光明和真理的道路。有人把巴金赴法归结为一个目的,即就是为了研究无政府主义。确实,巴金赴法和在法国时,接触了流亡在法国的一些外国无政府主义活动家,阅读了不少宣传无政府主义的著作,如果评论者能丢开有意无意形成的框框,进一步思考一个问题:青年巴金为什么那样不远万里去法国夜以继日地研究无政府主义理论呢?不为钱财名利,也不为旅途观光是肯定的,那么,是一种纯理论、纯学术的研究吗?显然也不是。纵观"五四"前后国难深重、思潮蜂起的实际情况,其时有很多仁人志士、革命先驱和学术先贤等,都胸怀己志、大志,别离乡土亲人,跨出国门,或去欧美,或去东瀛之邦,形成一股时代思潮和风气,蔚为壮观。仅就文学领域而言,鲁迅、郭沫若、周作人、郁达夫等赴日,胡适、闻一多、林语堂、冰心、巴金、老舍、梁实秋、徐志摩、艾青等赴欧美——已成长江大河奔流不息之势。他们中多数学成归国，他们的思想信仰等无不烙下了异国各种思想的烙印，在他们尔后几十年成长为文学大师或大作家的人生之路上，在异国的学习、生活，以及受到的各种思想影响，对他们都产生了巨大的影响。——纵观历史，这似乎已成了一条不以个人意志为转移的规律之一。巴金亦然，考察巴金的一生，不难得出结论，巴金的思想核心的形成和发展变化，就与他赴法有关。巴金研究无政府理论的最终目的，还是"因为我爱国，反封建，要改造社会"，寻找救国救民的"新的路"①。但是，没几年巴金在严酷的中国现实政治斗争中，在观察社会人生和自己的思考和实践中，终于渐渐清醒："我后来也发现无政府主义是空的，怎样推翻人吃人的社会，怎样实现人民的理想，它也没有办法。"② 这正说明巴金的寻找、探索之路始终情系他心目中的理想和他愿为之献身的人民。

作为一位作家，巴金的气质是忧郁型的。作为一位文学巨匠，他的感悟又必然更为敏感，他的心灵又必然更为痛苦。在寻找、探索、达到理想之路的过程中，巴金始终"心忧天下"。20世纪20年代末、30年代初，当他终于发现曾使他青少年时代热血沸腾，满以为用它可以"推翻那万恶的社会"，建立一个"无强权、无国家、无政治、无法律、无武力、无私产、自由生产、自由消费、无宗教、智能均等……平等、博爱、自由的社会"③的无政府主义理论，并"不能解答我时时碰到的实际问题"，它是"空的"，而又"一时找不到新的路"的时候，巴金由近乎疯狂的顶峰陷入了不能自拔的痛苦的深渊。但是巴金并未因此而终

---

① 唐金海、张晓云：《巴金访问荟萃——1979年到1987年》。
② 同上。
③ 巴金：《均社宣言》，《半月》1921年6月第21期。

结寻找和探索,而是将这种寻找探索的感情和精神寄寓在文学创作上,融化在文学形象中。初步看清了旧的"信仰"的苍白无力,新的"信仰"又找不到——这两者的冲击,形成了巴金文学创作中忧郁和痛苦的巨大的漩涡,所以巴金在他的散文、随笔、序、跋中,不厌其烦地申诉自己矛盾、悲哀、挣扎、苦闷、忧郁和痛苦。但他又无法、无力摆脱这诸多感情、心绪的扭结,一颗为自己的理想国和为民众寻找、探索"新的路"的心一直在燃烧,"爱与憎的冲突、思想与行为的冲突、理智与感情的冲突、理想与现实的冲突……这一切织成了一个网,掩盖了我的全部生活,全部作品。我的每一篇作品都是我追求光明的呼声"①。"我的心像火一般地燃烧起来,我的身体激动得发战。……我觉得我要是再不说一句话,我的身体也许就会被那心火烧成灰烬。"②巴金这种求索过程中燃烧的心,自执笔以来,一直燃烧了七十余年,横跨现、当代两个时代。时代变化了,巴金思想也有了较大的变化和发展,以为那就是自己求索的新路和向往的光明。60年代也曾真诚地讴歌过光明和友谊,求索新路的精神一度受到干扰,但思考一直在继续。在历经几次政治运动之后,尤其是"文革"对中国政治、经济、文化和亿万人民造成空前的灾难之时,巴金的求索精神又复弘扬,比二三十年代更为深沉、更为机智,但依然真挚、依然执着。纵观巴金几十年创作道路,一篇篇饱和着忧郁痛苦、控诉呼号、热烈向往等感情的文学作品联翩而出,但作品发表后,社会的专制腐败和人民的灾难痛苦等依然如故。一直"哀民生之多艰"的巴金于是更陷入矛盾和痛苦的深渊,

---

① 巴金:《文学生活五十年——一九八〇年四月四日在日本东京朝日讲堂讲演会上的讲话》。

② 巴金:《〈电椅〉序》。

一声声撕心裂肺、逼向八面来风的"文章没有用处"的呼喊,响彻在他的心中和笔端,但他又别无选择,他的思想、性格、气质、环境,他所处的时代,又使他无力挣脱陷入这一矛盾的漩涡。于是燃烧的内心的喷火口依然是不断地写作,不断地呼号,不断地痛苦,不断地控诉。在现、当代文坛,巴金可贵和杰出之处正是在于:无论处于何种境地,他从不停止思考,执着地探索新路和寻找光明——用他燃烧的心和笔。巴金的散文和小说在现代和当代作家中,尤以感情的真挚、灼热、强烈著称,其源主要在于此。

20世纪20—40年代,巴金写了数十篇序,直至1982年,他为花城出版社出版他的《序跋集》写的《序》中,巴金再一次为这数十篇内容丰富、文采各异的序跋的主旨表明了自己的心迹。他说:"我把五十几年中间所写的前言、后记搜集起来,编印出来,只是想把自己的心毫不掩饰地让人们看个明白。我所走过的曲折道路,我的思想变化的来龙去脉,五十几年长期探索、碰壁和追求。"[1] 他的其他散文、小品、随感内容自然比较丰富,但其主旨也依然如同他的数十篇序跋,是巴金"长期探索、碰壁和追求"的艺术结晶。《我的心》写"追求光明,追求人间的爱"的热忱和痛苦,《做一个战士》讴歌"永远追求光明","永远不会失去青春的活力"的战士,《龙》描绘"追求丰富的、充实的生命"的"龙"的痛苦和献身精神,《撇弃》展现了不惧千难万险,决心"打破黑暗""追求光明",并愿把这光明"分给众人"的"我"的孤独和执着。他的数百万字的短、中、长篇小说,如《狮子》《光明》《堕落的路》《灭亡》《电》《家》

---

[1] 巴金《序跋集·序》。

《火》和《寒夜》等，尽管形象、内容更为丰富、庞杂、深厚，但其"自然而然流露出来"的主旨，依然是希望"做到言行一致"，"真实地、全面地反映出我的整个面目，整个内心"："我仍然要尽最大的努力朝着我一生追求的目标前进。"① 这个耗尽巴金一生燃烧的心寻找、探索的"目标"，其基本内容就是他数十年如一日反复申诉的："不把自己的幸福建筑在别人痛苦上，爱祖国、爱人民、爱真理、爱正义、为多数人牺牲自己；人不单是靠吃来活着，人活着也不是为了个人的享受。"②

爱国深情与求索精神，在巴金数十年的生活道路和创作活动上，以他特有的内涵和张力，统一着，矛盾着，而又焕发出光彩。

六

中国现代文坛是爱国主义高扬的文坛，也是求索精神大振的文坛。很多作家在爱国主义旗帜和求索精神鼓舞下，人格和文品熠熠生辉。1949年以后的二三十年，一些跨代老作家在多次政治运动前逐渐丧失了独立思考的能力，求索精神日见萎缩。巴金在《文学生活五十年》中也曾坦率和含蓄地说："五十年中我也有放弃探索的时候，停止探索，我就写不出作品。"其根本原因正如巴金自述的那样：听命于"长官意志"，"那时我信神拜佛，也迷信各种符咒"③。但巴金写作"只是为了探索，只是在找寻一条救人，救世，也救自己的道路"④。他亲身经历"文革"，国

---

① 巴金：《全集·自序》。
② 巴金：《文学生活五十年——一九八〇年四月四日在日本东京朝日讲堂讲演会上的讲话》。
③ 巴金：《再论说真话》。
④ 巴金：《再谈探索》。

难民冤时刻煎熬着他的心，他思考、求索的依然是一条"救人、救世、也救自己的道路"，爱国主义深情始终不渝。"文革"结束后的十余年，跨代老作家中，有些被迫害致死；有些摆出"一贯正确的嘴脸"；有些则力求或坚决挣脱以前的思想"紧箍咒"，重新审视社会、历史人生和自我——巴金就是这一部分老作家的突出代表。巴金的思想和创作发展到 20 世纪 80 年代前后，在特定的历史条件下，又有了新的深度和表现形态。它集中体现在巴金积八年之艰辛、思考和心血完成的四十余万字的《随想录》中。"只有在经历了接连不断的大大小小政治运动之后……我才明白我也应当像人一样用自己的脑子思考。"① 以独立的人格去进行独立的思考，于是《随想录》感情相当真挚，涵盖面相当广大，思想相当敏锐，形式也相当灵活。如果从某一个角度观察问题，并在巴金爱国主义思想发展的长河中去考察，《随想录》的主旨与爱国主义、求索精神的联系也是极为密切的。正如巴金自述的那样："这五卷书就是用真话建立起来的揭露'文革'的'博物馆'吧。"② "文革"是全国、全民空前的一场"大灾难"，国家和人民在"文革"十年中已到了崩溃和毁灭的边缘。竭尽全力，胆识俱备，总结"文革"的惨痛教训，主张建立"文革"博物馆，为的是"弄清'浩劫'的来龙去脉……揭穿那一场惊心动魄的大骗局，不让子孙后代再遭灾受难"③。这正是巴金晚年爱国主义思想、求索精神在 80 年代文坛独树一帜的最大特征。

  对一位大作家来说，他的思想和创作中，爱国主义应有其相对稳定的历史、民族、地域的内容，也应有其不断发展充实的新

---

① 巴金：《随想录·合订本新记》。
② 同上。
③ 同上。

的时代内容。巴金是一位随着时代曲折前进的大作家,他在《随想录》中对"文革"的总结和思考,就是他爱国主义思想在 20 世纪 80 年代前后新的表现形态。这种新的表现形态突出地表现在三个方面。

首先,巴金不是作为国家机器的附庸,不是作为"长官"的工具,也不是作为统治阶层思想的复述者或变本加厉的传播者,而是作为一个独立的、社会的人去总结和思考"文革"。巴金不无自豪地说:"只有在被剥夺了人权在牛棚里住了十年以后,我才想起自己是一个'人',我才明白我也应当像人一样用自己的脑子思考……我有一种大梦初醒的感觉。"[①]"五四"前后是中国思想界、理论界、文艺界大解放的时代,巴金和文艺界的鲁迅、胡适、周作人、郭沫若等文学先驱相似,都不同程度地从中国古代先哲和西方文艺复兴等思潮中吸收了"天人合一"和"天赋人权"的思想。20 世纪初和二三十年代之所以有思想、学术、文艺界巨人的产生和现代文学的划时代的成就,"人"的价值的发现有决定性意义。但是随着"五四"思潮的渐弱和中国几千年根深蒂固的封建专制、礼教等的重新蔓延,"人"的价值观也随之渐失;直至"文革","人"的价值被彻底毁灭,人的尊严被蹂躏,人性被扭曲,人权被剥夺。巴金也一度陷入"迷信"的泥淖,坠入噩梦的深渊。生活是最伟大的教科书,加之巴金青少年时代萌芽、确立,尔后又得以巩固的关于"人"的价值、生命的意义等思想,巴金很快从"迷信"中挣脱,从"噩梦"中清醒,"真正用自己的脑子去想任何大小事情,一切事物,一切人在我眼前都改换了面貌"[②]。巴金"人"的价值重新确立,

---

[①] 巴金:《随想录·合订本新记》。
[②] 同上。

不是以前人本思想的重复,而是在新的层面上、新的高度上的超越。即不是那种抽象的、纯理论的、学究式的对"人"的感悟,而是具体的、现实意义上的、文化战士式的——对"人"在历史发展、社会进步、国家民族兴衰的激流中的主体性和独立性的弘扬——这也是《随想录》中固有的思想,是巴金晚年的一次伟大的完成!

重新确立"人"的主体性和独立性,恢复了"人"的自尊和自信,巴金下笔才能"言必从己出",篇篇真话,真正做到了"我手写我口,我手写我心"。《随想录》被文艺界公认为是一部"讲真话的大书",不仅书中直接写明"真话"的标题就有五六篇,而且几乎每一篇中都可以感觉到作家的一颗真心在燃烧。如此集中,如此强烈,如此真挚,也如此深刻地论述"真话",这在20世纪七八十年代的现当代文坛上是绝无仅有的。以往的论者大多分析、评价《随想录》中关于论"真话"的"真",很少研究其中的"深"。其实,这种深刻性正是在于:巴金以"人"的立体性和独立性来思考、总结六七十年代发生在中国土地上,关系到国家、人民和全人类命运的生死存亡的"文化大革命"的;这种对"真话"的论,又恰恰敏锐地针对了因多年封建专制、"一言堂"造成的"假话、大话、空话"成风的时代病;"真话"中的若干具体内容,比如拙劣的骗子能左右逢源,将80年代"各式各样的衙内"与"还是要大反封建主义"联系起来;从怀念老舍写到《茶馆》中一句台词:"我爱咱们的国呀,可是谁爱我呢?"由外孙女端端的学习说到"填鸭式"的教育"教出来的学生就会一代不如一代",必须启发学生"用自己的脑子思考"[1],

---

[1] 巴金:《三说端端》。

如此等等。写身边人日常事，信笔而写，已到朴素的极致。然而，取材却典型，立意也深远，情在言内，旨在言外，远远超出了一人一事一议的范畴，其涵盖的社会面、开掘的思想深度，都令人击节、回味、思索。《随想录》真而深，自然不是篇篇珠玑，但有相当的篇章，已到炉火纯青的境界。有人对《随想录》横加指责，明里暗里"含沙射影"，"叽叽喳喳"，或是由于没有读懂，或是因为读懂了一点，凭某种直觉，惊惧地感到了"这一本小书"① 在国家和人民的现实和未来生活中，将会燃起的、经久不息的烛照和净化国民灵魂的光焰。

用"真话"来总结、思考"文革"，表达对国家、人民的热爱和责任，已到暮年的巴金的另一种表现形态是将自己作为"人"，再次投入"文革"的历史风浪漩涡，"把笔当作手术刀一下一下地割自己的心"，因此，"五卷书上每篇每页满是血迹"②。有人说《随想录》"是一部忏悔录"，其实，卢梭的《忏悔录》尽管有其自身的价值，但那毕竟主要是个人的"忏悔"，是关于个人生活的、内心隐秘的大胆披露。巴金的《随想录》固然有忏悔，有自责，更多的却是解剖，即用手术刀"割"自己的"心"，这种"自我解剖"，点点滴滴、时时处处都与"文革"时代的腥风血雨，波谲云诡相连，因而更为触目惊心、动人魂魄。在现代文学史上，巴金的"中国老师"鲁迅以"自我解剖"彪炳文坛，鲁迅主要是通过冷隽、深沉的自我灵魂、自我内心解剖来涵盖富于精辟的人生、社会、历史的哲理和睿智的，巴金的"解剖自己"除某些方面与此相似外，还有更坦诚、赤裸得近似"拿刀刺进我的心窝"的滴血的一面。因而，更为动人情弦、激

---

① 巴金：《随想录·总序》。
② 巴金：《随想录·合订本新记》。

人悲愤。从更确切的意义上说，巴金的"自我解剖"更多地学习并继承了鲁迅，虽不及鲁迅的深刻和精辟，却也有鲁迅式的"忧愤深广"。处在"黑云压城城欲摧"时代的鲁迅，有"心事浩茫连广宇，于无声处听惊雷"的深广忧愤，处在"文革"浩劫时代和痛定思痛的巴金，又何尝没有类似的深广忧愤呢？这庶几就是巴金老人在《随想录》中反反复复、喋喋不休和披肝沥胆、剖心剔骨的"自我解剖"的不朽的意义吧。

相对于历史来说，20世纪的中国文化和中国思想是体系庞杂而丰富的，也是辉煌夺目的。其辉煌和庞杂的重要标志之一，是以"五四"为里程碑的一些文化巨人和文学巨擘的出现。巴金生逢其时，而更能探索一生。他的里程碑就是他积数十年心血，在忧郁、悲愤、思考、求索中无意营造起来的巍巍一千万字左右的著译，以及他熔铸在著译中的感情、人格、气质……和学养和思想——人道主义，无政府主义，民主主义，爱国主义等。从历史发展的长河考察，在中国现、当代文坛上，巴金的一生，是一种足以永载史册的文化象征。巴金无疑是一位思想和文学的复杂的存在，也肯定是一位思想和文学的不朽存在。

1996年2月在鞭炮声中焰火缤纷之新春除夕夜完稿

选自《石缝草论稿》，吉林文史出版社2004年12月第一版

巴金：世纪的良心"永远燃烧"
——关于《家》

引　言

　　优秀的文学名著是超时空的。地域和国别的距离，历史和时代的不同，都不能磨灭名著固有的思想和艺术的光芒。

　　具有划时代意义的"五四"新文化运动中诞生的中国新文学，开创了历史悠久的中国文学的新时代。近百年新文学的光辉，主要就是由百十部（或篇）具有超时空意义的优秀文学名著汇聚而成的。巴金的长篇小说《家》，就是其中耀眼的一部。

　　1931年4月，《家》以《激流》的书名在上海《时报》上连载（1933年出版单行本时改名为《家》），小说写的是1920年至1921年中国封建专制家庭和社会一角的悲欢离合的故事，人们不仅要问，历经七八十年的大浪淘沙，很多文学作品已被历史尘封，《家》却能再版二三十次，被译成英、德、日、法、意、俄、韩、泰、西班牙、瑞典等二十余国文字，在国内又被改编成话剧、电影、越剧、川剧等多种文艺形式，中外文学史家在一百多部中国现代文学史著作中都对《家》作了专题论述。——为什么《家》的生命经久不衰？能永葆青春？永放光辉？

　　具有超时空价值的传世杰作《家》，它的生命力决定于什么？对于一部真正优秀的文学作品来说，任何外在力量的大树特树，充其量只能喧闹于一时一地，而作品本身固有的思想和艺术的含金量，作品本身固有的人性的、社会的、审美的价值，才是作品不竭的生命力的本源。——这一切，自然又决定于作品的创作主体，自然也与中外评论家、文学史家和广大读者有关。

一

1904年11月25日（农历十月十九日），巴金诞生于四川成都正通顺街的一个官宦世家。原名李尧棠，字芾甘。其字从《诗经·周南·甘棠》诗句"蔽芾甘棠"而得。祖籍浙江嘉兴。到高祖李介时始移居成都。父李道河，母陈淑芬，均广有学识，性情和善、宽厚。巴金后来回忆说，父母"教我爱一切人"，"爱""是我的全性格的根柢"①。

巴金的童年和少年时代有幸福和安宁，曾随母亲学习《白香词谱》，跟二叔读《春秋左传》，后又在私塾读《古文观止》等古籍，自读《说岳全传》《水浒》《彭公案》以及章回体小说《东欧女豪杰》和《传记六十家》等，看到了姐姐看过的《烈女传》等书中的图文，发出了"为什么那一本充满着血腥味的《烈女传》就应该被看作是女人的榜样"的疑问，他还目睹大家庭中亲人死亡的痛苦，以及在成都兵变时家人和百姓的惊恐，对大家庭中轿夫、马夫、女佣和老书童等的悲惨命运更是充满了同情。如此等等，少年巴金对封建礼教、对黑暗专制的社会"心里起了火一般的反抗思想"②。

1920年年末和1921年年初，有几件事在少年巴金人生道路上留下了深远的印记。一是俄国无政府主义者克鲁泡特金写的《告少年》和波兰激进的社会党作家廖抗夫写的《夜未央》对少

---

① 巴金：《我的几个先生》。
② 巴金：《家庭的环境》。

年巴金的震动和深远影响。他被《告少年》"征服了",又在《夜未央》中找到了"梦境中的英雄";二是参加重庆和成都一群激进的青少年组成的无政府主义团体《适社》,自谓找到了"照彻……灵魂"的"主义"和"朝夕所梦想"的组织;三是于1921年4月发表了写作道路上第一篇文章:《怎样建设真正自由平等的社会》,认为"妨碍人民自由的就是政府",所以必须"推翻";同时认为"安那其才是真自由,共产才是真平等"。其时巴金十六七岁,与这一年龄段的很多少年相似,这时正是求知欲强、精力充沛而又热情有余、梦想成串的年龄。巴金少年时代与"组织"内的一些青少年一起参加了一些旨在反对军阀、反对封建专制、反对旧礼教等活动,他与一群激进的青少年朋友一起议论、争论和宣传的"安那其主义",对他一生的世界观、人生观,对他的创作、翻译以及个人品性、道德修养,甚至日常生活和交友等方面,都产生了较大的、长远的影响。

1923年5月,巴金十九岁,离家赴沪,又转南京求学,曾报考北京大学,因病未果,直至1927年1月赴法前,青年巴金在沪、宁、京与"组织"内外的青年过从甚密,同时撰写和翻译相当数量的短论、政论、及诗、传记,其中有不少抨击时政和批判"主义"的文章尖锐、激烈,表现了青年巴金为自己的"信仰'献身'美丽的理想"的巨大热情。

1927年1月15日,巴金与友人登船赴法,1928年12月上旬回到上海。在法国近两年的时间,是巴金人生道路和创作道路上的转型期。20世纪20年代的巴黎,是各国政治流亡者、无政府主义者大汇集的地方,巴金在这里更多地接触了激进的安那其主义者,更全面、更深入地研究了安那其主义者的著作和思想,与不同国籍的安那其主义的重要人物柏克曼、基尔、奈特罗等联系,并继续与被他后来称之为是他"精神上的母亲"的著名无政府主义者高德曼保持联系。此间还撰写和翻译了关于克鲁泡特金等安那其主义思想的文章和著作,"加入了巴黎的中国无政府主义小组"①。他还大量阅读了西方人物传记和文学名著,在思念和忧患故国故土和亲人的寂寞与烦闷中,断断续续写成中篇小说《灭亡》的片段,最后用五本练习本誊清,寄上海开明书店老朋友周索非,后经叶圣陶推荐,于1929年1月在《小说月报》第二十卷第1至4号上发表,这是作者发表的第一部中篇小说,也是作者首次署名"巴金",但因《灭亡》发表时间较晚,所以作者的另一篇论文《脱落斯基的托尔斯泰论》"就成为巴金所有著译中第一次公开用'巴金'笔名问世的文章"②。《灭亡》发表后叶圣陶称它是"写一个蕴蓄着伟大精神的少年的活动与灭亡"的"青年作家的处女作"③。又被誉为"轰动当时文坛的杰作"④。

1930年前后至20世纪40年代中后期,全民如火如荼投入抗战的十余年间,是巴金文学创作获得大丰收的黄金时期,也是巴金安那其主义的"信仰"由青少年时代激烈的热情追求期,中经执着的、痛苦的奋斗期,再到矛盾、置疑并逐渐轰毁的解脱期。巴金的文学创作和思想发展道路,在转型的三四十年代,曲折而又辉煌。在文学创作方面,巴金除创作大量的散文、短篇小说外继中篇《灭亡》之后,又创作了二十部左右的中长篇小说,其中《家》《寒夜》和《憩园》,成了作家漫长的小说创作道路

---

① [美]奥尔格·朗:《〈家〉英译本序》。
② 唐金海、张晓云主编:《巴金年谱》。
③ 《小说月报》第二十卷《内容预告》。
④ 王哲甫:《中国新文学运动史》,杰成印书局,1937年,第79页。

上新的里程碑，标志着巴金小说创作艺术的成熟，也奠定了巴金在中国现代文学史上的重要地位。在写作并翻译安那其主义论著方面，巴金较前热情渐减，但依然比较活跃，译述甚多。修改并出版了译著《伦理学的起源和发展》，在"序"和"后记"中称克鲁泡特金是"大师"，"伟大的科学家和革命者"，称蒲鲁东是"另一个伟大的安那其主义者"，称巴枯宁"是蒲鲁东的继承者"。他们的著作"是在鼓舞人去为真理与正义奋斗"。不仅翻译，巴金还写了一些这方面的论文和著作，其中最重要的是出版了一本理论性的专著《从资本主义到安那其主义》。这是巴金第一部也是最后一部从理论上全面、系统地阐述克鲁泡特金无政府共产主义原理的论著。在文化活动方面，除与靳以等一起创办《文季月刊》，接编《烽火》，参与鲁迅、郭沫若、茅盾等从事的一些文艺界抗战宣言活动，参与鲁迅先生的葬礼等之外，更为重要的是于1935年8月旅日九个月回国后，任文化生活出版社总编辑，主持出版了"文化生活丛刊"、《文学丛刊》《文学小丛刊》《现代长篇小说丛刊》等，扶植了一些文坛新人，产生了较大的影响。此外，在抗战烽火、辗转奔波中，巴金于1944年5月与相识相知八年左右的陈蕴珍（萧珊）结婚，先后翻译并出版了屠格涅夫的长篇小说《父与子》《处女地》等。

20世纪的后五十年，巴金的创作和思想总体上可划分为三个时期。五六十年代，巴金到"抗美援朝"前线体验生活，并多次出国访问，以散文和小说歌赞新社会、新友谊、新的英雄人物。这些作品虽然思想艺术上多半较为直白浅显，但作家的真诚和热情，以及流畅、简朴的文笔依然富有一定的感染力；其间巴金也多次卷入全国性的政治、文化、经济的批判运动——多次批判别人，自己有时也承受了被"拔白旗"的痛苦。"文革"的十年，巴金与很多老作家一样，遭到了几乎"灭顶"的灾难：被"抄家""游斗"，被押上全市召开的电视批判大会，到"五七"干校"劳动改造"等，老伴萧珊被迫害患病致死。这十年是巴金创作道路上"空白"的十年，但却是创作土壤丰腴的十年，为巴金在耄耋高龄写出惊世骇俗的《随想录》作了"血泪的培壅"。"文革"结束后，巴金已过古稀之年。从70年代中后期至今，巴金冲破了外界和自身思想上的重重压力，以及克服了生理上的重重困难，主要致力于近五十万字的《随想录》的写作，自述是"挖掘自己的灵魂"①，"掏出自己燃烧的心"②，"讲真话的书"为了读者，"愿意再到油锅里再受一次煎熬"，是"一生的收支总帐"③。作品在社会上激起了强烈的反响，被评论界誉为"力透纸背、情透纸背、热透纸背"的"大书"④。此外，晚年巴金虽多次住院，仍多次呼吁建立"中国现代文学博物馆"，并多次捐出巨资和手稿。加上社会和政府的鼎力相助，历经数年，一座中国现代文学博物馆已屹立在北京，——巴金老人为此倾注了多年心血。

七八十年的笔墨耕耘，七八十年的理想追求，七八十年的人格力量，七八十年的世纪良心，巴金为祖国、为人类贡献了毕生的智慧，——祖国和世界也给予了丰厚的回报：自1981年至今的二十余年间，巴金多次被选举为中国作家协会主席，这在中国文坛上是绝无仅有的殊荣。此外，巴金又先后荣获"但丁国际奖"（1982年）、法国荣誉军团勋章（1983年）、美国文学艺术

---

① 巴金：《真话集》
② 巴金：《探索集后记》
③ 巴金：《无题集·后记》
④ 张光年：《语重心长》，《文艺报》1986年9月27日。

院名誉外国院士（1985年）、苏联人民友谊勋章（1990年）、日本"福冈亚洲文学奖"（1990年）等。

20世纪90年代末，巴金一直卧病在床，老人经受着难以想象的精神和生理的煎熬，心中仍然牵挂着"亲爱的祖国和人民"，以超常的意志和毅力，以九十七岁的高龄，与世人和他作品的广大读者一同迈入了21世纪。

二

巴金的名字，巴金的欢乐和痛苦，巴金的荣辱和毁誉，都是与他的代表作《家》联系在一起的。

以上对巴金的生活、巴金的思想、巴金的创作发展变化的概括的描述，不难看出巴金一贯的创作思想："是创作和生活的完全一致，是作家和人的一致"①，是对"一切旧的传统观念，一切阻碍社会的进化和人性的发展的人为制度，一切摧残爱的势力的'攻击'"②。

《家》是巴金的第一部长篇小说，但写作准备还是相当充分的。这之前，巴金已有一些小诗、政论、杂感、小品、散文、短篇小说、译作及中篇小说《灭亡》《死去的太阳》等。发表和出版第一部中篇小说《灭亡》是在异国思念爱他的哥哥、爱他的先生、爱他的朋友时的孤寂和困惑中"随意"写成的。第一部长篇小说《家》则是"孕育了三年"的成果，巴金自云是"为我大哥，为我自己，为我那些横遭摧残的兄弟姐妹，……为同时代的年轻人控诉，伸冤"③，在经过一段时间的酝酿和构想后，

---

① 巴金：《和木下顺二的谈话》。
② 巴金：《写作生活的回顾》。
③ 巴金：《关于〈激流〉》。

"精心"创作而成。小说初名《春梦》，1931年4月在上海《时报》连载时，改名为《激流》，1933年出版时改为《家》。不数年，当长篇《春》和《秋》出版后，因三部长篇的人物、主题和若干内容的连续性，于是合称《激流三部曲》。至于书名从《春梦》到《激流》的改变，巴金是从作品的主题思想和时代精神考虑的。后来他曾解释道："我不是在写消失了的春梦，我写的是奔腾生活的激流。"[1]

书名的改变反映了巴金创作思想的变化，对社会生活和描写内容的深化。巴金说《家》写的是："一个正在崩溃中的封建大家庭的全部悲欢离合的历史。""我要写这种家庭怎样必然地走上崩溃的路，走到它自己亲手掘成的墓穴。我要写包含在那里面的倾轧、斗争和悲剧。我要写一些可爱的年轻的生命怎样在那里面受苦、挣扎而终于不免灭亡。我最后还要写一个叛徒，一个幼稚然而大胆的叛徒。我要把希望寄托在他的身上。"[2]

巴金创作的初衷在《家》中得到了生动感人的体现。虽然《家》中依然隐隐约约有中篇《灭亡》《死去的太阳》那样浪漫主义的笔调，然而，贯串于全书的基调、弥漫于全书的激情、充溢于全书的内容、活动于全书的人物等，却是现实主义的，具有了现实主义的基本特色，在反映生活、描绘命运、刻画性格、展现人性、揭示主题等方面都达到了相当的广度和深度。

几乎与20世纪其他一些优秀的文学作品的命运相似，《家》在历史上评价的分寸也有异同，在一些特殊的历史年代，《家》甚至遭到歪曲和否定。1958年，在"插红旗，拔白旗"的运动中，巴金一度被一些人当作"白旗"。他们认为《家》中人物的

---

[1] 巴金：《关于〈激流〉》。
[2] 巴金：《〈家〉十版代序——给我的一个表哥》。

行动口号是"个人主义、个人奋斗的人生哲学、唯爱主义等"①。"文革"初期,巴金几乎遭到了灭顶之灾,被视作"资产阶级精神'贵族'","过着寄生虫、吸血鬼的生活,写的都是反党反社会主义的大毒草"②。与此相连,《家》也遭到了诬陷:"'激流'是一股反革命逆流"③。

但是,自《家》发表的 1931 年至今,七十余年来,中外很多文学史家、评论家、作家、文化人士和广大读者,以及一些国家机构和他们重要的文化社团,给予了《家》很高的评价:

中国现代文学的奠基人之一、北京大学教授王瑶认为,"《家》通过一个家庭的没落和分化来写出封建宗法制度的崩溃和革命势力的激荡","特别富于激动人心的力量",是"对中国现代文学的贡献"④。

美国巴金研究专家奥尔格·朗在专著中指出,巴金的长篇小说几乎"都以叛徒者和革命者为主人公","作家个性在其全部作品中几乎处处可见",能"灵活地、创造性地处理自己的种种印象使得他的人物达到艺术的真实"⑤。

苏联莫斯科大学教授 A. 尼科尔斯卡娅在专著中论述《红楼梦》与《家》在人物形象、性格和主题上的继承性:"以违反理性的旧礼教为基础的旧式封建家庭的悲剧,被孔孟家规断

---

① 姚文元:《论巴金小说〈家〉在历史上的积极作用和它的消极作用——并论怎样认识觉新这个人物》,《中国青年》1958 年第 22 期。
② 胡万春:《大立毛泽东文艺思想的绝对权威》,《人民日报》1967 年 5 月 10 日。
③ 华文兵:《彻底批判大毒草〈家〉、〈春〉、〈秋〉》,《文汇报》1969 年 8 月 12 日。
④ 王瑶:《论不见得小说》,载《文学研究》1957 年第 4 期。
⑤ [美]奥尔格·朗:《巴金和他的著作——两次革命之间的中国青年》,哈佛大学出版社 1967 年版。

送了年轻生命的悲剧,对封建制度的抗议(正面人物走向广阔的世界)。"①

美国另一位巴金研究专家内森·K. 茅认为,巴金《家》中的人物形象觉慧和觉新"是令人难忘的""成绩也……是卓越的",《家》"已在中国传统文学中占据了一个永久的位置","这个位置高超于人们审美兴趣变化和时代的革命之上",将给任何时代的中国读者"珍爱的文学享受"②。

著名文学史家司马长风认为《家》是激流年代的一首长歌,作者"抓住了那个变革时代的焦点,抓住在变革中旧和新的人物典型,同时用一连串的典型冲突事件,表达了变革'激流'的澎湃"。巴金"一切的作品中都充满着纯洁的青春气息。《家》尤其浓厚。……你毫不感到是在绞汁写出来的,是唱出来的,呻吟出来的,是自然的天吁。这不是艺术,而是天赋。……'永生在青春的原野'"③。

著名文学评论家、复旦大学教授陈思和认为,《家》"主要写了四个人物:觉民、觉慧、琴、鸣凤,只是暗示了这两对年轻人之间若即若离的爱情关系,……这部小说中,最有意义的是塑造了觉新这个人物,与杜大心一样,觉新在当时的新文学创作中也是一个崭新的角色",他的"绝望、悲观、颓废、自卑以至精神崩溃的种种心理,对于跋涉于苦难历程的中国现代知识分子性格具有很大的概括性"④。

著名巴金研究专家、中国社会科学院研究员李存光在比较论

---

① [苏]A. 尼科尔斯卡娅:《巴金作品概论》,莫斯科大学出版社1976年版。
② [美]内森·K. 茅:《巴金》,特维恩出版社1978年版。
③ 司马长风:《中国新文学史》,香港昭明出版社1978年版。
④ 陈思和:《人格的发展——巴金传》,上海人民出版社1992年版。

述同是"一代宗师"的茅盾、老舍、巴金时说:"巴金以火一样的激情,描写发生在一个封建大家庭中的种种冲突和悲剧,为死去的鸣凤、梅瑞珏,活着的觉新、剑方等被封建制度捕获的男女青年大声喊冤,对吃人的旧礼教、罪恶的旧制度,发出了强烈的控诉。作品借高家一角,展示出在'五四'时代风雨冲击下封建大家庭的分崩离析和封建制度不可避免的沉落命运。"①

三

迄今为止,评论《家》的文章有百余篇,主要是分析评论它的主题、人物、在现代文学史上的地位等。对于《家》的思想内容的深刻性,还缺乏集中的、深刻的探讨。有一个时期,有一些文章根据巴金早年曾信奉过无政府主义,巴金作品文字的平易,主要描写青年知识分子等,就推断巴金的《家》只是重复地、一般地表现有些作品已经表现过的反封建婚姻、反封建礼教的思想,仅适合中学生阅读。其实,我们如果联系中国长期的封建社会及其细胞——封建官僚、大地主家庭——对《家》进行考察和剖析,就不难发现《家》思想内容的深刻性,就会惊叹于作家的现实主义的笔力。

这种深刻性首先表现在,作家不是离开社会孤立地批判封建家庭的个别的统治者,而是通过这种批判,将锋利的解剖刀主要指向封建专制制度及其精神支柱——封建礼教,既揭露它们的残酷性,又揭露它们的虚伪性和腐朽性。小说写了两个封建专制的代表人物:高老太爷和冯乐山,揭露了他们阻碍青年人的进步活

---

① 李存光:《雄踞现代文坛的长篇巨擘——论巴金和茅盾、老舍对中国现代长篇小说艺术的贡献》,收谭洛发主编:《巴金与中西文化》,四川大学出版社1992年版。

动、将鸣凤这样纯洁的姑娘逼上死路、虐待婢女等罪行。他们在封建家庭中称王称霸，"我说是对的，哪个敢说错，我的话，谁个敢不听"。他们为什么会有这么大的权力？小说一方面描写了高老太爷控制了全家的经济大权。他曾责问儿孙："你们吃的穿的是从哪儿来的？"克定回答说："都是爹给的。"另一方面，小说还充分描写了维系他们统治的唯一武器就是封建礼教和封建专制制度。他们叫子孙们从小读《孝经》《女四书》；逢年过节，由他们领着全家"拜天地"，然后他们端坐在上，全家向他们跪拜；吃饭时，他们举筷子动哪只菜，别人必须完全照样；妇女一年只能在规定的某一天的某一个时辰到大门口张望一会；男人清早起床首先要去请安，晚上回家也要先去问安……日复一日，年复一年，世世相因，代代相传，这一整套封建秩序和规矩像一条又粗又长的、无形的锁链，死死地锁住了年轻人的手脚，又像一座黑沉沉的、无形的大山，重重地压在青年男女的背脊上。这种"秩序"和"规矩"，小而言之，是维护封建家庭、家长制的法则，大而言之，是维护封建王朝最高统治集团利益的支柱。作家不仅写了封建专制、礼教的顽固性和残酷性，而且，通过对高老太爷和冯乐山的描写，还进一步揭露了它们的虚伪性和腐朽性。他们挥舞封建礼教的旗帜，表面上道貌岸然，骨子里腐朽不堪。讨三房五妾，置仆人死活于不顾，残酷地折磨舞龙灯的穷苦人，无所不为。他们用封建礼教精心培养出来的克定和克安，吃喝嫖赌，五毒俱全。最后，"家"的最高主宰高老太爷临终前也不得不悲叹："全完了，全完了"，"他第一次感到了失望、幻灭和黑暗"。这种"完了"和"幻灭"，不是高老太爷个人的"完了"和"幻灭"，而是预示着封建专制制度和封建礼教的"完了"和"幻灭"，——这正是《家》深刻的一笔。

以封建专制制度治家，以封建礼教作为精神支柱，必然导致封建家庭内部的争权夺利。这是《家》主题深刻性的又一内容。作品完全是通过故事情节和艺术形象来表现的。在这个封建专制的家庭中，纪律不可谓不严格，等级不可谓不森严，主仆分明，长幼有序，男女有别，各就各位。但是，它却像建筑在沙滩上的一座古刹，基础不牢，梁柱不正，随时都有崩毁的可能。为什么？小说展示了构成"家"的"基础"就是封建专制制度的经济基础，——私有制，支撑"家"的"梁柱"就是封建专制制度的精神支柱——封建礼教。高老太爷活着时，所有财产归一人所有，儿孙们表面顺从，一转身就埋怨诅咒。克定、克安更是咒他"早死"；各房之间更是明争暗斗，婆媳间、妯娌间、叔伯间、叔侄间以至父子间，都为了在这个大家庭里争得更高的地位，更大的特权，更多的财产而互相倾轧、排挤。那种"君君、臣臣、父父、子子"的封建伦理，作为封建社会的一种意识形态和伦理关系，本来就是私有制的产物，是统治者维护私有制的精神工具，一旦这种伦理关系与私有财产发生冲突，它就被撕下了原来维护封建大家庭中人与人关系的虚伪的面纱，而私有制就会像恶魔一样驱使着封建大家庭的维护者们相互打击、吞噬。随着大家庭的主宰高老太爷的死亡，这种打击、吞噬就越演越烈。高老太爷的尸骨未寒，儿孙们就在那个平时高老太爷住着的、具有无上权威的房间里，为了瓜分房地财产和古玩字画而激烈争吵，最终导致了这个大家庭的分裂、崩溃。《家》以它生动的艺术形象和真实的生活场景雄辩地揭示了一个真理：以建筑在私有制基础上的封建专制制度和封建礼教治家，必然导致封建大家庭内部矛盾的日益激化和家长制的崩溃。

《家》在表现封建专制制度必然导致家长制内部争权夺利的

同时，还有力地描写了封建家长制内部的反叛者及其叛逆精神。在暗夜中首先闪耀出第一道电光石火的是婢女鸣凤。她美丽、善良、勤劳、纯朴，而高老太爷却要把她当作"玩具"送给孔教会头目冯乐山"做小"。她呼告无门，终于以"跳湖自尽"控诉了封建专制制度的代表者及其卫道士们的罪行，表现了对传统的封建礼教的反抗。尽管小说中鸣凤的反抗是消极的，但她却是这个封建专制大家庭里第一个敢于违抗"最高主宰"命令的勇士。这之前屈从封建专制和礼教而"生"的梅等，她们（他们）是木偶似的痛苦的生，归根结底还是做了专制制度的牺牲品；而鸣凤的"死"，却是悲愤而又壮丽的死，她为这个封建专制的大家庭敲响了第一声丧钟。受到"五四"进步思潮的影响，本来就对这个封建大家庭不满的觉慧、觉民等，在这一"钟声"的血泪控诉中更加觉醒了。作者是怀着满腔激情去描绘和歌颂封建专制家庭成员中的反叛者觉慧和觉民的。尤其是觉慧，作者着重描写了他是"五四"运动的产儿，是在封建专制制度和封建礼教大家庭的土壤中"培养"出来的封建家长制的掘墓人之一。为什么在20世纪20年代的旧中国，以封建专制制度和封建礼教治家必然会产生觉慧式的叛逆者？《家》一方面表现了"五四"新思潮对觉慧的启蒙，写觉慧读《新青年》，参加进步青年的活动等。而《家》着重表现的还是另一方面，即在新时代、新思潮面前封建专制制度和礼教的更加残酷和腐朽使觉慧惊醒，使觉慧看到了他们是葬送青春、破坏幸福、毁灭美的根源。他感到这个拥有万贯家财的大家庭是个"大沙漠"和"狭的笼"，他为觉新、梅表姐等的悲剧而鸣不平，为鸣凤、瑞珏的惨死而愤怒，为觉民、琴的婚姻而反抗，他对高老太爷的专横，对克定、克安等的荒淫，对长辈们的尔虞我诈、勾心斗角等，从心底爆发出了

"我控诉"的吼声,最后终于离家出走,冲破了封建专制的牢笼,投身到广阔的社会斗争中去,尽管后人有理由批评作者对觉慧出走后的反抗道路表现得还不明确,但在《家》反映的那个时代觉慧的出走,无疑是在封建专制和封建礼教统治下的大家庭中爆发出来的革命行动,觉慧无疑是一个反封建专制制度和反封建礼教的典型形象。然而,作者赋予觉慧这一形象内容的深刻性还在于,作品既着重描写觉慧反封建专制和礼教的勇敢行为,又表现了他的某些软弱性和消极影响。他爱婢女鸣凤,是对封建传统的一种挑战,却又希望她是"琴小姐那样的人";他憎恨专横的高老太爷,却又在听到临终的高老太爷嘱咐儿孙们"扬名显亲"之后不几天,在高老太爷的灵牌、供桌前"又点燃了一柱香"。作品以此表现出在特定的历史时代和封建官僚地主家庭的环境中成长起来的反封建专制和礼教的勇士觉慧,他的身上也难免残留着封建专制观念的某些痕迹,有时甚至会成为彻底地、不妥协地反对封建专制制度的思想束缚。作品从一个侧面揭示出了一个深刻的思想:旧营垒的叛逆者也是带有时代的、阶级的烙印冲锋陷阵的,反封建专制制度的斗争有待于长期地在广阔的社会运动中展开。《家》思想内容的深刻性还在于作品不是在主要对立面高老太爷寿终正寝后立刻结束,而是继续展开了一幕幕惊心动魄的悲剧描写。这时的主要对立面已是高老太爷的"亡灵"、高老太爷的"替身"、高老太爷的信男信女,其实质仍然是无形的、而又无处不在的封建专制制度和封建礼教。它形象地揭示了,封建家长制最高主宰的死亡,并不意味着他依恃的精神支柱的死亡,封建专制制度和封建礼教作为具有相对独立性的上层建筑,必然要寻找其他的代理人,这是一个不以人的主观意志为转移的客观规律。正如马克思曾深刻指出的那样:"一切已死的先辈们的传统,像梦魇一样地纠缠着活人的头脑。"①

《家》中的鸣凤、婉儿等的悲剧是高老太爷一句话造成的,一句话"葬送"两条人命,这在封建专制制度下已是司空见惯。而令人震惊的是,高老太爷死后,没有一句遗言,他的巨大的余威却使一个温柔美丽、善良贤惠的孙媳瑞珏惨遭厄运。死人可以主宰、葬送活人的生命,这精彩的、入木三分的描写,怎不使人灵魂震颤。我们仿佛看到了因所谓"血光之灾"而被迫迁徙在野外草屋中临产的瑞珏痛苦挣扎的形状,听到了她一声声撕心裂肺的呼喊。为什么高老太爷死了,在偌大的家庭里,孙媳妇一定要搬到破旧的草棚中去生养?为什么瑞珏快断气了,连见自己丈夫一面都不行?为什么瑞珏的命运不能由自己决定,而要完全听命于大家庭中众多的长辈?为什么活着的瑞珏却还要受制于死了的高老太爷?这一系列为什么,是在作者形象地描写了"瑞珏之死"后,对人们的启示。这些启示又进一步表现了作品内容的深刻性:它从另一角度说明,封建专制制度和封建礼教是那样的残酷和顽固,必须与之作长期的、艰巨的斗争。

应该承认,《家》在思想内容上还有这样那样的不足,但它在反对封建专制制度和封建礼教方面所达到的深度,在20世纪20年代和30年代初的中国现代文坛的长篇小说创作中是名列其首的。这一方面和作者的世界观有关。巴金也是伟大的"五四"运动的产儿,受到"五四"新思潮的洗礼,"五四"运动反帝反封建的主潮促使巴金为了寻找救国救民的真理而离川到沪、宁求学,继而赴法从事文学创作和社会活动,接受了诸如人道主义、

---

① 马克思:《路易·波拿巴的雾月十八日》,《马克思恩格斯选集》第一卷,人民出版社1972年版,第603页。

爱国主义、民主主义、无政府主义等思想影响。这些思想虽然各有其内涵，有些内容甚至相互对立，但在反对封建主义这一点上是一致的，即使是无政府主义，它在反对封建专制制度上也是极为猛烈的（当然不彻底）。巴金在创作《家》时世界观基本形成，作品对封建专制和封建礼教的有力揭露和控诉，和他的世界观是分不开的。但《家》揭露得那样深刻，超过了同时期、同类型的作品，甚至当时有些比巴金更具有进步世界观的作家，他们的作品在反对封建专制方面也没有达到《家》的深度。为什么？这另一方面就和巴金写家时的现实主义精神有关。如果说巴金的第一个中篇《灭亡》蕴涵着浓郁的浪漫主义气息，那么，他的《家》现实主义笔力就非常深厚。巴金自己在封建大家庭中生活了十九年，对家中的各种人：祖父、叔伯、兄嫂、轿夫、丫头、老妈子等，对家中的各样事：过年过节、红白喜丧、走亲访友等都非常熟悉。创作时，这些人和事都争先恐后地一起奔涌到作者的笔下。作者说过："书中那些人物却都是我所爱过的和我所恨过的。许多场面都是我亲眼见过或者亲身经历过的。我写《家》的时候我仿佛在跟一些人一块儿受苦，跟一些人在魔爪下挣扎。"① 巴金年轻的时候是个热血沸腾、热情奔涌的作家，他的《灭亡》《新生》《死去的太阳》《爱情三部曲》等都体现了巴金年轻时创作的个性；但当他以自己非常熟悉的家庭和亲人作为素材进行创作时，现实主义的笔力立刻在忠实于生活和艺术的巴金笔下闪发出动人的光彩。《家》终于获得了成功。《家》的反封建主题的深刻性，是巴金革命民主主义世界观和现实主义创作方法的胜利。

---

① 巴金：《〈家〉后记》。

四

纵观中外文学史,任何一部优秀艺术作品的生命力都决定于作品的深刻思想和精湛的艺术。《家》也不例外。但无论是中华人民共和国成立前还是中华人民共和国成立后的 20 世纪五六十年代,评论《家》的文章百余篇,几乎大部分都是撇开或不同程度地离开作品的艺术性来探讨和争论《家》的思想意义和思想倾向。这种探讨和争论固然有其重要的意义,但也有一定的片面性。近几年随着巴金研究的深入,以及对文艺界左倾思想的逐步清算,评论者才开始重视对《家》的艺术性的研究。本文试图联系《家》的思想内容,对《家》的艺术性作些简要的分析。

大多数的评论文章,对《家》的主题思想的积极意义都作过充分的肯定,作家是怎样来揭示主题的?为什么《家》的主题能得到那样深刻有力、生动形象的表现?毫无疑问,这取决于作家对社会人生深刻的洞察力和亲身的体验,也取决于作家的艺术功力。

在立意和构思上,作家采取缩影手法,将一般的地主家庭和社会人生的一些问题,典型地浓缩在一个大地主家庭中,又通过对"这一个"大地主家庭的悲欢离合故事的描写,反映"一般的官僚地主家庭的历史"①。在中国现代文学史上,巴金是以擅长于解剖封建地主的"家"著称的,如他的《春》《秋》《寒夜》《憩园》等。在中国长期的封建社会中,"家"往往是社会机体上的一个细胞;而在巴金《家》反映的那个军阀割据、小规模战争时起时停的时代,亦即 1920 年到 1921 年的川西盆地,

---

① 巴金:《和读者谈〈家〉》。

"长一辈的人希望清朝复辟；下一辈不是'关起门做文章'就是吃喝嫖赌，无所不为；年轻的一代都立誓要用自己的双手来建造新的生活"，"爱国热潮使多数中国青年的血沸腾"①，当时，"五四"浪潮虽然波及一些古老的封建基地，但盘根错节的封建制度仍然异常猖獗。《家》中的高老太爷，其实就是这种封建制度和礼教的化身，是封建家庭统治的君主。巴金在这个家中生活了十九年，他亲眼看到封建专制和礼教怎样压迫和摧残一个个无辜的灵魂，看到一些年轻美丽的生命在族权、神权、夫权下痛苦地挣扎，以至灭亡，同时，也看到那些专制者们的腐朽和年轻一代的不屈的反抗。作家不是空泛地来叙述这一内容，而是撷取了许多典型的情节和细节加以表现。如新年跪拜、冯乐山纳妾、为儿孙择偶等。作家还通过这些情节和细节揭露了高老太爷奉行的"君要臣死，臣不得不死，父要子亡，子不得不亡"的封建礼教的吃人本质。在这个大家庭的封建君主的统治下，作家展示了一幕幕悲剧：鸣凤投湖、婉儿遭蹂躏、淑贞缠足、瑞珏被迫难产身亡……作家不仅表现了封建大家庭统治者的凶残和被压迫者的悲惨的一面，而且也通过一些情节和细节表现了统治者的虚伪和被压迫者的反抗的一面。年过花甲的高老太爷与小旦相好，克定、克安们暗地养妓女、玩弄丫头。而年轻的一代，如觉慧、觉民、琴等，读进步刊物，参加进步青年的活动，以至逃婚，直至毅然弃家出走，投身社会斗争的洪流。作家展现的这一幅幅生动、形象的画面，与另一个侧面的悲剧画面构成了20世纪一二十年代中国封建大家庭的、完整的图画，构成了时代长卷中动人的一幅。作家用缩影方法描写"家"的典型特征的意义在于，《家》

---

① ［美］内森·K. 茅：《巴金》。

中的"家"是封建家族的缩影，是中国封建社会的缩影，正如马克思所说："它以缩影的形式包含了一切后来在社会及其国家中广泛地发展起来的对抗，这些对抗。"①

在这个典型的封建大家庭中，作家着重描写的是一群命运不同、性格各异的人物。高老太爷的专横和虚伪，觉新的怯弱和服从，鸣凤的善良，梅的抑郁，瑞珏的宽厚，琴的开朗，觉民对旧礼教的憎恨和对爱情的执着的追求，以及觉慧对封建专制大胆的反抗和对新生活的坚定的信仰，……都写得栩栩如生。

不仅觉新个人的青春、理想、幸福、愿望都在强大的封建制度前遭到牺牲，而且，在他历经艰难、打击之后，最终还是支持觉慧、淑英的出走，支持觉民的自由恋爱，同情鸣凤、淑贞的不幸，直至与封建恶少郑国光乃至封建制度的化身克安、克定等公开和直接进行斗争。虽然，这种斗争还是软弱无力的，虽然这种反抗还是局限在家庭内部的，重要的是觉新已经初步觉醒，并开始付诸行动。当然，据此认为觉新仅是一个旧制度的"受害者"和"反叛者"，更是不准确的。对于内涵复杂丰富的形象，不能用"非此即彼"的形而上学的方法，而应该从整体着眼，具体分析这一形象固有的、多方面的含义。

觉新这一形象又是复杂和鲜明的统一。觉新的思想的确是复杂丰富的，信守孝道，继承祖业，维护封建秩序，同情弱小，憎恨虚伪和残暴，要求进步，向往自由等。但觉新思想的主导面又是清晰的，由对封建礼教、封建家庭的信守和维护逐渐向不满、憎恨发展，有时尽管反反复复、错综交叉，总的趋向却是脉络清楚的。觉新的性格又是多侧面的，有顺从、懦弱、妥协的一面，

---

① 马克思:《路易斯·亨·摩尔根〈古代社会〉一书摘要》,《马克思恩格斯全集》第45卷，人民出版社1985年版，第366页。

也有善良、正直、不满的一面。一个饶有意味的问题是，从艺术形象创造的深广度和艺术形象的审美性、历史性和哲理性来说，《家》（或《激流三部曲》）中最成功的艺术典型是谁？高老太爷、觉民、觉慧还是觉新？20世纪80年代以前，研究者和文学史著作都视觉慧为《家》中最成功的典型，——这主要由于在以"政治标准第一，艺术标准第二"的时代评论者就特别注重作品中人物的政治倾向和革命倾向，当然，或许也在于受到作家本人思想偏好的影响。80年代以来，已有陈思和、陈园、汪应果、张民权等多位研究者，对觉新形象的典型性作了新的、不同程度的分析和探索。其实，笔者认为，觉慧形象的典型性仍然是相当充分的，但两相比较，觉新形象的典型性，在思想深度和艺术审美上更为完满。

七十年前，巴金创造了觉新。

仿佛是先天不足，觉新在半个多世纪中命运不佳。人们对他的毁誉不一；又仿佛是在重重的帷幕后面，觉新的面貌始终影影绰绰。但有一点褒贬双方几乎是共同的，即都认为觉新的思想、性格是"复杂""矛盾"的。殊不知，正是这种"复杂"性和"矛盾"性，构成了觉新活泼泼的生命。使觉新"这一个"形象在中国新文学发展长河中生活了七十余年，并且还将具有永久的价值。读了《家》《春》《秋》以及有关创作谈，我们就会发现觉新是巴金倾注了全部心血、全部感情创造的形象之一。尽管三本书写作时间相隔十年，但贯穿三部曲始终，而又着墨最多的唯一人物就是觉新。从形象的本身意义说，巴金笔下的觉慧和觉民，理想的色彩比较浓，而觉新则不然，生活实感比较强。在习惯于以所谓"正面人物"作为评价作品的唯一标准的年代，觉新遭到冷落甚至歪曲是不奇怪的。但真正的艺术形象的价值存在于自身之中。作家的成功的创造赋予它以艺术生命,因此,尘土一经抹去。形象本身就会放出应有的光彩。

如果将三本书中的觉新作为一个整体来看,觉新确乎是一个复杂的存在。在礼教森严的封建大家庭里,觉新作为长房长子,曾忠实地贯彻过家庭最高统治者高老太爷、高克明的旨意:阻止觉慧参加进步学生运动,不承认觉民和琴自由恋爱的权利,劝说觉民"顺从爷爷",责备对抗包办婚姻的淑英为"不孝",面对迫害临产的妻子瑞珏致死的封建势力和封建迷信软弱妥协,甚至在被封建制度和礼教迫害而死的梅、鸣凤、蕙、枚等的坟前,觉新也应该敬上一支自我谴责的香。但能不能像较多的评论者那样,断定觉新是"旧礼教",或"垂死阶级"的"帮凶""刽子手"呢?不能。因为觉新与梅的纯洁的爱情之花也是被封建势力折断的,致他爱妻瑞珏于死地的也是封建礼教,扼杀他和蕙的爱的萌芽的还是封建礼教。这些似乎是对立着、矛盾着的因素,奇怪而又和谐地统一在觉新的性格中。那么支配觉新行动的基本性格特征是什么?研究者往往在这里各执一端,意见纷纭,或说顺从,或说懦弱,或说反抗,或说善良,有的概括为"作揖主义",其实,都有片面性。仅仅用单一的性格分析法是得不出科学结论的,因为觉新本身就是一个复杂的、矛盾的存在,他的基本性格特征应该是顺从和正直的统一,妥协和不满的统一,只是人物形象所处的不同环境和人物形象发展的不同阶段矛盾的主导方面不同,但总的性格发展趋势却是顺从和懦弱的逐渐减弱,正直和不满在逐渐增强。可见,觉新的思想和性格是一致的,既复杂而鲜明。我们只有从发展变化和多侧面的角度去分析,才能把握这一形象思想和性格的基本特征。文学史不乏这样的例子,那些传之久远的文学形象几乎都是复杂和鲜明的统一。唯其如此,争论也历时不断。阿Q形象也是复杂和鲜明的统一，他的典型意义的广度和深度，在新文学史上是无与伦比，"精神胜利法"和"阿Q主义"已获得了超越时空的意义。巴金通过觉新揭示的"作揖主义"，在中国国民中，特别是在具有一定文化，具有一定地位的知识阶层中，已经并将继续获得超越时空的意义。当然，"作揖主义"不是觉新思想性格的全部，但它使这一形象在新文学成功的人物典型长廊中具有了鲜明的、独特的个性。综上所述，复杂和鲜明的统一，正是觉新这一形象获得生命和永久价值的奥秘。

巴金塑造的上述生动感人的人物形象，艺术手法多种多样。这里主要谈两个显著的艺术特征：一是用对比手法刻画人物的个性，二是细腻地展现人物丰富、复杂的内心世界。

运用多种多样的对比将人物个性刻画得更突出，区别得更鲜明。首先是善与恶的对比。觉慧和高老太爷都是《家》中成功的艺术形象，一个是封建专制制度叛逆者的形象，一个是封建专制统治者的形象。觉慧最突出的个性是反抗，高老太爷最突出的形象是专横。虽然作品中他们正面交锋不多，但高老太爷是封建专制的化身，他的淫威几乎控制着"家"中的每一个角落，——哪怕是在他死了以后——《家》中的大大小小矛盾纠葛，新与旧、生与死的斗争，都受他操纵，因而觉慧在"家"中的一举一动、一言一行都是与高老太爷对立的。越是充分描写觉慧与无处不在的、有形无形的、大大小小的"高老太爷"的冲突，他们的个性就越鲜明。其二是性别、地位、相同人物的对比。梅和瑞珏的鲜明个性也主要是在对比中表现的。梅得不到渴望的爱情，婚姻又遭不幸；瑞珏得到了仰慕的爱情，婚姻又很圆满。但两人却殊途同归，都在封建专制的魔爪下丧身。在这种强烈的对比中，两人的个性更突出了，艺术感染力大大增强。觉新和觉慧的个性也是通过对比突现出来的。觉慧是"大胆、大胆、永远大胆"，觉新是"服从、服从、永远服从"，两两对比，宛若眼前。其三是同一人物美丽的青春和灵魂同悲惨的遭遇和命运的对比。鸣凤年轻美丽，品格善良，热烈而又胆怯地向往着美好的未来，有一颗淳朴而忠贞于爱情的心灵。她数年如一日、勤勤恳恳地服侍着主子们。面对觉慧热烈的追求，她少女的内心深处萌生了爱情。她理应得到幸福，然而，封建专制却残酷地葬送了这个无辜的灵魂。这种对比描写，牵动了人们对美的毁灭的哀伤、怜爱和悲愤的情弦，鸣凤的悲剧就是美的悲剧，从表现方法来说，这正是对比产生的艺术力量。其四是将不同人物对同一件（或同一类）事的感情、心理等进行对比描写，以刻画人物的不同个性。觉新的怯弱和觉慧的勇敢就是通过他们对待爱情和婚姻的不同态度来表现的；婉儿的忍辱含悲和鸣凤的坚贞不屈的性格，主要是在主子要逼迫她们给孔教会头子冯乐山做妾的对比描写中加以刻画的。以上种种对比，从理论上说，是作家善于抓住事物矛盾的特殊性，对人物进行辩证的分析，通过形象来表现他们不同的质，从而将他们的个性特征更鲜明地区别开来。《家》中在人物描写上大量丰富灵活的对比方法比比皆是，这是作品产生更动人的艺术魅力的真秘之一。

在中国现代文学史上，巴金又以擅长于心理描写著称。《家》中的心理描写很多、很丰富，而且有巴金自己的特色：曲折细腻，倾注了作家自己的感情。以梦幻来展示人物的内心活动，这是一般小说中常见的艺术手法，《家》表现得很动人。鸣凤的心中产生了纯洁的初恋的感情，她就寝时想到了自己的"归宿"，迷迷糊糊中，梦幻出现了，她盼望觉慧"把她从这种生活里拯救出来",但是他"向空中升去,愈升愈高",上面却是"满是灰尘的屋顶"。这个梦幻就形象地展现了鸣凤的内心世界。鸣凤真诚地、胆怯地爱着觉慧,但她的丫头的地位,又使她敏感地意识到她与觉慧两人之间隔了一堵高墙。鸣凤投湖后,觉慧悲愤,时时不忘。一次梦见"住在洋楼里"的鸣凤,她父亲逼她嫁给一个官吏,他们决定乘船逃走,她父亲派小艇追赶,把鸣凤抢走,觉慧卷进了大浪。这个梦幻形象地表现了觉慧的内心活动:他爱鸣凤,也敢于反抗旧礼教,但是他为之付出牺牲那个女子是"住在洋楼里"的。觉慧的隐秘的心理活动通过梦幻得到了形象的表现。心理活动是不可见的,《家》还善于以人物外在的动作来揭示人物的内心活动。觉慧参加进步学生活动,受到爷爷的训斥后,作家用觉慧用力折断花枝和捏碎花瓣的动作,来表现人物心中的愤懑。巴金不喜欢大段大段地描写风景,但却善于以少许的景致描写来烘托人物的内心。《家》也体现了这一特点。觉新奉行"作揖主义",一生遭到封建礼教的惩罚,当军阀骚扰暂时结束、他又得知梅回娘家之后,他内心荡漾着一种青春复苏的感情。作家写觉新走到花园里,"眼前一片新绿""鸟鸣","两只画眉在枝上追逐相扑","雪白的玉兰花片直哦往他身上落……两只鸟向右边飞去"。大自然的清新和勃勃生机与人物此时的心境吻合了,久在樊笼里忍气吞声的觉新,他内心深处仅有的那一丝渴望幸福、向往自由的心情萌动了,"他恨不得自己也变作小鸟跟它们飞到广阔的天空中去"。熟悉巴金作品的读者不会忘记,觉新是《家》中仅有的以巴金的大哥这一真实人物为模特儿塑造的艺术形象,作家通过这样情景交融的描写,寄托了作者对旧礼教的憎恨,对光明的渴望和对亲人的深挚的感情。

《家》的艺术魅力还来自它的语言艺术。巴金是中国现代文学史上著名的语言艺术大师之一,他的语言朴素流畅,感情浓烈,平易中时见精警,清新中时见醇厚。有一个时期,人们只注意到《家》中语言的自然流畅和富于感情色彩,对作品语言的精警和醇厚缺乏进一步研究。鸣凤投湖时,作家写她用凄楚的声音叫了两声:"三少爷,觉慧。"这五个字看似平常,包含的内容却很丰富。为什么不叫"三少爷,三少爷",或"觉慧,觉慧",或别的什么内容呢?当然,呼喊这些内容也并非绝对不可以,而是远比那五个字的内容差得多。它至少蕴含着如下三层意思:第一,它表现了鸣凤是被逼迫而走上绝路的,是对封建专制的控诉,她把求生的希望寄托在"三少爷"身上,而"三少爷"又不理解;第二,她平时悄悄地爱着觉慧,而在封建礼教的包围下又不能表示,终于在临死前呼喊着埋葬在心灵深处的"爱"——"觉慧"——离开了人间;第三,它表现了鸣凤本能的、朴素的眼光和清醒的头脑。"三少爷"和"觉慧"虽是同一个人,而在鸣凤心中是变幻着的。"三少爷"是现实生活中的人,而"觉慧"却是未来理想中的人。她知道对她来说"三少爷"和"觉慧"是对立着的,而她又偏偏被卷在这种"对立"的感情漩涡之中,直到投湖前的一刹那,她的呼唤仍然是她平时思想性格的合乎逻辑的发展。可见,只叫"三少爷"或只叫"觉慧",都不能产生前五个字的艺术力量,也没有写出鸣凤"这一个"感情和性格发展的内在必然性。我们不能不为之拍案!《家》在语言上的成就是多方面的。仅此一端,可看出巴金《家》中语言的功力。

优秀的艺术作品像一座蕴藏丰富的矿山。《家》正是这样一座矿山。我们只对它的艺术成就作了初步的挖掘,这种挖掘还应该继续下去。而唯其难以穷尽,《家》才更显出其感人的艺术魅力。

"挖掘人物内心"的现实主义佳作
——论巴金的《寒夜》

杜勃罗留波夫在《黑暗王国中的一线光明》这篇著名论文中指出:"衡量作家或者个别作品价值的尺度,我们认为是:他们究竟把某一时代、某一民族的(自然)追求表现到什么程度。……"[①] 1947年出版的巴金的《寒夜》,就是从一个侧面反映那一时代某些本质的现实主义佳作。文艺作品是通过艺术形象来表现"某一时代、某一民族的追求"的。《寒夜》在这方面的突出成就正在于,它通过对抗战胜利前夕一家普通的善良的知识分子生离死别的描绘,真实感人地挖掘了人物内心深处的感情,愤怒地控诉了专制黑暗统治,揭示了统治政权及其所代表的社会制度必然崩溃的历史命运。

《寒夜》是巴金解放前创作的最后一部长篇小说,出版已三十余年,至今仍闪烁着思想和艺术的光泽。《寒夜》的日译本有三个,美国和法国也有了译本,但在国内尚未引起研究者足够的重视。认真研究《寒夜》的思想意义和艺术成就,对我们认识旧社会、旧制度的罪恶,研究巴金的创作道路,探讨文艺创作的某些艺术规律等,都有重要的作用。

巴金于1944年冬开始创作《寒夜》,1946年年底完稿,其

---

① 杜勃罗留波夫:《黑暗王国中的一线光明》,《杜勃罗留波夫选集》第2卷,上海文艺出版社1959年版,第358页。

时正是抗战胜利前后。在整个抗日战争的漫长岁月里，巴金辗转颠沛，饱经沧桑，先后在上海、武汉、桂林、成都、重庆等地奔走，广泛地了解和熟悉了人民的生活。他曾亲眼看到外国侵略者的法西斯暴行及反动政府的黑暗和腐败，他亲耳听到在侵略者的铁蹄和国民党黑暗统治下穷苦人民痛苦的呻吟和呼号，他也看到政府宣传机关仅一年内就查封百余种报纸和几十种刊物的罪行，他自己的家也曾遭到战火的焚毁，他的亲人和朋友也因战事过早地离开人世。现实生活给巴金上了生动的一课。特别是1941年春和1944年年底在重庆见到周恩来，1945年又在重庆见到毛泽东，巴金后来回忆说，"那紧紧的握手和亲切的笑容给我驱散了雾重庆的寒气"，"让我们在困难的时候看到光明"。于是，具有强烈的正义感和同情心的巴金，具有鲜明爱憎的巴金，这时憎恨旧社会、旧制度和热爱人民、热爱祖国的烈火在心底燃烧得更旺了。他出席了中华全国文艺界协会在重庆张家花园举行的联欢晚会；多次聆听了周恩来的重要讲话；与茅盾等一起发表了《致政治协商会议各委员书》，要求当局"结束一党专政，制定和平建国纲领"，"废止文化统治政策"。在抗日战争的烽火中，在左翼文艺力量的影响和帮助下，巴金的世界观逐步发生了变化。在创作《寒夜》时，他不再"感到彷徨无路"，而是坚决走着"继续抗敌的道路"。他不再是一般地揭露旧社会、旧势力的罪行，而是通过艺术形象，明确地揭示了黑暗统治必然崩溃的命运。巴金这种政治上和思想上的变化必然会影响他的创作活动，现实主义的创作精神更鲜明、更强烈了。巴金把敏锐的眼光投向灾难深重的重庆，把抗战中所见所闻的记忆的闸门打开，面对惨淡淋漓的现实，在1944年一个寒冷的冬夜里，在重庆"文化生活社"楼下一间狭小阴暗的屋子里，巴金悲愤地拿起了笔。

《寒夜》是一部现实主义的佳作。巴金后来追述，《寒夜》"整个故事就在我当时住处的四周进行，在我住房的楼上，在这座大楼的大门口，在民国路和附近的几条街。人们躲警报、喝酒、吵架、生病……这一类的事每天都在发生。物价飞涨，生活困难，战场失利，人心惶惶……我不论到哪里，甚至坐在小屋内，也能听到一般'小人物'的诉苦和呼吁"。作家在《〈寒夜〉后记》中也说："我没有撒谎。我亲眼看见那些血痰，它们至今还深深印在我的脑际，它们逼着我拿起笔，替那些吐尽了血痰死去的人和那些还没有吐尽血痰的人讲话。"是的，忠实于生活的巴金"没有撒谎"，他在《寒夜》里为我们展现了一幅专制统治中心重庆人民群众悲惨的生活图画。他围绕一个善良、忠厚的普通读书人一家的生与死。为下层人民"诉苦""呼吁""大叫"，为受尽侵略者践踏蹂躏和黑暗统治压迫剥削的"吐尽了血痰死去的人和那些还没有吐尽血痰的人讲话"。这"讲话""诉苦""呼吁""大叫"的内容集中到一点，就是巴金通过对汪文宣一家悲剧命运的描绘，对"快要崩溃的旧社会、旧制度、旧势力"提出了血泪控诉。——这是受尽专制黑暗统治压迫的人民大众心底的呼声，也是那一时代的声音。——虽然这声音尚感沉闷，但它毕竟似山城上空的沉雷，在乌云翻滚的天空回响震荡。

揭露旧社会、旧制度的罪恶，控诉外国侵略者和专制黑暗统治的罪恶，这几乎是20世纪20—40年代的进步作家的长篇小说共同表现的思想内容。茅盾的《子夜》《腐蚀》，老舍的《骆驼祥子》、叶圣陶的《倪焕之》、沙汀的《淘金记》等都从不同的角度反映了这一重大主题。我们从他们具有独特面貌的作品中可以看见他们的独特才华。巴金的《寒夜》也正是一部具有独特的内容、独特风格的作品，它在揭示主题时有着作家自己独特的立意和构思，独特的声调和色彩。屠格涅夫说："在文学天才身上……其实，我认为，在任何天才的身上，重要的东西都是我想称之为自己的声音的东西。是的，自己的声音是重要的。生动的、自己特有的声调，其他任何人喉咙里都发不出的音调是重要的。"①

《寒夜》揭示主题的特点是什么？巴金在作品中如何用"自己的声音"来反映时代？

《寒夜》主要写了三个人物：汪文宣、他的母亲和他的妻子曾树生。汪文宣是上海某大学教育系的毕业生，从前"脑子里满是理想"，从事教育事业，创办"乡村化家庭化的学堂"，但现实生活却使他的理想破灭了，侵略战争和专制黑暗统治的反人民政策给广大老百姓，也给他们一家带来了灾难，他只好从上海辗转流落到重庆，在一家半官半商的图书文具公司里做小职员，整天校对着"似通非通的文字"。他安分守己，忍受着一切冷眼和嘲讽，为着微薄的报酬，他抱病工作，让"病菌吃他的肺"，但即使如此，他连买一块蛋糕的零钱也没有，甚至拍一张X光片子的钱也拿不出，他为人正派、"老好"，最终还是被裁减辞退。在贫病交加中他"默默地送走一天灰色的日子，又默默地迎接一天更灰色的日子"。他有时也想，"没有抢过人，偷过人，害过人，为什么我们不该活呢？"病危时他曾嗓音沙哑地呼叫"我要活，我要活"，但在"抗战胜利的一天"，他终于断气了。巴金曾痛苦地回忆道："我写到汪文宣断气时，我心里非常难过，我真想大叫几声，吐尽我满腹的怨愤。"汪文宣向谁呼吁"我要活"？作家"满腹的怨愤"向谁吐？作家高明，作品中没有直

---

① 《俄罗斯作家论文学劳动》第二卷，1955年俄文版，第712—713页。

说。但汪文宣的命运就是一张血泪控诉书,汪文宣有知识,安分守己,勤勤恳恳,本来应该有美好的生活,但那样的社会却叫这样的"老好人"也无法活命。作家越是写汪文宣的理想、"老好",对旧社会、旧制度的揭露和控诉就越是有力和深刻,而作家写的原先把一切希望都寄托在抗战胜利的一天的汪文宣,恰恰就在这一天死去的情节,是对叫嚷抗战胜利后一切都有办法的黑暗统治集团宣传的血泪控诉,是对专制统治的死刑宣判。这一立意和构思更加鲜明有力地揭示了主题。

曾树生与汪文宣不同,她"并不甘心屈服,还在另找出路"。作家生动地描绘了她的所谓"另找出路"的复杂心情和悲惨命运。曾树生也是大学毕业生,原先"有理想、也有为理想工作的勇气",她与汪文宣志同道合,一起生活,但是腐败的政治制度摧残了她的丈夫,也毁灭了她的理想,贫困的生活和与婆婆之间纠缠不清的——其实是新与旧的矛盾,又使她终日苦闷。但她不像汪文宣那样忍受屈辱,她也曾愤怒地对旧社会喊出她心中的不平:"这个世界并不是为你这种人造的。"她要摆脱这一切社会的、家庭的重压,她呼喊着"我要救出自己。……我要自由。……我应该得着幸福"。"然而曾树生一直坐在"花瓶"的位置上,会有什么出路呢?她想摆脱毁灭的命运,可是人朝南走绝不会走到北方"。她的发展确如作家自己所分析的那样,徘徊在爱情与金钱之间,旧制度迫使她只好倒向"金钱",——她后来跟陈经理逃难到兰州去了。而等她几个月后回来探家时,丈夫已死,住房和家具都已变卖,婆婆和儿子小宣也不知流浪何方,"她好象突然落进了冰窖里似的,浑身发冷"。她徘徊歧路,茫然四顾,树生最终向何处去?作家没有具体写,但作家已通过整个艺术形象启示我们,树生不会找到好的出路,不会有好的命运。"她很可能答应陈经理的要求同他结婚",但"即使结了婚她仍然是个'花瓶'"。红颜易老,旧社会的产物"花瓶"必然会被旧社会、旧制度的无情棒砸碎。树生最终将被陈经理抛弃,在绝路上挣扎,被旧制度吞噬。作家通过曾树生生活道路的描绘,概括了当时现实生活中一部分"不甘灭亡,另找出路"的青年知识分子的悲惨命运。它启示人们,在那样的社会制度下,仅靠个人的挣扎和努力,最终逃不脱被毁灭的命运。

《寒夜》通过人物的命运来鞭挞和控诉旧制度,还表现在作家对汪文宣、他的母亲及妻子的态度和感情上。《寒夜》出版后,曾有读者写信问作者:那三个人中间究竟谁是谁非?哪一个是正面人物?哪一个是反面的?作者究竟同情什么?巴金后来回答是极为深刻的:"三个人都不是正面人物,也都不是反面人物;每个人有是也有非;我全同情。"作家并没有局限在"好人"和"坏人"的一般描写上,而是始终考虑通过形象深刻地体现主题,这是作家深入地观察和研究生活、社会,是作家对全书的艺术形象和主题的关系进行深思熟虑的结果。是的,作家对他笔下的三个人物,有同情、怜悯,也有批评和责难。汪文宣曾经有过理想,真诚地孝敬母亲和爱妻子,勤勤恳恳地工作,但在旧势力面前,他又是那么懦弱,忍气吞声,毫无反抗性;曾树生也有过理想,也与汪文宣有过真诚的爱情,即使离家到兰州后仍然按月汇款给汪文宣养病,"并没有做过对不起文宣的事情",但是她把追求自己个人的自由和幸福放在第一位,在丈夫病危时竟然狠心地远走高飞;汪母,她有着高尚的母爱,但却受着封建传统观念的束缚,对儿媳尖酸挑剔。作家对这三个人的褒贬虽有轻重之别,但认为"不能责备他们三人","他们都是无辜的受害者"。那么,汪文宣家破人亡的悲剧是谁造成的?是陈经理吗?不是,他不仅道德地追求曾树生,并没有其他越轨的行为;是周主任吗?的确,周主任的冷眼让汪文宣不敢抬头,而且辞退了汪文宣,但后来他又调走了,新来的主任又让汪文宣复了职,看来罪魁祸首也不是他。但是如果我们从作品的整个故事和整体形象中去分析,就会看到,造成汪文宣一家悲剧的罪魁祸首是专制统治,而周主任、吴股长、陈经理之流是旧制度的帮凶。巴金说,他的作品是"通过人来鞭挞制度。许多作恶的人都是依靠制度作恶的"。虽然作家有时过于把制度和人分开,但上述这句话却是一针见血的。这可以说是巴金作品表现主题的一个总的特点,《寒夜》在这方面表现得更为突出。

《寒夜》之前,巴金已创作了十九个中长篇,其中重要的作品有《激流三部曲》《火三部曲》《憩园》等,在思想意义上,它们的成就虽有高低之别,但这些作品连同《寒夜》一起,有一根思想的红线贯穿始终,这就是巴金以作品为武器,对"一切旧的传统观念,一切阻碍社会进化和人性发展的不合理的制度,一切摧残爱的势力"的攻击。在艺术表现上,这些作品的成就也不尽相同,但那富有个性的细腻的心理描写,那炽热、浓郁而又深沉的人情味,那如行云流水的抒情语言,那笼罩在整个作品的形象、语言上的"淡淡的哀愁"等,都构成了巴金独特的艺术风格。《寒夜》正是巴金这种艺术风格的代表作之一。

巴金曾说过,他的作品"大半是写感情,讲故事。有些通过故事写出我的感情,有些就直接向读者倾吐我的'奔放的热情',……我只是用自己的感情去打动读者的心"。最近巴金在谈到《家》和《寒夜》中的人物时也说,他在人物身上倾注了自己的感情,也挖掘了人物内心的感情。《寒夜》在艺术表现和人物描写上最大的特色,就是真实、细腻地描写人的感情,展现人物的内心世界。

通过人物的日常生活和环境的描写，表现人物的心境和政治气候，反映一个大的时代。《寒夜》写的不是"可以载入史册的大事"，而是几个"小人物"的生老病死，围绕这些"小人物"展现在读者面前的，也是诸如喝酒、吵架、生病这些旧社会司空见惯的日常生活，在这些"小人物"之间展开的矛盾，也是生活中随处可见的婆媳、夫妻、母子之间的矛盾。但是作家却巧妙地把这些"小人物"、把这些普通生活中的矛盾，放在较为广阔的社会背景和重大的社会矛盾斗争中去表现。是侵略战争和黑暗统治给这些"小人物"带来了灾难，使他们之间充满了矛盾。警报闹得人心惶惶，物价飞涨造成了"小人物"的饥寒交迫，腐朽的官僚机构埋葬了也曾有过理想的"小人物"的青春，敌机的吼叫和轰炸，使得他们妻离子散、家破人亡。汪文宣生活的屋子内永远是"病态的黄色的灯光""泪似的流淌的蜡烛油""阴暗寒冷""积满灰尘"。屋外的情景，作者有一段简洁的描写，烘托了汪文宣的心境：

  天永远带着愁容。空气永远是那样的闷。马路是一片暗淡的灰色。人们埋着头走过来，缩着颈走过去。

"小人物"的矛盾和心境在小说中糅合在一起了。从"小人物"之间特殊的矛盾和心境，又可窥见社会的黑暗和腐败。正是因为专制的政治制度造成了汪文宣等"小人物"之间的矛盾，汪文宣等"小人物"们的悲剧就不是一般的家庭悲剧、爱情悲剧，而是社会的悲剧、时代的悲剧。这一描写，体现了巴金精湛的艺术功力。

文艺作品的描写对象是构成社会生活的人，人与人、人与自然之间的矛盾和斗争，人的感情和人的命运，这是现实主义创作的基本要求。巴金在《寒夜》中就善于真实、细腻地描写人物的感情，将人物内心的人情味渲染得淋漓尽致。儿子见到终日操劳的母亲增添了白发而伤心，母亲见了儿子为养家活口带病工作而流泪；妻子远离，丈夫日夜思念，丈夫吐血，妻子悔恨交加……这是日常生活中普通的人之常情，一经巴金有机地组织到艺术作品中去，这些人之常情就体现了一定的思想内容，就产生了扣人心弦、催人泪下的作用。但是现实生活中的人的感情不是单一的、苍白的，而是无比丰富、多样、曲折的，文艺作品只有写出人物丰富的感情，人物才能有生命，才能活得起来。《寒夜》在这方面的突出成就在于，作家以生活为依据，充分地挖掘和描写了汪文宣、曾树生、汪母等人物内心感情的丰富性、复杂性，以及他们不同境遇中感情的微妙变化。汪文宣对母亲有着深厚的感情，也非常爱恋他的妻子，但生活偏偏让婆媳之间产生了时断时续的争吵，妒忌、尖刻、辱骂、嘲讽的话语像冰雹劈头盖脸地向着病中的汪文宣压下来，但他仍强烈地爱着母亲和妻子——他明知她们碰在一起就要争吵，他的病情也会一天天加重，他还是爱着她们，他终于在这种感情的漩涡中挣扎，以至下沉了，——他无法摆脱，因为他们的背后，如前所述，是根深蒂固的社会的矛盾。作家对感情的描写是真实动人而又深刻的。汪文宣卧病在床，还要挣扎着去工作，要为妻子买一块生日蛋糕，明知妻子在外面做"花瓶"，在母亲面前还要为之辩解，自己病重了，也不写信告诉远在兰州的妻子，甚至病危了，也不告诉她。这一切都是为什么呢？他说："我愿她幸福。"这就是汪文宣内心深处复杂的感情，作家把这种微妙、细腻的夫妻感情描写得多么真实、动人，使读者感受到人物心胸里波动起伏的感情激流。而这种感情又是属于真挚、深沉、忠厚、但却懦弱的汪文宣"这一个"的。作家把人物写活了。

巴金是擅长人物心理描写的大师。"五四"以后出现了一些以心理刻画见长的作品，如茅盾的代表作《子夜》、叶圣陶的《倪焕之》、老舍的《骆驼祥子》等，它们都各有特色。巴金在心理刻画方面也有自己独特的风格。他1979年去法国巴黎访问答记者问时说："在所有中国作家之中，我可能是最受西方文学影响的一个。"① 西方文学作品中的心理描写尤其对巴金产生过较大的影响。心理分析是文艺作品刻画人物、揭示主题的一种重要手段。车尔尼雪夫斯基在论述托尔斯泰"才华的独特面貌"时说过："心理分析可以具有不同的方面：一类作家熟悉于刻画性格的轮廓；另一类作家善于描写社会关系与生活冲突对于性格的影响；第三类作家乐于说明感情与行动的联系；第四类作家精于剖析种种激情；而托尔斯泰伯爵最感兴趣的，却是心理过程本身，是这过程的形态和规律。"② 巴金熟读过托尔斯泰、屠格涅夫、陀思妥耶夫斯基、左拉、巴尔扎克等文学巨匠的大量作品，受到了潜移默化的影响，又从本民族的艺术宝库中吸取丰富的营养，在长期的创作实践中逐渐形成了自己作品心理描写的独特面貌：这就是善于把激情、行动、对话和心理过程本身糅合起来，描绘人物的命运和性格。这也是《寒夜》艺术成就的又一个重要内容。

《寒夜》里大量的是心理描写，但读者并不感到冗长、单

---

① 法国《世界报》记者雷米 Pierre-Jean Remy：《巴金答法国〈世界报〉记者问》，黎海宁译。
② 车尔尼雪夫斯基：《列夫·托尔斯泰伯爵的〈童年〉、〈少年〉和战争小说》，《车尔尼雪夫斯基美学与文学批评论文集》，俄文版。

调、枯燥,为什么?其一就是因为作家在心理描写过程中,把对话、激情、动作、场景有机地组织在一起,通过对话等可以窥见人物心灵的声音和微妙的心理变化。曾树生拿到调职通知书,最后决定离开重病的丈夫跟陈主任一起到兰州"避难"去。在一个深夜,汪文宣无意中发现了那张"通知书","那上面不过寥寥几行字,他却反复不厌地念了几遍"。"他咬着嘴唇,左手轻轻擦揉着隐隐作痛的胸膛","他好像跌在冰窖里一样,他全身都冷了"。从这些描写里,我们仿佛透视到了生着严重肺病的汪文宣痛苦和绝望的心。接着,作家又通过对话,具体展现了汪文宣和曾树生两人不同的心境和心理活动:

"陈主任帮我定了飞机票,下星期三可以走,"她说。

"是,"他机械似地答到。

"横竖我也没有多少行李。西北皮货便宜,我可以在那边制衣服,"她接下去说。

"是,那边皮货便宜。"他没精打采地应道。

"我可以在行里领路费,还可以借支一笔钱,我想留五万在家里。"

"好的。"他短短的回答。他的心理象被木棒捣着似的发痛。

"你好好养病。我到那边升了级,可以多拿点薪水。也可以多寄钱回家。你只管养病。"

她愈说愈有精神,脸上又泛起了微笑。

他实在支持不下去,便说:"我睡咯。"……他颓然倒下去,用棉被蒙着头,低声哭起来。为了不要她听见他的哭声,他把通知书揉成一团塞进他的口里去。他嚼着那团纸,直到他发出呛咳。

这一节很少具体的心理描写，作家也很少点明他们两人当时的心境，但作家通过人物之间的对话和动作，在读者面前打开了人物的心扉。曾树生总是先热情地叙述，汪文宣总是机械似地附和，曾树生因兴奋话讲得多而长，汪文宣因绝望附和话少而短，曾树生话语中幻想着美好的未来，汪文宣对答时强忍着内心的悲痛。最后，当汪文宣嚼着那团通知书的时候，我们不是仿佛听见他像是在嚼着他的肺、他的心吗？！

《寒夜》心理描写的特点还具体表现在，以生活中活生生的人物为依据，紧紧扣住作品中人物独特的个性，按照不同人物自身思想、感情、性格的发展和变化，来描写人物的心理活动，这些个性化的心理描写又使个性化的性格更加鲜明丰满。这是现实主义在《寒夜》中的体现。巴金说过，《寒夜》中写的那些"小人物"，"我在那些时候的确常常见到、听到那样的人和那样的事。那些人在生活，那些事继续发生，一切都是那么自然，……我写下去，便同他们渐渐地熟起来。我愈往下写，愈了解他们，我们中间的友谊也愈深。他们三个人都是我的朋友。我听到了他们的争吵。……我知道他们每个人都迈着大步朝一个不幸的结局走去"。作家熟悉生活，熟悉生活中的那些各具性格的"小人物"，他们一经作者选择加工成为艺术作品中的形象，他们就有了鲜明的个性，有了艺术生命，他们就应该有各人自己的心理活动。看见妻子健美，富有青春的活力，汪文宣内心反而感到"悲哀"和"痛苦"，因为他想到自己的贫穷和衰弱，想到"另一个魁梧的男人"在追求她，这"悲哀"和"痛苦"是强烈地爱着妻子而又觉得"不配她"的懦弱的汪文宣"这一个"的特有的心理活动。书中这种个性化的心理描写很多。汪文宣抱病上班校对,周主任、吴股长的眼光和一声咳嗽,也会使他心惊胆战,睡不着觉,害怕一朝被解退失业;思想守旧、心胸狭隘、有着深厚母爱的汪母,作者对她也有着自己的独特的心理描写:曾树生与儿子自由恋爱结婚,这是私奔,媳妇穿戴整齐些,就是想去"找男人",儿子有时批评她几句,就是"听媳妇教唆",媳妇从外地写信回来,必定是讲她的坏话……在《寒夜》中,汪文宣、曾树生、汪母等都有着自己特殊的心理活动,这些特殊的心理活动中都包含着深广的现实和历史的内容。像汪文宣、曾树生、汪母这样的人物,在20世纪40年代专制黑暗统治下的旧中国何止千万个!作家在这些出色的个性化的心理描写中,就概括了一定历史时期千万个小职员、小市民的某些心理和性格特征。这就给我们一个重要的启示:真正植根于生活的个性化的心理描写和性格刻画,必然是对一定社会和历史本质的更概括、更深刻的反映。

《寒夜》的思想意义也是多方面的,比如在控诉专制黑暗统治的同时,还揭露了当时官僚机构的腐朽,表现了旧的封建礼教对某些人思想的束缚等。在艺术上,那流畅、炽热,而又带有忧郁性的语言,那富有象征意义的简洁的场景描写,那寥寥几笔就能勾画出偶尔出场的人物性格的技巧等,都从不同的侧面塑造了人物,揭示了主题。因此,有的国外评论家,如纳森·K·毛(Nathan K, Mao)称誉"《寒夜》是一部成熟的艺术品。在其中,巴金成功地表达了环境气氛、变动的场景、人与人之间的纠葛以及人物的内心世界。它又是一部痛苦和憎恨的作品——对当时中国社会和国民党政府的强烈控诉"[①]。《寒夜》的确是继巴金的代

[①] Nathan K, Mao, *Pa chin*, Boston, Twagne Publishers, 1978.

表作《家》之后的一部重要的有代表性的作品，是一部有自己独特面貌的现实主义佳作。当然，《寒夜》也有它的不足。当我们把它放在一定历史时代去考察的时候，既应肯定《寒夜》控诉黑暗统治和揭示它必然崩溃的积极意义，同时也应看到，这种对一定历史时代本质的反映还是不够深刻的。杜勃罗留波夫说的把"某一时代、某一民族的追求表现到什么程度"是"衡量作家或者个别作品价值的尺度"① 的话，不仅是指作品对一定历史时期现实生活的揭露和控诉，也是指作品把反映某一时代、某一民族的理想和愿望表现到什么程度。在《寒夜》反映的20世纪40年代，一方面是黑暗、腐朽统治给人民带来了灾难，另一方面是全国民众的反对一党专制的强烈民主要求和坚持抗战到底的激烈斗争，已形成燎原之火。坚决打击侵略者，推翻法西斯统治，建立和平民主的光明的新中国，这也是当时中国人民的愿望和心声，忠于现实主义的、善于洞察生活本质和历史发展趋势的作家和作品，就应该和必须挖掘并表现人民群众这一内心世界。很可惜，《寒夜》恰恰在反映人民对光明和理想的"追求"方面，在表现那些仍然挣扎在死亡线上的人民群众，"那些还没有吐尽血痰的人"应该怎么办，应该向何处去的方面，写得太少、太薄弱了，不仅在作品的整个立意构思中考虑太少，即使小说结尾似乎有些象征意义的街道两旁的电石灯光，彷徨歧路的女主人公曾树生也担心它"会被寒风吹灭"。在《寒夜》初版本上的最后一句也是："夜的确太冷了。"自然，这样的结尾在艺术上是整个故事发展的必然结果，是艺术形象逻辑发展的有机组成部分，在思想上也更深沉、更强烈地揭露和控诉了黑暗统治及其政

---

① 《黑暗王国中的一线光明》，《杜勃罗留波夫选集》第2卷，第358页。

治制度，但是，把这句话和全书的艺术形象联系起来分析，我们不难看出，《寒夜》在通过艺术形象全面而深刻地揭示历史发展趋势和反映"某一时代、某一民族的追求"光明方面是薄弱的。巴金后来在谈到自己解放前的作品时，说过一段发人深省的话："在我那些小说中我不曾给读者指出明确的道路，就因为我自己当时并没有找到这样的出路。"这段坦率诚恳的自我剖析对《寒夜》也是适用的。

一晃三十余年过去了。如果从巴金青少年时代算起，巴金经过二十余年的摸索、选择和探求，为着寻求"救国救民"的真理，虽然他曾"通过黑暗的乱山碎石之间"，走过曲折的道路，巴金却一直是跟随历史和时代一同前进的。《寒夜》出版后不久，人民解放的炮声轰毁了黑暗朝廷，五星红旗第一次在祖国的上空飘扬。巴金终于找到了"明确的道路"。虽然后来巴金又遭到过"四人帮"一伙的折磨，但巴金说"我绝不悲观。我要争取多活。我要为我们社会主义祖国工作到生命的最后一息"。

这是七十五岁高龄的巴金心底的声音。现在，他正准备利用有生之年写两部反映"文革"中知识分子命运的长篇小说。《寒夜》之后三十多年来巴金还未写过一部长篇小说。我们祝愿他两部新作早日问世。

1980 年 2 月于复旦大学
一舍"松竹斋"

原载《钟山》1980 年 8 月第 3 期

真挚灼热　畅达自然
——论巴金前期散文的思想艺术特色

中外堪称大作家者，或是在单部巨著中有深广的文化内涵，或是在几种文体上都取得了巨大的成就。但文坛常常有这种现象：因特定时代权力的扼杀、鉴赏力的差距以及层层相袭的传统习惯，评论家、出版家和读者对大作家多方面的成就往往只重其一，忽视其余。雨果是小说大家，他相当出色的诗歌就常被忽略；郁达夫小说、散文均佳，而他同样杰出的旧体诗，除鲁迅等几人外，也不为史家重视。近年来，有功力、有眼光的理论家和出版家，已开始力挽偏颇，如对文艺理论家、翻译家梁实秋的散文，散文家林语堂的小说，小说家沈从文的散文，电影剧作家柯灵的散文以及对本文要重点论述的小说家巴金的散文等，都给予了应有的重视。

评论散文，因人而异。但大凡驰誉于世、传之后代的散文，有一点是相同的："自出机杼，成一家风骨。"① 所谓"风骨"，最早作为文学艺术理论的专用术语是始于刘勰②，虽然历来文学史家和理论家各有己见，其实，"风骨"的基本含义就是指作品的风格和美质，以及作家的内在气质和作品的血肉关系。试看现代文学史，涉足散文领域的作家很多，唯自有风骨者，才能传诵

---

① 〔清〕袁枚：《随园诗话》卷七。
② 〔梁〕刘勰：《文心雕龙·风骨》，《文心雕龙·体性》。

于后世。梁实秋的凝练雅洁、周作人的冲淡洒脱、鲁迅的犀利深刻、茅盾的纵横遒劲、林语堂的闲适幽默、冰心的雅隽秀逸、朱自清的清幽精醇、沈从文的旷逸浑朴、柯灵的缜密典雅等，他们"各以所禀，自为佳好"①，都在散文史上蔚为大观。以宏观的和史家的眼光观察，巴金自1922年在《时事新报》副刊《文学旬刊》第五十四期发表第一篇散文《可爱的人》以来，写作生涯凡七十年（包括被迫停止发表作品的"文革"十年），散文写作从未间断。仅1949年以前的二十余年，到目前为止能看到的各类散文就近四百篇（书信、译作、日记除外），洋洋百余万言，内容丰富，品类繁多。其中主要的和写得最为出色的是叙人述怀、托物抒情、记游写景和序跋。这四类散文的共同特点是：真挚灼热、畅达自然。这就是巴金散文的基本"风骨"，是巴金作为作家的气质与作品风格和美质的融合。这种"风骨"，正是巴金区别于其他现代散文诸大家的独特个性，也是巴金一贯主张的"写作同生活的一致""作文和人的一致"②的生动体现。

一、"我以我血荐轩辕"

巴金说的"创作和生活的一致"，不仅是自己创作几十年经验的总结，也道出了创作与评论的一条真谛。这与古代文艺理论家刘勰讲的"风趣刚柔，宁致其气""事义深浅，未闻乖其学""各师成心，其异如面"③，其基本道理是一脉相承的。因文体、样式各自长期形成的规定性，散文总是比小说更贴近作家自身，

---

① 〔汉〕王充：《论衡·自纪》。
② 巴金：《我和文学》，《烽火·卷头语》1938年8月第18期。
③ 〔梁〕刘勰：《文心雕龙·体性》。

更能映照作家的本性心境。巴金的散文更是如此。老作家前期十八本散文集的美质，就是自始至终地跳动着、燃烧着一颗爱国爱民、救国救民和反对封建专制、反对侵略战争，以及探索真理、寻求光明的火热的心。

这颗火热的燃烧的心不仅仅来源于幼年母亲的"爱"的教育，也不仅仅是因为耳闻目睹了封建家庭中专制对民主的扼杀、邪恶对善良的迫害，它更因憎恨祸国殃民的黑暗制度和荼毒生灵的侵略战争而燃烧得愈加灼热。他的第一篇散文《可爱的人》写得稚嫩而质朴，透露出了少年巴金一颗仁爱善良的心。尔后巴金走南闯北，颠沛流离，与祖国和下层人民共同着命运。旅途中，警察挂在船头的招牌"花捐征收处"，使巴金明白了"靠女人皮肉吃饭"的政府的腐败，"买卖人口"的勾当也使巴金十分愤怒。这种记叙真实的人和事，用作家亲身经历的所见所闻为题材，以抒发作家爱国反帝感情的散文，大量的见于巴金20世纪40年代前后在抗战烽火中创作的游记。在抗日战争的硝烟中，巴金辗转于上海、广州、桂林、昆明、柳州、贵阳、重庆、成都等城市。防空警报、飞机轰炸、战火瓦砾，以及成千上万人的流血和死亡——巴金在展现这些惨不忍睹的生活画面的同时，更谱写了一曲"国民精神"的颂歌。他的这些散文不仅着眼于"振动人心"，而且更致力于"照亮人心"[①]。他满怀激情地写道："就在炸弹和机关枪的不断的威胁中我还看到未来的黎明的曙光。我相信这黎明的新时代是一定会到来的。我们在这抗战中的巨大牺牲便是建造新的巨厦的基石。……所有的人都为了一个伟大的目标牺牲，这目标会把中国拯救的。"[②]

[①] 斯达尔夫人：《论文学》。
[②] 巴金：《黑夜行舟》。

巴金这类记事抒情散文在"照亮人心"方面的一个显著特点是，着重写敌机狂轰滥炸、人民受难中的"民众精神""工作精神""牺牲精神"和"文化精神"，而且将自身内心的感受与这种民众的精神融合成一体。

研究巴金散文的风骨，如前所说，必须将他的散文创作和他的生活道路、人格气质联系起来一起考察。巴金临难而不苟且，处危而自信。他在1932年以佩竿的笔名发表的一首小诗中，就在沉沉的黑夜呼唤着"远远的红灯啊，请挨近一些儿罢"①。这"红灯"在散文中也多次出现，给寒夜里的人"一点勇气"，为荆棘丛中的行人"指示应该走的路"②。很显然，它是光明、理想、信仰、真理以及不屈不挠、勇往直前的仁人志士的象征。这种象征性的描写，有时是"星""火""雷"，有时也可以是有生命的"飞蛾""龙"，甚至是一些为光明和信仰而战斗、而牺牲的友人们。写于1941年7月的《龙》，描写"我"和龙会见时的一段梦境。他们相互倾诉为"追寻丰富的、充实的生命"而痛苦，叙述为"做一些帮助同类的事情"而不倦地"往前面追求"。在漆黑的四周，龙"冲上天空"，"受着日晒、雨淋、风吹、雷打"，但"意志不会消灭"，而"我"表示："就是火山、大海、猛兽在前面等我，我也要去！"巴金笔下的龙已人格化，巴金赋予它以勇士的形象、猛士的斗志和为人类光明的未来而甘愿自我牺牲的革命先驱的精神；文中的"我"是后来者，是"龙"的精神、意志的传人。"龙"与"我"融为一体，是历史的和现实的先驱者融为一体，凝聚成中华民族优秀文化的结晶——"我以我血荐轩辕"的高大形象。——其中无疑地折射着

---

① 巴金:《灯》。
② 巴金:《爱尔克的灯光》。

巴金的人格、意志和精神，也寄托着巴金的感情、理想和信仰。正如左拉称赞都德所达到的一种"精神境界"那样，巴金也是"把他自己的个性与他要描绘的人物和事物的个性熔铸在一起"，作家和作品"合而为一。也就是说，他把自己融化在作品里，而又在作品里获得了再生"[①]。

二、"动人情态可须多"

几乎所有优秀散文家的作品都重情、重情理并茂，而又各有自己的特色。巴金也不例外，但从风骨学的角度考察，巴金散文在写情理方面又有个性，即熔真诚、纯朴、灼热于一炉。读巴金的文，就知巴金的人；知巴金的人，更懂巴金的文。巴金的散文往往以童心般的真诚和炭火般的情感去"感人心"，他"写得痛快"、不追求"含蓄"，但他只要"有话要说"，"有感情要吐露"，"文思马上潮涌而来"[②]。庄子说"不精不诚，不能感人，故强哭者虽悲不哀，强怒者虽严不威"[③]，真是金石之言！试看现当代散文园地，"强"颜欢笑、"强"发愁绪为文者不乏其人，他们虽然苦苦寻找音韵铿锵、色彩浓烈、气象壮阔、语意缠绵的辞藻，有时一篇中也不乏巧妙的构思、生动的段落和细节，全篇最终给人留下的感觉却是故作姿态、空谷传响、虚无缥缈。问题的症结在于"强"和"伪"。散文第一要素是纯朴、灼热的真情，巴金散文在用情方面成功的基本要素恰恰就在于真挚和自然。

1932年巴金自剖说："我的心象火一般地燃烧起来，我的身体激动得发战。……我觉得我要是再不说一句话，我的身体也许

[①] 左拉：《论小说·个性表现》。
[②] 巴金：《谈我的散文》。
[③] 《庄子·渔父》。

就会被那心火烧成灰烬。"① 1941 年又说："我有一个应当说是不健全的性格。我常常吞下许多火种在肚里，我却还想保持心境的和平。有时火种在我的腹内燃烧起来。我受不住熬煎。我预感到一个可怕的爆发。"② 巴金的这一气质在散文中表现得尤为真切、鲜明。试读他的《我的眼泪》《我的心》《我的呼号》《我的梦》和《再见吧，我不幸的乡土哟！》等，那一声声撕心裂肺的呼号，那一句句要母亲"把我这颗心收回去"的祈求，那一阵阵诅咒"文章没有用处"的自我谴责，矛盾而近于绝望，狂热而近乎歇斯底里，其真情由"我"而发，却远非一己私情。其核心是"哀民生之多艰"，"上下求索"而又报国无门。二十二岁时，巴金曾满怀年轻人的梦幻和壮志去国赴法，途中对故乡国土的养育之恩无限感激，对亲人友朋、秀水沃土无限爱恋，同时又因在同一片土地上亲人被旧礼教杀害、正义受到摧残、民主自由遭扼杀而无比的痛苦。复杂感情的交织和煎熬，被离别的电光石火点燃，青年巴金的情感仿佛从心灵深处迸发了出来：

　　哟！雄伟的黄沙，神秘的扬子江哟！你们的伟大的历史哪里去了？这样的国土！这样的人民！我的心怎能够离开你们！
　　再见罢，我不幸的乡土哟！我恨你，我又不得不爱你。③

这篇散文简短，感情却真挚、灼热，尤为动人的是写出了 20 世纪初爱国、爱民、有朝气、有抱负的一代先驱和青年人的共同情

---

① 巴金:《〈电椅〉序》。
② 巴金:《雨》。
③ 巴金:《再见吧，我不幸的乡土哟！》。

感,鲁迅、郭沫若如此,闻一多、郁达夫等莫不如此。"五四"时期的思想先驱和新文化战士,虽然尔后的人生之路有别,但都有一颗为国捐躯而又报国无门的命运,他们矛盾、苦闷、挣扎过;他们追求、探索、渴望过。巴金是"'五四'的产儿"①,受"五四"精神的感染,唯其如此,他的一些作品才特别激动人心,能引起一代人甚至几代人的共鸣。

由此,一个启人深思的问题是,散文中感情的真和深的关系如何?怎样才能使作品的感情既真挚又有深度?一个时期来,人们习惯于大谈散文必须写"自我",抒发作者一己的"真情",往往忽视了这种"真情"的典型性、普遍性和时代性。固然深度的前提必须是真挚,但真挚的不一定就是有深度的。对真挚的更高的审美要求就是深度。要达到真挚和深度的统一,还需要作家和时代、和人民共同着命运和脉搏,对社会、历史、人生有深邃的洞察力,以及艺术提炼和表现的才能。从这一层次观照,巴金的散文在真情和深度的统一方面,并不是篇篇珠玑,但毕竟不乏成功之作。巴金在这方面有两个鲜明的特征:一是对自己所写的内容从整体上饱含激情地加以提炼和开掘;二是用"点睛"之笔照亮和升华全篇。1937年3月到8月,巴金接连写了《死》《梦》《醉》《生》等一组散文。《死》由回忆儿时幻觉中的"死"、成都军伐内战造成的"死",到因传播无神论而被烧死在火柱上的布鲁诺的"死",以及俄罗斯女革命家苏菲·包婷娜等的"死"结构成篇,看似互不关联,似乎颂扬"死"的安逸,实际上全篇颂扬了"为信仰而牺牲",为他人的幸福而死,为更多人的"和平和欢乐"而死的"死的精神"!这样的"死""同

---

① 巴金:《觉醒与活动》。

时也就是新生",这时的"'我'将渗透全宇宙……山、海、星、树都成了……人体的一部分"。通篇写"死"而无一处不写人生不朽的价值,情感真挚而有深度。《梦》透过梦中的安宁和美好的动情的回忆,"诅咒"社会的黑暗;《醉》透过字面揭示出:所谓"醉",是指对"信仰"、对"希望"的"醉",是指"将个人的感情消融在大众的感情里,将个人的苦乐联系在群体的苦乐上"。《生》从生物界科学的进化规律,写到阶级社会中"为多数人的生存"而"视死如归"的人生"才能长存在子孙后代的心里",又从人的生存写到民族的生存和繁衍。认为这是不可抗拒的"生存的法则"。巴金满怀激情地写道:

> 我常将生比之于水流。这股水流从生命的源头流下来,永远在动荡,在创造它的路,通过乱山碎石中间,以达到那唯一的生命之海。没有东西可以阻止它。……维持生存的权利是每个生物、每个人、每个民族都有的。这正是顺着生之法则。

紧接着作者顺理成章、无可辩驳、坚定不移地写道:"侵略则是违反了生的原则的。所以我们说抗战是今日的中华民族的神圣权利和义务,……每个人应该遵守生的法则,把个人的命运联系到民族的命运上,将个人的生存放在群体的生存里。群体绵延不绝,能够继续到永久,则个人何尝不可以说是永生。"这是一篇对"生"的热情赞歌,更是一篇熔形象、议论、抒情于一炉的声讨侵略战争的檄文,有作家独特的感受和见解,有不可抗拒的力量,情真意也深。

巴金散文由"情真"到"理深"的第二个特征是"点睛之

笔"的运用。那种将"点睛"理解为是作者单纯地发几句带哲理性的"议论",或脱离全篇的思想"拔高",显然是一种肤浅之见。"点睛之笔"是艺术创作的用语,散文中的"点睛"决不能脱离散文艺术的形象性、抒情性等基本特征。巴金的散文,就擅长于水到渠成、春暖花开似地为全文"点睛"——或一个富有特征的动作,或几句醒人耳目的对话,或一幅动人魂魄的画面,或几句含血带泪的抒情。巴金有不少回忆友人或写受难平民的散文,以及为自己作品写的序,其中有一些是运用"点睛之笔"的佳作。《〈春天里的秋天〉序》是巴金为自己一部同名中篇小说写的序。在中国现代作家中,巴金是为自己作品写序最多的一位。其中不少序文本身就是优美、深情的散文。上述这篇序文用优美而哀婉、动情而悱恻的调子回忆"我""去访问一个南国的女性"——被传统观念、不自由的婚姻摧残成"疯病的女郎",紧接着巴金写道:

  《春天里的秋天》不止是一个温和地哭泣的故事,它还是一个整代的青年的呼吁。我要拿起我的笔做武器,为他们冲锋,向着这垂死的社会发出我的坚决的呼声"Je accuser"(我控诉)。

每个字仿佛从心底迸发而出——像火山从地心喷射那样。如果读过那部中篇,听过那个女郎的故事,再读巴金这几句"点睛之笔",我们就会和作者一样感情激荡,就会和作者一起对专制制度发出"我控诉"。在巴金写人的一些散文中,这种情真到"理深"的"点睛"描写,运用得更加自然、动人。

  鲁迅对巴金的爱护和推崇,巴金对鲁迅的深情和崇敬已传遍中国现当代文坛。就在鲁迅逝世后的几天中,巴金连续写了两篇悼念文章:《永远不能忘记的事情》和《悼鲁迅先生》。这对姐妹篇情真意切、催人泪下,而又启人深思,促人奋进。上篇一连用几个独特的细节动人心弦、扣人魂魄——仿佛听到已故老人"救救孩子"的呼声,不同国籍、不同信仰、不同年龄、不同职业的人"让我们多看几眼罢"的恳求,边走边有人默默加入的长长的送葬行列,暮色中覆盖遗体的"民族魂"旗子渐渐沉下墓穴……,写出了巴金的真情、深情。显然巴金意犹未尽,时隔几天,为《文季月刊》写了《卷头语》(后易题为《悼鲁迅先生》)。上篇的热烈情感,到下篇中更为深沉、厚重,转化为凝思积虑,睿智警语。在一片哀悼、赞扬鲁迅的热潮中,巴金电光石火似地提出,不要把伟大的鲁迅神化,比作抽象的太阳和巨星,因"他从不曾高高地坐在中国青年的头上",同时又震聋发聩地指出"鲁迅先生的人格比他的作品更伟大","在民族解放运动中,他是一个伟大的战士;在人类解放运动中,他是一个勇敢的先驱"。这种实事求是的、科学的评价已为历史证明。——而巴金的这种真知灼见恰恰是在鲁迅逝世后的几天中发表的,就格外难能可贵了。散文中的浓烈的情感和深厚的睿智的融合,是优秀散文成功的根本要素。在这方面,巴金更多的还是写一些不起眼的"小人物",他对他们(她们)倾注了深情,同时又善于从形象、情节、动作、对话中发掘出更具普遍性的深意。《一个车夫》写一个"没有家,没有爱,没有温暖"的十五岁的孩子,在客人的催问下,简要地向雇车人叙述拉车糊口的悲惨生活,当雇车人付车钱时,惊讶地发现,从只有一张"平凡的脸"的孩子的眼里,看不到丝毫媚相和奴态,只看到"骄傲""倔强""坚定的眼光",从而使"我"赞叹了"在生活的鞭子"下,

"用自己的两只手举起生活的担子"的小车夫的人格和精神！这样日常的生活故事，经过作者的开掘，发出了火花，"我"对孩子怜悯的感情也得到了自然而然的升华。另一篇《爱尔克的灯光》更是情理并茂的佳作。巴金1923年离别故乡，1941年第一次重返家园。虽未直接写"人"——"我"心爱的已逝的姐姐，却又无处不写"人"，——"人"的感情和命运，"人"的道路和追求。十八年的离情别绪和梦幻渴望，尤其是十八年中巴金饱经时代风雨忧患、尝遍世俗酸甜苦辣、领悟人生价值真谛的种种复杂而丰富的体验和思考，全部巧妙而形象地凝聚在全篇富有象征意义的"灯光"和"路"的描写上。由对善良美丽却不幸早逝的亲人怀念的真情，到饱含亲身感受的、对"长宜子孙"之路的思索，作家的真情是动人的，而作家的顿悟对人们也是具有长远而普遍的启示的：

> 财产并不"长宜子孙"，倘使不给他们一个生活技能，不向他们指示一条生活道路！"家"这个小圈子只能摧毁年轻心灵的发育成长，倘使不同时让他们睁起眼睛去看广大世界；财富只能毁灭崇高的理想和善良的气质，要是它只消耗在个人的利益上面。

三、"清水芙蓉去雕饰"

巴金多次说过，"写作的最高境界是无技巧"。这句话主要指的是写作不应雕琢斧凿，编造虚假，而应如"清水出芙蓉"，"风行水上，自然成文"[①]。巴金一贯主张真心待人、吐露真情、

---

① 〔清〕顾炎武：《日知录·文章繁简》。

说真话、说心里话。他为人如此,创作散文尤其如此。他的书信、游记、抒情小品、随笔、序跋等,都是有真情要抒发,才执笔为文。他的散文很少凝思积虑、很少精心剪裁、很少谋篇布局。毋庸讳言,他的一些散文欠精练,少含蓄。但是,由于巴金善于倾吐真情,生活和心理都相当丰富,又有文学创作的禀赋、气质、素养和日臻深厚的功力,他的相当一部分散文在行文构思和语言文字上获得了可喜的成就,甚至有些达到了炉火纯青的境界。如《鸟的天堂》《爱尔克的灯光》《静寂的园子》《寻梦》《火》《〈春天里的秋天〉序》《〈复仇〉序》《纪念憾翁》等。

宋代古文大家王安石说,好文章"看似寻常最奇崛,成如容易却艰辛"①,道出了古今作文构思真谛。历来评价散文的一个标准即"形散神不散"。如果单从构思角度来说,散文最忌的也是内容构思起承转合上的八股味,而大凡"看似寻常"实际"奇崛"的优秀散文,又都有作家自己的独特的、灵活的、自然的巧思和结构。巴金1940年10月在昆明创作的《静寂的园子》就达到了"寻常"而"奇崛"的"无技巧"的最高境界。题为静寂的园子,起笔就写静,后写绿树丛中可爱的松鼠的追逐、小鸟的歌唱和麻雀的叫声,由自然界中的静到动,由花的寂寞到鸟的欢乐,写动旨在写静;但是"我"由于"半月来的空袭警报"在心理上造成的惶恐不安,感到静寂中潜藏着不平静,由自然界的"动"写到"我"心理上的"动",进而为下文设笔;果然警报响了,不一会儿又解除了。如此反复,再写松鼠、小鸟、蝴蝶又在静寂的园子中的欢乐。行文有跌宕,结构有张弛舒缓。顺势写来,自然而然地引人进入"静寂"的艺术氛围。最后,石破

---

① 〔宋〕王安石:《题张司业集》。

天惊地写到"我们自己的飞机"那"嘹亮""雄壮"的声音"划破万里晴空",行文戛然而止,却如第一声春雷炸响,余声回响不绝。行文构思皆在情理之中,毫不突兀,毫无斧凿之痕,而又产生了震撼人心的艺术魅力。全篇达到了"无技巧"的"最高境界"。《寻梦》的行文构思近似荒诞,却十分真实。从"我失去一个梦,半夜里披衣起来四处找寻"起笔,经过大江、高山,历尽艰难、几经挫折去寻找"能飞的""发亮的""梦"。其寓意不说自明,其构思也是"奇崛"而"自然"的。现代作家的散文在行文构思上能达到这种"最高境界"的篇章为数不多,如鲁迅的《从百草园到三味书屋》《秋夜》、周作人的《鸟声》、郁达夫的《故都的秋》、茅盾的《雷雨前》、冰心的《寄小读者(十)》、朱自清的《荷塘月色》、苏雪林的《溪水》等等,都是"文章天成,妙手得之"的佳作。

巴金这种"无技巧"的才能也体现在语言文字的功力上。他真情写文,说话成文,因此巴金散文的语言,虽然有时水分多,不像鲁迅那样精炼、朱自清那样委婉,但自成家数:朴素、自然、平易、亲切、流畅。他很少引经据典,几乎没有古文中"骈四俪六"或对偶句格式。即使是在状物写景时,巴金也从不堆砌辞藻,从不渲染辅排,依然让文字从心底自然流出,如清泉汩汩而下,澄澈动人,又时有耀眼的水花飞进——令人称奇的美语佳境。试读《海上生明月》最后一段:

> 我们吃过午餐后在舱面散步,忽然看见远远的一盏红灯挂在一个石壁上面。这红灯并不亮。后来船走了许久,这盏石壁上的红灯还在原处。难道船没有走么?但是我们明明看见船在走。后来这个闷葫芦终于给打破了。红灯渐渐地大起

来，成了一面园境，腰间绕着一根黑带。它不断地向上升，突破了黑云，到了半天。我才知道这是一轮明月，先前被我认为石壁的，乃是层层的黑云。

如此朴素的语言，却写出了奇幻的海上夜景。船在海上夜行，远远看到的却是"一盏红灯"，一奇；船走了许久，"红灯还是在原处"，二奇；待"红灯"成了"一面园境"，"到了半天"，才看清楚原先的"红灯"是一轮明月，"石壁"乃是层层黑云，三奇。自然、平易的文字，红色、银色和黑色的点缀，绘出了一幅引人入胜的图画。巴金散文杰作的语言功力，最突出的还是表现在运用朴素、自然、平易、亲切、流畅的语言，写出一种动态、造成一种情趣、构成一种意境。1933年写的《鸟的天堂》，就是一篇难得的杰作，南国的6月，河边两岸榕树成荫，荔枝树上垂挂着红色果子。在一个阳光明亮的早晨，"我"与青年朋友划着小船到乡间去：

> 这棵榕树好象在把它的全部生命力展览给我们看。那么多的绿叶，一簇堆在另一簇上面，不留一点缝隙。翠绿的颜色明亮地在我们的眼前闪耀，似乎每一片树叶上都有一个新的生命在颤动，这美丽的南国的树！
> 起初四周非常清静。后来忽然起了一声鸟叫。朋友陈把手一拍，我们便看见一只大鸟飞起来，接着又看见第二只、第三只。我们继续拍掌。很快地这个树林变得很热闹了。到处都是鸟声，到处都是鸟影。大的、小的、花的、黑的，有的站在树枝上叫，有的飞起来，有的在扑翅膀。

这是两段令人拍案叫绝的文字！作家的感觉多么敏锐！语言多么传神！前段写一簇堆、一簇谁的绿荫，又写翠绿的新叶的明亮，视觉形象之后，又进而写作家的感觉，由绿色感觉到"每一片树叶上都有一个新的生命在颤动"，平易而又传神的文字，谱写的是一曲动人的生命力的礼赞！后一段由"静"到"动"由"动"到"闹"，由"掌声"到"鸟声"，人鸟相"闹"成趣，群鸟鸣叫动人；鸟儿神态呢？有的"站"，有的"飞"，有的"扑翅膀"。简洁而又有节奏、有乐感的文字，进一步谱写了活泼泼的生命力的赞歌。读完全文，仔细玩味，真令人如游其境、如闻其声、如观其景、如悟其趣。巴金的散文语言，以往不为研究者注重，其实，和现代一些大作家一样，他的文学语言也是独具一格的。

美国著名的文艺理论家尼基说过一段很有见地的话，她认为优秀散文应"够得上称作史笔与传记"[①]，真是精辟之论，已超越了就散文论散文的市井之见。我们纵览了巴金二十余年中创作的散文，就仿佛翻阅了一幅中国现代的历史长卷。其间有的如工笔画似的精细，有的如写意画似的简练，有的如油画似的浓烈厚重，有的如水墨画似的情韵隽永。巴金的散文又是传记式的，作家的经历、感情、个性、气质，以及欢乐、痛苦、理想和追求，都"渗入到作品里"[②]。这种历史性和传记性的艺术结合，是巴金散文风骨的基本内涵，使巴金跻身于中国现代为数不多的散文大家的行列。

本文与张晓云合撰，原载《上海大学学报》（社会科学版）1992年第4期

---

① 转引自郁达夫：《〈中国新文学大系·散文二集〉导言》。
② 同上。

精神与人格的燃烧
——论巴金散文《龙》

我们赞美为追求真理而百折不挠、勇于献身的英雄豪杰、仁人志士,我们也赞美倾注全部感情和艺术匠心描写这些英雄豪杰、仁人志士的佳构杰作。

前赴后继的先驱组成了波澜起伏、浩荡东去的历史长河的浪峰,一篇篇美文在文学发展的历史长途上也树起了一座座丰碑。

古今中外描写先驱的散文精品——美文,其意义和价值,不是趋时的,不是媚俗的,而是超时空的。19 世纪俄罗斯大作家屠格涅夫的《门槛》,"五四"文学革命旗手鲁迅的《过客》,以及本文将评析的现代文学巨匠巴金 1941 年 7 月 28 日创作的《龙》,都是在这个领域中题旨相近、风格各异而又相互辉映的美文。所谓"美文"自周作人、胡梦华明确提出至今,人们对它的界定各有己见,但有一点是几无疑义的:即凡美文,主要指的是那些思想和艺术、内容和形式都比较完美和谐的散文珍品。

巴金的《龙》就是这样的一篇美文。那贯注全文的浩荡气势,那起伏跌宕、迂回张弛的布局,那灼热喷薄的情感,那真挚高洁的人格境界和概括广阔、内涵深邃的象征意蕴……都不愧是现当代的美文佳作。

《龙》无疑是一篇富有象征意义的作品。固然很多散文作家常用象征手法或直接、间接描写带有象征性的客体,但要使全文达到"象征美"的境界,还是需要相当艺术功力的。《龙》的象征美首先体现在象征物和象征描写与全文题旨的和谐统一上。作家以凝聚着中国文化传统的龙为象征物,写它为了"打破、改变""上帝定下的秩序""追求充实的生命",飞越高山大海,"上下而求索",虽困陷于泥沼万年,"受着日晒、雨淋、风吹、雷打",但"心……并没有丝毫的改变","盼望着有那么一天",从污泥中拔出身子,"乘雷飞上天空……继续追寻丰富的、充实的生命"。象征物是"龙","龙"历来又是古老中华民族、中华文化的象征,作家写"龙"的道路:追求、坎坷、痛苦、困厄、坚定和希望,实际上就是象征着千万年来无数的仁人志士前赴后继、坚韧不屈、探求真理、追求光明的道路。从作品中"龙"的命运、性格、意志、理想直至道路的象征,人们自然联想到中华民族千万年来历史发展长河中,那些惊天地、泣鬼神的英雄血、英雄泪、英雄胆和英雄志!在这里,象征物及其描写与作品高度概括、内涵深邃的题旨融成了一体。

《龙》的象征美还体现在象征物和象征描写的虚虚实实、真真假假的表现手法上。美,可以是多种多样的。写实,真切有力,可以产生一种美,而朦朦胧胧、隐隐约约也可以产生另一种美。后者的美空间容量大,可以使人产生更广泛的联想。作品中的"龙",身上有鳞甲、头上有角,又有尾巴,俨然是"一个怪物",但这个"怪物"却有感情、有理想、能说话,又俨然是人的化身。如果"龙"是虚拟假托的,那么作品中的"我"又确确实实是人,但这个真实的"我"又能与"龙"对话;文中"龙"和"我"活动的环境,是"深山大泽",有泥沼、荆棘……分明是写实,但又有"喷火数十里"的火焰山……仿佛又是虚拟的。以上这种真假相杂、虚实相间的表现手法,其对历史和现实的象征性是独特的,它与作家的"梦幻"相映成趣,使作家所要表达的题旨——探求和献身真理的不屈的意志和精神更为强烈、突出和鲜明。

表现如此重大和深邃的题旨,必须有相应的文气和语言风格。《龙》是一气呵成的,似途经山岩的江河,虽有曲折起伏,却是澎湃有声、一泻千里。"文之为气,或阳刚,或阴柔,……"《龙》是一种阳刚之美,它在本篇中突出体现在造字造境的行文气势上。巴金散文的语言,向以朴实、流畅、清新、热烈而著称,但《龙》除具有这些特点之外,还兼有音义铿锵、色彩浓郁、动词连用、排比迭起等遣词造句上的特色。写"我"的执着追求"披荆棘,打豺狼,……登高山,踏泥沼";写龙的受难,"被污泥粘着,盖着,压着";写"龙"的奋起,"一个晴空霹雷突然降下,把四周变成漆黑……一声巨响自下冲上天空。泥水跟着响声四溅。……土地在摇动……"优秀散文家的遣词造句,不是摆弄文字的"七巧板",总是与造境联系在一起的。请看作家写"龙"的被困和"我"的梦幻时,在遣词和造句上的阳刚美。写出了"龙"的威武和力量:

  怪物的两只灯笼眼射出火光,从鼻孔中突然伸出两根长的触须,口大张开,露出一嘴钢似的亮牙。它大叫一声,使得附近的树木马上落下大堆绿叶,泥水也立刻沸腾起泡。

写与火山、大海、猛兽等无数苦难搏斗之后,"龙"和"我"理想的境界:

  天渐渐地亮起来 。我的眼前异常明亮。泥沼没有了。

> 我前面横着一片草原，新绿中点缀了红白色的花朵。我仰头望天。蔚蓝色的天幕上隐约地现出淡墨色的龙影，一身鳞甲还是乌亮乌亮的。

这里的造字和造境与全文要抒发的豪情壮志、理想境界是那样的和谐。它与任何矫揉夸饰、故出豪言和艳词完全不同。有一等襟袍和文气，始有一等境界和文字，而有一等境界和文字，又可使襟袍和文字烂漫增辉。此缘于何？系作家"气之守也"①。巴金为人坦荡直率，为文也真诚炽热。这种人与文一致的美——即"人格美"——在《龙》中也表现得尤为突出、鲜明。钟敬文20世纪二十年代曾写过一篇《试说小品文》的论文，文中盛赞胡梦华关于从散文"可以洞见作者是怎样一个人"的论述，那"人格的动静""人格的声音""人格的色彩"等作者的"特质"都可以从散文中一一窥见。真是至人至论！《龙》中的人格美，既不是作家具体人生道路的缩影，也不是作家具体生活场景的描摹，而是一种作家自身感情上的、精神上的意蕴和寄托。巴金其时虽只有三十八岁，他的生活道路、创作道路已很曲折、坎坷，并已驰誉文坛。他已去过法国、日本，辗转跋涉于成都、上海、南京、北京、广州、厦门、泉州、青岛、桂林、昆明等地，已创作了《灭亡》《家》《春》《秋》等小说、散文、诗歌，并有《伦理学的起源与发展》《秋天里的春天》等译著，约计数百万言。巴金所有这一切活动都有一个精神支柱：为寻找救国救民的真理、实现美好的理想而无私无畏的献身精神和不屈不挠的奋斗意志。这种精神支柱贯注于巴金所有的言论和行动之中，长期来就形成了

---

① 《庄子·达生》。

一种巴金式的人格力量。《龙》在不长的篇幅中,高度凝炼、概括而又形象地将作家的这种精神和人格寄寓在、融化在"龙"和"我"的对话中。是什么力量使"龙"和"我"不怕虎豹豺狼、刀山火海?不信巫语不怕死?是那"充实的、有光彩的生命"——"我不愿意活着只为自己,我立志要做一些帮助同类的事情。"不难看出,作品中的"龙"已拟人化了,关于"龙"的精神和人格的具象描写已成为巴金精神和人格的写照。巴金说过多次:他创作追求的最高境界是"生活与创作的一致,做人和作文的一致"。我们将其人其文两相观照,怎能不为《龙》所表现的巴金式的"人格美"所叹服!即此,还令人悟到,评价作品,固不可因人废文,更不可弃人评文,如尽可能多地、全面地、深入地了解作者的生活、阅历、思想等,必然有助于更准确、周密地评价作品。

"文学作品的力量与寿命就是精神地层的力量与寿命",著名理论家丹纳在作过如此深刻的论断之后接着指出,"平庸作品"和"杰作"的区分,前者"只表达了一些浮表而暂时的特征",后者却"抓住了经久而深刻的特征"①。《龙》正是抓住了人类历史进化过程中人的精神和人格力量这一"经久而深刻的特征",从一个侧面予以艺术地再现,因而它的"力量与寿命"将永留人间。

1992 年 4 月 7 日晨于"凉城"
"苦乐斋",时天朗气清,惠风和畅

原载《巴金研究》1994 年第 2 期

---

① [法]丹纳:《艺术哲学》,傅雷译,人民文学出版社 1963 年版,第 455 页。

汇百川成江河
——论巴金与外国文学

一、"我有很多外国老师"

巴金曾说过:"在所有中国作家之中,我可能是最受西方文学影响的一个。"① 巴金习惯于称他喜爱的外国作家为老师。他在文章和谈话中经常提到的"老师"就有三四十位。法、英、日、德、波兰等国文学,特别是俄国文学,对巴金最有吸引力,影响最大最明显。巴金十几岁的时候,就阅读了托尔斯泰的作品,之后又陆续阅读了车尔尼雪夫斯基、赫尔岑、屠格涅夫等俄国思想家、作家的小说和散文,对俄罗斯文学产生了浓厚的兴趣。后来他在回答法国神父明兴礼博士的问题时解释说:"我非常喜爱他们,因为俄国的生活情况和那个时代中国人民的生活情况非常相像。俄国人的性格、抱负和趣味,多少和我们自己有些相似。"此外,俄罗斯文学表现的"广博的民主革命思想""大无畏的黑暗暴露""俄罗斯人民的美丽灵魂""俄罗斯民族的理想和光辉"以及"由此而产生的人民爱和祖国爱,以及对祖国人民的伟大前途和世界使命的确信"(冯雪峰语)——这一切,与巴金在中国特定历史时期和特定环境中形成的思想、感情基调是那样的吻合相通,这样,俄罗斯文学就比别的任何文学更能打

---

① 巴金:答法国《世界报》记者问。

动并抓住巴金的心灵了。

1928年年初，在创作小说《灭亡》之前，巴金在法国留学期间第一次读到俄国革命民主主义思想家、作家赫尔岑的《往事与随想》（英文版）。这本被屠格涅夫称作"用血和泪写成的书"，使巴金激动万分。他说，创作时"不知不觉间受到赫尔岑的影响，以后我几次翻译《往事与随想》的一些章节，都有这样一个意图：学习，学习作者怎样把感情化成文字"①。巴金懂得近十种外国文，精通世界语和英语，能翻译几种外国文字的文学作品，仅他翻译的作品就有四五百万字。通过阅读和翻译，他在创作时，就受到了潜移默化的影响。

二、"最受西方文学影响的一个"

外国文学对"五四"作家的影响，具体反映在作家身上，都是各不相同的。即使是同一个国家、同一个时代、同一个作家，对中国"五四"作家的影响也受着作家本人的思想立场、性格感情、艺术趣味等制约的，因而呈现着复杂性和丰富性，同时也呈现着鲜明的个性。这在巴金著作中的具体表现是多方面的。

巴金没有写过系统的文艺理论著作，但从他大量的序跋、前记、后记、随笔及创作经验谈等文章中表现的文艺思想来看，显然较多地是受到托尔斯泰、屠格涅夫、赫尔岑等作家的影响。他在20世纪20年代读到过一封托尔斯泰写给罗曼·罗兰的长信，信中大作家对年方二十一岁的罗曼·罗兰说："无论哪一事业的动机应当是为爱人类，不应当是为爱事业本身。……只有沟通人类的感情，去除人类的隔膜的作品，才是真正有价值的作品，只

---

① 巴金：《〈往事与随想〉译后记一》。

有为了坚定的信仰而牺牲一切的,才是真有价值的艺术家。"巴金很激动,半个世纪后还深有感情地说:"这番话对我的影响很大。"① 屠格涅夫说,他写作的目的就是攻击他的敌人,"这个敌人就是农奴制。在这个名字的周围,我准备和集中了一切,我决心同它斗争到底——我发誓,永远不同它和解"②。巴金说过类似的话:"自从我执笔以来,我就没有停止过对我的敌人的攻击,我的敌人是什么?一切旧的传统观念,一切阻碍社会进化和人性发展的不合理的制度,一切摧残爱的势力,它们都是我的最大的敌人,我始终守着我的营垒,没有作过妥协。"艺术的目的是为了发扬"人类爱"、攻击"旧制度",这"爱"和"恨"在巴金笔端是既统一又矛盾的。虽然巴金多次令人震惊地慨叹过他创作时的极大矛盾和痛苦,虽然巴金感到他的作品问世后,他"所恨的依然高踞在那巍峨的宫殿里",他"所爱的……只能得到更多的痛苦",但巴金始终没有停止创作,直至1980年4月,他在访日期间的一次讲话中还坚定宣布:"我要遵守自己的诺言,绝不放下手中的笔。"③ 这是为什么?显然与巴金将文艺看作"探索人生"的观点有关。"我开始写小说,只是为了找寻出路。"④ 此外,巴金特别注重作为艺术特征之一的感情活动在文艺创作过程中的作用:"我有感情必须发泄,有爱憎必须倾吐。否则我这颗年轻的心就会枯死。"巴金文艺观的这一内容同样明显地受到俄、法一些作家的影响。托尔斯泰说,文学创作就是"表达日积月累的感情的内心要求","用形象来传出这种感情"⑤;雨果也说,

---

① 巴金:答法国《世界报》记者问。
② 巴金:《文学回忆录》。
③ 巴金:《文学生活五十年》。
④ 同上。
⑤ 托尔斯泰:《艺术论》,人民文学出版社1959年版,第184页。

他从事文学创作是因为"灵魂里充满着爱憎、苦痛……需要抒发一番"①。屠格涅夫、托尔斯泰、雨果、赫尔岑等都是巴金喜爱的作家，他们对情感在文学创作中的特殊作用的观点以及他们作品中形象地表现出来的感情，都影响了巴金。巴金就曾说，他创作时"心里也有一团火，它也在燃烧。我有感情需要发泄，有爱憎需要倾吐"②。又说他要学习赫尔岑等作家"用自己的感情打动别人的心"。在文艺思想的其他一些方面，巴金也或多或少地受过外国文学的影响，比如巴金不过分注重故事情节的看法，就和左拉的"小说的妙趣不在于新鲜奇怪的故事"近似③；巴金后期主张写"平凡的人"的观点又显然受到契诃夫"我爱普通人"的理论和作品的影响；巴金认为文艺作品不应"过分责备个别人物"而应该把攻击的矛头指向"整个旧制度"的观点，也是与屠格涅夫的《父与子》、赫尔岑的《谁之罪》等的影响分不开的。

在中国现代文坛上，巴金素以流畅热情的文笔描绘和刻画人物、特别是不同历史时期青年男女知识分子的形象见长。在这方面，巴金的作品中也留下了外国文学影响的烙印。这种影响主要的明显的是反映在巴金早期写的《灭亡》《新生》《爱情三部曲》等作品中。巴金在这些作品里描写了一群年轻的革命者，如杜大心、李冷、高志元、方亚丹、敏等，他们虽然各有自己的个性，但在很多方面是共同的：面对黑暗社会撕心裂肺似的内心痛苦和愤怒，时而沸点、时而冰点的感情冲突，忧郁而又近似疯狂的梦

---

① 《雨果夫人见证录》，新文艺出版社1958年版，第216页。
② 巴金：《文学生活五十年》。
③ 左拉：《论小说》，《古典文艺理论译丛》第8册，人民文学出版社1964年版，第121页。

呓，甘愿为人类献身近乎冒险盲动的行为，如饥似渴的求知欲等，这种复杂的心理和行为的根源，从政治思想上来看，有些是小资产阶级狂热性的表现，从文学创作上来看，他们显然是受了波兰作家廖抗夫、俄国作家阿尔志跋绥夫、陀思妥耶夫斯基、屠格涅夫等的影响。比如如何对待"生与死"，《雨》中的高志元、吴仁民都认为"如果不能毁掉罪恶，那么就索性毁掉自己也好"，杜大心说："死才能享着安静的幸福"，安娜亲手为自己爱的人点燃炸死总督的信号灯时说，"牺牲自己生命来敲血钟的人并不是罪人，却是圣人"①。又如如何对待"爱与恨"，一方面，绥惠略夫说："我非常憎恨人类。"② 而巴金笔下的杜大心对人类也是"相信憎，否认爱"，另一方面，《工人绥惠略夫》中的另一个人物亚拉藉夫则相信"爱，自我牺牲，和同情"。而《新生》中的李冷正好与他呼应："相信爱的福音。" 再如如何对待"信仰"，李冷为着追求信仰而痛苦奋斗，他在写给妹妹的信中说："你们有你们的信仰，……我这里只有忧郁和死亡，我没有信仰，……"屠格涅夫笔下的涅兹达诺夫说："……在那儿找得到信仰，信仰！玛利亚娜就有信仰。"③ 乔治亚也为没有信仰而痛苦、失望，他说："有任何信仰的人都是幸福的。"④ 在上述人物身上，从感情、信仰到行动，他们都有惊人的相似之处。这种对应相似之处，还可以从巴金笔下的女性形象上看出来。李佩珠（《雨》）、琴（《激流三部曲》）等是巴金称道的具有理想光彩的"新女性"，但她们精神上和心灵中的偶像则是民粹派的女革

---

① 廖抗夫：《夜未央》。
② 阿尔志跋绥夫：《工人绥惠略夫》。
③ 《处女地》。
④ 路卜洵：《灰色马》。

命家如索菲娅和妃格念尔。琴说:"要是我能做到索菲娅·普洛夫斯卡娅所做的十分之一,我就感到幸福了。"(《秋》)李佩珠如饥似渴地读妃格念尔的《回忆录》说:"我不想在爱情里求陶醉。我要在事业上找安慰,找力量。"为此,她被书中人物称为"中国的妃格念尔"。显然,巴金在塑造这些"新女性"时,是受到外国文学影响的。索菲娅、妃格念尔等的精神确实感动过作家巴金,以至巴金行文时情不自禁地称她们为"照耀在暗夜里的明星"(《雨》),但叩动巴金心弦的、使李佩殊等"整个灵魂都搅动"的具体内容是什么呢?是安那其主义吗?是民粹派的政治主张吗?巴金早期虽然信奉过安那其主义,但他创作时,如他自己所说,从来不考虑依据什么主义创作,而是写生活,写生活中的人和事,以此倾吐自己的感情。巴金从民粹派等女革命家身上吸取了适应他爱憎需要的内容,那就是妃格念尔等为事业和理想"热烈的献身精神"(《雨》),巴金将这种精神倾注在他众多的"新女性"的形象上。——这一点又和屠格涅夫笔下的卡捷琳娜(《前夜》)、"门槛上的少女"(《门槛》)等何其相似!所不同的仅是巴金笔下的李佩珠、高淑英等"新女性"带着中国女革命者的特点。

到了20世纪40年代,巴金作品的生活气息更浓厚了,现实主义精神更深广了,他笔下出现了较多的"普通人"的形象,如汪文宣、曾树生(《寒夜》)以及《第四病室》《小人小事》等作品中众多的群像。他们已不像巴金二三十年代创作的那些头角峥嵘、言词慷慨激昂、感情热烈沸腾的富有朝气和理想的青年革命者,而是一些忍辱负重、肩着生活的闸门、却有着一颗善良、正直、渴求光明的心灵的小人物。巴金的这一变化显然更接近契诃夫。契诃夫的《第六病室》《未婚妻》《一个小公务员的死》等对巴金这一时期的创作有较明显的影响。巴金对契诃夫作过深入的研究，早年并不欣赏契诃夫作品中的人物，之后逐渐发生了变化。中华人民共和国成立后，巴金还写过一本关于契诃夫的论著。巴金认为，"契诃夫的作品有着鼓舞人的力量，……揭露了在当时社会上占上风的'庸俗'的丑恶面貌，……它还加强人对于未来，对于人类美好前途的信心。"① 这和他对自己的《寒夜》的评价相近："我写《寒夜》就是控诉旧社会"，"它不是悲观的书，它是一本希望的作品，黑暗消散不正是为了迎接光明！"② 但尽管如此，我们打开巴金 40 年代中期前后写的《寒夜》等作品，仍明显地感到一股浓郁的中国作风、中国气派扑面而来。

在具体的艺术构思、艺术表现手法、艺术情节等方面，我们也可以看到巴金和外国文学的渊源关系。巴金创作《第四病室》时，将"病室"作为整个"社会的缩影"的艺术构思，是受到契诃夫《第六病室》的启发。他的《海的梦》和屠格涅夫的《前夜》都描写了贵族小姐转为革命者并不挠不屈地反抗外国侵略的故事，在艺术构思上前者受到了后者的启示。巴金创作多部连续性小说，如《激流三部曲》等的艺术设想，他自己说是得益于左拉多卷本宏伟巨著《卢贡-马加尔家族》。另外，阿尔志跋绥夫作品中常用梦境和幻觉反映人物过去的痛苦和内心矛盾的手法，也明显地影响了巴金。而巴金着重通过爱情、家庭生活刻画人物性格的手法，也是屠格涅夫之所长。巴金那种真挚、热烈、流畅的叙事抒情的手法与赫尔岑类似。他自己还说过，他的善用第一人称的手法的启蒙老师是狄更斯、司蒂芬逊和屠格涅

---

① 巴金：《谈契诃夫》。
② 巴金：《关于〈寒夜〉》。

夫。在情节结构上，我们在巴金的短篇《五十多个》中可以看到高尔基《丹柯的心》影响的痕迹。在巴金的短篇《受》《好人》等作品中又可以看到与莫泊桑的《模范》相对应的形式。"甚至日本的短篇小说也都是我的老师"①，巴金创作童话《长生塔》和《塔的秘密》时，据他自己说，形式上就是受到"日本森鸥外的《沉默之塔》、苏联盲诗人爱罗先珂的童话《为跌下而造的塔》和《幸福的船》"②的启发写成的。

三、"写自己的作品"

在考察和探究巴金和外国文学的关系时，我们不难发现巴金具有一个优秀作家最可贵的精神：文学独创性。

巴金从事文学创作时，虽然受到外国文学作品中某些事实和人物的影响，但作家总是依据自己生活的环境、自己观察到的人和事，而且往往根据生活的原型进行糅合、加工，从事创造性的劳动。他的《激流三部曲》及其人物，虽然受到左拉写《卢贡-马加尔家族》和罗曼·罗兰塑造约翰·克利斯朵夫的某些启示，但由于有生活的原型，比如高觉新的生活原型是巴金的大哥，高老太爷的原型是巴金的祖父，其余如梅、琴、瑞珏、淑英、淑贞、鸣凤等，都有一个、二个或几个生活中的原型为模特儿，这样，《激流三部曲》展现的环境、场景、甚至生活细节等就是一幅19世纪末20世纪初中国封建大家庭的生活图画，作家描绘的高老太爷、觉慧、觉新、梅、鸣凤等人物的精神世界、内心活动，甚至一举一动，都是对中国那个时代、那一类家庭中人物的典型概括。同一特点还表现在巴金在中华人民共和国成立前创作

---

① 巴金：《谈我的短篇小说》。
② 巴金：《关于〈长生塔〉》。

的最后一部长篇《寒夜》中。这部作品中人物的原型很多，巴金的朋友、散文家缪崇群"也是一个汪文宣"，曾树生的形象上有"一位朋友太太的影子"，而且巴金说："后来我写下去就看到了更多的人"，作品中的人物"仿佛就是与我们住在同样的大楼，走过同样的街道，听着同样的市声，接触同样的人物。"①在这样的环境里，据众多的生活原型塑造的汪文宣、曾树生等，自然就是巴金的艺术创造。即使是巴金早期受外国文学影响较大的作品，它们主要也是巴金依据现实生活众多原型的再创造。如《灭亡》中的杜大心，作者说"我确实在中国见过这一类的人"②，至于李静淑，又是以作者"一个死了的姊姊"为原型的；《春天里的秋天》是在匈牙利作家尤里·巴基的《秋天里的春天》影响和启发下写成的，但小说中的人物和故事仍然主要是根据生活中"两个少女不幸的遭遇"和其中一个姓吴的南国姑娘与一位姓郭的英语教师恋爱的故事加工写成的，"它是一个整代的青年的呼吁"③。

  巴金受到外国文学影响的文学独创性，还表现在巴金的个性常常不知不觉流露在某些形象上，作家把自己的感情倾注在字里行间，让热血在作品中流动，让理想在作品中闪烁。我们当然不能说觉慧等就是巴金本人，但我们在觉慧以及李佩珠、琴、利娜甚至杜大心、李冷、敏、汪文宣等形象上，不是可以窥见"巴金式"的某些个性、感情、意志和信仰吗？巴金的内心是热情汹涌、真挚坦率的，一进入创作，他就无法抑制自己。虽然他一再声明自己和作品中的人物无关，但他又常常坦率地承认作品里有

---

① 巴金：《关于〈寒夜〉》。
② 巴金：《灭亡·序》。
③ 巴金：《春天里的秋天·序》。

自己的感情和影子。作家的确没有在作品里"塑造""巴金的形象",但作品里却几乎处处有"巴金式"的形象——即作家巴金在长期的生活实践和艺术实践中形成的、通过作品中人物、故事、语言等表现出来的鲜明独特的个性——这就使得上述人物形象虽然和外国文学作品中的一些人物有某种对应关系,有某些相似之处,但他们仍然是属于独特的"巴金式"的人物。

巴金不仅外国文学的艺术造诣深厚,而且也有相当的中国古典文学的修养。他在接受外国文学影响的同时,也受到中国古典文学的潜移默化的熏陶,作品也就增强了浓郁的民族特色,与一些影响他的外国作品有了更明显的区别。这是巴金文学独创性的又一表现。巴金作品中这方面的艺术独创性内容是丰富的,我们在这里简括地从表现手法和艺术形式的角度,来谈巴金作品由于受到中国古典文学传统的影响呈现出的有别于某些外国文学的独创性。托尔斯泰、屠格涅夫等都是善于解剖"家"反映社会的大手笔,巴金自述他的《家》等作品受到《复活》《贵族之家》等的启示和影响。但巴金在不同历史时期、从不同的侧面写了多部不同类型的"家",难怪一位法国学者不无偏颇地用"家"来概括巴金的一些重要作品:"被威胁的'家'——《激流》""分裂的'家'——《憩园》""动摇的'家'——《寒夜》""团圆的'家'——《火》"①。通过不同历史时期的"家庭"以及类似"家"的矿井、病室等"封闭式的环境"(巴金的笔触主要限于"家"似的环境中,很少写广阔的生活场景)反映社会,这类"缩影"似的手法是有别于托翁和屠氏的,特别是巴金擅长于通过婚丧嫁娶、饮食起居、生日过节、婆媳妯娌矛盾等

---

① 明兴礼:《巴金的生活和著作》。

家庭的日常生活塑造人物的手法，明显地受到古典名著《红楼梦》等的很大影响（巴金十几岁在成都老家时就读过《红楼梦》）。这种传统手法几乎渗透在巴金全部作品中，使得他的作品与很多外国作家如托尔斯泰、屠格涅夫、左拉、阿尔志跋绥夫等有了明显的区别。另外，巴金喜爱和熟悉唐宋诗词和古代散文（若干年后还能背诵其中的不少名篇），中国古代炼字炼意、讲究意境等传统手法也被巴金用到小说、散文创作中去。如作者写坐船游漓江的一段：

> 窗外静静地横着一片淡青色的水，远远地耸起一座一座墨汁绘就似的山影。……船浮在平静的水面上，水青白地发着微光，四周都是淡墨色的山，象屏风一般护着这一江水和两三只睡着的木船。①

宛然一幅浓淡相宜的中国水墨画，那浓郁的诗味、淡雅的意境与中国古典诗词是一脉相承的。巴金虽然非常喜爱屠格涅夫等的散文和小说，但上述内容显然与善写"俄罗斯草原风光"的大师屠格涅夫、与擅长描写法国民间风俗画的左拉等不一样了。这是巴金文学独创性的又一特色。

已故著名文艺理论家冯雪峰在分析鲁迅和俄罗斯文学关系时有一个精辟的观点，他认为，"五四"以来新文学，"它虽然是在世界文学的影响之下发展着，然而它仍旧是独立地发展过来，独立地成长着的。因为决定中国新文学发展的根本条件，是中国的社会生活和中国的革命"。巴金自己在谈到和外国文学的关系

---

① 巴金：《废园外·火》。

时也说:"我的作品里或多或少地存在着这些作家的影响。但是我最主要的一位老师是生活,中国社会生活。"① 我们通过如上的简括分析,不难看出巴金是充分吸收了外国文学的营养,进行独创性劳动的优秀作家,他是生长在"中国社会生活和中国革命"的丰腴土壤上的蓊郁的大树,是汇集百川、波澜壮阔的江河。

原载《萌芽》1983 年第 2 期

---

① 巴金:《文学生活五十年》。

论中国古代诗文对巴金散文的影响

巴金是中国现代文学史上外国文学修养深厚、受到西方文化影响很大的文学大师之一。然而，若从文化视野的宏观角度作进一步考察，我们不难发现，巴金散文中长久性的影响却是常常为某些研究者所忽略，而为巴金所反复申辩的"民族生活"和"民族精神"。这也正是巴金散文不仅没有"全盘西化"，反而打上了浓重的中国传统文化烙印的根本原因。具体地说，巴金散文主要是从中国古代诗文中吸取"民族精神"的。本文拟对巴金散文"民族精神"的主要表现忧患意识、反封建意识、忏悔意识和艺术表现的功利意识诸方面略作探讨。

一

巴金一再申诉，"我把写作当作生活的一部分"，奉行的"是作家同人的一致"，我"只是用作者的精神世界和真实感情打动读者"。巴金的言行是一致的。老作家的忧患意识贯穿一生，集中地表现在忧国忧民、追求光明的精神上。他少量的诗歌和两百多万字的散文就体现了这种灼热而长久的意识和精神。20世纪20年代初，巴金在最早发表的几首小诗和杂感式的散文中，对军阀混战中"被虐"的劳工就寄予了深切的同情，并主张"推翻那万恶的政府和万恶的资产阶级"，热情地指出"远方一盏红灯闪闪发光"，要实现心目中的理想，必须"自己去创造"

那美丽的世界。这种在青少年时代就具有的热烈而执着的忧国忧民、探求真理的精神,固然与巴金在成都家中和读书的学校的生活环境有关,与当时传到成都的《新青年》等刊物上鼓吹文化革命、思想革命的文章有关,同时,不可避免地与巴金熟读的中国传统文化中的一些诗歌和散文有关。儒家文化历来主张"博施于民,而能济众"①的"仁政",宣扬"民贵君轻"②的思想,抨击"朱门酒肉臭,路有冻死骨"③的社会罪恶,推崇"一身救国存万死"④的爱国主义精神等。儒家文化的经典著作"四书""五经"乃至《古文观止》等古代诗文中,不仅内容本身有不少"忧国忧民"之作,而且深得儒家文化精髓的历代诗家墨客如屈原、司马迁、杜甫、陆游以及岳飞、于谦等,他们疾恶如仇、为国捐躯、追求光明等爱国精神同样潜移默化地影响了巴金。我们在巴金的生活足迹、思想的形成和发展以及其作品中,可以看到这种传统影响的鲜明印记,感悟到巴金与传统文化中那些富有民族性、人民性精神的不少相通之处——这就是巴金为什么在总结自己学习西方的经验时,着重申述作品表现的是"中国人的思想感情……是中国的东西"的原因。这种传统文化的影响贯穿了巴金的一生,即使在巴金阅读了大量无政府主义者、俄国民粹派、法国社会革命党人写的作品和论著,受到无政府主义理论极大影响,并在一个时期内以西方无政府主义思想为信仰之后,巴金的思想及其散文的内容依然有着鲜明的"民族精神":忧国忧民。

在巴金散文中,忧国忧民的意识有时演化为追求光明的精

---

① 《论语·雍也》。
② 《孟子·尽心下》。
③ 杜甫:《赵奉先咏怀》。
④ 陆游:《夜泊水村》。

神。20世纪40年代初,内忧外患,民不聊生。一直与人民共同着命运的巴金,更为迫切地思考着民族的命运。这时,他青年时代建立起来的无政府主义信仰又已崩溃,深感无政府主义不能拯救人民于水深火热,又找不到自己满意的革命道路。但是,巴金始终有一颗不折不挠的追求光明的心。这几年,他写下了大量散文,抒发他忧国忧民、追求光明的深情。如《撇弃》中"我""宁愿疲劳地死在荒野",也要"打破黑暗,追求光明"的决心。《龙》也讴歌了"追求充实的生命",不怕刀山火海"永远往前走"的献身精神。这与巴金熟知的中国古代以屈原为代表的"路曼曼其修远兮,吾将上下而求索"的精神一脉相承。而巴金一生也总是将"忧患"与"追求"联系起来,直到80年代前后,巴金在他晚年写的散文集《随想录》中还保持了那种深沉、执着的"民族精神"。虽然这一时期没有侵略者的屠刀和敌机的轰炸,新的社会有了新的生活和新的面貌,但由于以整人为中心的政治运动、十年"文革"的灾难和社会发展中产生的新的弊端,国家和人民依然存在种种不幸和痛苦,巴金这时的"民族精神"的内涵虽然与前几十年有所不同,但其"忧国忧民"的基本精神是前后相通的。比如,关于主张说"真话"、建立"文革"博物馆、鞭挞新"衙内"贪婪的占有欲、描写日本广岛的见闻等文章,这一百五十篇历时八年用心血一笔一画写出来的、内容丰富的《随想录》,作者的忧患意识溢于言表。确如作者所说,这部散文集是自己漫长的生活道路和创作生涯的"思想总结"在这一"思想总结"中,就包含了巴金深厚的忧患意识。

二

巴金的忧患意识有着长期感性和理性的积累和思考。"忧患"何来？巴金和一些有远见卓识的仁人志士一样，看到了中国几千年的封建专制、封建礼教是近百年来中国落后、黑暗、腐败的症结，看到了历代的开明贤达之士无不是反封建专制和礼教的斗士，中国千百年的诗文中记载了无数反封建的可歌可泣的感人事迹。巴金的反封建意识，除从生活中来以外，也从大量的诗文中来。但是作为中国传统文化主要组成部分的儒家文化，是错综庞杂的，但其基本宗旨自然是"忠君报国"，数千年中大量古代诗歌、散文及其骚人志士都不同程度地遵循这一儒家宗旨，或视国和君为一体，视君主为一国之至尊，"鞠躬尽瘁，死而后已"①，或归隐田园，赋诗饮酒，借此寄托反对昏君、企盼明主之志，"致君尧舜上，再使风俗淳"②，只有极少数诗、文或仁人墨客有清醒的、叛君逆君思想，因此而被视为"异端""叛徒"。而巴金熟读古代诗文，不仅没有受到那些愚忠愚孝的影响，相反，他却从古代所谓"异端"之人之作中，从亲身目睹封建家庭青春美丽被扼杀的悲剧生活中，更从"五四"新文化运动的大潮中，树起了毕生为之献身的大旗："'一切旧的传统观念，一切阻止社会进步和人性发展的不合理的制度，一切摧残爱的势力，它们都是我最大的敌人。'我所有的作品都是写来控诉、揭露、攻击这些敌人的。"这种对封建礼教、封建专制制度的反抗精神，在巴金的一生和近千万字的创作中表现得尤为猛烈、集中、持久、深刻。他的数百万字的小说创作自是反封建的檄文，他的二百多万字的散文，也同样燃烧着反封建的烈火。可以说巴金1921年创作以来，从来没有停止过对封建专制和礼教的控诉和攻击；20世纪80年代末还振聋发聩地提出"今天还应当大反封

---

① 诸葛亮：《后出师表》。
② 杜甫：《奉赠韦左丞丈二十韵》。

建"。像巴金这样终其一生"大反封建",在中国现代作家中除鲁迅等外是不多见的。因为他看到了贴上各种标签而又万变不离其宗的封建专制、礼教,长期以来对无数青年男女生命的迫害,对促进社会和人类进步的科学、民主的摧残。80年代巴金散文中叙述的那种婚姻买卖、等级森严、男尊女卑、一言堂、长官意志、奴性在身和在心、兽道主义、个人"迷信"等内容,构成了当代中国封建主义流毒的特有形态,给国家和人民造成了灾难,使文化事业和人类文明遭到蹂躏。这也是巴金散文中所坚持的"民族精神"的又一表现形式。"大反封建"与忧国忧民在中国特定历史时期互相关联、互为因果,成为巴金散文中一个闪光的内核。虽然中国传统诗歌和散文中,对上述有些内容未必具体写到,但联系巴金熟读的《古文观止》来看,其基本精神也有脉可循。如《为徐敬业讨武曌檄》(骆宾王)、《捕蛇者说》(柳宗元)、《朋党论》(欧阳修)、《报刘一丈书》(宗臣)诸篇,对专制残暴、苛政、奸党、奴性等,都有一针见血的鞭笞。如果说巴金在中华人民共和国成立前的散文创作中,那"民族精神"主要体现在对异国侵略者罪行的揭露和对具体的封建大家庭纲常礼教罪恶的控诉,那么,在他晚年完成的四十余万字的散文创作中,巴金坚持的"民族精神",就主要体现在对"文革"十年中以多种面貌出现的封建式的法西斯专制主义的批判,和对席卷社会的宗教式的个人迷信狂的谴责。

三

在中国文学史的历史长河中,凡具有真正忧患意识的仁人志士,几乎都注重自身的人格、道德以及学识的修养。儒家的"吾日三省吾身"和"修身齐家治国平天下"成了人生的最高境界。

中国古代诗文作者，大部分都以儒家文化为正宗，都尊崇儒教。"古之欲明德于天下者，无治其国；欲治其国者，先齐其家；欲齐其家者，先修其身；欲修其身者，先正其心；欲正其心者，先诚其意。"①儒家文化又将"诚意""正心"和"修身齐家治国平天下"看作一个整体，而"诚意""正心"在巴金笔下又演变为"说真话""掏出心来"。虽然巴金曾说过他从法国老师卢梭那里学到了"说真话"，但"说真话"也显然与中国古代散文中的儒家文化有关。卢梭的说真话重点只在自身忏悔和灵魂的净化；巴金自然也有忏悔意识，但又能将"说真话"与"绝不让我们国家再发生一次'文革'"、绝不使"我们民族彻底毁灭""让子子孙孙、世世代代牢记十年惨痛的教训"联系起来，涵盖广阔，思考深远，其意识和人格显然与中国古代散文长期的潜移默化有关。这也是巴金提倡"说真话""修身"的闪光点。试看，在巴金熟读的四书、五经及《古文观止》中，关于上述及其他修身养性的内容比比皆是，"诚身有道，不明乎善，不诚乎身矣"②，这种修身养性的最高境界是"穷则独善其身，达则兼济天下"③，"先天下之忧而忧，后天下之乐而乐"，"居庙堂之高则忧其民，处江湖之远则忧其君"④，将"忧患"与"忏悔"和"自省"视为一体。以人伦道德为核心的传统文化，是中华民族人文精神和仁人志士的人格价值的集中体现。巴金散文也深受其影响。巴金从20世纪20年代踏上文坛开始，就陷于自我矛盾挣扎的泥淖之中，忏悔意识和修身意识一直伴随着他。巴金在封建

---

① 《大学》。
② 《中庸》。
③ 《孟子·尽心上》。
④ 范仲淹：《岳阳楼记》。

大家庭里生活了十九年，自己却无力回天；接受了"爱人类"的思想，看到的却多是邪恶和仇恨；到法国留学企盼寻求救国救民的真理，却又面对同样"沉落在黑暗的苦海里"的"整个西方世界"，只感到悲哀和绝望；执笔创作，又痛感"文人不是直接做掠夺者，就是做掠夺者的工具"，抱定决心，"不做一个文人"，却又不得不做文人；渴望"在实际生活和运动中去找力量"，却又迈不开投身"实际斗争"的大步子，一直想以写作驱除黑暗，呼唤光明，日写夜写，结果黑暗依旧，光明难见；原以为无政府主义可以拯救国难，30年代起又逐渐悟到自己原先坚持的"信仰"根本解决不了实际问题。如此等等，巴金数十年的生活道路和创作道路充满了挣不脱的矛盾，因而一直陷入寂寞、痛苦、自责、自省以及忏悔的漩涡中。何去何从？巴金忏悔意识的实质，不是个人得失的忏悔，而是通过个人表现出来的人类的忏悔，以献身人类为良知的仁人志士的忏悔——这正是中华民族精神的光辉体现。巴金是中国现当代作家中，受到这种意识的深刻影响，并继承了这种意识的优秀代表人物之一。这种意识，尤以他晚年完成的五本《随想录》为极致。作者自述，这部书"要写自己几十年创作道路上的一点收获，一些甘苦。但是更重要的是，给'十年浩劫'作一个总结"。这种"总结"的主要途径，是作者"挖别人的疮"，就是"讲真话"，把自己放到历史的审判台前，把自己在"文革"中的里里外外、明明暗暗、大大小小的言行彻底曝光——虽然那心灵是要流血的——才能真正"总结""文革"的历史教训，才能使子孙后代避免这种大悲剧，达到"治国平天下"的境界。为此，巴金对自己的解剖有时是近乎流血的，对自己灵魂的曝光有时是近乎钻心的。唯其如此，巴金及其四十万字的《随想录》中饱含着"民族精神"的人格情操才熠熠闪光。

四

巴金数十年如一日不厌其烦地表白："我不是文学家"，"艺术算得甚么，假若它不能够给多数人带来光明，假若它不能够打击黑暗"。这种不无偏颇的对文学艺术性的轻视、对文学功利性的推崇，与古代儒家的"文以载道"说一脉相承。"文章一小技，于道未为尊"（杜甫）、"为君、为臣、为物、为事而作、不为作而人也"（白居易）。以上可以说是巴金六十余年文学生涯的总纲，是深入理解巴金文学创作堂奥的一把钥匙，也是进一步分析巴金散文艺术表现的功利意识与古代诗文渊源关系的重要契机。

巴金的文学功利性非常明确，"给多数人带来光明"，"打击黑暗"。由此辐射延伸，我们就不难悟到，巴金为什么反复强调他只要"有感情、有爱憎"，就"能够顺利的下笔"。这种爱憎"感情"就是指对黑暗、专制、压迫等的愤激之情，就是指对祖国、人民和真理、光明的挚爱之情。巴金自幼及青少年时代，揣摩、背诵《白香词谱》及唐诗、宋词。中国诗歌传统向以长于情驰誉世界。巴金耳濡目染、心领神会，古代诗歌的抒情特征浸润巴金的心灵、性格、气质以及尔后的创作。巴金散文中灼热、直露、强烈、持久的抒情的艺术特色，除现实生活的直接刺激外，无一不于上述有关。巴金靠感情写作，也靠感情打动读者，从早年赴法留学时创作的《再见吧，我不幸的乡土哟》，中经《〈激流〉总序》《我的眼泪》《悼鲁迅先生》，直至20世纪七八十年代的《怀念萧珊》《十年一梦》，漫漫六十余年，从青年时代到古稀之年，巴金倾注在散文中的感情始终火一样的灼热！尽管二百多万字的散文表达感情的方式、程度等不同，而情浓、情真、情切、情久、情深，始终是巴金为人和为文的共性。这种表情达意的艺术特点，除了生活的馈赠、作家气质等缘由之外，仍然与巴金艺术表现的功利意识受到古代诗文的熏陶有关。《古文观止》是中国古代散文的经典选本，被巴金奉为他散文创作"真正的启蒙先生"，并且"背得烂熟"，其中"以情动人"的作品很多，如《祭十二郎文》《陈情表》《报任少卿书》等，就是读来字字血泪的千古不朽的杰作。综上所述，当我们追溯巴金及其散文创作重感情这一艺术特征的渊源时，理应分析到中国古代诗歌和散文潜移默化的深远的影响。

在散文的谋篇布局、修辞炼句上，巴金也从他文学功利主义的"总纲"出发，没有写作提纲、没有严谨的立意构思，而是不拘创作方法、不拘样式、不拘长短、不拘开头结尾、不拘字斟句酌，只要"有话要说，有感情要吐露……我拿起笔，文思就来，好像是文章在逼我……写的认真，也写的痛快"。是什么在"逼"？是社会的黑暗，依然是功利意识的驱使。巴金说："几十年来我所追求的，也就是更明白、更朴实地表达自己的思想。"晚年则明确提出："艺术的最高境界是无技巧。"这句话有丰富的含义，其中重要的一点是作家不主张刻意经营技巧，他心目中的"最高境界"仍然是"攻击敌人""呼唤光明"等创作的功利意识。巴金的这种主张，显然与他青少年时代熟悉的唐宋八大家有相通之处。苏轼云："吾文如万斛泉源，不择地而出。在平地，滔滔汩汩，虽一日千里无难；及其与山石曲折，随物赋形，而不可知也。"① 又说美文"大略如行云流水，初无定质，但常行于所当行，常止于不可不止，文理自然，姿态横生"②。无论说理、

---

① 苏轼：《文说》。
② 苏轼：《答谢民师书》。

抒情，还是记事、写人，唐宋八大家之作，无一不是"心既托声于言，言亦寄形于字"①，"意受于思，言授于意，密则无际，疏则千里"②，"非夫镕裁，向以行之乎"③，也是以"言心""达意""授思"的功利性为第一要义。诸如《师说》（韩愈）、《种树郭橐驼传》（柳宗元）、《秋声赋》（欧阳修）、《留侯论》（苏轼）等，都是在这方面脍炙人口的佳作。

统观巴金二百多万字的散文，大部分都是"有爱憎、有感情"之作，随情而动，信笔挥写，虽有一部分作品文字不够"精炼"，"毫不含蓄"，但其中确有相当一部分"行云流水"之作。或写用妈妈给的心"追求光明，追求人间的爱""爱被人出卖后的""孤独""痛苦"和执着；或由书中的黑土想到作家曾倾注过无量的爱、友谊、奋斗和希望的"南国的红土"；或从月夜孩子的哭声写到"希望"破灭的哭声、当局的腐败、白白战死异乡的冤魂的哭声；或写访日归来由照片回想往日广岛的灾难、人民的觉醒；或为清贫而又含冤千古的友人平反而动情地叙述对方"埋头写作，不求闻达"的高洁人生；或写自己生病住院时，深夜对逝去的爱妻的幻觉、幻听、幻视。行文均不拘一格，词语也毫无雕琢，"我手写我口，我手写我情"，确是"无技巧"之作：不虚假、不编造、不生硬、不做作，但又分明是有"技巧"之作：感情真挚、立意深广、构思新颖、结构自然、语言生动，达到了"形散而神不散"的最高境界。凡是巴金散文艺术表现的功利意识——"神"，与"形"或"技巧"结合得比较完美时，作品就更为动人，更多审美价值。在这方面，依然可

---

① 刘勰：《文心雕龙·练字》。
② 刘勰：《文心雕龙·神思》。
③ 刘勰：《文心雕龙·镕裁》。

以追溯到中国古代诗文的影响。巴金说："熟能生巧"，对好文章"读多了，读熟了，常常可以顺口背出来，也就能慢慢地体会到它们的好处，也就能慢慢地摸到文章的调子"。巴金自云："外国的'散文'……我都读得很少"，只读过"很多欧美的小说和革命家的自传"，又读过鲁迅、朱自清、叶圣陶、夏丏尊等的散文，"都受过他们的影响"。但是，巴金创作散文"真正的启蒙先生"还是《古文观止》中"两百多篇'古文'"，巴金最难忘的还是"我们有很好的'散文'的传统，好的散文岂止两百篇！十倍百倍也不止！"

五

中国古代诗文对巴金散文创作有着很大的影响。这种影响主要不是只体现在作品中引用一些古代哲人、诗人、文学家等的语句，也不是只体现在散文中某些篇章意境的营造有古代诗词的印痕，也不是只体现在作品中应用一些古代仁人志士、英雄豪杰的感人事迹，而主要体现在巴金及其散文的爱憎感情、人格价值、精神取向以及审美功利性等面。而爱憎、人格、精神、审美等，都无疑有着深邃的民族传统文化的烙印，在千百年的民族文化发展、积淀中，凝聚成相对稳定的、具有丰富的质的规定性的"民族精神"。这种"民族精神"来源于中华民族的长期的社会生活，形成以后又具有相对的独立性，但"中国社会生活""民族精神"总是在相互影响而又相互独立的错综复杂的进展中发展变化着。巴金及其散文就是在它们有形和无形的影响下发展变化着，逐渐形成了自己的独特面貌。

"中国社会生活"和"民族精神"包罗万象，其中主要的是两大因素：其一是种族遗传、地域水土、风俗民情、宗教习惯等不可抗拒的影响,正如西方一位著名学者所说:"我们祖先的情感方式和思考方法在某些方面仍然被我们运用着。我们承袭着他们的灵魂,不是个别的,而是集合的整体;我们是他们罪恶及德性的产物;我们具有他们的特异体质、心灵构造,以及情绪倾向;我们身上印着种族、国家、宗教的特征。我们不记得经过的个别事件,但是当时事变的影响却记录在我们的神经系统内。"①其二是数千年经史子集等潜移默化的影响。巴金在具有浓厚中国传统文化氛围的成都老家生活了十九年,之后赴法留学仅两年,尔后除短期出国访问外,就一直在中国土地上生活。这种中国传统文化的影响是与生俱来、日复一日的;巴金阅读的大量西方哲学、伦理、历史、文学著作,也都要在"中国社会生活"和"民族精神"巨大的熔炉里熔化冶炼、经受锻打,然后才能引发契机、爆发火花、开拓新路。"五四"时期深受外国文化影响的现代作家如鲁迅、郭沫若、茅盾、冰心、老舍莫不如此。

巴金从童年时代起就受到中国传统诗、文环境的熏陶。曾祖父李潘自写自刻过一本《醉墨山房诗话》;祖先也自写自刻过《秋棠山馆诗钞》,父亲编写过剧本《知事现形记》,几位叔父能诗善文,母亲更是为童年巴金口授《白香词谱》,直至能背诵。六十余年后,巴金回忆说:"我从小背诵唐诗、宋词、元曲等等不下数百篇,至今还记得大半。"巴金的好友黄裳曾著文说,20世纪30年代初,巴金与朋友谈兴正浓时,"随口背诵了好多篇古诗,包括《长恨歌》《琵琶行》这样的长篇";当巴金得到黄裳代购的一部《批点唐诗正声》时,摩挲翻阅,"非常的喜悦"②,至于古代散文,与巴金的关系更为密切。也是在童年和少年时

---

① 莫达尔:《爱与文学》,郑秋水译,湖南文艺出版社1987年版,第10页。
② 黄裳:《记巴金》,载香港《新晚报》1987年10月5—27日。

代,巴金就在家庭塾师的教育下,读过、背过"不少的散文",如《大学》《中庸》《论语》《孟子》四书,易、书、诗、礼、春秋五经;以及《史记》和"韩(愈)、柳(宗元)、欧(阳修)、苏(东坡)的古文","我背得较熟的几部书中间的一部《古文观止》","像《桃花源记》《祭十二郎文》《赤壁赋》《报刘一丈书》等等","读多了,读熟了,常常可以顺口背出来"。巴金后来先后出版了二十多本散文集,深有感触地说:"这两百多篇'古文'可以说是我真正的启蒙先生。"

但是,巴金对中国古代诗文中所体现的传统文化,在较长一段时期内并不是主动地、自觉地去接受的。作为"五四运动的产儿"的巴金,也受到陈独秀、鲁迅、郭沫若、茅盾等新文化运动中的先驱们的影响,在当时"打倒孔家店"的时代思潮和一片"线装书误人误国"的宣传声中,青年巴金不可避免地染上了否定中国传统文化的绝对化的"时代病"。如1932年巴金看过北京故宫的艺术宝藏后说:"即使没有他们,中国决不会变得更坏一点。"但是,随着时代的发展,由于传统文化中固有的人民性和审美价值,以及巴金在生活和创作实践中积累起来的悟性,大体从创作长篇小说《家》前后,他对传统文化的认识比较清醒,对其中某些具有审美价值的内容开始自觉接受。明显的标志是巴金多次呼吁"民族精神""应该保留"。进一步全面考察巴金的全部作品时,不难发现,巴金在作品中攻击的,主要是传统文化中的那些阻碍社会进步、扼杀人性发展的旧礼教、旧道德等专制文化,对"君君臣臣父父子子"的伦常之道"深恶痛绝",对那些民族性、人民性的精华,总是予以张扬,并身体力行的。历史进入20世纪80年代,巴金对传统文化进行了反思:"我们有那么多的文化遗产,谁也无权把它们抛在垃圾箱里。""我年轻时思想偏激，曾经主张烧毁所有的线装书。今天回想来实在可笑。一个历史悠久的文明古国，要是丢掉它过去长期积累起来的光辉灿烂的文化珍宝，靠简单化、拼音化来创作新的文明是不会有什么成果的。"

巴金在六七十年的文学生涯中，散文创作取得举世瞩目的成就，无疑与中国古代诗文的影响分不开。正如19世纪初俄国大批评家别林斯基所指出的："真实的艺术家不必费力而自成为人民的和民族的；他首先在自身感到了民族性，因此不自觉地将它的印记按在自己的作品上。"①

原载《复旦学报（社会科学版）》1995年第6期。

---

① 别林斯基：《别林斯基论文学》，宋真译，新文艺出版社1958年版，第74页。

论巴金与屠格涅夫

有些中外文学史常识的人，在读到巴金20世纪30年代的一段"誓言"时，总会联想到屠格涅夫的"汉尼拔誓言"——它们太相似了，而且它们虽分属两个民族、两个时代，这两段"誓言"却都成了这两位风格相近的大作家一生高擎着的辉煌的"旗帜"。

屠格涅夫曾说："这敌人就是农奴制度。我把一切东西都收集并归纳在这个名称下面，我下定决心与这一切战斗到底，我发誓永不与之妥协。"①

1935年巴金说："我底敌人是什么？一切旧的传统观念，一切阻止社会进步和人性发展的人为制度，一切摧残爱的势力，它们都是我最大的敌人。"②

时隔近一个世纪，两位大作家都异时、异地、异口同声，都宣布"农奴制度"和"不合理制度"（巴金专指封建专制——笔者）为"敌人"；都发誓"战斗到底"，"永不妥协"。其中表层和外在的原因自然有屠格涅夫对巴金的影响，难怪巴金七十年左右创作生涯中，数十次提到俄国和法国作家对他的影响，直到1981年，即使他已成了中国现当代文学大师，他还明确地表示：

---

① 《屠格涅夫文学回忆录》，纽约丛林出版社1958年版。
② 巴金：《写作生活底回顾》，《巴金短篇小说集》（一），开明书店1936年。

"对我思想和艺术影响更大的则是屠格涅夫与托尔斯泰。"① 但自然还有更深层和内在的原因。

这深层和内在的原因,常为一般研究者所忽视。当我们全方位地考察这两位作家时,不难发现他们的家庭环境、社会环境,他们的某些情感、气质等较为相似。如他们内心都有澎湃的激情,对各自所处的家庭、时代、历史和人生都有独到的见解,都是将小说和散文中的形象——又主要是人物形象和情感——镌刻在自己树起的"誓言"的"旗帜"上。我们如果以两位作家相似的"誓言"为纲,又主要以巴金其人和作品中的人物为中心,从上述两个层面上展开论述,必将有助于研究的深入。

一

有一个时期少数海内外巴金研究者认为,巴金 1946 年创作完成的《寒夜》是作家艺术成熟的代表作。这是不正确的。就人物的典型性、概括生活的深度和作为中国社会一定历史阶段的缩影来看,巴金的诸部长篇小说中,应推《家》为最具代表性。这部长篇着重写一个大家庭中以祖父为代表的"父辈们"与觉慧、觉民为代表的"子辈们"的矛盾和冲突。作家的这种立意和构思,固然并不像有些研究者所述,是屠格涅夫《父与子》起了决定性的作用,实质上决定性的还是来自巴金对生活了十九年的大家庭"父辈们"的专制、残酷、虚伪和腐败,以及"子辈们"——尤其是年轻女性们——的血和泪的感受和思考。但也必须看到,屠格涅夫的《父与子》等长篇不仅在《家》创作伊始确实产生过重要影响,五十余年后,巴金在《〈父与子〉新版

---

① 舒展、顾志成:《拜访巴金漫记》,《中国青年报》1981 年 5 月 7 日。

后记》中还深情地说:"一百多年前出现的新人巴扎罗夫早已归于尘土,可是小说中新旧两代的斗争仍然强烈地打动我的心……旧的要衰老,要死亡,新的要发展,要壮大;旧的要让位给新的,进步的要赶走落后的——这是无可改变的真理。"①

屠格涅夫的《父与子》主要写父辈巴威尔、尼古拉与子辈巴扎罗夫两代人之间的相互对立,这种对立不仅体现在日常生活上,更多的还体现在社会信仰上。子辈嘲笑父辈对千疮百孔的社会的彬彬有礼的夸夸其谈为"浅薄""保守"和"改良";父辈则指责子辈嘲笑一切、谩骂一切、否定一切为"虚无主义",两代人原想接近、理解,最终却隔阂加深、矛盾加剧、无法沟通。屠格涅夫对代表新生的一代的巴扎罗夫的出色描写——如著名评论家勃兰兑斯所说,《父与子》"成功地刻画了一位以自己的坚定、勇敢和刚强而挺拔于整个欧洲文学的男子汉"②,以及对"父辈们"无可奈何地自叹"我们已经不中用了,……我们已经唱完了我们的歌,我们的日子已经过去了"的命运的揭示,其意义不仅在于对当时俄罗斯虽普遍存在却尚未引起高度重视的贵族知识层和平民知识层的冲突作了敏锐而犀利的形象概括,——小说出版后,即引起了社会强烈的喧哗和震动,而且还在于屠氏为读者展示的这种"两代人"之间"新"与"旧"的冲突,以及"新"的茁壮和"旧"的衰亡的规律,在人类历史的进程中有更为普遍的价值,——它已超越了时间的和地域的界限,获得了和中外历史上写与此相关内容的文学杰作那种永久性的意义。巴金的《家》从初版至今六七十年,几经时代和文化的变异,历史和时间的筛选,《家》的内容已作为20世纪上半叶中国封建家庭

---

① 《巴金全集》第20卷,人民文学出版社1993年版,第288页。
② 勃兰克斯:《俄国印象记》,伦敦:瓦尔特·司各特出版公司。

的艺术缩影永留史册,受到中外文化人士的赞赏和广大群众的欢迎。《家》的震撼力何在?与屠氏的《父与子》相似,主要也是作家成功地描写了以高老太爷为代表的"祖父辈"与以觉慧为代表的"儿孙辈"的冲突。这两代人的冲突以维护和反对封建礼教、伦理、纲常、专制为分界,又从"两代人"日常生活的一切方面体现出来,既是掷向封建专制的战斗檄文,也是辉耀文学画廊的艺术瑰宝。如果说屠氏的《父与子》是对俄国"两代人"冲突的历史概括,巴金的《家》也是通过"祖父辈"与"儿孙辈"之间的冲突,揭露封建专制、礼教的罪恶和腐朽,讴歌封建家庭和社会叛逆的一代青年的反抗精神,从而也获得了永久性的价值。

我们也必须看到,巴金和屠格涅夫在小说中描绘的"两代人"的冲突,都打上了各自所属的民族、所处的时代、所生活的环境、所接受的传统文化,以及各自性格、气质、审美情趣的烙印。不难看出,在巴金笔下,"两代人"冲突中"祖父辈"与"儿孙辈"是不平等的,前者居高临下,拥有"父要子亡,子不得不亡"的封建专制的主宰生杀大权,比如以封建礼教治家的高老太爷说:"我说的话,谁个敢不听?"于是,造成觉新婚姻和理想的悲剧、觉民爱情的纠葛、觉慧愤然离家等。而屠氏笔下"两代人"的冲突,父辈无专制、无主宰权,子辈可以理直气壮地与之辩论,甚至公平地进行决斗。与此相关联的,还在于巴金笔下的"两代人"冲突是一种宗法制的、血缘关系的冲突,中国封建的宗法制家庭秩序就是小皇朝的统治秩序,集皇权、族权、父权、夫权于一体,血缘系统的延续就是上溯数千年诸权的延续。巴金笔下"两代人"的冲突比屠氏笔下"两代人"的冲突更艰难、曲折,因而更残酷,时间更长。两位大作家在不同的冲突中描绘的"两代人"形象，自然具有不同的性格、心理、感情。巴扎罗夫具有顶天立地的英雄气概、激烈的情感和明朗的心理，而觉慧则是具有东方文化特质的另一种叛逆的形象：大胆而坚定，又时有忧思和亲情的困扰。

二

屠氏的影响和巴老的创造性，还表现在两位大作家都擅长于通过人物的爱情和事业的矛盾，来揭示他们对社会和人生的见解。两位作家前期所生活的时代，正逢各自国家灾难深重、新旧冲突、社会动荡的关键时期，生活中都涌现出一批激进的热血青年，两位作家先后都敏锐地、认真地描写过他们。屠氏笔下的罗亭、涅兹达诺夫、拉夫列茨基、英莎罗夫，都有从事社会改革的宏大抱负，都有献身理想事业的决心，作家不是平铺直叙地介绍，而是将他们的抱负、理想、决心、性格等紧密联系于各自爱情的纠葛，在事业与爱情的冲突中，比如罗亭之于娜达丽亚、拉夫列茨基之于丽莎、英莎罗夫之于叶琳娜，他们的理想、精神、性格都闪耀着更动人的火花，而他们的人性和人情味也得到了更感人的展示。屠氏形象地表示，在新旧两代人的激烈冲突中，在与沙俄农奴制的殊死斗争中，新的年轻的一代是有血有肉的、大义凛然的英雄的一代。在这方面，巴金说："我也许受了他的影响。"[①]

巴金是诚实的，他的主要作品如《革命的三部曲》（《灭亡》《新生》《死去的太阳》）、《爱情的三部曲》（《雾》《雨》《电》）、《激流三部曲》（《家》《春》《秋》）等，描写的众多

[①] 巴金：《〈爱情的三部曲〉作者自白——答刘西渭先生》，天津《大公报》1935年12月1日。

的青年在爱情与事业、信仰、理想之间，时而矛盾、时而一致的疑惑、痛苦、欢乐追求的复杂情感，确是受到屠氏的影响。诸如杜大心、李静淑、周如水、吴仁民、李佩珠、觉慧、觉民等，他们是巴金在 20 世纪 20 年代末和 30 年代初创造的杂有"罗亭式""英莎罗夫式"的激进的知识青年的形象。其时巴金的思想和文艺观正处于剧烈变化的过程中，虽然数年前狂热地信仰着的"安那其主义"，在残酷的现实面前越发显示出其理论本身的虚幻和苍白，而原先深植于巴金内心深处的爱国民之忧思，求真理之情愫依然十分强烈，因而巴金越发将早先的一腔热血、强烈的爱憎倾注在他创作小说的人物中，上述人物形象就饱和了作家复杂丰富的情感，就呈现出诸多的复杂性和丰富性。与屠氏相似，巴金也是通过描写笔下年轻人在爱情与事业之间的矛盾、痛苦和欢乐等，来塑造"革命者"的性格和抒发他们的革命情怀。杜大心深爱李静淑，但为了"用革命的方法推翻人世间一切的不平"，他"憎恶人类"，宁愿牺牲一切，牺牲爱情，"以自己底壮烈的牺牲去感动后一代"。在这方面，作家对吴仁民和李佩珠的描写更为典型。作家让吴仁民身处各种矛盾的中心，爱情和强暴的矛盾、苦闷和狂乱的矛盾、幻灭和诅咒的矛盾等，思想和性格表现得相当清晰。他爱恋的玉雯被政客当作玩物，他深爱的熊智君为了他决心献出自己年轻的生命，他与李佩珠的相爱，精神上感到振作和充实。如此笔墨，作者对吴仁民渴求爱情、在三角恋爱纠葛中的苦恼和在社会革命活动中的彷徨的描写，正是二三十年代中国相当一部分知识青年的生动写照。正是在这种具有时代和历史深度和广度的艺术描写上，巴金笔下的青年知识分子，如杜大心、吴仁民、李佩珠以及《激流三部曲》中的高觉慧、高觉民等，与屠氏笔下的罗亭、巴扎洛夫、英莎罗夫等都能引起读者类似的共鸣。

巴金与屠格涅夫一样,不是仅仅在人物的爱情和事业的纠葛上渲染,而是将笔力用在"一代新人"的塑造上。他们在这方面都比各自同时代某些热衷于写"革命加恋爱"的作家要高明,要深刻。比如蒋光赤的《田野的风》,就流于简单化和概念化。巴金在《关于〈家〉十版改订本代序》中说:"我最后还要写一个叛徒,一个幼稚的然而大胆的叛徒。我要把希望寄托在他底身上,要他给我们带进来一点新鲜空气,在那旧家庭里面我们是闷得缓不过气来了。"巴金这里所说的"大胆的叛徒",与卢那察尔斯基说的屠格涅夫"用敏锐的眼睛注视着萌芽中的新的典型"[①] 语中的"新的典型"是一致的,意即两位大作家在小说中关于爱情、婚姻、革命、事业等的生动描写,都是旨在塑造他们各自所处时代的"一代新人"的形象。

三

巴金和屠格涅夫的作品可读性都强,除了强烈的反专制主义、善于描绘新的叛逆的一代、擅长于写女性形象等特点之外,还在于两位作家在人物的艺术表现手法上也虽各有特点,但又大体相似、相近。巴金曾自云他早期的"短篇小说很可能是受到屠格涅夫的启发写成的",比如"用第一人称讲故事"等。[②] 当我们较为仔细地阅读、比较两位大师的作品时,不难发现在写人物的表现方法上有如下几个主要方面,他们十分相似。

他们小说中的一些人物,大体在现实中都有一个或数个生活

[①] 张宪周:《屠格涅夫和他的小说》,北京出版社1981年版,第143页。
[②] 巴金:《谈我的短篇小说》,《巴金全集》第20卷,第521页。

原型,尤其是作品中的主要人物,很少凭空臆想。屠氏短篇《木木》中的老太太和聋哑人奴仆盖拉新、长篇《罗亭》中的英莎罗夫、叶琳娜,《父与子》中的巴扎洛夫,《烟》中的伊丽娜等,都有生活原型。《木木》中的老太太就是以作家那位顽固、专横的母亲为原型,伊丽娜"是我受了本人认识的一个实有人物的启发而产生的"①。《父与子》中的"新一代人"的形象巴扎洛夫,就是作家1860年夏在德国旅行的车厢里遇见的一个俄国青年医生为生活原型,尔后又综合其他内容创造的。巴金在小说中创造人物,也习惯于、擅长于从生活中的原型出发进行艺术创造。不仅他早期写的很多中、短篇小说有他朋友的影子,比如《灭亡》《复仇》《不幸的人》《亡命》《爱的摧残》《亚丽安娜》等,"差不多每一篇里都有一个我底朋友,都留着我底过去生活里的一个纪念"②,而且在20世纪30年代创作的中长篇小说中,也都有来自他自己生活或朋友生活中的原型。他的代表作《家》最为典型,从觉慧的祖父辈高老太爷、父辈高克明到同辈觉新、梅、琴、鸣凤等,其中主要人物形象几乎无一没有动人的生活原型,虽然作家的艺术想象丰富,对原型进行了艺术加工,因而创造了不少严格意义上的成功的艺术形象,即便如此,认真的读者仍然可以从这批艺术形象上感受到鲜活的生活气息和扣人心弦的生活命脉。这就是巴金若干小说杰作富有独特性的、动人情弦的,以至永久的感染力的主要原因之一。

在以诗意的抒情笔调写人物时,不直露,不用冗长的心理描写,而是注重通过诗意的环境的渲染和人物的表情和动作来展现人物的复杂而又丰富的心理和性格,这是巴金和屠格涅夫两位大

---

① 《俄国作家论文学劳动》,苏联作家出版社1955年版。
② 巴金:《写作生活底回顾》。

作家又一相似之处。屠氏在《贵族之家》中描写拉夫列茨、丽莎等人物,那种初恋的神秘、失恋的痛苦,通过诸如"手指……把脸蒙住""眼睫毛……颤栗"等外部动作和表情,表现了"人生中这样的时刻,这样的感受……我们只能意会","谁能说得出来呢?"在《前夜》《父与子》等作品中,屠氏同样有变化无穷的抒情笔墨,无论是场景、环境、气氛的展现都与人物此时此刻独特的心态相互辉映、融为一体。在这方面,巴金固然受到屠氏的影响,同时也和他与屠氏相近的某些气质和中国传统戏曲(包括巴金自幼爱看的川剧)的影响有关。的确,巴金不大喜欢大段大段地写景抒情,不喜欢一长串一长串的心理独白,他常常能抓住人物富有表现力的表情和动作,三言两语,就能简洁而传神地传达出特定的氛围和人物的心态。《家》中写鸣凤与觉慧情感的细微变化、写觉新在梅园中邂逅已出嫁的梅、写觉慧决定离家前在祖父灵堂跪拜燃香,写《寒夜》中曾树生为争取个人幸福从犹豫到决心离家出走等,都以人物的一笑一颦、一颤一抖、一扬眉一睨视、一举手一投足等丰富的外在变化,传神地透露了人物千变万化的心态,而且与人物彼时彼地的环境融成一片,呈现出一种诗情画意的艺术氛围。

  从一定意义上说,小说是叙述的艺术,小说家的才能多半是从叙述艺术的高下、智愚、灵活呆板等才能中体现出来的。巴金和屠氏总体上属主观性特强的作家,因而他们的小说抒情性强、爱憎强烈,在叙述上,爱用第一人称,在叙述中常常注重故事性。在这方面,巴金自述受到屠格涅夫明显的影响。比如两人的同名小说《初恋》,都以叙述故事结构全篇;两人也常有日记体、书信体的小说,也多用第一人称,有时第一人称中的"我"与作品中的主人公同为一人;有时叙述视角、叙述口气变化了,但叙述主体仍含有或隐或显的主观色彩。他们的叙述艺术不仅在小说中相似，在散文诗中，也有不少惊人的吻合。都喜欢用第一人称，擅长用梦境、幻觉，通过象征寓意来抒写胸臆。如屠格涅夫的《虫》《自然》《门槛》《老妇》等，巴金的《长夜》《龙》《撒弃》《寻梦》等。在叙述巴金和屠格涅夫作品思想和艺术的某些相似之处的同时，我们也同样应该看到，两位大作家都是独立的"这一个"，他们都有各自的特色。一个明显的特色是，屠氏习惯于将音乐语言：旋律、节奏、动静、抑扬顿挫等，运用在小说创作中，习惯于将人物的情感、心理等与音乐融为一体。如罗亭、拉甫列茨基等喜爱音乐，自云能通过音乐感知周围的世界，文学作品中弥漫着、跃动着音乐的美。巴金则不然，他更多的是谛听生活、谛听青年男女的痛苦的呻吟和呼号，将鞭子抽打的声音和残酷的生活图画融入作品中去；即使在相似之处，他们也会有各自的色彩和声调。丹麦大批评家勃兰兑斯说，屠氏作品"更多的是优美，而不是雄健"，巴金作品固然如是，但同时又多了些忧郁性；屠氏力求作品"忠实而生动地再现他本人和别人从生活中获得的印象"，但屠氏对生活中的"新人"倾注了更多的热情，更擅长于写"新人形象"，巴金也讲究真实地再现生活，更多的是看到生活中的腐朽、丑恶和专制，更擅长于揭露假恶丑；屠氏擅长于爱情描写，在表现情爱和事业的矛盾时，能动人地描写女性对异性爱的热烈和大胆，在这方面，巴金自云"受了他（笔者按：指屠格涅夫）的影响"，但在描写爱情与事业的矛盾时，巴金则更多地表现了女性的忧郁、痛苦和自我牺牲的一面。如此等等，研究者如能从两位大作家各自的时代、地域、民族文化传统以及各自的生活环境、成长道路、知识结构，以及各自心理和生理的素质等去认真考察，就不难理解，为什么在很多外国前辈作家中，巴金更欣赏屠氏，受到屠氏更明显的影响，同时，为什么巴金又依然还是巴金的内在和外在的深刻原因。

2005年11月改稿于
复旦园

选自《巴金与中外文化》，山东文艺出版社1995年版

论巴金与冰心

冰心与巴金是 20 世纪中国文坛的世纪老人。他们在各自的领域里取得了举世瞩目的成就,他们真挚、纯洁、深厚、高尚的友情长达六十余年。将他们的作品、思想和人格进行对照研究,会使我们获得不少人生和艺术的启悟。

一

冰心生于 1900 年,巴金晚四年出生。巴金 1921 年 4 月 1 日发表了第一篇文章,题为《怎样建设真正自由平等的社会》,冰心的第一篇文章发表于 1919 年 8 月 25 日,题为《二十一日听审的感想》。两篇文章都系政治短论,前者政治理想鲜明,认为"安那其才是真自由,共产才是真平等",为了建设这样的社会,主张"推翻那万恶的政治";后者是一篇为营救在北京如火如荼的爱国学生运动中被捕被审的热血青年的呼吁书,也是一篇义正词严揭露北洋军阀罪恶阴谋的控诉书。也就在 1920 年前后,冰心饱含社会、历史、人生内容的文学作品"问题小说"就驰誉文坛,而巴金为文坛注目,则在 1930 年前后,是他饱含丰富的社会、历史、人生内容的中长篇《灭亡》和《家》发表之时。两位老作家,最初都紧紧关注社会政治和民生疾苦,都是怀抱人生正义感和历史责任感踏上文坛的。

一生谦和、律己严格的巴金不止一次地称他很早就是冰心的读者,并称冰心是他青少年时期十分喜欢和敬慕的少数几位"五四"老一代作家之一,自己的思想和创作也受到过冰心的影响。"十几年前,我是冰心的作品的爱读者(我从成都搭船去渝,经过泸县,我还上岸去买了一册《繁星》);我的哥哥比我更爱她的著作(他还抄过她的一篇小说《离家的一年》)。过去我们都是孤寂的孩子。从她的作品那里,我们得到了不少的温暖和安慰。我们懂得了爱星、爱海,而且我们从那些亲切而美丽的语句里重温了我们永久失去了的母爱。我记得《超人》里的那个小孩,他爱他的母亲,也叫我们爱我们的母亲。世界上真的有不爱母亲的么?现在我不能说是不是那些著作也曾给我添过一点生活的勇气,可是甚至在今夜对着一盏油灯,听着窗外的淅沥的雨声,我还能想起我们弟兄从书上抬起头相对微笑的情景,我抑制不住我感激的心情。"① 直到晚年,巴金在为一部《冰心传》作的序中,还深情地叙述他青年时期"边读着《繁星》,一边写'小诗'"的情景,以及深情地坦露年轻时"有人吟着诗走在我的前面,我也不知不觉地吟着诗慢慢地走上前去"的心声。

巴金和冰心首次面晤,据他们自己的回忆,一说是在1936年10月,与鲁迅、茅盾、张天翼等二十一人联名发表《文艺界同人为团结御侮与言论自由宣言》的前后;一说是1933年冬,与章靳以、郑振铎在北京为筹备《文学季刊》组稿时,一次在靳以陪同下到冰心寓所约稿时结识的。(按:两说待考)这以后的五六十年,巴金和冰心交往,除劫世之难的"文革"十年外,从未间断。在重庆他们共同出席"中华全国文艺界抗敌协会"茶会;巴金和萧珊结婚后,常上歌乐山访问冰心;冰心委托巴金

---

① 巴金:《冰心著作集·后记》,《巴金全集》第十七卷,人民文学出版社1991年版,第340—341页。

重编《冰心著作集》，巴金还写了《后记》；之后，冰心又通过巴金将当时自己的畅销书《关于女人》交给开明书库出版，如此等等。他们互敬互重、互信互助的精神，到 20 世纪 50、60、80 年代，更为深厚，或一同出国访问，或在寓所畅叙、合影，或批判的灾难临头时互传心领神会的信息，或亲人逝世时相互安慰，或节假日互致问候，或病中互致电函排忧解难，或喜逢诞辰之时相互祝贺，或有新作问世时先睹为快……几十年如一日，令海内外文坛传颂。

二

从某种角度说，文学史上没有绝对感情型或绝对理智型的作家，虽然两者之间总是互有交织、互有渗透、互有侧重，而且还时有变化，但相对性还是有的。为文学研究的需要，我们常常观照某作家的一生，分析构成他（她）创作的基因和总体倾向，然后对研究对象大体进行划分。巴金和冰心就是基本上属感情型的作家。

巴金多次表示："我有感情必须发泄，有爱憎必须倾吐。"因此，一旦进入创作他就"和书中的人物一同生活，他哭我也哭，他笑我也笑"[①]。文学艺术区别于其他社会科学的本质特征就是形象始终饱和着感情，作家艺术家的感情总是或隐或显地融化在作品之中，以感情去感动、感染、感化读者和观众。在这方面，冰心也是突出的。她认为作文的要素"必须是作者自己对于

---

① 巴金：《〈灭亡〉作者底自白》，《巴金全集》第 12 卷，人民文学出版社 1989 年版，第 241 页。

他所描述过的人、物、情、景,有着浓厚真挚的情感"①。她也是"常含着眼泪写那些文章"(按:即《寄小读者》),而有些作品写到动情处,也总是"使我惊心,使我呜咽","成了我不敢重读的从我血淋淋的心中流出来的充满了血泪的文字"②。

无论是创作小说还是创作散文,巴金和冰心都是重情的。但冰心的情虽然有忧时愤世情,多半却为慈母情、乡土情、大自然情和童心情,多属人性的和大自然性的范畴。巴金则在情的具体内容上属社会性的、政治性的居多。固然巴金也抒发慈母情、乡土情,这方面却不及冰心的细腻、缠绵、深沉,但在描写、叙述或控诉封建专制、封建礼教摧残无数善良而激进的男女青年的罪行时,巴金的感情就似烈焰的喷火口、就似暴风雨中的炸雷了。巴金的作品,多半是射向封建军阀、封建制度、封建礼教的炮弹——总是饱和着作家本人情感的炮弹。巴金数十年来,谈起在自己早期的创作道路上艺术性还不成熟的革命的三部曲(《灭亡》《新生》《死去的太阳》)和爱情的三部曲(《雾》《雨》《电》),为什么总是说"我很喜欢"呢?其原因之一,就是这些作品中的不少青年人物形象、不少场景、不少具体内容,都是他十分熟悉的,或亲身经历过的,他对他们(它们)充满了激情。

自然,侧重抒发人性、大自然性情感的冰心和侧重抒发社会性和政治性情感的巴金,其感情的意义都不是一己的秘情,都超越了个人感情的领域,都是高尚而深厚的。

---

① 冰心:《关于散文》,《冰心文集》第 4 卷,上海文艺出版社 1986 年版,第 193 页。
② 冰心:《话说散文》,《人民文学》1989 年第 5 期。

三

重情的作家，在文艺观上往往更重真。虽然"情"和"真"都包含有多侧面、多层次的内容，严肃的批评家一般也并不以此作为评价作家和作品的唯一标准，但它们的对立面虚情、虚假，绝对是创作的大敌和批评的靶子，而真情真意总是创作成功的最基本的要素。

巴金和冰心都主张真，都认为真实性是作品的第一生命。冰心认为，成功的文学作品，"可以使未曾相识的作者，全身涌现于读者之前。他的才情、性格，人生观、都可以历历的推知"，其原委"只是一个'真'"①。巴金"真"的文学观更执着了，他数十年如一日，反复申述自己创作奉行的原则就是"真诚"和"真话"，就是"不说谎，把心交给读者"。纵观他们一生的创作，凡那些扣人心弦的、生命力经久不衰的作品，都是他们实践"真"的文学观的艺术结晶。如冰心的《寄小读者》若干文札、《繁星》和《春水》若干小诗，《超人》以及晚年写的《空巢》若干短篇；巴金的有《家》《寒夜》《憩园》及若干中、短篇小说和《随想录》等若干散文。

虽然巴金和冰心都主张文学审美活动的第一要素是"真"，但他们关于"真"的文学观还是有差别的。冰心的"真"主要指的"是心里有什么，笔下写什么，此时此地只有'我'"，作品就会"充满了'真'"。由此又进而表示："'真'的文学"，就是"发挥个性，表现自己"②。现代文学史上，持类似见解的

---

① 冰心：《文艺丛谈（二）》，《冰心全集》第一卷，海峡文艺出版社1994年版，第193页。
② 同上。

还有郁达夫、朱自清、徐志摩。巴金也持有这种真实观，但巴金提倡的"真"，主要是通过"真心""真话"着重表现、描写社会生活的"真"。联系他们的全部作品来看，毕竟冰心更注重真实地展现自己的内心世界，真实地表现自己的个性，巴金更注重真实地描写自己所见所闻和所经历的社会现实。从文学的审美价值来说，两者都可达到相当的审美高度，关键是表现自己个性的，要具有深刻的普遍性，而侧重于社会性的，必须要有深刻的个性特色。冰心和巴金大部分作品从各自不同的侧重面，都达到了这样的成熟度。造成两位老作家文学创作不同侧重面的重要原因之一，即冰心以散文、诗歌见长，尤以散文夺冠，而散文和诗就是更注重"自我"和更易表现"个性"的；巴金虽然也写了不少散文，终以小说驰誉，而小说更适合于作历史和社会生活的"镜子"；而当巴金创作《我的呼号》《悼鲁迅先生》《龙》以及《说真话》《怀念萧珊》等散文时，作家的内心世界，个性也就近乎赤裸地袒露于世了。

四

巴金和冰心与"五四"一些大作家一样，总体上创作思想都比较复杂、丰富，而且富于变化。但在将他们两相对照的深入研究中，一个饶有趣味的现象更为清晰了。他们孩童时代都从母亲那儿受到"爱"的潜移默化的影响，他们怀着这种"爱"的火种，在世纪的风雨中却能数十年如一日地在心中燃烧。

相对巴金来说，冰心的"爱"清纯而少曲折、专一而少变化。冰心自幼一直生活在一个贮满母爱的温馨的家庭中。在她童年和少年时代，已初步形成了构成冰心"爱"的四大元素：母爱、自然爱、童心爱和祖国爱。这四大元素的直接和间接的来源，除慈母和家庭的亲情和生活环境大海的抚爱之外，还有父亲抗敌的英勇业绩、几个加入同盟会的舅舅的活动，以及"基督教义的影响"① 和"印度哲人太戈尔……超卓的哲理……发挥'天然美感'的诗词……"② 的熏陶。在冰心踏上文坛、步入社会之后，虽然现实的重重黑暗和残酷曾使冰心陷入迷惘和痛苦："乐园在那里？天国在那里？依然是社会污浊、人生烦闷！……在这广漠的宇宙里，也只是无谓。"③ 但冰心对爱的追求并未绝望，依然执着："青年呵，一齐打起精神来，跟着他走！"④ 冰心与巴金的明显区别在于，冰心尽管有过疑问、有过矛盾，但从未将"爱"转化为"恨"，始终执着地坚守着她那"爱"的四大内容。

巴金的"爱"就比较复杂些。母亲教他"爱一切人"，其实多半是一种民间文化中的"良心"意识和同情心，而轿夫老周和女佣杨嫂又从不同侧面丰富了这种"良心"意识；到青年时代，巴金读的书更多，他又说1927年在美国被判处死刑的意大利工人、激进的无政府主义者巴·樊宰特"他教我爱，他教我宽恕"⑤，又从他敬仰的俄国著名革命家、学者克鲁泡特金的言行中学会"去爱人，去帮助人"⑥。所以巴金说："把我和这个社会联起来的也正是这个爱字。这是我的全性格的根柢。"⑦ 巴金的"爱心"形成和发展中明显不同于冰心的主要是，生活了十七年

---

① 《冰心全集·自序》，《青年报》第2卷第三号，1972年10月20日。
② 冰心《遥寄印度哲人太戈尔》，《燕大季刊》1920年9月第1卷第3期。
③ 冰心：《问答》，《晨报》1921年7月27日。
④ 冰心：《秋》，《燕大季刊》1920年12月第1卷第4期。
⑤ 巴金：《〈灭亡〉序》，《巴金全集》第四卷，人民文学出版社1987年版，第3页。
⑥ 巴金：《〈我底自传〉译本代序》，《巴金全集》第十七卷，第132页。
⑦ 巴金：《短简（一）·我的几个先生》，《巴金全集》第十三卷，人民文学出版社1990年版，第16页。

的封建大家庭的专制、腐败和对青年男女的迫害,以逆向的鲜明反差,使巴金的"爱心"强化并转向了深层,尔后,"爱心"促使巴金投身社会、寻找救国救民真理,很快与社会上的黑暗、残暴、阴谋等形成鲜明而强烈的对照,巴金的"爱心"受到了严酷的考验,一个阶段处于极度的矛盾和痛苦的漩涡中,巴金看到,"爱"并不能解决社会的病痛,并不能驱除专制和黑暗,因而逐渐增强了"恨"的感情和意识。1928年8月,巴金一度痛心疾首地写道:"由于人间的憎恨,他,一个无罪的人,终于被烧死在波士顿,查尔斯顿监狱的电椅上",因而巴金又说:"我不能爱人,不能宽恕人……不能不背弃了他所教给我的爱和宽恕,去宣传憎恨、宣传复仇。"① 将"爱"一度转化为"恨",这是巴金与冰心的重要区别。但是,能不能据此认为巴金"爱心"从此泯灭了,"憎恨"成了他言行的主宰呢?不错,巴金在20世纪20、30和40年代写了很多控诉资产阶级某些法律、控诉封建军阀和封建专制制度、控诉法西斯侵略战争等充满了憎恨的作品,如《法律下的大谋杀——萨珂与凡宰特被害以后》《广州在轰炸中》,以及《灭亡》《家》《火》等小说,字里行间燃烧着憎恨的怒火,巴金自己也痛心地说过,他怀着妈妈交给他的"爱人"的心成长,"走遍了世界,走遍了人心的沙漠",但"所得到的只是痛苦","爱被人出卖……幻想完全破灭,剩下来的依然是黑暗和孤独"②,因而要妈妈"收回""爱心"。

但是,当我们读完巴金的全部作品和深入研究巴金的思想、性格时,就会发现这并不是巴金一生心中爱的泯灭和恨的主宰。一个明显的事实是,在他1929年虽发出"收回""爱心"的同

---

① 巴金:《〈灭亡〉序》,《巴金全集》第四卷,第3页。
② 巴金:《我的心》,《巴金全集》第十二卷,第235—237页。

时和前后,他仍然表示仇恨、残酷、黑暗"不能毁坏我的心",仍是"我那对于人类的爱鼓舞着我,使我有力量跟一切斗争"①,仍要"追求人间的爱"②,他著文称颂法国革命领袖马拉"比谁都要爱人民"③。小说创作中就更多更动人,在揭露、控诉封建专制、侵略铁蹄残暴罪行的同时,总是更多、更动人地抒发、描写了对广大人民群众、对祖国、对乡土、对友人、对信仰的无比挚爱和深情。巴金的爱心博大、执着、火热、深沉。在这一点上,还是与冰心相通的。

五

将巴金和冰心对照起来研究,当具体进入他们作品本身时,在总体上,我们发现两位老作家的文笔,尤其是抒情散文和随感的文笔都很美:流畅、动情、传神、富诗意、有个性。冰心没有写过长篇小说,巴金很少发表诗作,但于散文领域,他们都有大量作品,也都有各自的特色。尽管巴金对现当代文学史的主要贡献是中长篇小说,冰心的主要贡献是散文,但他们在几种文体上都有不同程度的建树。尽管文体不同,他们各自的文笔却是前后一致的,尤其是他们的创作风格基本形成——冰心在20世纪20年代、巴金在30年代——之后,他们的文笔就更见个性化了。

无疑,文笔应包含作家驾驭和使用与思维紧密相关的语言文字的才能、特点、习惯,它与作家的教养、学识、阅历、性格、思想、感情、审美标准等有关。那种单纯孤立地将文笔看作只是

---

① 巴金:《写作生活的回顾》,《巴金全集》第二十卷,人民文学出版社1993年版,第556页。
② 巴金:《我的心》,《巴金全集》第十二卷,第236页。
③ 巴金:《〈沉默〉序》,《巴金全集》第十卷,人民文学出版社1990年版,第168页。

作家运用语言文字能力的观点是肤浅的。当我们进一步研究巴金和冰心的文笔时，就会发现他们文笔的相通处和不同处，都是他们的知识结构、性格气质、审美标准等相通或不同的反映。

巴金显然受西方文学语言影响更大，冰心明显受中国古典文学语言影响更多。巴金虽然自幼也读"四书"、"五经"、唐宋诗词和散文，也读了诸如《红楼梦》《三国演义》《水浒》《聊斋志异》等古典小说，但他阅读更多的还是外国作家、思想家的作品和著作，如左拉、屠格涅夫、托尔斯泰、赫尔岑、契诃夫、高尔基、陀思妥耶夫斯基、卢梭、克鲁泡特金、柏克曼、伏尔泰、雨果等。巴金多次说过类似的话："在所有中国作家之中，我可能是最受西方文学影响的一个。"① 这种影响，首先应是思想影响，同时也必然包括文学作品的叙述方法和语言表达特点。比较起来，冰心受外国文学的影响要少些。对冰心思想和创作影响比较明显的要数印度的诗人、哲人泰戈尔②，以及基督教教义，其次美籍黎巴嫩作家纪伯伦的散文体和马耳他诗人安东·布蒂吉格的诗等也有些影响。倒是中国古典文学，冰心自幼就大量阅读，自云从七岁开始，"我囫囵吞枣，一知半解的直看下去"③。到了十一岁时，"我已看完全部《说部丛书》，以及《西游记》《水浒传》《天雨花》《再生缘》《儿女英雄传》《说岳》《东周列国志》等等"。直看得"头也不梳，脸也不洗；看完书，自己嘻笑，自己流泪"④。冰心的学士和硕士论文也是古典文学方面的：《元代的戏曲》和《论李清照的词》，足见中国古典文学对冰心熏陶之

---

① 巴金：《答法国〈世界报〉记者问》。
② 冰心：《冰心全集·自序》，《青年报》第 2 卷第 3 号，1932 年 10 月 20 日。
③ 同上。
④ 同上。

深。积之既久，仅从语言方面来说，冰心作品语言多用四字句和长短句，讲究精炼的节奏，又多韵味和音乐感，重含蓄和意境，语汇丰富，句型多变，这一切，构成了冰心作品独特的"文体美"。著名现代作家郁达夫当年曾极口称赞道："冰心女士散文的清丽，文字的典雅，思想的纯洁，在中国好算独一无二的作家了。"[①] 冰心正借她作品中人物宛因（按：宛因即冰心原名婉莹的谐音）之口——实际上是夫子自道——谈过"文体美"的独特见解，即主张"'白话文言化'，'中文西文化'。这'化'字大有奥妙，不能道出的，只看作者如何运用罢了！我想如现在的作家能无形中融合古文和西文，拿来应用于新文学，必能为今日中国的文学界，放一异彩"[②]。冰心正是如此实践、并能"放一异彩"的大作家。

自然"文体美"不仅指语言文字、句型句式，还包括叙事抒情方式、各种文学样式固有的特点及其变化，它的涵盖面较"文笔美"互有交叉，也互有空缺。我们仅从"文笔美"这一侧面来谈巴金和冰心，应该说，在总体上巴金的文笔还没有达到"'白话文言化'，'中文西文化'"的境界。

在"大有奥妙"的"化"字上，巴金是不是功力不够呢？回答是否定的。巴金从来没有去追求过"文学技巧"和语言修辞，压根儿没有想过当文学家，甚至青年时代的巴金对此还不屑一顾。这固然是由于巴金对中国古典文学的兴趣和造诣，不及对西方文学的兴趣和造诣深浓，更是因为巴金从他20世纪20年代开笔直到现在，他总是思考着、实践着一个问题："为什么我们

---

① 郁达夫：《〈中国新文学大系〉散文二集·导言》。
② 冰心：《遗书》，《冰心文集》第1卷，上海文艺出版社1982年版，第41页。

写作?"巴金的回答总是反反复复地重述着一个声音:"我要拿起我的笔做武器,……向着这垂死的社会发出我的坚决的呼声'J'accuser'(我控诉)。"① "前辈作家把热爱生活的火种传给我,我也把火种传给别人。"② 这"呼声"、这"火种"就是对封建专制、旧礼教、侵略战争及一切黑暗腐朽的制度的揭露和控诉,对真、善、美和人类的民主、自由、和平、繁荣昌盛的无比热爱和献身精神。为此,他才偏激地反对文学在形式上、叙述上的艺术性,轻视文学的内容的深刻必须有相当的艺术形式和表现技巧的结合的创作规律,——其中自然包括他对语词的精炼和丰富、对作品的含蓄和意境、对结构作品的艺术匠心等的忽视。这就造成了巴金文笔的某些不足:重复、拖沓、语词不丰富。但通读巴金近千万字的创作(译述除外),又常常为其中大部分作品所吸引、所激动。这原因固然是多方面的,我们仅从文笔的角度来分析,是巴金自有其独特的文笔美的风格,朴实、自然、清新、流畅、灼热、真挚。读巴金的作品,首先不是为他的语词所动,而总是为他的感情所动,——那种掏心掏肺的真心话,那种能与很多人共鸣的对于现实生活爱憎的真情,那些在黑暗、专制的社会中挣扎、牺牲、反抗的活生生的青年男女,那样自然、火热、强烈、动人的语句,还有燃烧在字里行间的作者坦直、正义、坚强的人格——汇合成无可抗拒的感情的激流,将读者一路席卷而去。几乎每一个大作家都有缺陷,而每一个大作家都有征服读者的独特魅力。巴金亦然。这就是巴金文笔美的个性,植根于巴金爱憎分明、忧愤深广的土壤中。同时,也源于他的文化素养、阅

---

① 巴金:《〈春天里的秋天〉序》,《巴金全集》第五卷,人民文学出版社1988年版,第97页。
② 巴金:《核时代的文学——我们为什么写作》。

历及某些禀赋和身心素质。巴金自云写作时，仿佛"我自己是不复存在了。……我的心仿佛受了鞭打，很厉害的跳动起来，我的手也不能制止地'迅速'在纸上动，许多许多的人都借我的笔来倾诉他们的痛苦了"①。"我要怎样写就怎样写。而且在我是非怎样写不可的。"② 这使我们想起俄国著名文学批评家别林斯基的一番话：作家"唯一忠实可信的向导，首先是他的本能的、朦胧的、不自觉的感情，那是常构成天才本性的全部力量"③。以此来分析巴金和冰心的个性化的语言，不难悟到个中的某些奥秘。

1995 年 10 月 2 日晨完稿于
"凉城""苦乐斋"

原载《上海大学学报·社会科学版》1997 年 2 月第 4 卷第 1 期

---

① 巴金：《作者的自剖》，《现代》第一卷第六期，1932 年 10 月 1 日。
② 巴金：《〈灭亡〉作者底自白》，《巴金全集》第十二卷，第 241 页。
③ 别林斯基：《一八四〇年的俄国文学》。

巴金的"忧"与"痛"

自云"是五四产儿"的巴金，在他一百零一岁高寿之际走了——在他经历人生百年风霜雨雪之后，在他坚持不懈地反封建礼教、反专制强权百年之后，在他披荆斩棘探索生活真谛百年之后，在他艰难跋涉追求光明理想百年之后，悄无声息地向他念念不忘的、深爱他又"养活"他的广大读者默默地告别了，他终于回归并融入他深深地爱恋着的国土和山川草木中了……

巴金的形体走了，但他却留下了巨大的"财富"；留下了他百年凝聚和锤炼而成的精神理想、人格良知、创作才华——都饱含在他百年生活长途深深浅浅的脚印里。

确系"五四产儿"的巴金，是中国新文化运动的代表人物之一。20世纪一二十年代，一群文化、文学界叱咤风云、创造、影响并永载历史的代表人物，如陈独秀、胡适、鲁迅、郭沫若、周作人、茅盾、郁达夫、闻一多、田汉、夏衍、冰心、叶圣陶、沈从文、林语堂、徐志摩、老舍、曹禺、丁玲、胡风、施蛰存等，都已先后作古，为学术界公认的巴金，也是这群文化精英中的一员，而且甚具独特性和代表性。因此，巴金的去世，在最完整的意义上，标志着那个时代的结束。巴金的思想、精神、人格、感情和艺术，甚至生活，都有着那一时代深深的烙印，而巴金独特而漫长的生活道路、创作道路和精神、人格等发展变化的历程，又为那一时代增色生辉。

多年来，巴金人格和创作的魅力，以及精神和信仰的独特性，吸引了越来越多的研究者，而巴金创作和信仰的复杂性，思想的深刻性，巴金生活历程的漫长和命运的坎坷起伏等，这些，相对于他生活和创作多变的社会时代和丰富的思潮来说，决定了巴金研究的魅力和争议几乎是同时存在的。

而今，巴金的生活和创作都已画上了句号，人们可以在更完整的意义上研究巴金这位新文学史上仅有的一位跨越一个世纪的大作家了。

纵观巴金的一个世纪，他是幸福的，也是痛苦的。他生活和创作的时间比其他新文学作家长，这是他的幸福，却更是他的痛苦。说他幸福，主要指他看到了更多历史的变化，有了更多的感受，留下了更多的作品，因而先后荣获了很多荣誉称号：1982年获意大利"但丁国际奖"；1983年获法国"荣誉军团勋章"；1985年获美国文学艺术研究院名誉外国院士称号；2003年又获中华人民共和国国务院授予的"人民作家"等荣誉称号。晚年，他竭尽心力盼在北京建造一座中国现代文学馆的愿望，也终于实现，煌煌二十六卷的《巴金全集》也已全部面世，如此等等，巴金的殊荣，举世瞩目。巴金用自己毕生的心血营造的这些精神里程碑，赢得了世界声誉。——这是在"五四"新文化运动前后涌现的为数不多的文化先驱和文学巨匠中所罕见的。

但是，巴金却是痛苦的。这种痛苦主要不是指巴金百年生活的中、青年时代的辗转奔波，百年创作生涯中迭遭曲解和批判，晚年亲人的病故和自己多年沉疴的折磨。

巴金的痛苦主要是精神和良知的痛苦。

这种痛苦从巴金少年时代起，贯穿近百年。巴金的幼年和童年时代是在20世纪初的成都一户封建官宦大家庭中度过的，既感受到温馨的母爱，又目睹了大家庭种种的倾轧、腐败，以及封建专制、礼教对所谓"下等"仆人的剥削和对妇女的迫害，特别是其时军阀混战和社会上的种种黑暗给百姓带来的灾难，在"五四"新文化运动中传到成都的《新青年》《新潮》《每周评论》《星期评论》《北京大学学生周刊》等进步刊物的催生下，在重庆的激进青年组织《适社》及成都的刊物《半月》和《警群》的鼓动下，童年和少年时代巴金的精神和良知萌生了，爱与恨以及探求人生、向往光明的感情滋生了——这就是巴金百年精神和良知的萌芽，是巴金决心离川赴沪、宁，到法国留学，直至热情关注国际安那其主义运动，大量翻译和介绍安那其主义著作和文章等，青少年巴金从事这些活动的基因和动力，就是胎生于他自幼逐渐孕育而成的忧国忧民的良知、追求真理和光明的精神的母体。为此，他曾一度称安那其主义者爱玛·高德曼为"精神母亲"，称克鲁泡特金是有"人类中优美的精神"。这一时期的巴金曾自云"在安那其主义的阵营中经历十年以上的生活"，热情似火，通宵达旦，文章一脱稿，"就沉沉睡去"，于是《革命的先驱》《俄罗斯十女杰》《我底自传》等有关安那其主义的译作连篇而出，但他依然是痛苦的。因为巴金自云"爱与憎的矛盾将永远是我的矛盾"，他"为了人类的受苦而哭，也为了自己的痛苦而哭"。他的忧国忧民的良知、他的追求光明的精神使他日益感到，安那其主义理论本身的矛盾和苍白，感到安那其主义在残酷的现实生活中的空虚和乏力。进入文学创作是否会减轻痛苦呢？并不，他曾多次宣称放弃文学创作，因为作品中揭露的黑暗、专制等，多年后生活中依然存在。即使他写完了长篇巨著《家》，他也声称是"向一个垂死的制度叫出我的'我控诉'"，他也依然感到了痛苦，因为他在现实中还是看到了"垂死的制度"的顽固存在。

巴金的这种追求光明的精神和忧国忧民的良知,不仅可以从他青年时代的信仰和创作中体现出来,也可以在他中年时代的信仰和创作上体现出来。他的信仰和痛苦因而也增添了新的时代的生活内容。促使这种变化的是20世纪三四十年代侵略者的残暴和全民抗日救亡的遍地烽火。这一时期他安那其主义的译作越来越少,而写普通民众、写"小人小事"的小说和散文,记述和揭露侵略罪行的散文和小说,成了巴金这时期文学创作的主导。他辗转于广州、武汉、柳州、梧州、桂林等地,"半年来敌机似乎跟着我轰炸",虽然历经战火忧患,他这时写的散文甚至是在"死的黑影的威胁下写成的",他依然坚信抗战必胜,他树立了这样的"信念":被轰炸的"城市将在废墟中活起来",将"不断地生长发达,任何野蛮的力量都不能毁灭它"。而在他这时期的创作中,《火》三部曲中燃烧的反抗侵略的热情和斗志,《寒夜》等对小人物命运的同情和关爱,都体现了中年巴金追求光明的精神和忧国忧民的良知。当有人指责他的"小人小事"等的创作为安那其文学的阴影,是"眼泪文学"时,他比以往任何时候更坚定地回答,"我虽然相信过从外国传入的'安那其',但我依然是一个中国人,我的血管里流的也是中国人的血"。就是在全民抗战烽火燃起之前的1935年,巴金在回忆当年克鲁泡特金的《告少年》等对他思想、精神影响时,还重申"我的信仰并没有改变",而在抗战烈火遍地燃烧的1940年前后,巴金终于对原先执着的"安那其"信仰发生了决裂的呼声。其时巴金的日常生活虽然仍要东奔西走,却不再沉浸在痛苦的氛围中,他也融入了全民抗战的洪流,将文学创作看作是"使自己的心和万人的心接触",是把自己感受到的"一点温暖",见到的"一点光明"分给需要的人。"我在任何时候都是一个爱国者。"巴金追求光明的精神有了更明确、更现实的内容，巴金忧国忧民的良知也更为炽热和深厚。

　　大作家的痛苦主要是精神的痛苦，这种精神的痛苦，主要来源于真挚、深厚、博大的人道和良知，表现于对真理、光明、理想的坚定不移的追求。如俄罗斯的托尔斯泰、屠格涅夫、契诃夫、赫尔岑，法国的巴尔扎克、雨果，中国的李白、杜甫、曹雪芹和鲁迅、郁达夫等。巴金的精神和良知与他们是相通的。自然，巴金在20世纪50年代也一度迷惘过，他与历经"五四"新文化运动而进入新时代的叶圣陶、冰心等作家一样，沉醉在欢乐的海洋中。精神追求一度停滞，良知内涵也一度淡化。巴金毕竟是一位热情的理想主义者，又同时是一位正直的现实主义者，在亲历了一次次遍及全国的政治性的文艺界斗争之后，尤其是"十年文革"的"大动荡""大改组""大革命"之后，巴金自青少年时代就植根在心底追求真理和光明的精神以及忧国忧民的良知的"种子"，又激发出了新机。他深思熟虑，终于忍痛放下了原计划写两部长篇小说的初衷，尽管其中《一双美丽的眼睛》已开了个头，依然暂时搁下，决定写《随想录》，"掏出自己的心"，"为了下一代"，"给'十年浩劫'作一个总结"。明知自己"又老又病"，仍准备"一篇一篇写"，"挖心中的坟墓"，"挖掘自己的灵魂"。他又一次承受痛苦的经历的折磨。已年迈体衰的巴金这时的痛苦，甚至超过了他青年时代目睹山河破碎、民不聊生时的痛苦——相对来说，两个时代的痛苦，在巴金虽然主要表现为精神的痛苦，但青年巴金那时的痛苦更多的还是现实性的直感性的"痛"；而晚年巴金的痛苦则主要是心灵的"痛"、理性的"痛"，这种"被长官意志"蒙蔽，或"为了保护自己过关"而做违心事之后清醒的忏悔,自剖的痛定思痛的"痛",是一种智性上的深层的精神"折磨",它挥之不去,久久纠缠于心,所以,巴金多次在"恶梦中惊叫","从恶梦中惊醒";其区别还在于,青年时代巴金笔下揭露的家庭和生活中的痛苦不因作品的面世而消失,有时现实的苦难越发深重。而晚年巴金笔下"挖掘"的"记忆的坟墓",他可以用"真话"与社会交流,可以用文字解剖那种刻骨铭心的痛苦,将它提升为一种人类的精神财富,永远警示和警醒世人和后人,这种痛苦就转化为一种思想的火种,智性的火花。唯其如上述,巴金在"挖掘心灵痛苦"时也有了良知释放的欢乐,有了精神追求的欢乐。历时近十年基本完成的《随想录》,就是巴金痛苦和欢乐的结晶,就是贯穿于巴金百年生涯的追求理想的精神和忧国忧民的人类良知的结晶。

思想者的巴金停止了思想,精神追求者的巴金停止了追求,忧患人类良知者的巴金停止了忧患,但他的精神和良知将永世升华,"留在人们温暖的脚印里"。

2005年10月18日不眠之夜,挥泪泣就于复旦园"苦乐斋"

原载《文学报》2005年10月20日(文学巨匠巴金逝世专版)

《巴金年谱》后记

写完《巴金年谱》(1904—1986)最后一个字,不知东方之既白。

时值初冬,寒气袭人,窗外迷蒙,微雪纷纷。关去台灯,手抚厚厚一叠书稿,象抚摸初生的婴儿,顿时,八年艰辛,酸甜苦辣,一起涌上心头……

大学期间,我侧重于中国古典文学的学习和研究,因"服从需要",毕业后又先后从事过短时期的留学生现代汉语、文艺理论和多年的现代文学和当代文学的教学和研究。"文革"十年,学业荒废自不待说,粉碎"四人帮"后,又为百余本的大型协作丛书《中国当代文学研究资料》奔波劳神,其间时作论文,也有合作的《中国当代文学史》、《中国新文学词典》、《中国现代文学作品选》等编著和《寒松阁谈艺录》标校本先后问世。始感是非骚扰,应接不暇;杂事纷纭,疲于奔命;学既不精,事业难成。其间,我正在贾植芳先生的指导下,合作汇编《巴金研究资料》,先生值花甲之年,以他广博的学识和严谨的治学精神,带领我们沉浮于学海之中,跋涉于书山之间,以此辛劳,发现了不少以前巴金研究者从未披露过的新材料,并于八十年代初先后出版了《巴金专集》第一卷和《巴金专集》第二卷(第三卷待出)。在大量阅读和研究巴金作品的同时,我萌发了撰写《巴金年谱》的想法,遂决心与大学时代积累了不少鲁迅、茅盾、巴金卡片的同学张晓云一起，排除干扰，埋首南窗，开始精心搜集、积累、整理、查考、分析有关巴金的资料。巴金先生作品的魅力、坎坷的道路、高尚的品格又一次吸引了我们，仿佛重新认识到这位大作家在中外文学史上的价值，认识到那个痛苦的、追求的灵魂，感受到那颗永远燃烧的心。我与张晓云在繁忙的教学之余，继续仰俯于百余种新、旧报刊之间，撷拾于浩繁的卷帙之内，寻访巴金旧时的足迹和亲友，求助国内外的学者和友人。不避寒暑，苦心耕耘，除每年繁重的教学任务、中文系科研秘书的日常工作等之外，几乎所有业余时间都付诸笔墨，终于在1984年春写完了《巴金年谱》初稿。其后，我们俩就着手修改和充实。这时，正在我系进修的孙桂森（内蒙古民族师范学院中文系）、李仁和（山西晋东南师范专科学校中文系）希望指导他们搞一些学术研究，遂向他们反复说明体例和要求，并提供给他们大量资料，让他们各就巴金40年代和60年代前后的著译活动积累一些资料，他们在复旦进修之暇，终于不辞辛劳，各尽其能，后又短期来沪整理了部分内容。这以后，他们或因教学任务忙，或因外出读书，均无暇顾及上述内容的写作和修改。我和张晓云对他们整理的部分资料又作了反复核实和大量增删，对其中内容准确的部分我们即据此对已编著的《巴金年谱》（初稿）中40和60年代前后的内容作了参照和适量的补充。在此前后，张晓云赴美讲授中国现当代文学，趁此外访的机会，又广为搜集美、法、日、德等国学者研究巴金的有关资料，并走访有关专家；尔后，我和张晓云又带着国内外寻觅爬梳的资料，多次拜访巴金先生，对《巴金年谱》初稿又进行了认真的核实和大量的补充。后慈母病重，我寝食难安，《巴金年谱》全书的定稿一度受到影响。但"锲而不舍，金石可镂"，"大漠不负苦心人"，在几番寒暑、日夜耕耘之后，于 1987 年 1 月，我和张晓云一起，终于将《巴金年谱》（1904—1986）全部杀青！尔后，为尽量提高书稿质量，我又四次自费四赴蓉城（张晓云一次），又补新剔讹，增删数次。虽然因为巴金文学活动范围宽广、文章数量众多、创作道路漫长，查阅二三十年代某些报刊的严格规定，以及笔者教学繁忙、学识和时间等缘故，本年谱难免存在这样那样的不足，也还有待于专家学者和文学爱好者的指正，但面对厚厚一叠定稿本，我的心情仍然如披襟当风，春水初融。

微雪依然纷纷扬扬，窗外已经大白。脚下寒气逼人，胸中却翻起一股股暖流。我永不会忘记，从在简陋窄小四壁徒然的房间开始，到宽敞洁净、书籍琳琅的新居，历经坎坷的贾植芳先生数年如一日，借资料、解疑难、拓思路、写序言，尤其是先生那种奖掖后辈、乐于助人的精神境界，令人感动，促人奋发。我也不会忘记，四川文艺出版社负责人王火（已离休）、杨字心、杨蒲和龚明德等同志，值商品经济严重冲击出版社之际，他们能以出版家难能可贵的眼光和魄力，给予百余万言的《巴金年谱》以鼎力支持；龚明德又是本书的责任编辑，他首肯选题，不辞辛劳，逐字审阅初稿，协助查阅资料，增删得当，为本年谱增色不少。

我又怎能忘记，巴金先生为本年谱付出了多少宝贵时间和精力！十余次的亲切会见——在寓所客厅甚至在病房，十余次的书信——或亲笔，或请亲友代笔，或我们原信上批语，又多次提供珍贵版本和题赠新作，又多次准予录音和拍照。——那样和蔼宽厚！那样坦荡磊落！思维是那样的清晰，记忆力又是那样的惊人！此外，对巴金先生的亲人，李济生、李琼如和李瑞珏、还有李致、李小林、祝鸿生、李小棠、陈晓明和李国烁等，他们也多次不厌其烦地给予笔者以支持和帮助，我愿借此表示深深的感激之情。

最后，我还应向本年谱提供或协助查阅、翻译珍贵书籍、论文、手迹、报刊及其他资料的国内外教授、专家、学者和同行们致以衷心的感谢。他们是美籍教授夏志清，留美学者唐翼明，法籍学者李治华，日本作家、学者或教授井上靖、樋口进、山口守、岛田恭子、坂井洋史、饭塚朗，中国香港的学者余思牧、卢韦銮，以及中国内地的教授、专家、作家、文学工作者叶圣陶、冰心、沙汀、曹禺、沈从文、王瑶、柯灵、艾芜、萧乾、罗荪、王辛迪、王西彦、卢剑波、毕修勺、杨苡、黄裳、黎丁、田一文、刘再复、王裳、刘宾雁、陈丹晨、施燕平、戴厚英、周介人、谭兴国、李存光、陈思和、李辉、易明善、刘麟、萧斌如、朱贤均、郭在精、包立民、祁鸣、齐援朝、冰磊、张挺、李多文、艾晓明、张立慧、李今、花建、谢文芬、蒋天化、岑守壁、刘慧英、刘屏、靳丛林、潘守鉴等。还有国内外的一些图书馆和资料室，美国哥伦比亚大学图书馆、纽约市立大学图书馆、日本东京大学图书馆，以及我国北京图书馆、现代文学资料馆、上海图书馆、上海徐家汇藏书楼、上海辞书出版社资料室、四川图书馆、北京大学图书馆、清华大学图书馆、中山大学图书馆、复旦大学图书馆、复旦大学中文系资料室、上海大学文学院中文系资料室等；此外，著名教授、书法家朱东润教授值九十二岁高龄之际，欣然为本年谱题签。我对此一并竭诚致谢。

窗外白雪仍在纷飞，一口气写完后记，如释重负，但心头又升起新的思绪。历经八载的《巴金年谱》，经过四川文艺出版社总编和责任编辑及印刷厂同志们的手行将问世了，一种文学事业的责任感和学术上的追求精神，促使我再次恳请巴金先生和先生的至亲好友，恳请海内外学者、教授、专家和文学同行们给予指正。

1987年2月19日初稿
1987年11月7日定稿
于复旦大学

巴金的"笑声"和"眼泪"
——《〈巴金的一个世纪〉代后记》[①]

读了几十年的书,越来越觉得文字的神奇。——好比谱曲时,有限的七个阿拉伯数字的不同排列组合,能谱成千变万化的旋律那样,仅仅几个极普通常见的汉字的不同的排列组合,就能表达万千不同的、丰富而复杂的情感,蕴含万千不同的、丰富而复杂的思想。音乐和文学虽各有质的规定性,但在这一点上,却正显示了它们共同的无与伦比的神奇的魅力。——它们令人如入林莽、如登群峰、如近兰桂、如沐春风,因而能让入堂奥者久久萦回、久久思索。

写完一百余万字的《巴金的一个世纪》,有一句巴金翻译的赫尔岑的《家庭的戏剧》中的话,那四五十个常见的文字神奇的排列组合,一直突现脑际,积久日深,愈发令人回肠荡气。

> 只有坚强的人才承认自己的错,只有坚强的人才谦虚,只有坚强的人才宽恕——而且的确只有坚强的人才大笑,不过他的笑声常常近似眼泪。

巴金普曾多次表示过对俄罗斯杰出的思想家、文学家赫尔岑

[①] 《巴金的一个世纪》,唐金海、张晓云合著,本书为16K硬精装106万6千字。由四川出版集团、四川文艺出版社出版发行,2004年1月第1版。

及其著作的喜爱和敬意。他多次撰文"承认自己的错",说20世纪五六十年代"遵命"写批判几位友人的文章,为的是"使自己过关……"也多次"谦虚"地自白,说自己千万言中如能有几部作品可读可传,已觉欣慰,因为"我不是文学家";也多次对研究者表示,不必在文章中再点提"文革"十年时对他投井下石的友人的姓名,对一些老友在"文革"中对他"无中生有""上纲上线"的个人的言行表示理解和"宽恕"……自然,在一个世纪的长途跋涉中,巴金虽然有过忧郁、痛苦和愤怒,也有过欢乐、荣耀和"大笑"——但确如赫尔岑所言,巴金的"笑声常常近似眼泪"。

是的,也许人们对此并不理解,心存疑惑。幸运地跨入21世纪的巴金已"不能言语",早几年就已多次向医生和亲人示意"我是为别人活着"。但他漫长曲折而又辉煌的一生言行和足迹,却真实地向世人和后代展示了:他的确是个"坚强"的人,而他的"笑声"也的确"常常近似眼泪"。

在20世纪出现和成名的所有作家中,包括"五四"文学史上屈指可数的几位基本被公认的文学大师中,甚至包括鲁迅在内,也没有几位作家能有巴金今天这样的"笑声"、这样的殊荣,没有今日巴金头上那样多的金光闪闪的光环:1931年4月18日《家》(原名《激流》)在《时报》上连载时,巴金被传媒称为"新文坛钜子";20世纪三四十年代巴金先后任"文化生活丛刊""新时代小说丛刊""现代长篇小说丛书""文季丛刊""文学小丛刊""烽火小丛书"等的主编;中华人民共和国开国大典之际,他荣幸地受邀在天安门城楼观礼,看红旗翻卷,听万众欢呼;此后至今数十年("文革"十年例外),又任影响深远的《收获》的主编;1980年被选为世界中国笔会中心主席;

1982年获意大利"但丁国际奖";1983年获法国"荣誉军团勋章";1984年接受香港中文大学"荣誉文学博士学位"称号;1985年获美国文学艺术研究院名誉外国院士称号;1990年获苏联"人民友谊勋章";同年又获日本福冈"亚洲文化奖"特别奖;1993年获亚洲华文作家文艺基金会颁发的"资深作家敬慰奖";1997年获上海市"文学艺术最高奖——杰出贡献奖";1999年又获"巴金"小行星命名证书;他多次倡导、呼吁、捐资新建的中国现代文学馆获准坐落在北京;自20世纪80年代初起,近二十年一直被全国作家选举连任中国作家协会主席;他的作品被译成几十种文字,他的《家》等主要著作,七八十年来一版再版,又被改编成多种文艺样式问世,深受读者欢迎,历久不衰;……如此辉煌,举世瞩目。

我们从巴金的作品、巴金的照片、巴金的一生行迹中,能看到巴金青年和中年时代的笑,尤其是能看到他耄耋之年的"大笑",笑得那样坦诚、纯朴和幸福。而他开怀大笑的"笑声"中,却饱含着人生的各种信仰、辛酸、忧虑、苦难和希望,确乎"常常近似眼泪"……

童年时代,最疼爱他的母亲过早逝世,他十岁就成了"没有母亲的孩子";在以后的漫长岁月中,较他年轻的亲人和挚友也先他而去——而巴金又是极重情义的人;在异国思乡的寂寞中开始的文学创作,又充斥着追求强烈的救国救民的真理的苦闷,而在严酷的现实中,又日渐感到原先执着的信仰的苍白和与现实的矛盾,同时又自始至终混杂着自感写作的空虚和实践自身信仰的软弱——这是一种深层次的、心理的、精神的、性格的痛苦;20世纪三四十年代成名后,他不断遭到某些作家,以及极少数文人的误解和攻击,——甚至有人愤激地表示对所谓"眼泪文学"的作家"该捉来吊死";五六十年代,在"走红"的同时,又不断遭到批判,甚至要把他当作"白旗""拔掉";"文革"十年,只能写检查,不能搞创作,被"押"到全市电视批斗会现场"示众",被"押"去工厂、学校批斗,又被"抄家",被"隔离",被"押"送去喂猪、担粪,身心受到严重摧残,尤其是朝夕相濡以沫、多年患难与共的爱妻萧珊被迫害致死,巴金的灵魂、精神和人格被长期折磨、污辱,一夜间白发如霜,时有恶梦和怪梦,多种疾病缠身;在劫后余生后的二十多年,因写作《随想录》,"挖出了自己的心",惊动国中上下,震撼海内外,在荣誉接踵而来的同时,因长期遭受的精神、人格等积难已"难"入膏肓,巴金依然常有恶梦和怪梦,长期卧病,粒米不进,以输液维持生命,日复一日,夜复一夜,年复一年,遭逢到常人无法理解的"生不如死"的悲哀命运。更有甚者,还常有"喊喊喳喳"的暗示、警告、恫吓和利用,也时有文坛某些人的误解、苛求、责难和过誉映入他的眼帘和传入他的耳鼓……

巴金的"笑声"确乎"近似眼泪"。但巴金毕竟是"坚强的人"——在如此漫长、如此沉重、如此"全面"的灾难面前,巴金跋涉过来了,而且已跋涉了一个世纪,百年沧桑,百年风雨,百年荣辱,百年毁誉——却也是百年辉煌。笑声和泪雨齐飞,泪雨和笑声长存。

坚强的人——巴金:精神永在。

巴金的家乡是博大深厚而又美丽重情的。值巴金百寿之际,四川文艺出版社罗韵希社长命题《巴金的一个世纪》,由该社编辑、学者龚明德同志任责编,嘱我们撰写并应期交稿。十余年前,我们曾因主编百十余万言的《巴金年谱》与四川文艺出版社结下深厚的书缘,而今又蒙青睐,我们固因前缘乐而从命,又因社领导及责编的眼光、魄力和学识,更因我们共同敬爱、世人敬仰的巴金百寿诞辰,故殚精竭虑,日夜兼程,又大体按出版社定下的体例,历时年余而勉强完工。其间得到巴金亲人如李济生、李致、李小林、李小棠、李国烑等的大力支持,借阅有关书籍,解答有关疑难等。此外,黎明大学谢俊如、方航仙、蒋刚、李江泉、梁燕丽和董欣胜、赖锦标等老师,有的提供丰富的史料,如提供泉州黎明大学巴金研究所编辑出版的数十本《巴金研究》,有的在电脑技术上大力协助,耗费了很多精力;唐金海的博士生张喜田、苏永延等,在繁重的学习之余,协助我们用电脑处理疑难,打印参考文献和资料目录等,废寝忘食,辛劳之至;上海大学美术学院老师岑沫石、青浦画院院长、画家岑振平先生,精心为百幅巴金照片制作光盘。值此书稿杀青之际,当书此存感。

20世纪八九十年代和21世纪初,巴金研究与鲁迅、茅盾、周作人、冰心、沈从文、老舍、曹禺和张爱玲等研究相似,都取得了震聋发聩的成就。我们撰写《巴金的一个世纪》,自然得力于近二十余年来几位学贯中西、著作等身的前辈教授、学者和作家的著译,得力于才华横溢、思精虑锐的中青年教授、学人和作家的著译,还得力于敏于世事又埋首书案、下笔千言的众多记者和编辑。——谨此一并恭手敬谢。

疏漏、讹误和不当处,恳请巴金先生的亲友、巴金研究专家和海内外贤达、读者赐教。

2002—2003年6月

于上海浦江之滨"阳光苑"——"文化佳园""达庐"

首届巴金国际学术讨论会综述

正值桂子余香犹存的 11 月，秀丽的青浦古城迎来了海内外六十余位中国现当代文学和巴金研究的教授、学者和专家。"首届巴金国际学术研讨会"终于如期召开了。与会者以"巴金研究的回顾和展望"为中心，围绕着"巴金的思想和创作道路""巴金小说美学""《随想录》的意义和价值""巴金在现当代文学史上的地位"等专题进行了热烈而认真的探讨，思路开阔，见解多有拓新。正如一位前辈学者在闭幕式上所激动评述的那样，这是一次"高朋满座，胜友如云，切磋学术，百家争鸣"的盛会。

在这次会议上，不少学者对 1929 年至今六十年的巴金研究史作了认真的探讨。学者们认为，巴金写作伊始，并未引起文坛的注意。1921 年 4 月巴金发表了题为《怎样建设真正自由平等的社会》的短论，1922 年起陆续发表了一些小诗（1922 年 11 月又发表了第一篇散文《可爱的人》）；直到 1929 年 1 月至 4 月在《小说月报》上连载中篇小说《灭亡》、首次署名巴金之后，巴金的作品才开始引起读者的注目，不久，评论《灭亡》的文章就在《开明》上发表了。以后几十年，几乎巴金每发表或出版一部小说，文艺界都有相应的或褒或贬的批评论文。巴金批评和巴金的小说创作差不多是同步进行的。争议与巴金同在，而巴金的创作成就也随作家一颗燃烧的心越燃越大，以至辉耀海内外文学史册。学者们指出,纵观六十年的巴金研究史,大体上可以分为三个阶段。

1929年至1949年为第一大阶段。在此期间,学术界共发表有关巴金的各类评论文章百篇左右,其中较有分量和影响的文章有贺玉波的《巴金论》、老舍的《读巴金的〈电〉》、刘西渭的《〈雾〉、〈雨〉、〈电〉——巴金的〈爱情的三部曲〉》、朱光潜的《眼泪文学》、巴人的《略论巴金的〈家〉三部曲》、徐中玉的《评巴金的〈家〉、〈春〉、〈秋〉》、郭沫若的《想起了斫樱桃树的故事》等;当时的一些新文学史教材,也列有巴金章节给予评介,如朱自清的《中国新文学研究纲要》(按:因故于1982年始公开发表)、王哲甫的《中国新文学运动史》。尤其是鲁迅20世纪30年代对巴金极为精当的论断,更是为尔后几十年的巴金研究者所折服。这一时期的巴金研究虽说多为单篇(部)或多篇(部)作品的评论,介绍和叙述性的文章较多,具有理论深度的学术性的论文很少;对巴金早期的思想及其与创作的关系还缺少深入的、透辟的探讨和评析;在特殊的历史时期,左翼文坛对巴金也不无苛求。但从整体来看,毕竟有若干论文在巴金研究史,乃至中国现代文学批评史上有不可或缺的历史贡献。虽然,批评家们(有些又是作家)或因巴金正处创作高峰期、作品没有最后完成等故,未能对巴金作宏观的、整体的、多侧面的观照,但由于所处时代相同及批评家们深厚的功力,他们提出或论及的一些问题,为以后的研究者们拓宽了思路。比如贺玉波、王哲甫关于《灭亡》"有安那其主义影响"但"不是鼓励复仇主义"的分析;老舍认为巴金"是个理想者",心中是"一个热烈的、简单的、有一道电光的世界"的评论;刘西渭首次将巴金与左拉、乔治·桑等进行比较研究,从而认为巴金的小说将"被列入文学之林",或为后人"了解今日激变中若干形态的一种史料"的论断;沈从文认为巴金"为正义人类而痛苦自然十分神圣",但"太偏爱读法国革命史","对于中国近百年……东方民族史——尤其是他们现在的精神和生活""未必发生兴味",因而"看书多,看事少"的批评;无咎(即王任叔)认为巴金《家》三部曲"虽然把握了中国家族的崩溃是中国旧社会崩溃的核心",而有些人物仍有"定型"化的描写,但"无论如何,巴金是中国文坛上伟大的存在","还有更大的前途",都不失为颇具真知灼见的学术研究。

1949年至1965年"文革"之前为巴金研究史的第二大阶段。"十七年"间的巴金研究,海外有三四十篇论文,国内真正的学术论文仅三十余篇,讨论和带有批判调子的文章竟有一百三十余篇;专著两本:香港余思牧的力作《作家巴金》(按:系华人撰写的巴金研究的开山之作)和法国明兴礼的《巴金的生活和著作》(王继文译);"讨论"集两本:《巴金创作评论》和《巴金创作试论》;资料集一本:《巴金研究资料》。此外,还有几部有分量的中国现代文学史教材(或专著)都设有专章专节论述巴金及其代表作《家》。如王瑶的《中国新文学史稿》、丁易的《中国现代文学史略》、刘绶松的《中国新文学史初稿》,以及美籍华人夏志清的《中国现代小说史》。相对前一阶段,这时期的巴金研究呈现出三大特点:一是将巴金和他1949年前的创作进行整体研究,或对他的小说进行综合研究的论文明显增多,其中分析透彻、时有创见的有王瑶的《论巴金的小说》、扬风的《巴金论》等;二是出版了专著和几部中国现代文学史教材专章论述巴金,这标志着巴金在中国新文学史上已占有较高的地位;三是简单化倾向和反历史主义的批评严重干扰了正常的巴金研究,如姚文元等的《论巴金小说〈灭亡〉中的无政府主义思想》《分歧的实质在哪里》等,这是"十七年"文艺批评中常见的教条式的、僵化的批评模式在巴金研究中的表现。与会学者指出,"文革"期间,巴金和他的作品遭到了空前的劫难,大小批判、声讨文章数以百计。国内的巴金研究一片空白。但是,这十年海外的巴金研究,据不完全的统计,已发表了各类文章近百篇,专著三四部。如美国奥尔格·朗的《巴金和他的作品——两次革命之间的中国青年》、苏联П.А.尼科尔斯卡娅的《巴金作品概论》、美国科尼利厄斯·C.库布勒的《巴金〈家〉的词汇注释》。其中尤数奥尔格·朗的为力作。

从1977年至今的十二年,是巴金研究的第三个阶段。与会学者一致公认,近十二年我国的巴金研究取得了举世瞩目的成就。世称"新时期"的中国文坛和学术领域,新作如林,新人辈出。其中巴金研究的深度和广度,处在新时期文学研究的领先地位。十二年间,在全国三十余家报纸、一百六十多种刊物上,发表的关于巴金的论文、评介、史料、考证近二百篇,另有通讯、报道、访问记以及诗词、散文等近三百篇。已出版的专著和专书有二十部左右(海外有三部)。不仅数量多,而且质量也高。一是发掘并整理了一套相当系统、完整的巴金研究资料,而且又新近撰写了一批内容充实的访问记、回忆录等。这不仅使以往的巴金研究中的一些偏颇不纠自明,而且为进一步深入、全面、正确、科学地研究巴金奠定了基础。这方面的实绩首推四本专书:贾植芳、唐金海、周春东、李玉珍的《巴金专集》,李存光的《巴金研究资料》,李小林、李国煣的《巴金论创作》,张立慧、李今的《巴金研究在国外》;二是宏观的、整体的、将巴金的世界观与创作进行综合的考察研究,这方面的成果首数陈丹晨的《巴金评传》、李存光的《巴金民主革命时期的文学道路》和谭兴国的《巴金的生平和创作》，稍后出版的还有汪应果的《巴金论》、艾晓明的《青年巴金及其文学视界》等；三是拓宽研究的空间和时间，将巴金的思想、感情、人格和创作与西方文化、中国传统文化联系起来考察，如张民权的《巴金小说的生命体系》，这方面的力作首推陈思和、李辉的《巴金论稿》，其开阔的视野、透彻的论述开拓了巴金研究的新领域，并在现代作家研究的新思路方面给人以启迪；四是关于巴金艺术风格、艺术方法、艺术特质的初步探讨，这方面的论著如花建的《巴金小说艺术论》，有一定深度的论文如《论巴金创作风格的演变》（陈思和、李辉）、《"我心里也有一团火在燃烧"——巴金创作中的感情因素》（陈丹晨）、《论巴金小说的艺术风格》（吴定宇）、《巴金小说心理描写浅探》（张民权）等。

学者们在回顾六十年巴金研究的同时，又深入地探讨了巴金研究中的一些重要问题。从这次会议上的发言以及提供的四十余篇论文来看，讨论主要集中在以下四个问题。

一、关于巴金的思想和创作道路

随着巴金研究的深入，学术界争论已久的巴金早期的主导思想是革命民主主义（一说民主主义）还是无政府主义、关于巴金的信仰和创作的关系、关于巴金整体的思想和全部创作的核心内容是什么等问题，自然成了这次会议的热门话题。在如何认识中国 20 世纪初的无政府主义思潮及其与巴金的关系这一问题上，一些学者强调指出，我们首先必须避免不分历史时期的、单纯政治宣判的主观评价。"五四"前后，西方各种社会思潮涌入中国，无政府主义也以其"五大最显主义"——反对宗教主义、反对家族主义、反对私产主义、反对军国主义、反对祖国主义,合而称之为反对强权主义——为显著特征,使一些青年知识分子为之倾倒。巴金即是其中之一。巴金在众多激进的派别中,最倾心于克鲁泡特金的无政府共产主义。与会者指出,克氏的思想理论体系对巴金思想、创作和人格影响最大、最深远的有三点:一是对专制强权、旧礼教、旧教育的批判和反抗精神,对农奴和下层人民悲惨命运的同情,以及消灭剥削制度、消灭国家;二是以自由为原则建立万人享乐的、平等互爱的新社会;三是对自己的事业、信仰坚定不移、无私无畏的献身精神和克己自制的品格。很长一段时期,克氏就成为巴金反帝反封建、追求光明的美好理想和文学创作美学、自我人格塑造的"精神导师"。学者们认为,巴金早期对无政府主义的信仰甚至崇拜是无可辩驳的,几十年间,甚至直到晚年,他的思想、创作和人格受到克氏等无政府共产主义理论不同程度、不同方面的影响也是明显的。但问题的关键,是他接受无政府主义理论的思想基础仍然是人类爱。他是在探求真理、寻找救国救民道路的过程中接受并信仰无政府主义的。巴金曾一再自白:"我是个爱国主义者","我虽不能苦人类之所苦,而我却是以人类之悲为自己之悲的","把我和这个社会联起来的也正是这个爱字,这是我的全性格的根柢";为了爱,他"不得不宣传憎",而他信仰的"主义"又不能驱除黑暗和邪恶,"所以,我在我的作品中不断地呻吟、叫苦,甚至发出了'灵魂的呼号'"。学者们认为,巴金的痛苦是心灵的痛苦、精神的痛苦——为人类的苦难而痛苦,为寻找不到解民于倒悬之路而痛苦。但巴金在1930年7月出版的他唯一的也是最后的一本系统阐述无政府主义理论的《从资本主义到安那其主义》之际,他已渐趋冷静,其主要目的旨在清理前一阶段自己的思绪,力求对无政府主义的若干理论进行一些解释和总结。此后，巴金就很少写有关无政府主义的理论文章了。为此，一些学者指出，巴金早期一度与马克思主义对立，主要是理论上的纷争。20世纪30年代初之后，巴金把主要时间和精力都付诸文学创作。这本身就说明了巴金已较清醒地对无政府主义在中国的作用和命运表示怀疑，并且从行动上已开始远离早年的信仰。诚然，此后巴金创作中一些人物的思想和性格仍然有无政府主义辐射的痕迹，这从另一面也正说明了巴金摆脱无政府主义影响的复杂性和艰巨性；直至80年代，巴金在一次谈话中仍然表示还有无政府主义的影响，比如喜欢自由自在等。但能不能因此而论定巴金全人就是个无政府主义者呢？多数学者对此持否定的态度。他们认为，马克思主义的灵魂是具体问题具体分析。撇开具体的历史范畴，笼而统之地给巴金一生戴上无政府主义者的帽子，显然是不切合实际的。统观巴金一生的文学活动和社会活动，不难看出，巴金思想和创作的核心始终是人类爱、是反帝反封建，一切由此派生，以此为转移。以此来观照巴金的一生及其洋洋近七百万言的文学创作，才能得出科学的结论。

二、巴金小说美学的价值

从哲学的、社会学的、心理学的角度研究巴金小说的艺术特质和审美特性，属于小说美学的范畴。与会学者们认为，虽然在以往的巴金研究中这方面已有颇具功力的专著问世，也有少数不乏创见的论文发表，但它仍然有待于进行系统的、多视角、多层面的探讨，以便于进一步确立巴金研究的文化本体、心理本体和社会本体意义。

巴金小说美学的显著特征是什么？是一泻无余的激情抒发，

还是坦诚细腻的心理描写？是愤亢的"我控诉"的呼喊，还是哀怨不尽的痛苦的呻吟？一些学者将巴金与中国现代文学史上鲁迅、茅盾、郁达夫、老舍、沈从文等小说大师作了比较后指出，悲剧美，这才是巴金小说美学的基本特征。从 20 世纪 20 年代的中篇《灭亡》，直至五六十年代的《杨林同志》等，尽管悲剧故事的内涵不同，但是都明显地表现了巴金对小说悲剧独特的审美理想。巴金一生就是悲剧美的追求者和创造者，也是心灵的、理想的、现实的、历史的悲剧的体验者。巴金曾云自己是"五四的产儿"，在那个风雷激荡的时代，背负几千年历史重轭的中华民族面临着蜕旧更新的历史任务，肩负着科学和民主责任的先觉者又在历史隧道中痛苦探索，横亘在现实和理想中的重重障碍为时代艰难前进的脚步打上了深刻的痛苦的烙印。时代造就了"五四"一批悲剧小说大师。一些学者指出，在这个大背景上，巴金的悲剧小说又自有其个性特色。从成都的旧公馆前走到巴黎的卢梭铜象之下，从狭小纷乱的书案旁走向满目疮痍的社会，巴金从母亲、轿夫那里接受的"爱一切人"，进而又从克鲁泡特金那儿得到深化的"人类爱"。童年时代眼见一个个聪明美丽的少男少女或屈死在旧礼教、旧制度之下，或被一辈子埋葬在深宅大院、闺房灶间，青年时代又耳闻目睹了社会专制强权下人民的苦难，巴金云"我的心在流血"，再加上他一度狂热信仰的无政府主义在苦难纷起、风雷激荡的中国社会面前又是那样的虚弱、空洞、无力，更重要的是，他又囿于成见、未投身火热的工农革命洪流，找不到救国救民的具体道路，又无力解脱人民的苦难，"我底心就痛得更厉害了"。与现代一些作家小说的悲剧描写相比，虽然不及鲁迅的深刻犀利，不像老舍善于传达广大市民阶层的忧愤，但巴金的小说悲剧氛围更侧重于心灵和精神的范畴。作为一个时代的先觉者,能体验、预知和感悟尚属未来的历史要求以及现实社会在前进中与之撞击的种种不幸和苦难,总揽社会的、历史的悲剧内容于一己的笔端,再由小见大,并将悲剧美成功地蕴含于特定的艺术形象之中,这是巴金对中国新文学的卓越贡献。

与会者认为,巴金小说的悲剧美,不仅仅是为了宣泄自己的忧伤感情,也不是让接受者感到绝望。他体验人类苦难的忧患意识和探求光明的艰难痛苦,构成了他小说创作旺盛期的悲剧内涵。在这种"激流在乱山碎石中曲折前进"的、执着而顽强的探求光明的长途中,巴金体验到了内心深层震荡的快感,于是,在小说的悲剧艺术中不仅渗透了宣泄爱憎的快感,而且融进了坚信光明战胜黑暗、理想和青春永在的力感。从《灭亡》《爱情三部曲》《激流三部曲》《火三部曲》《人生三部曲》到《李大海》《杨林同志》等的悲剧美,固然表现在一些人物在黑暗和苦难重压下的不幸的命运和肉体上、心灵上的痛苦,更表现在小说主人公们在为自己的信仰和事业、为人的尊严和个性解放、为国家民族的前途而勇于献身的精神境界。一些学者指出,这种悲剧中的崇高美,虽然在巴金前后几十年的很多小说中内涵不尽相同,但其中几部有代表性的中长篇如《灭亡》《家》《寒夜》,作为一种悲剧美的创造,它们已获得了超时空的普遍的意义和力量。一个时期以来,国内有些评论者认为《寒夜》是部"悲观"的作品,给人以"沉闷窒息"感。而一些海外学者指出:《寒夜》是悲剧,但作品给人以"希望和勇气"。对此,巴金深为佩服他们的深邃眼光。

三、《随想录》的意义和价值

1986年8月,巴金写完了《随想录》的最后一篇,10月,《文艺报》《文汇报》等组织一些著名评论家、作家座谈。他们认为《随想录》中"跃动着一个流血的灵魂","力透纸背,情透纸背,热透纸背","是一部大书","是继鲁迅散文之后中国现代散文史上的又一座丰碑"。近一两年,也时有一些关于《随想录》的论文发表,其中尤数陈思和撰写的《现代忏悔录》,论得中肯、深刻。尽管如此,关于《随想录》还有待于进行宏观和微观的、多视角和多层面的研究。因为《随想录》不单单是一位老作家带着准备辞世的心情在回顾个人、家庭,回顾国家民族的往事,也不仅仅是垂暮之人以挥洒自如的、字字如火、事事含情的文笔,重温故人情谊,散谈当今文坛,而主要是对在中国革命史上具有沉痛教训因而在世界革命史上也具有重要意义的"四人帮"的封建专制主义在社会主义中国的暴行的悲愤控诉,是对社会主义祖国和人民的命运和前途的深沉思索,也是以沉痛悲愤的忏悔方式对同时代人,特别是知识分子身上残存的可悲可鄙的封建奴性意识的淋漓尽致的揭示,从而启示人们——尤其是知识分子:"文革"已成历史,在未来振兴中华艰难漫长的岁月中,我们的崇高责任和神圣使命应是什么?与会学者们指出,巴金一直有一颗燃烧的心,直到垂暮之年,还在《随想录》中燃烧。这五本小册子,是他近年炉火纯青的散文杰作,更是我们时代的文化巨构、思想史册和历史文献。

巴金在《随想录·后记》中说,"我把它当作我的遗嘱写","我觉得我开始接近死亡,我愿意向读者们讲真话"。一些学者认为,讲真话,是《随想录》的基本特征。老作家没有把自己打扮成"一贯正确"的"英雄",没有为自己参与20世纪50年代文艺界的政治批判运动寻找托词。他对世人和后人坦诚相告,他违心地写过批判胡风、柯灵、冯雪峰等友人的文章,也人云亦云地参与制造各种"个人迷信"的活动,也曾在"文革"初期大骂自己写的是几百万字的"邪书",……如此等等,他坦露了自己政治上的幼稚、自私的动机和人格上的怯懦。一位有世界声望的老作家在迟暮之年,抖抖地将自己的心交给读者,读者们看到的是一个痛苦的灵魂在呻吟,而当他暮年意识到《家》发表后的几十年,他身上还有觉新的影子——奴隶意识、帮凶意识之时,那痛苦就更是刺骨钻心的了。"他写《随想录》太痛苦了,他的灵魂在流血",一位作家看到了文字背后的颤抖的灵魂。自然,《随想录》中的真话,不仅写有个人忏悔和回顾历史的内容,还有面对现实、畅抒胸臆、针砭时弊、仗义执言的内容。比如对"长官意志"的剖析、对"衙内现象"的议论、对"健忘症"的批评、对"文坛冷风"的蔑视等,文章虽短,却篇篇一语中的。一些学者认为,这种真话之所以有力量,乃是因为对"四人帮"时代"假、大、空、骗"流弊的致命一击,是老作家的深沉思索与人民的思索相吻合,它们代表了人民群众的心声,这是一个伟大民族良知和正义复苏的历史记录,它们饱含着坚定的信念和热烈的希望。

一些学者认为,20世纪初,是中国知识分子寻找意识的黄金时代,"五四"运动也造就了一批执着追求个性解放的知识分子,巴金就是其中的杰出者之一。他的一生是求索探寻的一生,发现自我、失落自我、寻找自我。这个历程,反映了"五四"时代很多知识分子的文化心态。从这个意义上说,《随想录》又是一部中国现代知识分子的文化心态录。

四、巴金在现、当代文学史上的地位

在讨论这一问题时,一些学者指出,作家的历史地位主要是由他的作品、人格及其对文学史、文化史的贡献大小决定的,而作家的劳动又是复杂的精神劳动，是不能用数学的定量分析来判断的，而且作家又处在不同文化、生活环境，有各自不同的创作内容和艺术风格，加之同一时代或不同时代的评论家、文学史家和广大读者的审美心理，道德标准、文化修养、艺术趣味等大相径庭，所以，给著名作家排名次的研究式方是不足取的，而应代之以用科学的世界观对作家的全人、作品及其与他处的时代、文化背景的关系作具体的研究，从而着重揭示他们（它们）的特征，揭示他们（它们）提供了哪些他们（它们）同时代或前一时代的作家或作品所没有提供的新东西。

以此观照，巴金及其作品有哪些显著特征？有哪些新的突出贡献呢？与会学者认为，巴金在文学史、文化史上突出的、主要的新贡献在于：他已经创作了独具特色的二十部中长篇小说，出版了十五本短篇小说集以及三十余本散文集，还翻译了二十余部外国作品（或论著），总计一千余万言。其中《家》《寒夜》和《随想录》，以及部分短篇小说和《怀念萧珊》等散文又可列入超时空的不朽杰作之林。巴金是我国现代文学史上屈指可数的几位产量高、创作生命长的大作家之一；他的文学创作又在中国革命史、文化史和思想史上有重要的贡献，即与中国人民新民主主义革命时期控诉黑暗、寻找光明，社会主义革命时期实现四化、振兴中华的总目标一致，在揭露黑暗、丑恶和描写挚爱、友谊的同时，数十年如一日，与祖国人民同命运共呼吸，并始终将批判的锋芒指向封建专制主义；他的文学作品在审美内涵和艺术创造上，又丰富了中国乃至世界的文学和美学宝库……巴金的作品已奠定了他在中外文学史上不可取代的地位，这是不以任何人的意志为转移的。

有的学者认为，在中国文坛，巴金将与屈原、杜甫、陆游、曹雪芹、鲁迅、茅盾、老舍、沈从文等古今文学大师并列；在世界文坛，巴金也将与屠格涅夫、高尔基、赫尔岑、左拉、海明威、夏目漱石、泰戈尔等文学巨人比肩；也有的学者指出，对巴金的文学创作不能评价过高。虽然他在 1949 年以前写的《家》《寒夜》等是可读的，但也有不少作品写得匆忙，缺乏充实的生活，如《死去的太阳》《萌芽（雪）》《火三部曲》等；中华人民共和国成立后的小说大多是应时应景之作；人们称赞的《随想录》，社会学意义超过了美学意义。

对以上两种不同的看法，大家一致认为，正如"有一千个读者，就有一千个哈姆雷特"那样，在读者和研究者的心目中，也有种种不同面目的巴金。评论的分歧正说明作家、作品和艺术形象，以及审美主体本身的复杂性、丰富性。不管怎样，巴金的思想、创作及其人格，是个伟大的存在，唯其如此，它们才诱发了文学史家、美学家和广大读者的审美欲、欣赏欲和研究欲。巴金的作品将永存史册，巴金研究也将与之同在。

原载《复旦学报（社会科学版）》1990 年 1 月

"历史"和"当下"

在第六届巴金国际研讨会上,听了好几位中外巴金研究专家和中国现当代文学研究专家的发言,受益很多。他们开阔的视野、活跃的思路和独特的研究方法给新世纪的第一次巴金研究会带来了新意;他们对巴金及其作品的责难也能促进与会者重读巴金作品时进行新的思考。比如,有人提出问题,在中国现当代散文史上,能不能在巴金的散文中找到美文?为什么巴金的作品都比较浅露?也有人认为巴金的小说和散文无论是思想内容,还是手法、语言,与鲁迅相比都是平庸的,在中国现当代可称为大家的作品中,巴金也是最平庸的一个。

以上这些问题和责难,其实在近二十年来的几十部巴金研究著作中都已剖析得清清楚楚,而且最能回答这种责难的还是巴金先生一千万言左右的文学创作和译作。评论者如能尽可能多地,尽可能全面地阅读巴金以及中国现当代其他几位大作家的作品,在比较中就不难感觉到或体悟到巴金作品的独特风格,巴金创作的独特道路,巴金反对封建思想、封建礼教、封建专制的持久性和深刻性,巴金的人格力量,以及巴金大量散文中的若干篇艺术精湛的美文。自然,巴金的散文不是篇篇美文,甚至可称得上传世美文的作品也只有少数几篇。这并不奇怪。公认为散文大家的朱自清、冰心,或周作人、梁实秋,他们的传世美文,不是也仅有为数不多的那几篇吗?这其实是中外文学史上的一个常识问题。推而言之,"诗仙"李白和"诗圣"杜甫他们也不是首首都是传世"美文"么。可见,指责作家、诗人不是每一篇都是传世精品,就如指责人类社会不是每一个人都是天才和精英一样。这种思维方式的另一种表现,就是将巴金的作品的几个方面总是与鲁迅比,然后说"巴金平庸"。如依此类推,岂不是叶圣陶、林语堂、周作人、郑振铎、冰心、许地山,甚至老舍、沈从文等都是"平庸"的作家了吗?文学史上只剩下鲁迅,而鲁迅也是"平庸"的,鲁迅与托尔斯泰比,鲁迅没有写过长篇小说哇;进而言之,托尔斯泰也是"平庸"的,因为托尔斯泰没有写过鲁迅那样的杂文、散文诗和没有像鲁迅那样对自己国家的国民性作出敲骨入髓的剖析啊。——这是不是一种历史虚无主义的思维方式呢?是不是一种近几年文坛流行的、颇为时髦的通病,即"横扫一切"的"文革思维"的表现呢?

这次研讨会给我们的启示之一是,当我们研究类似巴金这样一位有百年人生历程和作品等身的作家时,最可靠的方法还是多读他们的作品,以及多读对他们进行研究的各类著作——从历史深处走向当下,再从当下的制高点观照历史。

据在"第六届巴金国际学术研讨会"上的即席发言整理,原载《巴金研究》2007年第一、二期合刊

辑三
20世纪中国文学研究

论茅盾文学批评的特征

茅盾主要是以翻译和评论步上文坛的。自 1920 年 1 月在《东方杂志》第 17 卷第 1、2 号上发表了第一篇文学论文《现在文学家的责任是什么?》，直到逝世前，历时六十余年，茅盾的文学批评活动从未间断。据初步统计，茅盾毕生译著约一千二百万字，仅文学批评就近五百万言。在中国新文学的作家行列中，像茅盾那样从事文学批评时间之长，撰写评论文章数量之多，评论涉及的范围之广，已属罕见。在中国现代文艺批评史上，茅盾有其重要的地位。

一、思潮和系列

侧重于对作家作品和某个文艺问题作单个的精细的内部解剖和分析，人们通常称之为微观研究；侧重于联系广阔的社会人生，联系时代和历史总的特点对作家作品、文艺运动、文艺现象作综合的、整体的研究，人们通常称之为宏观研究。在中国现代文艺批评史上，虽然鲁迅早在 1907 年就写过宏观研究的力作《摩罗诗力说》等，开了中国现代文学批评史的先河，但总的来说是从事微观研究的较多，从事宏观研究的较少。而茅盾早在新文学运动的第一个十年，就首创了综合批评一个时期文学创作特点的宏观研究的文章，如《春季创作漫评》《评四五六月的创作》等，此后又有诸如《一九六〇年短篇小说漫评》《夜读偶记》等宏观研究的论文相继问世。此外，茅盾在1930年前后，还撰写了六篇新文学作家论，从宏观研究的角度对鲁迅、冰心等作了全面的、系统的评论。

俄国文艺批评家卢那察尔斯基说过：强有力的批评家"总是情不自禁地要把他的美学标准和社会标准结合起来"①。茅盾宏观文学批评的特点之一，就是善于把对作家作品的美学评价和特定的时代、整个社会的思潮联系起来。从这一点出发，茅盾认为"五四"初期"表现时代的文学作品"产生得少的原因，固然与"新文学"的初期尚未成熟有关，但"更切实地说，实在是因为当时的文坛上发生了一派忽视文艺的时代性，反对文艺的社会化"的思潮。也是从这一点出发，茅盾首次旗帜鲜明地肯定了叶圣陶《倪焕之》的时代价值：一是第一次把"小说的时代安放在近十年的历史过程中"，二是第一次"有意地要表示一个人……怎样地受十年时代壮潮所激荡，怎样地从乡村到都市，从埋头教育到群众运动，从自由主义到集团主义"。两个"第一"的评价，正是茅盾文学批评视野广阔的表现。

事物总是相互联系、互相影响、相互制约的，要正确地评价和探讨作家作品的艺术规律和成败得失，就不能孤立地仅仅从他的自身中找原因，而必须同时深入时代政治和经济与文艺的关系中，深入社会的思潮中探求答案。正是从这一观点出发，茅盾不仅对单个作品的评价，而且在对作家的评价方面就较同时代的一些人深刻、准确。著名的"庐隐的停滞"的观点就是生动的一例。茅盾认为庐隐"是满身带着'社会运动'的热气"跨上文坛的，在"五四时期的……能够注目在革命性的社会题材"的

---

① 卢那察尔斯基：《批评家普希金》，《论俄罗斯古典作家》，人民文学出版社1958年版，第14页。

女作家中,"不能不推庐隐是第一人"。她的第一个短篇小说集《海滨故人》中的《一封信》《两个小学生》等就体现了庐隐初期创作的社会意义。但从《或人的悲哀》起,庐隐的创作尽管"在数量上十倍二十倍于她最初诸作",而其意义"只是一句话:感情与理智冲突下的悲观苦闷"。指出庐隐的"作品就在这一点上停滞"。虽然以后的作品也曾闪烁过"劫后的余焰","可是内容还只有那么一点点"。为什么会出现"庐隐停滞"的问题呢?茅盾指出,受过"五四"热潮洗礼却没有扎下"根"的庐隐,"随着五四运动的落潮","庐隐便停滞了,向后退了"。茅盾联系"历史阶段性"和"时代意识",对庐隐的评价是中肯而精辟的。

在人物形象的研究方面,茅盾从宏观着眼,从微观入手,并将两者紧密联系、融会贯通,在中国现代文学批评史上第一次进行了"人物形象系列"的研究。鲁迅是中国现代文学史上最早、最成功地塑造中国农民形象的伟大作家。当时,不少评论者都是对鲁迅单篇作品中的农民形象进行分析,而茅盾则能在个别研究的基础上,将七斤、闰土、阿Q、祥林嫂、爱姑等农民形象作为一组系列形象统贯起来研究,分析他们的典型意义和性格发展,探索鲁迅塑造农民形象的历史轨迹,将鲁迅笔下的农民形象归入"老中国的儿女"的艺术画廊,从而指出鲁迅小说的创作"表示了鲁迅思想发展的道路,也表示了他的艺术成熟的阶段"[①]。这在鲁迅研究中是个独创。茅盾以后一直注视着不同时期、不同时代、不同风格作家笔下的农民形象的描写。20世纪30年代,茅盾敏锐地分析了王统照《山雨》等作品中新、老两辈农民形象

---

① 茅盾:《论鲁迅的小说》,《小说月报》第19卷第1期。

"无产阶级意识"的"萌芽";40年代,茅盾指出《吕梁英雄传》中的农民是"不可能再被奴役"的翻身农民形象,《李有才板话》中的农民已是"摧毁农村封建残余势力……走上彻底翻身的道路"的农民形象。茅盾对"农民系列形象"的宏观研究为我们进一步研究中国现当代文学的农民典型系列发展史勾画了历史轨迹。

茅盾还对"知识分子形象系列"进行了研究。他在评析鲁迅小说中的孔乙己、陈士成、魏连殳、吕纬甫以及涓生和子君等形象时,从一个侧面揭示了特定历史时代中国知识分子的"历史的负荷"和"思想的轨迹"。茅盾认为,《孔乙己》中的主人公是"懒散苟活"而又令人"爱"的形象,《幸福的家庭》和《伤逝》主人公的悲剧内容,前者"只是麻木地负担那'恋爱的重担'",后者"是在说明一个脆弱的灵魂(子君)于苦闷和绝望的挣扎之后死于无爱的人们的面前"。而《在酒楼上》和《孤独者》,"两篇的主人公都是先曾抱着满腔的'大志',想有一番作为的",但前篇的主人公吕纬甫"于失败之后变成了一个敷敷衍衍、随随便便的悲观者,……宁愿在寂寞中寂寞地走到他的终点——坟"。后篇的主人公魏连殳"以毁灭自己来'复仇'",当他成了杜师长顾问而阔起来后,"他胜利了!然而他也照他预定地毁灭了自己"①。茅盾进一步指出,这些形象,不但在《呐喊》《彷徨》的纸上出现,"他们是'老中国的儿女',到处有的是!"茅盾深刻地揭示了鲁迅笔下知识分子形象在特定历史时代的典型意义。在探讨鲁迅作品中的知识分子系列形象的基础上,茅盾又对其他作家笔下的知识分子形象作了鸟瞰,从庐隐笔下

---

① 茅盾:《论鲁迅》,《小说月报》第19卷第11期。

"追求"——"空想"——"苦闷"的"五四时期的'时代儿'",到冰心笔下富有"正义感"但却"孱弱""软脊骨的好人";从落花生笔下"疲倦""寂寞"的形象到郁达夫的《沉沦》、张资平的《苔莉》等作品中有着"心灵的振幅"和"个性解放"的要求而又站在"十字街头"的知识青年。这种系列形象的研究,一直贯穿在茅盾的整个文学批评的活动中。直到20世纪60年代,茅盾还排除了"左"的干扰,对《青春之歌》中林道静等知识分子形象从宏观角度作了历史的、科学的评价,从而肯定了林道静应是中国现当代文学史上知识分子系列形象中的一个成功的典型。

  应该指出,对一个时代的文学作品作宏观的系列研究确是难能可贵的。因为它要求批评家"能够掌握印象,在记忆中任意地更新它们,把它们同其他的印象放在一起,并把整个系列的印象结合成一个总印象"①,而这一点"是最困难的"。的确,从事文学系列批评,除了要求评论者有丰富的知识、广阔的视野、综合的概括力之外,还要求对社会、人生、文学具有"史"家的眼光和辩证的观点。1941年茅盾在《关于小说中的人物》的论文中谈到文学批评的四要素:第一,不带个人"成见偏见";第二,以"合于人类生活演进的历史规律的尺度"评价人;第三,生活或作品中的人物"皆是社会的人……他的社会价值也是放在复杂的社会关系中……确定的",不能"把人孤立起来"研究;第四,"要从发展中看人",看到前后变化和相互联系。② 这是茅盾对自己文学批评的经验总结,又是对文学批评普遍规律的理论概

---

  ① 《关于美文和艺术讲座·导论》,引文转录自汉斯·迈耶尔编:《德国文学批评名著》,柏林吕滕和勒宁出版社1956年版。
  ② 《抗战文艺》1941年第7卷第2、3期合刊。

括，它具有重要的学术价值。

二、纵向和横向

具有深厚中外文学修养的茅盾，在从事文学批评的六十余年中，一直注意从比较的角度研究文艺问题和剖析作家的思想和作品。首先是与外国作家、理论家的比较。对于鲁迅作品中的人道主义和现实主义的问题，茅盾认为"和巴尔扎克、狄更斯、托尔斯泰……仍有本质的不同。巴尔扎克他们是据过去以批判现实，他们所神往的理想已不存在……鲁迅对于过去却一无所取"，"更富于战斗性，更富于启示性"①。而鲁迅的人道主义"与高尔基是相似的"，"也就是他后来明白指出的无产阶级人性"②。通过这样的比较，对鲁迅人道主义和现实主义问题的理解就较为清晰。在《冰心论》中，茅盾又将冰心对"人生"的"美"和"爱"的追求与法国作家法朗士在《伊壁鸠鲁的花园》里说的"不嘲笑'美'，也不嘲笑'爱'"来比较，与俄国作家安特列夫比较，认为法朗士对人生是"冷冰冰的""解嘲的微笑"，安特列夫是"冷酷地""对待'人生'"，而冰心是"歌颂'美'与'爱'"，将"美"和"爱"当作"灵魂的遁逃薮"。由此可见，茅盾的比较研究不是"仅仅对两个不同对象同时看上一眼就作比较……靠主观臆想把一些很可能游移不定的东西扯在一起来找类似点"③，而是通过比较进一步论述事物的特性，准确地评价作家作品在文学史上的地位，深入地剖析作家思想的根源。

---

① 茅盾：《论鲁迅的小说》（香港），《小说月报》第1卷第4期。
② 同上。
③ 转引自张隆溪选编：《比较文学译文集·编者前言》，北京大学出版社1982年版。

茅盾对文艺问题和作家的比较研究，还表现在纵向研究上，注重研究作家创作道路上出现的新的思想内容、新的艺术追求，从变化发展的角度作出评价。比如对徐志摩的诗，茅盾认为诗人"第一期"作品《志摩的诗》，"虽然也有些'悲观'的作品……但大部分是充满了诗人的'理想主义'和乐观"，但这一时期写的《婴儿》一首，已透露出诗人心目中的理想，"婴儿""是指英美式的资产阶级的德谟克拉西"，这与中国的国情不合，因而"婴儿"生不出来——理想不能实现，"于是志摩也不得不失望了"，因此，"从第二期的作品《翡冷翠的一夜》以后，志摩的诗一步一步走入怀疑、悲观、颓唐的……甬道里去了"。诗人进入第三期的诗集是《猛虎集》，茅盾指出，这一时期的诗，是"圆熟的外形，配着淡到几乎没有的内容，……轻烟似的微哀，神秘的象征的依恋感喟"。茅盾对诗人三个发展阶段的评述，于今看来，虽有可商榷之处，但毕竟概括了徐志摩诗作的特点，指明了诗人创作道路的轨迹，因而最后的总体结论"志摩是中国布尔乔亚'开山'的同时又是'末代'的诗人"①，是有无可辩驳的说服力的。这种比较研究的视角不仅需要批评家具有穿透时间屏障的能力，而且更要具有准确地把握研究对象内部主要特征的水平。茅盾具有解剖个别的研究对象内部本质的眼力。

将同时代作家作品作横向比较，又是茅盾比较研究的又一特点。茅盾文学批评的视野很广阔，他对一个时代作家作品或文艺题材的研究，不是单个地追踪，更不是孤立地探讨，而是将它们当作一个整体来研究，在相互联系、相互影响、相互制约、相互比较中鉴别它们的美学价值，评议他们的新贡献、新创造。丁玲

---

① 茅盾：《徐志摩论》，《现代》，1933 年第 2 卷第 4 期。

一出现在文坛,为什么立即引起人们的注目?茅盾从与女作家冰心等的比较中,敏锐地发现了丁玲的创造性的劳动。"冰心女士作品的中心是对于母爱和自然的颂赞","初期的丁玲的作品全然与这'幽雅'的情绪没有关涉,她的莎菲女士是心灵上负着时代苦闷的创伤的青年女性的叛逆的绝叫者",而关于莎菲性爱的描写,"至少在中国那时的女性作家是大胆的"。由于将丁玲放在同一时代众多的女作家中作横向比较,丁玲创作的特点就更加突出了。作为文学批评的一个重要特点,比较研究是贯穿在茅盾评论活动的始终的。诸如茅盾在20世纪60年代将赵树理的《套不住的手》、草明的《姑娘的心事》、敖德斯尔的《欢乐的除夕》作比较研究,不仅在题材、主题方面进行比较,而且在人物、构思、语言,乃至作家个人的风格方面进行比较,体现了茅盾卓越的概括能力和精深的艺术修养。

三、求实和灼见

19世纪末法国著名文学批评家、哲学家丹纳曾对巴尔扎克作过精辟的分析,认为"他之所以有力量,是因为……在他身上哲学家和观察家结合起来了"[1]。茅盾的文学批评"之所以有力量",有美学价值,也是因为茅盾具有观察家的眼光和哲学家的头脑。他对文艺问题和作家作品的"观察"是实事求是的,思考也是透辟的。如果说"一个伟大的小说家应该既有真实感也有个性表现"[2],那么,作为伟大文学批评家的茅盾,他的文学批评的一个重要特征,就是观察史实的真知灼见和精辟独到的理论

---

[1] 丹纳:《巴尔扎克论》,《文艺理论艺丛》1957年第2期,第58页。
[2] 左拉:《论小说》,《古典文学理论译丛》第8辑,人民文学出版社1964年版,第125页。

深度。

一个严肃的文学批评家，总是把自己的理论分析建筑在占有大量的、准确的资料基础上的，在对材料的反复研究、归纳的同时，从中引出切合实际的分析和判断。在这方面，茅盾文学批评的学术价值又一次得到了充分的体现。茅盾在为《中国新文学大系·小说一集》写"导言"时，涉猎之广博，更是令人惊叹。为了研究新文学第一个十年的业绩，茅盾整理研究了北京、天津、江苏、上海、浙江、广东、湖南、四川、云南、河南、湖北、吉林、江西、安徽、山东等十五个省市春笋般涌现的新人新作和文学社团，资料之详尽，数字之精确，不仅当时令人叹为观止，至今也叫人望尘莫及，也令当今轻视文本、天马行空、追求多产、工于炒作而红极文坛的"弄潮儿"汗颜。茅盾用力如此之勤、之苦，已属可嘉，而由此引出的结论，至今仍然闪烁着思想的光芒。

在尽可能全面地掌握研究对象材料的基础上，对被研究的对象或作家作出实事求是的分析，提出自己的独立见解，这是茅盾文学批评活动中史论眼光的又一特点。对于鲁迅研究，当时一个在文坛上颇有影响的批评家批评鲁迅笔下的人物犹如"奇形怪状"的外国人，前期作品"是失败的""没有价值"的。茅盾则针锋相对地反驳，认为鲁迅小说里的人物是"老中国的儿女"，中国"满是这一类的人"，并进而鲜明地指出，鲁迅的《狂人日记》等小说是"划时代的作品，标志了中国近代文学，特别是小说的新纪元，也宣告了中国的现实主义文学的发轫"，而鲁迅就是"中国的社会主义的现实主义文学的先驱"①。在高度评价

---

① 茅盾：《论鲁迅的小说》（香港），《小说月报》第1卷第4期。

鲁迅在中国新文学史上的地位的同时,茅盾也实事求是地指出了一些不足。半个多世纪过去了,茅盾的《鲁迅论》等文章和瞿秋白1933年写的《〈鲁迅杂感选集〉序言》,一直被文学批评界视为二三十年代鲁迅研究的双璧。此外,茅盾对有争议的徐志摩及其诗歌的评价,与诗人、诗歌理论家闻一多评臧克家《烙印》的某些观点的不同意见,赞美与"文学研究会"作家不同风格的郭沫若的《女神之再生》为当时文坛的"空谷足音",严厉批评20世纪20年代末期"革命作家"蒋光慈作品和《地泉》三部曲的"脸谱主义"等,都是茅盾文学批评坚持实事求是观点的生动例证。

对于文坛新人,茅盾不因其初出茅庐而看低、贬斥,也不因其初露锋芒而一味捧煞,而是能够认真剖析他们的作品,观照他们的思想,作出实事求是的评价。当沙汀出版了第一部短篇小说集《法律外的航线》后,茅盾虽然并不认识这位"不满三十岁"的作者,却立即著文称赞"这是一本好书",认为作品的成就主要表现在突破了当时文坛流行的所谓"革命文学"的"公式"主义的旧框框,而是"用了写实的手法,很精细地描写出社会现象,——真实的生活图画",显示了"作者的艺术的才能"。但又指出,被某些批评家赞为"最充满了革命性"的《码头上》,恰恰残留着"硬扎上去的旧公式"的"尾巴"①。在评论张天翼、吴组缃、臧克家、萧红、碧野、姚雪垠以及赵树理、杨沫、李准、茹志鹃、王汶石、王愿坚、张勤、陆文夫等作家的作品时,茅盾在充分地肯定他们成绩的基础上,也认真严肃地指出他们的不足,分析这样那样问题的原因,由此可见,茅盾从来不带着诸

---

① 茅盾:《〈法律外的航线〉读后感》,《文学月刊》第1卷第5、6期合刊。

如年龄、地位、职务,或某些公式、成见等来进行文学批评,而是在研究对象本身过程中,找出其固有的特征。诚如莱辛所说:"真正的批评家并不是以自己的艺术见解来推演出法则,而是根据事物本身所要求的法则来构成自己的艺术见解。"①

作为杰出的文学批评家,茅盾的文学批评始终闪耀着理论的光彩,具有一种超出一般批评文章本身的力度和理论的深度。

在具体评论作家作品时引申出一个理论问题,从而加以简短精确的阐述,看上去三言两语,却有一定的理论锋芒和理论深度,这是茅盾文学批评中理论色彩的一个表现。在肯定王鲁彦小说的成就时,茅盾又分析他的《小雀儿》和《毒药》都是"教训主义色彩极浓厚的讽刺文"。由此引申开来,茅盾说:"我以为小说就是小说,不是一篇'宣传大纲'。"② 在分析冰心作品中的"理想"和"现实"的关系时,茅盾又结合作品作了理论上的阐述:

> 我们的"现实世界"充满了矛盾和丑恶,可是也胚胎着合理的和美的光明的幼芽;真正的"乐观",真正的慰安,乃在举示那矛盾和丑恶之必不可免的末日,以及那合理的美的光明的幼芽之必然成长。真正的"理想"是从"现实"升华,从"现实"出发。③

以上几段关于"小说不是'宣传大纲'","理想"与"现实"之关系的理论上的发挥,显示了一种具有普遍指导意义的理

---

① 莱辛:《汉堡剧评》,《文艺理论译丛》1958 年第 4 期,第 6 页。
② 茅盾:《王鲁彦论》,《小说月报》第 19 卷第 1 期。
③ 茅盾:《冰心论》,《文学》1934 年第 3 卷第 2 期。

论的力量，使我们从"个别"看到了"一般"，又由"一般"看清了"个别"。

四、思辨与文采

文学批评，主要是运用逻辑、判断、推理等思辨手段，对文学作品、作家、文学史等进行理论研究。但它除了具有思辨特点外，还应具有一定的文采。中国古代的文论典籍如《文心雕龙》等，甚至明清一些出色的"诗文评点"式的文学批评，都具有思辨和文采的特点。国外的如《诗学》（亚里士多德作）、《歌德谈话录》以及《文学幻想》（别林斯基作）等无不如此。早在1921年周作人就说过："读好的论文，如读散文诗，因为他实在是诗与散文中间的桥。中国古文里的序、记与说等，也可以说是美文的一类。"[①] 可见，优秀的文学论文，也应是思辨和文采两者兼而有之的"美文"。茅盾的文学批评论文，就是吸收了中外优秀文学批评论文的特点而又有独创性的"美文"。

首先，茅盾的这类"美文"思辨性强，逻辑严密。著名的《徐志摩论》就是这方面的一篇力作。该文并不像一般论文那样先定下论点，再去引证分析，而是从徐志摩一首诗的头两句"我不知道风，是在哪一个方向吹——"写去，显得形象而又自然。接着分析徐诗的"'第一期'作品"《志摩的诗》，其中着重分析《婴儿》一首，有内容，不感伤，却又隐伏着徐志摩的"理想"的危机，再进一层又分析徐第二期的作品《翡冷翠的一夜》，又着重将书中的《望月》和第三期作品《猛虎集》中的《秋月》和《两个月亮》比较，虽同是写"月"，后者较前者抒发的"理

---

① 周作人：《美文》，《谈虎集》，上海书店1987年版，第42页。

想"更加"虚无缥缈"了,于是得出结论,"从《翡冷翠的一夜》开始,志摩的诗一步一步走入怀疑悲观颓唐的……甬道里去了";第三层转到探讨徐诗"诗情枯窘"的原因,从"生活的平凡""单纯信仰"和"艺术至上主义"三个不同的侧面进行分析研究;最后得出结论,徐志摩的生活道路、他所属的阶级和所处的时代"不容许他看见那沉闷已破了的一角,已经耀出万丈的光芒",而"思想"和"生活"源头的枯窘造成了徐诗日渐枯窘,并且"这悲哀不是志摩一个人的"。该文先提出问题,再层层推进,材料丰富,说理透彻,最后又归结到总题上。

茅盾的这类"美文"不仅"美"在思辨性强,具有科学的透辟的分析,而且"美"在多用散文的笔法写论文,字里行间时时跃动着感情的热流。且不说茅盾那些为自己作品写的活泼、明晰、动情的创作"前记"和"后记",也不说为广大青年写的那些亲切、自然、透彻的"写作谈"。即使那些作家作品论,茅盾也在科学的剖析的同时付之以感情的笔墨,例如评论碧野的中篇小说《北方的原野》时,茅盾写道:"这是我们民族今日最伟大的感情、最崇高的灵魂的火花。……处处闪耀着诗篇的美丽的色调",流露出作者对献身于抗战救国斗争的英雄们的赞美之情。又如他为萧红《呼兰河传》写的"序",更是一篇文情并茂的"美文"。作者先从"今年四月,第三次到香港,我是带着几分感伤的心情的"起笔,满含感情的文笔立刻吸引了读者。才华横溢的女作家萧红一生命运坎坷,三十一岁时就不幸被冷酷的社会吞噬。因此,茅盾的这篇评论文章全篇笼罩着怜惜、悲痛、愤懑的感情氛围:

  萧红的坟墓寂寞地孤立在香港的浅水湾。在游泳的季节，年年的浅水湾该有不少的红男绿女罢，然而躺在那里的萧红是寂寞。……《呼兰河传》……它是一篇叙事诗，一幅多彩的风土画，一首凄婉的歌谣。

茅盾又说，尽管作品读起来有点沉重，"可是，仍然有美，即使这美有点病态，也仍然不能不使你炫惑"。最后作者指出，在这部作品里看不见封建的剥削和血腥的侵略，是因为萧红"被自己狭小的私生活小圈子所束缚"，因而她苦闷而寂寞。"而这一心情投射在《呼兰河传》上的暗影不但见之于全书的情调，也见之于思想部分，这是可以惋惜的情调，正像我们对于萧红的早死深深惋惜一样。"作者一面叙述萧红的身世、家乡和她的死。一面又评论作品的成就和不足。这样既能帮助读者熟悉《呼兰河传》的背景，又能让读者对萧红的生活道路和创作思想有所了解。感人的叙述和动情的评价交融夹在一起，这样的"美文"给人以理性的思考，又给人以感情的启迪。

在中国现代文学史上，鲁迅的小说几乎篇篇都有自己的新形式。而茅盾，则在文学批评"美文"的写作方面，善于创造"新形式"。这种"新形式"不仅指茅盾批评文章类别众多，有文艺论文、短评、杂论、书评、序跋、漫评、作家论、创作谈、讲演、报告、书信、评点等，而且也指出各种类别"美文"的具体形式不同。即以1949年前后写的"作家论"来说，有的先介绍别人的观点，作者进而层层分析、批驳、评介；有的先讲自己的观点，结合作品夹叙夹议；有的用对话体；有的用散文体；有的较多地引证原作，再略加分析评介，似读书札记；有的将作家的创作道路、创作思想和作品的分析结合起来，注重理论的阐述，又如学术论文……多种形式的创造，是因人、因作品而异，显示了茅盾的卓越的才华。

　　正如历史上任何一个大作家、大批评家"不论以怎样的精神力量来从事批评并达到娴熟的程度，评断中总还残留着主观的成分"①一样，茅盾在六十余年的文学批评活动中，也受到主客观条件的限制，比如茅盾有时对一些风格纤细、委婉的作家作品责之太严、贬之过甚；在一些批评文章中，还时有过激、过"左"的评断；尤其是1949年以后，茅盾在一段时间里虽然没有像同时代其他一些作家、批评家在"左"的文艺路线斜坡上走得那么远，但也受到了"左"的倾向的影响，有时甚至迫于某种压力，趋奉过文艺界整人的政治活动。如对所谓文艺界"右派"的声讨，对所谓"反革命小集团"胡风等的执拗的怀疑和口诛笔伐等，凡此种种，我们固然更多地应从历史和时代的大潮中去寻找原因，但茅盾也有其应负之责，也应有其难推之咎。然而，重要的问题在于，纵观中国新文学的发展历程，茅盾的整个文学批评蕴含着丰富的美学价值，在中国新文学史、新文学批评史等领域已经发生，并将继续发挥作用。19世纪法国大批评家丹纳曾说过，衡量近代文艺批评价值的标准在于"在常识的根据之外加上科学的根据"。茅盾的文学批评具有丰富的"常识"，也具有适应特定时代的"科学的根据"，随着时间的推移，它的价值必将越来越多地为人所认识。

1989年8月夜半于复旦一舍"苦乐斋"

原载《中国文学研究》1989年第3期

---

① 《关于美文和艺术讲座·导论》，引文转录自《德国文学批评名著》。

"性灵":真人和美文
——兼谈鲁迅和梁实秋

古往今来,文学上有不少复杂而有趣的现象。"性灵"说即为一例。

对于"性灵",斥责者贬其为"脱离时代",是"露骨的唯心观点";张扬者褒其为"文学之生命","得之则生,不得则死"。四五百年来,"性灵"说虽纷争起伏,却又能生生不息。其中缘故,能不令人深思?

20世纪30年代,由于周作人和林语堂几篇重头文章,如周作人之《中国新文学的源流》、林语堂之《论文》上下篇、《记性灵》,又兼林语堂创办并主编的《论语》《人间世》半月刊等的影响,以及鲁迅等的与之论争,在烽火连天、民生艰危的时代,"性灵"说迭遭厄运。由此,一般人总以为"性灵"说出之于周、林首创,有少数现代文学史著作也持此说,均对之大加鞭挞。其实,周、林首创,实是悖谬之见,而鞭挞之举,也有偏激之误。

"性灵"一词,早在《颜氏家训》中就有"陶冶性灵"一说。杜甫也有名句:"陶冶性灵存底物,新诗改罢自长吟。"千百年来,虽然"性灵"之含义与"境界""意境""气韵""灵感"等词相似,均有"模糊哲学"的特点,但其内涵界定的范畴不外乎真挚、自然、灵性等。庄子云:"真者,精诚之至也,不精不诚，不能动人。"① 刘勰云："感物吟志，莫乎自然。"② 袁枚云："强为之，既离性灵，又乏灵机。"③ 但在文学史上，"性灵"说的明确提出和直接承传，可追溯到 16 世纪中叶，被明封建统治者诬为"异端之尤"的李卓吾名著《焚书》中之《童心说》。李卓吾认为，"天下之至文，未有不出于童心者也"，"若失却童心，便失却真人"④。这与两千多年前老子的"常德不离，复归于婴儿"，"合德之厚，比于赤子"⑤ 相似。李卓吾又说，"真能文者"，均系"蓄极积久，势不能遏"，"见景生情，触目兴叹"，每每"发狂大叫，流涕恸哭，不能自止"⑥。同时代受他很大影响，并同样高扬"反复古"旗帜的"公安派""三袁"（袁宗道、袁宏道、袁中道兄弟三人）等，直接提出诗文创作的最高境界是"独抒性灵，不拘格套"。他们主张"出自性灵者为真诗"，诗文创作应"胸中的有所见，苞塞于中，将墨不暇研，笔不暇挥"⑦，"以心摄境，以腕运心"，"则性灵无不毕达"⑧。几乎是同时，又有以钟惺和谭元春为代表的"竟陵派"，也反对摹拟古人，提倡"幽深孤峭"的"性灵"。自此，顽固的复古派大挫，"性灵"派诗文风行一时。

　　历史地看，李卓吾、袁宏道等首创的"童心"说、"性灵"说的文学主张和创作实践，虽然他们为人和为文均有差异，尤其是李卓吾因"直气劲节，不为人屈"的品格而遭陷害惨死狱

---

① 《庄子·渔父》。
② 刘勰：《文心雕龙》。
③ 袁枚：《随园诗话》
④ 李贽：《童心说》。
⑤ 老子：《道德经》。
⑥ 李贽：《杂说》。
⑦ 袁中道：《论文》。
⑧ 江进：《袁宏道〈敝箧集〉序》。

中——这是倡"性灵"说,而怯弱苟安、随人俯仰、消极避世的"公安派""竟陵派"所难以望其项背的。尽管如此,与"童心"说相通的"性灵"说,四五百年来,它们对文学创作和理论的贡献与影响,已为文学发展史所证实。文学是人学,只有重点解剖人自身的内在诸多复杂多变的质素,才能释透同样复杂多变的文学现象。"性灵"说就是从一个重要的基点揭示人和文的复杂多变的内在联系的文艺观之一。因为"性灵"说的基本内涵,即为自我,即为本性,即为个性,即为真情;在文体上即为不拘格套,摒弃陈言;在创作宗旨上,拒绝"工具"论,而以"性灵毕达"为最高境界。

在"五四"时期大张"人的文学"旗帜的周作人,于1934年三四月间,在辅仁大学作了演讲,题为《中国新文学的源流》,将新文学的发生发展和胡适的"八不主义"追溯到明"公安""竟陵"等的"性灵"说。林语堂更是著文办刊物,大张旗鼓地倡导"性灵"观,提倡写"性灵"小品。由此,"性灵"说在文学发展史上又一度声势大振、沸沸扬扬,同时,也就必然地遭到"左翼"文坛的口诛笔伐。其实,他们的主要论点,与明代李卓吾的"童心"说、"公安派"的"性灵"说基本精神是一脉相承的。比如周、林主张,言性灵者,著文皆"出于文人个性自然之发展","出于个人之真知灼见","真人所作,故多真声",其关键是"思想真自由,文章必放异彩","世事既通,道理既澈,见解愈深,则愈卓大坚实","自抒胸臆,发挥己见,有真喜,有真恶,有奇嗜,有奇志,悉数出之……即使触犯先哲,亦所不顾,惟断断不可出卖灵魂",所以,"言性灵必先打倒格套",亦"不为章法所役",总之,"文学有圣贤而无我,故死","有我而无圣贤,故生",果如上述,"是谓天地间之至文"。

历史地看，林语堂等主张"性灵"说，功不可没。但其重要缺失，亦与"公安""竟陵"派大同小异。"独抒性灵"，关键是作家有怎样的"性灵"？有美好的、丑陋的、高尚的、卑鄙的、开朗的、忧郁的、洁净的、污秽的、火热的、冰冷的、聪慧的、愚钝的、纯朴的、狡黠的，以及几者兼而有之的，等等。"从血管里出来的都是血"（鲁迅），怎样的人就有怎样的"性灵"。"公安派"自认不及"龙湖叟"（即李卓吾），云："公直气劲节，不为人屈"①，李卓吾"性灵""直气劲节"，而"公安""三袁""随人俯仰"，故他们笔下"性灵"也有高低、劲弱之别。首先，20世纪30年代，周、林的"性灵"前后多变，其言行也多有不足观处，尤其是身处激烈动荡、国危民艰的时代，力主"性灵"说者却休闲避世，企求"超然"世外，因而缺少"慷慨激昂、令人奋起的作品"②；其次是"性灵"说本来力主"打倒格套"，后来难免"仍落了窠臼"，又形成了"那么一套来"，有的甚以"抒写性灵"为由，大肆渲染"猥鄙丑角"——这固然不是生于30年代倡导"性灵"说者的本意，显然也与"性灵"说理论阐述上的不严密有关，但正如一切文艺观一经公之于世，由于大千世界精神和物质的复杂多变，人的复杂多变，都会导致对某一理论观在理解上的偏颇、歧义和实践上多变的必然性一样，"性灵"说的倡导，尤其是在特定的激变的时代所引起的负面影响，也是必然的。因而，30年代的"性灵"说一度遭殃。这以后，时代的大变、多次残酷的政治运动、极"左"

---

① 袁宗道：《李温陵传》。
② 鲁迅：《杂谈小品文》，《且介亭杂文二集》，人民文学出版社1958年版，第162页。

思潮的大泛滥,"性灵"说终于沉寂多年。

归根结底,理论的真正价值,还是在其自身。它的严密性、完整性、深刻性和系统性,往往要经过几代人的长期努力和反复实践。后人继承和发展的艰难,不仅在于某一理论观本身的准确性和丰富性,还在于历史给这一理论蒙上的厚厚的尘埃和凝固了的硬壳。只有首先清除和剥离它们,排除与其本意不合的、别人附加、引申甚至曲解的内容,才能还这一理论观的真面目。简要地重温"性灵"说首创时的本意,以及20世纪30年代时的重提和尔后几十年的命运,旨在力求给予准确评价的同时,揭示"性灵"说的真正本意及其在当今文艺理论和创作上的价值。

仅从20世纪散文领域来说,长期来散文的创作和评论多以"形散神不散""情景交融""立意深刻""构思新颖""融抒情、叙事、议论于一炉""意境深邃""蕴藉隽永"等为散文家和评论家的审美旨趣,这自然是毋需争议的。而"性灵"一说,文艺界却少有提及,尤其是评论界,长期来对此讳莫如深。其原因已如前述。其实,"性灵"说,尤其在探讨散文创作和作家的关系时,在分析作品的独特个性时,在论及作品的艺术独创性时,在解释奇诡的文学现象时,更能显示出它理论上的彻底性和深刻性。

由于鲁迅著作的丰富性、深刻性,以及丰富而深刻的鲁迅研究,构成了"鲁迅学"。而在对鲁迅散文研究的大量文章中,迄今仍少有以"性灵"观来深入探讨鲁迅那些精美、深刻、奇诡的散文的。其实,何止鲁迅散文(含杂文、随笔、散文诗、小品等)是绝对"自我"的、"个性"的,绝对"思想真自由"的,绝对"胸中的有所见"的,绝对"不拘格套"的,鲁迅的小说亦复如此。如以"性灵"观层层深入剖析,就更能深入研究鲁迅人与文的堂奥。再如与鲁迅争论"文学有无阶级性"的梁实秋,在枪林弹雨横飞的年代,在民生艰维的年代,在众多文化人以各种方式投入斗争漩涡的年代,他却写就了后来驰誉中外文坛的《雅舍小品》多篇。其中开篇之作《雅舍》云:在"雅舍"月夜,他"看山头吐月,红盘乍涌",而"细雨蒙蒙之际","推窗展望,俨然朱氏章法若云若雾,一片弥漫。但若大雨滂沱……屋顶灰泥突然崩裂,如奇葩初绽……"为什么在刀枪逼人、作家激愤之时,梁实秋有如此心境、如此情怀,又有如此笔触呢?虽然他遭到几乎灭顶的批判火力,却又能依然故我,继续写他那"雅舍"式的散文小品呢?仅扣上"逃避现实"的帽子是缺乏说服力的,仅用"时代精神"去分析,也是说不透的。而且,为什么他的一些淡泊、宁静的"雅舍"类小品与20世纪30年代一些优秀精美的慷慨激昂的散文檄文,都能同样超越时空——梁实秋的"超然"散文和鲁迅等的不超然的散文——都能经受住历史的严峻检验,都能深受不怀任何偏见、没有嗜痂之癖的广大读者所欢迎呢?仅以"情理并茂""意境优美""语言精警"等去解析,显然是不全面、不透彻的。而"性灵"说的含义比较丰富,如能引用"性灵"说,鲁迅与梁实秋虽然人生道路、性格素质、生活情趣、理想追求、文化修养等不同,但他们都有各自独特的"性灵",这种独特的"性灵"当然会在各自的散文作品中表现出丰富的独特性来。总体上,梁实秋"雅舍"类小品,在某些基本点上与鲁迅的相似——也绝对是"自我"的、"个性"的,绝对是"思想自由"的,绝对是"胸中的有所见的",也绝对是"不拘格套"的。他们由各自独特的"性灵"而生发的丰富性,也是必然的,从而形成了他们散文创作——内容和形式、思想和艺术"独抒性灵"的特色,亦即西方美学巨人黑格尔老人说的"这一个"。"这一个"就是有血有肉的文学,这种文学,就能超越时空"活"着。用"性灵"说去深入解剖一些疑难,就会迎刃而解,就更有说服力。此外,散文大家周作人、冰心、朱自清、林语堂、茅盾、巴金、沈从文、郁达夫、柯灵、余光中等,他们的散文如能同样以"性灵"说去观照,也当能时有新见。

20世纪八九十年代,特别是90年代初至今,散文园地逐渐形成了20世纪新文学散文史上又一次云蒸霞蔚的新气象——不仅出版了中国古代丰富的散文珍品,重版了二三十年代众多散文家的美文,翻译出版了众多欧美作家的散文随笔等;尤其是当代作家的散文新作,形成了散文创作新的黄金时代。总体上看,或以"性灵"观剖析,以上的新作菁芜并存,精品不多,但耐咀嚼、动感情、启思悟的散文也驰誉文坛。这些优秀散文,都是"思想自由的"、"自我"的、"个性"的、"胸中有所见"的、"不拘格套"的,都是"独抒性灵"之作,都是"活"的文学。如《怀念萧珊》(巴金)、《回看血泪相和流》(柯灵)、《干校六记》(杨绛)、《户外的树》(张中行)、《牌坊》(余秋雨)、《背影》(张承志)、《秋白茫茫》(李辉)、《丑石》(贾平凹)、《巩乃斯的马》(周涛)、《李贽与卡斯特利奥》(李洁非)等,它们或则重抒情,或则重记事,或则重写人,或则重说理,或则几者兼而有之,均属"以心摄境,以腕运心""任性而发""不拘格套""性灵无不毕达"之佳作。

"性之所安,殆不可强,率性而行,是谓真人。"① 有真人,

---

① 袁宏道:《识张幼于箴铭后》。

始有真性，始有真情，始有真文。此四百年前袁中郎铮铮之言，于今仿佛仍有振聋发聩之声。

独抒性灵，散文昌盛。

1998年寒冬之夜于"凉城""苦乐斋"

原载《文学世界》1998年第5期

论曹禺的戏剧道路

曹禺是我国现当代文学史上独树一帜的、杰出的剧作家。在戏剧创作道路上,曹禺已达到举世赞誉的境界,当然也受到学术界和世人的一些批评,并为之慨叹,也促人深思,这些方面倒又构成了一个立体的曹禺。但曹禺剧作的辉煌成就毕竟已在中国现当代戏剧史上树起了一座丰碑,探讨这座"戏剧丰碑"形成的过程、分析它的精湛的艺术构成和天才的艺术匠心,同时指出其中一些缺损,进而探讨其形成和变化的艺术规律,是饶有趣味的。

曹禺原名万家宝,字小石,湖北潜江人,1910年生于一个败落了的封建官僚家庭里,对封建家庭的罪恶有切身的体会。他童年时期就开始接触戏剧,看了不少著名戏剧家精湛的演出,并且广泛地阅读了优秀的文学名著,如《红楼梦》《三国演义》等。进中学后,不仅大量阅读了外国著名戏剧家易卜生、莎士比亚、契诃夫等人的作品,而且演过莫里哀的《悭吝人》和易卜生的《国民公敌》《娜拉》等,从中吸收了民主性的精华和艺术表现力。他的青少年时期,正值我国新民主主义运动深入发展,"五四"新思潮广泛传播。在革命思潮的推动下,曹禺早在中学和大学时代,就敢于正视现实,曾配合政治斗争从事进步的戏剧活动。这一切对于他世界观的形成起了很大的影响,使他能站在反帝反封建的立场上,运用现实主义的创作方法,创作了在思想内容和艺术形式的结合上达到很高成就的《雷雨》《日出》《原野》等优秀的戏剧作品。1949年以后，曹禺以极大的热情投入根治淮河、土地改革、"三反五反"等重大运动。1954年创作的反映旧知识分子进行自我改造的剧本《明朗的天》，曾荣获全国第一届话剧观摩演出剧本一等奖。1956年7月，曹禺加入了中国共产党。1961年，发表了由他执笔创作的历史剧《胆剑篇》。《胆剑篇》的反对霸权的重大主题和振奋人心的艺术魅力，引起了社会和剧坛的关注。1978年12月，经过"文革"、身心倍受折磨的曹禺，遵照周恩来同志的嘱咐，又创作并发表了旨在歌颂中国各民族大团结的历史剧《王昭君》。这之后，曹禺间或写些随笔。因年迈体衰、心力、才情不济等故，一直想重鼓元气、重振精神创作新戏的愿望终难以实现。

1934年和1936年相继问世的《雷雨》和《日出》，是曹禺的代表作。它们以对封建官僚家庭和半殖民地、半封建社会的罪恶深刻的揭露，以及艺术技巧的成熟，轰动了当时的剧坛。数十年来，它们在舞台上仍然保持着旺盛的生命力。

《雷雨》是曹禺的第一部杰作，显示了作者非凡的创作才能。这是一个描写绅商大家庭的悲剧。作者着重表现的虽然是绅商家庭中错综复杂的关系，但不拘泥于此，又能把人性的、社会的矛盾穿插其中，从多侧面反映了人性的复杂性、多变性，以及工人和资本家之间尖锐的阶级矛盾。剧本把绅商家庭作为社会悲剧的缩影，通过这一绅商家庭的种种人性的表现和罪恶的揭露，狠狠鞭挞了某些畸形的人性和黑暗腐朽的社会制度，并指出其崩溃的必然性。

作者善于从生活现象中，集中提炼尖锐复杂的戏剧冲突和紧张曲折的戏剧情节来揭示人性的美和丑、善和恶。优秀的戏剧作品，它的倾向不是靠作者直接说出来的，而是在情节和场面中自然而然流露出来的。《雷雨》着重表现的是夫妇、父母、子女、主仆之间复杂的人性矛盾。这是生活中普遍存在的矛盾，作者把这些常见的矛盾集中在一个绅商家庭中展开，构成了错综复杂的人性和社会矛盾的图画。每个人物都不虚设，他们都处在矛盾的漩涡中，这样的戏剧冲突就更强烈。在这些错综复杂的矛盾漩涡中，又以周朴园和周萍为一方，以相互间也充满矛盾的繁漪、四凤、周冲、侍萍、鲁贵为一方，构成戏剧冲突的主线——人性的和阶级的主线。工人代表鲁大海与资本家周朴园的矛盾作戏剧冲突的副线处理，并且与戏剧冲突的主线交织在一起，这样，不仅复杂的矛盾主次分明，而且使这一场绅商家庭中的种种矛盾斗争，不仅具有人性冲突的复杂性和必然性，而且具有了更广泛的社会意义。激烈的戏剧冲突构成了紧张曲折的戏剧情节，冲突波澜起伏，情节也扣人心弦。戏剧矛盾是戏剧的基础，《雷雨》的主题表现得那样的震撼人心、富有魅力，这是与作者善于组织戏剧冲突分不开的。

作者还善于通过精湛的艺术构思和高度集中的、严谨的戏剧结构，使浩繁的生活内容在特定的场景和有限的画面上精巧地表现出来。《雷雨》要表现的生活内容异常丰富，历时三十年，剧本却把它压缩在不到一天的时间内生动地描绘了出来。《雷雨》涉及的人物、活动的环境也异常广阔，剧本只用了两个场景就完满地表现了出来。为什么《雷雨》能摆脱舞台空间和时间的束缚，在有限的场景中表现那样深广的生活内容呢？作者在艺术构思和戏剧结构上是下了一番苦功的。戏的第一幕，作者没有从三十年前写起，也没有从繁漪和周萍的暧昧关系写起，而是截取了矛盾爆发前夕的一个横断面，让人物都带着蕴积已久、一触即发的矛盾上场。这样的构思，不仅一下子抓住观众，而且有利于更强烈地暴露这个绅商家庭的种种罪恶。更巧妙的是，场景也是精心设计的。第一幕在"周公馆客厅内"，这里的摆设是三十年前周朴园侮辱、迫害侍女侍萍的见证。也就在这客厅内，周朴园的长子周萍诱惑了他的后母繁漪。这样精心的结构设计，不仅使各种人物的矛盾更加集中，容易激化，更重要的是，辛辣地揭露了周朴园的残酷和虚伪，以及绅商家庭的腐朽和丑恶，形象地揭示了主题，尤其是在人性的层面上开掘得相当深刻，相当动人心魄。四幕戏有三场安排在这一场景，足见作者的匠心。

《雷雨》的主要成就还表现在，作者善于通过对富有典型意义的人物形象不同命运的描绘，揭示绅商家庭人性的美和丑及其社会制度的必然崩溃。曹禺擅长于刻画人物，《雷雨》中的人物都具有一定的典型性。他们的思想性格是在一定的环境中形成的，透过他们的思想性格，不仅可窥见人物的内心变化，又可窥见环境的腐朽和罪恶。周朴园是这个绅商家庭的最高统治者，同时又是煤矿主。他故意让江堤出险，淹死两千多名小工，指使警察开枪，屠杀工人群众，他的双手沾满了劳动人民的血汗，他的花园楼房是建筑在剥削工人的基础上的。他不仅在社会上凶狠毒辣，在家庭里也残忍专横。他年轻时玩弄侍萍，又逼着她年三十晚上跳河自杀，后来又剥夺了繁漪的幸福和爱情。作者入木三分地剖析了周朴园人性的自私、虚伪和狠毒。他的发家史是他罪恶的记录，在他剥削和镇压工人、侮辱和迫害年轻男女以大发横财的同时，他就给自己埋下了灭亡的种子，工人群众和妻子儿女的反抗是必然的；他虽然收买和欺骗了几个工人代表，但工人群众"讨还血债"的吼声仍然不绝于耳；他虽然虚伪地想用金钱赎取丑恶灵魂的安宁，但觉悟了的侍萍毅然撕毁了他的假面具；他虽然幻想竭力维持家庭的秩序,把家业的继承者寄托在大儿子身上,但大儿子周萍是个典型的纨绔子弟,他卑鄙、自私、空虚,最后在无法解脱的矛盾中自杀。周朴园苦心经营和统治的家庭,四分五裂,摇摇欲坠。他不择手段开办的煤矿,矿上工人罢工,布满了火种,最后周朴园终于众叛亲离,家破人亡。《雷雨》是以1924年左右的中国社会为背景的,这时正是大革命前夕,工人阶级已登上了政治舞台,虽然封建势力和官僚资产阶级在帝国主义支持下勾结起来对人民大众进行压迫和镇压,但历史已宣判了一切维护封建官僚统治的顽固派必然灭亡的命运。曹禺深刻地观察和研究了社会现实,在《雷雨》这篇优秀的剧作中,通过对周朴园等人性和命运的描绘,形象地、令人信服地表明:在20世纪二三十年代的中国,绅商家庭的罪恶统治及其社会制度必然崩溃。这是曹禺坚持现实主义的人性描写的胜利。

《雷雨》的成就是多方面的,比如通过细节和动作刻画人物个性特征、高超的语言艺术造诣等,这一些充分显示了二十三岁的年轻剧作家杰出的艺术才华。

《雷雨》的成就是巨大的,但也有不足之处。曹禺青少年时期接触过不少希腊悲剧作家的作品,受宿命论观点的影响较深。例如侍萍三十年后重返周家和四凤再蹈覆辙,剧本留下了宿命论的痕迹。全剧又用发疯、触电、自杀来最后解决戏剧冲突,也仿佛有个命运之神在播弄和支配着剧中人物。正如作者所说:"在《雷雨》里,宇宙像一口残酷的井,落在里面怎样呼号也难逃脱这黑暗的坑。"这一些都在不同程度上影响了作品反映现实和揭示人性的深广度。

继《雷雨》之后,1936年曹禺又发表了《日出》,从主要描写绅商家庭的悲剧《雷雨》,到进而写社会悲剧的《日出》,无论在思想上或艺术上，都表明作者在创作道路上有了新的追求和变化。

曹禺创作《日出》的指导思想是非常明确的。当时正是民族危机深重和专制统治加剧的年代。作者目睹了大城市里官僚买办、洋商豪贾、地痞流氓作威作福，也目睹了下层劳动人民如小职员、特别是妓女的悲惨生活。社会上存在着"朱门酒肉臭，路有冻死骨"的鲜明图画，作者感到了尖锐的阶级对立，认为现实社会是"人之道，损不足以奉有余"。作者对罪恶的现实发出了强烈的诅咒，提出"这局面应该改造或者根本推翻"。这样的对现实社会深刻的观察和创作思想的明确，使他的《日出》以比《雷雨》更加鲜明而感人的艺术魅力出现在舞台上。

《日出》以广阔的社会生活为背景，通过描写剥削阶级代表人物金八、潘月亭一伙对陈白露和下层劳动人民黄省三、翠喜、"小东西"等的残酷剥削和迫害，深刻地揭露了社会生活的本质，揭示了人性的丰富性、复杂性，以及美与丑的尖锐对立，揭示了黑暗社会崩溃的必然性，激发人们对罪恶社会的仇视和反抗，以及向往和创造光明的新生活的愿望。

《日出》充分体现了曹禺善于创造人物形象的才能。活跃在舞台上的人物，都是作者从人性的观察和社会生活中阶级对立的社会中概括出来的典型人物，有银行经理、洋博士、狗腿子、流氓、高级交际花、银行小录事、妓女、贫苦孤女等。这些人物一个个性格鲜明、血肉丰满，栩栩如生，呼之欲出。他们之间充满了错综复杂的矛盾，交织成一幅鲜明的生动的社会和人生的图画。

剧本在塑造人物形象时，能扣住人物的不同的地位、不同的教养、不同的生活经历等，通过对比，把人物性格区别得更加分明。陈白露同情"小东西",这是由于她体会到自己放荡生活的辛酸,她玩世不恭、追求刺激、挥霍无度,这也是她长期寄生生活形成的恶习。她虽然过着放荡的生活,但与赤裸裸地受人歧视、毫无社会地位、完全靠出卖肉体养家活口的妓女翠喜又不同。她受过教育,年轻漂亮,因而表面上又有一定的社会地位。但她比谁都清楚自己未来的下场和悲惨的命运。她内心深处曾燃着一星半点希望的火花,但长期形成的她的特殊的社会地位和沉重的债务,把她捆绑得死死的,她无法摆脱,在这种精神的痛苦中,最后不得不随着她依附的大树潘月亭的破产而自杀。剧本在表现陈白露性格特征时,不是抽象的议论或客观的介绍,而是结合她独特的心理活动以及生活道路和思想环境进行刻画,因而形象厚实,性格鲜明。

作者还擅长把人物放在尖锐激烈的戏剧冲突中进行刻画,揭示人物性格的本质特征。大丰银行经理潘月亭孤注一掷,想利用公债投机,大发横财,他的秘书李石清知道了他内部空虚的秘密,乘机要挟。潘月亭虽然气得直咬牙,但又不得不暂时提拔李石清为襄理。在他们合伙投机的漩涡中,一贯勤勤恳恳的小录事黄省三被裁减,一家数口,嗷嗷待哺,不得不忍辱含垢地向潘月亭和李石清恳求复职。随着公债"涨""落"消息的更替,实际是官僚资产阶级勾心斗角的加剧,潘月亭和李石清的矛盾逐渐激化,而黄省三则成了这场冲突——官僚资产阶级相互间你死我活的斗争——的牺牲品,在这一场关系生死存亡的、尖锐的戏剧冲突中,三个人物的人性的变化和性格特征刻画得淋漓尽致。潘月亭的狠毒残忍、圆滑奸诈,李石清的心狠手辣、不择手段,黄省三的安分守己、怯弱无能,都跃然纸上。

作者在塑造人物时,把强烈的爱憎感情渗透在人物形象之中，并能通过人物的行为、动作和细节刻画性格，因而作品产生了强烈的艺术感染力。《日出》中的人物，是作者从生活出发概括了不同阶级、多种类型人物的人性特征塑造出来的，其中有一些生活中就有原型，比如翠喜、"小东西"等。作者看到了半殖民地半封建社会中"有余者"及其爪牙的飞扬跋扈、凶残暴虐，也看到了挣扎在旧社会最底层的人们的悲惨命运和血泪生活。作者后来在他的《日出》的《跋》里说："这些问题灼热我的热情，增强我的不平之感。"但这种强烈的爱憎在话剧中作者不能站出来直说，必须通过形象诉诸观众。作者成功地运用了形象思维，通过人物的行为、动作和细节来刻画性格，表现感情。王福升接电话的细节和动作，不仅生动地刻画了小爪牙王福升的奴颜婢膝，而且那个一直未出场的庞然大物——金八的赫赫权势和凶暴恣肆的人性及狰狞嘴脸也历历在目。有时剧本中人物的一个动作或情节，能刻画更多的不同人物的性格，形象地体现作者的鲜明的爱憎。"小东西"打庞然大物金八一记耳光的描写就是一例。"小东西"敢于打"有钱有势"的"阎王"金八，体现了"小东西"不畏强暴的倔强性格，陈白露也认为"打得好！打得痛快"，表现了陈白露内心深处嫉恶如仇的善良本性，但奴性十足的王福升则认为"小东西"闯了大祸，是"邪行"作祟，而金八的狗腿子黑三则疯狂地为主子卖命，打得"小东西"皮开肉绽，游手好闲的"面首"胡四对"小东西"的行为感到惊讶、"奇怪"，那个大名鼎鼎的经理潘月亭听说"小东西"得罪了金八，也畏惧三分、不敢惹事。一个"打耳光"的动作和细节，透露出众多人物的内心，也刻画了众多人物的嘴脸和性格。这种饱和着作者感情、动作性强、富于表现力的细节，是《日出》塑造人物形象的一个重要特色。

在戏剧作品中，鲜明的人物性格必须由个性化的语言来表现。《日出》的语言近乎达到了炉火纯青的境地。特别是剧本运用个性化语言刻画人物性格，真是入木三分。方达生的语言真诚而幼稚，陈白露的语言辛酸而有傲气，翠喜的语言特点是强颜欢笑、字字血泪，"小东西"的语言特点是简短、凄苦、倔强。奴才王福升的语言特点，对上是阿谀奉承、低声下气，对下则咬牙切齿、嘲笑谩骂，对陈白露这样的高级交际花，则软中带硬，活脱脱地刻画了奴才加流氓的性格特征。有时作者运用语言的技巧，达到令人拍案叫绝的程度。当李石清用偷看了大丰银行把房屋押出去的事，要挟潘月亭时，潘月亭深知此事张扬出去，大丰就将倾家荡产。于是忍住了满腔怒火，"呆了半天"，对李石清连声说"请坐，请坐，我们再谈谈"，语气缓和，强压着愤怒，反映了潘月亭人性中的老奸巨猾、老谋深算。当他投机有了把握后，他就对李石清开始报复了。先是话中有话，三番五次要李石清"回家休息"，接着斥骂李石清是"不学无术的三等货"。这时的语言，或故意重复同一句话，或冷嘲热讽、凶相毕露，又不失其身份，反映了作为银行经理的潘月亭在政治和经济斗争中的冷酷和心狠手辣的人性特征。但是，当他确知被金八欺骗，而他也将家破人亡时，听着被他解职不久的李石清疯狂地、赤裸裸地咒骂他是"老混蛋""流氓"时，他也只能说出这样简短的话："你小心，你这样说话，你得小心"，恳求"不要说了！不要说了！"寥寥几个字，反映了潘月亭的虚弱和绝望——这也是潘月亭人性虚弱的另一个侧面。这样的富有人性化、性格化的语言，也典型地反映了大资产阶级的某些本质特征。

《日出》在思想和艺术上的成就是巨大的，直到今天，使读者对复杂的人性——善良的、丑陋的、凶狠的、软弱的、贪婪的、虚伪的等，有更多的感悟，也仍然对人们起着认识过去的历史的教育作用，为我们的话剧创作也提供了极为丰富的经验。当然，《日出》也存在着局限。如有些戏剧冲突有概念化的痕迹，最后"光明的尾巴"也太生硬，至于后来作者自我检讨说："《日出》这本戏，应该是对半封建半殖民地的中国旧社会的控诉，可是当时却将帝国主义这个元凶放过"，又说，"我很着重描写了一些反动统治者所豢养的爪牙，他们如何荒淫、残暴，却未曾写出当时严肃的革命工作者，他们向敌人作生死斗争的正面力量"——应该说，作者的这个自我批评是纯属政治观念的苛求，是违背艺术规律的。

《雷雨》和《日出》的相继问世，奠定了曹禺在中国话剧舞台上的历史地位。这之后，曹禺先后又写了多幕剧《原野》《蜕变》《北京人》、独幕剧《正在想》，还改编了《家》等。这些剧本成就大小不一，反映人性和现实的深度和广度不同，但都留下了曹禺思想和艺术发展的烙印，是他不倦地追求真理、光明和艺术美的真实记录。

《原野》写的是一个农民仇虎向地主土豪复仇的故事。作者揭露了地主和黑暗势力的罪恶，着力表现了被压迫者对命运的反抗和对美好的幸福生活的向往，但作者把仇虎仅仅写成一个复仇主义者，这样就弱化了《原野》的人性描写和现实意义。

《蜕变》写的是在中华民族现实的深重的年月里，发生"蜕"旧"变"新的故事。剧本通过一个后方医院，揭露了专制统治的腐朽本质，并且给予辛辣的讽刺。但剧本"蜕"旧写得较深刻，"变"新写得就不够有力。

《北京人》通过一个旧家庭的破产，反映了封建势力日落西山、暮霭沉沉的景象，替旧社会唱起了挽歌，并且暗示了中国资产阶级和封建阶级一样,也将日暮途穷。剧本相当出色地塑造了人物形象,每个人物性格都很鲜明,戏剧语言也精炼、丰富、有性格,但在人性的揭示上,不像《日出》《雷雨》那样丰富、复杂。

曹禺不愧为一个优秀的剧作家。他在 1949 年以前写的剧本至今仍拥有很多读者,这和他的剧作的现实主义内容,人性揭示的真实、丰富以及高超的艺术技巧和独特的艺术风格是分不开的。解放后,曹禺于 1957 年写的《明朗的天》,在思想内容和艺术形式上出现了新的变化。

《明朗的天》是曹禺在中华人民共和国成立后的第一个剧本。过去写剧本时,"虽然也企图发表某些见解或者宣传某种思想,但是对这些见解和思想常常自己也不是想得很明确、很深刻的"①。写作《明朗的天》的情况就不同了,曹禺"明确地认识到知识分子必须在党的教育下进行思想改造"②。他尝试着用马克思主义的观点去分析创作素材和作品中的人物、情节,以达到用社会主义精神感染、教育读者的目的。这样一种明确的创作意图,固然使《明朗的天》主题鲜明,也写出了某些人物形象,如凌士湘等,也出现了一些新的弊端。

《明朗的天》是曹禺深入生活的产物。剧中的燕仁医院,是以协和医学院为背景的。中华人民共和国成立之初,曹禺曾参加领导北京市高等学校教师思想教育运动的工作,在协和医学院工作的时间最长。协和医学院原是美国"煤油大王"洛克菲勒创办的,是西方文化渗透的一个重要据点。这个学校的知识分子一

---

① 《文艺报》记者:《曹禺谈〈明朗的天〉的创作》,《文艺报》1955 年第 17 期。
② 同上。

方面长期受西方文化的熏陶，灵魂深处的烙印很深，一方面也有些人表示不满。曹禺选择这个医学院，观察、研究、撷取生活素材。剧本中，不仅一些人物形象有模特儿，如江道宗、董观山等，而且不少情节和细节，也是来自真实的生活。剧中描写的老工人赵树德夫妇求医，赵树德妻子被贾克逊用作试验品而悲惨死去的情节，就是曹禺从比这一情节残酷得多的事实基础上概括出来的。1936年的一年内，这个医院脑炎科的雷曼，就曾在49个精神病患者和20个用钱雇来的健康的人力车工人身上做过抽风药的实验，使他们痛苦得把病床上的铁条都扭弯了，冷汗湿透的被子可以挤出水来。正因为《明朗的天》反映了真实的生活，对文化侵略的罪恶本质作了愤怒的控诉，所以它的发表和演出，震动了各阶层人民。

《明朗的天》中一些故事情节、人物形象虽有原型依据，但剧本中大部分人物和故事情节都是作家对大量生活材料进行艺术概括和加工创造出来的，这方面最突出的成就，就是塑造了不同类型的知识分子的形象。其中有勤勤恳恳、热情沉着的地下党员，有事业心很强、爽朗正直的外科大夫，有精于拍马逢迎，一心想"赴美'镀金'"的尤晓峰，有披着学者外衣的江道宗等。特别是凌士湘，是作者着力刻画的中心人物。这一形象在中华人民共和国成立之初期的知识分子中具有相当的典型性。

凌士湘是著名的细菌学家，他为人耿直、真诚，富有正义感和同情心。他抱着科学救国和人道主义思想，几十年如一日地从事细菌学的研究工作，在科学界有很高的威望，但他"不喜欢政治，……不懂政治"，这种"纯科学"的思想导致他长期看不清文化侵略的罪恶目的和贾克逊的真面目。剧本通过一系列事件，擦亮了他的眼睛，在故事情节的发展过程中令人信服地描写了凌士湘思想转变的过程。他想百事不管专心致志地搞科学研究，但是特务却把他最心爱的助手何昌荃抓走，专制政府制造的假染色剂又使他无法继续实验；他不仅亲耳听到特务对他的辱骂，而且亲眼看到女儿无辜遭到特务毒打。对他震动最大的是两件事：一是贾克逊为做斑疹伤寒的实验，灭绝人性地害死了工人赵树德的妻子；二是他数十年呕心沥血研究的关于鼠疫感染和细菌规律的成果，被贾克逊一伙用于细菌战，屠杀中朝人民。在铁的事实面前，他原先的思路被轰毁了，终于逐渐挣断了缚在他身上的精神枷锁，要求到朝鲜前线参加反细菌战的斗争，用自己的科学知识为祖国和世界人民的正义战争服务。剧本相当真实地描绘了凌士湘世界观的转变过程。作家通过这一形象，从一个侧面生动地概括了中国老一辈科学家走过的道路，热情歌颂了领导知识分子转变思想的党。

这个戏虽然取得了一些成绩，但在曹禺戏剧创作道路上，却是概念化痕迹明显、"工具"意识加强而艺术美粗糙化的标志。《明朗的天》的缺陷也较明显：剧本中写了二三十个人物，不少人物或者没有交织在戏剧冲突之中，只是为了交代故事；或者是过多地用抽象的概念代替了具体生动的形象的创造；或者是拘泥于生活真实，缺乏必要的集中概括，性格不鲜明，形象比较模糊，语言也直白浅露。

曹禺是一个在现实主义的创作道路上不倦探索、严格要求的剧作家。1961年发表的历史剧《胆剑篇》，它虽说是曹禺在中华人民共和国成立后的一部力作，成就是多方面的，如深刻、富有战斗性的主题和鲜明的典型形象，以及语言的凝练典雅。但其总的戏剧审美评价，仍然未达到《日出》等的水平。——即使如此，《胆剑篇》还不失为成功之作。

《胆剑篇》写的是春秋时代越王勾践兴国复仇的历史故事。

在我国古典文学中，取材于这一历史事件的戏曲作品相当多，它们或是以爱情为主线，歌颂为了复国报仇不惜牺牲自己的高贵品质，或是赞美功成隐退的隐士，往往夹杂了宿命论和消极出世的思想。中华人民共和国成立后，以这个历史故事为题材编写的戏曲本子足有百来个，跟过去的相比，主题思想已迥然一新，大多数本子都是通过越王勾践败而复兴和吴王夫差胜而复亡的历史故事，揭示了生于忧患、死于安乐，卧薪尝胆、发愤图强的思想。无疑，这一思想比旧戏曲中同类题材的戏的教育意义要强得多。曹禺总结了前人的创作经验，对春秋吴越之战的历史题材作了深入的开掘，提炼出一个富有深刻哲理和强烈战斗性的思想："一时胜负在于力，千古胜负在于理"。强国如果胜而骄，奉行侵略扩张政策，必然由胜转败；相反，弱国如能败而不馁，依靠人民，发愤图强，坚韧不拔地坚持正义斗争，就一定能转败为胜。这一崭新而深刻的主题，使得两千四百多年前春秋吴越之战的历史故事，有了强烈的现实教育意义。如果说曹禺过去的一些作品，如《雷雨》《原野》等的内容中，尚有宿命论的痕迹，那么《胆剑篇》则一扫宿命论的影响，而代之以奋发图强、真理战胜谬误的新声。

　　《胆剑篇》另一个显著的成就是塑造了一些富有鲜明性格特征的艺术形象，勾践、夫差、范蠡、伍子胥、苦成、伯嚭、文种等，一个个像浮雕似的给观众以深刻的印象。塑造历史人物往往容易产生两种倾向：一是用今天先进人物或英雄人物的思想、面貌去"拔高"古人；二是为了强调人民群众的历史作用，把统治阶层中某些在历史上有过重大影响的人物"故意"压低。曹禺的《胆剑篇》力求按照古人的本来面貌塑造人物，较好地达到了历史真实和艺术真实的统一。在舞台上活动着的是历史人物,而他们所体现的思想则与今天的现实生活又息息相通,这是《胆剑篇》塑造人物形象的突出成就。

在《胆剑篇》中,勾践是中心人物。他是越国国王,先为吴王所俘,后又统治了越国人民,勾践的性格就是在这样特定的环境中形成的。作家刻画了勾践刚强不屈、热爱故国和人民,以及他听取忠言、礼贤下士、报仇复国、坚韧不拔的品格。但是,勾践毕竟是个两千四百多年前的君王,他的思想性格必然要打上他那个时代的烙印。当作为百姓的苦成责怪他无骨气,伤了他君王的"尊严"时,他就"难以忍耐",命令武士去抓苦成。他偶尔与民同耕,目的也是为了取信于民。即使是对忠于他的范蠡和文种,他也时常提防和妒忌:范蠡聪慧多谋,他恐其"难驾驭";文种耿直,他恨其"不驯顺"。勾践的这种思想性格,是在特殊的地位和一定的历史环境中形成的。作者对此作了恰如其分的描写,避免了把古人现代化或简单化的毛病。

《胆剑篇》的戏剧冲突是很尖锐的,但它绝不是一味追求冲突尖锐的情节戏,作品的着眼点是通过尖锐的戏剧冲突刻画人物性格。第一幕越王勾践被俘,在告别宗庙之际,吴国相国伍子胥为除后患,居然不顾吴王之命,持剑疾走,要立即杀死勾践。在这千钧一发之际,越国大夫范蠡一手执剑,一手抓住伍子胥的衣袖,瞋目怒视,厉声陈词,以信义责伍子胥,要他勿背四海公论。而伍子胥面对利剑,却能"不动声色",从范蠡的"忠义正气"看到了越国人的不可侮,而为吴国的前途"忧思如潮"。在这样剧烈的戏剧冲突中,鲜明地刻画了范蠡的忠心不屈、刚毅果敢的性格,而伍子胥的骄矜自负、老谋深算的性格也跃然纸上。在戏剧作品中,人物的性格冲突越尖锐、越复杂,人物形象就能塑造得越鲜明。《胆剑篇》中专横狂妄的吴王夫差与居功骄矜的相国伍子胥的性格冲突、敢于讽谏的庶民苦成与越王勾践的性格冲突，都写得有声有色。在刻画苦成形象的时候，《胆剑篇》赋予苦成老人一系列的具有特征的行动：他冒着吴兵的刀剑把一捆烧焦了的稻穗献给勾践，他置生死不顾，英勇拔下吴王"镇越宝剑"，他献苦胆要勾践悬胆自励，发奋图强，他宁可饿死不吃吴米，最后为了保住越国复仇的刀剑仓库不被吴兵发现，挺身而出，英勇牺牲。剧作就是在这一系列的构成冲突和充分体现内在意向的动作中，突现了苦成老人的英雄性格，使苦成的形象显得丰满厚实。

戏剧作品的语言要求性格化、富有动作性。曹禺的戏剧语言就兼有这样的特点，并自成一格。与《雷雨》《日出》《北京人》等相似，《胆剑篇》的语言也个性化而又富有诗情。夫差对被俘的勾践说："越国不过巴掌大的地方，几只蛤蟆一样的人。"寥寥数字，夫差那种骄矜不可一世的神气，就活现在读者面前。又如吴兵抢走越国百姓的耕牛，乡民群情激愤，要持刀硬拼，范蠡铿锵有力地说："刀剑收起，仇恨记下。"八个字，字字千钧，表现了范蠡勇谋兼备、坚毅果敢的性格。第四幕苦成老人和越王勾践的两段长篇诵白，不仅诗情激越，增强了剧本的浪漫主义色彩，而且细致地抒发了苦成和勾践内心深处的思想感情，生动感人地刻画了人物的性格。剧中文种的语言简洁而有力，范蠡的语言雄辩而机智，夫差的语言简短而狂妄，伍子胥的语言恳切而骄矜，苦成老人的语言则朴实而无畏，而且动作性强。这些人物的语言多用四、六句，音调铿锵，色彩浓郁，生动地体现了不同人物的音容笑貌和思想性格。

《胆剑篇》艺术构思新颖、结构谨严，戏剧情节张弛舒缓、起伏多变。但是，《胆剑篇》的不足也是明显的：首先是观念化的导向、概念化的伤痕、"工具"论的影响，导致剧作审美的若干生硬性和粗糙化；其次，剧中出场的人物较多，有些人物缺乏鲜明的性格刻画，第二幕和第三幕的有些部分，戏剧冲突舒缓了些，人物的行动也不够强烈，第五幕是冲突的高峰，前半场写得笔力饱满，扣人心弦，而后半场收场匆促、转换太快。当然，扣住"胆"的内容结尾是能拎起全篇并富有回味的。何其芳同志在评论《胆剑篇》时说得好："即使是一个有才能有修养的作家，当他的工作扩大到新的领域的时候，也常常是要遇到许多困难的，而且未必一定要每次都是成功的。然而曹禺保持了他已经达到的艺术水平，这就说明他不但是一个严肃的认真的有魄力的作家，而且是艺术上已经成熟的作家。"①

1978年11月发表的《王昭君》，是曹禺的第二部历史剧。早在20世纪60年代初，作家就开始搜集资料、酝酿构思，后来，由于"四人帮"的干扰，搁笔十多年；粉碎"四人帮"后，《王昭君》这个戏终于写成。与此前的《雷雨》《日出》等若干家喻户晓的剧作比，甚至与《胆剑篇》比较，《王昭君》的概念化和粗糙化更为突出，但它毕竟是曹禺戏剧创作的新收获。

《王昭君》写的是我国汉代一个姑娘自愿嫁给匈奴单于的故事。王昭君的故事历来是我国诗、歌、赋、传奇、戏曲等艺术形式的题材。历代诗人墨客借昭君出塞或倾吐思乡情怀，或抒发儿女哀愁，或寄托忧国心绪，而曹禺却能别开生面、独树一帜。作家深入地开掘了这一古老的题材，从中提炼出一个富有现实意义和历史意义的主题："歌颂我国各民族的团结和民族之间的文化交流。"使这个公元前33年的古老题材迸发出新的火花。

《王昭君》在艺术上也取得一些成绩。王昭君、温敦、苦伶

---

① 何其芳：《〈胆剑篇〉印象》，《文艺报》1962年第1期。

仃、孙美人的形象都较鲜明，特别是王昭君和温敦的形象比较丰满。另外全剧的抒情味浓郁，那展示王昭君内心深处思想感情的诗一样的独白、凄楚哀怨的孙美人的悲剧命运、草原上关于金色大雁的传说、富有诗情画意的草原景色和歌唱，都使人觉得《王昭君》不同于曹禺过去的剧作，具有抒情诗剧的风格。这是剧作家在戏剧创作道路上的新的追求和探索。然而，戏剧冲突是话剧艺术的基本规律，而《王昭君》的某些场面，人物的抒情语言有余，性格冲突不足，一些对白也浅而直露，全剧艺术审美概念化、粗糙化。曹禺在1949年后创作的剧作很少，虽然也出现了一些新的创造、新的人物、新的表现方法和戏剧冲突，但将它们置于曹禺戏剧创作道路上考察，从戏剧史的观念观照，曹禺的戏剧道路总体上渐趋滑坡。如果说《明朗的天》是曹禺在戏剧艺术上走向概念化、在艺术审美上走向粗糙化转折时的标志，那么《王昭君》却不幸成了曹禺戏剧创作已然滑坡的标志——是曹禺艺术表现概念化、艺术审美粗糙化、戏剧创作生命力渐趋枯萎的标志。

"四人帮"集团被粉碎后，举国欢腾，科学、文化、艺术界也欢呼"新春"的降临。曹禺既然以自己的艺术天才、精湛的艺术功力，以及饱和学养的智慧，已为人类社会和世界艺术贡献过多部优秀剧作——已在中国戏剧，乃至世界戏剧史上树起了一座丰碑，人们有理由期待曹禺新时期戏剧创作新的"新春"的到来。

1982年6月夜半，星光满天

完稿于复旦一舍"松竹斋"

选自《石缝草论稿》，吉林文史出版社2004年版

老舍戏剧观初探

老舍是中国现当代文学史上的大作家，对他的评论和研究几乎是与他的文学创作同步进行的。迄今为止多见于对他小说的评论，有不少卓有真知的见解，也时有对他戏剧创作的独具己见的评论，但对老舍戏剧观得与失的研究，还罕见于文坛，而老舍的戏剧观又是独具一格的——在老舍较为丰富的戏剧创作基础上，在老舍丰富的小说创作基础上，在老舍不少鼓词等创作基础上，加上老舍独特的生活道路等，构成了老舍"这一个"的戏剧观。

老舍是一个优秀的剧作家，他的戏剧创作可以分为两个时期：第一个时期是抗战时期，他以团结抗日为题材，创作了《残雾》、《国家至上》（与宋之的合著）、《张自忠》、《面子问题》等九部作品，这些作品在当时都发挥了积极的宣传教育作用；第二个时期是中华人民共和国成立以后，直到1966年8月他不幸逝世为止。在这年里，总共创作、改编了《方珍珠》《龙须沟》《西望长安》《茶馆》《女店员》《全家福》《神拳》《十五贯》等二十三个剧本，热情歌颂了新社会的新人新事，生动地、多方面地反映了我国人民在不同历史时期的斗争生活。其中《龙须沟》和《茶馆》已成了蜚声中外、脍炙人口的戏剧艺术明珠。

老舍也是一个具有自己独特见解的戏剧理论家。他虽然没有写过系统的戏剧理论著作，但是却发表了许多谈剧本创作经验的文章。这些文章生动活泼、别具一格，从自己的切身体会出发，娓娓而谈，既详细分析了他的剧本的成败得失，又谈了剧本创作之甘苦，总结出了许多宝贵的经验。老舍的戏剧理论与他的戏剧创作是相应的，他戏剧观的得与失同创作的得与失又互为因果。而老舍的戏剧观内容又相当丰富，并有不少独特的见解。本文试对此作一些初步的探讨。

一

老舍是以一个优秀的小说家开始他的戏剧创作的。在他写第一个剧本《残雾》时，已经发表了《骆驼祥子》等九部长篇小说，出版了《樱海集》和《蛤藻集》等短篇小说集，成为中国文坛上颇负盛名的小说家。长期的小说创作经验，使他一开始写剧本时就有了充分的生活准备和艺术准备。因此，当他动手写《残雾》时，尽管尚不懂戏剧技巧和舞台规范，但是他却很自然地把注意力集中在塑造人物性格上。《残雾》是老舍的试笔之作，不能算是一个十分成功的剧本，但当时被发表、被演出了，而且还获得了一定的好评，原因何在呢？老舍说"人第一"，又为此总结了两条经验："（一）对话中有些地方颇具文艺性——不是板板的只支持故事的进行，而是时时露出一点机智来。（二）人物的性格相当的明显，因为我写过小说，对人物创造略知一二。"[①] 老舍是一个善于充分发挥自己所长的作家，因此他所总结的这两条经验，既是《残雾》的长处，也形成了老舍以后戏剧创作上的显著特色。

[①] 胡絜青编：《老舍论创作·闲话我的七个话剧》，上海文艺出版社1980年版，第50页。

老舍认为："我们写小说或剧本要创造人，眼睛要老看着人。"① "写戏主要是写人，而不是只写哪件事儿，……只有写出人，戏才能长久站住脚。"② 这些话不仅是老舍的经验之谈，而且是戏剧创作之真谛。

纵观中外戏剧史，从《哈姆莱特》到《玩偶之家》，从《西厢记》到《雷雨》，大凡成功之作，无一不是因为有了独特的人物性格和独特的人物命运，并以此构成了尖锐的戏剧冲突，才产生了撼人心灵的艺术力量和永久的艺术生命力。尽管"没有冲突就没有戏剧"已成了人所尽知的戏剧原则，但是戏剧冲突并不等同于生活矛盾，也不是指不同观点、主张的辩论，而是指活生生的人物之间的性格冲突；而要构成真正的性格冲突，首要条件是写出血肉丰满的人物形象。正如别林斯基所说："人是戏剧中的主人公"③，"戏剧的主要因素是人的性格"④。

正因为如此，所以老舍在动笔写剧本时，首先想到的是人物，而且也总是从人物的性格和命运写起。他说："我在构思的时候是先想到人物，到心中有了整个的一个人了，才下笔去写。"⑤ 因"有了人物，故事自然也就出来了"⑥。脍炙人口的《茶馆》，就是以人物带动故事的典范之作。《茶馆》并没有贯串始终的中心故事，也没有曲折复杂的戏剧情节，老舍只是通过在"茶馆社会"里活动的形形色色的人物，以及他们之间的相互关

---

① 老舍：《文学创作和语言》，《湖南文学》1963 年 11 月。
② 老舍：《人物、生活和语言》，《河北文学·戏剧增刊》1963 年第 1 期。
③ 别林斯基：《艺术形式的问题》，《别林斯基论文学》新文艺出版社 1958 年版，第 177 页。
④ 《别林斯基全集》第五卷，转引自霍洛道夫：《戏剧结构》，华东师范大学出版社 1981 年版，第 19 页。
⑤ 胡絜青编：《老舍论创作·我的经验》，第 178 页。
⑥ 老舍：《人物、生活和语言》，《河北文学·戏剧增刊》1963 年第 1 期。

系,真实、深刻地展示了黑暗的社会生活画面,达到葬送三个旧时代的目的。《茶馆》不是情节剧本,而是性格剧本,它充分显示了老舍驾驭人物的高度艺术技巧。老舍以茶馆老板王利发一生坎坷的命运为主,穿插、交织着其他人物命运的变化,同样取得了强烈的戏剧效果,给人以深刻的印象和感受。当时曾有人建议老舍用庞大力参加革命为主线,去发展剧情,加强故事性,但是老舍拒绝了,他说:"抱住一件事去发展,恐怕茶馆不等被人霸占就已塌台了。"[1]

当然,老舍也并非不重视剧本的故事性,他在构思剧本时,也总是对戏剧情节巧加安排,有时乃至苦心经营。《全家福》尽管在思想内容上人们多有指责,但它表现了老舍安排戏剧情节的能力,全剧环环紧扣,有悬念,有高潮,故事性很强。但是他并没有因此而放松了对人物性格的刻画,他的着眼点不在于猎奇炫巧、故弄玄虚,而在于使一切矛盾冲突都围绕着人物的命运展开,全部情节都按照人物性格发展的必然逻辑来安排。

老舍总是把戏剧情节作为打开人物心灵之门的一把钥匙,以此来更好地揭示人物的内心世界。他认为"事实无所谓好坏,我们应拿它作人格的试金石。没有事情,人格就不能显明"[2]。因此,老舍在选择并组织生活矛盾以构成戏剧情节时,总是和人物性格的刻画联系起来。"写这件事情必定要跟这个人有密切关系,否则不写。""是人控制着戏,不是戏控制着人。"这就是他所遵循的原则。以《龙须沟》为例,这个剧本的题材本身并没有尖锐的矛盾冲突,老舍也没有故意制造离奇的情节和惊险的场面,只不过艺术性地记录了修龙须沟的事件。此剧成功的关键,用老

---

[1] 胡絜青编:《老舍论创作·答复有关〈茶馆〉的几个问题》,第174页。
[2] 胡絜青编:《老舍论创作·事实的运用》,第90页。

舍的话来说："那就必是因为它创造出了几个人物——每个人有每个人的性格、模样、思想、生活,和他(或她)与龙须沟的关系。这个剧本里没有任何组织过的故事,没有精巧的穿插,而专凭几个人物支持着全剧。"① 老舍在构思此剧时,巧妙地把每个人都与臭沟联系起来,在人与沟的关系上、在人与人的关系上,深刻描绘出各个人物的独特性格,揭示出他(她)们的精神世界和心理变化。同时,他还进一步通过沟的变化、人的变化、沟和人的关系以及人和人的关系变化,写出了时代和社会的变化,有力地歌颂了新社会,使全剧洋溢着高度的政治热情,充满了浓郁的生活气息。所以虽然《龙须沟》没有尖锐的戏剧冲突和曲折的故事情节,但仍不愧是一部能吸引人、感动人的剧作。英国戏剧理论家威廉·阿契尔说:"有生命力的剧本和没有生命力的剧本的差别,就在于前者是人物支配着情节,而后者是情节支配着人物。"② 老舍的《茶馆》《龙须沟》等剧作之所以久演不衰,其中一个重要因素就在于此。

　　老舍不仅认为戏剧要注重写人,而且还强调剧作家一定要带着强烈真挚的感情去写人。他说,有些戏为什么写不出人物来?"恐怕就因为我们没那份感情,对人物不热爱。他死,他活,对你没有多大关系。"③ 老舍的结论是:"没有真正的感情,人物就写不好,剧本必定要失败。"④ 应该说艺术创作和艺术欣赏都离不开人类的情感作用,托尔斯泰曾认为艺术的主要特征是:"用艺术家所体验过的感情感染人。"⑤ 艺术形象虽然来自生活,但

---

① 胡絜青编:《老舍论创作·〈龙须沟〉的人物》,第133页。
② 威廉·阿契尔:《剧作法》,中国戏剧出版社1964年版,第20页。
③ 老舍:《人物、生活和语言》,《河北文学·戏剧增刊》1963年第1期。
④ 同上。
⑤ 列夫·托尔斯泰:《艺术论》。

它毕竟是经过艺术家主观思想评价的创造物，因而必然应该饱含着艺术家的真情实感。所以，戏剧里的人物形象不应该是剧作家手里的木偶，而应该渗透着剧作家对人物行为的全部爱憎评价，应该是生活的真实性和剧作家主观感情真挚性的完整统一。就像郭沫若写《屈原》《蔡文姬》一样，老舍创作时也总是把自己强烈的感情倾注在笔下的人物身上，甚至"笔尖上能滴出血与泪来"①。所以，他许多成功的剧作中的人物，总带有浓烈的感情色彩和鲜明的个性特征，活灵活现，有血有肉，绝不是苍白干瘪和毫无生气的。

当然，真挚的感情来源于对生活的强烈感受和对生活中人物的深刻熟悉了解。老舍的剧作，特别是1949年以后的剧作，大都是有感而发。生活的变化、人的变化、人与人之间关系的变化，使他产生了强烈的创作冲动，如骨鲠在喉，吐之而后快。他在谈到为何写《方珍珠》和《龙须沟》时说："我是北京人，知道一些北京的事情。我热爱北京，看见北京人与北京城在解放后的进步与发展，我不能不狂喜，不能不歌颂。"② 在这种创作冲动下写出来的作品，虽然艺术锤炼的火候不够，又难免会受到那个特定时代思想倾向的影响，但老舍确实在戏中倾注了他深沉的情感。

但是，老舍的写作态度是十分严肃的，他不轻易写自己不熟悉、不清楚的人和事。他强调在写戏之前"对人物要胸有成竹，一闭上眼，就看到他们的音容笑貌，这样，戏才会写好"③。提

---

① 胡絜青编:《老舍论创作·我怎样写〈骆驼祥子〉》，第46页。
② 老舍:《毛主席给了我新的文艺生命》，《人民日报》1952年5月21日。
③ 老舍:《人物、生活和语言》，《河北文学·戏剧增刊》1963年第1期。

出了"创造人物可不能仅知面而不知心"①的观点。他的这一见解,和易卜生的看法颇相同。易卜生在写《社会支柱》一剧的札记中说:"我坐下来写一个戏之前,总得把人物的性格在心里想透了,我一定把握他的灵魂的最后一条皱纹。"②易卜生认为,只有在这样的基础上才能动手写作。老舍的创作实践也说明了这一观点的正确性。老舍对旧北京的市民生活是非常熟悉的,他了解洋车夫、旧艺人、跑堂的……他和他们是知心朋友,"不单知道他们的语言,举动与形象,而且知道他们的家事、心事,他们已在我的心中活了不止一年半载,而是很长时间"。因为老舍已真正吃透了他们的性格,所以他笔下一些这类人物才呼之欲出,栩栩如生,给人留下难忘的印象。其中如《茶馆》里的王利发,《龙须沟》里的程疯子等,已经成了我国戏剧艺术画廊里独存的艺术形象。然而也正如老舍自己所总结的那样,他的剧本有个共同的缺点,就是"对由旧社会过来的人描写得好,对新社会的新生的人物描写得不那么好"。

原因在哪里呢?就是因为他对新社会的新人物"缺乏接近,缺乏了解,缺乏研究,缺乏知心好友"③。关于这方面的生活知识,他较多的是依靠阅读材料和定期访问得来的。因此反映在笔下的人物形象上,就难免留下概念化的痕迹,缺乏感人的艺术力量。老舍说:"认识人,是一项顶重要的基本功。"④对于一个剧作家来说,这是一条千真万确的艺术真理。

---

① 胡絜青编:老舍:《谈〈方珍珠〉剧本》,第126页。
② 易卜生:《〈社会支柱〉札记》,摘自《光明日报》1962年10月23日。
③ 毛泽东:《在延安文艺座谈会时讲话》,《毛泽东选集》第三卷,人民出版社1959年版,第588页。
④ 老舍:《本固枝荣》,《新港》1962年8月号。

二

赫拉普钦科曾说:"一个作家,只有当他拥有'自己的声音'的时候,才能够说出新鲜的话来。"① 老舍是一个拥有"自己的声音"的杰出艺术家,他的独创精神也充分表现在语言风格上,因而被誉为当代的语言艺术大师。他在戏剧语言运用上的一些独特观点,也是构成他戏剧的一个重要组成部分。

老舍认为:"使用语言的原则,应是一要通顺,二要精辟。"② 为着通顺,他"不愿意摹仿自有话剧以来的大家惯用的'舞台语'"③,认为这种语言既带有欧化文法,又缺乏真挚的感情,根本不能打动人。高尔基曾说:"对戏剧说来,口语具有巨大的,甚至决定性的意义。"④ 所以老舍在剧作中采用的都是活的北京口语,简洁生动,极富表现力,毫无冗长沉闷、佶屈聱牙之弊病。他认为这种话的语言不仅美好悦耳,而且"使听众能因语言之类而去喜爱那说话的人"。为着精辟,他总是把深刻的思想和细致的感情熔注到精选过的台词当中,力求"让每一句话都成为一支利箭,直接射中观众的心坎"。他说:"我们要寻找那种说得很现成,含意却很深的语言。好的语言,可以从一句话里看到一个世界。"⑤《茶馆》里沈处长的那几个"好(蒿)"字,不正精确地刻画了他那种装腔作势、自命不凡的丑态吗?类似这样的例子,在老舍剧作中俯拾皆是。

---

① 赫拉普钦科:《作家的创作个性和文学的发展》,上海人民出版社 1977 年版,第 70 页。
② 老舍:《人物、生活和语言》,《河北文学·戏剧增刊》1963 年第 1 期。
③ 老舍:《谈〈大珍珠〉剧本》,胡絜青编,《老舍论创作》,第 126 页。
④ 《高尔基论文学》,人民文学出版社 1978 年版,第 58 页。
⑤ 老舍:《人物、生活和语言》。

由于戏剧中的语言是塑造人物形象的重要艺术手段，所以老舍认为语言一定要有性格特征，要"开口就响，闻其声知其人，三言五语就勾出一个人物形象的轮廓来"。这就是他提倡的"话到人到"。一般来说，在老舍的剧作中，往往人物上场一开口，就能活现出性格来。在《茶馆》第一幕里，老舍一下子介绍出二十几个人，都是通过人物的简洁对话，呈现出他们的性格、身份和经历来。《龙须沟》里第一个出场的是丁四嫂，她同小妞子只讲了三句话，就显出了她"嘴可厉害，有点嘴强身子弱"的性格特征。这种鲜明的个性化语言，使老舍剧作中的人物显得真切具体，触手可摸。

老舍认为剧中人不应该是剧作者的"麦克风"，"剧中的对话是情节所至，必然如此的，而不是忽然由外边飞来的"。这就是说，人物的语言应该符合性格发展的必然逻辑，而不是剧作者强加的。老舍在剧作中总是很准确地把握这一点。在《龙须沟》的第二幕里，曾经打过程疯子的狗腿子冯狗子要改邪归正，来向程疯子作揖道歉，丁四嫂要他也给冯狗子"一顿嘴巴"，程疯子说："我不会打人！"他只要冯狗子把手伸出来给他看，然后深沉地说："啊！你的也是人手，这我就放心了！去吧！"这样的语言和行动，完全符合程疯子这样一个善良懦弱的艺人性格，言有尽而意无穷，真切有力，给这个人物形象的塑造，涂上了动人的一笔。如果在这里让程疯子大发议论，狠狠教训冯狗子一顿，或者伸手给他一巴掌，都不符合程疯子性格发展的逻辑，只会造成"煞风景"的反效果。高尔基说："剧本要求每个剧中人物用自己的语言和行动来表现自己的特征，而不用作者提示。"[①] 老

---

① 《高尔基论文学》，第5页。

舍不少剧作中的语言是做到了这一点的。

老舍的戏剧语言不仅简洁、洗练、性格化,而且异常生动风趣,富有幽默感和北京风味。老舍认为:"语言要能让人喜悦、愉快。""文字要生动有趣,必须利用幽默。"老舍的幽默也具有他自己的特色,正如茅盾所说:"幽默有各种色调,老舍的,似乎锋利多于蕴藉,有时近于辛辣。"① 老舍的戏剧语言并不卖弄噱头,故意堆砌俏皮话,而是从人物性格出发,抓住矛盾,加以夸张和渲染,从而获得喜剧性的效果,例如在《西望长安》里,他用幽默的讥讽批评了林处长和卜司长的官僚主义作风;在《女店员》中,他又用饶有风趣的语言,来描述卫默香下放到商店劳动时,由于缺乏劳动经验而出洋相的狼狈样子。别林斯基曾说:"准确的和使人畏惧的幽默,对一切卑微的和可笑的东西说来是当头一棒。"② 老舍的幽默,不仅起到了这样的作用,而且使他的《茶馆》《龙须沟》等剧本增添了百看不厌的艺术魅力。

老舍在戏剧语言上的深厚功力,得益于他深刻的思想见解和丰富的生活经验。老舍认为:"思想不精辟,无从写出简洁有力的文字。""语言脱离了生活就是死的。语言是生命与生活的声音。"事实也确是如此,只有看得透、想得深,才能抓住事物的本质,一语破的;只有阅历深厚,积累丰富,才能洞悉生活中各种人物的性格,说出掏心窝的话来。人物的语言绝不是作家随意杜撰出来的,而是从人物的"生命与生活的根源流出来的"。所以老舍语重心长地说:"从生活中找语言,语言就有了根;从字面上找语言,语言便成了点缀,不能一针见血地说到根儿上。话

---

① 茅盾:《反映社会主义跃进的时代,推动社会主义时代的跃进!》,《争取社会主义文学的更大繁荣》,作家出版社1960年版,第23页。

② 转引自《美的研究与欣赏丛刊》1982年第1辑,第59页。

跟生活是分不开的。因此,学习语言也和体验生活是分不开的。"这正是老舍留给我们的宝贵经验。

三

老舍写剧本始于抗战时期。抗战的炮火使他振奋,使他挺起脊梁骨,喊出更粗壮的声音。所以平时不大喜欢参加任何政治活动的老舍,"为着祖国,为着抗战,立刻成了一位无私忘我,勇猛精进的战士"。当老舍拿起笔来写剧本时,首先就把它作为一种战斗的武器和宣传的工具。他认为:"戏,男女老少都可以看,两个钟头就能解决问题,剧本立起来很快就可以和群众见面,这比小说要麻利得多。"① 由于戏剧能及时发挥强烈的宣传教育作用,又是广大群众所喜闻乐见的艺术形式,所以老舍从此便和戏剧结下了不解之缘。

老舍认为,戏剧应该紧密配合政治,"把该宣传的创作出来,及时的教育民众"②。他还认为,对一个剧作家来说,应该"具有高度的政治热情,与深入新事物的敏感"③,"赶任务不单是应该的,而且是光荣的"。老舍总是怀着饱满的政治热情,密切注视着现实生活,从中汲取创作素材,激发创作灵感,并迅速用剧本形式艺术地表现出来。老舍抗战时期的剧作,及时揭露和讽刺了敌人,歌颂了英勇抗战的军民,唤起了民众;老舍在中华人民共和国成立以后的剧作,也大多数及时选取了现实斗争生活中具有重大政治意义的题材,歌颂新时代、新气象。特别是这一时期

---

① 端木蕻良:《怀念老舍》,高树森编:《中国当代文学研究笔料·老舍专集下》,1979年,第211页。
② 老舍:《剧本习作的一些经验》,《老舍论创作》,第144页。
③ 同上书,第145页。

的剧作，总是力图与迅速发展的现实生活取得统一的步调。例如为了感激新社会替劳动人民修好了臭秽不堪的龙须沟，他写了《龙须沟》；为了及时反映"三反""五反"运动中工人阶级和资产阶段的斗争，表现在社会主义时期党对资产阶级的政策，他写了《春华秋实》；当公安部长罗瑞卿在全国人民代表大会揭露了反革命大骗子李万铭一案，并希望能有作家将此案写成剧本时，他立即写了讽刺剧《西望长安》；人民宪法的公布，成为他创作《茶馆》最早的触媒；为了及时歌颂新人新事，他又写了《全家福》《红大院》《女店员》……老舍的笔，迅速描绘着现实生活的变化，他的剧作，可以说"是时代的生活和情绪的历史"。也毋庸讳言，这些剧本除《茶馆》一剧，因老舍写的是他十分熟悉、他"心中酝酿已久的人物"，并有精心的构思，因而该剧深受欢迎之外，其余多部，多半人物平面、戏剧冲突牵强、内容浅露，艺术粗糙。

和鲁迅先生一样，老舍也把自己的作品称为"遵命文学"，20世纪50年代初他还把自己称为"歌德派"。当西方国家某些人攻击他是社会、政治的"应声虫"时，他响亮地回答："应声吗？应党之声，应人民之声，应革命之声，有什么不好呢？……我应了声，所以我才有了一点新的认识，新的理想，新的责任心，新的力量。"这固然可以使人们从中可以看到他那鲜明的、高昂的政治热情，可以触摸到一颗对新社会和对人民的赤诚红心，因而，他的戏剧观和戏剧创作基本上与此相呼应，正如鲁迅所说："从喷泉里出来的都是水，从血管里出来的都是血。"[①] 老舍是一位具有深刻的现实主义精神的剧作家，他的戏剧观是和他

---

① 鲁迅：《而已集·革命文学》，《而已集》，人民文学出版社1976年版，第162页。

独特的生活道路以及思想的发展密切相关的。但是艺术创作，即使与现实生活十分贴近的话剧创作，也不同于政治宣传和政治说教，艺术品不是"宣传品"，艺术是剧作家对生活和心理的提炼、加工、再创造，是用文学形象——凝聚着艺术家血肉、灵魂、精神，甚至生命的意象——艺术地构成的"精神产品"。自然，对老舍的"遵命戏剧观"也要具体分析。这种"遵命戏剧观"对老舍来说主要表现在："遵"抗战烽火之"命"、"遵"新社会主流思想具体政策之"命"，"遵"作家个人长期酝酿的内心创作欲望之"命"。这种"遵命"在老舍戏剧作品中都有体现。人们不禁要问，老舍这种戏剧观是何以形成和变化的？

老舍自幼生活在城市下层贫民中，他的前半生饱经沧桑，历尽艰辛，是在贫穷中度过的。他曾有诗云："我昔生忧患，愁长记忆新；童年习冻饿，壮岁饱酸辛。"[①] 这是他前半生生活经历的真实写照。1949年后，祖国天翻地覆的变化，给了老舍以新的热情。一度以"昂昂争上游"的心情，刻苦创作，勤奋耕耘，被誉为文艺队伍里的一位"劳动模范"。当然，"对于老舍先生这样一个具有丰富社会经验与观察和批判能力的老作家，从概念出发的描写或空洞的歌颂都是他所不愿为的"[②]。他那锐利的目光总是注视着生活中的人，观察着革命的影响所引起的各种人物的深刻的心理变化以及人与人之间关系的变化，并由此来表现时代和社会的变化。所以尽管有的剧本如《龙须沟》《春华秋实》等，是他"赶任务"赶出来的，尚有可取之处。但也应该指出，由于任何作家的作品都是一定时代的产物，都不可避免地受到那个时代的强烈影响，所以也必然打上那个时代的印记。老舍的戏

---

① 老舍遗诗：《昔年》，《人民文学》1977年10月。
② 周扬：《从〈龙须沟〉学习什么？》，《人民日报》1951年3月。

剧观也受到当时某种形而上学和"左"倾思潮的影响，他有时并没有把饱满的政治热情完全建立在对生活和人物的充分认识、理解上，提笔创作某些剧本时又操之过急，缺乏静观默察和认真思索提炼的过程，所以如《青年突击队》《红大院》等剧本，对时代潮流的把握就不那么准确，人物形象的塑造就失之肤浅和苍白无力，既缺乏一定的思想深度，艺术上也较粗糙，损害了作者剧作一贯的现实主义艺术风格。对这个问题，老舍生前也有所觉察和认识，他曾这样解剖过自己："我的毛病即在以写作热情代替了生活经验的积累，我只能说一些人云亦云的道理。"① 这就是老舍因"遵命戏剧观"而"赶任务"的主要缘由。凡这种戏剧观在老舍创作中居于主导地位时，剧作就有明显的"图解""说教""标语口号"的痕迹。但老舍毕竟是严格的现实主义作家，是有丰富创作经验和才华的作家，当来自政治斗争和配合政治任务的压力淡化时，当创作欲望来自内心长久酝酿、思考并有丰富的生活积累时，老舍的才华就能在剧作中得到充分的展现，就能在创作中深刻显示出作家对生活独特的真知灼见，从而使剧作具有永久的艺术魅力。正如果戈理所说："我写的作品，只有取自现实生活，取自我所熟悉的材料的那一部分，才是好的。"② 老舍的《茶馆》之所以成为他最成功的剧作之一，其主要原因就在于老舍对旧社会生活的体验和了解异常深刻。他说："我的确认识《茶馆》里的这些人，好像我都给他们批过'八字儿'与婚事，还知道他们的家谱。因此，他们在茶馆里那几十分钟里

---

① 老舍：《小花朵集·生活与读书》，天津人民出版社1963年版，第14页。
② 果戈理：《作者自白》，转引自《电影剧作问题论文集》（第一集），中国电影出版社1961年版。

所说的那几句话，都是从生命与生活的根源流出来的。"① 所以他写《茶馆》时得心应手，游刃有余，剧本本身也显示出现实主义的巨大力量，成为不可多得的艺术珍品。相反，在创作《春华秋实》时，由于老舍对"五反"运动的双方——工人阶级和资本家都不够熟悉，因此就缺乏准确概括这场斗争的艺术能力。尽管他付出了艰苦的劳动——十个月里大改十次，而"每一次都是从头至尾写过一遍"②，但作品思想性有余，而艺术性相当粗糙。老舍自己也曾感慨地说："不是我极熟悉的人与事，便很难描写得好。"

在中国现当代文学史上，以话剧创作驰誉文坛的剧作家有多位，田汉、郭沫若、欧阳予倩、曹禺、洪深、夏衍、李健吾、杨翰笙、陈白尘等，但在小说创作和戏剧创作上，两方面均有很大影响的，仅有老舍一位③，而且老舍的戏剧观也是他文艺思想的重要组成部分。因此，对老舍戏剧观的进一步探讨，有助于深入研究老舍的文艺思想和小说、戏剧等创作。

1982 年 3 月 19 日晨，霞光
映窗。于复旦一舍"松竹斋"

选自《老舍学术讨论会纪念文集》，山东人民出版社 1983 年版

---

① 老舍：《戏剧语言》，《人民日报》1962 年 4 月 10 日。
② 胡絜青编：《老舍论创作·我怎么写〈春华秋实〉剧本》，第 152 页。
③ 杨翰笙和陈白尘也创作过不少小说，尤其是杨翰笙早在 1928 年就出版了长篇小说《女囚》和《暗夜》（后改名《深入》），但影响都不大。

论钱锺书小说对新文学的杰出贡献

中国新文学史上不乏兼有学者和作家美誉的天才，如鲁迅、胡适、郭沫若、茅盾、闻一多、沈从文、钱锺书等，他们对中国文化都作出过很大的贡献。但多年来，文化界对其中有些人的研究尚不充分（忽视、贬低、拔高），如钱锺书，大部分中国现代文学史著作对他未予以应有的重视。本文拟就他的小说来探讨钱锺书对中国新文学的杰出贡献。

一、众生相：心态与个性的解剖

中国新旧文化中有不少描写或论述知识分子的优秀作家和学者。以中国现代文学而论，鲁迅精于入木三分地刻画前清科举场中的遗老和辛亥革命风潮中的革命者、颓唐者，茅盾长于"全景式"地描写经济角逐和政治使命中的知识群，巴金喜写热情冲动、勇与封建和黑暗势力拼搏的单纯知识青年，张天翼娴于讽刺种种无聊混世、装腔作势的知识男女，而钱锺书，则在描绘众多类型知识分子的生活和命运的同时，尤为擅长于精细入微地描写接受西方欧美文化熏陶的青年知识分子的性格和心态。作家笔下，不仅把未出过国门的知识群写得栩栩如生，如前清遗老方遯公和李梅亭，"多产"而平庸、"有名望"的作家和"批评家"，寂寞无聊、戏诱男性的曼倩，恃势凌人的官僚子弟汪处厚等，而且把那些出过洋的"游学者"更是写得形神毕肖，如混迹西洋数年又"全无用处"的方鸿渐,有一顶"女博士"头衔,婚后热衷于做投机生意的苏文纨,情场失意、乐于助友的赵辛楣,学西洋画不成却擅长跟女人"带玩弄地恭维,带冒犯地迎合"的陈侠君等。他们一般都置身于硝烟弥漫的战火之外,也没有投身革命洪流的冲动和激情,但时时关注和议论时局的发展变化,在雅静的小客厅里"有教养地"高谈阔论;他们一般都无显赫的地位和权势,但大致都有殷实的亲友,凭自己的博士头衔和知识谋求职业;他们一般很少嘲弄对西学的蒙昧和无知,也不膜拜经典古籍,但却辛辣犀利地讽嘲洋奴文人及其知识的贫乏和旧学的僵化冥顽;他们一般都没有"性解放""性变态"的行为,也不僵守于父命媒妁,但却崇尚追求心灵相应的爱情,讽刺不贞不洁的私生活,如此等等。与郭沫若、郁达夫等笔下的知识者不同,钱锺书为现代文学画廊描绘了20世纪三四十年代另一个圈子里的另一种知识群体的形象。

钱锺书笔下的知识者之所以个性鲜明神采毕现,与作者擅长于动态式地描绘人物的心理活动,并赋予人物曲折多变的心态以形象化的艺术描写密切相关。《围城》中主人公方鸿渐与女博士苏文纨的感情纠葛贯串全书,迂回曲折,起伏跌宕。方、苏同船回国,苏文纨自视高傲、对对方的感情由冷淡到主动而有节制的微妙心态,以及方鸿渐受鲍小姐诱惑戏弄后对苏文纨暗示性的、有分寸的求爱言行的始则动情、继则警惕地克制的心态,在全篇的开头就先声夺人地吸引了读者。尔后随着故事的展开,以苏文纨为中心纠葛,描绘了赵辛楣、方鸿渐、唐晓芙之间错综复杂的心理矛盾,从而将方鸿渐和苏文纨的心态描写展现得淋漓尽致。苏文纨的工于心计、失恋后的报复心理,方鸿渐的情场无能、生活无着的烦躁心情,在客厅、酒店、苏家花园等场景及几次电话、索还情书等细节中，充分显示了作家形象地描摹人物心态的才能。最后，各自结婚后双方香港重逢一段，更进一步展示了苏文纨对方鸿渐的刻薄挖苦的狭隘心态，而方鸿渐在苏文纨的尖利的奚落面前，两次"紧握着椅子的靠手"的细节，也更进一步揭示了方人格受辱后内心的愠怒却无力抗争的心理。与平庸的作家静止地孤立地叙述人物心态不同，钱锺书总是在人与人的感情、心理、品质等的矛盾中，形象地展示人物心态的变化和发展。这在长篇小说中尤为重要，因为人物心态的发展变化是人物真实性的必要前提。不少作家只能静止地、平面地叙述人物的内心活动，而具有精湛艺术功力和才气的钱锺书却能熟练地驾驭人物心态的发展变化，将知识分子含而不露的多变的心态逼真细腻地展于笔端。这自然与作为学者与作家兼备的钱锺书熟谙中西文化的学养有关。他创造性地将中国古典小说重细节、重行动和西方19世纪小说崇尚人物心理描写的艺术传统糅合为一体，为"五四"新文学人物画廊贡献了以逼真而又艺术地展示人物心态见长的苏文纨、孙柔嘉、韩学愈、曼倩等生动形象，描绘了这个知识群体的社会众生相。

站在中西文化交汇点上的钱锺书，观照中国知识分子时确有其独特的视角。他总是将知识分子作为社会文化的重要组成部分，在中西文化相互渗透、相互比较中去表现人物思想、感情、心理、气质、教养等的丰富性，去创造知识者的个性。

《围城》的男主人公方鸿渐刚从英、法、德"混迹"回国，应邀在家乡为中学师生作报告，大谈"两件西洋东西在整个中国社会里长存不灭"："一件是鸦片"，"引发了许多文学作品"；"一件是梅毒"，"也能刺激天才"。一番"奇谈"，看似方鸿渐偶然忘带讲稿造成的，其实是作家的精心安排。它生动地刻画出方鸿渐无视传统礼教、落拓不羁、不谙世事的个性。这正是方鸿渐深受重自我、重个性的西方文化熏陶的结果，同时也渗透着作家对那些不学无术的"游学者"的嘲弄和对国人愚昧、僵化观念的悲哀。创造鲜明的知识者的个性，是"五四"现代作家很高的艺术追求，也是衡量他们作品成败的关键。同是游子爱国，郭沫若写的人物多是高傲昂奋型，郁达夫则多为忧郁变态型；张天翼着重写"旅途"中王钧凯对"西方文明"强烈批判的个性；老舍着重写"不成问题的问题"中，尤大兴明知回国"必被他所痛怨的虚伪与无聊给毁了"，却又回国的"迂"的个性。从整体上看，与以上有鲜明的政治意识和思想倾向的艺术个性不同，钱锺书人物的政治态度似乎更隐蔽些，作家更注重写日常动乱生活中有相当教养风度、关心家庭甚于关心时政的中下层普通"游学者"。钱锺书的才能在于，在这一类"游学者"的群体中，又能同中求异，精细而形象地写出他们各自的个性特征。在异性面前同是工于心计，鲍小姐放荡，苏文纨自重；在同行中都高傲不群，郑须溪颇为浪漫，傅聚卿常含藐视。这些人物个性鲜明却不单薄，他（她）们富有立体感。他以高深的学识和独到的艺术眼力观察和描写知识者，"把他自己的个性与他要描绘的人物和事物的个性熔铸在一起"①，他又熟谙知识者本身因受中西文化熏陶，他们的感情、性格等必然比从事体力劳动的人更细腻、更丰富、更复杂、更隐蔽。可以说，文化层次越高，受中外古今文化影响时间越长，知识者的内心生活、精神世界、个性感情等更细腻、更丰富、更复杂、更隐蔽的特点就尤为突出——尽管多年来人们一般不予正视或回避——这是文化影响并创造知识者的普

---

① 左拉：《论小说》，《古典文艺理论译丛》第8辑，人民文学出版社1964年版，第126页。

遍规律。优秀的文学作品理应真实地写出知识者，尤其是高层次的知识者的这些特征——毋须说，这些特征表现在知识者的个性上又是千姿百态的——自然，这需要创作者深刻的洞察力和精湛的表现力。《围城》集中写主人公方鸿渐的"迂"的个性，方明知与爱他的苏文纨结合可以平步青云而最终拒绝了苏——这是"迂"，明知"假博士"头衔可以轻而易举地换取教授的高位却自己吐露了真相（有人已以假博士换取了教授头衔）——这也是"迂"，明知与孙柔嘉结合不会幸福而最终又陷入"围城"——这又是"迂"。但在集中写"迂"的个性的同时，作家又从不同的侧面写了方鸿渐的尽孝道、重友情，在所爱的姑娘面前的口才，嫌恶李梅亭的假道学、伪人格，等等。这样，方鸿渐的形象既是个性鲜明的，又不是平面的、单一的，而是富有立体感的活生生的形象了。

二、讽刺术：力度与广度的锋芒

"五四"新文学的时代是人才辈出、文学风格异彩纷呈的时代。要而言之，如鲁迅的深刻、茅盾的开阔、郁达夫的忧郁、冰心的挚爱、巴金的热情、沈从文的质朴，等等，他们各以自己的基本特性构成新文学史的丰富性。那么，构成钱锺书小说基本特性的是什么？是讽刺。无论是叙事还是写人，写人物的心态、性格、思想、感情，写人物的矛盾、纠葛等，均充溢着、渗透着钱锺书特有的讽刺味。这种讽刺绝不同于新文学史上其他类似的讽刺小说家。比如，鲁迅是辛辣的冷嘲，老舍是带市民气的幽默，张天翼是直露式的挖苦，彭加煌是藏刺儿的诙谐。他们讽刺的面很广，几乎触及社会各个层次。钱锺书则专门揶揄自负的新旧知识者，那是含知识性的尖刻的嘲讽，饶有趣味并耐人寻思。可以毫不夸张地说，钱锺书以他广博的知识和独特的才能创作的讽刺小说，大大丰富了中国新文学宝库。

读钱锺书的小说，常常忍不住要捧腹。有时是作品中人物的对话，有时是作者巧妙地插进来的三言两语，有时是叙述中的一个比喻，有时是人物的一个动作，都蕴含着辛辣的趣味，都让人感到作家的博识、机智，以及对丑恶的事物、灵魂和社会的蔑视和憎厌。《围城》中的方鸿渐先是犹豫，弄张假文凭回国有"骗子"之嫌，接着又想到"柏拉图《理想国》里就说兵士对敌人，医生对病人，官吏对民众都应该哄骗。圣如孔子，还假装生病，……孟子甚至对齐宣王也撒谎生病"，"买张假文凭回去哄"父亲和丈人，"好比前清时代花钱捐个官，或英国殖民地商人向帝国府库报效几万英镑换个爵士头衔"。由一个普通的留学生的"假文凭"，真真假假地议及中外古今，随手拈来，皆成文章，知识之博，已令人钦羡，而其嘲讽的锋芒所指，蕴含于其中的机理及作家对社会历史善恶的审美评价，更令人拍案。这段描写，与其说嘲笑了赴西洋骗取"假文凭"的留学生，不如说更辛辣地针砭了一切官场、文场的政治骗子，真是痛快淋漓。这里讥嘲的是清代和英国的"官"或"爵士"，那么20世纪三四十年代的中国的现实政府中的"官员"呢？作者没有直说，留给读者去思考。引而不发有时比一语道破更犀利。钱锺书深知讽刺艺术的辩证法，他在小说中讽刺的广度和力度，在中国新文学史上除鲁迅外几无匹敌。

钱锺书的讽刺术，绝不是游离情节和人物性格之外的"噱头"，或"矜奇炫博"，而是全书和全人的有机组成部分，是作家的美学意识、性格和气质、知识和阅历等长期融汇而成的——这就形成了钱锺书小说创作以讽刺为特征的基本风格。对老朽贪婪的李梅亭，作者每写到他几乎笔笔含讽。李梅亭悄悄贩药到内地卖而又露了馅、避着一行数人偷吃山芋却又被点破、与单身寡妇言语勾搭又假作正经、做训导长时一副为虎作伥的道学家面孔而又表里不一等，时时事事都具有嘲讽的意味，而且妙在作家不露面，不直接议论，一无外加的所谓丑化的痕迹，而是从头至尾以人物自己的言行描述他自己的内心和灵魂。这种自我剥露、自我嘲讽的艺术，只有在作家笔下创造的人物一旦"活"起来以后，在规定情境中人物才能按"这一个"自身的性格历史动作，人物才能具有相对的独立性和言行的必然性——不以作家个人主观意志为转移——这才是成功的艺术创造。具有嘲讽意味必然性的李梅亭形象的存在，无疑为现代讽刺小说提供了宝贵的艺术经验。

就讽刺而言，固然也可对美好的人和事进行戏谑的嘲讽，但通常它多是针对作家所憎厌的人和事。钱锺书小说中的新儒林，一般没有绝对的正面人物和反面人物，也很少思想、感情、性格单一的人物，但作家的讽刺笔法却几乎无所不在、无人不用（唯唐晓芙等少数几个人物例外）。区别在于，对不同的人物讽刺的力度不同，作家倾注爱憎感情的强弱和色彩不同，在多层面的讽刺内容中隐含着作家对社会人生的审美观。短篇《灵感》就是这方面绝妙的讽刺杰作。作者通篇运用荒诞手法，"围绕""一名天才作家"诺贝尔奖的落选、一命呜呼跌入阴曹地府、他作品中无数人物向作家高呼"还我命来"，最后，作家被判罚"转世到一个作家的笔下也去充个角色，让他亲身尝尝不死不活的滋味"。钱锺书痛感于文坛的粗制滥造、互相吹捧等恶习，将所谓"天才作家"嘲讽、挖苦得体无完肤，灵魂毕现。同时讽刺的锋芒又扫及"陈腐""发霉"的诺贝尔奖金的一些裁判人，趋时附势的批评家，发明"接吻就是吃补药"并"赞助文学事业"的暴发户、"资本家"等。行文时作家又善于机智巧妙地顺势对社会的黑暗和腐败势力进行鞭挞和揭露，艺术上达到了浑然天成的地步。如写到"天才作家"怀疑自己是否跌入地狱时，地府长官说"地狱早已搬到人间去了"；写到地府是否为躲避空袭"钻到地底下"买卖土地时，行文顺势尖锐地刺向"把中国零售和批发""出卖给人"的"愚蠢的政治家"。这样的描写，在长篇《围城》中亦随处可见。如写到方鸿渐从美国搞到一张假博士文凭后，小说写道"这事也许是中国自有外交或订商约以来惟一的胜利"；方鸿渐与苏小姐谈话时说，"贪官……决不肯偷人家钱袋"，因为他可以"纳贿几千万"。以上内容虽然仅是故事情节有机组成部分中的三言两语，却十分有力，有画龙点睛之妙。钱锺书不是感情外露的作家，创作前也没有直接卷入过政治斗争的漩涡，但他是一个内心极富感情的作家。一生"忧世伤生"①，即便是撰写学术专著，他也遏止不住内心"眷恋宗邦，生死以之"的爱国情操。作家曾自云20世纪40年代写的学术著作《谈艺录》，"虽赏析之作，而实忧患之书也"②。写于"文革"时期的《管锥编》，其中对屈原忧国忧民的赞誉、对司马迁史家筋骨的褒扬，以及论述因牛弘《上表请开献书之路》而寄慨于焚书、因杜钦《说王凤》而致诮于阿武婆暮年之眷恋莲花六郎等，字里行间揶揄嘲讽不点自明，又都饱和着作家的爱憎感情。小说更是感情的艺术，钱锺书在创作《围城》等长篇小说时，更是倾注感情于笔端，通过对腐败的社会、专制的政治以及丑陋的言行等的嘲讽，形象、深沉而又辛辣地表达了作家忧国忧民、愤世嫉

---

① 钱锺书：《〈围城〉序》，人民文学出版社1980年版。
② 钱锺书：《〈谈艺录〉序》，开明书店1948年版。

俗的情感。作家的讽刺是尖冷的，而内心却是炽热的。

三、语言家：描写与意象的传神

一位文学史家推崇说，"综览五四以来的小说作品，若论文字的精练、生动，《围城》恐怕要数第一"[①]。评价显得太过，但也无可否认，钱锺书小说的语言艺术的确精彩，富有个性。在现代著名小说家中，老舍的语言幽默生动，有醇厚的北京市民味，沈从文的语言质朴简洁，有浓郁的湘西乡土气息，冰心的语言优美清新，巴金的语言热情流畅。钱锺书的语言则机智而隽永，诙谐而典雅。它在"学人小说"中，既无文言气味，又无欧化语病，堪称中国现代小说语言艺术大师之一。

小说可使用的语言手段极为丰富，如描写、叙述、议论、抒情等。一般说，描写语言自然是刻画人物、状物达意的重要手段，叙述语言旨在连贯全篇，议论语言重在作者对故事中人和事的画龙点睛式的评价和富有哲理性的引申，抒情语言则常是作者诗意的独白。钱锺书小说的语言却别有特色，它往往融几种语言手段于一炉，这就需要娴熟的驾驭语言的技巧。《围城》第九章写方鸿渐被迫重返上海，与新婚妻子孙柔嘉三天两天发生口角，之后一段是以哈巴狗为引子，实质是对方鸿渐遭社会冷落、地位低下之感慨的生动描写，接着是对方从小镇回到大都市孤岛后的凄凉心态的叙述，继而又引申发出"物价像断了线的风筝"，以及"发国难财而破国难财的人同时增加"的争论。寥寥数百字，由小镇到大都市，由个人到全社会，涵盖内容极为丰富，由于作家运用了描写、叙述、议论等多种语言表现手段，读后无单调生

[①] 司马长风：《中国新文学史》下册，昭明出版社1978年版，第99页。

硬之感，不仅表现力丰富，而且具有活泼的情调。

作为描写语言的对话，是刻画人物性格的重要语言手段，钱锺书小说中人物的对话犹如优秀的话剧语言，话如其人，从对话不仅可见其人的性格，而且可悟出其人其时的心境情态，可推见其人的教养气质。韩学愈假冒是美国莫须有的克莱登大学的博士，据此骗到三闾大学名教授的头衔。当他听到方鸿渐知道"克莱登大学"的底细的风声后，内心焦急惊慌，但面上又故作镇静。一天突然请方鸿渐一人赴家宴，主客几句问答，言简意赅：

"你先生到过美国没有？""没有去过——可是，……我曾经跟一个 Dr. Mahoney 通信"，"这人是骗子。""我知道。什么克莱登大学！我险的上了他的当""……克莱登是好学校，他是这学校里一个开除的小职员，借着幌子向外国不知道的人骗钱，你真没有上当？唔，那最好。""真是克莱登这学校么？我以为全是那爱尔兰人捣的鬼。""很认真严格的学校，虽然知道的人很少——普通学生不容易进。"

用不着标明说话人，细心的读者不难分辨。韩学愈心中有鬼，却出其不意地先发制人，当探听到方鸿渐未到美国后，立即以深知内幕和十分肯定、不容置疑的语气"镇"住对方，而方鸿渐对韩学愈的学籍和克莱登大学则由十分怀疑到半信半疑到惊诧"真有克莱登这学校么"，在老练的学术骗子面前，更显得方鸿渐的书呆子气十足。钱锺书在短篇《猫》中同样表现出他杰出的对话语言才能。在善于"操纵许多朋友"的女主人爱默的客厅里坐着各色人等，他们谈时政、战争，也谈学术、女人，也谈臭虫、狗、猫……对话长短不一，但各人说的话都是说话人思想、性格、趣味的表现，不能互相调换。从这些对话语言的用词到语气、语调，即可推测他们不同的心态和神态。

在中国现代文学中，钱锺书的语言天才最突出的表现还是他的运用意象的才能。必须指出，迄今为止几乎所有的中国内地、港台地区和海外的研究者都将钱锺书小说中的意象仅仅归结为比喻，这是不太确切、不够全面的。因为可以毫不夸张地说，钱锺书小说中意象之多、之丰富、之新奇，选择和运用意象之熟练、之巧妙，在中国现代小说家及其作品中是首屈一指的。所以，我们应该重新对钱锺书小说中的这一特征进行认真的探讨和评价。

英国著名心理学者默里认为，"明喻和隐喻都属于修辞学的形式分类的范畴"，"意象应该包括二者"，又说"意象可以是视觉的，可以是听觉的，或者可以完全是心理的"[①]。因此，意象的涵盖面更广，内涵更丰富，"不仅有'味觉的'和'嗅觉的'意象，而且还有'热'的意象和'压力'意象……还有静态意象和动态意象的重要区别"[②]。意象虽然是诗歌中常用的语言修辞手段，但一些优秀的散文家、小说家和电影艺术家（运用"电影语言"）都十分注重在创作时撷取新颖的、生动的、蕴涵深邃的意象。钱锺书的短篇《上帝的梦》就在丰富的意象中把人的世界、现实的具象和古老的虚幻世界融为一体，展示了一个上帝与魔鬼、人和兽以及生与死、爱与仇等变化错综的虚虚实实的梦幻世界。长篇《围城》中的意象不仅在海的波动、雨的变化、萤火的夜游、跳蚤的繁殖、泥泞坎坷的乡镇道路、古稀破旧的老式汽车等的静态和动态、色彩和声音等的描写中有生动的体

---

① J. M. 默里：《心理的范围·隐喻》，伦敦，1931年版。
② 韦勒克、沃伦：《文学理论》，生活·读书·新知三联书店1984年版，第201页。

现，而且还突出地表现在大量新奇、独创、幽默、精辟的比喻的运用上。钱锺书不愧是高超的语言大师，他采撷和运用比喻的语言才能简直到了出神入化的境界。对洋行买办"喜欢中国话里夹无谓的英文字"，不是用嘴里嵌金牙相比，而是喻为"牙缝里嵌的肉屑，表示饭菜吃得好，此外全无用处"，贴切而含讽；对主动的苏文纨与被动的方鸿渐的初吻，作者写道"只仿佛清朝官场端茶送客时的把嘴唇抹一抹茶碗边，或者从前，西洋法庭见证人宣誓时的把嘴唇碰一碰《圣经》，至多像那些信女们吻西藏活佛或罗马教皇的大脚趾，一种敬而远之的亲近"，一连串的比喻，丰富的知识，传达了人物在特定情境中的微妙心态。作家的比喻纯熟到信手拈来、皆成妙文的地步："科学家像酒，愈老愈可贵，而科学像女人，老了便不值钱。拍马屁跟恋爱一样，不容许有第三者冷眼旁观。"语似刻薄，却不能不令人击节。钱锺书不仅仅依据他丰富的知识、捕捉意象的智质，而且还依据他对生活、社会、人生、历史的深刻的洞察力，在作品中成功地创造了多姿多彩的比喻。请看《围城》第八章开头几行：

> 西洋赶驴子的人，每逢驴子不肯走，鞭子没有用，就把一串胡萝卜挂在驴子眼睛之前、唇吻之上。这笨驴子以为走前一步，萝卜就能到嘴，于是一步再一步继续向前，嘴愈要咬，脚愈会赶，不知不觉中走了一站。那时候它是否吃得这串萝卜，得看驴夫的高兴。一切机关里，上司驾驭下属，全用这种技巧；譬如高松年就允许鸿渐到下学年升他为教授。

用赶驴人、驴子和萝卜的相互关系比喻"上司驾驭下属"，写尽了赶驴人和上司的奸诈以及驴子和下属的愚笨；并由此推及现实世界"一切机关""全用这种技巧",表达了作家的尖锐的眼光和愤世嫉俗的情感;再顺势点到校长高松年不续聘方鸿渐却又续聘方鸿渐未婚妻孙柔嘉的"技巧",又将高松年老奸巨猾的政客手腕揭露无遗。短短一百余字,有形象,有动作,有意蕴,充分表现了钱锺书撷取意象的杰出才能。

英国18世纪著名诗人和理论家杨格说,"成为天才特征的不能规定的优美和没有先例的卓越,存在于学问的权威和法则的藩篱之外,天才者必须跳跃这个藩篱才能获得它们"[①]。作为学者和批评家的钱锺书,不仅"跳跃"了常人易受"学问"和"法则"束缚的藩篱,而且能将它们充分融会于生动形象的文艺创作中去,成功地为中国现代文学创造了"优美""卓越"的小说珍品。他在我国新文学史上自应占有一席重要的地位。

1990年8月完稿于酷热中,于"凉城""苦乐斋"

原载《复旦学报》1990年第5期

---

① 杨格:《试论独创性作品》,人民文学出版社1966年版,第13页。

现代讽刺力作
——钱锺书《灵感》论

钱锺书先生的《灵感》是一篇讽刺小说,它写得机智巧妙,让人捧腹,又令人回味思索。熔嘲讽、机智于一炉的讽刺短篇,在中国现代文学史上,除鲁迅等少数大家的少数几篇之外,委实罕见,而《灵感》在现代可数的讽刺力作中又是别具一格的。

它的故事简单而有趣。写一个"有名望的作家"产量特多,深受中学生喜爱,由"公认而被官认"为"国定的天才"。但是却得不到诺贝尔文学奖。当这位作家踱进书房时,过多过重的书压塌了地板,作家与书一齐掉进了阴曹地府。在地府受到司长审判时,作家自己创作的书中的人物一个个歪歪倒倒地涌来,冲作家叫喊"还我命来"。最后作家被罚"转世到一个作家的笔下也去充个角色,让他亲身尝尝不死不活的滋味"。

小说以一个作家为中心进行叙述,但它的笔锋并不拘泥于此,却有一定的广度和力度。批评家"阿谀奉承"的丑态、诺贝尔奖金裁判人的陈腐和狭隘、一些将"大宗的版税和稿费……拿来合股做买卖"的文化掮客等,几笔带过,却讽嘲了文坛上一般文人趋之若鹜,巴结唯恐不及的丑恶现象。这充分显示了小说作者的学术正气和人格力量。优秀作品在注意写少衬多的广度的同时,还能入木三分地增强力度和深度,起到震撼人心的作用。那位作家害怕堕入地狱受苦,作品借地府"司长"巧妙地针砭时弊，说："地狱早已搬到人间去了"；人类有了进步，"但是对于同类的残酷"，一切对同类肉体上和精神上的"刑罚"都作为"国粹"保留下来。这种将人间事和地狱魂织成一体、虚虚实实、虚实相杂的描写，不仅是对当时现存统治秩序的有力抨击，而且由于这种描写揭示了人类历史发展的某些真实，揭示了历代统治者为维护既得利益而泯灭人性的某些特点，这种描写就超越了时空的限制而具有了一种历史的、永久的价值，给读者以深刻的启示。这无疑取决于作家的生活感受和丰富学识。

《灵感》讽刺的广度和力度，主要还是通过对堕入地府的"作家"自身的一系列描写表现出来的。20世纪三四十年代，一些作家以数量多而自诩、自醉，有的甚至可以为两三个报刊同时写连载小说，故事公式化，人物脸谱化，内容概念化。鲁迅、茅盾都曾批评和讽刺过这类作家。我们从《灵感》中自命为"国定天才"的"作家"这一形象上，不仅可以窥见现代文坛上的某些弊病，而且可以领悟到，这种"作家"，其实是在中外古今文坛上繁衍不绝的。究其原委，或因才疏学浅之弊，或为虚名和金钱驱使，或为"配合宣传"之需要，虚假、苍白、肤浅之作屡见于文坛。近半个世纪过去，重读《灵感》，审视当今，我们怎能不为作家深邃的目光和如椽的笔力所震慑！在现当代文坛上，我们还常常可以读到这样一些小说，它们写某时、某地的人和事，其意义、其价值仅仅局限于某地、某时。《灵感》却不然，与一些具有讽刺意味的中短篇杰作，如《阿Q正传》《华威先生》等一样，它们的内容和人物都具有永久的意义——因为它们揭示了人们精神生活史上的一些规律。比如，这位"作家"深知作品"成功的秘诀"，是迎合中学生的口味，赠书给批评家，同时暗示他著文吹捧，为靠欺骗而发家致富的企业家的生辰出版庆祝专号，写"几千字的颂词",以求得"赞助";见到"官"就一反平日昂首不可一世的常态,立刻"肛开臀裂地弯腰鞠躬"。如此等等,都是一些平庸文人或御用(或商用)的文人的丑态。只不过他们对这些丑态遮掩有术,不为常人所见,一经《灵感》作者慧眼识破,形诸笔墨,就令人拍案叫绝。小说作者嘲讽的是"这一个"作家的丑态,却让人看到了众多的同类作家的丑态;小说作者嘲讽的是40年代的一些作家,却使人感到仿佛针砭的是当今文坛。优秀小说的不朽价值就在于内容的力度和深度上,它挖掘人情世态极为精确、深刻,它从驳杂的现象中提取典型的素材,以凝聚、传神的笔墨描绘人物的心态,因而它创造的形象就具有了经久的生命力。

创作这样的讽刺小说,手法可以是多种多样的,但像《灵感》这样主要以荒诞手法写人叙事,收到如此强烈的艺术效果,在中国现代文坛上还是屈指可数的。过多的书压得"地面裂开一个大口子","作家"与书一起相互冲撞"掉进地府"——已属荒诞;在地府"司长"因"作家"生前"消耗大量墨水","用秃了无数笔锋",用好几个笔名"藏头露尾",罚他来世做"乌贼鱼""耗子"或"通缉的贼"——亦为荒诞;更为荒诞的是,"作家"在人世时写作的书中的人物,也一个个争着向地府。"司长"告"作家"的状,告"作家""谋财害命",高呼"还我命来",声称要"作家""偿命"。这种写法,自然与逼真的写实主义不同,并不追求"细节的真实",但却让人感到十分真实——一种艺术很高的境界——艺术真实。需要说明的是,并不是所有运用荒诞手法创作的作品都能达到这种境界。荒诞手法与艺术真实之间并没有必然的联系,但《灵感》中手法的荒诞,不是热衷于编造离奇的故事和古怪的人物,或人的异化(《灵感》中的荒诞手法与现代派作品中的"荒诞派"是两个不同的概念——笔者），也不是仅仅满足于写出情节的荒诞和某些人物的言行的荒诞，而是善于以现实生活为背景，将真实的生活内容灌注到故事内容和人物言行中去，在荒诞的情节中，赋予作品中人物以活生生的、真实的人的感情、心理和性格。《灵感》写"作家"将获诺贝尔文学奖消息之前，关于教授只写序和题签、到处都能见到"作家"小说的零星残页、诺贝尔奖金裁判人的狭隘和排斥东方文化等，都是文坛上俯拾皆是的生活真实，但一经集中，并且艺术地编织在荒诞的情节中，两者形成了鲜明的对照和映衬，产生的艺术效果就特别强烈。饶有趣味的是，《灵感》中主要的情节在现实生活中不可能发生，有谁见过从塌陷的地板可以坠落到阴曹地府？又有谁见过作家在纸上写的众多的人物形象忽然一个个"活"了起来，还纷纷要告作家的状？至于从耳朵里投胎等，更是真实生活中绝对没有的。这种以荒诞的手法创造的情节或细节，为什么能使人物达到艺术真实的境界呢？因为在一系列荒诞的情节中，作品描述的"作家"的思想感情和心理状态，都是现实生活中的某些作家所具有的。"作家"知道自己诺贝尔奖落选后"气得卧床生病"，想巧妙地口述一篇采访自己的谈话记，使名字"两次见报"；为将一跤跌到金元帝国的美国去而庆幸；在小说、戏曲中，"人物"的责问和愤怒声中，时而惶恐，时而辩解，时而奉承，时而认命，时而投机。情节的荒诞和人物心理的真实在《灵感》中艺术地统一了起来，这种境界给予读者的艺术感受是真切、强烈而又回味无穷的。

《灵感》主要讽刺的是将人物形象写得"又呆又死，生气全无；一言一动，都像傀儡"，而又自命为"天才"的某些粗制滥造的"作家"，这是需要相当魄力和艺术功底的，弄得不好可能是自写自嘲。但我们不能不叹服，《灵感》中的人物，无论是主要描写对象的"天才作家",还是几笔点染的地府"司长",即使是"跑龙套"式的人物,一言一行,一笑一颦,都写得栩栩如生、呼之欲出,其中有开口闭口"咱老子"的"粗人",有"抿着嘴"揶揄"作家"的"女角色",有靠吃喝嫖赌发家而"赞助"文学事业的不法资本家,有三年灵感等不来却"向处女身上去找的青年作家"。至于有一丛又黑又密胡子的地府司长,那一番贬刺古今社会政治和文化的宏论,以及根据公愤罚"作家"来世也到一个平庸作家笔下去"充当书里主人翁",使他也"不死不活"的一系列描写,也写得形象生动。毋须说,"作家"的形象写得最成功,性格也最鲜明。他多产,书中写的人物很多,可以向一个荒岛去殖民,名气自然跟着大起来,自以为不可一世,但当诺贝尔文学奖没有得到时,又一气之下呜呼哀哉;在阴曹地府,遇到"官僚气派"的"司长",立刻"惶恐得不得了,怕冒犯了一位要人";当"司长"恭维他"一字千金"时,他态度立刻"傲然"起来,甚至怒冲冲地责问"司长""知道不知道我是天才"?可一听到书中人物告他"谋财害命",一下子又"吓呆"了,溜之大吉不成,想蒙混过关,又请求"从轻发落",最后重新投胎人世。《灵感》通过一系列言行的描写,刻画了一个平庸无能而又妄自尊大,在权势前卑躬屈膝,又善于投机取巧的"作家"的形象。

《灵感》讽刺的深度、手法和形象的刻画,都熔铸在作品机智、犀利、精辟的语言之中。作为讽刺小说,作者可以站出来对丑恶直接讥刺,这样固然明晰、激烈,但往往缺乏深层的穿透力,缺乏耐人思索的力量。优秀的讽刺力作,总是能将讽刺的力量蕴含在故事情节、人物形象之中,其中也依赖于作家叙述语言、描写语言、对话语言等的功力和才华。《灵感》讽刺的主要对象多是名人，大学教授、政治家、资本家、诺贝尔文学奖裁判者等等，而且用语机智巧妙，顺笔写来，不动声色，而又入骨三分。一位"只研究左眼，不诊治右眼"的医科大学教授居然获得诺贝尔医学奖，一位成了大学教授，自己"书也不写了，只为旁人的书作序"。政治家呢？专会"把中国零售和批发"，而一位资本家靠"贾宝玉吃胭脂"的广告，宣传"接吻就是吃补药"而发了财。这种语言，不矫饰，不虚浮，读后又让人会心捧腹，咀嚼其味，怦然心动。纵观中国现代文学史，有一些讽刺短篇，它们往往是某一段、某几句话或某个细节描写有讽刺意味，《灵感》则是全篇语言，几乎笔笔带讽，句句含嘲，通篇一气呵成。这"气"就构成了这一名篇语言风格的基调：讽刺辛辣犀利而又机智，语气揶揄调侃而又高雅。文学作品由语言构成，而语言的风格与作家的生活经历、文化学识、性格气质、美学观点等密切相关。长篇自不用说，即使是一个短篇小说或一篇散文，都可或多或少，或隐或显地透露出作家文化、气质等的信息，反过来，要求文学作品及其语言风格的独特，作家本人的文化、气质等就是决定性因素。《灵感》的作者学贯中西，不屑名利；又能纵览风云，不佞不谀；治学严谨，生活情趣清淡诙谐。以此作文，必然是"其气充乎其中，而溢乎其貌，动乎其言，而见乎其文"[①]。

1984 年 5 月某日清晨，时风和日丽，春暖花开

于复旦一舍"松竹斋"

原载《名作欣赏》1991 年第 3 期

[①] 苏辙：《栾城集·上枢密韩太尉书》。

"观潮者":深层心态的艺术开掘
——论钱锺书的《猫》

在群星璀璨的中国现代文学史上,还没有一个作家能像钱锺书先生那样,集中地对特定时代的某些高级知识分子——复杂的精神、性格、感情和心态揭示得那样惟妙惟肖,奚落得那样入情入理,讽刺得那样痛快淋漓,刻画得那样栩栩如生的。他的长篇杰作《围城》自不用说,我们仅从他的短篇《猫》来分析,也可观一斑而窥全豹。

《猫》描绘的是中国抗战时期一群留美、留英、留法、留日的政治家、科学家、文学家、画家、"日本通"等以及受过不同程度高等教育的年轻人和太太。作品构思的巧妙在于,它将这些人物艺术地编织在一对留美夫妇的客厅里,通过养猫、作文和一番谈天说地,生动地描绘了一群高级知识分子的形象——一群动荡和战乱时代的"观潮者"。他们虽与19世纪俄罗斯文学中奥涅金、彼却林、罗亭等"多余人"形象有某些相似之处,却又有他们自身的若干特点。

《猫》中仅"观潮者"形象就有十人左右,而贯穿全篇的人物仅有三个:全篇女主角爱默和她的丈夫建侯,以及家庭秘书颐谷。其余数人,作家主要是在他们出场前先为每个人写个精粹的小传,然后在一番谈天说地的对话中描绘他们的形象和心态。作家将小说为人物立小传与话剧通过对话刻画人物的写法结合起来，在有限的篇幅中增加了人物的历史感和立体感。

  作家笔下的这些"观潮者",虽然面貌各异,但作为抗战时期一部分高级知识分子的艺术概括,作为一种艺术典型,在不长的篇幅里,作家在注意刻画各自特性的同时,又能着力于探讨"观潮者"群象。

  这是一些怎样的"观潮者"?他们一般都留学欧美,有较高的学历和中西文化的修养,有固定的工作或殷富的家境。他们都是抗战时期文化沙龙里的社会名流。20世纪40年代前后的中国,正值战火时起、国难当头之际,文化人形成了很多大小不同的"文化圈子",或亢奋激进,如别妇抛雏,从扶桑奔赴国难的郭沫若,或明哲保身,如从文化先哲变为一度行为失节的周作人等。这些形形色色、大小不一的"文化圈子",构成了40年代前后中国特有的文化现象,一些文学作品对他们——尤其是前者——都作过生动的描绘。《猫》中所着力描写的"观潮者"是又一类"文化圈子"。在政治上,他们不乏热情,也不乏一针见血的议论。认为大敌当前,如一味"委曲苟安",终将导致"亡国顺民"。对于"现代舆论",他们针砭更为透彻:"独裁国家里,政府的意旨统治报纸的舆论,绝不是报纸来左右政府","民治国家……报纸都操纵在一两个报阀的手里……不过是靠报纸来发财和扩大势力"。议论时慷慨激昂,甚至自我陶醉于立论的大胆和精辟,主张"干脆跟日本拼个你死我活","大不了亡国",但当一句"你肯上前线去打么"的诘问,先前语言的巨人却只好自称"懦夫"。有的侃侃而谈,"找深奥的理由",证明战争"合理",有的故作惊人之语,论证"中国人传统的心理……也是猫的心理"。崇尚空谈,自命清高,这是不少中国知识分子的通病。若在平时尚无大损,恰逢国难当头时,那种脱离实际的高谈阔论和自视高深的迂腐习气就会污染空气，消磨斗志。《猫》在讽刺这类"文化圈子"中的知识分子形象时，揭示了形成这种性格的种种复杂因素，但有两点是共同的基因：经济收入的相对稳定和较为殷实，长期混迹"文化沙龙"和脱离群众斗争的书报理论的熏陶。历史证明，凡有如上两大基因者，他们对时政虽也有不满，也不乏见解，但对社会的批判，甚至不如19世纪俄国文学中的一些"多余人"那样尖锐犀利，更不要谈付诸行动了。他们大体是清谈于厅堂，苟安于当世。这种对"观潮者"普遍性性格根源的形象描绘，显示了作家深刻的历史洞察力。

作家不仅从议政的角度表现了"观潮者"的性格层面，而且还从人性的角度深化了形象的刻画。这些知名的文化人，他们一到了自家的"文化圈子"里，一切的伪装都会剥去，本性立即坦露无遗。他们在典雅的客厅里谈抗战、论述战争的不可避免时慷慨激昂、口若悬河，话锋一转，立即眉飞色舞、引经据典地大谈从饮食"推断恋爱的脾气"，"埃及的古风是女人愈象猫愈算得美"，"痛恨"那些专营化妆以"骗取"男人爱的女人等。当然，这些内容在诸公们的文章里、演讲中，或公开的社交场合是不符他们的身份和地位的，也是有损他们形象的，他们会三缄其口。但"食色性也"，他们又日有所思、夜有所想，情发于中，必形之于外，所以一到了他们的"文化圈子"里，他们必然无所顾忌，一改平日的伪装和压抑，以求得心理的平衡，在显露潇洒和浪漫的同时以求得精神上的满足。作家对这类"文化圈子"中君子们的人性描写，还进一步表现在以辛辣、调侃的笔墨，形象地揭示"观潮者"在人际关系上虚伪和相互攻讦的人性特征。他们表面上彬彬有礼、谈笑风生，也不乏风趣、机智的对话，但却恭维得令人肉麻,坦率得令人咋舌,挖苦时让你发不出火,调侃时又让你笑不出声。这类"文化圈子"中"观潮者"深层的心态,被作家写得深刻而又惟妙惟肖。作品的不朽价值正在于,作家写出了这类高层知识分子性格和心态的普遍性,他们不仅具有特定的时代意义,而且愈随着历史和时代的发展,他们的深刻的概括力将愈令人叹服。

《猫》不仅对"观潮者"群像作了有力的描写,而且还对三位贯穿全篇的人物的个性作了生动的刻画,同时也充实、丰富并加深了"观潮者"群象的典型意义。

在三位主要人物中,被讽刺得最厉害的是男主人公建侯。作者在几笔带过他得娇妻的喜悦、为"借太太的光"而惧内之后,着重讽刺他花钱雇人写游记又难产的丑态。作品寥寥几笔,就将一个"留学"欧美,连"毕业论文"也是"花钱雇犹太人"代笔的不学无术的"学者"的真面目暴露无遗。对女主人公爱默,作品着墨较多,主要讽刺她的虚荣心。她"受过美国式的教育",学术和事业上一无成就,却"最"爱打扮,"最"喜风流、"最"讲究摆设、"最"热衷于交游……在家庭"沙龙"里,招徕一些有身份、有地位的清谈客人以抬高自己的身价和排遣寂寞,又以丈夫的驯服来猎取虚荣,当丈夫有情人后,初时不信,继而惊吓得"脸色发白",接着气得落泪,转而寻思报复,脸相"又尖又硬,带些杀气",等到诱惑青年不成,终而"忽然觉得老了,仿佛身体要塌下来似的,风头、地位和排场都像一副副重担,自己疲乏得再挑不起"。感情变化的层次写得清晰、准确和细腻,活生生刻画出了一个战乱时代物质富裕、精神空虚而又酷爱虚荣的可鄙、可悲的文化妇女的形象。第三个贯穿全书的人物是青年大学生颐谷。在众多的群像中,他是作品唯一主要以同情的笔调创造的形象。他因战乱辍学,当了李家私人秘书。作品着重描写了他"未被世故磨炼得顽钝的"纯朴的心态。因生活所迫,辍学到李家当私人秘书,怀着敬畏的心理,兢兢业业代建侯写游记,为太太写请帖,没几天,就发现了男主人的"无聊"和理智的"贫乏",唯独对时髦的太太,初见时"没力量抬眼",紧张得语无伦次,渐次为太太一句"明儿见"和"颐谷"一声亲昵的称呼而心神摇荡、夜有所梦,最后在太太诱逼他承认"爱着我"的心底秘密和意外地遭到太太一记耳光时,作品写出了他惊吓、退缩、畏惧、受辱的心态。至此,一个单纯、朴实而又有些傻气的大学生的形象跃然纸上。对于这三个贯穿全篇的人物,如果说作品对大学生颐谷给予了较多的同情的话,那么对于建侯夫妇,则是竭尽嘲笑、挖苦之能事。从以上分析不难看出,作品嘲讽的不仅是他们的私生活、个人品德,而且还含嘲地鞭挞了他们的苟安于乱世的灵魂。他们可以为一只猫的名字而费尽心思,为"修补""面部器官"而到日本侵略者的美容医院去度"蜜月"。至于"日本霸占了东三省""国际联盟暴露了真相"等,除了在自己惯常的"文化圈子"里发几声清谈外,别无所为。这两个受过西方教育的文化人,与"在法国学过画"的陈侠君、政论家马用中、"日本通"陆伯麟、"在英国住过几年"的傅聚卿等一样,他们同属趣味相投的某一类"文化圈子",他们是风雷激荡的时代的"观潮者"。透过这些群像,不仅让我们能更清晰地了解抗战时期部分高级知识分子的面貌和心态,而且由于作家眼光的深邃和笔力的精湛,使这些特定时代的"观潮者"超越了时空的限制——他们属于20世纪40年代前后,也属于漫长的历史。

《猫》尽管还有一些内容值得我们去分析,但以上所论却是

《猫》对中国现当代文学最突出的贡献,也正体现了它不朽的价值。

1984 年 2 月 19 日深夜

选自《石缝草论稿》,吉林文史出版社 2004 年版

论柯灵的散文

以时代的、审美的、整体的和历史发展的眼光考察,柯灵无疑是中国新文学史上的散文大家。但迄今为止出版的三四十部中国现当代文学史,均未对柯灵的散文给予应有的重视。

人格和文格,人品和文品,为人和为文,其内容大体相似。人和文的关系,历来为中外有识见的作家和评论家所重视。考之中国现当代文学史,凡政治运动、金钱等一己私欲或"小圈子"功利在"人"与"文"之间挥舞着"插一杠子"之时,有不少人就会晕头转向,"人""文"失节或"人""文"分裂。但同时也确有一些硬骨头的须眉和巾帼,一生人格铮铮,文格熠熠,为世人和后人景仰,柯灵就是其中之一。评论家李子云曾借用叶稚珊贺季羡林八秩大寿时称誉季先生"无瑕人品,有骨文章"之语,云"我觉得这八个字用之于柯灵先生也非常合适"(《文品与人品》)。确为知人知文之精论。

文学艺术作品是文艺家生命的一部分。作家、艺术家的生活、阅历、工作、地位、体质、气质、信仰、学养等必然或隐或显、或多或少、或明或暗、或强或弱地熔化在文艺作品的线条色彩、文辞句意中。由人见文,缘文见人,故丰子恺的人、画、文一气,钱锺书的为人、治学、创作相通,柯灵六十余年间创作的散文也是与作家的人生道路一气和相通的,也是作家生命的一部分。

人、文有高格。大千之世界，万变之心理，事无巨细，情无大小，均可成文，关键是文章的品位。品位内涵丰富，却有高下、优劣、雅俗甚至美丑之分。为人和作文一样，也有品位高下之别。品位上乘，自有高格。柯灵散文品位的一个重要特点，是他的生活道路和文学道路是一致的，始终与时代共同着脉搏，始终与人民的解放事业和民主、自由、幸福息息相关，不计个人安危，不图一己私利，奉行的是献身哲学和凛然不屈的正气。20世纪三四十年代屡遭通缉，两次入狱，时有恫吓威胁，柯灵一直坚持正义，矢志不渝。抗战爆发不久，《大美报》编辑朱惺公及几个进步记者先后惨遭汪伪汉奸杀害，一时腥风血雨，各报副刊缄默无言。柯灵却写了《我要控诉》，痛斥将日军"以武力侵入我们国土的仇敌奉行'和平'，对自己徒手的爱国的同胞，却实施暴力"的汪伪及其党徒——"侵略者的鹰犬"的罪行，其大无畏精神令人起敬。四五年后，柯灵又数遭大劫，更耳闻目睹文坛和社会的种种冤屈和不幸，家国之忧，古今之思，时代之任又一直萦绕于心头。这时创作的叙己、怀人、记事、状物等散文，几乎篇篇回荡着忧国忧民的时代心声，其对历史、时代、现实的种种微言警语，其"忧时愤世之作"，"总不忘自己是一名战士"，"自有胆识"①。当巴金《随想录》连篇发表，提倡"讲真话"，震聋发聩地提出"建立文革博物馆"，却遭到某些权势灼人者明里暗里的斥责和批判之时，柯灵旗帜鲜明地写道："'文革'暴露出一个严酷的事实：封建主义阴魂不散，而用华丽的革命辞藻装饰起来的封建主义，更比原生的封建主义可怕一百倍。这是几千年专横、愚昧、蛮性遗留的一次大爆炸。给'文革'

---

① 杨绛：《读〈柯灵选集〉》，《杨绛散文》，浙江文艺出版社1994年版，第251—252页。

做总结，就是对后代子孙负责，对历史负责。"（《巴金〈随想录〉的随想》）柯灵八九十年代写的散文，依然与大时代，与"有不可违拗的意志和人民"共同着脉搏。这种为人、作文数十年如一日，不受金钱驱使，不为私情拘囿，视野遍及大江南北、大洋四海，揽国家、民族苦乐于襟怀，展古今历史忧思于笔端，有第一等襟抱，始有第一等文章，故其人其文自成高格。

柯灵人、文的此等襟怀，还突出地表现在散文创作上有骨格：不随波逐流，不见风使舵，不吞吞吐吐，不为贤者讳，敢于独抒己见。这种人格和文骨的统一，在现当代文坛尤为可贵。20世纪三四十年代，"左"翼文坛某些权势煊赫的人士受到苏联"拉普派"极"左"思潮的影响，认为凡不宣传"抗战"、与"当前阶级斗争无关"的作品都是"坏作品"，描写国统区苦难生活的作家都要"捉来吊死"。柯灵清醒地指出不能"把巨大复杂、生机活泼的文化功能缩小为单一的宣传鼓动"；他相当敬重鲁迅，但仍著文对鲁迅对赛金花创作的苛责明确表示了疑义。当代一些作家和理论家的人格和文骨在历次残酷的政治运动中被严重风化和扭曲，柯灵却能和冰心、巴金、夏衍、钱锺书、巴人、冯雪峰等一样，十分注重自身的人格和文骨。当然，人非圣贤，孰能无过，五六十年代，由于政治斗争的复杂性和明哲保身传统哲学的影响，柯灵也曾迷惘过、笔伐过、缄默过，但他从未以别人的血来染红自己的"顶子"，也从未因自己罹难含冤而去乱咬朋友一口。更多的时候，柯灵总能文骨凛然——独步文苑，独立不倚，独抒己见。60年代初，"反修防修"的指令横扫文坛，创作界、理论界几乎是一片欢呼，柯灵却著长文，大谈艺术的"真实、想象和虚构"，"给人物以生命"，认为艺术寿命的长短并不单一决定于主题思想，"关键问题，在于人物的个性，作家的个性",进而强调作品"题材的多样,……人的精神领域的广阔性"。这些以优美的散文笔调写成的不趋时媚上,却又卓有已见的文章,在当时沉闷的文坛不啻是天籁之音。80年代初,改革开放的东风在文坛掀起了阵阵春潮,崭新的作品、新颖独到的文章如雨后春笋。但敢于触及几十年在文学历史上已成定案的一些"老大难"的"人"和"事"的作家毕竟很少,而柯灵写于1984年怀念故人的散文《遥寄张爱玲》,就是一篇较早敢于触及"老大难"、也相当有见地的美文。在此之前,中国内地无一本中国现代文学史,公正地评价过在40年代的文坛有相当影响的女作家张爱玲,要么冠之以"反动作家",要么干脆一字不提。柯灵以科学的观点、真挚的情感和生动的文笔,记叙了张爱玲写作《金锁记》《倾城之恋》,"很快登上灿烂的高峰","红遍上海"的情景和前因后果,以及与张爱玲的友谊,同时指出"平生足迹未履农村"的张爱玲在海外创作的《秧歌》《地之恋》等的失败,"并不因为这两部小说的政治倾向",其"致命伤在于虚假,描写人、事、情、境,全都似是而非,文字也失去作者原有的美",真是震聋发聩之论。柯灵为人为文的胆识,柯灵的文骨,于此可见一斑。1987年柯灵曾在《〈墨磨人〉序言》中自云六十年写作生活"非常艰辛","自问无可告罪的,只是我从来不敢冒渎笔墨的尊严,阿世媚俗,自欺欺人"。考其一生,确为心声。

中国现当代散文作家中,在作品的总体上兼有广度和力度,并且艺术上也达到较为完美程度的,为数并不多,有鲁迅、梁实秋、周作人、朱自清、茅盾、郁达夫、冰心、巴金、沈从文、老舍、孙犁等。柯灵的散文在广度和力度上虽不像鲁迅等人的精湛和深刻,但也自有建树,在这方面也有散文大家的手笔。

柯灵六十余年散文创作生涯，足迹所至，耳闻目睹，反映生活的面极为广泛，大至烽火连天的抗日战场、人类文明史上千百年争民主自由的一幕幕，直至"史无前例的文化大革命"；小至一盏灯火、一封短简、一本画册的序言，无不牵连广袤、视及大千。其中篇章，千姿百态。有现实的真人真事的描绘，有历史的就古论今的抒情，或寄情于《巷》《雨》的"恬静""冷寂"，或记游于德国勃斯泰依和阿根廷的"深远""奇丽"；《龙年谈龙》，纵横捭阖，境阔意深；《戏外看戏》，放眼中西，指点人生；更有记事怀人，即事即景之作，旁及中外，针砭当今，世俗百相，人情心态，《流民图》的惨象，《小浪花》的欢欣，一一跃然纸上。柯灵的散文，堪称是一幅广阔的生活、历史和心灵的写意长卷。

柯灵散文的突出成就更在于揭示生活和历史的力度，广中有力，广中求深。所谓"入木三分""力透纸背"，正是柯灵六十余年散文创作准确而形象的评语。写青岛印象的几篇，在写"海风清凉""绛瓦蜂窗的洋楼"美景的同时，柯灵更向读者展示了德、日侵略者建造的"魔窟"似的"四个大炮台""岛上农民的血泪"，尖锐地指出"灿烂辉煌的青岛是用血奠基的"；对那些日伪汉奸文人，作家愤怒而又尖锐地斥之为"用笔卖淫"——在日军铁蹄横行的"孤岛"不啻是一声炸雷。1949年后，柯灵在欢欣地描写新人新事新面貌的同时，也能尖锐地揭示时代生活中的阴暗和弊端。《小浪花》记叙一位杰出的民间艺人的不幸命运，因毛泽东观戏时偶尔说的一句好评而重见天日，作家显然有感于历次政治运动对艺术人才的摧残，尖锐地指出："一个艺术家的命运，常常决定于领袖人物信口出之的一句话，这是令人感慨万千的事。"《悼赵丹》动情地回忆20世纪30年代与赵丹同事时的情景,对赵丹在病榻上写成的、飓风似地震动文坛、政坛的《管得太具体、文艺没希望》,明确表示了对该文"主要论点"的赞同,认为"哪个作家是党叫他当作家,就当了作家的?鲁迅、茅盾难道真是听了党的话才写?党叫写啥才写啥?!那末马克思又是谁叫他写的?"对长期以来左翼文坛上一些极端的文化人奉为天经地义的、最敏感的观点严肃地进行思辨和责问。类似以上一些振聋发聩的内容,在柯灵近几年的散文作品中时时闪光。

优秀散文的力度,总是与作品的较为完美的艺术形式和艺术表现融为一体,相辅相成的。艺术形式和艺术表现的粗糙、呆板和生硬,必然导致思想内容的苍白、浮浅和无力。现当代散文史上,有力度的佳作,莫不是思想内容和艺术形式尽可能完美的统一。如鲁迅的《牺牲谟》《聪明人和傻子和奴才》、茅盾的《雷雨前》、朱自清的《荷塘月色》、冰心的《寄小读者(十)》、徐志摩的《泰山日出》、陆蠡的《囚绿记》、巴金的《'文革'博物馆》、洛夫的《一朵午荷》、余秋雨的《牌坊》等,柯灵在这方面也自有其突出的贡献。他的《路亭》《回首灯火阑珊处》《龙年谈龙》《戏外看戏》《第三个十年》等,均为有力度的佳作。即以《龙年谈龙》为例,全篇仅二千五六百字,"龙年谈龙"入题自然;由龙谈及十二生肖,句句谈生肖,又句句谈人类社会;几笔带过之后,又转以"龙"字为中心,说古道今,诗文引譬,古今人物历史、民俗风情、文学艺术,直至《封神榜》《西游记》《柳毅传》《海瑞罢官》以及秦始皇、唐太宗、魏徵、哪吒和"叶公"好龙、"登龙术"等作品、人物、传说,莫不被作者艺术地编织在文章之中,谈古说今,涉笔成趣,在娓娓叙述、谈天说地的同时,笔锋顺势而下,顺理成文,画龙点睛,意在言中，或讥讽奸佞，或指点迷津，或醒世格言，或针砭时政。全文以龙贯串首尾，收放自如，文气相贯，文意畅通，思想内容和艺术表现水乳交融，令人称绝。

现当代散文大家中，鲁迅的力度表现为冷峻尖刻、精警透辟，茅盾的表现为恢宏开阔、遒劲激荡，冰心的表现为深沉蕴藉，巴金的表现为真情执着，孙犁的表现为质朴精悍，柯灵的表现则多为"深藏若虚"，他"基础深厚而结合实际，所以自有胆识"①。

"艺术就是感情"②，这是对诸多艺术的基本特征的一种概括。散文创作也不例外。即使那些偏重于说理的散文，字里行间、立论构思也应流露着、潜含着或跃动着作家或鲜明、或复杂的情感。无情、矫情必然导致散文的苍白和虚假。冰心老人1989年就曾深情地回忆说，在她写的一二百篇散文中，只有那篇回忆母亲的《南归》，"不敢轻易翻看，一看就会使我惊心，使我呜咽"，为什么？因为那文中的字字句句都是"从我血淋淋的心中流出来的充满了血泪的文字"③。

柯灵以叙事记人和随感说理的散文居多，其中不少篇章也写得情理并茂。写大学者钱锺书的两篇，偏重于评述，而又能情动于中，不少段落的文字浸透了作家发自内心深处的对钱锺书人品文品的由衷赞美，其评价之睿智灼见在文坛已博好评，其评说之深情和行文之情理并茂也每每使人动心动颜。请读文末一段：

---

① 杨绛：《读〈柯灵选集〉》，《杨绛散文》，第252页。
② 罗丹：《罗丹艺术论》，人民美术出版社1978年版，第3页。
③ 冰心：《话说散文》，《冰心全集》第八卷，海峡文艺出版社1994年版，第366页。

> 宁静，透明，热闹场中无份。不爱交游，但对人温厚，在是非爱憎之外，从不恃才傲物，拣佛烧香。国外重金礼聘讲学，一一逊谢。他唯一热衷的是工作，把所有的时间和精力都献给了它。像一条静穆的大河，不管夹岸的青山，平远的田畴，嵯峨的廊，冷落的村庄，也不管丽日和风，雷电雨雪，只是不舍昼夜，汤汤地向前流去，默默地向人世供奉舟楫灌溉之便，鱼虾荇藻之利。①

可谓知人之论，也是情理并茂、令人一唱三叹的美文。

如果说写钱锺书等作家、学者的几篇重在评价作品又兼以记人，柯灵散文中则还有一些重在描叙人物又兼以述评的佳作。这类散文虽含说理成分，却更见感情。老作家与已故的驰誉文坛的翻译家傅雷"交游三十余年"，情深意笃。一篇《怀傅雷》，千古传真情。读后抚卷，令人唏嘘激荡，感慨沉思。老作家在对傅雷为人、治学、交友等叙评的同时，行文紧扣其命运和性格展开，选择最动心、动情的个性特征和细节，寥寥几笔，令人动容拍案。"文革"伊始，1966年9月3日，柯灵被无端投进监狱。即在当天的"半夜里，我感到一阵凛冽，一时冷醒了"，一夜心绪不宁，辗转难眠，且为狷介耿直的挚友傅雷忧心。——事后始知，"傅雷夫妇双双含冤辞世，正是这个时刻"。巧合？抑或是至今科学还难以详尽的"心灵感应"？不管如何分析，这看似带有某种神秘色彩的极端真实的记述，是多么动情！多么令人热血激荡啊！柯灵是重情的，他熟悉傅雷，又善写人，能敏锐地抓住个性特征，三言两语，人物即跃然纸上。傅雷被错划为"右

---

① 柯灵：《钱锺书创作浅尝》，《读书》1983年第1期。

派"、"杜门谢客","人民文学出版社愿意继续印行他翻译的书,但建议他另用一个笔名。他的回答是'不'。——要嘛还是署名傅雷,要嘛不印他的译本"。1959 年,傅雷的"右派"帽子被摘,"事前有关部门把这个喜讯告诉他,并希望他有个认识错误的表态。他的回答还是'不'"。两个"不",千钧重!一个细节,无数内涵!闭卷而思,怎不令人缘情起敬!柯灵笔下的傅雷,狷介、执拗、耿直、高洁的个性,堂堂正正、煌煌铮铮一学者的形象,已永垂史册了。

由情真而达情深的境界,是"情"的深化还是"理"的揭示?多数主张是后者,其实这是不确的,有偏颇的。文学作品中,"情""理"固然相辅相成,互为渗透,但毕竟各有自己伦理的和哲理的质的内涵。由情真而达情深,主要指作品某种情感在人类活动中的普遍性、典型性和艺术表现与情感内涵融合的完美程度。新文学中有不少臻于此境的美文。如鲁迅的《过客》、冰心的《南归》、朱自清的《背影》、何其芳的《雨前》、巴金的《怀念萧珊》、杨绛的《干校六记》、张承志的《背影》、贾平凹的《寻月》以及章含之的《谁说草木不通情》等。老作家柯灵在他进入古稀之年后,也为现当代文学贡献了深情的美文《乡土情结》《回看血泪相和流》等。在中国现当代散文作家中,柯灵通常不属激情外露、感情奔泻一类,老作家在日常生活和行文中较能自控,但 1991 年 5 月写成的《回看血泪相和流》,却达到了真情和深情并茂的优美境界,是新时期散文中难得的杰作之一。写一家一户、亲人挚友在"人类文明的奇耻大辱"的"文革十年"中的遭遇和命运的散文,十余年来,数量可观,也不乏佳作,但有一些虽有激情,也颇激烈,却或是大量琐事的记载,或是常杂以尖锐言词的生硬的议论。柯灵的这一篇,写的也是自己和老伴在"文革"中的遭遇、被批斗、审查、关监、"无罪释放"、"下放劳动"以及老伴送衣送食、两次寻短见、医院抢救、身体精神俱损、老伴对面不相识,"半响才认出是国容"等,却写得真切、动人,催人泪下和启人深思、感悟。写的是一家一户两个人的命运,读者分明能感受到"十年文革"那特定时代无人性的专制氛围,那成千上万被"横扫"的正直、善良、有作为的知识人才走投无路的悲苦心境。作家的情是深的,将现实和历史沟通,老伴两次寻短见,还被批判为"自绝于人民","中国封建统治阶级有施行酷刑的野蛮传统,而且擅长锻炼罗织,但也想不出象'自绝于人民'这样刁钻促狭、不负责任的罪名!"字字作金石声!老作家被"无罪释放",一圈人围观,"我身旁的一位妇女,憔悴瘦损,风也吹得倒。我怔怔地望着她发呆",数十年的老伴,竟视若路人,作家通过一个特定的场合一个大特写镜头,将情的描写和抒发推到了"一点即燃"的地步,句句惊心动魄。至于文中老伴的一支香烟,孩童袭击的一粒小铅球,对着"宝像","满满跪了一地"的被审查对象,"脸色铁板"的"军宣队的连长"的一声喝问……细节有典型性,情感有寄托,艺术的表现和深情的抒发那样和谐统一,非大手笔难以达到如此动人和深邃的境界。

  表情达意,音乐靠旋律和节奏,绘画靠色彩和线条,舞蹈靠形体和动作,文学靠语言。凡文学艺术大家,都必有自己特有的表情达意的形式(或手段、手法),又必然总是与人生经历、文人品格、知识修养和时代脉搏等血肉相连,因而别林斯基的"艺术没有思想如同一个人没有灵魂"和柯灵的"没有健康的血肉之躯,灵魂何由附丽",这两者相辅相成,不可或缺。散文大家柯灵在这方面有别于现当代其他散文家的独特性在于:文学语言的清丽、古朴、灵动、典雅，及其与若干电影语言特性的溶化和统一。

"五四"新文学的划时代功绩之一，是突破了几千年文言文的桎梏，提倡用白话写诗作文，从此开了一代新文风。但历史的弊端亦显而易见，一些作家在"打倒孔家店"的飓风狂飙过程中产生的对数千年煌煌赫赫的古典文学的偏激情绪，不幸导致尔后一代又一代作家文学修养的贫而薄和不少作品文字表现力的淡而窄；加上白话作文伊始，从不习惯到习惯、从不擅长到娴熟也有个过程，因而从文学语言的角度看，在新文学散文作品中，文字流畅而厚重、表现力灵活而丰富、意蕴醇郁而深邃的佳作仍然不太多。有一些散文的语言，要么文白相杂，似嫌生硬生涩，要么过分口语化，又觉拖沓单薄，要么文句欧化，更为别扭。而在尽可能将今古语言、文白辞藻运用自如、得心应手方面，将口头语与书面语熔于一炉方面，20世纪二三十年代有梁实秋、鲁迅、朱自清等诸大家，柯灵在三四十年代写的大量杂文和一些抒情小品在这方面仅仅初露端倪，到八九十年代，他创作的散文已臻于此境，成绩斐然。难怪一些知名作家多次赞叹，"读柯老的文章"，常常"惊异我们所熟悉的汉字居然可以被这样全新组合"，"反复琢磨"后"觉得新颖……确认妥贴"，于是产生一种"难得的阅读快感"[①]。一些知名评论家也盛赞柯灵的散文"有几副笔墨"，"愈写愈好"，"很有文采"[②]。熔文、白和书面、口语于一炉，柯灵在近十年创作的散文中几乎达到了炉火纯青的境界。如写劫后余生的众多画家建立"华夏画苑"的活动：

---

① 赵长天：《仰望前辈》。
② 林非：《一个散文家所走过的道路》，《当代》1984年4月20日第2期。

> 至是群贤毕至，胜流如云，而笔的墨趣，经霜弥茂，劫后风光，别有一番葳蕤气象。画家不时联袂出游，登黄山，攀峨嵋，涉闽江，渡湘水，访汉唐遗迹，赏北国风光，呼吸万里，目空今古。研摩有得，形之卷轴……①

旧词新用，文言活用，动词连用，句式灵活多变，四字句为主，或三、五、六、八不等，流畅自然，如行云流水。有古代唐宋散文的迹象，又完全是现代崭新的散文，熔古今一炉，确为独创。有时看似寻常的字句，一经编排点染，其妙无穷。写当代中国三四十年风云变幻，假设"严分是非爱憎""刚正不阿"的鲁迅：

> 他老人家在天之灵，看够了这几十年间的是是非非、唯唯否否、亦是亦非、亦非亦是、忽唯忽否、忽否忽唯、颠来倒去、倒去颠来，不知有何感想？或许也不免喟叹前尘如梦，以自己的过分认真峻切为憾吧？②

换一种写法，不知要费多少字、多少篇幅，柯灵仅用数十字，写尽了波谲云诡、翻云覆雨、酸甜苦辣的当代四十年沧桑。

上述精妙的遣词造句，在柯灵 20 世纪八九十年代创作的散文中比比皆是。但语言毕竟是工具，柯灵驾驭它的目的仍然旨在状物抒怀以传情意，叙事绘人以传神韵。在这方面，柯灵有别于其他一些现当代散文家，又自成一格的特色在于：更自觉、更注重、更善于对生活和古典文学中丰富的语言矿藏进行选择、提炼

---

① 柯灵：《丹青引》。
② 柯灵：《梦中说梦》。

和加工，进行创造性的词语组合，构成抑扬顿挫、浓淡相宜、虚实相映、缓急相间的文句，达到形神兼备的艺术境界。他近几年的散文，无论是记叙人物、叙评作品，还是感时抒怀、状物抒情，都十分注重语辞达意，雕琢文笔。柯灵的才气和功力，恰恰惊人地表现在提倡雕琢而又无痕迹，刻意求工而又显天然。写自己数十年的编辑、创作的甘苦和艰险：

> 文字生涯，冷暖甜酸，休咎得失，际遇万千。象牙塔，十字街，青云路，地狱门，相隔一层纸。①

柯灵写甲午之战和日俄战争时日军对旅顺的两次大屠杀：

> 当年旅顺港炮火硝烟，遮天蔽日，波涛汹涌，血肉横飞，……可怜的旅顺同胞，生于末世，死于大劫，无妄无辜，无助无告，是为千古一恸！②

写傅雷的耿直和执拗：

> 他身材颀长，神情又很严肃，给人的印象仿佛是一只昂首天外的仙鹤，从不低头看一眼脚下的泥淖。③

其余如写游子离乡的千状百态，写民间草台班子一位杰出的无名

---

① 柯灵：《墨磨人》序言，《中国当代散文八大家》，北岳文艺出版社 1993 年版，第 437 页。
② 柯灵：《旅顺怀古》，《中国当代散文八大家》，第 455 页。
③ 柯灵：《怀傅雷》，《泪雨集》（乙编），生活·读书·新知三联书店 1979 年版，第 387 页。

氏武生台上和台下的动人神采等，读者均不难从中看到柯灵散文语言的"多副笔墨"，悟到柯灵通过多姿多彩的文笔传达的情致、意蕴和神气。多用四字句，定然搜索枯肠所得，却又那样如行云流水，了无痕迹；牵引古人诗句，纵使学养深，也难免要常下功夫查对典籍，却又连缀得天衣无缝；日常生活用语和严谨的对偶句并用，也必是用心于骈散，却又能熔于一炉、浑然一体；至于那叙述、排比、诘问、对话、比喻等句式和手法的运用，也绝非唾手可得，却又似信笔而往，挥洒自如。写诗作文做到有雕琢而无雕琢。有技巧而无技巧，"清水出芙蓉，天然去雕饰"，可谓文章之至境了，非"积年处修"、学养深厚、阅历丰富、品格高洁和具有某些禀赋者，难达此境也。

在现当代散文史上，文学语言造诣深厚的作家和作品为数还是可观的，各显其态，各成一格。柯灵在创作散文的同时，又从事电影创作和文学评论几十年，能自觉或不自觉地将文学语言与电影语言相融合，其散文就别具一番风采。柯灵散文语言的场景和画面感鲜明，人物的动作性特强，时有远景、近景、特写"电影镜头语言"，散文句子和段落的连接、转换、过渡等的"电影蒙太奇语言"，这些都丰富、增强了柯灵散文语言的表现力，形成了柯灵散文语言的又一特色。一篇仅两千多字的《绿色的"南美巴黎"》，将"世界性的大港口"布宜诺斯艾利斯的"画意""幽境"写得宛若眼前。写"大小街道和巷陌""各地的树木""四百个广场、公园"以及"丰富的青铜和白石雕塑"，其环境、形象、色彩、甚至神韵无不历历在目，那"白色大理石的美人鱼雕象"，堂·吉诃德、桑·潘沙的有趣造型和"昂首龇齿的母狼，正在为地上两个'万物之灵'的裸体婴孩哺乳"的青铜雕象的描写，都融合了"电影语言"的诸多特性，才显得形象鲜明、栩栩如生。写一代名导演沈西苓"潜藏的童心",没有大段的心理描写和冗长的叙述、介绍,仅抓住更具银幕感的人物的一、二个形态和动作,西苓的"童心"就生动毕现:"在无顺拘束的场合,他常常一高兴就蹦跳来,习惯地摹仿米老鼠的跳舞";"西苓不善于饮,这一天却喝得醺醺大醉,洗脸时醉眼朦胧地望着毛巾上的红花,他竟吃惊地叫起来:'怎么,金鱼游出来了?'"只用两个"场景"、两个"镜头",西苓的形象和神态活灵活现。柯灵在散文创作中"电影语言"的成功运用,是对散文创作——丰富散文语言的内涵及其表现力——的一大贡献。巴尔扎克就曾说过,文学艺术的"画面和情节",因读者的想象力而具有"被唤醒了的形象和深刻的美感",成功的作品"就是用最小的面积惊人地集中了最大量的思想"①。柯灵在散语言中以电影语言构成的场景和画面,其卓绝之处正在于丰富的思想内涵。在布宜诺斯艾利斯众多的雕像中,柯灵仅选择描写了"美人鱼雕像"、堂·吉诃德雕像和母狼哺婴雕像,读者不难从中悟到关于人生、人性、历史和社会"深长的意味"。这样成功的电影语言在柯灵的《路亭》《古宅》《旅顺怀古》《乡土情结》《戏外看戏》《梦中说梦》《画意绵绵》等散文中,都有出色的运用。它与其他特点一起,构成了柯灵散文语言有别于其他中国现当代散文大家的别一样的文采和神韵。

在回忆自己五六十年文学创作生涯时,柯灵满怀感情地坦诚自述:"以天地为心,造化为师,以真为骨,美为神,以宇宙万物为友,人间哀乐为怀,崇高闳远的未来为理想:艺术的历程和生活的历程同样瑰丽,而又同样漫长曲折和艰辛。"字字金石,

---

① 巴尔扎克:《论艺术家》,王秋荣编:《巴尔扎克论艺术家》,人民文学出版社 1986 年版,第 10 页。

句句心声。老作家的"斑斑点点浅浅深深的生命留痕"这"血泪的培壅"——散文,将会永远在中外散文史上闪耀光彩。

1994年1月夜,
于"凉城""苦乐斋"

原载《文学评论》1994年第1期

真为骨,美为神
——序柯灵《天意怜幽草》

耄耋高龄,柯灵先生老矣,步履龙钟,耳聩目瞀,但先生其文,却如老梅枝头,经霜历雪,青春勃发,红绿花蕾,越发辉耀。观之赏之,令人回肠荡气,心驰神往。

中国是散文大国。苍茫时空,大浪淘沙,精美可传世的美文,云蒸霞蔚,哺育了历代学人。历史长河流到20世纪,时代风云激荡,西学东渐,东西文化碰撞、交融、变幻,又孕育出一片崭新的散文天地。当21世纪晨钟将要敲响时,回眸近百年新文学散文史,20世纪20年代和90年代的散文,可谓双峰并峙,其流水曲觞、奇山怪石、茂林修竹、落英缤纷,美不胜收。80年代初,戏剧、报告文学、诗曾有过轰动效应,终于渐趋沉寂,唯有小说长盛不衰。散文的全面崛起,并蔚为壮观,当在80年代末和90年代初,不几年,杰作如林,群星灿烂。中青年散文家最为活跃凌厉,最富创新胆识。而最令文坛震惊、思索的,是奇迹般出现的一些"银发人"的散文新作。"老骥伏枥,志在千里;烈士暮年,壮心不已。"[①] 他们笔下春秋,腕底波澜,多沧桑感慨、多古今学养、多人生感悟、多深愔微讽、多蕴藉风骨、多精炼传神,其中较为突出的,有巴金、冰心、夏衍、孙犁、杨

---

① 曹操:《步出夏门行》。

绛、刘白羽、萧乾、季羡林、吴冠中、张中行、金克木、黄裳、贾植芳等。——柯灵即跻身其列，更是佼佼者之一。

先生中青年时代办报刊、作影剧、写诗、小说，尤擅散文。其时写作，饥为稻粱，情寄理想，却三陷囹圄，饱经忧患，于风尘憔悴中，煮字烹文，或"驱遣愤怒"，或"抒发忧郁"，用语机智辛辣，词采清婉幽深。20世纪五六十年代，其散文热情敦厚，也间有应景浮泛之作；之后人、文一度遭殃，又罹难九年。先生半百后十多年命运多蹇，却为古稀之年文运的崛起作了"血泪的培壅"。文章和命运常常两相违悖，人穷而后文工，中外古今似乎皆然。"仲尼厄而作《春秋》，屈原放逐乃赋《离骚》"①，说来令人惊心，徒嘘神伤。柯灵近二十年的散文，与青壮年之作虽大体气血相通，命脉相似，但因数十年文墨生涯，出入经史，更兼劫后风光，冰雪精神，慧眼、文采独具。若以现当代散文发展史相衡，先生晚年数十万言散文新作，已别有一番葳蕤气象，已俨然呈当代散文大家风貌。

柯灵百劫归来，松柏倍劲。笔触古今，墨涉大千，有正言说论，也有梁间燕语，有剔钩史实，也有品藻人物，有激浊荡污，也有扬清育秀，有隽思深悟，也有人情泪雨，怀人、叙事、说理、言情、忆史，或述评、记游、书信、序跋、日记等，短不过数百字，长达万余言，不拘束于形式，不受制于文体，不随五花八门的思潮转向，不为世俗的名利权势所动，而是万念汇于一心，回归自我，"情动于中而形于言"②，我手写我心，"我手写我口"③。故先生能率意随心，舒卷自如，撷英萃华，挥洒天地。

---

① 司马迁：《报任安书》。
② 《毛诗序》。
③ 黄遵宪：《杂感》。

"天之涯、地之角，泰山鸿毛，灵魂深处，神经末梢，无所不在。"本集所选，均为先生古稀年后散文新作，自然不是篇篇珠玑，有些也瑕瑜互见，但有相当篇章，堪称绝唱，集才学、胆识、情理、德操于一炉，更兼个性独钟，文格别具，已渐臻"灵动皎洁、清光照人"的艺术境界。

古今作文，推崇真实，多指真情实感、真意真话，以求生活真实与艺术真实的统一，意在与虚假、矫饰、欺诳相对。柯灵写作与真情一脉相承，却又能自铸新意，追求"以真为骨"。将"真"与"骨"相联，既表明"真"在作品中的骨干作用，又强调一"骨"字，含文骨、风骨、骨气、骨劲之意。古代文论大家刘勰就十分重视文中之"骨"，指出："辞之待骨，如体之树骸"，"结言端直，则文骨成"①。所以如只孤立地讲"真"字，并未真正搭到柯灵散文的真脉，讲"真"更重"骨"，才是先生散文的精髓。柯灵写《马思聪的劫难》，写突如其来的"一场暴风、一场暴雨"带来的狂欢和启示，真实而笔力凌厉，有崚嶒风骨；1984年写《遥寄张爱玲》，其时张氏已埋没尘封几十年，休咎得失，仿佛已有定评。先生却坦陈己见，力排众议，其立论之胆识、创见，真有"笔落惊风雨"的骨力；对在文学史上影响巨大的鲁迅等周氏三兄弟的抑扬褒贬，多年来对鲁迅等虽已有共识，而柯灵却独立苍茫，三言五语，切中肯綮，看似多有背时逆众之论，却能力透纸背，启人智慧；早在1982年，柯灵即撰文扼要评论了一直被排除在现代文学史之外的、旷代大学者钱锺书的人格、情操、学识及其长篇小说《围城》等，痛斥"左"阀横行，批评了一些评论家的狭隘性和奴性。柯灵以文真而求文

---

① 刘勰：《文心雕龙·风骨》。

骨，其惊世和传世的价值已超越了单篇文章或某个具体论点，其文骨精神已具有普遍性，已启示人们悟到文坛众多类似现象的内在原委及其时代的弊端，真可谓"骨劲而气猛也"①。

与"真"相似，散文理应美。有各种各样的美，以文辞描写美、以意境显示美、以情性丰富美、以人格树立美，甚至以丑衬托美、以丑启悟美、以丑揭示美等。柯灵散文也描写和推崇美，却又将以"美为神"作为自己艺术美追求的终极归宿。"美"和"神"相联、相通，又是柯灵散文的新意。其要旨是，既强调"美"融化于全篇的重要，又含有美的最高境界为神韵、神采、神态、神思、传神、精神等。散文中真正精深的美，不单是朴素自然语言的韵味，不单是优美景物的描写，不单是优美辞藻的丰富，不单是人物美好品行的铺陈，不单是美好思想或情绪的渲染，不单是生动形象的思辨的论理。艺术美，贵在形神一致、神采灵动，精神深邃，才可臻入化境。写布宜诺斯艾利斯，老作家以动人的笔触再现了三座雕像：据安徒生《海的女儿》雕成的"美人鱼"、西班牙作家塞万提斯笔下的"堂·吉诃德"和"桑丘·潘沙"，以及据罗马神话故事雕塑的"昂首龇齿的母狼为两个裸体的婴儿哺乳"。柯灵笔下，画面很美，而美中又蕴含着"神"——三座各自独立又形成一体的艺术包孕的丰富而深邃的哲理，及其对人性的巨大冲击力——柯灵敏锐地捕捉到了，静止的美的雕塑就分外灵动而传神了。柯灵十分擅长以美孕"神"、写美传"神"。写人物，乡村艺人无名氏台上绝技的美和台下身披黑短棉袄的庄稼汉形象的对照，神态跃然眼前；《怀傅雷》，柯灵抓住翻译家回答的两个"不"字，以及"仿佛是一只昂首

---

① 刘勰:《文心雕龙·风骨》。

天外的仙鹤,从不低头看一下脚下的泥淖"的形象美,傅雷的精神境界全出。柯灵在以典雅清隽、自然流畅、丰富灵动、浑然天成的语言美来传神方面,在当今文坛散文家中,大有独领风骚之势。如古旧词新用、生冷词活用、常见词妙用、叠词连用、同义词套用、词组灵活巧妙的组合、参差的句式结构、四六句、对偶句,以及词句的音韵、语调、抑扬、色彩、节奏,甚至旋律等,使文章的传神达到一种出神入化的艺术境界。《梦中说梦》,以梦贯穿全文,写现代文坛霜雪冷暖,笔锋顺势一转,云若鲁迅"看够了这几十年间的是是非非、唯唯否否、亦是亦非、亦非亦是、忽唯忽否、忽否忽唯、颠来倒去、倒去颠来,不知有何感想?"其组合之新奇和乐感,含意之深广和传神,凡稍有现当代社会史、文艺史常识者均可心领神会,均要为之拍案叫绝!柯灵文墨生涯与人生冷暖是融为一体的,每写及此,多系字字珠玑,句句血泪,苍凉出新词,感慨启哲思:"文学生涯,冷暖甜酸,休咎得失,际遇万千。象牙塔,十字街,青云路,地狱门,相隔一层纸。"不仅语句优美,而且内容丰富,又以"相隔一层纸"戛然结束,惊心动魄,写尽了现当代万千文化人的命运和心声!点墨成金,一句传精神,已臻炉火纯青,令人叹为观止!

柯灵先生散文,老而弥壮,包孕万汇,闳远精微。承《人民日报》出版社之约,嘱编一册;又承柯灵先生青睐,嘱为之序。后学疏浅,深论乏力,只此付梓,以求教于读者和文坛贤达。

1996年2月1日夜,时初春将临,地心渐温,
于"凉城""苦乐斋"

原载《大公报》(香港)1996年3月29日

浸透诗人真情的心灵之歌*
——艾青的成名作《大堰河——我的保姆》论析

1933年1月4日的上海,一个寒冬的清晨,大雪纷纷扬扬。在一所监狱的铁窗下,伫立着一个年轻人,他望着灰冷的天空,激情汹涌,默默地背诵自己刚刚写好的一首诗:

> 大堰河,是我的保姆。
> 她的名字就是生她的村庄的名字,
> 她是童养媳,
> 大堰河,是我的保姆
>
> 我是地主的儿子;
> 也是吃了大堰河的奶而长大了的
> 大堰河的儿子
> 大堰河以养育我而养育她的家,
> 而我,是吃了你的奶而被养育了的,
> 大堰河呵,我的保姆。
> ……

---

* 这是应上海人民广播电台的约请而撰写的。

诗句朴素而流畅，浸透着诗人的真情实感。20世纪30年代初期，这首发自诗人心灵深处的诗歌，随同她的作者"艾青"这一响亮的名字，飞出牢门铁窗，在人民心头回响。

艾青，原名蒋海澄，浙江金华人，1932年7月，在丁玲主编的左联刊物《北斗》上发表了第一首诗《会合》。1933年，他第一次用"艾青"这个笔名发表了《大堰河——我的保姆》。这首诗是艾青以自己独特的创作个性登上诗坛的标志，也是中国现代诗坛的珍品。她在艾青半个世纪的创作道路上像珍珠一样闪闪发光。

为什么艾青20世纪30年代初期写的诗歌，至今仍然放射异彩，仍然扣动人们的心弦，激起人们的共鸣呢？

其中的奥秘在于，诗人在这首诗里激越而深沉、明朗而含蓄地抒发了自己内心深处对哺育他成长的劳动人民的真挚感情。

全诗分七段。开首我们引用的是第一段，由两个自然段组成。第一自然段是叙述、交待大堰河名字的来历，以及她和诗人的关系。这一内容很难写什么诗意，但作者却运用了反复迭用的句式，四句中首尾连用两句"大堰河，是我的保姆"，这就增强了感情色彩，一下子就叩响了读者的心弦，抓住了读者的感情。接着诗人进一步叙述了"我"和"大堰河"的关系。两节前后联系起来看，我们发现诗人善于撷取生活中看起来对立的形象抒发感情。大堰河"是童养媳"，"我是地主的儿子"，而大堰河却是"我的保姆"，是大堰河的"奶""养育了"我。这是多么鲜明的对照！诗人在本来似乎对立的形象中找到了共同的东西，这就是母子之情！诗人写到这儿激动了，这一节结尾时又情不自禁地喊一声"大堰河呵，我的保姆"。句子加一感叹词"呵"，读起来不仅更富有节奏感，而且将诗人内心的感情更强烈地倾吐出来。

> 大堰河，今天我看到雪使我想起了你：
> 你的被雪压着的草盖的坟墓，
> 你的关闭了的故居檐头的枯死的瓦菲，
> 你的被典押了的一丈平方的园地，
> 你的门前的长了青苔的石椅，
> 大堰河，今天我看到雪使我想起了你。

从第二段起，诗人具体而细腻地抒发了对大堰河的思念和感激之情。但是，为什么看到"雪"才想起了大堰河，为什么要从"雪"开始起兴呢？是不是仅仅因为雪是最能触发诗兴，最适宜于即景生情、以景抒情呢？固然如此，但联系整首诗歌来看，更主要的还在于诗人由"雪"起兴，有着丰富而深刻的寓意和象征性。雪是冰冷的，狱中的艾青由此象征他的保姆凄苦而悲哀的一生；雪又是洁白的，诗人以此象征大堰河高尚的品质和纯洁的灵魂。这样就把自然景物和诗人内心的感情有机交融起来，雪景有了感情和生命，而人的心境也借雪的形象表现得更加鲜明、动人。在由"雪"起兴以后，诗人一连四句写大堰河那"草盖的坟墓""枯死的瓦菲""一丈平方的园地""长了青苔的石椅"，写这些具体的富有典型性的事物，更形象地写了雪的"冰冷"和大堰河的"凄苦"。接下来，诗人又以倒装和排比的句式，描写大堰河对"我"的母爱。那些平凡的生活细节一经诗人点染，不仅饱含了浓烈的感情色彩，而且大堰河的形象也栩栩如在眼前。请看，搭灶火、拍炭灰、补衣服、包手指、掐虱子、拾鸡蛋等，这就是大堰河的日常生活，在写了这一切之后，诗人深情地抒写了对大堰河的感激之情："你用你厚大的手掌把我抱在怀里，抚摸我。"诗人把大堰河的凄苦和心灵的美质糅和在一起，拨动了人们心头母子之情的琴弦，读者和诗人在感情上产生了共鸣。

  第三段写"我吃光了大堰河的奶之后"，回到亲生父亲身边时的"我"的感情。"我"摸着"雕花的家具"，坐着"油漆过的炕凳"，吃着"辗了三番的白米的饭"，"我"感到"忸怩不安"。为什么回到亲生父母身边，吃的是山珍海味，穿的是绫罗绸缎，"我"反而"不安"，有做了"新客"之感？原因在于，诗人在感情上已经对地主家庭的奢华生活产生了厌恶，这就体现了因大堰河的养育而在他孩童时的心灵里，萌芽了朴素的劳动人民的感情。

> 大堰河，为了生活，
> 在她流尽了她的乳液之后，
> 她就开始用抱过我的两臂劳动了，
> 她含着笑，洗着我们的衣服，
> 她含着笑，提着菜篮到村边的结冰的池塘去，
> 她含着笑，切着冰屑悉索的萝卜，
> 她含着笑，用手掏着猪吃的麦糟，
> 她含着笑，扇着炖肉的炉子的火，
> 她含着笑，背了团箕到广场上去晒好那些大豆和小麦，
> 大堰河，为了生活，
> 在她流尽了她的乳液之后，
> 她就用抱过我的两臂，劳动了
> ……

在第四段中，诗人用饱蘸感情的笔触进一步描绘了大堰河的悲苦的命运，展现了大堰河内心朴素的、动人的理想。诗人又一连用了六个"她含着笑"的排比句，在感情上造成了一种积蓄和递进的效果。而当我们仔细吟咏这些诗句时，又会引起深思：大堰河"含着笑"做什么呢？是在冰天雪地里洗菜、切萝卜，是干着掏猪糟、背大豆的重活和脏活。——进行如此艰苦繁重的劳动时，诗人为什么还写大堰河"含着笑"呢？"以乐写苦苦更苦，以喜写愁愁更愁"，艾青是深得此中奥妙的。运用艺术的辩证法，以喜写悲，可以更感人地展现大堰河的悲苦的命运。这一节的首尾，诗人又重复了几行诗句，在感情上起着回肠荡气的作用，而且又用了"流尽"一词，更强烈地表现了大堰河为了生活，被榨干乳液之后，仍然要为地主卖命的痛苦内心。

艾青不少诗歌有一种激动人心的力量，原因在于他不仅能充分表现下层人民的凄苦生活，而且能热烈地展现他们心中的理想和对光明的追求。这首诗虽然是他早期的作品，也体现了艾青诗歌这一总的特色。在描绘了大堰河"流尽"了乳汁仍然要在冰天雪地里为地主豪绅干活的痛苦之后，诗人动人地写下了如下的诗句：

> "大堰河"曾做了一个不能对人说的梦：
> 在梦里，她吃着她的乳儿的婚酒，
> 坐在辉煌的结彩的堂上，
> 而她的娇美的媳妇亲切地叫她"婆婆"……

这个梦是那样的平常，表现了每一个善良劳动妇女最朴实的愿望；这个梦又是那样的神秘，因为这是个"不能对人说的梦"。

大堰河虽然深爱她的乳儿，但她又清醒地知道，她和乳儿的亲生父母之间隔着一堵高墙，"辉煌的结彩"的婚事只是她的"梦"境。通过这个梦境的描绘，表现了大堰河因盼望幸福生活而闪现的心灵的火花，给这首深情沉郁的诗作增添了若干亮色。

但是，"大堰河，在她的梦没有做醒的时候已死了。她死时，乳儿不在她的旁侧"。诗人写到第五段时，笔锋一转，又使读者置身于悲苦而愤懑的艺术氛围中了：

　　大堰河，含泪的去了！
　　同着四十几年的人世生活的凌侮，
　　同着数不尽的奴隶的凄苦，
　　同着四块钱的棺材和几束稻草，
　　同着几尺长方的埋棺材的土地，
　　同着一手把的纸钱的灰，
　　大堰河，她含泪的去了。

读来字字是血，句句是泪。朴实、勤劳、慈爱、善良的大堰河，为地主豪绅做了一辈子牛马的大堰河，死得是如此的凄苦和悲凉！诗句很朴素，但诗人撷取的形象——棺材、稻草、纸灰——却都是触目惊心的。艾青很善于运用朴实无华的词句和精心选择的日常生活中的形象来抒发感情。这一节渗透诗人感情的诗，岂止是催人泪下，不是也能点燃起读者心头愤怒的火焰吗？诗人为了强烈地抒发感情，使诗句能震动读者的心弦，一口气用了五个"同着"，仿佛是大堰河在向黑暗的社会发出的一连串的控诉，也仿佛是诗人在为大堰河一声声地鸣着不平，诉说着人世的不公道！

第六段写大堰河死后她的丈夫的几个儿子的悲惨命运，有的死于炮火中，有的被迫做了土匪，有的挨地主皮鞭，有的到处漂泊，——这是一幅大堰河一家的悲惨图画，我们透过这一家一户的图画，不是可以看到社会上千家万户的更广阔的生活图画么？

>　　大堰河，今天，你的乳儿是在狱里，
>　　写着一首呈给你的赞美诗，
>　　呈给你黄土下紫色的灵魂，
>　　呈给你拥抱过我的直伸着的手，
>　　呈给你吻过我的唇，
>　　呈给你泥黑的温柔的脸颜，
>　　呈给你养育了我的乳房，
>　　呈给你的儿子们，我的兄弟们，
>　　呈给大地上一切的，
>　　我的大堰河般的保姆和她们的儿子，
>　　呈给爱我如爱她的儿子般的大堰河。
>
>　　大堰河，
>　　我是吃了你的奶而长大了的
>　　你的儿子，
>　　我敬你
>　　爱你！

全诗就这样结束了。我们仿佛看到，四十多年前，在上海一座监狱的铁窗下，艾青激动地将吐自肺腑的火热的诗句，"呈给"他的保姆大堰河。为什么要"呈给"她的"乳房""手"和

"唇"？又为什么要"呈给"她的"灵魂"呢？诗人这样写，是不是有什么含意呢？是的。艾青的诗句是朴素、自然的，而它表现的诗意却常常是深厚而隽永的。"呈给"大堰河的"乳房""手"和"唇"，使人想到大堰河慈爱的亲吻，抚抱和养育她的乳儿的情景，这要比单纯写一句"呈给大堰河"要形象、感人得多。"呈给"她的"灵魂"一句，旨在表现大堰河不仅给"乳儿"以"乳汁"，而且给"乳儿"以灵魂和感情，因而在"乳儿"的灵魂和感情里——在诗人艾青的灵魂和感情里，打下了大堰河的灵魂和感情的烙印。

这是一首"呈给"保姆"大堰河"的"赞美诗"，但诗人写的是"大堰河"，又不仅仅是"大堰河"，这正是这首诗作深刻的一笔，闪光的一笔，诗人要将他的诗"呈给大地上一切的，我的大堰河般的保姆和她们的儿子，呈给爱我如爱她的儿子般的大堰河"。诗人将"大堰河"和千百万劳动人民融为一体了，他感激、热爱、赞美"大堰河"，也就是感激、热爱、赞美千百万劳苦大众！这就是 20 世纪 30 年代初，当中国新诗还处在发展的初期阶段，当作者刚刚涉足诗坛的时候，年仅二十三岁的艾青发出的一声震动诗坛的绝唱！这是献给他的保姆大堰河，献给中国千百万劳苦大众和祖国大地的一首真挚的颂歌！

这首诗在艺术上有许多特点，但其中有四点是值得我们注意的：一是通过描写大堰河"这一个"来描写千百万妇女，从而抒发了诗人真挚的感情；二是经常运用排比句和反复句以增强抒情的浓度和强度；三是善于选择日常生活中具体的形象来加强诗歌的形象色彩；四是诗歌的语言朴素、散文化，节奏自然、流畅，而诗意却格外深长。

《大堰河——我的保姆》是一首抒发诗人真情实感的诗歌，

因而它动人,令人难忘。数十年以后,当诗人艾青饱经沧桑,鬓发花白的时候,仍然主张:"诗人只能以他的由衷之言去摇撼人们的心。"这是诗人回顾自己数十年诗歌创作道路得出的"由衷之言"。这也是我们今天重读《大堰河——我的保姆》所应当得到的一点重要的启示。

1984年6月9日夜半完篇
于复旦一舍"松竹斋"

选自《石缝草论稿》,吉林文史出版社2004年版

论长篇小说的审美个性
——以《许茂和他的女儿们》及《芙蓉镇》为中心

尽管我国明清时代出现了天才的巨著《红楼梦》《儒林外史》《三国演义》《水浒传》等长篇小说，小说这类文学样式，仍然被数千年传统的所谓"正宗"的主流文化贬为"诲淫诲盗"之作和投"引车卖浆者"之好。直至国难频仍，西潮涌动的近现代之交，梁启超振臂高呼"文界革命""诗界革命""小说界革命"——导火索一经点燃，举国瞩目，文坛震惊；随之新文化运动又如春潮滚滚，催生了初具现代意义的新长篇小说。其时新文化旧文化交战、交融，翻译小说和新创作的长篇"新小说"只能在艰难曲折中缓慢发展。直至20世纪二三十年代，多部思想和艺术都相当优秀的长篇小说的问世，如叶圣陶的《倪焕之》（1929年）、巴金的《家》（1931年）、茅盾的《子夜》（1931年）、李劼人的《死水微澜》（1935年）和《大波》（1937年）、老舍的《骆驼祥子》（1936年）、沈从文的《边城》（1933年）和《长河》（1935年）等，才为真正体现现代意义的"新小说"奠定了基础。这一时期长篇小说的研究，多数为作品的介绍和评析，理论上的评论很少，综合的对长篇小说这一文体的研究更少。但长篇小说的创作和理论研究，在40—60年代都有了提高，尤其是历史发展到新时期，80年代初的长篇新作已开始复兴，以每年几十部乃至一二百部的数量问世，虽有浅白、平庸和粗糙之作，但也有一些可圈可点之作，也有多部思想深刻、艺术精美之作，而值此前后的理论探索也时有真知灼见。

本文从近年出版的两部长篇开笔，通过对《许茂和他的女儿们》和《芙蓉镇》艺术个性的剖析，来探讨长篇小说的审美个性。

《许茂和他的女儿们》和《芙蓉镇》，在以新的观点、新的感情、新的色调反映我国当代农村复杂、尖锐的斗争生活方面，取得了突出的成绩，1982年荣获首届"茅盾文学奖"。

1949年后，以当代农村生活为题材的长篇小说，五六十年代曾出现过《三里湾》《创业史》《山乡巨变》等一些好作品，它们描写的是农业合作化过程中，我国农村政治和经济斗争的错综复杂的图画，以及农村各阶层在革命变革中不同的思想、感情、心理和性格。《许茂和他的女儿们》和《芙蓉镇》，则是展现我国农村70年代风云激荡的历史画幅，描绘农村各阶层人民在合作化之后真实的生活命运。它们和《三里湾》等一起，构成了反映我国当代农村生活发展变化的艺术长卷，而在反映生活的深度和更加真实、更为动情地刻画不同类型的人物形象等方面，又作出了一些新的贡献。

《许茂和他的女儿们》（以下简称《许茂》）的作者周克芹，1963年发表第一部短篇小说《井台上》之后，陆续创作了二十余部小说，大都以普通农民在艰苦生活中如何寻求美好生活道路为内容。1979年长篇小说《许茂》的发表，标志着作家创作道路上新的高度和新的起点。这部作品写的是1975年冬季二十几天之内发生在川西盆地葫芦坝上的故事。小说通过对许茂和他几个女儿、女婿之间的家庭、婚姻、爱情等悲欢离合的故事，揭露了林彪、"四人帮"的极"左"路线给我国农村带来的灾难，给人们思想上、精神上、生活上造成的痛苦，表现了农村人民群众对光明未来的执着的信念。作者在表现这一主题时，不是从概念出发，而是对20世纪70年代我国农村的真实生活作出的艺术概括，透过一个家庭、一个村子和一段短暂的社会生活，勾画农村的人际关系和广阔丰富、错综复杂的社会面貌。

长篇小说的成就离不开人物形象的塑造。《许茂》在这方面的贡献，主要是塑造了"文革"这一特定历史时期的农民形象，如许茂老汉、许秀云、许秋云、金东水等。四姑娘许秀云善良、美丽、质朴、勤劳，曾和姐妹们一起靠自己的辛勤劳动创造着日益美好幸福的生活，但迎面扑来的一阵又一阵的生活风浪却使她愁闷、痛苦、绝望，甚至想到死，她"在欢乐中度过了少女时代，在辛酸里耗尽了妙龄青春"，但不久金色的阳光又洒到葫芦坝，洒到她的身上，她内心又重新燃起了生活的火花。小说对人物命运的细腻而曲折的描绘，紧紧吸引了读者。

作家的成功之处，还在于写出人物命运起伏多变的必然性，写出特定时代、社会环境和政治斗争与人物命运的紧密关系。许秀云少女时代的欢乐是"靠了合作社的优越性"；之后命运的坎坷，则与"文革"相关；最后，四姑娘又获得新生，又是和新时期一系列正确政策有关。正因为《许茂》的作者善于把人物置于社会斗争的环境中加以描写，这样就使得作品的人物如四姑娘、许茂老汉、金东水等概括了更丰富的社会内容，典型意义也加强了。

《许茂》的作者很注重人物个性的刻画。许茂共有九个女儿，作品正面描写的四个姑娘有四种个性，三姑娘秋云泼辣、大胆，富有同情心，四姑娘秀云内秀、坚强、沉默寡言，七姑娘许贞单纯、爱虚荣，九姑娘许琴热情、进取心强。正面描写的女婿有三个，大女婿金东水沉着、刻苦、坚强，三女婿罗祖华勤劳、憨厚，有点懦弱；四女婿郑百如狡猾、虚伪、狠毒；其他如工作组颜组长老练、克己，小齐的轻信、僵化……这些，是那样的清晰、生动。作家塑造人物形象的方法是多样的，第一，很善于抓住人物性格中的主要特征加以描绘，比如写三姑娘的个性，主要突出一个"辣"劲。在工作组小齐召开的社员大会上，面对惯于撒泼、造谣生事的郑百香，三姑娘反被动为主动，句句有"辣"味。当郑百香说"你亲妹子偷人，你明白不明白"时，三姑娘立刻还击：

"那还不是向你们学的嘛！"

"……"

"咋个？不是你这骚狐狸带坏了样么？你教会了徒弟，如今师傅却来嚼徒弟的牙巴！世上的男人就准一个人去偷？你偷得完么？我看你这老娼妇有多大的能耐！……呵！哑了么？说呀！"

火辣辣的话语更鲜明地写出了火辣辣的个性。第二，作者还善于通过多种对比的手法，将人物个性区别得更鲜明。比如罗祖华的憨厚与郑百如的奸伪，许秀云的内秀与许秋云的泼辣，齐明江的虚浮与吴昌全的踏实。第三，善于运用细节刻画个性。葫芦坝原党支部书记金东水遭到"文革"中极"左"路线的迫害，一个人带着两个孩子过着凄苦的生活。一次从市镇回家，坐在箩篼一头的小女孩忽然要采一枝河滩边的小花，饱经忧患的金东水放下担子，到近水的润湿的泥土中采了一枝蓝色的小小的花朵。这轻轻的一笔，透露出承受精神压力和生活折磨的金东水对下一代的爱,对生活的爱,正是这种爱,使他的个性更加坚韧、刚强。

作品刻画得最生动、最有个性的无疑是许茂老汉。许茂是在封建小农经济土壤上生活而又饱尝过旧社会政治、经济压迫的农民,他的基本特征是吃苦耐劳,倔强固执,有些私心,却又能明辨是非。作者对老汉在合作化时期的积极性只一笔交代,着重写"文革"时期极"左"路线在葫芦坝造成的黑白混淆、人妖颠倒的怪现象对他命运和思想性格的影响,从而在命运和性格的发展变化中着力刻画老汉的个性特征。有不少长篇习惯于介绍、交代人物的个性,因而人物的个性流于"概念"。《许茂》更注重在人物的行动中,在错综多变的社会和人性的冲突中,写出许茂老汉的个性。小说中许茂的思想性格大致经历了三个阶段,由爱社如家,热情开朗到自私利己,冷漠孤僻,最后认清了生活方向,性情变得和蔼、慈祥。作品通过低价买油、又被一个"造反派"敲竹杠的情节,写许茂的自私和社会环境对他思想性格变化的影响,通过病床前分钱包的感人场面,写许茂慈爱的亲子之情,通过默许四姑娘与重新上任的党支书金东水成亲和最后让大姑娘的两个孩子"到外公家去住"的描绘,写许茂终于看清了"假、恶、丑"的真面目,对新生活充满了希望和信心。作品不是通过介绍和对话写许茂,而是着重通过他的行为和心理活动,写他思想性格的发展变化。这一个吃过旧社会苦、尝到新社会的甜,而又几经曲折,最后又坚定地抉择了社会主义道路的老农,他的思想性格在中国农村有相当的典型性。

沙汀曾对《许茂》的基本内容作过简括的评价:"这部小说,可以说是为中国农民写的一首颂歌。"这个评语是恰如其分的。当然,《许茂》也存在一些不足。对郑百如在葫芦坝的为非作歹,过多地归结于他个人的品质,似嫌浅近,作品后半部分笔墨似觉松散，对一些主要人物个性缺乏进一步有力的描写。

这时期以农村生活为题材的另一部有个性特征的长篇力作《芙蓉镇》，以它主题的深刻性、人物形象的典型性、浓郁的湖南乡土气息和独特的语言风格，赢得了文艺界和群众的赞赏。

《芙蓉镇》作者古华原名罗鸿玉，1962年发表第一部短篇小说《杏妹》以后，主要是摸索创作规律。"文革"期间，受到极"左"思潮的影响，走了一段弯路；"四人帮"倒台后，社会开始变化，思想也随之"解冻"，古华的文学创作较前取得了突破性的成绩，以短篇《爬满青藤的木屋》和长篇《芙蓉镇》为代表，最富个性特色。

《芙蓉镇》写的是地处湘、粤、桂三省交界的芙蓉镇上发生的错综复杂的故事。作品从1963年开始一直写到1979年结束，围绕摆米豆腐摊子的妇女胡玉音在历次政治运动中悲欢离合的命运展开情节。这是一部反思当代中国历史、对极"左"路线破坏下的农村生活、被扭曲了的人的灵魂进行深刻描绘的优秀长篇。作者古华在一幅幅含义深邃丰富多彩的风俗画的背景上，笔力饱满地刻画出多位个性鲜明的人物形象：深情而多难的卖米豆腐的善良妇女胡玉音，外表混世而内心痛楚的秦癫子，耿直忠厚而多义的"北方大兵"谷燕山，本质忠诚厚道却在生死关头只保自己的黎满庚，与阶级斗争扩大化的政治运动共沉浮的"吊脚楼主"王秋赦，阴鸷歹毒而又腐烂的"政治女将"李国香，在极"左"路线上步步高升的"几朝元老"杨民高，通过他们之间随着20世纪60年代初到70年代末的政治风云的变幻而展开的错综复杂、兔起鹘落的斗争，把一段难忘的历史时代的惊心动魄的世相生动地描绘出来。作家写的是一个偏僻小城镇的几家几户，表现的是大时代的千家万户；写的是普通人物之间的儿女情长和悲欢离合，概括的是时代的政治变幻和进退兴衰；而在全部作品中流动、奔腾着的，是对极"左"路线的愤激、对新时期现实生活热烈赞颂的感情。

作者在《芙蓉镇》里描绘的是一个"小社会"，也是在描绘一个生动的"个性世界"。在这个"个性世界"中，有受害者、抗争者、坚贞者、动摇者，也有迫害者、狡猾者、卑鄙者，一个个都栩栩如生。把人物写活，这是《芙蓉镇》的基本成就。"北方大兵"谷燕山是经过民主革命时的炮火硝烟考验过的"老革命"、老干部，是小镇上百姓们的"靠山"、长者和精神支柱。这样一个形象很容易写得干巴巴脸谱化，但作者却把他写活了。谷燕山为革命立过汗马功劳，但对新形势下自上而下的复杂的政治斗争并不清醒，他受到政治娼妇李国香的审讯和侮辱，愤不欲生，喝得烂醉如泥，他在被囚禁时想到彭老总的遭遇，悲愤满腔，但马上感到这种想法很危险，应该耐心地接受党的审查。他的这种精神状态，很生动地把这个老党员的党性和局限性描绘出来了。《芙蓉镇》很注重描写人物的情感。黎满庚刚复员回乡遇见胡玉音时那种纯洁的初恋的感情，胡玉音对被无辜迫害死的丈夫黎桂桂的略带封建色彩的朴素的感情，对同生死、共患难的秦书田热烈的感情，谷燕山对美丽动人，多灾多难的胡玉音纯洁无邪、真诚高尚的感情，李国香的轻佻、卑污的感情……都写得真切动人。《芙蓉镇》善于描写个性，写人的独特性。胡玉音性格的独特性是由她独特的人生经历、生活环境、文化教养等决定的，作者突出地写了她性格中善良可爱的一面，唯其如此，她的悲惨遭遇才更扣人心弦；作者对"运动根子"王秋赦，主要刻画了他卑鄙投机的性格，唯其如此，他忽而荣升忽而倒台的命运，才可以在人物个性的描写中找到它的内在依据。其他如李国香的奸诈狠毒、杨民高的老谋深算、黎桂桂的憨厚、"五爪辣"的泼辣等，虽然着墨多少不等，但作者都能把他们写得个性鲜明。

古华生长在湖南山区，长期在生活中锤打，他熟悉世态人情。反映在创作中，他不仅能抓住人物性格特征的主要方面，而且努力写出性格的丰富性、复杂性，从而使笔下的人物更具个性。在长篇小说的创作中，人物形象——尤其是主要人物形象的丰富性、复杂性和鲜明的个性不应是对立的，而应是相辅相成的。功力到位的作家总是既能通过一系列生活场景，在行动中写出人物性格的丰富性、复杂性的同时，突现人物的个性——在一系列生活场景、行动中，只有"这一个"能这样"生活"和"行动"，又能在突出个性的同时，使人物性格的丰富性更为饱满、独特——"这一个"性格丰富、复杂的人物不同于别一个性格丰富、复杂的人物。这主要取决于作家的生活、学养、功力和才华。《芙蓉镇》中黎满庚是芙蓉镇大队党支书，"思想单纯作风正"，复员军人，"服役五年立过四次三等功"，是县里培养接班人的好苗子；虽然上级领导杨民高代表组织告诉他，不能和他从小爱着的小业主出身的胡玉音结合，但他仍然对心上人发誓"今生今世，我都要护着你"，支持她卖米豆腐；他和五大三粗的"五爪辣"成了亲，虽然没有深挚的爱情，却也感激妻子勤俭持家的美德，为了秦癫子，他宁可挨"工作组"批判。显然，作家不仅是将他作为芙蓉镇领导人的形象来写，而且也作为活生生的人来写，作家没有将人物简单化、表面化——要么全好，要么全坏——而是从特定历史时代的生活出发，写出了黎满庚人性、感情、性格、心理的矛盾、痛苦和变态。他在关键时刻，将胡玉音寄存的血汗钱一千五百元被迫交给了极"左"路线的执行者李国香，是出于当年对党的纯朴的感情、妻子的压力和个人及家庭的安危——作家写出了黎满庚"这一个"的行动的必然性。李国香、王秋赦之流掌权后，他却没有出卖灵魂去钻营投靠，酒后竟吐了真言，诅咒"你踩我，我踩你"的世道，谷燕山对他的评语是"总算还通人性"。《芙蓉镇》中的很多人物形象，都有一定的概括性，不仅在农村可以听到他们的声音，见到他们的身影，而且在其他地方也常可以看到他们的音容笑貌。他们的命运、性格、心理等，都在一些类似的人物身上可以找到，却又个性鲜明、独具一格。像谷燕山那样的正直无私，像秦癫子那样的坎坷命运，像胡玉音那样的不幸遭遇，像李国香那样的"政治娼妇"，像黎桂桂那样的悲惨下场……在六七十年代畸形的政治生活中是有相当代表性的。因此，这些人物都是融丰富性、复杂性和独特性于一体的个性鲜明的人物形象，都具有一定的典型意义。

  作者通过这个错综复杂的"性格世界"，反映了20世纪六七十年代历史和现实生活的基本面貌，揭露了极"左"路线给国家和人民带来的灾难，对社会矛盾和历史本质作了比较深刻的揭示。作品虽然揭露和批判了杨民高、李国香、王秋赦等一手制造了芙蓉镇的惨案和冤狱，又未把错误的症结完全归罪于他们个人，而是指出了问题的关键在于特定历史时代的极"左"路线，这就把历史的本质真实反映出来了。这部长篇迥异于以往众多长篇之处还在于，作家善于从全书人物、情节、故事的复杂场景中，顺理成章地演绎出一个深刻的思想。作品展示的诸种矛盾得到了解决，除黎桂桂不能死而复生外，谷燕山和黎满庚又重新掌权了，秦书田和胡玉音的冤案得到了平反，王秋赦也下了台，芙蓉镇市面不仅繁荣了，而且增建了一些现代化工厂……但读罢全书，掩卷思之，仿佛矛盾又未彻底解决，比如因"一贯正确"而步步高升的地委副书记杨民高，以及靠卖力推行极"左"路线爬上县委副书记职务的李国香，他们是"学会了在政治湖泊里游泳的人"，在极"左"路线上跑惯了，而对新时期工作重点的转移，他们内心不满甚至反感，但日常工作还是"随机应变嘛"。这就深刻地挖掘了少数这类干部隐秘的灵魂，说明新时期还会有斗争。还引人深思的是，在这一契合全书基本内容的思路中，作者同样又在小说的结尾处，让"运动根子"王秋赦疯疯癫癫地游荡在芙蓉镇上，在开始热闹起来的街镇上，或在寂静的深夜，他会歇斯底里地叫一声："过几年……再来一次……"——小说旨在描写阶级斗争的阴魂不散。这样有深度而又与全书内容浑然一体的笔力，是《芙蓉镇》的独特个性，是在别的小说中罕见的。

此外，《芙蓉镇》的语言也是颇具特色的。古华熟读过许多名家的作品，又善于向山里人学习语言，并能注意把两者融会贯通起来。作品中那种文学性很强的乡土语言、富有诗意的抒情语言、犀利谐谑的杂文语言、性格化的话剧语言、色彩鲜明的绘画语言等，都写得自成一格，颇具功力。

《芙蓉镇》和一些优秀作品一样，在思想内容和艺术上也存在一些不足。从一部优秀长篇的要求来说，展示的生活画面也不够广阔，有些人物略嫌单薄，结尾前的若干"亮色"，艺术上很生硬，是黏贴上去的"光明的尾巴"。有些语言辛辣、谐谑有余，又似嫌太多太露，冲淡了艺术的魅力。

对以上两部长篇艺术个性的剖析，只是笔者初步的思考。自20世纪初"新小说"概念的提出至今，中国的长篇小说已取得了令国人和世界瞩目的成就。但长篇小说理论的探讨还相当滞后。研究的思路可以多种多样，但由个别到一般、由特殊到普遍、由微观到宏观，再反过来由宏观、普遍、一般来观照微观、特殊和个别，也许对今后长篇小说创作和理论研究会有所增益。

选自《石缝草论稿》，吉林文史出版社 2004 年版

命运、性格、灵魂的交响乐
——论叶辛几部长篇小说中青年形象的塑造

青年作家叶辛一登上文坛,就初步显露了他的现实主义的创作特色和才华。作品中那些散发着贵州山乡的清新的生活气息,那种结构布局巧妙而又浑成的才能,特别是那副擅长描绘知识青年思想感情、外貌内心、性格素质等的笔调,使叶辛在同时代青年作家中别具一格。他精心创造的青年艺术形象:柯碧舟、杜见春、邵玉蓉、陈家勤、程旭、慕容支、高艳茹、叶乔等,已在群众、特别是广大青年中引起了较大的反响。本文试就作家塑造青年形象的艺术匠心,作一些初步的探讨和研究。

一

叶辛笔下的青年形象,有股吸引人的力量,你在不知不觉中会为慕容支的痛苦而流泪,为程旭、柯碧舟的成功而欢笑,为高艳茹的遭遇而愤慨,为杜见春、邵玉蓉的不屈而礼赞;他们的幼稚和单纯令人同情,而他们的大胆和成熟又令人兴奋。这些青年并不是叱咤风云、点石成金的人物,他们仿佛就是我们身边的孩子、兄弟姐妹、同学朋友,然而,却是那样扣人心弦。为什么?掩卷思之,首先在于作家真实动人地描绘了青年的"人生"及其命运。

19世纪美国著名小说家亨利·詹姆斯说,小说的艺术和价值,"就是它确实在企图再现人生";他希望作家"别太多地去考虑乐观主义和悲观主义",而要"努力去抓住人生本来的色彩"①。叶辛几部长篇小说的价值和魅力,就在于没有过多地考虑"理念"的需要,而是能抓住一代知识青年"人生本来的色彩"加以描绘。

"文革"十年,如风云变幻,海涛汹涌,一代知识青年承受了时代的考验。作为这一时代洪流中的一员的叶辛,他被时代的浪潮从黄浦江畔卷到了贵州偏僻的山乡,他亲身经历并思考了这一段难忘的"人生",目睹了不同青年在"文革"政治风暴中的一幕幕,因而他笔下展现的一代青年的不同命运,就更为真实、动人。有的驾驭风浪,平步青云(如叶乔、刘庆强),有的灾难接踵,厄运多乖(如高艳茹、杜见春),有的随俗浮沉,落荒颓废(如肖永川、苏道诚),有的不屈不挠,向命运宣战(如柯碧舟、程旭、慕容支)……这些青年的曲折多变、动荡浮沉的命运,概括和反映了那一时代知识青年无比丰富、复杂的生活图景。读着这些作品,致使有过类似书中青年主人公经历、于今已到而立之年的人们,会情不自禁地拉开记忆的帷幕,心灵悸动,热血沸腾;其他人则有身临其境,身临其事之感,仿佛和作品中主人公一起受难、一起流泪、一起奋斗、一起前进。丁玲在谈到写《太阳照在桑乾河上》的人物时说:"只是由于我同他们一起生活过,共同战斗过,我爱这群人,爱这段生活,我要把他们真实地留在纸上,留给读我的书的人。"②时隔三十余年,叶辛的长篇小说《蹉跎岁月》等,继承了"五四"现实主义传统,也

---

① 转引自伍蠡甫主编:《西方文论选》下卷,上海译文出版社1979年版,第511、516页。
② 丁玲:《〈太阳照在桑乾河上〉重印前言》。

在作品中将同他"一起生活过"的青年的命运"真实地留在纸上"。

一般来说，青年的命运是富于变化的，在激烈动荡的时代尤其如此。作家在真实地再现青年"人生本来色彩"的艺术描绘的同时，还能在曲折回旋、风波迭起的情节中描绘青年命运的变化。这是叶辛坚持现实主义创作的又一表现。叶辛是很重视情节提炼的，但不是孤立地铺排和渲染情节，而是通过情节描绘青年喜怒哀乐的命运。这样写青年形象，比那种平铺直叙、看了人物的开头，就知道人物的结局的写法，其艺术感染力要强多了。《风凛冽》中的高艳茹的命运，就是在别人不理解艳茹反常，再倒叙刘庆强的设计陷害、艳茹和叶铭的爱情波澜以及艳茹的隐痛公开暴露后，遭遇到的一系列打击的情节中表现的，谁能不为艳茹的坎坷命运流下悲愤的泪水呢？《蹉跎岁月》中的杜见春，她的命运更为凄楚动人。作品先是描写她和柯碧舟的巧遇、初恋、破裂，其中插入对苏道诚的观察、决裂，接着围绕上大学写了她的喜悦、愤怒、绝望、遭难以至雨夜上吊未遂，又遇柯碧舟，又写她的绝处逢生和与柯碧舟的感情纠葛，最后写到她与家人的风波和与柯碧舟再同返山乡。情节起伏跌宕，曲折有致，而杜见春就在这种忽喜忽悲、忽明忽暗、忽冷忽热、忽灭忽兴的命运变幻中紧紧扣住了读者的心弦。谁又能不为杜见春的悲愤而悲愤，不为她的欢乐而欢乐呢？人们常习惯于谈论情节与性格的关系，而叶辛作品塑造的青年形象给我们的重要启示之一是，情节也应是人物命运变化、发展的历史，真实、巧妙、跌宕的情节往往能让人物的命运具有使读者无可挣脱的吸引力。

将青年的命运和时代风云交织在一起描绘，不仅揭示青年命运变化的时代的根源，而且透过青年的喜怒哀乐展示较为广阔的时代和历史的风貌。叶辛在这方面积累了可贵的经验。高艳茹的悲剧不正是那一段悲剧的时代所造成的吗？父亲平白无故一次又一次被当作政治斗争的工具，工宣队团长刘庆强和工作组组长叶乔的阴谋陷害，作家将这些内容和高艳茹的悲剧命运交织在一起来写，这就写出了高艳茹悲剧命运的必然性，写出了高艳茹的悲剧不是个人的悲剧，而是时代的悲剧，高艳茹悲剧命运的典型意义加深了。《我们这一代年轻人》中的程旭，他在韩家寨大队遭到的歧视和打击，试制新稻种的艰难和喜悦，爱情生活的辛酸和欢乐，无一不是和特定历史时代的浪潮休戚与共。《蹉跎岁月》中柯碧舟和杜见春的悲欢离合、苏道诚的哀乐更替以及《风凛冽》中的新贵叶乔、刘庆强的荣辱升降、炙手可热，都是和"文革"时畸形的政治斗争、整个时代的风云紧密相关的。作家没有正面描写错综复杂的政治斗争，也没有侃侃而谈的政治说教，而是充分地描写了青年命运的演变与大的时代内在的必然的联系，这就使叶辛笔下的一些青年形象具有更鲜明的现实主义色彩，更强烈的典型性。

二

大作家巴尔扎克在他的《古物陈列室》和《钢巴拉》初版"序言"中说过一段启人深思的话："艺术家的使命就是把生命灌注到他所塑造的这个人体里去，把描绘变成真实。"我国作家杜鹏程也说过，"作品中的事件和人物，有其本身的规律，并不是你能随意支配它，而是它强有力地支配着你"[①]。中外名作家各自从创作实践出发，都讲到了刻画不同性格，把人物写活的重

[①] 杜鹏程：《〈在和平的日子里〉初版后记》。

要经验。的确，作品中人物有了个性，才会有生命。有了生命，人物就要遵循着自己的本性和生活规律说话行动，作家就不能随心所欲地或为了某种需要去支配人物。这是现实主义文学在人物塑造上的美学要求。

中外名作家的这一重要经验，在叶辛的几部长篇小说的青年形象塑造上得到了体现。叶辛也谈过类似的体会，他说，认清人物的个性，把握这个人物的思想脉络的同时，"这些人物之间的关系就能很快地确定下来，连你想要叫他变，也很难变"①。就以叶辛几部小说中的青年女主人公的基本性格来看，慕蓉支善良而真挚，有些内向，但在生活和爱情的风波前有不屈的性格；高艳茹懦弱、幼稚，在生活的重重打击中缺乏有力的抗争；杜见春正直而单纯，有对恶势力敢于反抗、对美好的理想勇于追求的个性。她们虽然同样是从上海赴黔插队的女知青，有相似的文化水平及年龄，但作家一经把她们放在不同的生活和社会环境，和不同的人物关系中的地位、行为确定之后，她们就有了独特性，有了个性，有了生命，不能更换，就是黑格尔老人说的"这一个"。即使同是写小偷、有些流氓行为的青年，如《我们这一代年轻人》中的沈兆强和《蹉跎岁月》中的肖永川，前者不仅粗暴蛮横，而且流气很深，后者虽沾染恶习，但本性向善，两人也不雷同；同是乘着政治风潮往上钻的陈家勤（《我们这一代年轻人》）和叶乔（《风凛冽》），前者高调满口，咄咄逼人，后者是假仁假义，内心狠毒。这些不同的性格，"是由他所生活的时代、社会环境、家庭出身、本人经历等等诸种因素决定的"②。

---

① 叶辛：《进入创作前——在贵州省中长篇小说座谈会上的发言》，《创作》1982年第3期。
② 同上。

由于作家充分地描写了青年所处的时代、不同的环境、经历、教养等，人物的性格就鲜明了。即使他们（她们）是不同作品中的青年形象，作家也能注意写出不同的个性。

　　刻画青年人的性格，爱情描写常常是基本的、动人的内容。中外大作家在这方面的基本经验是，通过青年爱情的纠葛、爱情的欢乐和痛苦、爱情的心理的千变万化塑造典型形象。揣摩了不少古今中外名著的叶辛，和当今不少青年作家一样，也能领悟到其中的真谛，而叶辛的较为突出的地方在于，他并不致力于探索青年新的爱情观念，描绘青年爱情的浪漫行为，而是注重通过错综复杂的爱情生活塑造青年男女的性格，从而达到以不同的性格描写不同的爱情，不同的爱情刻画不同的性格的丰美境界。高艳茹的性格主要是通过她爱情的痛苦和灾难来表现的，而她与叶铭初恋时的欢乐只是作为片段的回忆来闪现的。她痛恨糟蹋他的刘庆强，却又忍辱含垢；她"病退"后仍然强烈地爱恋着一起插队的叶铭，却又不敢大胆地吐露心声；她渴望着新的爱情生活，却又不能勇敢地丢弃被人强加的思想"包袱"，他把"爱"和"恨"埋藏在心底的深渊，让它们日日夜夜烈火似地烧灼着她的内心。作家从爱情生活的这一侧面刻画了她懦弱、纯洁、深沉、内向的性格。柯碧舟和杜见春、邵玉蓉的爱情又是一番情景，统观全书，他们的爱情经历了"三部曲"：先是写柯碧舟和杜见春之间的初恋或爱慕对方的萌芽的爱情，不久就被痛苦或失望所代替，再写柯碧舟和邵玉蓉的朴实、纯洁和承受传统势力重压的心灵的负担交织在一起的爱情，以及杜见春的羡慕和一丝留恋，最后写柯碧舟对邵玉蓉的深情以及柯碧舟、杜见春之间的若即若离、几经风波到忠贞不渝的爱情。我们为作家细腻、动人、不落俗套的爱情描写颔首赞叹，我们更为作家鲜明地刻画了三位青年主人公的性格而击节喝彩。邵玉蓉的单纯而正直、羞怯而大胆的性格，柯碧舟的压抑和忧郁、忠诚和坚强的性格，杜见春的单纯而细心、热烈而果断的性格，都历历在目，栩栩如生。这种特定人物的性格，反过来又使他们爱情生活中的对话、行动、心理等达到了"合乎必然律或可然律"①的艺术境界。先看对柯碧舟和邵玉蓉的爱情描写，柯碧舟为队里筹办买八月竹的事进城，晚上回寨，邵玉蓉送他回去时，两人的一段对话：

"……心头真急，真焦，恨不得一天就把事儿办完，好赶回来！"
"忙着赶回来干啥？"
"快把好消息告诉大伙儿呀！"
"只想这一个念头？"
"只有这个念头。"
"不再有其他念头了？"
"有是有的，险些给我忘了。"
"啥子念头？"
"买梳子。"
"你没得梳子？"
"……我看到你每天拿着半截木梳梳头发……这把梳子，给你吧！"
"我不要！……我为啥要收你的梳子？"
"这……对不起……我……"
"真是个憨包！穷着饭也不吃，还要花钱买梳子。"

---

① 亚理斯多德：《诗学》，《诗学·诗艺》，人民文学出版社1962年版，第49页。

唯其邵玉蓉开朗、大胆，才出语试探，句句主动。唯其是初恋的姑娘，难免羞涩，才不便明说，言外有意。又唯其邵朴实、纯洁，才不受世俗的"血统论"束缚，"夺过梳子"语含娇嗔。柯碧舟呢？他的初恋曾遭到过杜见春的冷冷的拒绝，特别是自己背着沉重的家庭的思想包袱，他的性格是深沉、忧郁、胆怯的，因而处处被动，出语嗫嚅，稍一责备，立即道歉。有了生命的人物完全按照自己的性格基调去说话、行动，真是如闻其声，如见其人，这是作家苦心经营、深谙其中三昧的生花之笔。

再看对柯碧舟和杜见春的爱情描写。他们的爱情几经风波之后，柯碧舟又遇到来自女方家庭的阻力，他一直担心的问题终于出现了。于是，柯碧舟受到杜见春的哥哥的责难后，立即不辞而别。这在柯、杜双方都是痛苦的，杜见春急如风火地赶到车站费力地寻找他。这种特定环境下的爱情与前面柯碧舟与邵玉蓉月夜小路送行不同，杜见春的性格与邵玉蓉又不一样，怎样来描绘这种特殊的爱情关系？又怎样进一步烘托出他们的性格特征？（为节省篇幅，以下引文略有删节）

"碧舟！"杜见春拉开嗓门尖叫了一声，扑过去。柯碧舟迟钝地转过身来，默默地瞅着杜见春。

"你干吗不声不响地溜走？……"

"你、你不该到车站来……回去吧。见春……"

"你再说一遍！……你究竟是怎么想的，你说呀！……你、你真是窝囊，草包！你……"

"你骂吧，骂过以后分手，你会感到痛快一点。"

"你……碧舟，你……你真忍心走，把我一个人扔下，碧舟……"

"不，不！见春，……我不能拖累你，你受了这么多年苦，该，该有个好的……结……结局……"

"我不要！"

……

"碧舟！……啊，你，……你为啥不想想我呢？……"

"正因为……因为想到你……"

"不，我不要听你这些话……听我一句话，去搬下行李来……"

"见春，谢、谢谢你！不过，我还是得走！你，你多保重！"柯碧舟疾速地一个转身，跳上火车。杜见春……随即两手一甩，也紧跟着跳上了火车。

"你这是干吗？"

"……要走，一起走！"

"可你什么东西也没带啊……"杜见春的双眼执拗地盯着柯碧舟，放低了嗓门，深情地说："不是有你吗……"

引文较长，实在是作家写得太精彩了。我们无须注明谁说，一读对话，说话人的性格、神态，甚至心理活动、感情波澜都跃然眼前。柯碧舟在杜见春和在邵玉蓉面前不一样，他更为胆怯、更为忧郁，他越是爱杜见春，就越是把这种爱情埋得很深，就越是不敢表露，生怕一旦反复会带来更大的痛苦，爱情和性格在柯碧舟形象上纠结得那样紧密；对杜见春更是写得光彩照人。杜见春本来并未打算立刻回山寨，但她竟然也跟着柯碧舟跳上了火车。按杜见春形象的内在逻辑，至此能有这一"跳"吗？是人物性格发展的必然性吗？作家令人信服地回答了读者和评论家的提问，而且回答得那样的合情合理。杜见春对柯碧舟爱得那样的大胆、那样的真挚、那样的热烈、那样的深沉。真挚深沉到像水晶一样透明、像山泉一样深邃,热烈大胆到像春潮在澎湃、像野火在燃烧。那些对话、动作、心理等都符合杜见春"这一个"的性格,我们怎能不为作家这一塑造青年形象的杰出成就而拍案叫绝!

三

叶辛还擅长于塑造青年形象的灵魂,展现他们的内心世界,使这些青年形象具有较高的美学价值。这就是为什么掩卷后杜见春、柯碧舟、程旭、慕蓉支等青年形象令人回味、促人思考的重要原因。

大凡成功的作品,不仅能以人物的命运来感动人,以鲜明的性格令人难忘,还能通过形象描绘人物灵魂的美,展现人物内心的美,从而给人们以美的享受、美的启迪,并鼓舞人们去追求美、创造美。新时期已有一些作家为我们展现了一代青年的丰富多彩的内心世界:有的探索青年新的爱情观,有的讴歌青年为国捐躯的崇高精神,有的写青年由失足到奋起的坚强意志,有的写青年不倦地追求真理的忘我精神……而叶辛呢?在这方面也有他自己的特色。

着意描绘青年爱情的心境美。青年的爱情生活是极为丰富的,在爱情问题上往往集中地反映了一个青年内心深处最隐秘的灵魂;同时,随着时代的发展变化,青年的爱情生活也是最敏感的部分,也会相应地随着时代而发展,变化。叶辛的兴趣和有些青年作家不同,他仿佛并不专注于探索青年爱情生活中的个性自由,也不受传统的"政治加爱情"框架的束缚,而是善于在重重的生活风浪、层层的感情波澜中展现青年男女爱情的心境美。

《我们这一代年轻人》中的慕蓉支,她漂亮、温柔、聪明、善良,是插队青年"集体户"中的佼佼者,但她竟拒绝了一个家庭优裕、本人漂亮、能干的陈家勤,偏偏逐渐爱上了一个父亲被审查,本人沉默寡言,行动既不合当时的潮流、又不合群的"怪人"程旭。程旭身上有什么东西"像磁石似地吸引了她"呢?作家没有匆忙回答,而是让人物迎着生活和爱情的风浪,逐步披露慕蓉支内心的秘密。最初,慕蓉支是怀着好奇、怜悯、内疚的复杂心理去观察、了解程旭的,等到逐步发现程旭为着山乡人民的幸福理想而在默默地、艰苦地工作的美德后,慕蓉支的心不平静了。随着这一秘密的披露,爱情开始在她心底萌芽。这种秘密揭示得越深,隐藏在她内心的爱情的心境美就升华得越高。世俗的偏见和社会的非议,她冲破了,还悄悄地助心上人一臂之力;家庭、母亲的责备和阻拦,她也毅然不顾,向心上人吐露了更灼热的心声;公安局要逮捕程旭,她坚信自己爱的人没有罪,甘愿和自己心爱的人一起承受灾难;面对程旭被迫的冷冷的拒绝,她理解这种心情,宁愿一个人吞下苦水;最后,程旭因试验成功而获得荣誉时,她默默地祝福和分享,却又保持了一个纯洁姑娘应有的尊严和品格。一次次的非议、阻拦、打击,如一次次石击之后闪现的火花,使慕蓉支爱情的心境美更加耀目;又如一次次指按琴键弹奏的乐曲,为慕蓉支爱情的心境美谱写了更动人的交响乐章。这种心境美,在塑造邵玉蓉、杜见春、柯碧舟等青年形象的灵魂时,作家都有生动感人的描绘。这是叶辛洞悉当代青年的心境,并运用文艺使这种心境成为一星"引导国民精神的前途的灯火"① 的艺术结晶。

---

① 鲁迅:《坟·论睁了眼看》,《鲁迅全集》第一卷,人民文学出版社1981年版,第241页。

将景物和青年的心境融为一体，赋予这种心境以诗意，从而达到更美的境界。叶辛在细腻地描写青年主人公的爱情生活时，总是注意艺术氛围的渲染、环境的烘托、情和景的融合。请看对高艳茹和叶铭（《风凛冽》）初恋时情景的描写：

> 在砂锅寨，我们一起登过高山，眺过山山岭岭的万千气象；我们也一起到树林子里，坐在林间空地上竖耳倾听百鸟的啼鸣；雨后，我们一道拎着提篮去捡香菇、蕈子；……雨后的空气总是湿润而又清新，带着点微甜的香味。山路上也老是湿漉漉的，五颜六色的野花开得满地都是。……阳光明媚的日子，我们顺着那条小河散步，走到老远的地方。有一回走进深山老林了……我们在桥上坐了好久，倚栏飞溅起雪沫的龙洞水从桥洞里穿过，发出震耳的轰鸣……

多么抒情的、富有山乡气息的笔触！它把青年初恋的心境描绘得气韵飞动、色彩绚丽、声情并茂，从而推进到更优美的艺术境界，令读者如闻其声，如见其景，如感其情。作家在描绘邵玉蓉初恋的心境时又别有一番情采。当邵怀着热烈的、羞涩的感情到山水交错的古老县城来看心爱的柯碧舟时——

> 每当下着毛毛细雨的日子，是县城团转的景色最为动人的时候。轻纱薄绫般的雾气，飘飘悠悠地升腾起来，缭绕着一座座峰巅岭腰，活像一条条彩绸。风儿搅着雨丝，和淡雾弥合在一起，如雾似烟，虚幻缥缈。雨雾之中，青山、绿水、鲜花、乔木时隐时现，更增添了特殊的情趣。

多么迷人的、幽远朦胧的艺术境界！那"毛毛雨""轻纱""雾气"，是写景，又是写情，它们不正是烘托了姑娘萌发在内心深处的朦胧的情丝吗？那升腾的淡雾、缭绕的彩绸和时隐时现的绿水、鲜花……是写景，也是写情，它们不正是传达了姑娘跳动在心头的初恋的热烈情怀吗？清代王夫之说："情、景名为二，而实不可离。神于诗者，妙合无垠。巧者则有情中景，景中情。"① 王国维说得更进一层："昔人论诗词，有景语、情语之别。不知一切景语，皆情语也。"② 叶辛描写邵玉蓉进县城时的"一切景语"，正是此时此地姑娘心中的"情语"，"情中景，景中情"，融为一体了。由于作家以这种富有诗意的"景语"来烘托，姑娘的心境就得到了形象而又朦胧的、动人而又含蓄的表现，达到了幽远深邃、扑朔迷离的艺术美的境界。

叶辛塑造青年的灵魂，并不止于探索青年爱情生活的心境美，他还着力探究青年人生的美学价值。

柯碧舟、程旭等是作家精心塑造的一些青年奋进者的形象。他们在特殊的历史时代走着一条坎坷不平、荆棘丛生的人生道路。他们都背着沉重的"家庭问题"的十字架，全家都遭到悲剧时代政治风暴的袭击，他们都受到爱情的折磨，在个人感情的深处都留下了重重伤痕；他们生活的环境，自然景色优美，而物质、精神生活却相当贫乏，一次次的打击像狂风摇撼着小树，一重重的阻力像巨石压着小草。但是，他们顶着"巨石"顽强地萌芽了，迎着狂风坚韧地成长了。——作家描绘了她们这种不屈的斗志，不随世俗浮沉的品格，积极进取、奋发向上的精神，——这是美的颂歌，相对那些在生活和爱情的风浪中消沉、

---

① 王夫之：《姜斋诗话》卷下。
② 王国维：《人间词话》。

颓废、甚至绝望、堕落的青年来说,叶辛不正是通过对具有上述"意志""品格""精神"的青年灵魂的塑造,从一个侧面揭示了一代青年应具有的美学思想吗?生活的海洋充满了风浪险阻,因而,描绘和歌颂青年人生的这一美学内容,就会具有普遍的、长远的意义。

然而,叶辛在塑造这些奋斗者的灵魂时,能赋予他们更深刻的美学思想,更动人的美学内容。他们为什么摧不垮?为什么压不倒?程旭身处逆境,仍然排除万难坚持试验"抗寒、高产、不倒伏的良种",为整个山区"实现机械化、水利化、电气化"的理想奋斗。柯碧舟几经艰难,还是劈开荆棘,为山区"建水电站""恢复果园""集体养蜂""湖头喂鱼""养鸡养鸭"日夜辛劳,"就在这股力量推动下",他发现"个人的忧郁焦愁是渺小的了。青春只有在献给建设山区的斗争中,才能焕发出光彩"。不难看出,叶辛在向青年形象内心深处开掘时,和当代有些青年作家不同。他并不去洋洋洒洒地抒发青年因"文革"造成的异化心理,也不去描写一些青年脱离国情和一定历史阶段的虚幻的追求,而是展示那些和广大群众一起,脚踏实地地用自己的双手创造幸福的青年的闪光的灵魂。这种"真心诚意为高山人民"的幸福艰苦奋斗的人生观,这种"有理想、有奋斗的目标"的苦干实干精神,正是程旭、柯碧舟等青年奋斗者灵魂的核心,是他们摧不垮、压不倒的力量的源泉,也是作家倾注感情赞颂的一代青年美学思想的核心。通过人物形象展现这一灵魂美的核心,青年的命运就更加感人,他们的性格就有了生命,他们的灵魂就闪出更加动人的光辉。

叶辛说,他从"试着想写点什么,到真正提笔,这其间我花出了多少劳动,思索、思索,笔记、笔记,再写下笔记,……每写一本书之后，我的体重都要掉十几斤肉。……不准备掉肉，你就别指望写出好书来"①。这是作家的肺腑之言。俗话说"大漠不负苦心人"，叶辛正是以"掉肉"的精神，去创造了累累硕果——一些"好书"，才跻身于当代青年作家之林。但也毋庸讳言，从更高的要求看，读完叶辛的几部长篇后，我们发现有些青年的形象较多地是作家"介绍"出来的，缺乏富有特征的细节和语言来刻画他们（她们）的性格，因而不太鲜明，不够丰满。比如刘素琳、周玉琴、章国兴、莫晓晨（《我们这一代年轻人》），高艳茹（《风凛冽》），唐惠娟、王连发、孙莉萍（《蹉跎岁月》）；有些青年形象在作家自己不同的作品里都可以找到他们（她们）的音容笑貌，甚至思想性格，比如袁昌秀和邵玉蓉，唐惠娟和周玉琴，读者就有似曾相识之感，致使笔下的青年形象不够丰富；有时作品分几条线开展情节故事，作家在叙述时也有重复交代的弊病；有些描写人物和叙述故事的章节，比较生硬、粗糙，甚至出现了个别地方为了配合形势，违背历史真实的描写。比如在"文革"期间，远在深山中的插队知青和队干部，居然"还扯说到限制人口剧增，计划生育"，还要"大张旗鼓地抓起来"。如此种种，究其原因，主要还是作家的生活底子不够深广，艺术视野不够开阔。如果能熟悉当代（甚至以前）更多的青年，叶辛就能塑造出除知识青年外更多的、更丰满的青年形象，为一代青年塑像。

19世纪俄国著名的美学家车尔尼雪夫斯基说过，"凡是自然或者生活使得活跃的心灵和才能结合起来的作家，——这些作家应当尊重自己身上的才能和思想这种美好的结合，这种思想赋予

---

① 叶辛：《进入创作前——在贵州省中长篇小说座谈会上的发言》，《创作》1982年第3期。

才能以力量和意义,赋予他的作品以生命和美"①。无疑,叶辛是有才能的作家。现在,他笔耕数年,已为我们谱写了关于当代青年的命运、性格、灵魂的动人的交响乐章,在今后艰苦的笔耕生涯中,他的才能和思想也必将"赋予他的作品以生命和美"。

1983 年 4 月于复旦一舍"松竹斋"

原载《创作》1983 年第 4 期

---

① 辛未艾译:《车尔尼雪夫斯基论文学》上卷,新文艺出版社 1957 年版,第 549 页。

"浪子的悲歌回到老家来唱了"
——评聂华苓的几部小说

"浪子的悲歌回到老家来唱了","和老家的读者见面啦"——当20世纪80年代初国内相继出版小说《台湾轶事》《失去的金铃子》和《桑青与桃花》之际,它们的作者,著名的旅美女作家聂华苓在书的前言、后记中这样激动地写着。我们打开这些浸透着作家爱和恨的书,仿佛看到了一幅幅悲欢离合的图画,听到了"从大陆流落到台湾的""失掉根的人"① 的呼号,感触到作家苦心经营的艺术匠心。书中跳动着作家一颗憎恨黑暗、向往光明、热爱艺术、热爱祖国的燃烧的心。我们这些"老家"的读者也被深深地激动了。

一

聂华苓是早已闻名港台地区和海外的旅美作家,但中国内地读者在1979年《上海文学》上才第一次读到她的短篇小说《爱国奖券》,1980年她的三部小说相继出版后,大家就希望更多地了解她的生平和创作活动了。

聂华苓祖籍在湖北,1925年生于宜昌一个官宦之家。祖父中过举,辛亥革命爆发后,参加了讨袁运动。父亲从伍,是桂系

---

① 聂华苓:《台湾轶事·写在前面》,北京出版社1980年版。

的（不是蒋介石的嫡系），战乱中被红军处决。这以后，家境渐趋中落。十四岁当过流亡学生，以后以优异的成绩进了中央大学。1949 年，在南京时曾用"远思"的笔名发表过一篇讽刺散文《变形虫》，针砭时弊。不久，妈妈带着他们姐弟一行五人，流落台湾。聂华苓在雷震主编的《自由中国》半月刊当文艺编辑，作文抨击台湾时政。1953 年出版了第一部中篇小说《葛藤》，开始迈入文坛。

1956 年，台湾当局为蒋介石所谓"七十整寿"吹吹打打，雷震、聂华苓等在刊物的"祝寿专号"里批评"老头子"人格上的一些缺陷，并揭露了台湾黑暗的特务统治。"专号"受到了台湾人民和进步人士的热烈欢迎，再版了七次。但不久刊物被查封，主编雷震被判十年徒刑，聂华苓等被隔离，遭到了特务的严密监视。1962 年，台静农冒了很大风险，邀请聂华苓到台大中文系任创作和现代文学副教授。她用备课之便，在地下室里读了许多鲁迅等祖国革命和进步作家的书，进一步认清了台湾黑暗社会"吃人"的本质。她在一篇谈鲁迅的文章里写道：在白色恐怖下，她不得不用报纸包着鲁迅的著作，在上下班的火车上偷偷地看。但报纸"掩藏下的鲁迅却在'呐喊'"。她"听见狂人说：'我是吃人的人的兄弟'，听见九斤老太咕噜：'一代不如一代'，听见阿 Q 大声叫嚷：'造反了！造反了……得得，锵锵，得，锵锵锵！我手执钢鞭将你打……'，我甚至看见小栓吃着浸了死人血的红馒头……"表现了对台湾黑暗统治的极大的愤怒。1964 年被迫离开台湾，去了美国，到艾奥瓦大学从事教学、写作和翻译工作。

20 世纪 60 年代初期，台湾大学外文系白先勇等创办了一个刊物叫《现代文学》，他们受流行于欧美的现代派的文艺观影响很大，除介绍西方现代派的文艺理论外，还发表现代派作家的作品，他们自己也创作了不少作品。这些作家大部分是台湾大学外文系毕业生，有白先勇、於梨华、叶维廉、张振翱、郑愁予等。聂华苓就是其中较有代表性的一个。她的小说也受到欧美现代派的影响。到了 60 年代初中期，聂华苓和美国著名诗人、她的丈夫保罗·安格尔到处旅行、写信，筹备了三百万美元的写作基金，在世界上首创了闻名于世的写作组织"国际写作计划"，每年 9 月到 12 月，把世界各国一些知名作家请到美国衣阿华，让他们写作、讨论，进行文化交流。1968 年，"国际写作计划"邀请台湾"乡土文学"作家陈映真去美国，陈映真临行前，被台湾当局非法逮捕。聂华苓等联名写信给蒋经国，提出抗议，并动员进步舆论声援。聂华苓的正义行为得到了世界进步人士的支持。1977 年，三百多位世界各国作家提名"国际写作计划"的创始人——聂华苓和保罗·安格尔为诺贝尔和平奖候选人。

1970 年年底，聂华苓和保罗·安格尔一起，开始翻译《毛泽东选集》，深入研究中国现代历史，逐步明白了革命先辈"为了几万万人民，为了子孙，为了建设一个合理的社会，什么艰险也不怕。……是真正的理想主义者"①。1978 年回国探亲，踏上了阔别三十年的故乡的土地，以真挚的感情写了《三十年后》，动人地记述了故乡武汉解放后的翻天覆地的变化。1979 年她又邀请了两位中国内地作家和一些台湾、香港和旅美的中国作家到衣阿华欢聚。聂华苓说，虽然大家来自不同的地区，但"还是有相同的地方——那就是我们对整个中华民族的感情；我们对中国文学前途的关切"。1980 年 5 月，聂华苓夫妇又一次回祖国探

---

① 萧乾：《湖北人聂华苓》，《一本褪色的相册》，百花文艺出版社 1981 年版，第 210 页。

亲，说："……这次重新回来，觉得国家在各方面的变化实在太大了，这些变化真是令人兴奋。""我爱中国，因为它是一个不满足现状、永远向上的国家。"

迄今为止聂华苓已出版过十三本书。1980 年，人民文学出版社、中国青年出版社、北京人民出版社分别出版了她的《失去的金铃子》《桑青与桃红》《台湾铁事》。聂华苓兴奋地说："我的书在台湾已被禁，现在可在大陆出版，对我个人而言，是作为作家的我又复活了"，她表示今后"要为故乡的亲人而写"。她曾说自己是"浪子"，其实她是中华民族的赤子，祖国的赤子。

二

聂华苓说，她"追求的目标是写真实。……是外在世界的'真实'和人物内心世界的'真实'溶合在一起的客观的'真实'"。敢于面对现实，追求"客观的'真实'"，这正是聂华苓这几部小说思想闪光的重要内容。

聂华苓是一位善于用语言勾勒和反映真实社会生活的画家。她描绘的不是枪林弹雨、炮火纷飞的激烈的战场，也不是光怪陆离、天马行空的虚幻的梦境，而是善于真实地、自然地、细腻地展现日常生活的场景，摄取个人、家庭和社会外在的生活画面"而求突入内象"——透露他们（或它们）内在的道德、精神等。读完小说，我们眼前就会展现丰富、复杂但却异常清晰的生活图画：有 20 世纪 40 年代中期封建礼教、旧的习惯势力，还是那样顽固地束缚人们头脑的三星寨的生活场景，有帝国主义的侵略战争，给人民带来痛苦和灾难的镜头，有特务横行、"蒙着灰尘和蛛网"的台湾社会的画面，有"从大陆流落到台湾的小市民"在生活中挣扎、绝望的惨象。这些真实的图画，仿佛信手勾勒，作家由她笔下的人物去行动、说话，"作者不加评论，不加分析。作家根本不露面"①，而是由读者通过形象画面自己去体会、去思索。两个老同学在大陆分手，若干年后又在台湾相遇，一个说"这个社会呀，还不是大虫吃小虫，小虫吃毛虫，毛虫吃沙子？"② 丫丫冲破封建礼教去寻求幸福，但在现实面前碰了壁，回来对苓子说："到处乌鸦一般黑。"③ 桑青迫于台湾当局的法西斯统治逃到了美国，美国移民局问她递解出境后到哪儿去，她回答说："不知道！"桑青无家可归，精神分裂，陷入半疯癫状态。人们在作家展现的一长列画卷上，看到了漂泊、饥饿、痛苦、死亡……也"突破外象"看到了造成这些灾难和罪恶的根源：外来的侵略战争和社会的黑暗统治。"作者根本不露面"而能揭露得如此尖锐、深刻，这是生活在法西斯统治下的女作家敢于"写真实"，敢于"直面惨淡的人生，敢于正视淋漓的鲜血"④ 取得的成就。

女作家的这几部小说，叙述的是桑青的流浪生活和精神分裂，苓子在生活中成长的痛苦的过程，以及从中国大陆流落到台湾的小市民各种各样的悲惨命运，没有以很多的篇幅去正面描绘人民的反抗，这恰恰是作家这几部作品反映生活的一个特点。但作者的笔触没有孤立地局限于一个家庭或一村一寨，而是在读者面前展现了较为复杂的生活画面，勾勒了时代的风云，透露了强烈的时代气息。在外来的侵略战争面前，一群孩子沿江乞讨，要

---

① 聂华苓：《浪子的悲歌》，载《桑青与桃红》，中国青年出版社1980年版，第2页。
② 聂华苓：《一朵小白花》，载《台湾轶事》，北京出版社1980年版，第19页。
③ 聂华苓：《失去的金铃子》，人民文学出版社1980年版。
④ 鲁迅：《记念刘和珍君》，《语丛》周刊1926年第74期。

去抗战救国，流亡学生带头唱起了"起来，不愿做奴隶的人们"的战歌；在美国爆发了反越战、反死亡大游行；在悲苦的生活泥淖中苓子对象征青春、爱情、生命、希望、光明的金铃子和杜鹃的"执拗地爱……执拗地追求"；特别是那些流落海岛和海外的"失掉根"的人"思念故乡故土"、"追怀亲人和往事"、渴望"回老家"的描写，弥漫全书，感情深沉，真实动人。作家的笔力开掘到人物的内心深处，反映的不是个别人的"思乡"病，而是那些"失掉根"的一代人的苦闷和希望，他们痛恨黑暗，渴望祖国统一。《桑青与桃红》中象征进步和希望的流亡学生喊道："野兽呀！乌鸦呀！你们毁得了人吗？你们毁了人的身体，毁不了人的精神呀！"好一个"人的精神"！——这是黄河和长江的儿女们共同的精神，这是中华民族的精神，这就是爱国主义精神！作家真实而形象地反映生活，"由外象而突入内象"，对生活作了正确而深刻的解释和评价。罗丹说，优秀的艺术家是"用自己的眼睛去看别人见过的东西，在别人司空见惯的东西上能够发现出美来"①。聂华苓就是在日常的生活场景和普普通通的人物的活动中，发现了那些"失掉根"的人深藏于内心的闪光的思想：爱国主义的精神美。

三

聂华苓说："小说里的事件很重要，但它的重要性只限于它对于人物的影响，以及人物对它的反应。小说中最重要的还是'人'。"

聂华苓的这几部小说，和现代派的作家有类似之处，即不太

---

① 罗丹：《罗丹艺术论》，人民美术出版社1978年版，第5页。

注意故事情节，——我们在她的作品里看不到惊心动魄的故事或曲折离奇的情节，但又和某些现代派作家不同，聂华苓很注重对人物性格的刻画。仅在这几部小说里，作家就刻画了一些的富有性格特征的人物形象——特别是女性形象。苓子、巧巧、新姨、玉兰、桑青（桃红）、女校长谭心辉、李环等。读着这些作品，我们仿佛看到作家以女性特有的眼光、娴熟的技巧，在细腻而传神地雕刻着她笔下的人物。

善于通过人物丰富、曲折、细腻的心理活动刻画性格。聂华苓擅长于心理表现，但她不是进行冗长的心理描写，而伴随着人物的行为和动作，以及人物在规定情境中的心理活动的逻辑，在表现心理活动的同时，也雕刻着人物的性格特征。苓子的性格单纯、直率、狭隘，有男孩子似的"野性"。她中学毕业回到三星寨，悄悄地对中年医生杨尹之萌生了爱情。但她没有直接吐露，因为她虽然很少旧思想的束缚，但她毕竟是个女孩子。她在心里默默地反复地揣摩着和杨尹之一起照相的"高高的、瘦瘦的"女人是否像自己，又几度试探杨尹之对她的感情。当她以女性特有的敏感发现杨尹之和巧巧有情之后，她心"往下一沉"，由爱恋渐渐变为妒忌和报复，最后，当她发现自己的恶作剧促成和加剧封建旧礼教对无辜的杨尹之和巧巧的迫害之后，她对生活的认识加深了，她的性格也有了变化和发展。聂华苓笔下的李环，本来性格很开朗，成了老处女之后，别人无意间说的话，她就猜测是否用来讽刺自己，看见年轻的姑娘，内心就烦躁。随着这种变态心理的表现，李环的性格也逐渐变得孤独了。

读聂华苓的小说，我们不能不为作家出色的心理表现所吸引。这使我们想起了古人说的话："写照非画物比：盖写形不难，写心维难也。"① 文学创作也是如此。聂华苓通过"写心"表现了特定人物在特定环境下的性格，人物形象才那样丰满、栩栩如生。

善于通过对比来刻画人物性格。聂华苓在一篇谈《失去的金铃子》写作过程的文章中说："为了要陪衬巧巧的个性，我必须加进一个狂放、野性的女孩子。"② 又说，修改时又在"小说中加进两个角色：玉兰姐和丫丫"，也是让她们的性格在对比中更鲜明。杨尹之和庄家姨爷爷，一个对传统礼教具有"叛逆性格"，忠厚而大胆，一个是封建礼教的信徒，顽固而狠毒；巧巧和苓子，一个渴望自由但没有勇气独立冲破封建罗网，文静而纤弱，一个浑身散发着朝气，不受封建礼教的束缚，野性而狂放。再如新姨和黎家姨妈的对比③，女校长谭心辉和丁一燕的对比④，祖母和孙子的对比⑤，流亡学生和老先生的对比⑥等等。这些人物在错综复杂的生活环境中活动，相互比较，性格区别得更加鲜明。

作家运用对比是娴熟的。不仅善于在不同人物之间进行对比，而且对同一个人的前后、表里、言行等也进行对比，不但人物在前后比较中性格更加突出，可以看出人物性格发展变化的脉络，而且通过这种性格的变化和"折光"，人们看到了促使这种性格变化的复杂的社会原因，揭示了更为广阔、更为深刻的内容。同一个桑青，经过社会的动乱和生活的折磨，由原来的文

---

① 陈郁：《话腴》。
② 聂华苓：《苓子是我吗》，《失去的金铃子》"附录"。
③ 聂华苓：《失去的金铃子》。
④ 聂华苓：《一朵小白花》，载《台湾轶事》。
⑤ 聂华苓：《绿窗漫笔·祖母和孙子》。
⑥ 聂华苓：《桑青与桃红》。

静、胆怯、安分守己的性格，一变而为自甘堕落、大胆、狂放不羁；珊珊本来天真、有朝气，若干年后变得庸俗、无聊；读过大学的中年妇女，为了养活孩子出外讨饭，起初十分羞怯、对社会不满，而几年后仍在讨饭，却有些狡黠、安于现状了。为什么同一个人，性格前后判若两人？是什么促使他们发生如此剧变？聂华苓说："文学除供人欣赏的乐趣之外，最重要的是使人思索，使人不安，使人探究。"① 作家还通过同一人物性格的剧变，挖掘了深刻社会内容，促使人们去"思索""深究"充斥着"僵尸吃人"的专制社会的本质。女作家锋利的雕刻刀在雕塑人物性格时闪出了思想的火花。

  作家还善于通过性格化的叙述语言和对话刻画人物性格。聂华苓小说的语言造诣较深。针砭时弊的语言辛辣而双关，叙述人物初恋心情时的语言深情而含蓄，写自然景色时的语言色彩明丽，写有象征性的金铃子的叫声时的语言传神入微。但是，最精彩的，还是女作家刻画人物性格的语言。

  《桑青与桃红》写的是一个经历了世事动乱又遭流放的中国人精神分裂的悲剧。随着桑青变为"桃红"，人物的精神状态和性格发生了激烈的变化，作家用语言对此作了生动的表现。原来表现桑青的语言和一般人正常的语言一样，也有逻辑性。到桑青一家人逃避警察追捕而躲在一间阁楼里时，语言的张力加强、加快了，有时一字、一句，简单、短促，直至后来语句跳跃很大，甚至不连贯了。这种语言生动地表现了受过很大精神刺激、有些精神分裂的人的恐惧、绝望、控制不住的性格特征。

---

 ① 聂华苓：《苓子是我吗》，《失去的金铃子》"附录"。

我们读聂华苓的几部小说，虽然它们的成就不一，但作家在运用对话刻画人物性格方面，也是付出了艰辛的劳动并取得了令人赞叹的成就的。仅以《失去的金铃子》为例，穿戴妖艳的新姨作为小老婆初进黎家大门，要向大老婆黎家姨妈行礼，她怯怯地不敢进房门。作家紧接着写道：

"怕？丑婆娘总是要见公婆呀，走，我陪你！"一个女人推着新姨，嘴里冒着唾沫。那是玉兰姐，就是庄家姨婆婆讲过的那个守望门节的苦命人。"大婶，新姨来行礼啦！"玉兰姐的粗嗓子大嚷着。"新姨月份重了，行个文明礼吧！"

新姨站着没动，握着两只手，低着头，偶尔从眼角向床上瞟一眼。黎家姨妈背朝外地躺在床上。

"行礼呀！木头人！"玉兰姐推着新姨。"三鞠躬。"新姨放下手，鞠了躬。黎家姨妈骨碌一下坐了起来，沉着脸："好啦，免了罢，死人才躺着受礼呢，我还没死呀！"

"新姨给大婶装袋烟吧！"玉兰姐忙不迭地燃了一根纸煤子，递给新姨。

"新姨呀，听说你跟黎大哥就是烟袋缘，他到你店里歇脚，抽了一袋烟，就吊上你了。对不对？"

一个男人斜觑着眼笑，望着新姨荡着水的身子。

……

这一段仅二三百字，玉兰说了四次话，黎家姨妈和卸任县长（那男人）各说了一次，而新姨无一言语，但四个人的声音笑貌、身份地位都跃然纸上，活脱脱写出了四个人的性格。新姨胆怯、惯于放荡，玉兰粗俗、工于奉迎，黎家姨妈泼辣、尖刻，卸任县长淫秽、轻浮。我们不能不赞叹作家的笔力。类似这样的语言在这三部小说中还有不少。读完这些作品，苓子、桑青（桃红）、谭校长等形象如在眼前。

四

如前所述，聂华苓小说的基本倾向是属于现代派的。现代派认为，艺术家是通过艺术形象创造客体，表现主体，这时的客观世界只有提供素材的作用。因而，艺术应该表现，应该创造，而不是再现，更不是模仿。捧读聂华苓的三部小说，总感到作家在艺术上有新的探索、新的创造。这种新的艺术创造到底是什么？女作家自己说得好，"我所奉行的是艺术的要求；艺术要求什么写法，我就用什么写法"①。一切从文艺反映生活的特性出发，一切从文艺表现作家对生活的认识、评价出发，聂华苓研究艺术方法和表现手法，但不受任何五花八门的艺术方法和表现方法的框框束缚，"在小说中追求客观的'真实'"，因而在艺术手法上，聂华苓作出了新的探索，取得了新的成就。

聂华苓在一篇文章中说，她在自己的小说创作中"尝试的是溶和传统小说的叙述手法、戏剧手法、诗的手法和寓言的手法"②。我们无法读到作家的全部小说，但就现已出版的三部小说而论，虽然《失去的金铃子》和《台湾轶事》较多地运用了"传统小说的叙述手法、戏剧手法"，《桑青与桃红》更多地运用了"诗的手法和寓言的手法"，但总的来看，这四种艺术手法在作家的三部小说中都有所表现，这就形成了她在这三部小说创作的艺术手法上个人的鲜明特色。

---

① 聂华苓：《浪子的悲歌》，载《桑青与桃红》，第1页。
② 同上。

这种特色之一是写实基础上的象征手法。即如作家自己所说的，她小说中的"两个世界：现实的世界和寓言的世界"。作家很注重小说中人物、事件、细节的真实，但象征性很强。《失去的金铃子》中对苓子寻找金铃子和杜鹃的多次的细腻的深情的描写，象征着作家对爱情、青春的留恋和赞美，对光明、理想的向往和追求。《桑青和桃红》中的象征性就更强烈了，它已不是作为整部作品的一个细节或插曲，而是成为整部作品的基本内容、基本情节，在形式上也发展成为类似寓言的写法，但它仍然与现实紧密联系，以写实为基础。

《桑青与桃红》中表现了不少生活实景。"罢工、抢购、抢米、罢课、示威游行、流血暴动、警察抓人，把年轻人装在麻袋里往江里丢！"甚至还在书中照录了几则台湾新闻剪报的内容。这一切都和寓言式的象征手法糅合一起，以表现和加强象征内容的生活实感。书中以寓言体形式表现的象征手法是非常丰富的。作家用桑青等人乘的木船要经过"鬼门关、百牢头、黑石滩、洪水滩"等，象征前进道路上的艰险；用木船被"困"在沙滩上，象征抗战时期百姓遭到的灾难；用沈老太太的死亡和"九龙壁倒了"，象征专制统治和制度的崩溃；用桑青等一家三人藏身的小"阁楼"，象征专制政权的摇摇欲坠；又用"搁楼"上老鼠尖利的牙齿"啃人的骨头"，"从头顶啃下去，啃进我的内脏"，象征人民的悲惨命运；用"僵尸吃人"的民间传说，象征法西斯统治的白色恐怖。以上内容作家都是以一则则寓言或近似寓言的小故事来表现的，"作者不加评论，不加分析"，让形象来表现一定的内容。我们从这些寓意丰富而深邃的形象中不难看出，作家对旧制度、旧势力，对专制政权是痛恨的。但作家内心深处追求光明的火焰没有熄灭。北平解放前夕，作家对风筝的描写："一眨眼,风筝变成了一个大火球,红通通的,在天上照着空空的蔡家庄。"——流露了作家对光明、对未来、对新社会的向往和追求,特别是该书"跋"中描写太阳神炎帝的女儿女娃变为帝女雀之后,发誓要衔小石子把东海填平的神话寓言,动人地表现了作家渴望祖国统一、回到祖国母亲的怀抱的感情和百折不挠的志向。作家有力地、深情地写道:"'哪怕就是百万年,千万年,万万年,一直到世界末日,我也要把大海填平!'……直到今天,帝女雀还在那儿来回飞着。"这些寓言味浓郁的象征手法,都以扎实的现实生活和人的精神世界为基础,厚实而不浅露,含蓄而不晦涩,因而读来动人心弦,耐人回味。

特色之二是写实基础上的诗的手法。作家说,她书中"诗的手法",就是"用诉诸感官的具体'物象'和'意象',由外向人物的内在放射,而照明人物的内心世界"。聂华苓的小说中,山、水、江、海、花、草、虫、鱼、鸟、云、风、雨、鼓、楼、船、车等景和物,不是纯粹的自然景象或人物的生活环境,而是作家和作品中特定人物在特定生活境遇中的内心感情的"放射",它们都蕴含着作家或人物的内心感受。作家写黑暗社会"灰苍的墙。灰苍的天。婵娟就像一个无生命的美丽的标本,贴在一个灰苍的大匣子里"。把黑暗的社会写成"大匣子",生活景象写成"灰苍"的色调,这是"诗的手法",带着强烈的主观爱憎的色彩,是作者和小说中受侮辱的婵娟内心感情的一种"折光"。其他如祖母"混混沌沌地望着那苍茫的流水"和"漂浮在河上的小船",以及桃红(桑青)逃到美国,一次又一次兜搭顺风车,任由路人带她往别处去……这些都是"诗的手法",表现了作者和人物思念故乡和被专制统治者逼得到异国流浪的某些中国人的悲剧。作家运用这种手法的高明之处在于,作品中作家和人物的"直觉"或"幻觉",是个人的,也是时代的。20世纪40年代末从大陆流落到台湾的人们,以及在异国漂流的中国人,他们都日夜思念故乡和亲人,渴望着祖国的统一。在九百六十万平方公里的土地上生活的十亿人民也强烈地思念骨肉同胞,思念在异国生活的亲人。作家和作品中人物对外在物质世界的主观感受,正是时代的思潮在他们内心的反映或"折光"。这种"诗的手法"的运用,不仅使作品更有魅力,而且更深刻了。

特色之三是写实基础上的戏剧手法。戏剧反映生活较之小说来说,虽然要受到时间和空间的限制,却有更浓缩、集中、强烈的特点。聂华苓的三部小说,没有对人物作冗长的介绍,也没有对人物的一生的生活遭遇作详尽的交代,而是像一幕一幕戏一样,截取人物漫长的生活长河中有代表性的一个或几个片段。长篇小说《失去的金铃子》,就集中表现了苓子中学毕业,回到三星寨后遇到的种种矛盾纠葛;短篇《一朵小白花》,表现了两个老同学在中国大陆分了手,十多年后在海岛重新相见的那一刻,两人的友谊、时代风云在她们身上留下的痕迹等,至于分手后十多年的情况只一笔带过;长篇《桑青与桃红》的故事发生在1945年到1970年之间。要全面表现桑青这一漫长的生活道路,要有多卷本的大部头才行。然而聂华苓有自己的结构方式。她截取了主人公桑青的四个生活片段:船困石滩、围困北平、藏匿阁楼和搭车流浪。这就像舞台剧一样,它们"各自成为一个独立的故事;但在表现主题那个目的上,四个故事又有统一性、连贯性"。作家运用的"戏剧手法",使他的小说在结构上更加灵活、清楚、集中,从而有助于表现作家要突出表现的对现实生活的主观感受。

自然,她的小说也难免会有这样那样的不足,比如有些作品在反映现实生活时还可再挖掘得深一点，有些象征性的描写过分隐晦了一些，另外，作为小说，还应注意增强故事性和情节性等。

国内已出版了聂华苓的三部小说，她的作品为越来越多的国内的读者所了解、所欣赏了。聂华苓说，她今后"要为故乡的亲人而写"，创作出"既有艺术性、又为广大人民所爱"的小说。"老家"的读者读到她的新作时，也和她得知自己的小说在国内出版时的心情一样，那将"是非常美丽、非常动人、非常有意义的一刻"。

1983 年 9 月于复旦一舍"松竹斋"

原载《当代作家评论》1985 年第 1 期

生命体验：诗史和诗格
——试论 20 世纪华文小诗

诗是少男少女的梦，诗是花丛中的利剑，诗是感情的甘露，诗是哲思的发酵，诗是贵族的，诗是平民的……在丰富的文学艺术领域，大概没有什么比人们对诗的认识更使人眼花缭乱了。上述诸种说法，从特定的方位考察，虽然都有一定道理，我却更认同：真正的诗，是生命的体验。通常说的"呕心沥血"之作，虽不免有夸张的色彩，但它毕竟道出了文学艺术家"生命体验"的真谛。一切人类创造的有传世价值的文学艺术品，都应是文学艺术家生命的体验。

生命体验的蕴涵也是颇为丰富的。要言之，她主要指的是，真正精深优美的文艺创作，包括诗歌创作，应该是文学艺术家生命的脉息过程和流动；生命的组成部分和延续，应该是文学艺术家全身心、全灵魂、全感情……全生命的投入和升华，应该是文学艺术家的精神思想与大千世界多次碰撞、交融的艺术结晶。一位诗人在"文革"白色恐怖时期，看着自己悄悄烧毁的诗稿，感觉焚烧的是"我的思想我的感情我的心魂我生命的本身"，因为"诗，即是诗人一次又一次临盆诞生下的、仍与诗人脐带相连着的生命，焚稿无异是谋杀亲子"。这是诗人对"生命体验"的一种逼真而形象的表述。当然，还有各种各样的文艺创作观，"玩文学""应景文学""应奖文学""三结合文学""应商文学"

"隐私文学"等，它们各有自己存在的理由，甚至有的还会有轰动效应，但它们多半不是"生命体验"之作，它们的"生命"是苍白、短暂的。考之中外优秀的传世之作，但丁的《神曲》、屈原的《离骚》、肖邦的《夜曲》、曹雪芹的《红楼梦》、海明威的《老人与海》、鲁迅的《狂人日记》、巴金的《家》、聂耳和田汉的《义勇军进行曲》……不都是作家、艺术家全身心的投入，不都是他们生命的流动和延续、生命的体验、碰撞、闪光和升华吗？

以此来研究20世纪的华文诗坛，我们将会有一些新的发现、新的价值判断、新的审美感悟。比如胡适《尝试集》和郭沫若《女神》在白话诗史上的不朽价值及其严重缺陷与诗人生命流程中的内在基因有何种关系？为什么说写诗如同"天教歌唱的鸟不到呕血不住口"的徐志摩的诗，是他生命的流动和延续？在监狱中写就的《大堰河——我的保姆》与艾青的生命过程有无必然的联系？在海外创业的余光中写成的《当我死时》，是不是他生命的流程与他日思夜想的故乡故土碰撞的结晶？精深优美的诗作必然具有动人心魄、或启人思悟的特性，也就必然是诗人智慧的闪光、人格的闪光、生命的闪光。

"生命体验"是一种创作观，也是一种批评观，主要指的是内容，尤其要求将诗人与诗，作家与作品，与时代、历史、大自然视为一体，在互为影响、渗透和变化中进行审美评价，故适用于评价多种样式和形式的诗歌：抒情的、叙事的，长诗、短诗，小诗，自由体、格律体等。本文将从"生命体验"的总视角，又着重从诗史、诗格两个大方面来论评20世纪现当代华文小诗的发展，以及评论在当代小诗创作上有一定代表性的吴正"百衲衣诗"（或称短诗、街头诗、枪杆诗、鼓点诗、微型诗、小诗等）的继承性和创造性、美学特征及其不足。

相对于三言五语的小诗来说，优秀的长篇抒情、叙事诗，可以涵盖深而广、丰富而复杂的人生、社会、历史内容，写好它，需要诗人有更扎实的功力和杰出的才气，但诗毕竟不能仅仅以篇幅的长短论优劣，文艺的价值判断，尤其是诗的价值判断，主要还是诗的容量、深度、广度和力度。古代北齐一首短短的乐府民歌《敕勒歌》："敕勒川，阴山下。天似穹庐，笼盖四野。天苍苍，野茫茫。风吹草低见牛羊。"使多少草原诗人掷笔长叹。唐代一首小小的《登幽州台歌》："前不见古人，后不见来者；念天地之悠悠，独怆然而涕下。"写尽了陈子昂怀才不遇又孤立无援、宇宙无垠而人生短促的感慨，令世代文化人共鸣、叫绝。元代兴起的散曲中的小令，也多优秀之作。马致远的《秋思》〔天净沙〕："枯藤老树昏鸦，小桥流水人家，古道西风瘦马。夕阳西下，断肠人在天涯。"情景交融，写出了天涯游子思乡的深情，同为千古绝唱。如果我们将这些三言五语统称为小诗，它们虽形式有异，而言近旨远、辞短意博、字少情长是共同特点。这些作品都是诗人命运、心理、生活流程中特定情绪的凝聚和结晶，而它们所展示的生活的、历史的、心理和自然的画面却是广阔的，美感也是丰富的。

写白话小诗成为一代风气、一股诗潮，短时期内涌现了涉足白话小诗的一群诗人，从而以诗的优质及其代表人物奠定了白话小诗在诗史上不可或缺的地位，那是在历史发展到20世纪初中国新文化运动蓬勃兴起之时。

在中国的文化发展史上，新文化划时代的新开端，应以20世纪初"五四"运动时期为标志。随着白话文艰难崛起之初，白话诗就有先声夺人之势。不少新文化运动的先驱和中坚，都在写白话诗、文的同时，也写一些三言五语的小诗。如李大钊、胡适、俞平伯、康白情、朱自清、郭绍虞、刘大白、王统照、陶行知、汪静之、潘漠华、冯雪峰、宗白华、卞之琳、徐玉诺、何植三等。何谓小诗？顾名思义，主要指的是那些用三言五语，或数行诗句写一物一景、一忽情绪、一眨心态、一刻感慨、一缕思悟，而又极为凝练、集中、精警，"重暗示、重弹性的表现：叫人读了仿佛有许多影像跃跃欲出底样子"①。小诗长诗是相对而言的，郭沫若1920年1月创作的白话诗的奠基之作、四百余行的《凤凰涅槃》，是长诗。而像周作人1919年1月写的《小河》，仅五十八行，史书也习惯称其为长诗。写长诗毕竟需要更充实的生活积累、更丰富的感情积蓄、更充裕的时间精力、更谨严的情绪结构。所以，白话诗兴起的1920年前后，写十余行左右抒情短诗和写三五行小诗的属多。文学研究会的人几乎无一不写小诗。在"五四"时期各种新思想汹涌纷起的大潮氛围中，惠特曼、歌德、拜伦等的白话诗译作风靡诗坛，其中1915年开始在《新青年》上介绍的印度诗人泰戈尔，他写了大量的小诗和散文诗，曾获诺贝尔文学奖，1924年又来中国访问。因此，他的小诗1920年前后在中国的译介，就更为诗坛瞩目，在促进白话小诗趋向繁荣方面，起过不小的作用。"五四"时期，写小诗成为一种时尚和新潮，那是有时代的、文化的缘由的。在上述小诗作者中，在1922年结集了三百四十六首小诗的冰心的《繁星》和《春水》的相继问世，标志着中国白话小诗的第一个辉煌时期。冰心以她抒写对母亲、自然、童心的爱为主调，同时也不乏讴歌光明和时代先驱，揭露社会黑暗的诗篇，艺术上融和了

---

① 朱自清：《短诗与长诗》，《诗》1922年一卷四号。

中国古典诗词的韵味和意境，以及印度泰戈尔小诗的构思和节奏，这种被诗人和评论家称为"春水体"或称"冰心体"的小诗，20年代曾风行诗坛，影响深广。梁实秋、宗白华、朱自清、王统照等都相继发表过研究小诗的论文，称颂冰心是"最好的短诗作家"。

20年代中期到30年代初，诗歌界仍活跃着一些才华横溢、风格各异、擅长写抒情短诗的优秀诗人，如闻一多、徐志摩、戴望舒、朱湘等。但小诗却处于相对寂寞的时期，直到30年代后期反抗侵略的烽火燃遍全国，抗战的火炬也点燃了诗人的灵感，中国现当代的白话小诗又进到了第二个繁荣期。这种小诗形式最自由、活泼、短小、精悍，与这一时期民族的爱憎感情、诗人的激情等时代氛围相适应，更适合及时地、迅速地揭露侵略者的暴行，抒写抗日决心，鼓舞全民斗志。小诗的名称也被赋予了战斗的色彩，街头诗、枪杆诗、鼓点诗应运而生。艾青、臧克家、光未然、萧三、何其芳、邹荻帆、田间、力扬、公木、高兰、高敏夫、陈辉、史轮等诗人，在全民抗战的神圣烈火中，思想和感情都得到了升华，他们涉足诗的多个领域，有的全方位地在诗坛享有盛誉，如艾青、臧克家等；有的以歌词领略风采，如光未然等；有的以朗诵诗驰誉，如高兰等。而在小诗（或谓枪杆诗、鼓点诗）创作上具有代表性的诗人则是艾青和田间。艾青在创作长诗《向太阳》《火把》等前后，以小诗样式写的诗论，开创了以白话小诗的形式谈诗美学的先河。他从不同角度、不同的层次，从自己的创作体验中加以提炼，撷取丰富的意象，用饱含诗意的构思、思维、语言谈诗。其内容和形式不仅影响当时的诗坛，几十年后，这种小诗式的诗论依然具有很强的生命力。另一位有代表性的诗人田间，他的《假使我们不去打仗》《义勇军》《坚壁》

《提防》等都是字字如火、句句如匕首的小诗。作于 1938 年的《假使我们不去打仗》："假使我们不去打仗，敌人用刺刀杀死了我们，还要用手指着我们的骨头说：'看，这是奴隶！'"短短六行，截取最动人心魄的画面和动作，从万千吨语言的矿藏中提炼出最动情、最深刻、最简洁、最富表现力的诗句。小诗不仅形象，不仅满储着感情的浓度，而且蕴含着思想的力量。如果对照 1920 年前后的小诗，这一时期小诗的主要变化是，很少单纯地抒发对大自然、对亲人的爱和思恋，也很少表现个性解放的内容，而是几乎将一景一物、一砖一瓦都与抗战的烽火硝烟相连，即使是讴歌光明，也是与全民的光明的理想同声相应。小诗充满了反侵略、鼓斗志的火药味，小诗中高扬着中华民族不屈不挠、团结御侮的大精神。其中一些精深优美之作，她们都是诗人们生命体验的结晶，他们有的是经常出入炮火硝烟的战地记者，有的就是身临战火前线的文化战士，有的长期投身在全民抗战的热潮之中，有的亲人遭难被害，有切肤之痛，有的自身颠沛流离，又目睹战争的灾难……他们的诗几乎都是有感而发，激情汹涌、义愤燃烧之作。自然，历史地来研究，这些诗在意象的营造、哲理的内涵、含蓄的韵味、个性的情采等方面就相对逊色了。但这一时期的小诗理应像 20 年代那些精美的小诗一样，在中国现当代诗史上留下闪光的一页，因为，前后这两个时期小诗中的优秀之作，都是中国人民前进道路上精神的、人格的、智慧的闪光。

  宏观地观察，历史发展到 20 世纪 50—70 年代，由于历史的原因，诗歌创作的阵地分布面很广：台湾地区、港澳地区及在欧美、东南亚等，那里有不少华人诗人和作品，而中国内地新诗的总体走向是低谷。虽然这时期也新出现了一些有才华的诗人如郭小川、流沙河、邵燕祥、贺敬之、闻捷、白桦、雁翼、李瑛、公刘、周良沛、沙白等，出现了一些比较好的诗作，但"以阶级斗争为纲""反修、防修"及多次以整人为中心的政治运动导致了思想的僵化、人格的扭曲、艺术的枯萎，数量不多的小诗也和其他形式的大量诗歌一样，相当一部分沦为标语口号、空话大话假话。这一时期的香港诗坛比较活跃，小诗不多，也时有新作问世。那里政治的压力不大，但生活的节奏空前紧迫，诗人们多半兼职。他们为了扩大生存的空间而耗去很多时间和精力。即使如此，也出现了一些很有才华的作家和诗人。台湾诗坛呈现着比较复杂的状况。在高压的政治控制和数次迫害进步文化人士之间隙，随着台湾经济的逐步恢复、起飞和西方文学的现代主义新思潮的大量涌入，台湾诗坛一度相当活跃，一批才华横溢的新老诗人应运而出，如覃子豪、纪弦、余光中、洛夫、郑愁予、白荻、痖弦、叶维廉、杨牧、商禽、罗门、蓉子等。他们中的大部分在创作抒情短诗、散文的同时，也写一些三五行或八九行的小诗，余光中、洛夫、商禽等的小诗大多立意精深，意象新奇，直觉和幻觉交杂，善用通感手法。但随着台湾现代主义小说的迅速崛起，以及不少现代主义诗作本身奴从西方现代主义思潮，一味求怪、求晦涩，又往往回避现实而长久地迷恋个人狭小的心灵和对田园风光的感伤情怀，台湾小诗与其他品种的诗歌一样，从60年代中期就朝气锐减，曾一度徘徊不前。

中国内地的历史在十年阵痛中终于翻开了新的一页。大陆文艺的园林花圃在惨遭劫难之后，进入20世纪八九十年代，作为中华母体文化的内地文学创作和文学研究，得到了全面的复苏和繁荣。80年代初期和中期，内地小诗创作发展到了第三个辉煌的阶段。台湾诗坛此时虽不像以前那么热闹、有生气，诗歌创作在经过了前一阶段的躁动、探索之后，又获得了新的进展。也出现了一些新人，如林耀德、吴明兴、雨弦、钟顺文等，他们从热衷于田园风光的抒写到对都市生活节奏复杂心态的展示，从个人心灵的袒露到对政治内容和现实矛盾的思考，从现代派和乡土派的两家之争到表现形式的多元化，其中最突出的成就，是漂泊孤岛的游子们刻骨铭心地思念故国家园的缱绻情怀，有的仅有三五句，却令人回肠荡气。这一时期台、港地区最引人注目的诗坛景观是一批年轻诗人和"后现代诗人"，如罗青、李昌宪、也驼、杨泽等，他们在诗美方面进行了大胆探索，很活跃，但可传颂的精美之作很少。他们都是在创作各种形式诗歌的同时，间或写些小诗。

植根于母体文化的内地诗坛，20世纪80年代初、中期在几番挣扎和抗争中，除长篇抒情诗，尤其是长篇叙事诗缺乏传世的力作之外，其他样式和各种风格的诗几乎都取得了划时代的成就。新老诗人背负重轭，反思深邃，激情汹涌，眼界开阔，思路活跃。他们也时有三五行的小诗问世。涉足小诗的新老诗人为数不少，艾青、邵燕祥、雁翼、戴天、牛汉、周良沛、舒婷、王尔碑、非马、昌耀、孔孚、周礼贤、孔林、西川、林莽、晓帆、唐澜、虹影等，都有隽永、新颖、精警的吟咏。"城市里/高楼在耸起/汽车在奔驰/鲜花在盛开/焰火在闪烁/却没有——/一个人"（唐澜《城市》）；"二百年前/他唤醒了剑桥/所有/熟睡的苹果"（周礼贤《牛顿》）；"我摊开手掌好比摊开/那张秋海棠的叶子/把命运的秘密公开/这条是黄河充满激情/那条是长江装着磅礴/我收起手掌/听到一声/骨的呻吟"（戴天《命》）；"日日夜夜/我听到/心中的/年轮/在通往/蛮荒天空/的路上/辘辘转动"（非马《树》）。与20年代和40年代小诗创作和第一、二个繁荣期比较，20年代个性解放的旗帜高扬，对大自然、光明理想的热爱；40 年代以全民抗日的战斗精神为诗界的旗帜，以与现实斗争共同着脉搏为小诗的生命等，这些精神有的为新时代的小诗所继承，大部分被改造或丢弃。八九十年代的小诗呈现出空前的多元性和冲击性。一方面是饱经忧患创伤的中、老年诗人熔铸人生血泪的诗行，方法和思维是恪守传统；一方面是"文革"中出生的年轻一代，他们历史的包袱很少，成长时又正逢西方各种思潮纷纷涌入，故他们蔑视统一的中心，内容的和形式的框框条条被自由创造击得粉碎，对一切传统具有更大的冲击力，探索的方位偏重于形式，以时空、思维、语言的跳跃和袒露私情为时髦。小诗数量不少，作者队伍也比较活跃，形成了这一时期小诗创作的新景观。但精深优美的小诗创作不太多，还有一部分小诗是无病呻吟、浅薄情绪的一闪，不是作者生命体验的结晶；又因整个时代注意力的大转移，五花八门的经济市场的飓风对文学艺术的横扫，这一时期大陆的小诗不如 20、40 年代那样深得人心，除少数诗作外，大部分都是悄悄地写、悄悄地发，又无声无息地自行消亡。这是时代转型期和社会商业化，给包括小诗在内的最具精神特征的大陆诗坛带来的悲剧。

  小诗的生命是否已趋向枯萎了呢？或已不能适应社会的需要了呢？其实，如果有人能将分散在内地、港、台、澳和世界各地华人写的小诗集中起来，编集成《华人小诗精选》，其工作量无疑是巨大的，但定会受到广大读者的欢迎，也会推动小诗的创作。现在我们欣喜地看到了经常往返于内地、香港地区、台湾地区和欧美的著名的华人诗人吴正先生将历年来创作的两千余首小诗选编而成的《百衲衣诗选集》。这是一本个人的小诗结集。笔者受手头资料所限，依稀记得，自 20 世纪 20 年代冰心"春水"体的小诗集出版之后，六七十年了，至今少见海内外出版社出版的华人华文个人小诗集。只有孔孚等一二人出过薄薄的小册子，虽有佳作，终不为诗坛注意。另有香港诗人晓帆出过一本小诗集《迷朦的港湾》，也不乏情理并茂之作，但走的是日本俳句一路，固有的形式的拘束，影响了更充沛、更丰富、更复杂的生命体验。几十年间数以万计的小诗只散见于百种左右的报刊，或在个人诗集，或在其他诗歌选本中选录几首，零零星星，间有佳作，也引不起太大的注意。

吴正的《百衲衣诗选集》，是从他1972年开始至今创作的两千余首小诗中精选而成的。取名"百衲衣诗"，意指这本小诗集像方丈用许多小块布片连缀制成的袈裟。一首小诗可以独立成篇，独立观看，但希望读者不要将每一首小诗（一小块布片）孤立起来读（看），而且要将很多小诗（小块布片）联系起来，作为一个完整的整体来思考（观看），许多小块布片连缀而成袈裟，许多"百衲衣"小诗组构了诗人生命的流脉、人格的合成和思想的轨迹。这与当年冰心称自己的小诗集《繁星》和《春水》为"小杂感""零碎的思想"相似，"百衲衣诗"就是吴正的"小杂感"、思想的吉光片羽。

如前所述，生命体验的文学批评观，要求尽可能多地了解作家出生、成长、生活的环境和历史，了解作家在社会大环境和生活小环境中兴衰起伏、荣辱贬升的命运、感情和心理，将这种乡土、环境、命运、心理等与作品联系起来考查，不是人文分裂，也不是人文等同，依然是最重视对作品本身的分析评价，并通过作品透视人生。坚信只有联系作家的生活、人格和思想，才能对作品本身作出更精细、更切实、更深刻、更合情合理的评析。

由此读吴正的小诗，与20世纪20年代、40年代以及八九十年代的小诗作纵向的和横向的比较，不难发现吴正小诗的继承性、创造性和构成吴正小诗美学价值的生命渊源。

诗讲高格,小诗亦然。格即格调、品位,亦即我国古代杰出的文艺理论家刘勰说的"气象"和"风骨"。他说:"结言端直,则文骨焉;意气骏爽,则文风清焉。"又盛赞"骨劲而气猛"之作①。这与宋代严羽《沧浪诗话》中的"格力""气象"说相通,郭绍虞释之为:"格力如人之筋骨,必须劲健;气象如人之仪容,必须庄重……"②。诸说角度不一,用词不一,但包含的意思相近,说的都是诗、文的品格、风骨,多层次、多方位地丰富了诗的思想内容的内涵。吴正的"百衲衣"诗格严正、峻切、深沉、有性灵,故其"百衲衣集"看似小而短,实则却大而长。吴正将其坎坷的人生、丰富的阅历以及敏悟的灵性压缩在三言五语中。有时在来去匆匆的飞机、火车上,有时在繁忙、紧张的多边商谈的间隙,有时是梦醒早晨的突然憬悟,有时是一篇诗文、一次开怀的畅谈激发起心灵的颤动,……立即掏出车票、发票、或钞票,甚至餐巾纸,有时竟是在白衬衫的袖口、下摆处,匆匆地记下他的所感、所思、所悟,点点滴滴,涂涂画画,别人无法看懂,他却了然于胸。尤其是在雾雨的晨夕,或在窗台远眺,或在幽幽的肖邦、柴可夫斯基的乐曲声中,此时此景和此声,最是吴正销魂时。他浑身每一个细胞都兴奋地活跃起来,每一根神经都能灵性地跳动起来,于是一首首诗从笔端、从心灵深处,泉眼似的,四面八方的细流汇拢来,千百处水珠渗透出来,<u>丝丝缕缕</u>,汩汩流出。诗人有时写得浑身打冷战、面色苍白,内心却诗火燃烧,神思也飞扬激越,如醉如痴状。正似刘勰所指出的那样:"寂然凝虑,思接千载;悄焉动容,视通万

---

① 刘勰:《文心雕龙·风骨》。
② 郭绍虞:《沧浪诗话校释》,人民文学出版社1962年版,第7页。

里；吟咏之间，吐纳珠玉之声；眉睫之前，舒卷风云之色；其思理之致乎！"①

以上所述，是诗人写诗时生命体验的一种状态。吴正写小诗，就是全身心的投入、拥抱和燃烧。小诗中有他亲情的温馨、眷恋故乡故土的深情、对百折不挠精神的颂赞、对自然风物传神的感悟，也有对专制、奸诈残酷的抨击和鞭挞，对贪婪的金钱欲的嘲讽和揭露，对历史、人生哲理的思考。这一切，都无不与吴正的生活、命运、悟性等血肉相连。第一，吴正诗锋锐利，如出鞘的宝剑，寒气逼人。如《思想》："黑暗中就是希望/凌空时成了幻觉/出轨后变为疯狂/而一旦决堤/竟泛滥成肆虐的/洪水猛兽。"他的中学时代正逢"四人帮""肆虐"的"文革"，他将自己当年的厄运和千万人的遭遇联系起来思索，加上对中外历史上有的"思想"导向光明、有的"思想"制造灾难的感悟，写成了这首小诗。而《钱》一首，又是与他长期生活、拼搏在欧美和港台的体验有关："我捏着的/是那个用手捏着我的人的/心。"对钱的解剖与对人的本性的解剖，锋利确如锃亮的刀斧。这类小诗，写多了，有时也显得直露，诗意不足。当然，吴正小诗并不停留在力度上，他更是一位善思索、悟性强的诗人，所以，第二，吴正诗哲隽永，将自己的生命体验与对人生的、历史的、时代的体验熔铸一体，从中提炼出深邃的哲理："茫茫的夜雾里立着一盏孤灯——/光明有核心/黑暗没有。"（《灯》）多少诗人写过灯、光明和黑暗，留下了多少优美的诗文，而吴正却有自己独特的笔墨，如此鲜明、简洁，如此平实而又那样深邃。他的一首无标题小诗："《风景互成》：/伐尽森林/留下单株来/专美

---

① 刘勰：《文心雕龙·神思》。

一刻，而/孤寂永远/——且，行将枯槁。"这首小诗可让读者想到很多，有深刻的普遍性。世界万事万物都是互相联系的，互为因果、互关荣枯、互系存亡。无休止地、贪婪地对大自然掠夺，或无休止地、残酷地对人的肉体和精神的迫害，最终将导致人类社会的解体、倒退、"孤寂"、"枯槁"，甚至毁灭。吴正搏击商海、涉足文坛，时常看到人与人之间的倾轧、欺诈、打击、陷害等丑恶伎俩，小诗依然是他有感而发，依然是他生命体验的一个内容。他生活的社会及其经历、他的家庭环境及其先天素质和后天修养等，都是形成吴正个性的基础。因此，第三，吴正诗性——诗的个性——纯真。在所有文艺样式中，诗，更应是作家内心的自由、灵魂的袒露。虽然诗史上有过诗格和人格分裂的诗人和诗作，有的是特定时代权力和金钱的逼迫、诱惑，最终仍应归咎于作家自身人格的怯懦和扭曲。以诗抒情、以诗明志、以诗张扬个性，一直是中国古代和现代诗的优良传统，20 世纪 20 年代冰心等创作、40 年代田间等创作的小诗，无一不是诗格和人格一致的真纯之作。"没有脊梁的生还不如去死——/死倒还能算一种僵挺在棺木板上的正直"（《脊梁》），"我们不都也是群先天性的/残废者，残废是因为/我们少长了一根/媚骨/而又多长了一根/傲骨。"（《自嘲》）"这是一场拳赛/我被击倒了/再爬起来：只是为了再次被击倒"（《拳击》），像这样内容的小诗有多篇，读后令人怦然心动、神魂振奋。吴正有时情绪大起大落，有时脆弱多虑，有时精敏过人，有时灵气飞动，诗人气质时时又会激发他神经质似的兴奋灶。诗如其人，在和吴正的文学交往中，发现吴正毕竟是清醒的：他崇尚正直、正义、刚正不阿，光明磊落；他鄙视猥琐、奸佞、卑躬屈膝。作为一位作家，吴正的为人和诗都深受中国传统文化中情义无价、清高放达、廉洁自重精神的影响，"安能摧眉折腰事权贵，使我不得开心颜"①。吴正不论在"文革"的批斗声中，还是在涉足文坛横遭权贵嫉妒和压制，或是一度在文坛、商坛受挫时，甚至在深爱的严父令其放弃写诗作文时，……吴正仍然努力坚守着自己的人格和尊严。诗为心声，有其人格，始有诗格，观其诗格，更显其人格。吴正自云："对于诗人/两个结论一样可悲：/人不如其诗，或/诗不如其人。"可见诗格和人格的一致，正是诗人吴正的终极追求。敏悟很高的诗人，在他生命体验的人生之途上，以此追求作为自身高格的、优美的精神境界，这本身就是一种长时期自我灵魂的熔炼。

生命体验是诗人创作的必经之路，也是评论诗人和诗作的视角之一。诗格不仅体现在力度、深度和个性的纯真上，也必然体现在情感上。小诗三言五语，决定了与任何情感的铺排和渲染无缘，它要求情感更炽热而高度浓缩。吴正的《锁链》《雕刻家》《偶像》《和平鸽》《绳》等，就是诗人将厚重深沉的感情提炼、锻压而成的小诗。如《锁链》："法律是一类刚的/宗教是一种柔的/而你，是一条无形的。"诗人将多年来对"无形的"锁链——一切专制的、丑恶的思想和礼教——强烈憎恨的感情，锻压在三言两语中，爆发力很强。这就是吴正小诗的又一基本特色；诗情浓烈。人云"情动于中而形于言"，"繁采寡情，味之必厌"②。这里的"情"不是指浅露的、轻浮的"情"，而是指长期的"志思蓄愤"，才能提炼出"吟咏情性"的优秀小诗。毋庸讳言，吴正也有不少小诗诗情直露，却有相当一部分诗情厚炽，启人思悟，耐人回味。这主要的依然归结于他人生之路上的成功和失败、欢乐和痛苦、爱和恨的生命的体验——亲临身受、

---

① 李白：《梦游天姥吟留别》。
② 刘勰：《文心雕龙·情采》。

切肤之痛、由衷之喜、刻骨铭心等，如此长期的蓄积、思考，一旦自内心深处诗化后，发而为声，其中的优秀之作，虽是三五行，怎会不字字铿锵、句句火红？

吴正在诗格的追求、锻造上，还特别注重小诗的诗韵，诗的节奏、旋律、语调、音韵等。小诗一般仅三五行，锻造好诗韵更为艰难，诗韵优美和谐了，诗格即可更为鲜明感人。吴正继承了20世纪20和40年代小诗诗韵的优秀传统：重自然、朴实、流畅、和谐。"五四"文学革命后在诗界有自由体诗、格律诗、现代诗等诸种诗体，都各有成就，在锻造诗韵上，以郭沫若、冰心、闻一多、徐志摩、艾青、余光中、洛夫、非马等为佼佼者，他们才气纵横，神通气畅，诗情醇醴，中外文学修养又深厚，所以他们的那些优秀之作均是吐珠纳玉之声，诗韵耐读耐回味。这里需要才气和功力。小诗创作亦然。吴正自幼习琴，在"文革"的高压中又闭门练琴、写诗，十年磨炼，甘冒热衷"封资修""罪上加罪"的风险，几乎弹遍了肖邦、柴可夫斯基、贝多芬等大师的曲谱。音乐的内在的旋律、节奏、舒缓起伏、抑扬顿挫等都自然而然地流入、融进吴正小诗的创作中。要说吴正的痴迷，他曾说：商业只是对父辈事业的继承，而诗文创作才是发自心灵的驱使。他对音乐和诗的痴迷，使作家吴正的生命体验饱和着高度敏感的、诗意的、浪漫的情调。而在吴正创作小诗时，这种生命体验被融为一体了，音乐的美感特征就渗透进了小诗的字里行间。吴正的小诗在长句、短句、分句、分行、句子的排列等方面，不是刻意经营，而是自然流淌。这样的小诗，不仅读起来朗朗上口，而且有一唱三叹、余音绕梁的内在旋律美，与吴正小诗的诗锋、诗哲、诗性、诗情构成了和谐一体。自然，有时，吴正过于匆忙、过于强调口语化、甚至急于表达时对语言的放纵等，有一些小诗的音韵就难免生硬、松泛。

  一种文学样式能否在历史上占有重要的位置，主要决定于这种文学样式有无经得起历史和人民检验的高文格的作品和高人格的作家群。20世纪20年代白话小诗的蓬勃崛起、40年代白话小诗的战斗激情，都有一批优秀作品和一些诗人留在史册上。八九十年代华文诗坛更为广阔、更为有生气，有才气的小诗作者队伍也日渐增多。但见于报刊的小诗太分散，零零落落，有些诗人又时写时辍，积之既久，又无暇整理成书，评论小诗的论文也难见报、刊，小诗笔会、小诗评奖活动也似未举办过。在人们行将告别20世纪之际，在各种五光十色的诱惑面前，文坛更应甘于寂寞，有志之士更应以"蝉噪林逾静，鸟鸣山更幽"为心理境界①，吞吐大千世界于胸腑，表现世纪风云于笔端，多创作一些史诗式、长卷式的精深优美之作——现在已有一些这样的作家和艺术家在埋首耕耘。在此同时，文坛也应多贡献一些精深优美的、活泼的小诗、小剧、小小说、小品文，以小见大，使它们也在20世纪文学史的长途上留下深深的、闪光的脚印。

1995年7月草于复旦大学"达庐"

原载《二十世纪诗歌研究》，中国文联出版公司1996年版

---

① 王籍：《入若耶溪》。

辑四
书法艺术论及其他

从"磨豆浆""拉皮筋"到"多岐为贵"

　　读书、教书、写书几十年,而今垂垂老矣。"却顾所来径,苍苍横翠微",当年多位"传道、授业、解惑"的恩师已先后作古,他们授课的具体内容虽已模糊,而往往对他们信口随意说的隽言俏语,却能一直光照于心,引领数十年。如 20 世纪 80 年代中,一个初秋的傍晚,我上完课借了厚厚一叠书回宿舍。老系主任朱东润先生正在散步,问我最近在忙什么,我就说忙着看书,感到写文章立新意很难。朱先生于是联系自己研究《诗经》、传记文学、中国文学批评史的体会说,写文章要像磨豆浆,先要有很多好黄豆,做学问也是要先读很多书,然后把要写的东西放在脑子里反复"磨豆浆",不要一有想法立马就动笔,那样出来的是"夹生饭",多"思磨"几遍,出来的才会是新鲜好喝的豆浆。——自此"磨豆浆"之说就一直根植于我脑海了。又如 60 年代初,在一次作书法讲座的报告会上,以篆书和行书享誉书坛的朱先生,在联系到书法用笔、书写线条时说,逆锋起笔,中锋行笔时,一竖一横,一撇一捺都要如拉长韧性很足的橡皮筋,"拉皮筋"的线条要有内敛的韧劲。生性愚钝如我者,要等到若干年后,在自己积年习练书法过程中,在多读多看历代书法大家、理论家多次论析"用笔"之道时,才对朱先生关于书法线条的"拉皮筋"说有所领悟:这与书法史上盛传的"屋漏痕""锥画沙""印印泥""纤夫拉纤""高空坠石"等不是有异曲同工之妙吗？

在尔后留校任教，撰写并主编数百万字研究文学的著作时，朱先生形象生动、深入浅出的"磨豆浆"和"拉皮筋"说，都让我受益不尽。而今，我在继上海文汇出版社出版的《石鼓文书法之春——唐金海创集石鼓文书法荟萃》十六年之后，承复旦大学出版社青睐，即将在母校出版社出版的《唐金海自创诗、联书法集》，其立意构想、挥笔书写，就首先触发于当年"磨豆浆"和"拉皮筋"之说。我想，"磨豆浆"就是对要立论撰写的东西反复"思磨"，多咀嚼消化再下笔；"拉皮筋"讲的就是如何用笔，即起笔、行笔、收笔时如何才能做到"气"和"力"的内敛、厚重、自然，如何避免笔墨的"飘滑软浮"。当然，此外，我的书法创作，更多的还是融入了尔后习练一些大书法家的碑帖和研读一些书论、书法史著作后的实践和感悟。

中国书法犹如奔流不息的滚滚江河，源远而流长，又如连绵起伏的崇山峻岭，深广而奇奥。历代问世的碑帖、书法理论和书法史著作，浩如烟海。笔者在长期从事文学教学和研究著述的同时，对书法情有独钟，砚耕不辍，性之所至，有时竟不分日夜。仅那些古代的碑帖，就令人百读不厌，百练不倦；还有当代著名书法家出版的多种各具一格的书法集，也令人目不暇接。——其中有些书法家的作品，其笔法、结字、章法、墨韵和布白，几近炉火纯青的境界，在点、划、横、竖等笔法上灵变自如，个性鲜明；在楷、隶、行、草、篆诸体上，几乎都出现了一些风神独标、各具一格的书法家，他们的书法艺术，使流传千古的唐宋诗词和历代一些脍炙人口的经典散文短篇，以及孔孟老庄等的格言哲语，更加优美生动，更加流金溢彩，更加广泛流传，更具有经典诗文的艺术感染力。

然则，也有一些书法家和观者注意到，近三四十年来，各种名目的书法展铺天盖地，各种各样的书法集如雨后春笋，透过一片"繁荣"的现象，一些观众和有识之士逐渐发现，固然上述作品的笔墨雅拙良莠不一，有的"个性"迥异，而其书写的内容多半雷同，多半千篇一律，缺少时代感、独特感、现实感和新鲜感。也许是"一种倾向掩盖了另一种倾向"吧，即秦、晋、汉、唐、宋、元、明、清以前，直至近现代著名政治家、学者、文学家、书法家、画家——如毛泽东、鲁迅、李叔同、林散之、吴昌硕、于右任、郭沫若、王蘧常、齐白石、吴大澂、沈尹默、沙孟海等，承续古代前贤的另一个优良传统——自创自书的书法传统，近半个世纪来，没有得到当代书法界应有的重视、似乎被一度遗忘了。——对此，我"思磨"多年，深有同感。

毋庸置疑，书写历代诗文名句的优良传统，不仅弘扬了经典文化，也拓宽了书法艺术的领域和境界。其主要开创者是被誉为"宋四家"（苏、黄、米、蔡）的大诗人、大书法家黄庭坚和苏东坡。其时，宋代正兴起"尚意"审美观念的思潮和实践，总体上对晋人"尚韵"、唐人"尚法"的书风起了很大的冲击和突破。苏东坡、黄庭坚等在内容和笔法上力主"自出新意"（苏东坡），"自成一家"（黄庭坚）。苏东坡进一步直白地说，"我书意造本无法，点画信手烦推求"，"浩然听笔之所之"。他们首先在笔墨、结字、章法上，冲击了以往"趋时贵书""亦步亦趋""媚于俗""固守法"的因袭的书风，打破了驰誉一千多年的"二王"妍美和润、劲健清雅的审美标准的单一性和模式化。他们在"尚意"的大潮中，在力主冲决"尚韵""尚法"的绳墨陈规时，又大倡"读书万卷始通神"（苏东坡），"学书须要胸中有道义，又广之以圣哲之学，书乃可贵"（黄庭坚），"学问、文章之气郁郁芊芊，发于笔墨之间"（黄庭坚），遂首创书写前贤诗词，这就是苏东坡、黄庭坚以"尚意"精神拓宽书法新视界的"自成一家"之举。他们拓宽了书法书写的新天地，在笔墨"尚意"和内容可写古贤诗词上，都有创新之功。由于时机尚未成熟，当时终难成气候。直到元代，宋宗室后裔赵孟頫，树起了书法"贵有古意"的旗号。他的"贵有古意"，首先指的是回归古代以"二王"为代表的经典书法中用笔、墨韵、结字、章法的"古意"，这又是对宋以来大倡"尚意"书风的一种反思和反拨。——一方面，赵孟頫极为推崇"二王"笔法上清峻灵和、骨劲气雅、醇美内郁、纵逸多姿的审美意向和境界；另一方面，其"古意"又与苏东坡和黄庭坚的"古意"有某种契合，两相呼应。"退笔如山未足珍，读书万卷始通神"，认为"识浅、见狭、学不足三者"，"作字""终不能尽妙"（苏东坡），与黄庭坚"胸中有书数千卷""则书不病韵"也相通。其时，因时代变迁，士大夫们的"崇古"之风日炽，书法应拓宽笔路的时机已趋成熟，火候已到，加之赵孟頫位高名重，笔墨又独步书林，较多地书写前贤的诗文，振臂一挥，风气大开。自此，在笔墨、结字、章法上赵孟頫虽又树起了"总百家之功，极众体之妙"的"二王"大旗，但同时又在内容上也力倡"读书得古意"，即书写经典诗文。一时风云际会，以大量书写前贤名诗警句为尊，书法内涵又步入了一个崭新的境界。——历经大浪淘沙后的前人创作的经典诗文、名言名句，经名家挥笔书写，书法那独特奇奥、优美灵变、仪态万方、风神独具的笔墨艺术，使那些经典诗文固有的文化内涵、精神底蕴、美景真情等，锦上添花，魅力无限，更让人爱不释手了。

此后，大量书写前贤诗文，书法界渐次蔚然成风。直至明末清初，崇北碑之风盛起，康有为更踞鳌首，高擎起以往傅山、包世臣、阮元等崇北碑的大纛，振臂高呼，把崇北碑之举推向巅峰，独领书坛风骚的"二王"书风，"妍美清峻""纵逸气雅"的审美标准，以及长期来法帖独尊的局面，又一次受到沉重的冲击，北碑"古拙深穆""竣厚劲朴""奇逸雄强"的书法风格、表现及笔墨内涵，使书法更为丰富多样。然而，其时在内涵上书写前贤诗文之风虽炽，仍有不少书、画家自创自书诗文，自创自书诗文的"祖传""书脉"未断。历史江河滚滚向前，近几十年，思想、理论、经济等时代风貌发生了翻天覆地的变化。改革开放的大潮也为文化艺术开拓了新路。书法艺术获得了空前的繁荣和发展。铺天盖地的各种名目的书法展和讨论会，如雨后春笋般的中青年书法家破土而出，如火如荼的书法市场和书法报、刊的闹猛景观，还有一些功力、学力深厚也多有真知灼见的书法史、书法理论研究著作的问世。如此等等，中国书法作为一种独立的文学艺术样式已然举世瞩目。

在中国书法空前繁荣的热潮中，笔者的"思磨"与有些书法学者产生了共鸣，已注意到，中国书法史上的另一个优良传统，——自创诗文自己书写的"本源传统"的书家文脉，在近半个世纪来，迄今依然被严重轻视了，甚至被忽略了。为什么说是"本源传统"？有一个不容置疑的历史文化的事实，即中国书法先天性是与汉字结缘的，是与汉字结伴而行的，是与汉字的发展变化相得益彰的。汉字是中国书法的载体，中国书法因汉字而仪态万方，汉字也因书法而魅力无限；书法因汉字构成的无比深广的文化内涵而厚重隽永、光照千古，汉字也因书法以灵动玄奥的笔墨书写的文化内容而闪耀光辉、流金溢彩。这是众所周知的一个常识。汉字是汉文化赖以生存和发展的生命载体,博大精深、源远流长的汉文化,就是先天性与汉字结缘的书法艺术的母体。是不是可以这样更形象地说,笔墨是书法的血肉和脏腑,汉字是书法的骨骼和灵魂!——这就是中国书法和汉字与生俱来的"本源传统"。脱离或"抛弃"了汉字,那种线条的错综飞舞、墨色的淋漓挥洒,就失去了中国书法的质的特性,也就是大哲学家黑格尔说的失去了事物的"这一个"的"质的规定性",自然也就不是中国书法了。如果还有人将这样的"东西"打着书法的旗号,到处哗众取宠、炫耀贩卖,不啻是对书法的亵渎,也是闹了常识性的笑话了。——岂是志在弘扬中国书法艺术者所可为哉?

由此可见,中国书法从开创之初就与文化结下了不解之缘——书法只要书写汉字,它就先天性地具有了内容,——当然,书法的线条墨韵、用笔技巧、结字章法,固然有内容,从线条的急徐枯润、劲挺盘曲,从结字的大小变形,从章法的欹角呼应、积墨留白等,可揣度到、感受到书法家或抑郁、明朗,或沉重、激昂,或从容、急迫,或媚妍、愤世等情绪和内心的波动,但无可否认,那些只是观者对不同的书法笔墨的某种主观感受和直觉,是一种分析和揣度,那也是隐隐约约的、笼统模糊的、似是而非的。——当然,这种朦胧感也是一种美感——不可否认,它不能达到观赏书写汉字诗文那样的明朗性、准确性、丰富性和深刻性——毋须赘言,书写汉字也是可以达到类似的朦胧美感的。所以,不难理解,笔墨书写的汉字的文句、诗词、联语等固有的内容,有更为丰富多彩、精微隽妙、博大精深的内涵——其实,千百年来,以汉字为载体的中国书法,开初就成为人们生活交流的载体,如记事通信、简牍公文等,并逐渐具有表情达意、审美欣赏、抒怀言志的丰富功能。——中国书法，这一具有鲜明民族独特性的艺术样式，既是构成汉文化的独特的艺术瑰宝，又应是承载丰富和弘扬汉文化的一种独特的艺术样式。

已如上述，自创自书是中国书法的"本源传统"。书法史上灿若群星的书法家们，虽然他们的书法真迹，如卫夫人、钟繇、张芝等，今人只能见其法书刻本或摹本墨迹等，真迹已无法见到。如今能见到最早的自写自书的真迹，仅为西晋名家陆机的《平复帖》（距今已一千七百余年），是给友人的一封信札，内容是安慰多病的友人，又互通另两位友人的消息。字为章草，系用秃笔写于麻纸上，笔风质朴老健，拙趣天成。稍后，另有东晋"书圣"王羲之的《快雪时晴帖》，是写给山阴张候的一封简短的信。计二十八字，笔法古雅清润，稳健从容。历代专家考证，此为迄今为止后人能见到的摹写的真迹，其墨迹业已失传。仅以上两例，足可见自写自书的端倪。书法诞生之初所固有的用于书信往返、简牍公文、交流记事等实用功能，由于书法的"文房四宝"、特别是其中神奇奥妙的毛笔的运用，促使书法逐渐演变发展，艺术欣赏的审美功能随之也渐趋强化，书法领域中自创自书的文学艺术特点尤为明显了。

自元代赵孟頫的好友、著名书法家鲜于枢，首冠王羲之自创自书的《兰亭集序》、颜真卿自创自书的《祭侄稿》、苏东坡自创自书的《黄州寒食帖》为中国书法史上的"三大行书"之后，自出机杼的"三大行书"就一直得到了书法界的公认，历代均奉为圭臬。这是书法史上既具有独特的笔墨、结字、章法，又是自己创作书写的"本源传统"的经典名篇。

千百年来，研究"三大行书"及其作者的名著辉煌在目，其中不乏功力深厚、独具慧眼的名篇论作，尤令笔者肃然起敬。然而，笔者反复"思磨"后注意到，这些学术研究上的真知灼见，似乎只得到了较少书法家的注意。"三大行书"何以能享誉千百年？何以能被历代书法家公认？书法界谈得最多的是如下三点：一是他们用笔结字的独特、老到、自然和个性化；二是他们的章法墨韵、俯仰欹侧、上下呼应、积墨留白等均率性而为、随意天成；三是他们句句含情、笔笔随心，作者的人格、心性、喜怒哀乐，倾注在字里行间。谈得较多的还有同一篇短文中一个"之"字的二十一种写法，行笔时的积墨随意，笔墨淋漓和涂改不羁，某些字的中锋和偏锋并用，涨墨和飞白的不拘一格等。

  上述见解，自是中肯、真切。如果全方位思考，人们要问，为什么公认的"三大行书"都是自创自书的诗文？自创自书与上述的三方面有无影响？如果撰写前贤的经典诗文，能不能达到"三大行书"那样内容和笔墨完美统一、融为一体、得心应手的审美境界？其实，并不难回答，君不见，前人早有名言在先。苏东坡论吴道子画，引申到书法时说，书法"无新意妙理，末矣"。又进而说，"书贵入神，而神有我神、他神之别。入他神者，我化为古也；入我神者，古化为我也"。这里的"神"，自然既含书法笔墨等的"神"，又含书写内容的"神"，即"新意妙理"。如用古人笔墨书写古人诗文，即"入他神"，"我化为古"，如用自己笔墨书写自己有"新意妙理"的诗文，即"入我神"，古人创造的笔墨传统，则"化古为我"。黄庭坚在《论书》中说得较为直白。他说，如书法要避免"俗"，则"学书须要胸中有道义，又广之以圣贤之学，书乃可贵"。并进一步指出，若其"灵府无程"，"致使笔墨不减元常、逸少，只是俗人耳"。

"三大行书"是书法史上自创自书的典范之作，作者都是"胸中有道义"和"圣贤之学"的大家，又是一代翰墨大家。类似这样"文""墨"双峰耸峙、璀璨夺目的书法大家和名家，还有王献之、智永、欧阳询、李世民、张旭、褚遂良、柳公权、怀素、黄庭坚、米芾、赵佶、赵孟頫、鲜于枢、唐寅、祝枝山、徐渭、董其昌、沈增植、郑板桥、康有为、鲁迅、郭沫若、于右任、吴昌硕、李叔同、沈尹默、林散之、王蘧常等。只不过其中有些人和历史上另一些人，有的更多地被他们的"诗文"大名掩盖，或书作极少流传，如李白、陆游等；有的被他们的学术盛名淡化，如钱锺书、茅盾、朱东润等；有的又主要以画艺驰誉，如八大山人等——他们的笔墨功力、学养风范、人格气节、个性癖好等，无不水乳交融地"滋养润泽"在笔墨之中——尤其是"滋养润泽"在自创自书的作品之中！被人文和书法界公认的"三大行书"，就是超越时空的书法经典！他们其时在不同的境遇中创作的三篇诗文，之所以彪炳千古，自然与他们的笔墨功力妙夺天工，线条、结字、章法、墨韵等都灵动自如有关，也与他们下笔成章的文化底蕴、人格骨气、情怀感慨和悟史观世有关，这两者均融为一体，熔于一炉，则可"秉笔思生，临池志逸"（欧阳询），如书写别人诗文，其作既不是书家亲身感受，也不是从书家心底自然流泻，纵使书家有所领悟，也终究隔了一层，"入他神"，难臻"心手相应"的书法境界；当然，如自创诗文尚佳，而笔墨生涩、浮滑、薄俗，则书作断然等而下之——，两者不可或缺也！"三大行书"启示后学，习书者一方面要有经久磨炼、熟用笔墨的深厚功力，另一方面要同时厚积文化学养，锻造品格情操，有感而发文，有情而动笔，自创自书诗文从书家心底自流白露，书法亦随之从笔端随溢随出，心到手到，"入我神",心手相契,手心相应,方可达心手两忘的境界,正如北宋黄庭坚赞草圣张旭时所说,"心不知手,手不知心法耳"。

笔者读书、教书、写书、习练书法数十年,甚为认同苏东坡"入他神""入我神","我化为古""古化为我"及黄庭坚"灵府""有道义"之说。如前所述,前贤的经典诗文,是书法"取之不尽用之不竭"的艺术源泉,书写这些诗文是前贤开创的中国书法的一大优良传统。当我们继续深入"思磨"时会发现,那些圣哲辉煌的诗文抒发的都是特定历史时代、特定生活场景、特定人文境遇以及作者特定的个人感怀胸志和心绪情愫,其中相当一部分有超越时空的价值——哲理、感情和审美性的不朽的传世价值。——但无可否认,也有相当一部分诗文在问世的时候,为世人欣赏,但在时过境迁之后,时代发展、世风人情变化之后,就缺乏"超时空"的审美价值了。

"一个时代有一个时代的文学艺术",从总体宏观的意义上说是真理。新的时代需要新的书写内容、新的诗文来展现新的时代的新生活、新气象、新场景、新感受等,即使有感于历史事件、历史人物、历史场景、名胜古迹、百味人生等,都需要有现代人的眼光去观照、现代人的感情去思考,都需要有新颖独创的、深刻精美的诗文。——同时,也需要书法艺术在笔法、结字、章法和墨韵等方面有新的丰富、新的变化、新的创造,当然,由于书法用笔等方面具有相对的独立性和变化的渐进性,这种变化往往时间更长、更艰难。民族的审美趣味、审美习惯的变化总是有一个相当长的过程的。

以汉字为载体、以文房四宝为工具、以审美愉悦、修身养性、达情悟道为基本旨归的书法艺术,就需要一定时代的书法家,在书写历代经典诗文的同时,也立志创新——诗文内容和笔墨表现为一体的创新——根据新的时代、新的社会状况、新的感受以及新的世界视野中的人文理论、艺术审美，刻苦磨炼，坚持创新。——其艰难，唐代书法理论家张怀瓘早就多次说过："尧、舜王天下，焕乎有文章，文章发挥，书道尚矣。……秦汉之间，诸体间出，玄猷冥运，妙用天资。理不可尽之于词，妙不可穷之于笔，非乎通玄达微，何可至于此乎？"又掷地有声地指出："夫翰墨及文章至妙者，皆有深意以见其志。"两者"至妙"的"深意"及"其志"，有时神秘莫测到"可以心契，不可以言宣"。笔者理解，这里的"心契"，在书法创作中指的是"翰墨"与"文章"两者的交融、默契、和谐、融为一体，一亦为二，二亦为一，到达如此高深莫测的神秘境界，借用并引申唐代著名草书大家孙过庭在他的传世名著《书谱》中关于"通会"的一句话："通会之际，人书俱老。"——其实，很多时候是"人书俱老"，也难达"通会"之境。

明乎此，可知书法之道，与其他人文领域相似，"通会"之境，难矣哉。

清刘熙载在名著《艺概》中指出："书者，如也，如其学，如其才，如其志，总之曰，如其人而已。"神秘莫测的书法已是中国的国粹，后来者立志踵武前贤、蹈步迈进，仅就书写前贤经典诗文与自创自书两者而言，如前所述，均为中国书法在"翰墨"和"文章"和谐统一方面的两大优良传统。它们均各有所长，也各有所难。书家和习书者尽可各择其道，各书己好，各执私见，各行其法。"文章"的百鸟林中，需要百鸟齐鸣，"翰墨"的百花园中，同样需要百花齐放。著名的学者、"红学"专家、教育家蔡元培先生在为他同乡写的与他观点不同的一本书作的序中说："多歧为贵，不取苟同。"

先生所言学术繁荣应"多岐为贵",是否也适用于当今书法艺术的发展和繁容?

2016 年秋改稿于复旦大学息心斋

原载《唐金海诗联书法集》,复旦大学出版社 2017 年版

石鼓文概说

何谓石鼓？何谓石鼓文？

石鼓（又称猎碣），专指中国古代唐朝初年在陕西凤翔田野中发现的十只圆柱形的花岗岩刻石，状如鼓形，其上又以独特的籀文镌刻着四言诗，是迄今为止独一无二的传世国宝。唐书法理论家张怀瓘于《书断》中首揭"石鼓"之名，自欧阳询、虞世南、杜甫、韦应物初见石鼓，或惊喜称奇，或作诗文，尤其是旷代诗文巨匠韩愈和苏东坡写《石鼓歌》之后，"石鼓"之名更是声誉日彰。

石鼓文之谓，系专指刻于上述十只圆柱形花岗石上的独具结体和笔意、别有气韵和精神，迄今为止独一无二的美妙绝伦的文字。

石鼓及刻于其上的石鼓文一直深埋地下，直至唐初贞观年间始在陕西凤翔天兴县南二十多里的三畤原陈仓田野（今陕西宝鸡市郊）中神显于世。自发现至今的一千六百年间，经历代文史哲国学大师、书法、文字和考古学大家等长期深入研究，石鼓及其石鼓文的起始年代，依然众说纷纭：唐人多论考起于西周，宋人或论考始于东西周之间，或论考始于先秦，之后元、明、清直至近现代，众多驰誉世界的中外（日本、韩国、美国、新加坡、泰国等）专家学者，虽也据史考凿，仍莫衷一是，多有歧见。然考索千余年来众多文献之史实和笔者积学多年探究之浅见，亦可认知学术界大体之共识：石鼓文始于距今二千五六百年至二千七八百年之间。

石鼓意义深远，是国之独一无二神奇珍宝，世界罕见之古物；其文化精神、万载传世之文化价值遍及于文字学、书法学、文物学、考古学、史学、美学、诗学、地理学、篆刻学等范畴；仅文字学、书艺学界就向有"石刻之祖"之美誉；另如其文学、文物、历史、审美等价值亦为不可估量。因石上刻有四言诗，真实展示了两千多年前王公大臣等的渔猎场景和风俗，而其四言诗又与中国最早的、享誉世界的诗歌总集《诗经》一脉传承，因而石鼓证实并提升了《诗经》的不朽价值；石鼓也表现了古人神奇高超的智慧，益显其苍古奇奥、千姿百态、静动繁简、顾盼生辉、盘根交柯、龙飞凤舞等审美价值，石鼓实为人类永世之珍奇"神物"也。

石鼓文既被认知为战国时代秦时之刻石，在其一千余年历史风尘漫长的研究道路上，中外人文大师及艺术巨擘如绵延之高山峻岭，如闪烁之日月星辰：欧阳询、虞世南、褚遂良、韦应物、杜甫、韩愈、张怀瓘、苏东坡、黄庭坚、米芾、欧阳修、梅尧臣、郑樵、李东阳、鲜于枢、爱新觉罗·弘历（清高宗）、康有为、吴昌硕、吴大澂、马衡、郭沫若、唐兰、罗振玉、马叙伦等，以及日本国的中村不折、日下部鸣鹤、赤冢忠、辻本史邑、石桥犀水等。人类文化史上不乏古书奇物，但能长达千余年吸引国内外历代大学者精研深考的理论与书写之热情日奇日增者，殊属罕见。——岂不令后学者思悟焉。

既为独一无二之国宝，石鼓之命运必然坎坷。石鼓历经地壳变动、自然变化、战火灾厄、朝代更迭及愚昧与贪婪之破坏，一千余年间，石鼓有十六次大动迁，自偶见于陕西陈仓田野始，中经凤翔（秦时称雍县）孔庙、汴京（今之开封）、燕京、上海、南京、宝鸡城隍庙、汉中文庙、成都东门大慈寺、峨嵋东门大佛寺、峨嵋西门武庙、重庆、南昌、九江、南京，20世纪50年代初，辗转运到北京，后存故宫博物院珍宝馆。寒来暑往，风尘仆仆，石鼓终于入馆为安，端坐至今。

惜乎，唐初发现时之初拓本现已荡然无存。据考，石鼓文字原始六百五十四字（一说七百字左右。学界有争议），即今尚存可辨识者仅剩二百余字矣！其年久世湮，风化雨蚀，漫漶沥泐，到宋时据欧阳修文中所记："其文可见者四百六十五。"北宋以降，中外流行石鼓文拓本之版本有数十种之多，而今最早、最清晰、最可信、存字也最多之石鼓文拓本，仍系北宋之拓。原为明代江苏无锡大收藏家安国搜罗求觅二十年，耗资万金所得，被奉为"神赐之物"。

安氏计收有三种石鼓文原版本：先锋本、中权本、后劲本，均为北宋时所拓。其间识家初收，诡秘深藏、辗转易手等迭经传奇，均视若圭臬，奉为神物。而安氏三本各有所长，以中权本较好。三本之刻石文字，笔势厚重而流动，结体严谨而多变，气韵灵动而高古，境界深邃而苍茫。——确如安国钤于"后劲本"的一方白文印八字所言："不可无一，不能有二。"

天下至宝、奇物，命运多舛多厄，迭经困磨，也必然光辉日炽。——世所皆然也。及至20世纪30年代，侵略铁蹄践踏神州大地，战争烽火燃遍江河上下。中国明代嘉靖年间（16世纪）锡山安国收藏之上列北宋石鼓刻石拓本，因其后人分产，于天香阁梁上得见安国所藏石鼓拓本。家道多变，国难迭起，此拓先后流为沈悟、秦文锦所得,而最终沦为日本东京三井银行行长委托购藏石鼓文的京都人河井仙郎之手,被其高价购得,三井银行老板"视之为天壤瑰宝,秘不示人"。至此拓本至宝,流落东瀛,一去不复返矣。——国之一殇也。河井来华时与学人及书法界名家罗振玉、王福庵、丁辅之交游甚勤,经介绍,遂拜吴昌硕学书法篆刻,其系为日本书学及商界之有心人也。但天有不测风云,第二次世界大战时,1945 年美国飞机轰炸东京,河井仙郎不幸罹难,他的住宅也化为灰烬,而其所藏三种石鼓文之照片也毁于战火。然三井银行行长托河井仙郎购藏的石鼓文北宋原拓,是否安然无恙?——其时在日十年,精研甲骨文、石鼓文的郭沫若及其他学者,亦深怀忧虑:原拓是毁于战火,还是秘藏国库,抑或流失民间?是当年藏匿之处已无人知晓,还是另外转手,为幸者、识者供为神物而密藏?然历史风云尘沙已过,不幸之中万幸者,始知河井仙郎当年在华高价购得的北宋石鼓文原拓尚被密藏。2006 年 3 月,天朗气清,惠风和畅,中日文化,友好交流,在上海博物馆、东京博物馆和朝日新闻社联合举办的"中日古代书法珍品展"上,当年安国深藏之石鼓文北宋原拓——这一人类共同的珍宝,与早已流入东瀛的王羲之《丧乱帖》等数十件珍品,终于又展现于神州大地。海内外文化界众多人士及百万观众,竞相观瞻,睹其神貌,悟其神韵。

  石鼓及石鼓文作为"古书奇物",已如上述。现仅就其书法艺术而言,石鼓已造福中外历代书法家——在他们漫长而辉煌的书法艺术道路上,都留有临写石鼓文及其他秦汉石刻的墨迹,他们的书法生涯都积淀着"石刻之祖"的笔势和神韵。凡有文献和书法作品可鉴考者,如唐之孙过庭、欧阳询、虞世南、褚遂良、颜真卿,宋之苏东坡、米芾、黄庭坚,元之赵孟頫、鲜于枢，明之文徵明、董其昌，清代以来尤甚，如邓石如、杨沂孙、吴大澂、康有为、吴昌硕、郭沫若、王福庵、邓散木、王个簃、刘海粟、沙孟海、陶博吾等。东瀛书法家亦有同宗、同好，仅日本江户时期以降，其时日书法家固然推崇宋代米芾，元代赵孟頫，明代文徵明、董其昌等，也有书家对中国的石刻艺术及石鼓文勤练不辍，较突出的书家有三井亲和、贯名菘翁、佐藤一斋以及辻本史邑、赤冢忠、太田丰年、泽野黄鹤等。

书法作为东方艺术独特的瑰宝，早已令世界艺坛惊奇。而中国、日本、韩国、新加坡、泰国、马来西亚等国，以及遍布欧美的华人，书艺亦有同宗分流、浩荡不息之盛。中外历史上杰出书家，如山、如星、如海、如树，他们中众多书法家，都程度不同地得益于盘根交柯的石鼓文艺术，从而他们的书法艺术凝聚了古朴典奥、苍郁沉茂的金石气，并具有独特的文化价值、人格价值、审美价值。

书法艺术的丰土沃壤对中华当下和未来书道的发展，虽有惰性，却更有推动，虽有传统之拘束，却更有精神之激励。两千余年前之石鼓文，虽是书法艺术丰土沃壤之一隅，但其笔意、结体、章法，特别是气韵、品位、境界、精神和内涵等，均与艺术真谛和人文精神息息相通，血脉相融。

孔子曰："温故而知新。"石鼓文虽年代久远，艰难深奥。但后来者如以金文、石鼓文等大篆为基石、以上溯秦汉篆隶碑帖及唐宋诸法帖、碑刻为旨趣、为风骨、为金石气韵，并精心融入和消化现代中外文化之新精神、新感悟，与时俱进，拓展创新，锐意进取，果如此，再静心养性，积之以丰厚文化底蕴和漫长时日，则东方特有的书法艺术，庶几更可根深叶茂、源广流传，因而必永具审美价值，及陶冶和升华灵性的人文价值，也必能永葆青春、永生新辉,进而凝聚中华传统人文之精神,辉耀于中外艺林。

2006 年初春 2006 年金秋

撰于旦复旦草堂苦乐斋

原载《石鼓文书艺苑》,上海艺辉印务有限公司 2006 年版

作者自述《石鼓文书法之春——唐金海创集石鼓文书法荟萃》

"嘤其鸣矣,求其友声"。讲学东瀛,书法个展,旨在以书拜师,以书会友也。

余20世纪40年代生于沪上。1965年毕业于复旦大学中文系,留校讲授中国现当代文学至今。复旦硕儒济济,龙盘虎踞。余勉于恩师之后,埋首南窗,遑论寒暑,治学不辍,不屑荣辱,乐以忘年也。然又性喜太极拳和书法,往往拜师求友,俯仰天地园林之气,濡笔习书二王、颜、柳及魏碑、甲骨文等。

70年代,又酷爱二千七八百年前之石鼓文。研读古文字典籍及王国维、唐兰、罗振玉、郭沫若等大师关于石鼓文之论著,临写石鼓文原作,又观摩日下部鸣鹤、辻本史邑、吴昌硕、王个簃等中、日大师摹写石鼓文之法书,始初悟其古朴苍润、内蕴深醇之极也。余萌生自集石鼓文创作之愿,遂据诸大学者考证公认之石鼓文二百余字,积平生所学,创作了石鼓文联、石鼓文诗句、石鼓文格言百余幅,余之性灵、人格、情感、精神、悟性、学养,均融于其中矣。余浸染出入,又乐以忘忧也。

值此之际,深谢中、日学术界、书法界、文化教育界和经济界诸多德高望重之前辈及名师、挚友,扶助、奖掖、支持、评介以及宽容和酷评。

恭聆赐教。

唐金海，写于日本和大阪市两次书法个展前夕。1997年冬，于神户市外国语大学云海楼

原载《石鼓文书法之春——唐金海创集石鼓文书法荟萃》，文汇出版社1999年版

作者再述《石鼓文书法之春——唐金海创集石鼓文书法荟萃》

秦刻石之石鼓文,"周宣王之猎碣也",系刻于十块馒型大石头上之篆文,距今两千八百年左右（中国第一部诗歌总集《诗经》距今两千五百年左右），为中国迄今最早之石刻文字，故为石刻之祖。然其沉霾累代，至唐，始于天兴县（即秦时雍县）南二十里许三畤原初显于世，经诗文大家韩愈、杜甫、韦应物等及书法大家张怀瓘等歌咏、论说，乃为世所宝珍。宋时，又有诗文大家欧阳修、苏东坡、梅尧臣、郑樵等，及书法大家虞世南、欧阳询、褚遂良等吟诗著文，石鼓文遂盛称历代。唐宋以降，直至清代和近代，石鼓文又驰誉中、日学术界、书法界、藏书界，震钧、沈梧、王国维、马衡、罗振玉、郭沫若、马叙伦、唐兰等诸大家均有石鼓文考证、论述之力作问世；海上画派宗师吴昌硕，及其传人王个簃，诗、书、画三才之陶博吾等，均数十年摹写不辍。东瀛书坛泰斗日下部鸣鹤、比田井天来，以及辻本史邑、石桥犀水等，或研究论述，或揣摹临写。石鼓文遂蔚为中、日学坛、书坛大观。

据传，唐时有石鼓文拓本，惜已散逸。而今中外传印之诸多拓本，以北宋之拓为佳。搜藏石鼓文拓本，中、日代有贤人，而最为功德无量者，系明锡山安国。其不惜万金，历年穷究，视若瑰宝，奉若神物，嘱后人"郑重宝藏"，云"神物护持，垂诸百世"。安国名之为《先锋本》《中权本》《后劲本》三种。《先锋本》最古，沥损较多，《中权本》最晚，残字多依稀可辨。中、日后世所传印者，多为安国宝藏之拓印本。因风雨千年，代远久湮，字义嬗变，笔迹漫漶。原十座石鼓总字数七百余，至宋欧阳公时，可见字仅有四百六十五。"四百六十飞凤凰"（梅尧臣《仿石鼓文》）。如除去其中重文、合文、半字，以及漫漶字迹、失传字义等，经历代藏书家、学者、书法家长期艰辛考证辨析，剔误钩沉，现今可确认、使用者仅有二百余字矣，然其流转曲幽、苍润古朴、严谨豪放、气神浑厚，为历代书家叹服。"鸾翔凤翥众仙下，珊瑚碧树交枝柯。……石鼓之歌止于此，鸣呼吾意其蹉跎。"（韩愈《石鼓歌》）

余20世纪40年代生于沪上，后授业于复旦大学中文系，集文气、野性于一身。自大学时代始，仰慕恩师朱东润及王蘧常等诸先生之学识书艺、高风亮节，曾拜聆教诲，埋首习练。弹指三十余载，余治学之暇，晨昏握管，不显山水，不逐名利，敛气炼骨，修身养性。于书法观，则崇尚中国传统哲学阴阳学说融于笔法，力主快慢、提按、浓淡、粗细、疏密、点面以及虚实、动静、有无、变形与规范、创新与传统、书内与书外、人格与书格等的自然流露和浑然天成。习练既久，感慨日深，得失渐淡，毁誉渐忘，远权奸伪诈，慕清正高格。天命之年既过，越发心仪万象随缘、物我清净之境界焉。

丁丑年，春寒稍逝，杜鹃初绽。余持箧东渡讲学，时阳光雨露，大海苍茫，鸥鸟戏波，海天一色。授课之余，翻古借以抒胸荡气，读石鼓而濡墨晨昏。其时运思之飞扬，情气之漫染，灵奇诡谲，即今终难言喻。后承中、日仁人贤达之青睐、奔走，遂有幸在东瀛举办两次书法个展。戊寅年返沪，又乘兴将东瀛讲学时所创集之石鼓文句，与历年所创集之石鼓文楹联、诗句、格言，增删、推敲成百余幅，勉以付梓，旨在"嘤其鸣矣，求其友声"。

书法个展和出版书法集等，悉数叨光于雅博贤达之慧眼，仰仗于仁人好友之鼎力。其深情笃意，清风高格，难以相报。值此之时，仅署名志记，以表铭感深念之久长也。

单位和集体（排列不分先后）：中华人民共和国驻大阪总领事馆、上海图书馆、复旦大学图书馆、神户市外国语大学、神户华侨总会、京都华侨总会、大阪华侨总会、旅日华侨中日交流促进会、神户大学、京都大学、名笔研究会、兵库县民会馆，大阪市中央区久太郎町大阪艺术广场，上海元太广告有限公司、上海市因私出入境服务中心、中日国际轮渡有限公司、新鉴真轮、大阪中国语学院等。

个人（中国方面。排列不分先后）：王元化、柯灵、梁树年、钱君匋、程十发、吴长邺、任政、韩天衡、戎思平、周志高、刘小晴、杨匡海、曹用平、王公助、王兆荣、丁羲元、吴格、朱邦薇、王锡荣、吴民先、吴延迪、黄勇民、邹波、周逸范、岑振平、郑荣来、包立民、王东明、王介民、孙晓刚、焦金铎、冯衍君、王继振、宫国祥、仓春瑞、钱勤发、贺小钢、凌嘉琪、叶荣臻、刘芳、赵磊、尹龙元、靳丛林、郭在精、方劲松等，以及滕安军、喻国锋、林同春、金翚、刘义康、李万元、李吉禧、文启东、文启财、林伯耀、林圣福、苏建源、蔡冯钦、张敏、林美、祝子平、刘莉生、蔡宋杰、鲍悦初、黄惠珍等。

个人（美国方面）：Dr. John Reuyl 等。

个人（日本方面。排列不分先后）：须藤淳、原田松三郎、佐藤晴彦、山川英彦、太田斋、山田敬三、鱼住卿山、萩信雄、山中林之助、近藤英男、村上翔雲、泽野黄鹤、太田丰年, 青山虚石、有田光甫、本田原心、成濑隆世、正源陶子、岩下孝彦、奥田宽、小林康则、杨井美代子、玄田贞子、川口万知子、原田冬子、奥田茉莉、玄田洁、近藤世津湖、足立告陶、江嶋重良、杉森一兴、辻博、武田克代、近见孝之、中岛义明、森田茂夫、岩琦拓治、樋木利雄、中穀武志、中岛惠子、田口秀文、阿部澄子、中穀都志子、田口幸子、肥塚惠美子、六车明峰、广田瑛子、志水真智子、田井中英子、泽田重男、青山智与子、服部由纪子、酒井令子、吉琦む子、福泽力ナ子、木本峥子、船越邦夫、伊藤升一等。

写于《石鼓文书法之春——唐金海创集石鼓文书法荟萃》
出版前夕,1998 年夏,于上海复旦大学苦乐斋

原载《石鼓文书法之春——唐金海创集石鼓文书法荟萃》,文汇出版社 1999 年版

"何石鼓而长存生辉"
——《石鼓文书艺苑》碑廊前言

在碧波畅流的淀浦河之滨,在烟波浩淼的淀山湖之畔,在名列上海五大古园之一的上海青浦曲水园之内,"石鼓文书艺苑"以其古老、独特的文化景观,博大深邃的人文底蕴,以及秘奥丰富的知识文库展现于世人之前。

《曲水园》与《石鼓文书艺苑》有和谐交融之美。前者曲径通幽、飞檐画栋、奇花异树、彩亭拱桥,均可相映成趣;后者石鼓玄奥、碑廊墨韵、小桥清溪、亭台古迹,更能相映生辉。

然《石鼓文书艺苑》春夏秋冬四时,既有游园赏景之乐趣,也有观赏石鼓之启悟。

原石鼓系古代战国时秦之刻石,距今二千七八百年矣!沉霾累代,唐代初年才在陕西凤翔田野中被发现,计有十座石鼓(亦称"猎碣"等)。其上刻有迄今为止仍是独一无二的、美妙绝伦的文字,计有六七百字,每鼓刻有一首类似中国第一部诗歌总集《诗经》的四言诗。自唐宋以降,韦应物、杜甫、韩愈、欧阳询、虞世南、苏东坡、欧阳修、鲜于枢、赵孟頫、八大山人、杨沂孙、康有为、邓石如、吴大澂、王国维、吴昌硕、黄宾虹、郭沫若、罗振玉、李叔同、沈尹默、唐兰、马衡、那志良等历代大学者、大艺术家,观石鼓惊叹之余,研究不辍,并著诗文赞颂,称其是"神物",是"石刻之祖",是"中国第一古物",也是

"人类独一无二的奇珍异宝"。

面对如此古朴典雅、奇诡深奥之宝,任是春雨秋阳,严冬酷暑,倘徉于《石鼓文书艺苑》内,观读石鼓、阅览石鼓碑廊、信步石鼓桥、小憩石鼓亭,或有释放俗念、心旷神怡、移情养性之悦?或有即景生情、怀古幽绪、感悟人生之思?山石遍野,何石鼓而长存生辉?其形斑驳泐沥,何其物越发美轮美奂?历朝更替,大江东去,帝王盛衰,风卷残云,权钱荣枯,浪淘尘沙,名利得失,花开花落,而石鼓不朽者,唯其深蕴并焕发人文精神耶?

观石鼓而追昔抚今。东晋书圣王羲之之语,言犹在耳:"后之视今亦由今之视昔。"后来者谨当铭记焉,亦当志于踵武前贤,承继古圣文脉,弘扬文化,振奋精神,为万民造福。

创建《石鼓文书艺苑》之构思由来已久,终得于2006年春,惠风和畅、杂花生树之日,几经沟通磋商,遂议定共创《石鼓文书艺苑》。原石鼓圣物,历经迁徙于大江南北,已渐至毁损,其上石鼓文亦剥泐过半,现仅存于北京《故宫博物院》珍宝馆内。本苑之石鼓,系参照故宫之原石鼓和参阅历代经典文献,精心刻制而成,仿其初貌,力求其真。今人后人,中外游客,信步石鼓苑,亦当人有所憩,人有所乐,人有所得,人有所悟。——各得其所,庶几为千年"神物"石鼓之夙梦乎?

时值秋高气爽,丹桂飘香,《石鼓文书艺苑》开苑之际,书此存览。

本苑之规划、策划、撰稿、设计、建造诸事,列志于后。

2006年春夏撰于旦复旦草堂

原载《石鼓文书艺苑》,上海艺辉印务有限公司2006年版

《〈儒道佛经典哲言国际书法交流展〉荟萃》前言

国学大师熊十力认为,治学要"沉潜往复,从容含玩"。这对书法创作和书学研究是否也可适用?其实类似的话,古代哲人、学者、诗人、书法家和书论家早已说过:"志于道,据于德,依于仁,游于艺。"(孔子)"临池学书,池水尽墨。"(卫恒)"学书须得趣,他好俱忘,乃入妙。"(米芾)"读书万卷始通神。"(苏东坡)欲书须"绝虑凝神,心正气和"(唐太宗)等。

先哲说,社会科学和自然科学在最高境界上是相通的。那么,人文精神与艺术精神,在最高境界上更应是相通的。比如李白诗曰:"清水出芙蓉,天然去雕饰",米芾曰:"写字无刻意做作乃佳",说的都是诗、书在浑朴天然上的相通。在辩证审美上,也是如此。书论家刘熙载说:"学书者始由不工求工,继由工求不工。不工者,工之极也。"古代大哲庄子早已说过:"既雕既琢,复归于朴。"——当然,诗文与书艺,它们各有内核和质的规定性,其发展变化虽"异途同归",却"归"而复"异"——新的"异";"异"而又"归"——新的"归"。如此往复变异,各自包蕴万象又孕育多变,构成了无限丰富、复杂,无限壮观、灿烂的人文和艺术的通灵世界。

儒、道、佛精神境界,是中华民族传统文化之精髓,同样是日、韩、泰等东方国家文化之精髓,是他们在历史长河中共同的创造。——自然，也是同中有异，异中有同，"同""异"嬗变。而文字和书法艺术是其载体，虽是"同""异"相融、"同""异"求变，毕竟同"归"为人文精神之载体，审美价值之载体，人格修养之载体，心智外象之载体，灵感表现之载体，——归根结底，书法是东方多个民族神奇的"心灵手巧"之载体也。

"心灵"无比丰富，"手巧"亦无比丰富。这次展出的百余幅墨宝，其"最高境界"是各异又相通的，虽然有识家从一些作品可窥其"心"与"手"，毕竟难藏稚拙生涩，亦有应酬之作，但统观全展，自有较多通灵妙品，足可"从容含玩"，其"心灵"，难以探秘，其"手巧"，亦难以探尽，——神乎其神，妙不可言，美不胜收，渐臻化境。终极追问是：

何谓书法？书法何为？

何谓书法家？书法家何为？

何谓书法大师？书法大师何为？

有人说，持此"穷追极究"（周星莲），书法艺术生命之树可望长青，无视"穷追极究"，书法艺术之树终将生命枯槁。

蔡元培说，学术观点"多歧为贵，不取苟同"。

《儒道佛经典哲言国际书法交流展》筹委会
复旦大学中国文人书法暨石鼓文研究中心唐金海执笔
2009 年 11 月 21 日

原载《〈儒道佛经典哲言国际书法交流展〉荟萃》，上海艺辉印务有限公司 2010 年版

《〈儒道佛经典哲言国际书法交流展〉荟萃》编后

《诗经·小雅·伐木》云:"嘤其鸣矣,求其友声。"《儒道佛经典哲言国际书法交流展》,百余幅书法作品以雅拙别具的潇洒笔墨、以哲思慧语的风骨气韵,——以"书"聚会老友,以"书"喜迎新友,以"书"互敬众友。——以"书"为载体,传承和发扬东方和人类的文化经典。书法史和文化史昭示人们,在文化经典丰沃的大地上,诚信、责任、正义、公平、人道、和谐、自律、孝悌、谦让、坚韧、美丽、理想、信仰、平等、自由、清净、淡泊、慈悲、宽容、博爱、共荣、互助、互利、济世、省悟、创新、探索、民主、自尊、感恩、希望、和平、友谊、爱情、优美、善良……构成的人类精神和人性母体的基因,向为世人所尊崇和传扬,而虚伪、专制、自私、贪婪、权术、欺骗、骄横、势利、结帮、作假、盗名……构成人性中劣根性的基因,向为世人所蔑视和摈弃。故书法艺术与文学、绘画、音乐、武术、影视等相似,当然,无可争议地都需要技巧,都需要天赋秉性和长年艰辛积累的技巧。——失去了它们各自独特的技巧,也就失去了它们自身。——但是,世界文明史证明,在"本质"上,在精神内核上,上述各类毕竟都属于人类文化范畴,它们无比丰富变化的形式,本身既是一种美质,也终究都是人类人文精神的载体。历代大书法家对此多有深刻精当的论述。当代著名和资深书法学者和书法家欧阳中石先生近年也说过，书法是一门"极博极厚的学问"，"是文、书相互合一映照的一门学问"，并用八个字高度凝练地概括了书法艺术的"本质"："积学升华，书文结晶"。

由多家单位联合主办和协办的《儒道佛经典哲言国际书法交流展》已结束，其展览会的形式已消隐在人文历史的长河中，但它却留下，或也许能留下三样东西：一是留下了这本《儒道佛经典哲言国际书法交流展荟萃》；二是留下了和加深了友谊；三是不知是否能留下一种关于创作、评价和研究书法艺术最高境界和终极追问的思考和话题？

有几位参展的书法家，因故未按"邀请函"要求寄来本人照片和小传。编者或上网查询，或发 E-mail，或打电话催问，直到发稿前，仍未收到回音。出版事急，万般无奈，只好付阙，也是编者未尽责之憾也。

这本书法集，主要是一本合作互尊的友谊集、文化集、交流集和审美集，展示了书写者各具品味、各具笔墨的技巧和心声，是各家主办单位智能和辛勤劳作的成果。所列"荣誉顾问"和"编委"等，系出于综合考虑，系主办、协办和参展各方某些代表性的显示，也有对耄耋长者的敬重、对为本展、本书法集的出版献力、献资的书家、学人和公仆名士的敬谢。编者已征求部分贤达的意见，现撷取百余幅作品呈奉于世，以求教中外同好，并望得到更广泛的交流。

《儒道佛经典哲言国际书法交流展荟萃》编委会
复旦大学中国文人书法暨石鼓文研究中心　唐金海执笔
2010 年 3 月 10 日

原载《〈儒道佛经典哲言国际书法展〉荟萃》，上海艺辉印务有限公司 2010 年版

《独立寒秋——艺术大师沈耀初评传》引言

生活中,常有这样的现象:读过一些大师巨匠的优秀文学传记及他们的名篇佳作、书画珍品,即使在若干年后,当我们静处时,或在梦幻中,作品中的形象、格言,有时也会纷至沓来,撩人思绪,启人深思。如屈原因奸佞当道,报国无门,留下《离骚》绝唱,投身汨罗江;司马迁忍辱含垢,写成彪炳千古的《史记》;米芾呼石为兄,法书为一代丰碑,而仕宦屡踬;梵·高命运多舛,数卧病院,却有极品《向日葵》传世;塞尚青年早逝,留下不朽之作《圣母和圣子》;海明威一生多难,写就讴歌人的顽强生命力的杰作《老人与海》……思索的乐趣,增强了人的生活质量和扩展了人的精神空间。而大师们的有些文字,尤其能令人玩味:

> 天将降大任于斯人也,必先苦其心志,劳其筋骨,饿其体肤,空乏其身,行拂乱其所为……(《孟子·告子下》)

> 只有坚强的人才大笑,不过他的笑声常常近似眼泪。(赫尔岑:《家庭的戏剧》)

如果是在青年时代读这些大师巨匠的生平事迹及其名作,在一知半解中,也会被感动,但总会有不少困惑。随着岁月流逝,冬暖夏凉，严霜酷暑，当我们饱经人世的辛酸苦辣，或有机会再读一代代大师巨匠的大作时，我们定会渐次思悟到更深的内涵，而且往往会天马行空、浮想联翩起来。比如，身为大农场主的列夫·托尔斯泰，晚年为什么要离家出走，竟至孤零零地死在一个小站上，显然不仅是为家庭生活所囿；被迫流亡国外多年的沃尔夫，在反对希特勒法西斯的残酷战争中，竟坚持创作了著名剧作《马门教授》等，显然不是为生计所迫，或"玩玩"文学而已；为"显贵"劳作、又终生贫困的天才达·芬奇，在画家被视为下等人的文艺复兴时期，竟为世人创造了梦幻般优美、纯真、安详的《蒙娜丽莎》，显然透露了画家内心深处的某些憧憬……思索的乐趣，更令人感悟万端。

上述文学艺术大师巨匠，他们在各自的时代、各自的领域，不同程度地为人类创造了博大精深的精神财富。真正读懂他们，难矣哉。但从他们不尽相同的、特殊的生活命运、创作道路和思想人格的发展中，似乎可以领悟到某些具有普遍意义的人生命题：屡遭困境而自遣、自强，孤独寂寞而自安、自尊，否极泰来而自爱、自持，精神执着而自若、自信。

古今文学艺术家的传记，是人物之传，也是艺术之传，更应是人的精神人格之传。——应写出传主的特殊性，并进而启示读者思悟人生和艺术的普遍性。笔者下面要评传的，即是这样一位从中国山乡小路走向世界艺术高峰的艺术大师沈耀初。

写到这里，不禁又令人想起，生活中，也常有这样的现象：富有的人，往往难以制欲，而贫困的人，常常容易满足；智者，往往痛苦多于欢乐，而愚者，常常欢乐多于痛苦；幸福的人，往往是宽容的，而多难的人，常常是坚忍的。

传主沈耀初，他是贫困的，也是富有的；他是愚者，也是智者；他是多难的，也是幸福的。在 20 世纪的画坛上，他，独立寒秋，高标一帜。

　　沈耀初的人生和艺术之路，崎岖坎坷而又曲折漫长、孤寂凄凉而又灿烂辉煌。

　　　　选自《独立寒秋——艺术大师沈耀初评传》，中国文联出版社 1999 年版

《独立寒秋——艺术大师沈耀初评传》后记

元旦后某日的一个子夜时分,寒气袭人,冷月西斜。笔者悲痛而又崇敬地用笔"送走"了艺术大师沈耀初,——沈老"走"时,正值晨曦微露、鸡鸣声声之际。寂寞、孤独、执着、自尊了一生的沈耀初,在群鸡齐鸣声中归去了,却又分明在群鸡齐鸣声中永生。——在他以领异标新的数百幅杰出的花鸟画作品和铮铮高洁的人格竖起的丰碑中永生。

八十三年人生路,凄凉而又坚韧,沈耀初终于从中国福建僻静的山乡仕渡村,从台湾雾峰农场的小棚屋"万丁园",走向了世界,汇入了中外杰出艺术大师的浩荡长流。

然而,笔者三十余年来,在大学生主要从事中国现当代文学史研究,怎么会耗时费力去写一部大画家的评传呢?万物有缘,万事随缘耳。20世纪90年代初的一个盛夏酷暑,承著名美术史家丁羲元兄青睐,相约随同上海几位著名画家曹用平、邱陶峰、杭英、王新华到福建画乡诏安一游。其时得以观赏沈耀初数十幅大作,并结识沈耀初之子沈秋农及其友人沈荣辉等。沈耀初的画作,令一行人倾倒,沈耀初的人格,令同行者崇敬。返沪后,沈秋农及其子沈艺川数次来沪商谈,云沈耀初大限前曾与秋农及友人再三嘱咐:美术馆建成后,要在大陆出版一本新画册,出版一本传记,在北京、上海等开画展。沈秋农先生谨遵高堂之嘱,多方物色,终于有成。我在撰写《作家学论纲》《新文学通史论纲》等专著之暇，数次往返沪闽，去南诏镇，访仕渡村，又查阅台湾、香港报刊，观摩古今大画家画展和画册，同时向沈耀初在美国、新加坡、泰国、日本和香港地区、台湾地区等处的亲友发信，大量搜集资料。几度春秋，历经寒暑，二易其稿，终于完篇。

值此付梓之夕，深感铭记者，系沈老太太、沈秋农先生和夫人郭琦珍及儿女婿媳，以及沈秋农舅父陈文之、表弟陈振春、朋友沈荣辉。沈老先生家风淳厚笃实，诚以待人；沈秋农先生尤为忠厚朴实，竭诚孝道，不厌其烦，不辞辛劳。上海美术家协会主席沈柔坚先生于百忙中，提供不少生动史料，也令人难忘。另有漳州市和诏安县历届有关领导，以及沈耀初、沈秋农的诸亲好友、诏安画师，均大力相助，此外，沈耀初在海外的高朋画友，或来信、来电、来访，或提供大量资料者十多位，如郑水萍、傅占陆、吴明德、沈济美、沈庆泉、沈烈周、王文石、沈兆鹏、陈拙园、吴明益、沈智南、陈道镇等。谨此铭记，隔海相望，拱手遥谢。

拙著写成，全稿已请沈秋农等先生过目。然而，搁笔慨叹者，惟海峡两岸，虽同为炎黄，却各有天地，往返不易。致使拙著中沈耀初在台四十年行程及其高朋画友，仅可据大量文字资料、图片、画册、影视和访问由台来沪探亲、投资者所获而作，自不免文有疏误、人有失敬焉。此种窘情，以及拙著中言不及义处，恳请海内外画坛、文坛贤达，不吝赐教。笔者翘首以盼，并合掌再谢。

唐金海
1999 年 1 月 8 日寒夜于沪上旦复旦草堂

选自《独立寒秋——艺术大师沈耀初评传》，中国文联出版社 1999 年版

"技""艺""达乎道"
——加拿大陈汉忠先生书法集《翰墨传真》序

时值烟花三月，天朗气清，绿柳飞絮，应邀赴港观摩《翰墨传真》书画展。地处中环的大会堂展厅内，花团锦簇，人气兴旺。百余幅作品琳琅满目，墨迹清郁，络绎不绝的观者，或独自在作品前驻足，或三五成群评点。有的议论运笔技巧的稚拙，有的细读品味自创诗句的内涵。观摩者人各有得，欣欣而来，依依而归。而我，却引发出由来已久的关于书法的思考。借此一角，求教于汉忠先生和众位同好。

书法创作的要旨，是笔墨技巧？是艺术表现？还是作为思想道德的载体？抑或是书品即人品、书格即人格？数千年来，虽对"书学即心学，书法即心法"之说几少异议，但其余之问却是众说纷纭、莫衷一是，即使是史书公认的书法创作和书法研究的名家或大家，也常是各执一词，或重于一点而又轻于彼点，或面面关照而又含混浮泛，——当然，更多有独到之论，精辟之见，其基本内涵堪为千古之精论。例如："用笔在心，心正则笔正，乃可为法。"（柳公权《书小吏》）"若气质薄，则体格不大，学力有限；天资劣，则为学限，而入门不易；法不得，则虚积岁月，用功徒然；工夫浅，则笔划荒疏，终难成就；临摹少，则字无师承，体势粗恶；识鉴短，则徘徊今古，胸无成见。"（朱履贞《学书捷要》）"神即形也，形即神也。是以形存则神存，形谢则神灭也。"（范缜《神灭论》）"玄妙之意，出于物类之表；幽深之理，伏于杳冥之间；岂常情之所能言，世智之所能测。非有独闻之听，独见之明，不可议于无声之音，无形之象。"（张怀瓘《书议》）"笔墨可知也，天机不可知也；规矩可得也，气韵不可得也。"（恽寿平《瓯香馆集·画跋》）"书法者，书而有法之谓，故笔落纸上，即入'法'中，动静皆能含法为上乘。"（欧阳询《用笔论》）"张长史折钗股，颜太师屋漏法，王右军画沙，印印泥，怀素凤鸟出林，惊蛇入草，索靖银钩虿尾，同是一笔法，心不知手，手不知心法耳。"（黄庭坚《论书》）"书有二法：一曰疾，二曰涩。得疾涩二法，书妙尽矣。"（蔡邕《石室神授笔势》）等，——如上述种种，毋庸讳言，有些过于极端，或有些又往往流于琐碎或示人以神秘莫测之感。而足应敬重的是，中华书法创作和书论在世界艺林的原创性、独特性成就早已举世公认，书学评点、鉴赏和研究著述也浩如烟海，但，如深入书史、开拓视野、审视当下书坛，不难看到对书法艺术系统的研究、理论的开掘、本质的解剖、美学的标准、规律的揭示、对书法史的再审视和再评价、与时俱进的、相应变化发展时代的书学探讨等，近百年虽不乏精论、鸿篇，却也是有待继续深入研究的空间依然很大；尤其是近二十余年来，随着中华大地改革开放的浩荡春风，思想界、经济界空前活跃，海内外文化交流空前繁荣，艺术之花竞相怒放……书法这一中华古老的艺术品类，也青春勃发、神采焕然。喜好、涉足者之多，创作数量之丰，笔墨探索之大胆、收藏队伍之众、市场销售之热闹而广大等，均属空前。

大繁荣、大勃发、大市场之时，艺术创作和研究也必然会诱发"拜金主义"、急功近利、弄虚作假、哗众取宠、逢场作戏、趋势媚俗之作，也必然会出现泥沙俱下、鱼龙混杂的局面。但是，中外艺术史告诉我们，时代和历史的大变革、大动荡、大分化、大激变的特殊时期，也往往能为孕育真正的艺术家、出现传世的佳作开创丰沃的土壤。仅以中国书法史为例，那些世传的大书法家、书论家，多半生于忧患、成于坎坷、荣于起伏——或家国兴衰的沉疴、或个人命运的荣枯，或是治学从艺终生不渝地艰苦探索等等，凡书法艺术原创一格者、脱颖而出者、独标古今者，大抵都是那些生活于盛世或乱世而不沉湎于"拜金"泥淖、不沉湎于庙堂，独立寒秋于权势，终年甘于坐冷板凳而不屑炒作、文化积累丰厚而远离浮躁、饱览古今而不偏执一隅、阅历涉足名山大川而不仅仅囿于碑帖、创新精神高洁而鄙视哗众取宠。——如此种种的综合，诸多要旨的集于一身，其书作庶几可望抵法书之臻境、可望跻身传世大家之列也。

汉忠先生所展书作，已向此境迈出了可喜的第一步。要而言之者有四：一是，百余幅墨宝，涉及篆、隶、楷、行、草诸体，而诸体笔墨皆见习练有素；二是，诸体书写，尤见草书笔势有变，注意全书的布局；三是，全展中亦有探索之作数幅，有的变体禽形，有的山水中含字形，有的浓墨重彩渲染，有的淡墨隐约迷离，亦可见书家不满足于已有的成绩，敢于探索的精神；四是，更为可贵的是展品中又有若干首（阙）自创的诗词，尚能纵情挥就，可见出汉忠先生初具书家应有的文学功底。这与当下海内外那些于书法创作仅习练所谓运笔"技巧"——肆无忌惮地变体、无视审美价值的布局、刻意求怪、求刺激的笔墨等，而又竟然无视文、史、哲基本文化功底——的风气，迥然不同。汉忠先生的路子，正是坚守中国传统的书法碑帖文化的一种学习和实践。经典法书如王羲之的"天下第一行书"《兰亭集序》、颜真卿的"天下第二行书"《祭侄稿》以及欧阳询、柳公权、孙过庭、张旭、米芾、苏东坡、黄庭坚、赵孟頫、沈尹默、王遽常等等诸大家的墨宝,均具有深厚文化内涵、丰富学养和独特的笔法,都是旷代传世的名篇名笔。

自然,艺术无止境,漫长的习练和探索之路是艰苦而又快乐的。再回顾本文开篇之问,何谓书法艺术?何谓书法家?鉴于上述,是否"藉于技,借乎艺而达乎道"可窥其要义?

一次书法个展,应是一个新的台阶。"欲穷千里目,更上一层楼。"愿与汉忠先生及同好们共勉。

谨遵汉忠先生之嘱,草此求教于书界贤达。

2010 年 10 月 19 日,秋阳和暖,
桂子飘香。草成于复旦园苦乐斋

选自《独立寒秋——艺术大师沈耀初评传》,中国文联出版社 1999 年版

"我手写我心"
——部分诗歌、楹联创作荟萃

登攀观沧海（五言绝句）
登攀观沧海，碧空鸟翩翩。
江流水天阔，山静松气远。

乡思（五言绝句组诗九首）

一
偶作他乡客，绵绵梦思长。
金桂盛开否，幽幽似飘香。

二
海外花树茂，缤纷万条街。
最美故乡景，朵朵含情开。

三
白里微透红，绿茵戏顽童。
时怜故乡儿，贪练起步功。

四
气清水碧蓝，蜂鸟异乡欢。

思飞万里外,还我澄清天。

五
常在异国游,亦时见美丑。
多情故乡山,翘首盼归舟。

六
几度秋月圆,亲朋举杯欢。
今梦飞何处,复旦石鼓苑。

七
异国亲情醇,故乡文脉深。
仰观星光月,普照天下明。

八
父母金石声,荣宗耀祖根。
心灯永远亮,步步长精神。

九
外土孕异俗,神州育民风。
何故乡情重,文心一脉通。

五言绝句三首
爱妻生日小吟
开花流水年,播雨耕云田。
携君採霞手,一步一重天。

爱女涛儿赴美深造小吟
云霞伴海曙,浪卷一江春。
长天碧波涌,万里听涛声。

爱女澜儿赴美深造小吟
心伴波澜起,明眸笑语随。
海澜云天暖,迎风展翅飞。

登攀观沧海(五言绝句)
登攀观沧海,碧空鸟翩翩。
江流水天阔,山静松气远。

人生大舞台组诗四首(五言绝句)

一
人生大舞台,独步又博爱。
君看江河水,自流广灌溉。

二
人生大舞台,轮番看和演。
何曾有一人,领唱数十年。

三
人生大舞台,苦乐育人才。
种下智慧树,绿荫惠后代。

四

人生大舞台，因果永主宰。
百花美大地，年年谢复开。

征帆吟（五言律诗）

苍茫云海间，曙色伴征帆。
春风正浩荡，秋意何烂漫。
礁暗清波进，鸟媚碧浪前。
放情沧桑道，霞蔚半壁天。

瀑布吟（五言律诗）

疑为百万兵，却是飞瀑声。
峭壁迎面立，银珠溅空腾。
水映山花红，流击石骨硬。
日照金浪涌，浩歌动乾坤。

清流吟（五言律诗）

作伴随春风，江河几度逢。
蝉噪树愈绿，日晒荷更红。
室陋霞光好，笔勤诗意浓。
耕读吾侪事，乐在清流中。

自娱吟（五言律诗）

埋首书山道，天籁石鼓响。
一柱鼻根正，两潭眼角亮。
额宽迎晚霞，耳大抗寒霜。

小子何所乐，砚田笔花香。

七言绝句五首
登黄山
山径如带绕绿峰，百鸟争鸣泉淙淙。
青松迎客迤逦道，千转万廻入云中。

晨行漓江笔峰山
朦胧春雨送行舟，翠绿奇峰醉不休。
须臾朝日腼腆出，笔锋染霞鸟啾啾。

故园春日咏杜鹃
地气天光孕新苞，经年风雨分外娇。
高丽校园杜鹃放，岁岁年年燃春潮。

草原赛马迎晨曦
碧色晶莹一天霞，马鞭挥动声无涯。
唤醒炊烟袅袅起，赛前笑饮酥油茶。

乘新鉴真轮赴神户讲学途中
东瀛初渡观沧海，碧浪蓝天鸟自廻。
云涛辉映波澜起，万缕霞光旭日来。

赴日讲学举办石鼓文书法个展感怀七言绝句三首
一、鸟飞林
集字石鼓融古今，入怀清风滤心静。

墨香学海鱼戏水，初悟禅机鸟飞林。

二、别有天
钩沉古今两鬓斑，荣辱皆远心自闲。
愿留清气凭吞吐，春雨秋阳别有天。

三、金石声
翰墨黑白满心明，千年古韵纸上听。
半生风云轻或重，一笔一划金石声。

余 墨
　　昔乘新鉴真轮赴日讲学。翌日，旭日初升，霞光四射，白云悠悠，鸥鸟翩翩，涛声逐浪，波澜耀金。凭舷远眺，浩渺无际，天高水淼，神思飞扬。倏忽心底涌潮，国宝石鼓，海空隐现。时辽阔苍穹，云蒸霞蔚。当是时也，恍恍惚惚如入梦境矣。此景此境，萦怀日久，往年积学涌上心头，遂集字石鼓，几不能自已也。酝酿书写诗文，又感赋七绝三首，以记其幻境，抒其情志耳。

自点明灯（七言绝句）
自步林莽郁葱葱，点滴泉声远近中。
明知顺逆前路扰，灯亮心头自迎风。

无题（七言绝句）
万千泉水争海流，群鸟莽林竞鸣幽。
鸟迹波纹今安在，问君是无还是有。

有容乃大（七言绝句）

湛蓝天宇云飘过，浩瀚大洋杂物多。
海空广袤无洁癖，气象万千涌碧波。

古稀老人观沧海（七言绝句组诗八首）

一

古稀老人喜欢玩，春水秋枫放眼看。
一路风尘荡涤尽，夜赏星月朝观澜。

二

古稀老人何所想，乐坐公交度时光。
一文不花财万贯，微笑无语观沧桑。

三

古稀老人嘴巴馋，闲品龙井尝糕点。
酸甜苦辣全吃过，冬雪春花付笑谈。

四

古稀老人何所求，闲坐火车名胜游。
任尔风雨又雷电，弹指古今说春秋。

五

古稀老人何所乐，漫诵唐宋诗文歌。
运笔闲挥秦汉字，飞洋度海游山河。

六

古稀老人何所思，喜坐公交任驱驰。
酒绿灯红晃眼过，人生百感苦吟诗。

七

古稀老人何所忧，遥望长江又黄河。
浊水污泥泛滥否，何时再谱英雄歌。

八

古稀老人何所盼，江河大海竞征帆。
万桨神州齐着力，劈风迎浪向仙山。

七言绝句五首

京都寻梅

雨雪蒙蒙暗苍穹，寻梅犹自意兴浓。
多情一缕幽香来，红绿万枝暖寒风。

自大阪赴温泉途中

熊野古道盘绕山，浪涛莽林雾弥漫。
借我万松权当笔，一清如洗写海天。

桂林行

春雨游船品茗行，画山绣水凝诗情。
最爱峰顶霞光处，苍鹰劲松闪闪金。

华山一条道
苍穹飞来一奇峰,从此天地一道通。
万年脚印一善悟,独步博爱一神钟。

黄山人字瀑
壮哉碧空人字瀑,穿山越岭乐逍遥。
千条泉眼齐汇聚,润物无声万年娇。

七言绝句三首
望穿秋水
朦胧泪眼依栏杆,秋水望穿雾弥漫。
风浪起伏信有日,涛澜拍岸东海边。

都江堰引水成金
洪峰浊浪滚滚来,引水成金禹公开。
三过家门今几许,万民悲风荡尘埃。

有容乃大
湛蓝天宇云飘过,浩瀚大海杂物多。
海空广袤无洁癖,气象万千涌碧波。

百岁行吟组诗十一首(七言绝句)
一岁宁馨儿
地动山摇曙光开,宁馨儿女天上来。
起点人生漫长路,秋冬春夏任剪裁。

十岁而好奇
千奇百怪观世界,五彩缤纷美梦飞。
无忧无虑天赐乐,从此童心不回归。

二十而自强
扎根深广时正当,夏暑冬寒读南窗。
知识丰载青春褪,问君扬鞭选何方。

三十而立
弹指而立悟神伤,阅世攻读双峰冈。
只缘顺逆时来袭,振翅海岩搏风浪。

四十而不惑
不惑之年仍有惑,云绕雾罩曲径多。
披荆斩棘峰在望,心海智慧稳掌舵。

五十而知天命
自古天命不可违,阴晴圆缺风雷雨。
兴衰荣枯寻常事,冬去山青春水绿。

六十而耳顺
人间上下是非多,山海内外生蹉跎。
左看日出右听雨,顺风顺水阿弥陀佛。

七十而从心所欲不逾矩
阅尽沧桑古稀临,百川归海鸟憩林。

仰望宇宙星空月,悟得天地一点灵。

八十而自省
足迹浅深蜀道行,顺风逆水皆是景。
苍茫回首感何悟,康健自强胜似金。

九十而享天伦
远帆暮归仓储金,抖落风波享天伦。
儿辈谈笑又泡茶,饭罢携孙数星星。

百岁而江流东
天地元气孕鹤松,雪霜春风笑谈中。
闲情笔墨任挥洒,云絮远山江流东。

七言绝句三首
结伴长拜
凤愿寻迹老西门,旧居未见似闻声。
父母音容今犹在,海云深处长铭恩。

圣迹宏恩
二王圣迹何处寻,都江堰下春潮生。
千条银渠万顷绿,莺歌燕舞颂宏恩。

故园叩拜
寻梦故园瓦砾中,默思父母盼成龙。
天赐古稀风雨路,云霞映海观苍松。

红杉树颂（七言绝句）

苍翠群杉红千年，穿云破雾漫山巅。
四海烽火都阅尽，万株共荣绘蓝天。

七言绝句两首
因　果

贪诈官商烧早香，山石绿叶也嫌脏。
烟雾缭绕因果链，多行不仁自遭殃。

心　香

僧居圣寺奉三宝，红绿尘寰任喧嚣。
心香一柱千年燃，佛眼观世光普照。

普陀山登临组诗四首（七言绝句）

想到即登普陀山，海风浪涌天湛蓝。
鸟飞无影波无迹，心在虚无缥缈间。

霞光海波连天涌，恰似莲花拥日红。
松柏万株葳蕤绿，古刹千载耸碧空。

呼啸海风来天际，排空浊浪云压低。
一到普陀心波静，佛光慈照鹰自飞。

绿树同行瞻普陀，霞光笑语拂颜过。
万里欢聚天伦乐，海风洗尘涌碧波。

读鲁迅（七言律诗）

开卷如闻敲警钟，朝花野草抗寒风。
呐喊一声驱阴霾，杂感百篇斥衮公。
千钧笔力真假现，万仞胸壑古今通。
悲愤国人灵魂剖，擎天脊梁旷代松。

感恩吟（七言律诗）

绿黄闪闪秋雨中，车过山村夜朦胧。
生我养我故园水，离家创家乡土风。
南明河岸童趣乐，碗儿香糕亲情浓。
跋涉沧桑古稀临，清流万里血脉通，

中国四大佛教名山组诗
九华山

天外飞来九座峰，碧空盛开九芙蓉。
百岁宫中佛灯亮，千年悲悯诚善风。

普陀山

金波旭日莲层层，南海观音静无声。
风雨寒暑持善行，佛光普照一明灯。

五台山

深谷茂林莽峰峦，霞光香火竞烂漫。
佛赐清凉万民暖，千年足迹缕缕烟。

峨眉山

苍莽巍峨百水清，万松拥戴光明顶。
福寿康乐一条道，佛灯永燃慈善心。

忆昔苍山洱海小普陀随意行

无声点化启愚朦，风雨运程灵签中。
悟深天机古稀临，叩拜佛岛醒世钟。

同游乐两首

一

　　驱车半月湾，逶迤飞青山。
　　清气沁肺腑，霞光润心田。
　　风浪百花艳，海天一碧蓝。
　　问余何所乐，无语心自闲。

二

　　日驶林荫道，穿梭车如潮。
　　花树香飘远，橱窗色招摇。
　　时尚逛街景，美味尝菜肴。
　　最是听不厌，欢声笑语飘。

独立吟（古体诗）

独立亦有伴，树鸟乐逍遥。
动静山水美，分合倍娇娆。
无语君笑看，白云碧空飘。

我的书法观二题

一

勤临各体形而神，汉字用笔巧经营。
点划雅拙灵变美，古今深悟流真情。

二

精炼百家创自家，人格书品双飞霞。
功力阅历定力深，性灵境界艺无涯。

致中外书法师友组诗十九首

一　致北京书友

剔误钩沉玩故宫，千年书画热恋中。
积学笔力双峰峙，一点一划敲古钟。

二　致日本书友

一见如故樱花放，砚田墨池笔品香。
飞雪迎春冬去也，万张宣纸写霞光。

三　致韩国书友

山花烂漫秋枫黄，江海飞临寻墨香。
根植秦汉枝叶茂，笔韵潇洒数红妆。

四　致南京书友

紫金山松云舒卷，玄武湖柳燕穿飞。
君手一挥龙戏水，笔墨人品比双翼。

五　致纽约书友

翰墨丹青寿侣来，海空飞越笔花开。
汉唐风骨秦晋韵，一竖一横闪霞彩。

六　致多伦多书友

君携枫叶飘然来，濡笔勤挥墨韵开。
丹青融否晚霞色，砚海又添几缕白。

七　致新加坡书友

声誉华文书法界，桂花墨韵竞相开。
周秦汉唐根一脉，笔力千钧通四海。

八　致泰国书友

希望亮在佛光下，清风拂燃香火花。
笔墨何来儒雅韵，相传一脉华文化。

九　致普陀山书友

几度清殿宣纸行，笔耕心田写佛经。
星月朦胧早课起，古佛万尊放光明。

十　致青浦石鼓文书艺苑书友

石鼓扎根同心创，松柏林翠神物亮。
碑廊名笔字如星，古迹千年美水乡。

十一　致复旦大学书友

书山学海日月长，笔墨展时飘幽香。

字画百幅斑斓美,万千桃李迎曙光。

十二　致石家庄书友
学府喜来燕赵风,言行一步一声钟。
著书濡墨开山志,情谊幽幽不语中。

十三　致台湾书友
宝岛飞来一座峰,治学用笔汉唐风。
问君砚耕何所乐,烂漫桃李遍寰中。

十四　致乡贤书友
缶翁宗师传精神,旷世艺苑绿荫深。
海上代有名材出,百花争妍曹紫藤。

十五　致同窗书友
弹指年少阁楼欢,抚今山青梅正燃。
君我相知沧桑道,松涛笔墨狷介传。

十六　致同窗书友
匝地冰霜压劲枝,古稀翘首纵情思。
松竹君我狷介气,披荆当风著文史。

十七　致水乡书友
新春瑞雪洗长空,老梅兀自数点红。
知否淀湖丹青手,岁末犹醉笔生风。

十八　致上海书友

隶楷行草篆印香，承古启今播群芳。
心耕砚田流霞彩，笔挥宣纸闪星光。
书坛奠基风雨固，艺苑开拓山路长。
狷介独步成大气，浦江翰墨盼飞扬。

十九　致恩师朱东润先生

一声我从泰兴来，风雪沧桑耕文海。
千山万水铸筋骨，四书五经融胸怀。
独创传记里程碑，纵横史学荆棘开。
乐游刻石笔墨道，德艺双馨润万代。

楹　联
笔墨修身养性四条屏

一

万缕朝霞光似笔
百张宣纸字如星

二

夜静雪飘独运笔
林深蝉噪自读书

三

神韵妙笔书法海
奇山灵石自然林

四

心随云彩悠悠去
笔蘸晚霞款款行

读书乐四条屏

一

夏雨良种深耕绿
春风嫩芽初绽红

二

万代知识典籍载
千年智慧文化传

三

周秦文脉江河浪
汉唐精神天地心

四

中外汇融科技海
古今奔涌读书潮

天长地久四条屏

一

山泉汩汩汇河海
天雨丝丝入地心

二

星光伴我键盘亮
晨露润芯花圃红

三

舟行逆水同划桨
车攀高峰齐发声

四

雪压苍松松尤翠
霜满老梅梅倍香

安居乐业六条屏

一

蜂采千里花酿蜜
牛耕百亩地生金

二

瀚海掌舵驶新港
蓝天飞鸟翔茂林

三

利民网中清风过
权势山下碧水流

四

花柳梅香蝶戏舞

松柏劲翠鹰翱翔

五

江流有道远沟壑

鸟鸣无形亲翠林

六

万株绿树植沃土

千种经书葆青春

慈航普度四条屏

一

无边苦海慈航度

有涯人生普济行

二

佛光普照逢好运

海浪常拂净尘心

三

古刹三宝金光耀

虔诚众生鹤寿长

四

佛经万卷宗修静
梵乐千声悟净空

居安思危四条屏

一

花香鸟语日流汗
海味山珍夜看书

二

船驶远洋暗礁险
车行大山盘道忧

三

大地名门毁自毁
长河万类存同存

四

水有本源活水碧
树无新根绿树枯

古史今看四条屏

一

万册典籍荆棘道
一枚皇玺巨石山

二

历朝贪宦难除尽
自古文痞易豢生

三

血溅文史窝里斗
仁书古籍纸上言

四

时浮或沉鱼嬉水
忽现即隐鸟归林

感恩惜福四条屏

一

松长千尺根植土
水流万年源蓄山

二

春雨润苗苗苗壮
秋阳灌穗穗穗金黄

三

梵乐怡人人长泰
佛光净心心永祥

四

书山悟深儒佛道

心海明暖观世音

一

清泉乱石滤

绿叶深雪萌

二

有无悟禅趣

出入读史书

三

奔马雪山静

开花溪水香

四

积学可顿悟

流水则长清

五

山青鹤声远

心静禅意深

六

师教德为首

人和品是金

七

鸟语花香梦
风和日丽缘

八

心静精神远
笔行元气清

九

我心随缘净
佛眼观世深

十

松竹有清气
笔墨含古风

十一

万树绿春雨
千江洁爱心

十二

勤游笔源乐
精悟学海深

十三
静心能乐寿
怀善永康宁

十四
勤为家至宝
信唯人真金

十五
海浪汹涌海心静
山风呼啸山体宁

十六
松柏雪霜松柏寿
山水风雨山水祥

十七
闪电击石山岿定
惊涛裂岸江自流

十八
秋霜枫叶亮如雪
冬雪梅花味似霜

十九
茂树高洁呼莺鸟

香茗碧绿伴友君

二十
春雨善育众学子
夏阳乐观万果林

二十一
道德内省自为鉴
文史弘传师唯尊

二十二
柳湖和合享新月
车马同道登鸿图

二十三
风雨通幽春光美
龙柏兴绿福祉长

二十四
奇山秀水眼前过
淡墨美文心底流

二十五
鹰立茂松巅峰岭
虎踞乱莽巨石丛

二十六

浪卷云飞心禅定
风吹雨打山境幽

二十七

积学寒暑育桃李
耕笔风雨驰影文

二十八

出入中西创新论
俯仰桃李蜚学林

二十九

清风自在随来去
碧浪逍遥任起伏

三十

静望山水荣枯悟
禅观鸟鱼远近无

三十一

尊德弘善勤国事
敬友畏天惠子孙

三十二

尊师弘孝求人道

善友明德传艺心

三十三
明道尊民即世宝
怀德传智是家金

三十四
绿树花红思否泰
根深叶茂悟荣枯

三十五
勤读世书怀大气
精写人论惠儿孙

三十六
笔耕中西深论美
心育桃李勤培松

三十七
云鹤神姿曙色动
苍松气韵晚霞燃

三十八
深谷峰林容百鸟
骄阳雨雪流千江

三十九

淡随离合树鸟运

禅悟来去风云空

四十

风传美味香千壑

浪卷乡音醇百年

四十一

游鱼流水自来去

飞鸟行云任有无

四十二

山脉横空通天地

佛光普照悟众生

四十三

山鸟一二皆为景

吾师万千都是书

四十四

江涌波澜通福海

鸟飞祥云恋绿林

四十五

海云为伴天赐美

山水相依地呈祥

四十六
正气存骨苍松岭
邪风袭人滑雪坡

四十七
敬天尊民车马顺
怀德行善朝夜安

四十八
微雨归燕河柳绿
和风来舟鸟春生

四十九
人算私利面糊笑
佛观俗尘心澈明

五十
兴荣根植智慧土
衰萎源起贪欲心

五十一
天眼长开察善恶
佛心永照辨浊清

五十二

憨面藏诈石下土

美言饰邪林中瘴

五十三

辞美魂丑千夫指

桃红核霉万众嫌

五十四

水清财富手上过

佛善品格心中留

五十五

自强仁爱山水绿

独立旷达海天蓝

五十六

积善勤俭长流水

知足宽和永乐园

五十七

银燕春风迎瑞气

金秋霞彩兆丰年

五十八

勤业敬友财运兴

和家乐学美德传

五十九
财源茂盛勤即本
人脉通达诚是根

六十
窗眺新楼座座美
门见绿野片片红

六十一
观岭近近十里远
望乡遥遥方寸间

六十二
飞鸟归林林倍绿
行舟航海海更宽

六十三
沉湎过去沼泽地
满怀未来向阳坡

六十四
宁静致远青山脉
澈澄流长碧水源

六十五

叶黄叶绿均为美

花谢花开总是春

六十六

自强自省成大器

同道同德造鸿图

六十七

取舍道义怀德善

出入文史传古今

六十八

同道同心教真史

有德有义登鸿图

六十九

德智宁静通大气

术仁精达益万民

七十

尊道弘善专圣业

敬民畏天惠世人

七十一

绝处逢生机在我

终极归宿运由天

七十二
曲径通幽深谷处
大山有美万泉清

七十三
青山傍水山山碧翠
绿水依山水水清澄

七十四
朝霞映绿树树树霞美
春水绕石桥桥桥水清

七十五
御用文人巧谀帝王愚民众古今都有
投机政客惯耍权变蒙百姓中外皆然

七十六
当下洋奴洋相奴实媚洋丑国民幕后捞私利
历来学霸学浮霸横拜官拉大旗帮内封寨王

七十七
大贤者颜平原剑文之道乃为国忠义千载传颂
高雅乎颜鲁公书翰之美而惟艺精弘万古流芳

七十八

雄哉奇也滔滔黄河奔腾万里如龙运笔挥写脊梁史
英者伟兮滚滚长江飞越千年似鹰展翅乐谱精魂歌

选自《唐金海自创诗联书法集》,复旦大学出版社 2017 年版

巴金的手温

一直难忘重病在床的巴金先生那绵绵的、暖暖的手，那一次是那样轻轻地、久久地握着我的手，——至今仍暖我心胸，但我同时也潸然泪下。——巴金先生近日乘鹤西去了，如今那绵绵的、暖暖的手安在哉?！

1997年我赴日讲学前夕，到华东医院向巴金先生辞行，临别时，已十分衰弱的老人，出人意外地从被子里伸出了手，绵绵地、暖暖地握住我放在他枕边的手，久久地不放……

一股暖流潜入我心田，倏地一股寒意又袭上心头，二十年间已拜会很多次，巴金先生从没有这样依依惜别过。这一次是否卧病在床的先生，见我将赴日一年，而心有诀别之情呢？还是已无力发声而又以此表示对我意欲有所谆谆叮嘱哩？"此时无声胜有声"啊，那绵绵、暖暖的手温，而今仍然温暖着我，那轻轻、久久地握别而今仍然让人念想。

巴金先生的"手温"是出自心田的，真诚而又慈爱。20世纪八九十年代，多少次，我们每次拜访，临别时，已届耄耋的老人，或是拄着拐杖，或是由家人搀扶着，总是颤颤巍巍地送行，而且坚持要送到大门口，然后轻摇绵绵的手，目送我们沿着花园的小径离去；多少次我们应约前往求教，老人家总是尽其所知一一回答，有时还上楼，拿着意、法、西班牙等出版的有关书籍，借给我们带回去查阅；有时遇到他新出版的作品《真话集》《病中集》等,他总是亲笔签名赠送,——那些书籍上还留着老人的手温。最令人动情的是,一次我们应出版社之约,为自己主编的《巴金年谱》写成了一万余字的《巴金访问荟萃》。其时,老人家正患帕金森氏症,手一直颤抖无力,而且正在以坚强的毅力一笔一画地撰写着尚未完成的"大书"《随想录》。老人家竟同意看稿,代我们订正长文的史实,——那要费去耄耋老人多少精力和多少宝贵的时间啊。——至今想起,仍自责自谴不已。

巴金先生的"手温"怎么能这么温暖?这样透人心脾?这样令人念想呢?我们又一次噙着泪花翻阅二十多年来与先生合影的数十张照片,听他那浓郁川音的采访录音,先生往日的音容笑貌又一一重现,——在整洁明亮的客厅沙发上,在庭院前绿茵茵的草坪上,在病榻一侧,在手推轮椅边,在琳琅满目的书橱前……啊,我们豁然开朗,先生特有的"手温",源于他热爱的生活,源于与他息息相通的广大读者,源于书架上千万册书籍——源于他念念不忘、时常提起、心存感激的几位"老师":妈妈教他"爱人,帮助人",轿夫等教他"忠实",年轻时朋友们教他勤奋、热情和"牺牲",中国的先贤和大诗人们教他"仁者爱人",法国卢梭教他"自由、平等、博爱"、俄国克鲁泡特金等教他为信仰和事业献身,而他最难忘"最尊敬的老师还是鲁迅",先生一本本散文里分明写着他时时聆听到"老师"鲁迅的声音:

为了真理,要敢爱,敢恨,敢说,敢做,敢追求!

二十年来与巴金先生合影的照片还是那样清晰,往日先生签名赠送我们的二十余部多种版本的珍贵书籍依然簇新——而今,先生已溘然长逝,早已泪眼朦胧的我们一次又一次地抚摩那些照片、那一本本先生的赠书、那一个个先生签署的"巴金",分明感到了先生"手温"依旧,"手温"暖人。先生的音容笑貌又一次浮现,先生的话语又一次在我们心底回响:

  我家乡的泥土,我祖国的泥土,我永远同你们在一起,接受阳光雨露,与花树、禾苗一同生长。我唯一的心愿是:化作泥土,留在人们温暖的脚印里。

2005年10月20日子夜,
星光点点,泪眼朦胧中急
就于复旦园"苦乐斋"

原载《青年报·海派·作家》2005年10月24日

"腰板挺""坐得住"
——朱东润先生治学精神印象

朱老作古久矣。"不思量,自难忘。"

然而,仿佛不时还可见到朱老,见到他背着双手在第一宿舍园内散步,腰板是挺挺的;也仿佛不时还可听到朱老的声音,听到他上课时、谈心时夹带乡音的苏北口音,话语是暖暖的;而每当我翻阅《巴金年谱》时,在我讲授中国现当代文学史时,在我观赏朱老书写赠我的"咬定青山不放松"等独具个性的条幅时——其实,在我进入大学学习、工作和生活的四十余年的复旦风雨生涯中,朱老的腰板、朱老的目光、朱老的话语、朱老的胸襟、朱老的脚印,还有朱老的《张居正大传》《中国文学批评史大纲》等那数百万言博大精深的传世巨著,都已凝聚成朱东润治学精神和治学人格,以及先生的学识智慧那样一代宗师的风范,——都令学生我时生凝神苍茫而旷远之思。——朱老啊,先生的为人为文,均可令晚辈仰之弥高而又近之弥亲。

初识朱老,那是在1960年夏秋之交的一个上午。阳光和煦,刚入学的我与同班数十人,沿着绿茵茵的草坪小道,依次进入东西都是大玻璃窗、而室门西向的1203教室参观和听报告。可讲台上空无一人,而在十多排课桌边,却端坐着十多位中文系的"老先生",每人在各自面前的课桌上堆着七八部或十多部不等的一叠书。"老先生"们表情不一,有的严肃,有的和蔼,有的西装笔挺，有的衣着潦草，有的鬓发花白，有的谢顶发稀，气色亮堂红润者有，面色蜡黄憔悴者也有，或微胖，或精瘦……一个个一言不发。

此情此景，让兴高采烈的入学新生顿时安静了下来。依次一一在"老先生"面前轻轻地走过。教室里安静极了，阳光洒在师生们的衣服上、脸上，洒在"老先生"们面前一叠叠著作上。这时，我看见一位"老先生"面前堆着的一叠书中有《张居正大传》等，就好奇而又胆怯地问："可以看看吗？"那位老先生微笑着说："可以，可以。"就把书拿给我看。我轻轻地翻阅着，有几个同学也聚拢过来，胆怯消失了。我指着桌上厚厚的一叠，惊讶地说："写了那么多书啊！""老先生"又笑着说："你们以后也能写的。就是屁股要坐得住。"我生在上海，长在上海，但是祖籍苏北，一听"老先生"的口音，就分辨出家乡味来了。在苏北，家人说小孩不用功读书、贪玩，时常说的一句话，就是"猴子屁股坐不住"。我没想到望之严肃、听之和蔼的"老先生"也这样说，而且话声中夹着苏北乡镇那特有的音韵，让我一下子就记住了做学问"就是屁股要坐得住"的话，也记住了即使坐着，腰板也挺挺的那位"老先生"。——以后才慢慢知道，原来他就是我们中文系德高望重的系主任朱东润先生。这以后，好多年过去了，"屁股坐得住"这句通俗淳朴、凝练而又深邃的五个字，以及那话语中隐约可辨的苏北乡音，引导我在复旦中文系，度过了风风雨雨的四十一年教书和著书生涯，也阅尽了"人间春色"以及夏色、秋色和冬色！

照例，系主任都要在迎接新生和学生毕业典礼上讲话。在我做学生的五年和毕业留校工作的几十年间，朱老的讲话是别具一格的（朱老1978年平反后恢复中文系系主任之职，1981年起任中文系名誉系主任）。先生话不多，而每句话像夯土一样，实实在在，而在不多的讲话中，"我们中文系哩，总要向前"十个字，每次前后要出现三、五、六次，最后也总是以这句话作结。——直到现在，我们班一位在《人民日报》工作的广东籍老同学，还会惟妙惟肖地"鹦鹉学舌"一番，每每在逗起大家欢笑的同时，又自然引发起对朱老深情的思念：朱老是那样的真心、那样的纯朴、那样的书生气，又是那样的令人倍感和蔼可亲。

当初考复旦中文系，原本想当作家和诗人。自无声的第一课开始，那多位"老先生"厚厚的一叠书，以及"屁股坐得住"的乡音，就一直烙印在我脑海中了。我生性不敏不悟，只知苦读、苦学，入校后，由课代表而学习委员，而班长，匆匆五个春秋，毕业后竟荣幸地留校任教。岁月弹指似的一晃而过，于今又不知不觉混迹于复旦中文系教职已达四十一年矣。岁月催人渐老，也助人渐悟，朱老的行迹、朱老的笔墨生涯、朱老的智慧和辛劳之果，以及朱老"屁股要坐得住"的乡音，一直鞭策我孜孜矻矻。20世纪80年代中期，"文革"后，百废待兴中在高校也有一项，就是恢复职称评审。每隔一二年一次的评审，有如一场暴雨，总会在绿树成荫的校园里创造一幅幅大写意图景。有的新枝茁壮，有的叶残花落。记得在80年代中期一个春日的傍晚，当时作为讲师的我，未经生活挫折的我，曾因职称评审而一度泄气。或因中文系土层厚，人才积压已久之故，也许还混杂一些非学术的、"圈"内"圈"外等说不清，却分明感受得到的微妙的人为因素，在这种评审境况中，我连续两次受挫后，神情沮丧地往回走。刚进第一宿舍大门，只见系学术委员会主任朱老还在园中散步，一见我，他似乎不经意地慢慢踱过来。朱老平时生活是比较有规律的,或晚饭后在园中散步,或读书写字累了,有了兴致则欣赏珍藏之名帖,或濡笔握管随心挥洒。今天已傍黑,竟还在园中。我迎上去,叫了一声,朱老就与我在园中信步而行。就是那次看似偶然的畅谈,在我治学和人生的道路上却树起了一座界碑。一老一青,一前辈一晚生,在一舍弯弯曲曲的小路上,信步畅谈了足有一个半小时之多,而这一个半小时,朱老一句都没问我心情如何,一句都没有常人在这种时候的所谓鼓励、同情、或借题煽火的话,不,一句也没有。朱老只谈他自己,谈自己的治学、人生之路。话语那样平易,那样真挚,那样亲切,那样动人,语气又是那样的平静。岁月的大浪,淘走的是沙土,留下的是金粒。二十一年的岁月沧桑已过,但当年朱老说的有几件事,有几句话,却一直深深地植根在我的心里。

1931年,朱老在武汉大学讲授中国文学批评史。先生悟到,中国文学是从《诗经》和《楚辞》发源的,所以下决心一篇、一句、一字地真正读懂它,而且还要把《毛传》《郑笺》的看法,齐、鲁、韩三家的看法,以及之后马瑞辰、陈启源等人的看法一一研读。听说要读懂如此浩繁的卷帙,才能动手写论文,其时也在武大讲授中国文学史的作家、批评家苏雪林惊讶地说:"这怎么行,要读到哪年哪月,这是书呆子的读法。"但是,"笨人有笨人的办法,终于读完了"。我至今还记得那个傍黑时分,先生说这话时脸上漾起的欣喜的神态。由此,先生说,他这样研读了《诗》三百篇,同时联想到了整个中国文学史,终于悟到,弄懂《诗经》中的"诗心",才能弄懂中国人的"诗心",才能真正弄懂中国文学。《诗经》是中国文学、文化之源,是中国人民、国脉之源。我终于感悟到广义的中国文学,也应包括中国现当代文学,要弄懂中国现当代文学,也必须从读《诗经》开始,中国现当代文学与从《诗经》《楚辞》等起始的源远流长的中国文学是文脉、文气、文源相通的。先生这一思想形成于20世纪30年代，历久弥坚，直到五六十年代，先生任中文系主任时，在80年代初任名誉系主任时，先生仍然一再表示，中文系的学生，不但要读中国语言文学，也要读外国语言文学，读中国古代文学专业的人，也要读中国现代文学，读中国现代文学专业的人，也要读中国古代文学。这一文学"通史观"和"一体观"由此薪火相传，在章培恒先生80年代初、中期任中文系主任时，国家教委嘱命开设中国当代文学史课，于是全国很多高等院校，包括以稳健、持重著称的北京大学，都分设了中国现代文学教研组和中国当代文学教研组，截然分开的中国现代文学史教材和中国当代文学史教材也先后有多部出版。复旦中文系坚持了"文学通史观""一体观"的立场，始终没有将中国现当代文学组分割为两个教研组，这主要是由于时任系主任、也曾是朱东润学生的章培恒先生，不止一次说过，每位教师应该有自己重点研究的学术领域，但是研究中国古代文学史的教师，应该能上中国现当代文学和外国文学课，着重研究中国现当代文学史的教师，也应能够上中国古代文学和外国文学课。为此，复旦中文系中国现当代文学的教师，虽然格外吃力，但获益良多。总体说，凡坚持并实践这一中外古今文学相通的文学"通史观"和"一体观"，并付出长期艰苦劳动——"屁股坐得住"——的教师，他们的论文、论著内容就比较厚重、学术视野就比较开阔、说理就比较透彻，因而更可创出新意。

　　因同住第一宿舍，平时见面时，朱老说话不多，也不苟言笑。只有一次，我因正准备撰写《巴金年谱》，想向朱老请教，材料中也有一处与朱老有关的内容，也想多了解一些，顺便请先生为《巴金年谱》题写书名。(按:朱老题写的《巴金年谱》墨宝已被责编收藏)先生欣然答应,并说年谱古已有之,宋代有赵子栋的《杜工部年谱》,清代愈加发达,年谱有八百多种,胡适也写过年谱,还受过梁任公赞扬,章太炎、吴宓等都写过年谱。中文系章培恒也花功夫写了《洪昇年谱》。年谱是个好东西。它好写又不好写,说它好写,多下点功夫,多看点书,多搜集、整理史料,按时间顺序写下来就行了;说它不好写,是心要静,要坐得住,不仅要尽量将谱主的史料搜全,还要从大量史料中走出来,要对谱主有研究,对他的思想、人格以及种种发展变化要心中有个准星,还要很了解谱主生活的时代、谱主的文友、文学活动等,以便行文时用来说明谱主的思想、人格是怎样形成的,为什么会发生这样那样的变化。……最后,还不失幽默地笑着说:巴金是"巴"(读如苏北口音的"耙")金,你是"巴"铜噢。(大意)一席话前后大约十来分钟,我的心被点亮了。

  这一次在傍晚的谈心,朱老特别健谈。记得他还讲到因他写的几篇关于《楚辞》的论文,老朋友叶圣陶一看觉得有价值,未征得朱老同意,就直接交给《光明日报》发表了。不料,当时任科学院院长的郭沫若亲自上阵,还组织了几个人进行"大批判"。那时郭院长名气特响,官位特高,权势特大,朱老知道情势很急,决定不予应战。朱老说,当时心中的压力还是很大的,因为"文剿"发生在20世纪50年代初期,明明是学术问题,也总要拉扯到政治、立场和世界观上去,那就不得安生,做不成事了。这一次高压,朱老说,他终于经受住了。要是屁股坐不住,或者看风向,低了头,听官话,或者从此灰了心,那结果就会变了。朱老说,做学问,还是要坐得住,于是先生又继续深入研究《楚辞》,又新写了几篇论文,说那是自己的看法,"对后人总有些用处,让后人去评说吧"。

天渐渐黑了下来,家家窗户已透出了灯光,其时已近耄耋高龄的朱老似乎谈兴正浓。先生腿脚也健,记忆力也极好。先生又谈起,他为什么要选择传记文学研究。先生说,他到四十来岁时,在做完《史记考索》前后,忽然对传记文学有了浓厚的兴趣,这东西外国的传记作品和研究资料有不少,写作方法很新,人物写得很丰富,有血有肉。而中国的传记写得好的很少,唯有汉魏六朝的叙传写得较好,其余的如二十四史里多是史传,很难说是独立的文学传记,再有其余大量的都是散漫的断章残片。因此,连许慎的《说文解字》也没有把传记文学说明白。朱老说他又找了外国的传记作品看,有古罗马、英国、法国等作家和学者写的文学传记,著名的有莫洛亚(法)、斯塔雷奇(英)等。之后又间杂着读中国的一些佛家的高僧传记和道家的内传、外传。广泛阅读,就思量着先从哪里入手,要用西人写传记的眼光、方法来开创中国的叙传文学。要看得准才行,写出来的东西要有特别的价值,才能存在,才能在人的心中站住。搞研究,一是自己要喜欢,二是以前还没人深入搞过,尽管难,但是有搞头。于是沉下心"就决定替中国文学界做一番斩伐荆棘的开辟工作"。先生有些感慨地说,没想到,这一读就是四十多年,写了几本书,也算是有了点成绩。现在回想这几十年走过的路,也是风风雨雨,坑坑洼洼。当年朱老沉下心大量读传记文学时,也正是中、青年时期。我至今依然清晰地记得朱老当时说:"只要认准一个研究方向,沉下心,又坐得住,一天、一个月、一年、十年的做下去,总能做点事。"

生活了近一个世纪的朱老,就是以"看得准""沉下心""坐得住"和"做下去"的治学精神,开创了中国传记文学写作和研究的先河，创建了中国独具一格的传记文学理论，朱老有关传记文学作品创作了九部（《王守仁大传》未出版，手稿在十年浩劫中散失）左右；此外，又有多部具有原创性的论著出版，如《中国文学批评史大纲》《中国文学批评述论》《读诗四论》《中国文学论集》等，另有主编的各种选集、校点、辑注等多部。甚至在重病期间，朱老还将最后一部传记《元好问传》初步写就。

就是这样一个学贯中西、博古通今，编著有煌煌一千多万言，而又和蔼可亲、德高望重的前辈师长，却在"文革"中受尽了身心和人格的折磨。曾记得那年月，我的住房，已从第九宿舍的一室户"乔迁"到了第一宿舍，先是一室半，后是二室户。按当时规定，教留学生的老师一律不许参加"文化大革命"，故我每天还是要为留学生上课，早出晚归都要经过朱老住房西侧的通道。当时住一舍老房子的多半是一些国内外知名的老教授，也有校党委书记等。进驻复旦的工宣队、军宣队"勒令"一舍的所谓"牛鬼蛇神"，每天清晨和傍晚，都要弯腰、低头，站在那通道边，一字儿排开，一律低头，向画在墙壁上一个巨大的、戴着军帽的、昂着头的毛泽东的木刻像"请罪"。其中，唯独一个"牛鬼蛇神"挺着腰板，直挺挺地站着，他就是朱东润先生。那时，朱东润先生的"硬头颈"是全校出了名的，工宣队和造反派在系里批他时，先是矮个子造反派揿头，头颈刚揿下去，又昂起来，昂起来，再揿，揿下去又昂起来！造反派头头就换高个子的来揿，更猛更狠，朱老的头颈还是揿下去，又昂起来，昂起来，又揿下去。这样多次反复，造反派就想别的法儿整他，在火辣辣的太阳下暴晒，在凛冽的寒风中长时间地面壁站立等。朱老还是昂首挺腰，脸色严峻，毫无怯惧。朱老受尽了多少身心的折磨和人格的污辱啊！但是朱老的腰板还是一直挺挺的，头也一直是昂昂的——这不仅在复旦，就是在上海高校中，在全国同行中，朱老的"硬头颈"和"挺腰板"都是有口皆碑和令正直的人们肃然起敬的。

这种"挺腰板"的斗士精神与"坐得住"的学者精神在朱老身上已浑然一体。近一个世纪的人生风雨历程，朱老这种精神也是逐年磨砺而成的，阅历越多，阅读越多，或受挫越多，身心锤炼也就越多，精神也就越矫健，腰板也就越会挺直。

这是一次特别的散步，是德高望重的朱老在他的学生面前，也是在一个在小风小浪、小沟小坎面前，显得愤懑不平和心意烦乱的年轻人面前，袒露心声的散步，是一次人与人平等的谈话，更是师长饱含着信任的谈话。此后的岁月，每当想起当年已届耄耋高龄的朱老，想起正忙于写作《元好问传》的朱老，想起其时也许已身患重病的朱老，在一舍中与他的学生，信步走了一圈又一圈，竟然长达一个半小时……我深深地自责、深深地愧疚——因了自己的世俗之愿，竟让年迈的朱老那样操心和费神。

此后，朱老"沉下心""看得准""坐得住"和"做下去"的一番"教诲"，朱老近一个世纪的人生之路和治学之路，——那一次傍晚时分的倾心交谈，就一直燃亮在我的心中，给我以激励和希望，给我以精神和力量。

遥望西天，双手合十，遥拜恩师朱东润先生。

2006年6月4—8日晨
于苦乐斋

选自复旦大学中文系编：《朱东润先生诞辰一百一十周年纪念文集》，上海古籍出版社2006年版。

秋水文章　松柏人格
——王瑶先生十周年小祭

有的人活着，
他已经死了；
有的人死了，
他还活着。

近十年来，也许是长期从事中国现当代文学教学与研究的缘故吧，每讲授到老诗人臧克家为纪念鲁迅先生而写的这首诗时，我总会联系到中国现代文学研究事业重要的开拓者和奠基者之一的王瑶先生。诗句因写出了鲁迅的精神和人格而闪光，而诗句的闪光还在于，它凝练、尖锐而又深刻地揭示了具有普遍意义的生与死的价值观。

似水流年，弹指间，一代文学大师王瑶先生已去世十年了，但他依然活着——以他的精神和人格，以他的一系列具有划时代意义的学术著作"活着"，如《中古文学史论》《鲁迅与中国文学》《鲁迅作品论集》《中国新文学史稿》等。

然而，王瑶先生的"活着"和闪光还不止于此。

世人只知王瑶先生是位博古通今的大学者，其实王瑶先生一生中也写过散文，虽为数极少，其中却有一篇，令人拍案叫绝，足可为传世美文，用"笔落惊风雨，诗成泣鬼神"来形容，庶不为过。

全文很短,照录如下:

自 我 介 绍

在校时诸多平平,鲜为人知。惟斯时曾两系图圊,又一度主编《清华周刊》,或能为睽违已久之学友所忆及。多年来皆以教书为业,乏善可述,今乃忝任北京大学教席。迩来垂垂老矣,华发满颠,齿转黄黑,颇符"颠倒黑白"之饥;而浓茗时啜,烟斗时衔,亦谙"水深火热"之味。惟乡音未改,出语多谐,时乘单车横冲直撞,似犹未失故态耳。①

人不以长幼论好坏,文不以长短论优劣。前者之评,重在精神人格,后者之析,重在深广精美。先生的这篇散文,仅一百六十字左右,却写得精美传神,蕴涵深邃,具有辞章美、个性美和人格美。

先生20世纪30年代在清华大学中文系时,曾师从闻一多先生达十二年之久,后又拜在朱自清先生门下从事汉魏六朝文学研究,如此等等。焚膏继晷,兀兀穷年,先生于中国古典文学造诣极深,一旦发而为文,其遣词造句,不仅高度凝练、涵盖面广,而且隽语如珠。短文中精炼的四字句、灵活妙用的虚词,辞章的缓急节奏、长短对偶、色彩音响,以及庄语谐用、戏话正说等,均达到了出神入化的境界。散文是以语言为载体的一种文学创作,以口语入文,可以达到一种美境,以书面语入文,也可以达到一种美境,但都必须经过作家的艺术选择、提炼和加工,其语言优劣美丑的区分主要在于,是浑然天成,还是生硬粗俗?仅从

---

① 王瑶:《自我介绍》,1987年5月,原载《清华1934—1938—1988纪念刊》。

这一篇短文,我们已可见到王瑶先生语言学养功力之深厚。

类似先生一二百字的《自我介绍》这样的辞章美,现代文坛并不多见。另有老舍、启功等的小传,也短小隽永,庄谐并美,但王先生的显然别具一种神韵。这篇短文的个性非常鲜明,它不仅撷取了先生早年的独特经历"两系囹圄","一度主编《清华周刊》",而且又从先生丰富的生活情趣中,选择了形象的、具有代表性的细节——嗜浓茗、衔烟斗、乘单车和"乡音未改,出语多谐",寥寥几笔,情态跃然。熟悉王先生的友人,读后自会称绝,不熟悉的人,也会感到王先生栩栩如在眼前。联想到黑格尔关于优秀文学作品必须写出"这一个"的经典论断,王瑶先生仅在一百六十个字左右的短文中生动地体现了。读后,又让人联想到先秦两汉及唐宋的一些名篇佳作,如《五柳先生传》(陶渊明)、《陋室铭》(刘禹锡)、《读孟尝君传》(王安石)、《严先生祠堂记》(范仲淹)等。

自然,这篇短文美在辞章、美在文章的个性,更美在通篇流露出来的人格力量。先生数十年任教于国中最负盛名的清华和北大,桃李满天下,学术界公认的传世著述也有多部,这些先生都轻轻一笔带过,自云"乏善可述"。什么才是先生心中必须要在这篇百余字的短文中讲述,并告之世人和后人的呢?——风雨之人生和自我之本性是也。先生借齿发以抒"颠倒黑白"之胸中积郁,托茶烟以寓"水深火热"之坎坷命运。先生写校园生活,也是写社会历史,写自己命运也是写诸多同道。上述八个字,从一个侧面,浓缩了先生生活的那个时代,也写尽了自己和同时代老知识分子的人生百感。20世纪30年代中期,国难民愤,先生两次入狱;抗战期间,颠沛流离;50年代,身陷政治运动漩涡,时臧时否,忽荣忽辱;60年代中后期,又遭罗织诬陷,致使身心受残，心神衰竭。身经如此厄难，如此摧残，先生心态、心性如何？"不以物喜，不以己悲"① 依然故我，"音"不改，"语"多谐，"时乘单车横冲直撞"，"未失故态"。那种铮铮的人格，越发磨砺有声，凛然辉耀。历史进入八九十年代，已近古稀之年的先生，欣逢天光大开，春风浩荡，作诗以抒怀："叹老嗟卑非我事，桑榆映照亦成霞，所期黾勉竭庸驽，不作空头文学家。"

花开花谢，潮涨潮落，王瑶先生驾鹤西游已近十年。但先生留下的松柏般的坚韧长青的人格，秋水般明澈深邃的文章，那些皇皇论著，以及百余字的《自我介绍》，令后人怀念不已。我忝列中国现当代文学教学和研究之列，曾请先生顺道时到复旦大学中文系作学术报告；在几次中国现代文学年会上听先生指点迷津；在山西参加赵树理学术讨论会时，陪同贾植芳先生与王瑶先生和他的弟子黄修己先生一起游览五台山，并在群山上合影；最后，在1998年11月，由复旦大学中文系和上海作协主办的、贾植芳与我参加组织的、在上海青浦召开的首届国际巴金学术研讨会上，我又有幸与先生见面；后又与加拿大巴金研究学者余思牧先生等一起到华东医院，探望重病住院的先生……其时其情，历历宛若眼前，当年音容，激起心底波澜。一时凝噎，敬祈借用一下苏东坡的词句，以抒深情："十年生死两茫茫，不思量，自难忘。"

先生已确乎远行十年了，但形象却依然清晰。时间的大浪淘沙，将先生的文章和人格越发磨砺得晶莹光亮。在我每年讲授中国现当代文学史课时，课前，都会在窗前或灯下，静静地翻开王瑶先生的著作，聆听这位中国现当代文学史学科主要的开创者和

---

① 范仲淹：《岳阳楼记》。

奠基者关于做人和作文的教诲——还有那丝丝的烟斗声,那浓浓的山西乡音。

1999 年 9 月 6 日于"凉城""苦乐斋",时晨光熹微

原载《文汇读书周报》1999 年 10 月 23 日

人去美长在
——悼念著名美学家蒋孔阳先生

江南六月，黄梅天气，连日阴雨，昼夜不停。院子里的花草，也褪尽了往日鲜艳的颜色。

好久没去看望仍在住院的蒋先生了。应先生之嘱，早就写好了的一幅石鼓文联也已裱好，听说师母刚搬入新居三五天，准备接蒋先生出院，到新居休养生息。真叫人兴奋。先生已住院一年，早该呼吸一下外面的新鲜空气了。等天一放晴，再忙，也要相约几位好友，再去医院探望，顺带将石鼓文轴送去，再握一握先生宽厚的、绵绵的、温暖的手。

不料，噩耗传来，说先生已于26日中午驾鹤西去。惊愕之余，站起又坐下，木然良久，无语凝噎。窗外仍风雨交加，雨珠沙沙，落地有声。

灵堂设在新居，花篮、花圈已簇拥如云。一股热血上涌，合掌跪叩，行了大礼，泪如泉涌。遂将早已泣不成声的师母扶到沙发上，才知道先生前几天病情突然加重，持续三四天高烧不退，热度高达41.5度，贵重药物用上去也无效，医生束手无策了，只好将一只只冰袋敷在先生额上、颊上和身上。高烧很快将冰袋里的冰块烫化了此时此刻，在场的亲友无不心痛欲碎。师母含泪说，先生是被烧死的……那样罕见的高烧，先生还是一如既往，一声不叫，一声不哼，眼泪却从先生紧闭的双目中溢出……

是啊，先生舍不得离开这个已变化了的人世，舍不得离开苦乐与共、已长大成才的女儿们，舍不得离开风雨人生、相依相知五十余年的老伴，舍不得离开众多遍及天下的学生和友人，舍不得离开他为之呕心沥血、献身的美学世界啊！

其实，先生的中、青年时代，也可以说是在一次又一次的"高烧"中度过的。"弄文罹文网，抗世违世情。"① 先生一生埋首书山，跋涉学海，平和、谦让、自律、本分，从未"抗世"，从未越"雷池"半步，处处谦让，处处慎言，处处无争，只是治学弄文每有心得，就发而为声，独抒己见，——这本是书生本色，但在"与人奋斗其乐无穷"的年代，就是违了"世情"，犯了上怒，就难逃"高烧"厄运。先生20世纪50年代初期，因一篇《要善于通过日常生活来表现英雄人物》的文章遭到批判；50年代后期，又因出版了《论文学艺术的特征》等两部著作遭到批判；60年代初期，先生又被作为修正主义文艺思想的代表人物进行重点批判；到60年代中期和70年代初、中期，"高烧"更是一阵又一阵，系里批，校里斗，全市"亮相"，日批夜斗……在那样铺天盖地，持久不息的"高烧"中，虽然先生身心受了伤，但毕竟还是挺过来了。先生啊，您已久经炼狱之灾，而今苦尽甘来，老境日佳，怎么会被小小病床上几天的高烧，夺走了您宝贵的生命的呢？再说，七十七岁，离百岁还有二十多年哩，患的又不是绝症，就是高烧不退。是了，前后两种"高烧"，一个来自体外，一个发自体内，一个长达一二十年，一个仅有三四天，两者看似"不搭界"，但在伤神、伤心、伤体方面，前者与后者相比较，却有"过之无不及"。大厦倾坍，非一

---

① 鲁迅：《题〈呐喊〉》。

日之毁也。

先生住院长达一年多，数次病危，备受煎熬，也从不叫喊。持久高烧，也从不呻吟，总是默默地看着亲友，偶尔歙动着双唇说出这个或那个的名字。熟悉先生的人都知道，先生生性仁厚而坚韧、谦和而自信、言少而笔健。而一二十年历次运动中的"高烧"，虽然使先生更加内向和木讷，但更锤炼了先生的坚韧性和自控力。第一次大批判，大"高烧"之后，先生没垮掉，而是写了两本书；第二次、第三次大批判，大"高烧"之后，先生也没垮掉，而是翻译了《近代美术史评述》，写完并出版了《德国古典美学》——这是我国第一部对西方美学史上，从康德到黑格尔的美学作系统研究、至今仍有权威性的巨著；第四次大批判，大"高烧"，是在"文革"之时，火力更猛，时间更长，近乎灭顶，先生还是没有垮掉，而是倍加坚韧、自信，如风雨劲松，激流磐石。之后，欣逢改革开放的春风化雨，先生又奇迹般地出版了论述自己新的美学观的力作《美学新论》等，又和自己的得意门生、著名美学家朱立元教授一起，主编了七卷本四百五十万字的《西方美学通史》。皇皇巨著，辉耀学坛。这难道不是一个奇迹吗？俗话说"百炼钢成绕指柔"，越批越坚，越"烧"越韧，先生经历的就是这条路。但是，在那样的时代，多少仁人、多少智者被历史的"高烧"烧残、烧毁了啊！而先生却炼出来了，又站起来了。学人都想主宰自己的命运，都想自由表达自己的思想，但在社会形形色色的，尤其是在政治的压力和经济的诱惑中，学人的形象往往会五颜六色，学人的性格也常常会四分五裂。作为社会群体中的学人，常会陷入"树欲静而风不止"的"龙卷风"中，或被卷上天又抛下地，或被摧折、或被撕碎，历史证明，只有学人中的中坚，才能风雨不动安如山，才能穿越莽莽的风火丛林,他们的精神才能超越大起大落、大宠大辱,或大灾大难、大诬大冤而升华到自为自在的境界。不必列举中外文化史上一长串学人的英名,仅就当代中国文化教育界而言,我们就可以列出朱东润、朱光潜、施蛰存、王瑶、许杰、季羡林、钟敬文、启功、贺绿汀、贾植芳、蒋孔阳、钱谷融等先生的大名——他们各有个性,各有专攻,在风浪中的升沉荣辱也不尽相同,但都是"历经劫难成一家"的学人中坚。没有哪个学人喜欢高压和灾难,但当高压和大难一旦降临时,我们应该怎么生活呢?

眼前又浮现出一系列健在的或逝世的学坛前辈的形象,如今,慈祥和蔼的蒋先生也在高烧中乘鹤远去了,先生献身于美学事业已有半个世纪,研究美,创造美,著作等身,而先生创造的最光辉的美是什么呢?是融化在先生著作中的、闪耀在先生一生中的精神和人格,先生一生最服膺的马克思的一句话,将永远回响在我们心中:"真理占有我,而不是我占有真理。"

1999 年 7 月 1 日深夜。于"凉城""苦乐斋"
时万籁俱寂,星光在天

原载《中华读书报》1999 年 7 月 21 日

"江入大荒流"
——悼念章培恒先生远行

章先生远走了,从此流入大荒,烟波阔远无处寻矣。

章先生,你怎么能远行呢?先生曾承诺,还要为我们复旦中文系1965届毕业的老学生第二本《风雨阳光行》写序,先生又答应等这次出院回家就与我们见面畅谈,先生还表示等你倾注了十多年智慧和心血的《中国文学史新著》改定出版后,就签名赠送给我们,……是啊,你还要主持《中国文学通史》的撰写,还有很多半个世纪积学中的深思熟虑,还有对中文系所内外多位古典文学后起之秀的培养和深造的计划……还有那么多未了的尘事,一桩桩、一件件,章先生,你竟然跋山涉水后,驾鹤远行了。

"山随平野尽,江入大荒流"(李白),先生一生钦敬、崇奉鲁迅和李白。先生依稀是座"山",仿佛也是条"江",以自己一生的辛劳和才华,在学术上筑起了"山"样的丰碑、"江"似的长河(独著和主编):《洪昇年谱》《中国文学史新著》《全明诗》《近代小说大系》《献疑集》《灾枣集》等,——它们不会"随"时间而"尽",将会"入"史册而长"流"。

以上,几乎已遍传中外学术界,但说章先生似"山"、似"江",还有另一层含义,外界就多半茫然了,但凡熟悉章先生的挚友、同事、学生或深研章先生治学的学者,一般都程度不同地能感受到，或看到、"听"到章先生似"山"如"江"的另一面，即鲁迅般的爱憎和执拗、李白般的通达和任性。如能往细里看，往深里悟，更可知章先生数十年如一日，为人和为文的一致，文品和人品的合一，所谓"观其文而悟其人，知其人而明其文"。

痛定思痛之际，笔者仅从四十余年耳闻目睹和亲聆教诲中撷拾片段，以寄托哀思。

20世纪60年代初，复旦大学中文系的"中国文学史"课总共5个学期，章先生就为我们开设了两个学期。后来知道，章先生曾因胡风案被打成"骨干分子"，已停教多年，先生也一直蛰居系资料室，进出低头，定期汇报思想。60年代初，虽然教育界有所松动，但"反修防修"的"阳谋"已山雨欲来，其时，"戴罪之身"的先生，"诚惶诚恐"地来上课，低头走进教室，自报家门后就开始讲课，面无表情，音无高低，手无动作，两眼无神。——教室里有些骚动了。但，慢慢地，全班似乎都注意到，这位老师从不看讲稿，无一句多余的话，很少板书，史料丰富，思路清晰，逻辑严密，论证分析，丝丝入扣，一堂课讲的内容，就像一篇出色的论文。这一节，已使学生惊讶佩服，特别是先生紧扣中心的旁征博引，引文内容、出处，都像从先生心中自然而然地涌出，清澈流畅。有调皮的或者认真的同学，曾对照过课堂上记录下来的引文内容，居然无一错讹，这一节更是赢得了全班的惊叹和崇敬。凡先生上的每一堂课，全班都鸦雀无声。但是第二学期的第一堂课，先生一走进教室，全班惊呆了，章先生胡子、头发又长又乱，左臂戴黑纱——先生戴重孝了。高堂仙逝，自然悲痛。当时正大搞阶级斗争，大讲"反修防修"，先生怎敢顶风而上？何况先生还被诬为"戴罪之人"，怎敢逆时而行？如此长发、长须又戴黑纱，既要在校园里"招摇过市"，又要在教室里上课，——照样不看讲稿，照样旁征博引，又照样面无表情音无高低地侃侃而谈，——只是声音较以前低沉。这一份任性和固执、深沉和坚韧、从容和淡定，形成的"这一个"章先生，从那时起，就定格在他的学生们心中了。

20世纪60年代中期始，笔者毕业后有幸留校任教，多年耳濡目染，章先生那种"山"样坚定、静穆，"江"一样通达、任性的个性，依然如故。80年代初，"文革"后高校恢复了评职称，首批由教育部审批。"僧多粥少"，竞争很激烈，我其时任中文系科研秘书，整理申报材料时，发现不少先生填报了一二十篇论文，而章先生只填写了三篇。我于是登门请先生再多填写几篇。先生听后平静地说："就报三篇吧。"先生执拗、自信和坦实的脾性，我是知道的。许是长期经历磨难和治学谨严形成的习性，先生总是三思而后行，"言必信，行必果"。先生平时总是用他钦敬的朱东润教授的话律己教人，"好论文要有功力和骨力，就像磨豆浆，积学深思后，有了自己的看法，就在心中'磨豆浆'，这样磨出来的豆浆才醇香"。果然，就凭报上去的三篇论文，章先生荣登榜首了。

"山"和"江"意象的内涵，都有丰富性和多面性，章先生也相似。章先生让同辈和后辈难忘的，还有惊人的记忆力、睿智的幽默，以及拙朴的童趣。20世纪80年代初，百业待兴，教育领域也生机勃发。章先生以他积累的博学等赢得校和系众人的赞佩，被推为中文系主任。先生比以前更忙了，但仍一如既往，不苟言笑，说话一板一眼，办事有条不紊，低调行事，不善张扬。但校内外的同事、同行背后都戏称先生是"百科全书"，碰到疑难，尤其是史料出典，经先生一点拨，多半茅塞顿开。大约是

80年代中期，章先生到日本一大学作学术讲座。后来一位日本教授来华时谈起，章先生的课堂堂爆满，不仅有外校赶来的，还有一些从外地如北海道隔夜赶来的求知者，为的就是亲聆章先生的学术讲座，一连好几个月，直到章先生离日回国。这在一向自负的日本学术界，实属盛况空前。就在那时，发生了一件惊动台海两岸和日本学术界的学术趣闻：先生教学之余，照例是泡图书馆。一个偶然的机会，发现了一本早有所闻却从未看到过书的台湾一位老学者出版的《洪昇年谱》（其时两岸未通），此前，章先生已积十余年之功写完了《洪昇年谱》，出于求知欲望，连日拜读，先生在深感这位老学者治学功力的同时，发现了一些重要的遗漏和失误，但自己的著作没有带到日本来，一时无法查证，先生就凭超强的记忆力和睿智博学，将台湾那位老学者大著中的问题，择其要者，写成论文，条分缕析，指明版本目录，并以敬贤的笔调表明，以老学者深厚的学术功力和严谨的治学精神，这些遗误并不难解决，所以然者故，皆因年谱中涉及之史料、版本，均在大陆，如两岸能顺利往返，则遗误定可迎刃而解。据说，那位台湾老学者读后惊喜交加，感佩不已。

先生劫难之后，遵恩师蒋天枢先生之嘱，埋首南窗，皓首穷经，熟读二十四史，精研历代典籍和鲁迅著作，深居简出，寡言谨行，不屑它顾。那年月，除与二三友人点头外，先生常常是独来独去，边走边思考。长此以往，常人均难以亲近。一直到新时期，万物复苏，先生也时来运转，又被推选任职，每周上课，虽然苦尽甘来，春风得意，但脾性长期养成，通常也就不苟言笑了。如接触稍微多一些，尤其是在"花甲"之后，就更能发现，章先生其实内心宽容大度，和蔼可亲，也时有幽默语，谈得会心处，也时有朴拙的微笑。众所周知，新时期思想解放的春风遍及大江南北，文学创作空前繁荣，学术研究也空前活跃，送往迎来的饭局也空前剧增。先生早年嗜酒如命，虽然有节制，但二三过从相知的老友一起，那就是另一番风度了。几杯酒下肚，神采飞扬，但先生总是"面不改色，心不剧跳"，有时边喝边谈笑，也偶有东倒西歪，一醉方休到天明的时候，——其实，那是一种积郁既久的释放，那是一种由衷的欢欣和放达，那是一种治学飞升的激情奔泻。这样的"民间"流传的文人轶事，以先生的学术地位和影响，就更令人倍感先生放浪形骸的野趣和平易。在日常交往中，尤其是在多年相处无间的师生中，先生有时也会"原形毕露"。那是在复旦百年校庆前夕，我们中文系1965届创作了《风雨阳光行》，经一再恳请，先生答应为我们题写书名。我应约带去了"文房四宝"，先生一脸稚拙，笑着迎上来，一迭声说，"恐怕那个字写不好，当年蒋（蒋天枢）先生曾特地送我两支笔，要我练练字，我那个字实在太差，又一直没时间练，恐怕那个字写不好。"先生边说边走到饭桌边，拿起笔，又放下说，"恐怕写不好，你来把关吧。"先写了一个"风"字，我说："唔——，再写一个看看。"先生又连续写了两个，我一看，第三个还过得去，连忙说："第三个可以。再写'雨'字看看。"先生连写了两个"雨"字，抬头看看我，我沉吟了一会儿，忽然看到一向从容淡定、"山崩于前不变色"的章先生，竟然脸上的汗都渗出来了，我深感失礼。停了片刻，先生又写了几个字，然后，自己看看，"不好，还是拿不出手"，边说边搁了笔，看着我说，"那个字算了吧，我还是写个序吧"。说完，先生擦了擦汗，"像小学生写的"，先生边说边笑，那样的返老还童的表情，让我这个老学生既生歉意，又感受到先生的平易近人和山泉般清澈纯真的童心。

章先生走了——带着太多的劳累、太多的留恋、太多的思考、太多的智慧，——像江入大荒，也象远山依稀。确实，先生不苟言笑，但尤其是年过半百和"花甲"之后，先生也时有笑声，——"而且只有坚强的人才大笑，不过他的笑声常常近似眼泪。"（赫尔岑）

2011 年 6 月 11—14 日
于复旦园

"余霞散绮,向烟波路"
——送柯灵先生远行

风急雨骤,一夜不停。清晨,风雨将息时,犹见小院里的花树绿叶上,缀满了水珠,晶莹欲滴。一阵湿热的泥土气蒸发而上,——又将是闷热湿腻的一天。

一阵电话铃声,好友传来了柯灵先生病逝的噩耗。震愕之余,热流上涌,望着雨后园中绿叶上的水珠,良久怅然无言。

上月初,报社友人赴德讲学,临行前的两天,我们相约香港商务印书馆的朋友,同去看望过柯老和夫人陈国容先生。其时,柯老放下正在校对的文集,戴上助听器,听我们谈话,不时插上一两句。听到近日文坛关于所谓"新新人类"写作的趣闻,会心处,还"呵呵"直笑;临别相约,待友人秋凉时回国,再到附近一处清静的所在,品茗小饮。柯老像往常一样,坚持送到门口,微笑着抬手告别。——其时,我们看不出耄耋老人久病的衰竭之相,却是一副和蔼憨厚之态可掬——仅隔个把月,何以弃世之速也。

"岁月骎骎,生涯碌碌,俱往矣,留下的就是这些纸上烟云。"(《柯灵七十年文选·自序》)如今,轻轻走进先生的客厅,——因客厅居中偏东,加上年久未修,光线越发幽暗。厅内书橱依旧,沙发依旧,唯不见先生的音容笑貌。赫然在目的,倒是北墙上两幅悬挂多年的、功力深厚的隶书联:

读书心细丝抽茧

炼句功深石补天

先生煮字烹文一生，20世纪三四十年代就蜚声于影剧、新闻界。晚年，尤以典雅精警的散文、随笔驰誉海内外。八九十年代散文、随笔如大潮奔涌，新老名家也摩肩接踵而出。散文、随笔遍山旷野，柯老何以能在古稀之年后另树一帜，别领风骚，自然有各种缘故，但如玩味这幅隶书联，即可悟出个中堂奥。现代文学史上，一些优秀作家，如鲁迅、徐志摩、郁达夫、冰心、钱锺书等，不仅家学渊源，且都受到大学和留学生生活的系统教育，于中学西学均有很高的造诣，下笔为文，遂多见功力。另外一类优秀作家，如茅盾、巴金、老舍、沈从文等，均未正式入大学深造，是多年刻苦自励，钻研典籍，又以社会人生为大课堂，终能写得一手好文章。柯老亦然，他没有大学学历，于传统学问和写作等功力，全系数十年苦读和历经人生磨砺而得。堪谓"庾信文章老更成"（杜甫），越到老年，文笔越发精警而内敛，灵动又厚重。比较而言，柯老作文又尤其重视将炼意、炼句、炼字和人生百感熔于一炉。积以数十年之功，"炼句功深"，遂有佳作联翩问世。如《龙年谈龙》《非人磨墨墨磨人》《乡土情结》《柯灵七十年文选·自序》等。当感慨于年将耄耋，时光飞逝、时代诡谲时，先生有如下文字："要看多少日落日出，花谢花开，潮涨潮退，人往人来？体验多少冷暖咸酸，离合悲欢，青眼白眼，红脸黑脸，秦关汉月，沧海桑田？何况我这一代人，逢的是千年未有的伟大世变，历史交织百代，世界牵连一片，铜山西崩，洛钟东响，南半球患感冒，北半球就打喷嚏。"——寥寥百余字，熔文字功力、知识学养、阅历和胆魄、典故和俗语、洞察和感悟、厚重和机智于一炉，特别是对人世高度形象的概括和内蕴的传神，令人称绝！——而今，先生邈归道山，如此美文，庶几后人罕有为继者矣。

客厅南向一侧，即为先生书房。再静静步入，只见百年树荫依旧，斑斑驳驳，照映轩窗；四壁书橱依旧，古今中外，书籍琳琅；座椅书桌依旧，案头叠着《柯灵文集》五卷和尚待整理的第六卷。真想抚摸那座椅的靠背、那书桌的一角、那散放的纸页，再次感觉先生的温馨。然而，终于打住。——让先生的体温和气脉永远留在风雨相伴的桌椅和纸笔上吧。

面对案头笔墨，临窗遐思，仿佛又听到了先生的心声："纸上烟云，恰如屐齿印苍苔，字字行行，涂涂抹抹，也就是斑斑点点浅浅深深的生命留痕。岁月无情，等闲白头，半世纪以上的沧海月明，桑田日暖，使我经历了多少忧忿慷慨，欢喜赞叹。纸短情长，自愧才薄，有负于水深浪阔的时代；但意蕊心香，历历如在，其中也不乏血泪的培壅。"（《应是屐齿印苍苔》）较为熟悉的人都知道，古稀之年后的柯老，温厚平和、淡泊无争，但也时有"忧忿慷慨"，曾自谓其文字是"血泪的培壅"。唯其如此，柯老晚年散文随笔的闪光，不仅如前所述得力于他煮字烹文的学养，更来源于他对时事人生"忧忿慷慨"的内心。近二十余年散文随笔领域，出现了一个也许是空前绝后的奇特景观，即"银发随笔家"的辉煌：巴金、冰心、胡风、张中行、季羡林、杨绛、金克木、孙犁、贾植芳、韦君宜等，虽然成就不同，但他们晚年的散文和随笔都具有追求"真善美"的人格力量，又都自标一帜。巴金、冰心、孙犁、韦君宜更重情感和思悟，张中行、金克木等更重力度和深邃，而柯灵等则似乎介于两者之间，和而不媚，愠而少怒。如一篇《回看血泪相和流》，写"文革"中的入狱、出狱以及老伴生死煎熬的悲惨命运，与巴金的《怀念萧珊》等，有异曲同工之美，皆有"血泪的培壅"，读后令人悲愤、令人唏嘘、令人深思。

这是一间陈旧幽暗的书室，柯老却以晚年的生命之火使它日益明亮。同时，那一桌一椅、一橱一窗、一纸一笔，也让来过这里的文坛后辈情思缱绻、感悟绵长。笔者难忘先生风范：在文坛友人祝贺巴金九十岁华诞的"百寿图"上，柯老欣喜地签名、钤印，盛赞巴老晚年提倡讲真话的文章；一些大学生要出国深造，柯老认真地手书推荐信，嘱咐"学成回国"；绍兴家乡办中学，要以柯灵的名字命名，柯老日夜不安，坚决辞谢；中青年朋友要出国讲学，柯老又热情相邀，设宴送行；另有相识不相识、本市或外地、知名或不知名、文坛或画坛要求作序者，先生几乎有求必应。……如此点点滴滴，如今更令人怀念和钦敬。

走出这座老屋，只见西天的晚霞已隐没于云层深处。触景生情，不禁悲从中来。柯老永远地走了，而先生的作品会永留人间。在一片落照中，忽然忆起宋代晁补之的词句：

黯黯青山红日暮，浩浩大江东注。余霞散绮，向烟波路。（《迷神引》）

2000年8月完稿于"凉城"
"苦乐斋"时值风雨晨昏

原载《中华读书报》2000年8月9日

心中的雕像

飞絮寻踪

跨进复旦门，转瞬已经半个世纪了，"却顾所来径，苍苍横翠微"。当年青春勃发的我，如今已鬓发留霜，而复旦园内，依然是绿树红楼相映，依然是朝气书香永存。我在校园里，进进出出，看看听听，在讲台上走上走下，写写讲讲，阅尽了几十年的校园春色，以及夏色、秋色和冬色，以及瞬息多变或难辨的杂色。于今回眸，虽有"林园手种唯吾事，桃李成荫归别人"的感慨，却更有"林断山更续，渊尽江复开"的情怀。

往事悠悠，却也历历在目。草木无情人有情，大楼无声人有声。父母给我以生命元气、乡土情感和做人本色，复旦给我以知识、理想、人格和脊梁。在复旦园内五年的读书生活，难忘飞檐画栋的中文系阅览室，难忘质朴、端庄的登辉堂；在窗明几净的老教学楼，多位老师的授课风姿个性和深厚学养，令人难忘，在迄今早已翻新的6号宿舍楼，同窗五载情同手足又时有龃龉的老同学各异的性格和多彩的梦幻，也令人难忘；难忘价廉物美的食堂，难忘气氛热烈的课堂讨论，难忘"中央台"播出的"十评苏共"那洪亮浑厚的声音，难忘诗人在大礼堂朗诵《雷锋之歌》时千余学子高昂亢奋的激情；难忘围垦崇明海堤时湿气弥漫的稻草地铺，难忘"三秋"劳动时，大汗淋漓地割稻、挑稻，难忘到农村参加"四清"运动时，宣讲"香烟屁股"上有阶级斗争，难忘到杨浦发电厂劳动时，听老工人泪水盈眶的忆苦思甜，也难忘青春期，几多学子在纪律严明的校园里，以各自隐秘的方式传情达意，也难忘同窗好友，在绿草如茵的草坪上，促膝谈心……

还是经典性的诗句最传神："恰同学少年，风华正茂，书生意气，挥斥方遒。……"自然，20世纪60年代前后的青年学子，思想和理论上虽然没有也不敢有叱咤风云、气吞山河那样的雄心壮志，却也有走向生活、奔往理想的青春激情。复旦园中的五年学习生活，我的所见所闻，所学所行，不知不觉中早已在心中贮存——它们如一汪永不枯竭的山泉，滋润着我求知的心田，又如一蓬永远燃烧的篝火，映照着我漫长的教书生涯。——回顾几十年来的求知和教书生涯，仅在复旦园中，我的心中就有已逝的或健在的一群雕像——我的父母、我的师长，是他们给我良知、温暖和力量。

校 门 夕 照

我在复旦园读书的前三年，正是"七分天灾，三分人祸"的20世纪60年代初，若干年后才知道，在那个狂热折腾的年头，安徽、广西、贵州等地一些乡村或山区小镇，百姓们甚至以树皮、草根为食，因此而饿死、病死的可以百万计。上海是举足轻重的大城市，自然要确保繁荣，上海的高校学子，比"老百姓"们就幸运多了。虽然大学生每月的粮票、糖票、糕点票、油票、肉票、棉花票、布票等也是定量供应的，但是国家另有补贴和调剂——尽管如此，年近二十的青春学子们的面容和精气神，依然显得有些"油水不足"。

那是我跨进复旦校门数月之后，一个冬日的下午，其时任学习委员的我正在系里誊抄同学们考试的成绩。一位同学急急地赶来对我说:"你原来在这里,找了你老半天了。快去,门卫说,大门口有人从上午开始等你好长时间了……"我还有十来个人的成绩没抄完,因为同学们等着看成绩,就随口说:"等我抄完再去吧。"大约又过了十几分钟,我就向校门口走去。"谁会这样急着来找我呢?"我边走边想,突然,一个"不祥"的预兆袭上心头,"会不会是……"——我因为忙于学业和考试,已经两三个月没有回家看父母了。心一急,就一路小跑起来。离大门口还有几十米,我焦急地朝大门外看去,只见已过花甲之年的爸爸和妈妈站在校门东侧红墙边,正午偏西的太阳光照着他们有些花白的头发,许是日照时间太长了,老人的脸红堂堂的。——我的担忧消失了,加快地飞跑着,远远地大叫一声:"爸——,妈——"——大喊大叫声惊动了门卫和进出校门的人——"爸、妈",我惊喜地"飞"到他们身边,"你们怎么来了?有急事吗?什么时候来的?等多久了?身体好吗?怎么不告诉我一声?坐什么车来的?……"结结巴巴地一连串发问,爸妈好像全没有听见,只管上上下下地打量着我。妈妈还拉起我的左手,将破了的毛衣袖口上的一根绒线细心地掖进去。

"我们是慢慢走过来的,你妈晕车……"天哪,从复兴岛到复旦,至少有二十几公里路,爸妈走了两三个小时,又等了一两个小时,我心疼极了。为什么这么急着来找我呢?我依然心有不解。爸爸边说又边拉起我的右手,将一个擦得亮灿灿的小饭盒放在我手里——那小饭盒上还留着爸爸的手温。

"我有搪瓷碗,小饭盒还是留在家里用吧。"

"你爸爸说学堂里读书苦,他让我把家里两个月的肉票积起来,排队买了肥膘,熬点猪油带给你,好补补身体,我还放了点姜葱和盐,香喷喷的,你吃饭时可以挑一点放在碗里拌着吃,……"

"是你妈妈亲手做的,也可以和同学分着吃,好吃的话,下次再做……"

我迷迷糊糊地听着,怔怔地、凄凄地看着年迈的爸妈,早已是热泪盈眶,呜呜地一手搂着爸爸,一头靠在妈妈的胸前,泣不成声……

那个"自然灾害"的年头,每人每月只供应几两肉票。这一盒猪油,要多少肉票才能熬成啊!爸妈把肉票给了我,他们怎么办呢?爸妈祖上曾系书香,后历经世乱,家道中落衰微,以务农度日,却保留一身正气,蔑视谄媚权诈,故清操自守,辛劳一生,何况爸爸又在年轻时,因劳累过度和战乱颠沛而留下通宵咳嗽的疾患,妈妈因生育过多儿女和历经战乱流离,也体弱多病,而今俩老都已年迈,——那个年头,爸妈更需要营养和油水啊。我企图说服俩老,推来推去足有好几分钟,最后还是爸爸一锤定音:

"总不能再让我们带回去吧?听话,你身体养得好,书读得好,才能荣宗耀祖,我们将来也才能享到福……"

太阳已经西斜,这时我才注意到夕照洒在发已花白、脸色苍老而微红的爸妈身上。爸爸头戴有顶子的呢帽,身穿深灰色长袍,足蹬黑色布鞋,颈部一二根有几寸长的奇特的白色颈须,格外醒目;妈也头戴一顶黑丝绒的圆形帽,身穿一套蓝灰色衣裤,一双自小裹成的三寸小脚上是新布鞋。——冬日金黄的夕照下,爸妈的形象就这样永远定格在、闪耀在我的心中。

学 园 深 处

大千世界,宇宙万象,而人,终为万物之灵长。但纵观古今中外，大凡人的心中，总有"雕像"——生命结晶的渊源、精神聚焦的亮点、生活楷模的归附、品格锻造的向度、才智孕育的张力等——或笃信宗教，或崇拜圣贤，或膜拜金钱，或以异性为生活归宿，或以人类为终极关怀，或追求某种理想，或献身某种事业，或铭格言、民谚于终老，或感父母恩情于晨昏，或仅以自我为天下之至尊，如此等等，亿万人众，异彩缤纷，各有自己心中的"雕像"。——有形的或无形的。

我生命和亲情深处的"雕像"，早已"定格"在我心中，而我读书和治学生活的"雕像"，却闪烁在中外历代典籍之上和复旦校园红楼绿瓦深处。

几乎与许多名人学者相似，孔孟老庄之学说，屈原司马迁之为人，李杜苏陆之诗词，韩柳欧苏之文，以及《红楼梦》《三国演义》《西游记》《水浒》等经典之作，直至近现代已故的鲁迅等大家，他们及其笔下之言、之行、之成、之败、之美、之丑、之善、之恶，都深浅明暗不同地在我心中闪烁过或闪烁着，与几十年时代潮流、社会风云、天地万物的生成和变化交融在一起，铸就了我的全人格。——久而久之，有的逝去了，有的淡远了，有的至今却还分明传留着，清晰着，仍然是我心中的"雕像"。

读　　人

这些纸上烟云，清晰而难辨，可感而不可及。而可听、可视、可感、可及、可笑、可怕、可敬又可亲者，就是复旦园中我的老师们了。

复旦坐落在上海的东北角，四周可见者为农田茅舍、破旧厂房，仅有通往虹口公园叮叮咣咣响的3路有轨电车才显示出新生活的一些亮色。学校东侧几百米之处，就是杂乱破旧甚至有些荒寂的五角场小村镇——现在已是高楼林立、通衢纵横、车水马龙、琳琅满目了——在这个大背景中,复旦东南侧的一片田野中,却矗立着一幢草绿色的小洋楼。凡初进复旦的新生,都对此感到新奇。后来才慢慢听说,那是老校长望老的寓所——颠覆世界固有秩序的《共产党宣言》的第一位中译者,中国第一部系统地论析修辞学的《修辞学发凡》的作者,中华人民共和国成立后第一任复旦大学校长……这些近乎神话的信息,让包括我在内的、年轻的大学生们,对那座草绿色洋楼和洋楼主人心驰神往。

也是初进复旦的一个初冬的清晨,我夹着一本正在精读和背诵的《文心雕龙》到校外朗读,一路小跑到校门外,有的同学在田埂上读外语,有的也在跑步。当我走过草绿色洋楼篱笆边时,见一位"老人"也在做晨操,我见他动作有些让人发笑,也是想就近看一看那小洋楼和篱笆内的花草,就跑进院内。忽然,"老人"停了下来,看着我手中的《文心雕龙》说:"是中文系的吧。"我有些局促不安地说:"是"。

"几年级了?"

"一年级,刚进校不久。"

"看得懂吗?"

我有些腼腆起来,说:"马马虎虎。"

"记得住吗?""老人"和蔼地说,眼睛望着我——似乎有意要考考我,又仿佛要了解一些情况。我于是将今晨边跑边背诵的一段文字,结结巴巴地背了起来:"文之为德也大矣,与天地并生者何哉?夫玄黄色杂,方圆体分,日月叠璧,以垂丽天之象;山川焕绮,以铺理地之形:此盖道之文也。仰观吐曜,俯察含章,高卑定位,故两仪既生矣。惟人参之,性灵所钟,是谓三才。为五行之秀,实天地之心。心生而言立,言立而文明,自然之道矣。……"我结结巴巴地背到这里,心更跳,脸更红,又有些慌神——因为"仓库存货"已不多了。"老人"颔首停了一会儿,仿佛不经意地自言自语地说:"书,中国的外国的,新的旧的都要读,文,只能写新的,写自己的。把人和书读懂读通,文章才能写得通。……"(大意)

当时,我似懂非懂,过后才知道,那位个子不高、衣着朴素、严肃古板、一口浙江音的"老人",就是老校长、修辞学家陈望道教授(人们习惯称望老)。但教授望老平时话很少,怎会对一个初次见面的中文系新生这样说呢?其意何在?是因为我在那个大反"封资修"的年头竟然读《文心雕龙》?是因我死记硬背书本而启导我?还是对当年中文系的教学有感而发?多年后,我才仿佛悟到,其中原因之一,也许与20世纪60年代初在大抓"两个阶级"斗争大背景中,文科师生也跟风转,大反"封资修"有关。——究其深意,不得而知。几年过去了,关于望老的所见所闻,也就多起来了,但多半已忘却,唯独这几句话,以及望老其时沉思自语的语调和神态,已刻印在我心中。

红　　专

也许年轻人易于激动,易于好奇,也易于记忆,一旦进入五年大学生活的记忆长河,一个个如梦如画的"蒙太奇"镜头就叠印着出现了

进校没有几天,一个炎热的下午,班里几个同学在操场上课外活动,任我班指导员的徐老师也来了。他与我们一起撑双杠,吊单杠,也许是太热了,徐老师干脆脱掉上衣,只穿短袖汗衫与我们一起锻炼。老师虽然臂膀不是十分结实,但撑起双杠,在杠

上摆动和跃上跃下的动作倒也稳健、熟练。他边谈边玩,一点没有老师的架子,一下子师生亲近起来。以后,不少同学都愿意和他谈心。一次,一位喜欢看报写稿的同学悄悄跟我说,你不知道吧,我在报刊上看到徐老师两篇评论文章,很有理论深度,标题也很大。这事很快就在踏进学校门不久的同学中悄悄传开了。一个"又红又专"的老师形象又让不少同学肃然起敬。

那个年头,五年大学生活,虽然校园里没有掀起激烈的"政治运动",但书桌一直平静不起来:到崇明海堤"挑泥围堰"、到农村"三秋挑稻"、到工厂"翻砂炼钢"、到街头扶老携幼上桥……几乎每次"红专"教育,徐老师都和学生一起。而与学生"同吃、同住、同劳动"(当时校方规定政治指导员和学生同住一层楼)的徐老师房间的灯光,也几乎是熄得最晚的。——那整整齐齐堆在枕头边、桌子上,还有书架里外的书籍、报刊,都让同学们难忘。——直到若干年后,徐老师"专"的风貌才得以更鲜明的体现。我们毕业后,徐老师开始登台授课、著书立说,尤其是在20世纪80和90年代,经过"文革",大浪淘沙,万象更新,文艺理论界也活跃起来。徐老师主编或撰写了《文学概论》《文学的基本原理》《中国现代文学辞典》《再现与审美》等影响很大的著作,特别是1980年年初,徐老师以积学多年和独立思考的胆识,率先提出恩格斯对《城市姑娘》的批判欠公允,认为描写消极的群众形象也可能成为艺术典型。在冰封几十年的当代文坛解冻之初,这一创见立即震动了文艺理论界,引发了关于"典型"问题的较大范围的讨论。面对个别"权威""上纲上线"的批评和"组织干预"的手段,徐老师依然先后写下了多篇独具己见的论文,进一步深入地阐述自己的观点。读到这些文章,我们更为敬佩的是,先后任复旦大学中文系总支书记、上海社会科学院文学所所长、上海市委宣传部副部长的徐俊西老师，竟然在事关"经典"和"官衔"的问题上，敢于不"唯上"、不"违心"，敢于坚持真理，坚持己见。——这庶几才是真正的"又红又专"。这一层，更让当年的"老"学生们倍感亲切了。

碑　　帖

我们的系主任是朱东润先生，有的同学还是慕先生之名望报考中文系的。先生传统文化根底深厚，又留过洋，英语很好，学贯中西，是当时同学们崇拜的偶像。先生给我们开过古典文学和传记文学的课。他那略带苏北口音的、沉稳的语调，那博览中西的眼界，那严谨精深的治学风范，那倒背着双手稳健的散步姿态，那临池舒腕专注作书的神情，至今都还依稀有感。而先生的板书则别具一格，中文系早有传闻，先生还是书法大家，金文和篆书的功力深厚。这就格外令同学崇敬。在一次书法讲座上先生一边展示他的书法作品，一边比划着说，书法的一竖一横，就怕滑和飘，一滑一飘，就浮，就枯了，而是要像拉长的橡皮筋，要有内向力、凝聚力，先生停了停，看了看近百位年轻学生说，有心练的话，上溯秦汉，"二王"，到唐宋元明诸大家，碑帖都要练，这当中有大学问，也有大性情，要不急不躁，细水长流，十年、二十年、三五十年，（大意）——哟，有不少人发出了惊讶声。先生边说、边写、边比划的动作，至今历历在目。

魅　　力

那时的登辉堂除每周放一次电影，有时还有报告会。那是我大学一年级时，听说文学史家刘大杰先生下午将要在登辉堂作关于《红楼梦》人物的学术报告,我早早赶去,登辉堂前多半已挤满了。刘先生准时到场,只讲了几分钟,原来还有噪声的礼堂内,一下子安静了下来。刘先生讲着讲着,激动地站起来,比划着秦可卿房内的珍贵摆设和对联等,历数这些物件的内容、形状、质地以及来龙去脉,侃侃如数家中珍宝,滔滔如江河奔流,先生虽略带湖南口音,却抑扬顿挫而又流畅得体,表情、语调、手势、用词和情理剖析,融为一体。——精彩极了,全礼堂鸦雀无声。若干年后,我才听说,那时刘先生已动过大手术,休养出院不久。刘先生讲课的魅力就这样留在了复旦园中。

崇　　敬

作一次学术报告,也许可魅力永存,而每周三节课,连续讲一年半载,一般就难以有这么大的魅力了。但是我的记忆中,却有三位授课风格相似,却又各有个性的先生。蒋孔阳先生讲美学,讲美的形式、美的规律、美感和审美等,在讲到黑格尔美学的"美是理念的感性显现"时,教室里有了些响动。蒋先生以为自己没讲清楚,又旁征博引,反复讲解、反复分析,——先生本来有些不流畅的语调,加上较重的四川口音,教室里越发躁动起来,先生一急,竟然重复了两三次"美是理念的感性显现"。笑声更响了。当先生一下子明白其中缘由时,也情不自禁笑了起来,顿时,教室里笑声四起,师生的笑声混合在一起,暖暖的、融融的。——原来,先生讲"美是理念的感性显现"这句话时,川音特别重,而且抑扬顿挫得有些奇特。直到现在,有的花甲已过的同学还能有声有色地模仿蒋先生的语调——那是亲切的、深情的、崇敬的回忆,因为先生讲课的语调与先生的博学、勤奋、恬静、和蔼和宽厚已浑然一体了。

风　　范

中国古代文学课，是几位老师分段讲解的，记得有蒋天枢先生、王运熙先生、章培恒先生、刘季高先生、赵景深先生、陆树仑先生等。王运熙先生讲汉魏乐府，语调是平平的，发音是细细的，声音是轻轻的，还夹带着浓重的上海金山口音。先生刚来上课时，听课的同学容易疲倦，直到一次，一位家学渊源、古典文学基础较好的同学神秘地说："你们知道吗？王老师学问好，已出版了两三部研究汉魏乐府的书⋯⋯"那年代老师出版的学术专著，就是学生敬仰的标志。此后上课，还是这样的语调、发音、声音，一专注听讲，感觉不同了。同学都说，先生授课，史料丰富，条条有出处，分析到位，句句讲到点子上。一下课，总有同学围上去，问这问那，有时还是课外的问题，甚至是其他学科的问题，先生总能一一讲解，偶尔记不清出处时，下一堂课必定详细地解答。——谁能知道，先生课后用去多少时间为学生查找多种典籍啊，而且先生几乎每次必定是原原本本地将某一问题的来龙去脉，梳理得格外清晰，而且先生又是那样的体弱。——快半个世纪了，那声音，那身体、那学识、那一丝不苟的风范，学生每次登门拜见时，都深为动容。

师　　道

比较起来，章培恒先生为我们班开的中国古代文学史方面的课，是比较多、比较长的。古代文学史课排在老教学楼底楼东面的阶梯教室。东南临窗，冬日的阳光透过两侧宽大的玻璃窗，室内格外明亮，也格外暖和。大三新学期开始，古代文学史课排在上午2、3、4节。那时古代文学史课还是中文系的重头课，大家都希望多学一点内容,照例都急着想知道谁是这学期新的文学史老师。几乎是和上课铃声同时,一位老师推门而入,衣着朴素,也戴副眼镜。与众不同的是,别的新老师走进教室,一般是领首微笑,扫视全体,这位老师却是微微低首,眼看脚下,而且是面无表情,甚至有些木然。一到讲台,就自报家门:"我是章培恒,'立''早'章。"说话时,依然微微低首,依然目不视众,依然表情木然。正在同学们想知道新老师更多情况时,章先生开始讲课,语调平稳而均匀,发音低沉而厚实,无高低快慢,无抑扬顿挫。——依然是微微低首,依然目不视众,依然是表情木然。但一节课上下来,几乎所有同学都议论开了:

"章老师是不是在念讲稿?怎么逻辑那么严密,层次那么清楚,没有一句废话。"坐在后排的同学惊奇地问前排的同学。

"这位老师平时笑不笑?他讲的有些内容让人发笑,他自己倒一点也不笑。"有的女同学这样说。

"郭沫若聪明是出了名的,人称'郭大头',老师头不大,怎么大段的引文、各种不同的版本,以及引文的出处,他都能背出来?"有的男同学敬佩地议论着。

上课铃又响了,章先生又不声不响地推门进来,依然微微低首,依然目不视众,依然表情木然,——教室里顿时安静下来,记笔记的沙沙声隐约可闻,间或有的诙谐的讲课内容和精深的分析,也时而激起一阵赞叹和会心的微笑。这样多次授课之后的某一天,(也许是另一个学期吧?)章先生照例是铃声响起就推门而入。同学们惊奇了:章先生上唇留的胡子足有一寸多长,头发也长而散乱,面容憔悴;再一看,章先生左臂还戴着黑纱。有的年长一点、激进一点的同学惊讶之余,还为老师捏了一把汗:那正是大讲"两个阶级、两条路线斗争"的年头,大反"封资修"

的年月，老师这样不是太危险了吗？但也有同学心中对老师更为敬重：一定是有长辈去世了，老师多么重情！多么孝顺啊！——但在课堂上，章先生讲授文学史课，还是那样从容、严谨、博引、精辟、平稳，时而爆出一点幽默，而先生自己依然微微低首，依然目不视众，依然表情木然。——若干年后，我留校工作，再若干年后我在中文系混迹，历经校内、校外的世事沧桑，对人生、治学等才颇为感悟，对当年已背负诬陷不实之词沉重包袱的章先生的"目不视众"、对章先生的"表情木然"、对章先生唇留长须、臂戴黑纱等，才稍有揣摩，对先生品格、学识等就更为敬重了。

复旦，我青春的足迹从这里起步，在这里跋涉，又从这里走向更广阔的天地。一路之行，心中的雕像虽时有变幻，却时时处处都有雕像长存，长存于我心中，——我的父母，我的老师们，中外文化的先贤们，以及在逆境中相濡以沫的妻子和女儿，以及在困厄中真诚援手的师友们，以及生生不息的绿水青山。

2006 年 11 月 16 日于复旦园

选自《风雨阳光行》，复旦大学中文系 1960 级同学著，《光明日报》出版社 2008 年版

无声的第一课
——《石缝草论稿》后记

编完这本《石缝草论稿》，思绪忽然飞到20世纪60年代初，考进复旦大学中文系后，入学第一堂课的情景：

一个夏秋之交的上午，阳光和煦。同班数十人，沿着绿草如茵的草坪小道，依次进入东西都是大玻璃窗，而室门西向的1203教室"参观"。讲台上空无一人，而在十多排课桌边，却端坐着十多位中文系的"老先生"，每人在各自身边的课桌上堆着三五本或十多本不等的一叠书，表情不一，有的严肃，有的和蔼，有的西装笔挺，有的衣着潦草，有的鬓发花白，有的谢顶发稀，气色亮堂红润者有，面色蜡黄憔悴者有，或微胖，或精瘦……一位位一言不发。

此情此景让兴高采烈的入学新生们顿时安静下来，依次一一在"老先生"面前轻轻走过，在教室里绕了一圈。新生们眼神和表情不一，有的钦羡，有的惊讶，有的怯生生、有的大大咧咧，也有的疑惑不解，有的若有所悟。这时，教室里安静极了，阳光洒在师生们衣服上、脸上，洒在"老先生"面前一叠叠著作上……

这就是新生入学时的第一堂课，一堂无声的课。

这第一堂无声的课却在我心中回荡起不息的春潮。

岁月悠悠，沧海桑田，四十余年来，历经"十年文革"的大动荡，又经二十多年新时期的急流险滩、东风化雨，我的青年时代和中年时代都在复旦校园度过，历经复旦风云，复旦雨雪，复旦春潮，复旦阳光，也"看够了这几十年间的是是非非、唯唯否否，亦是亦非、忽唯忽否、忽否忽唯，颠来倒去，倒来颠去"①，真有尘世如梦之感。但生我养我者父母，培养我者母校师长，我终于还能年年读书、教书，还未泯写书作文之志，虽然，弹指间，我也已齿摇发疏，而身边居然也有了一叠著作。本可告慰给我以生命、给我以灵魂的、劳苦一生的父母在天之灵，也本可告慰教我以做人，诲我以精神人格的、当年曾端坐于1203教室现已先后谢世的几位"老先生"，以及已过古稀之年，仍健在的几位恩师——然而，我却深感汗颜，我现虽然也有了"一叠"，但此"一叠"，非彼"老先生"们的那"一叠"也，自感前"一叠"轻、浅、散，还间有应时应景的新闻效应之作，而"老先生"们的那"一叠"，分明重、深，多为他们潜心一生，厚积薄发之作，且多属真正的学术原创，又自成体系。此外，几十年间，也时在课余晨昏，"舞文弄墨"，居然积起来的论文也近八十万字，当然，还有待日后精心整理，惟诚惶诚恐者，尚不知有无可读可传之论?，由此每每又想到"老先生"们当年的谆谆教导：

年寿有时而尽，荣乐止乎其身，二者必至之常期，未若文章之无穷。……贱尺璧而重寸阴，惧乎时之过矣。而人多不强力，贫贱慑于饥寒，高贵则流于逸乐，遂营目前之务，而遗千载之功，日月止乎上，体貌衰于下，忽然于万物迁

---

① 柯灵：《梦中说梦》。

化,斯志之大痛也。①

其形同眼前,声犹在耳。来日无多,来日也方长,自当谨承师教,远离张扬、喧嚣权术、贪婪和势力,与青春勃发的青年学子一起,仍以读书为乐。

今承多年同仁、挚友不弃,出版社青睐,嘱编论文为简本,遂不揣浅陋,聊编一册,先行呈览。值此,首先当深谢周斌兄,亦当感谢安东兄及出版社文友。

1997年赴日讲学交流前后,曾口占律、绝百首,仅录其中七绝一首,权且作为这篇短文的结尾:

钩沉古今两鬓斑,
荣辱皆远心自闲;
愿留清气凭吞吐,
春雨秋阳别有天。

11月25日感恩节,上午完稿于"文化佳园""达庐"

选自《石缝草论稿》,吉林文史出版社2004年版

---

① 曹丕:《典论论文》。

附录

追思唐金海先生

朱立元

金海先生离开我们将近一年了。去年（2018年）5月10日突然听到金海兄病逝的噩耗，感到无比悲痛，我们失去了一位多么优秀的文学研究学者和教授，失去了一位精研、创作和弘扬石鼓文书法的当代书法名家！我心想，他要是能再活十年，必定会给我国现代文学研究和书法创作作出更大、更卓越的贡献！

金海兄是我和爱人大学时的学长，他是复旦中文系1965届毕业生，我们是1967届毕业生。大学时就认识，但不熟悉。他毕业后就留校工作；我则远赴新疆工作十年，直到1978年考取蒋孔阳先生的研究生，重新回到复旦中文系，才成为同事。在复旦四十年来，我们俩虽然专业不一样，但却是好友、挚友。我们俩性情相近、性格相投，我很喜欢他为人正直、待人诚恳、掏心掏肺的性格；我们对许多事情都有相同的看法，谈起来十分投机。除此之外，还有两个原因使我们的友谊比别人更加亲密。一是因为我是蒋先生的学生，经常到先生家去问候、求教或者办事，金海兄与蒋孔阳先生、师母濮之珍先生都是农工民主党的成员，他与晓云夫妇也经常到先生家走动，关心照顾二老，所以我们经常在先生家里相遇，这样一来二往，互相也就更加亲密了。二是我俩的孩子是大学同学，也是好朋友。我们的女儿和金海的小女儿大学同班，毕业后又先后去美国留学、工作，虽然两人不在一地，但一直保持联系有几次她们两个同一时期回沪探亲，就一定会相聚相会，谈不完的各自经历和心里话。作为她们的家长，当她们在国外奋斗时，我们有时候也会互相拜访，聊聊孩子的近况和对她们的思念之情。所以，我们有太多的共同语言，每次相聚交谈，都嫌时间过得太快。近年，两个孩子都回沪工作了，说了好多次要两家一起聚聚，都因为这个那个原因没有聚成，现在想起来真是后悔莫及，唉！

金海兄学术上的成就是众口皆碑，学界公认的。他在现当代文学史的研究方面从资料的发掘整理，到作家评传，再到系统的历史书写和理论研讨，都作出了重要贡献。他撰写和主编的现当代文学史的著作，有好几百万字，不仅量大，而且质精，现在这个领域的研究者都绕不过他的著述。每一部新著问世，金海兄都要送给我，我虽然不熟悉他的专业，但是每每捧读他的著作，都掂量到沉甸甸的学术分量，感受到其中耗费的无尽心血。

但是，尤其令人敬佩的是金海兄对中国书法的热爱，特别是对石鼓文书法的痴迷。我不懂书法，但是对名家的书法还是十分喜爱和欣赏的。开始我对石鼓文一点也不了解，不知道金海兄做的什么工作。后来，逐步知道金海兄不仅自己坚持进行石鼓文的集字创作，创作了许多楹联、诗句、格言等，在当代中国书法界石鼓文书法创作方面独树一帜，名列前茅；而且致力于石鼓文研究与石鼓文书法的传承、传播，他在日本举办了多次石鼓文书法个展，组织了几次中日石鼓文书法交流，并与日方合作，成立了中日（日中）石鼓文书法艺术研究会，出任会长，影响扩展到海外。但是，他很低调，很少在我们面前炫耀、宣传。这正是令人敬重之处。

前年（2017年）12月，我接到他发来的"复旦老教授唐金海自创诗联书法个展"的邀请，16日清晨我早早赶到市政协会堂的展场。那天天气较冷，我是最早到场的来宾之一。也许以为我不是书法圈内人，而且事情也比较多，金海兄估计我不一定会前来参观，所以当我一进门，他似乎有点喜出望外，紧紧握住我的手不放，他女儿唐澜连连说，朱叔叔你能来，我爸爸太高兴了。我跟着他观赏了他的数十幅书法作品，与他聊了他的创作理念和实践，他很高兴，露出了欣慰的笑容。一会儿来宾来多了，他忙着去招呼、接待去了。想不到这一次竟然成了我们最后一次见面。回想起来，那天刚见到他时，发现他瘦得皮包骨头，甚至有点脱形，说几句话就会喘气，我感到有点心酸，觉得他可能已经病入膏肓，但是他自己还比较乐观。我打心里期盼着他能够早日康复。然而，半年后，金海兄就离我们而去了。一个文学艺术家的生命就这么匆匆结束了。

还有一件事久久萦回在我心中，不能忘怀。大约是2017年秋天的一个日子，我记不得是出差在外，还是有其他事情，金海、晓云夫妇难得到我家来拜访，我却不在家。我回来后，文英告诉了我，我觉得没有见到他们，实在是太遗憾了。这回，金海还特意送了我一幅石鼓文的楹联：上联是"笔耕中西源于美"，下联是"心育桃李勤培松"，这是专门为我写的，短短两句，把我一生的工作，我的人生追求、我的学术生涯，都写尽了，真是写到我心坎里去了！今天，我又把这一副楹联拿出来，细细观赏、品味，真是百感交集！而且，它也让我又一次体验到金海兄石鼓文书法的艺术魅力。

金海兄，我们会永远怀念你，我一定会按照金海兄的鼓励，把教书育人的事业勤勤恳恳、兢兢业业地做下去，一定会把美学、美育的研究一丝不苟、扎扎实实地做下去,以对得起社会,对得起良心。

安息吧,金海兄!

写于 2019 年 4 月 19 日

推荐一部旧版现当代文学史
——兼怀唐金海先生

徐志啸

唐金海先生走了，走得很匆忙，以至于那些与他共事多年的同事、朋友，都不知道他实际上已罹患恶疾多时——他不愿意让别人为他多担忧、多操心。得悉他已进入危险期，我们匆匆赶到医院，却竟然连一句话都没说上——走到他病床前轻声叫唤他时，他眼皮都没眨动，已进入无意识状态了。翌日，传来他当天清晨谢世的噩耗。

我们在一个系共事多年。早先有一段时间，因为比较文学教研室与现当代文学教研室共用一间办公室，我们几乎如同一个教研室的人，学习、开会，乃至外出活动，都在一起。他是现当代文学研究专家，我是比较文学圈子里的，本来两个领域瓜葛不大，但他主动赠送我他的研究成果，让我分享受益，这使得我们之间的话语常能说到一起。现在回想起来，在他的系列学术成果中，给我印象特别深的，乃是他与周斌兄合作的那部《二十世纪中国文学通史》。

印象中，第一个提出并出版《二十世纪中国文学史》著作的，是北京大学的钱理群、黄子平、陈平原三位。这部文学史的问世，打破了现代与当代的习常框架，重新认识和评价中国文学在20世纪一百年内走过的历程，观点新颖，意义不凡，影响很大。唐金海先生与周斌兄合作主编的这部《二十世纪中国文学通史》（东方出版中心2003年版）显然是继北大版之后大胆发表自己独立见解的现当代文学史新著，参与编著的作者，包括了国内几十所大学的教师。

这部《通史》最鲜明的特色，是创新意识与学识、学理价值的融为一体，它将20世纪一百年的文学一体贯通，将作家作品与文学思潮、文学流派、文学理论批评互为勾连，将现当代文学与传统文学文化、外国文学文化相互沟通，从而在更广阔的背景下、更内在的层面上，描述、勾勒、揭示了中国文学在这百年内走过的发展进程、特质特点和历史贡献。

作为一部文学史著作，最关键的是要体现编著者的文学史观，即编著者对文学史实质内涵的真正认识。文学史，绝不是作家加作品的罗列与汇编，它有自己科学的文学史观，有它的核心的灵魂与质的规定性。坊间不少打着文学史招牌的所谓文学史，其实根本不是文学史，而是作家加作品的混合体。为了体现他们这部《通史》的不同寻常之处，唐金海特别提出了切合文学史研究和撰写的基本原则——两个"意识"："长河意识"与"博物馆意识"。所谓"长河意识"，即，文学史是一条流动的长河，它有本、有源、有流，生活是本，古是源，今是流，古今一体相贯。这种"长河意识"，实际也即通史意识。所谓"博物馆意识"，指的是，文学史犹如一座博物馆，凡是能被选入这个馆内的展品，都需要经过选家或布展者的认真挑选，去伪存真，弃粗取精，优入劣汰，经过严格的考证、鉴别、爬梳、剔除，而后作综合考察，从而得出符合客观实际的科学判断与结论。应该说，这两个"意识"的总结概括，是一大创新发明，形象地体现了文学史著作的编写准则，随着书的出版和流传，两个"意识"的提法，在现当代文学史界传为佳话。

值得一说的是，全书切实贯穿了主编的匠心用意。书中总论部分，宏观论述文学进程、基本特质、历史贡献，勾勒了全书的主体意识和编撰意旨。与其他文学史不同的是，该书分论部分，不按作家作品的时间顺序，而是首先描述文学思潮、文学运动、文学现象、文学社团、文学流派及文学群体，在勾勒了它们的相互关系和流变轨迹后，分述其各自的主要代表，在此基础上，按文体分类阐述诗歌、散文、小说、话剧、电影文学等。全书的评述，贯穿了实事求是、有的放矢的原则，力求客观公允，尽可能不掺杂编著者本人的喜恶情感。

此外，书中注意到了少数民族和港澳台地区的文学创作与发展，此前或同时先后问世的不少现当代文学史，往往只顾及内地地区和汉民族，忽略了少数民族和港澳台地区。全书的论述中，还特别注意到了中国现当代文学的中外文学渊源关系，这是尊重客观事实的体现。现当代文学，既应包含中国传统文学与文化的渊源，也应包含外国的文学与文化关系，这是无可置疑的。全书最后一章"世界文学框架中的20世纪中国文学"，专门论述中国现当代文学在世界文学框架和全球化语境中的独特状貌，这真正体现了编著者宏阔的视野和世界文学影响中国、中国文学走向世界的前卫意识——须知，这本《通史》的正式出版是在2003年，其实际编写的时间，应该是在20世纪末和21世纪初，那个时候，学界中能具有如此意识的，实在是不多见的！

总之，这部《二十世纪中国文学通史》确实是一部很有特色的文学史著作，今天看来，该书虽然出版于十五年前，但至今仍不失其价值。

重新捧读这部《通史》，令我们愈加怀念该书的主编——已离开我们的唐金海先生。

唐金海先生一路走好！

人生交结在始终
——悼念唐金海老师

周　斌

俗话说"世事难料",的确,生活中总有一些事情会出乎意料,令人猝不及防,唐金海老师突然仙逝即是如此。在我的印象里,唐老师无论是身体相貌,还是心理年龄,都比其实际年龄要年轻许多。再加上他平时还经常练书法和太极拳,性格也很开朗乐观,所以总以为他的身体很健康,不会有太大的问题。尽管他已退休多年,但每次见到他还是觉得他像以前那样,精神状态很好,精力也很充沛。他除了每年要去美国看望女儿,在那里住一段时日外,其他在国内的时间仍忙碌着他所钟爱的书法事业:办展览会、开研讨会、出版书法集等。

为此,2018年5月5日晚,当唐老师以前的博士生、现任上海大学上海温哥华电影学院常务副院长刘海波教授发微信告诉我唐老师病重时,我十分惊讶,不敢相信这是真实的事情。于是,5月8日我便邀约徐志啸老师一起前去医院探望,因为他也是唐老师的好朋友。那天下午,当我们来到第十人民医院2号楼19层特需病房探视时,只见躺在病床上的唐老师已经处于昏迷状态,既不能睁眼看我们,也无法言语。唐老师的夫人张晓云老师和女儿刚巧外出买东西,病房里只有两个唐老师以前的博士生,他们已在外地高校任教,这次闻讯后特意从外地赶来医院陪护。

我们询问了有关病情，也在旁边陪护了一段时间后离去，心里暗暗祈祷着，希望唐老师能慢慢好起来。谁知5月9日上午刘海波微信告知：唐老师已于早晨7:31分仙逝。闻此噩耗我十分悲痛，没有想到他走得如此之快、如此之匆忙，遂将此噩耗转告了徐志啸兄，他也感到惊讶和悲痛，因为我们痛失了一位师长和好友。

唐老师仙逝以后，我一直想写一些纪念文字来表达自己悲痛的心情；但因为各种会议、活动、项目和约稿等事务工作缠身，整天忙忙碌碌，很难静下心来回顾与他交结的一些往事，所以迟迟没有动笔。2019年2月23日晚，唐老师的夫人张晓云老师来电并通过微信与我联系，说在唐老师逝世一周年时要为他出一本纪念册，希望我能写一些纪念文字，并嘱托我向徐志啸老师、朱立元老师和黄霖老师等征集大作。我觉得这是自己义不容辞的责任，应该尽力完成这一嘱托。

一

细细算来，我认识唐老师已经四十年了。我是"文革"结束后1977年恢复高考时考入复旦大学中文系学习的"7711文学班"的学员之一；那时候，从学校到中文系，对1977级大学生都很重视，这种重视首先体现在教学方面，不仅开设的课程较多，教学内容丰富，涉及面较广，能满足同学们多方面的求知欲望；而且每门课程的任课老师也是一时之选，他们通过精心准备，都能胜任这些课程的教学工作。唐老师给我们班开设的是"中国当代文学史"的课程，这是一门新课，既没有现成的教材，也是首次进入大学课堂。对于中国当代文学，同学们还是比较熟悉的，但是，正因为熟悉，所以这门课对于任课老师来说就比较难讲，要讲出一些新意是不容易的。唐老师备课充分，口才也好，讲课时条理清楚，话语也很生动，所以这门课颇受大家的欢迎。"7711"班的生源较复杂，其中既有干部、教师、军人、工人、知青等经历过"文革"和生活实践磨炼的一批年龄较大的学生，也有一些年龄较小的应届高中毕业生。因唐老师与一些年龄较大的学生相差不到十岁，再加之课余时间他也喜欢与大家谈话聊天，所以师生关系较融洽。我当时担任班级学习委员，与各位任课老师接触较多，所以与唐老师就逐步熟悉起来了。

我毕业后留校任教，最初几年除了担任中文系1981级的辅导员外，后来还兼管系里的学生工作。由于我的编制落实在现当代文学教研室，于是和唐老师便成了同事。在送走本科1981级学生后，我回归教学科研岗位，开始给学生上"中国现代文学史"和"中国当代文学史"的课程，以前唐老师给我们讲课时的内容给了我不少帮助。我自己的科研是从研究现当代文学大家夏衍开始的，因为夏衍的主要文学成就在话剧创作和电影剧本创作两个方面，所以我也开始将研究重点放在话剧和电影两个领域，同时兼顾其他文艺样式和文艺理论的研究，并相继开设了"中国电影史研究""中国当代电影概观"等课程。这一时期唐老师对电影研究也比较感兴趣，他曾主编过一本《爵士歌王——奥斯卡金像奖电影故事选》，我也应邀为该书撰稿多篇。同时，他还和上海电影发行放映公司宣传科科长钱国民较熟悉，经常参加电影界的一些活动。另外，我还与唐老师合作撰写过《论老舍的戏剧观》与《郭绍虞教授和中国文学批评史》两篇论文。为了写好后一篇论文，他曾带着我去上海南京西路郭老的寓所进行过访谈，同时还访谈过郭老的助手蒋凡老师，从而对郭老的学术生涯和治学方法有了更深入的了解。由于同在一个教研室，所以两人来往和交流比较多，并经常在教学和科研等方面进行合作，彼此建立起了互相信任和互相帮助的良好关系。

这一时期，唐老师和其夫人张晓云老师一直在从事巴金研究，并着手编著《巴金年谱》。由于巴金是一位中国现当代文学大家，其著述成果丰硕，相关资料很多；所以他们不仅查阅了巴金一千万言著译，而且参照了中国现当代文化的许多研究成果，综合了中外的相关史料，还走访了巴金的一些亲朋好友，并多次拜访巴金。他们通过搜集整理、剔误钩沉和考证检实，最终完成了年谱编撰工作。《巴金年谱》（上下卷）于1989年由四川文艺出版社出版，产生了较大影响，是巴金研究的一项重要学术成果。

二

1995年，因为学校研究生培养工作的需要，我被调到校研究生院工作，后来又调到文科科研处工作。离开中文系后，因为日常行政管理工作繁忙，我虽然给本科生上课的次数少了，但却开始指导研究生并给研究生上课了。为此，在研究生培养方面，我与唐老师又开始了新的合作：我是他的研究生指导小组的主要成员，他也是我的研究生指导小组的主要成员，从最初的硕士生培养到后来的博士生培养，一直如此。在研究生培养的各个环节：开题报告、中期考核、预答辩、学位论文答辩等，我们都互相参与、取长补短、联合培养。正因为如此，所以他跟我指导的一些研究生很熟悉，我跟他指导的一些研究生也很熟悉。这种联合培养方式，既有助于研究生较好地完成学业，也有利于提高研究生的培养质量。

这一时期，唐老师在科研上仍然取得了不少成绩，其中一方面继续其巴金研究工作，编选出版了《巴金散文选集》（百花文艺出版社1992年版），并在《复旦学报》和《上海大学学报》上先后发表了《论中国古代诗文对巴金散文的影响》《真挚灼热，畅达自然——论巴金散文的思想艺术特色》；此后又在《复旦学报》上发表了《近百年文学大师论——兼论巴金在中国现当代文学上的原创性和杰出贡献》等论文，不断推进巴金研究的深入开展。另一方面他则注重于茅盾研究，开始编著《茅盾年谱》，这又是一件宏大的学术工程。因为茅盾和巴金一样，也是一位中国现当代文学大家，其经历复杂，著述颇丰，相关资料也很多，编著其年谱需要花费很多的时间和精力。但"功夫不负有心人"，唐老师担任第一主编的《茅盾年谱》（上下卷）1996年由山西高校联合出版社出版了，该年谱被学术界认为是各种《茅盾年谱》编纂中最为完备的一部。不仅规模很大、资料齐全、考辨谨慎，而且体例新颖、编排合理、主从分明。显然，该年谱也是茅盾研究中较有代表性的一项重要学术成果。

也是在这一时期，唐老师开始热衷于书法艺术，他不仅撰写石鼓文书法，而且还组织国内外一些书法家多次在国内和日本、韩国举办书法展。1999年文汇出版社出版了他的书法代表作《石鼓文书法之春——唐金海创集石鼓文书法荟萃》。著名作家柯灵为该书法集撰写的"序"里曾对此作过这样的评价："八九十年代，学风、书风大兴，而于石鼓文之精研、摹写，似有乏力。上海复旦大学唐金海教授，于讲课、治学之暇，濡笔习练。大学时代，曾师从文史家朱东润先生和经学家王蘧常先生，二公皆精通书艺。现唐君孜孜勉力，踵书前贤，创集石鼓文楹联、诗句、格言百多幅，融墨韵、辞采、性灵、哲思于一炉。吾观尺幅，欣欣然焉。然学亦无涯，书亦无涯，而人格亦无涯，庶乎可循，还淳返朴，宁静而致远也。"可以说，这本石鼓文书法集代表了唐老师在书法艺术创作方面所取得成就，产生了一定的影响。

三

由于唐老师长期从事中国现当代文学史的教学和研究，所以他一直想编撰一部中国现当代文学史的教材。当北京大学黄子平、陈平原、钱理群三位教授联名发表了《论"20世纪中国文学"》的论文以后，他从中受到了很大启发，并对此进行了较深入的思考。新世纪初，他便提出要主编一部《20世纪中国文学通史》，并邀请我与他一起担任主编。为了能编好这部史论著作，他邀请了全国二十多所高校从事中国现当代文学教学和科研的老师参与撰稿，并先后在辽宁师范大学和复旦大学举行了两次学术研讨会；同时，我们俩平时也不断商讨，以求在学术观点、著作框架等方面能达成共识。2001年秋，该书的撰写大纲基本定稿。又经过两年多的努力，2003年春夏之际，各位老师撰写的各个章节的初稿陆续汇集到我们这里，唐老师和我逐一对初稿进行了审辨观点、统一体例、查检史料、核对引文、增补删削等工作，个别章节因不符合要求，我们只好另起炉灶，动手重新撰稿。在此过程中，唐老师付出的辛劳最多。2003年9月，80多万字的《20世纪中国文学通史》终于由中国出版集团东方出版中心正式出版发行，并获得了多方面的欢迎和好评，由于许多高校都把该书作为中文系教学的教材，所以出版社不久即再印此书。

由于该书的出版在学术界受到了欢迎和好评，所以《文学评论》编辑部、安徽师范大学文学院等于2004年10月23日至25日在安徽师范大学召开了"文学史理论的建构和创新暨《20世纪中国文学通史》学术研讨会"，主要参会者有《文学评论》副主编王保生研究员、安徽师范大学文学院院长谢昭新教授、苏州大学范伯群教授、华东师范大学陈子善教授和殷国明教授、复旦大学栾梅健教授、河北师范大学崔志远教授、山东大学牛运清教授、中南财经大学古远清教授、安徽大学王宗法教授等一些著名学者，他们在研讨会发言时均给予《20世纪中国文学通史》以很高的评价。在此前后，《文汇读书周报》《社会科学报》等报纸以及《文学评论》《河北师范大学学报》等刊物也曾先后发表了书评文章或研讨会综述文章，从而使这部著作产生了更大的影响。为此，唐老师和我也感到十分欣慰，觉得所付出的辛劳是值得的。当然，我们也意识到该书还存在着一些不足和缺陷，原想再版时进行修改、补充和调整，为此唐老师也曾与我商谈过再版和修改之事，但是因为各种原因，这一愿望未能实现，成为难以弥补的一种遗憾。

我于2002年回到中文系工作后，与唐老师的接触和交流重又频繁起来，除了继续在研究生培养方面进行合作之外，在教学、科研等方面也仍有合作。例如，2005年，唐老师与我合作并由他领衔的"中国现当代文学史"课程通过评审获得了"上海市精品课程"。同时，唐老师继续完成他关于巴金研究的系列计划，这一时期另一部有代表性和有影响的学术成果则是他和张晓云老师合作编著的《巴金的一个世纪》，该书2004年由四川文艺出版社出版。这部专著较全面、深入、生动地反映了巴金一百年来的生活、经历和创作历程，曾颇受学术界好评。另外，唐老师仍以很多时间和精力从事书法活动和书法创作，2009年他发起成立了"复旦大学中国文人书法暨石鼓文研究中心"，不但在虹口鲁迅纪念馆举办了"儒道佛经典哲言国际书法交流展"，特聘了校外二十位书法家及学者为该中心的研究员，而且还在青浦成立了该研究中心青浦研究室，召开了书法学术研讨会，力图通过各种活动进一步传扬中华古文字书艺。2010年，《儒道佛经典哲言国际书法交流展荟萃》也得以出版发行，颇受书法爱好者的喜爱与欢迎。

  可以说，对于书法艺术的热爱和实践一直延续到他生命的最后阶段。2017年12月16日，唐老师自创诗联书法个展在上海市政协展厅内举行。我因为去外地开会，未能参加该书法展的开幕式。虽然事先也曾向唐老师道贺与致歉，但后来却觉得十分遗憾。因为此时唐老师已经身患重病，只是他瞒着自己的病情，没有告诉大家真相，我也毫不知情。应该说，这次书法个展实际上是他告别人世间的最后一次亮相，因为所展出的书法作品内容均由他原创，汇集了他数十年来的人生感悟和所思所想；其所展现的不仅仅是独具个性色彩的笔墨艺术，而且是一位学者文人在数十年的思考和积淀下一种浑然天成的文化底蕴与人生追求。无疑，这种告别的方式是新颖而独特的。

  几十年来，我与唐老师始终保持着一种亦师亦友的良好关系，古人曰："人生交结在始终，莫为升沉中路分。"一路走来，我们互相尊重、互相帮助、多次合作、取长补短，他严谨的治学精神和不懈的学术追求，既不断给我以激励，也值得我学习仿效。如今，唐老师虽然已经驾鹤西去，但他丰硕的学术成果和严谨的治学精神却会永远流传下去，成为青年学者的学习榜样。

2019年清明节于兰花教师公寓

后　记
荣跃明

业师唐金海先生是复旦大学中文系教授、博士生导师，在中国现当代文学领域是一位学有建树的资深学者，他在巴金研究、茅盾研究、20世纪中国文学史研究以及先秦书法史研究等领域长期耕耘，造诣精深，影响遍及海内外。

先生为人正直无私，待人宽厚真诚，淡泊名利、甘作人梯。对学业兢兢业业，对学生循循善诱。

先生一生并没有多么轰轰烈烈，但却是复旦这所世界一流大学杰出学人群体中的一员，身上体现的师德风范闪烁着复旦精神。记得当年我在读博时，我的论文选题实际上超出了现当代中国文学史的专业范围，也不属于唐老师擅长的研究领域，但业师对我的选择给了充分的理解、鼓励和支持，甚至为了与我讨论论文选题，花了很多时间去阅读专业之外有关文化产业的大量文献。这种虚怀若谷的智者胸怀令我感动，也给了我极大动力完成学业，并对我日后的职业生涯产生了重要影响。作为复旦学子，我为有这样的老师而感到骄傲，也为有幸受业于唐老师而感到幸运。

唐金海先生对学术孜孜以求，终其一生。其晚年不仅持续关注思考现当代中国文学史研究等领域的理论学术问题，还花费不少时间和精力钻研三代周秦古文字和书法史，并在石鼓文书法临摹和创作上获得了独树一帜的成就，开辟了当代文人书法的一片新天地。

退休后唐老师虽不再带新的学生，但对已经工作的弟子仍一如既往的关心关怀，经常电话、短信、微信嘘寒问暖，为弟子工作事业中取得的点滴成绩而高兴，也为学生生活中暂遇挫折而担忧，这种关心关怀早已超越了师生情谊，更像家人间的亲情，是长辈对晚辈的牵挂、惦记、关照、叮嘱、呵护和期盼，每每给学生感动和温暖，不断激励着弟子们积极向善和执着进取。

业师唐金海先生桃李满天下，其中有不少来自韩国、日本、东南亚的海外学子。唐门弟子秉承师训，大都学业有成，在各自工作岗位上拼搏奋斗，有不少供职于高校和学术机构，已是事业中坚和学术骨干，可以告慰先师的是唐门弟子大都已成家立业，为人父母。有的继承他的衣钵，带了不少学生，唐门弟子正在努力以乃师之风做事为人，践行复旦精神。

值此业师唐先生忌日两周年到来之际，承蒙各方相助，特别是在复旦大学中文系各位领导大力支持下，经弟子及亲友诸人的共同努力，业师的论文集得以在复旦大学出版社出版，以为纪念和缅怀。篇幅所限，海内外诚意寄来的多篇怀念文章不得已忍痛割爱。从唐先生的文章中，我们能感受到先师文章济世的情怀和扎实严谨的学风。作为唐门弟子，我们感恩母校学院的深情关怀，将传承业师师德风范，弘扬复旦校风校训，积极投身于中华崛起的伟大时代。

图书在版编目(CIP)数据

达庐文谭:唐金海教授论文集/唐金海著. —上海:复旦大学出版社,2021.6
(复旦大学中文系教授荣休纪念文丛)
ISBN 978-7-309-15582-2

Ⅰ.①达… Ⅱ.①唐… Ⅲ.①中国文学-现代文学-文学研究-文集 ②中国文学-当代文学-文学研究-文集 ③汉字-书法-文集 Ⅳ.①I206-53 ②J292.1-53

中国版本图书馆 CIP 数据核字(2021)第 055492 号

达庐文谭:唐金海教授论文集
唐金海　著
责任编辑/杜怡顺

复旦大学出版社有限公司出版发行
上海市国权路 579 号　邮编:200433
网址:fupnet@fudanpress.com　http://www.fudanpress.com
门市零售:86-21-65102580　　团体订购:86-21-65104505
出版部电话:86-21-65642845
上海崇明裕安印刷厂

开本 890×1240　1/32　印张 20　字数 466 千
2021 年 6 月第 1 版第 1 次印刷

ISBN 978-7-309-15582-2/I·1267
定价:88.00 元

如有印装质量问题,请向复旦大学出版社有限公司出版部调换。
版权所有　　侵权必究